킴

세계문학전집
012

Rudyard Kipling : Kim

킴

러디어드 키플링 장편소설

하창수 옮김

문학동네

차례 ▌

1장

그대, 옹색한 길을 걷는 자여
심판의 날에 유황불에 던져지리니,
'이교도'를 점잖게 대하라.
가마쿠라의 붓다에게 기도하고 있나니!

- 키플링, 「가마쿠라 대불(鎌倉大佛)」

그는 시 당국의 금지규정을 무시한 채, 거대한 대포 잠잠마의 포신 위에 걸터앉아 있었다. 벽돌을 쌓아 만든 포대는 현지인들이 아자이브게르(Ajaib-Gher, 불가사의한 집)라고 부르는 라호르* 박물관과 마주 보고 있었다. '불 뿜는 용' 잠잠마를 수중에 넣는 자가 펀자브 지역을 차지한다고 할 정도로 그 거대한 녹색의 청동 대포는 정복자들이면 누구나 첫손에 꼽는 전리품이었다.

킴은 디나나트의 아들녀석을 발로 걷어차 포이砲耳 밖으로 내쫓았는데, 킴에게는 그럴 만한 권리가 있었다. 펀자브 지역은 영국이 점령하고 있었고, 킴은 바로 영국인이었던 것이다. 비록 햇볕에 그을려

* 파키스탄 북동부에 있는 펀자브 주(州)의 주도(州都).

피부는 현지인처럼 검고, 지껄이는 제 나라 말이란 짤막하고 불확실한 노래 몇 토막에 불과했으며, 사람들로부터 시장통의 꼬마들과 하등 다를 바 없는 대접을 받고 있음에도 불구하고, 킴은 엄연히 백인이었다. 가진 것 하나 없는, 지지리도 가난한 백인. 그를 돌보고 있는 혼혈인 여자(값싼 탈것들이 대기하고 있는 광장 부근에서 중고가구점을 운영하는 것처럼 떠벌리고 다니는 아편쟁이)는 선교사들에겐 언제나 자기가 킴의 이모라고 말했다. 하지만 킴의 실제 엄마는 아일랜드 매버릭 연대의 연대장 사택 보모로 일하다가 군기軍旗 호위 하사관 킴볼 오하라와 결혼한 여자였다. 그뒤 신드*와 펀자브, 델리 등지의 철도회사 파견대를 전전하던 중 부대가 본국으로 철수하는 바람에 킴볼 오하라는 어쩔 수 없이 군생활을 그만두게 되었는데 그 와중에 킴의 엄마가 피로즈푸르**에서 콜레라에 걸려 죽고 말았다. 그러자 오하라는 영민한 세 살배기 아들을 데리고 전선을 넘나들며 술에 절어 지냈다. 마을 사람과 목사들이 어린 킴을 걱정해 정착시키려 했지만 그때마다 오하라는 줄행랑을 놓았다. 그러다가 그는 우연히 아편쟁이 여자를 만났고 아편에 맛을 들인 후엔 인도에 사는 대개의 불쌍한 백인들과 다름없이 비참한 최후를 맞고 말았다. 그가 남긴 유산은 세 종류의 문서였다. 하나는 그가 자신의 '최종문서'라 이름붙인 것이었는데 서명란 아래쪽에 그렇게 쓰여 있었다. 다른 하나는 그의 '비밀문서 취급 인가증'. 그리고 마지막으로 킴의 출생증명서였다. 아편에 취하면 그는 그 문서들이 언젠가는 어린 킴볼을 어엿한 남자로 만들어줄 거라

---

* 파키스탄 인더스 강 하류에 있는 주. 주도는 카라치.

** 파키스탄 국경 부근, 펀자브 지역에 있는 도시.

고 떠들곤 했다. 킴은 그 문서들을 항상 몸에 지니고 다녔다. 그것은 신묘한 마술의 일부였기 때문이다. 그 마술은 라호르 박물관 뒤편에 있는 청백색 건물 자두게르(Jadoo-Gher, 마술의 집), 즉 프리메이슨 로지*에서 행해지고 있던 그런 마술이었다. 그는 언젠가 모든 것이 현실로 드러날 것이며, 킴의 뿔이 미美와 권력의 거대한 기둥들 사이로 우뚝하게 솟아오를 것이라고 했다. 세상에서 가장 강력한 부대의 연대장이 말에 올라탄 채로 선두에서 킴을 호위할 것이라고, 또한 어린 킴은 자신보다 더 부유해질 거라고 말했다. 만약 피로즈푸르 지역의 프리메이슨 수장이었던 불쌍한 오하라를 잊지 않는다면 9백 명의 일급 악령들이 신으로 받드는 '푸른 초원의 붉은 황소'도 킴을 호위하게 될 것이라고 했다. 그렇게 말하며 그는 베란다의 부서진 왕골의자에 앉아 흐느껴 울곤 했다. 그러던 그가 세상을 떴고, 동거하던 혼혈 여자는 양피지와 종이, 그리고 출생증명서를 가죽으로 된 부적주머니 속에다 넣어 꿰맨 뒤 킴의 목에 걸어주었던 것이다.

여자는 오하라의 예언들을 어지러이 기억하면서 말했다.

"언젠가는 초원의 거대한 붉은 황소가 네게 올 거고, 키 큰 말을 탄 연대장도 올 거야. 그래, 그리고……"

그녀가 영어로 말을 이었다.

"구백 명의 악령도."

킴이 입을 열었다.

---

* Masonic Lodge. 1717년 영국에서 시작된 세계시민주의적 · 인도주의적 우애를 목적으로 하는 단체인 프리메이슨(Freemason)은 '로지(lodge, 작은 집)'라는 집회 단위로 구성되어 있던 중세의 석공(石工, 메이슨) 길드에서 비롯되었다.

"아, 저도 기억하고 있을게요. 붉은 황소를, 그리고 말을 탄 연대장이 온다는 걸. 하지만 먼저 기억해둬야 하는 건 두 남자예요. 이 일을 완성하기 위해 그들이 먼저 저를 찾아올 거라고 아버지가 말씀하셨잖아요. 그들은 항상 그렇게 한다고 했어요. 사람들이 마술을 할 때면 언제나 그런 거라고."

만약 여자가 킴을 문서와 함께 그 지역의 자두게르로 보내버렸다면, 킴은 당연히 히말라야에 있는 프리메이슨 고아원으로 인계되었을 것이다. 하지만 그녀는 마술이란 믿을 게 못 된다는 얘기를 들은 적이 있었다. 킴 역시 나름대로 그런 곳에 대한 반감을 갖고 있었다. 철이 들어갈 무렵 킴은, 넌 누구니, 넌 뭐 하는 애야, 하고 캐묻는 선교사들과 고약한 백인 남자들의 눈에 띄지 않는 법을 이미 터득하고 있었다. 일부러 뭘 해내기 위해 애쓴 거라곤 별로 없었다. 사실, 그는 라호르 시를 둘러싸고 있는 델리 성문에서부터 요새의 참호 밖까지 라호르 시의 어지간한 곳은 모두 알고 있었고, 하룬 알 라시드*가 꿈꾸었던 것보다 더 기이한 삶을 살아가는 사람과 친밀한 관계를 맺으며 실제로 『천일야화』의 등장인물만큼이나 모험적인 인생을 살고 있었다. 하지만 선교사들과 자선단체의 사무관들은 킴이 맛보고 있는 즐거움을 결코 알아낼 수 없었다. 그들이 킴에게 붙여준 별명은 '세상 모든 이의 어린 친구'였는데, 대체로 행동이 재바르고 말썽도 부리지 않았기 때문이었다. 그러나 킴은 윤기가 잘잘 흐르는 상류계급 청년들의 부탁을 받고, 밤을 도와 다닥다닥 이마를 맞댄 지붕들을 넘나들며 모종의

---

* 아바스 왕조의 제5대 칼리프(재위 786~809). 그의 호사스러움이 『천일야화』에 등장한다.

임무를 수행하곤 했다. 물론 그게 의롭지 못한 일이란 걸 잘 알고 있었지만, 말을 배우는 나이가 되었을 때 이미 그는 못된 짓이라면 모르는 게 없었다. 하지만 그는 그것 자체를 놀이 삼아 즐겼다. 그는 깜깜한 수로나 골목길을 몰래 돌아다니다가 배수관을 타고 기어올라 지붕 위에 납작 엎드려 여인들 세계의 풍경과 온갖 소리를 감상하고, 그런 뒤엔 열기로 달아오른 어두운 지붕과 지붕 사이를 곤두박질치듯 날아다녔다. 그는 강변의 나무 아래 벽돌로 지은 사원 주변의 성자들, 몸에 재를 바른 고행자들과도 친했다. 그들이 탁발을 마치고 돌아올 때면 반갑게 인사를 했고, 곁에 누가 없으면 음식을 함께 먹기도 했다. 킴을 돌보고 있던 여자는 그런 그에게 바지와 셔츠, 낡은 모자를 내놓으며 제발 유럽 사람답게 옷을 입고 다니라고 통사정을 하곤 했다. 킴은 '사업'을 수행하면서 힌두식이나 이슬람식 옷이 입고 벗기에 얼마나 편한지를 터득하고 있었다. 지진이 일어난 밤 우물 바닥에서 시체로 발견된 어느 상류층 청년이 언젠가 하층계급의 길거리 소년들이 입는 힌두식 옷 한 벌을 주었는데, 킴은 그걸 닐라 람의 목재보관소 대들보 아래에다 몰래 만들어놓은 비밀장소에 숨겨놓았다. 펀자브 대법원 뒤쪽에 있는 그 목재보관소에는 라비 강*을 통해 내려온 향기로운 히말라야삼나무들이 건조를 위해 쌓여 있었다. '사업'이 있거나 놀거리가 생기면 킴은 그곳에 숨겨둔 그의 '물건'을 이용했다. 그럴 땐 결혼행렬의 꽁무니에서 고함을 지르거나 힌두 축제에 가서 함성을 지르느라 완전히 녹초가 되어 새벽녘에야 집으로 돌아오곤 했다. 가끔 집에 먹

---

* 인도 북서부와 파키스탄 북동부를 흐르는 강.

을거리가 있기도 했지만 그렇지 않을 때가 더 많았는데 그럴 땐 밖으로 다시 나가서 현지인 친구들과 어울려 허기진 배를 채우곤 했다.

킴은 발뒤꿈치로 잠잠마를 통통 두들기면서 꼬마 초타 랄과 사탕가게 아들 압둘라를 데리고 언덕 빼앗기 놀이*를 하고 있었다. 그러면서 이따금 박물관 입구에 벗어놓은 신발들을 감시하고 있는 현지인 경찰관에게 버릇없이 농담을 던지곤 했다. 오래전부터 킴을 알고 지낸 덩치 큰 그 펀자브인은 그저 온화한 미소를 보낼 뿐이었다. 염소가죽으로 만든 물주머니를 열어 말라붙은 길바닥에 물을 뿌리고 있던 수차꾼이나, 부지런히 포장용 상자를 만들고 있던 박물관 목수 자와히르 싱도 마찬가지였다. 라호르는 물론이고 다른 지역에서 나온 유물들까지 구경할 수 있기에 '불가사의한 집'으로 몰려드는 시골 농부들을 제외하고는 누구나 그랬다. 박물관은 인도의 예술품과 공예품들로 가득 채워져 있었는데, 알고 싶은 게 있는 사람이면 누구나 관리인에게 설명을 요구할 수 있었다.

"떨어지겠어, 떨어진다고! 날 올려줘!"

잠잠마의 바퀴 위로 기어오르며 압둘라가 소리를 질렀다.

킴이 노래를 흥얼거렸다.

"니네 아빠는 빵과자 장수, 니네 엄마는 버터기름을 훔쳤지. 옛날옛날 모든 무슬림 남정네가 잠잠마에 고꾸라졌다네!"

"그럼 날 올려줘!"

금박이 수놓인 모자를 쓴 꼬마 초타 랄이 새된 소리를 질렀다. 녀석

---

* 높은 데서 서로 밀어 떨어뜨리는 놀이.

의 아빠가 과거엔 꽤 부자였을지는 몰라도, 영국에 점령된 인도에선 아무 소용이 없었다.

"힌두교도들도 역시 잠잠마에 고꾸라졌어. 무슬림들이 밀어내버렸지. 니네 아버지는 빵과자 장수⋯⋯"

킴이 노래를 멈추었다. 사람들로 북적대는 모티 시장 모퉁이를 돌아 시적시적 걸어오는, 어디에서도 본 적이 없는 사람 때문이었다. 모든 계급의 사람들을 다 알고 있다고 믿어왔던 그였다. 그 낯선 남자는 키가 거의 180센티미터나 되었고, 말안장에 덮는 담요같이 거무칙칙한 천을 겹겹이 둘러 입었는데, 그런 천은 유명한 포목상이나 전문가도 구경해보지 못한 것이었다. 그의 허리띠에는 성기게 세공한 긴 철제 필갑筆匣과, 성자들이 걸치고 있는 것과 비슷하게 생긴 나무 염주가 매달려 있었고, 머리에는 테머선터* 형태의 커다란 모자를 쓰고 있었다. 주름투성이의 누런 얼굴은 장통의 중국인 신기료장수 푹싱과 흡사했으며 그의 눈은 잘라놓은 손톱처럼 보였다.

"누구지?"

킴이 아이들에게 물었다.

"남자겠지 뭐."

압둘라가 손가락을 입에 넣고는 그를 말똥말똥 쳐다보며 말했다.

킴이 고개를 돌렸다.

"물론 남자지. 하지만 내가 봐왔던 인도 남자는 절대 아니야."

염주를 보고 낌새를 차린 듯 초타 랄이 말했다.

---

* 번스(R. Burns)가 쓴 시의 주인공이 항상 쓰고 있던 모자로, 스코틀랜드 농민들이 주로 쓰는 큼직한 베레모.

"어쩌면 수도승일지도 몰라…… 저것 좀 봐! 저 사람, '불가사의한 집'에 들어가네!"

"안 돼요, 안 돼. 난 당신 말을 알아듣지 못하겠소."

경찰관이 고개를 흔들며 펀자브어로 말했다.

"오, 세상 모든 이의 친구, 대체 저 사람이 뭐라는 거냐?"

"그 사람을 이리로 보내주세요. 그는 이방인이에요. 당신은 인도 물소고요."

반들거리는 맨발로 킴이 잠잠마에서 뛰어내리며 말했다.

낯선 남자는 별수 없다는 듯 돌아서서 아이들이 있는 곳으로 느릿느릿 걸어왔다. 그는 늙었고, 품이 크고 긴 모직 웃옷에서는 산길에 핀 국화쑥의 냄새를 닮은 악취가 풍겨 나왔다.

"애들아, 저기 커다란 집은 어떤 곳이냐?"

그는 제대로 된 우르두어*로 물었다.

"아자이브게르, 그러니까 '불가사의한 집'이라고 하죠!"

킴은 그에게 랄라나 미안 같은 존칭을 붙이지 않았다. 그 남자가 어떤 종교를 가졌는지를 제대로 알 수가 없었기 때문이었다.

"아, '불가사의한 집'이라! 아무나 들어갈 수 있는 거냐?"

"출입문 위에 쓰여 있잖아요. '누구든 들어갈 수 있다.'"

"요금을 내지 않고도?"

"전 그렇게 들어갔다 나오죠. 은행가가 아니거든요."

킴이 웃음을 터뜨렸다.

_____

* 인도유럽어족의 인도이란어파에 속하는 언어.

"이런 애석할 데가! 늙은이라 거기까진 생각하지 못했구나."

그러고는 염주를 만지작거리며 그는 박물관 쪽으로 반쯤 몸을 돌렸다.

킴이 물었다.

"아저씨는 어떤 계급인가요? 집은 어디에 있죠? 멀리서 오셨나요?"

"난 쿨루를 지나서 왔단다. 카일라스 산* 너머에서. 알고 있니?"

그는 한숨을 내쉬며 말을 이었다.

"신선한 바람이 불어오고 시원한 물이 흐르는 산골이란다."

"아하! 키타이(Khitai, 중국인)군요."

압둘라가 아는 척했다. 압둘라는 언젠가 장퉁의 중국인 신기료장수 풍싱의 가게에서, 신발들 너머에 놓여 있는 신상에다 침을 뱉었다가 내쫓긴 적이 있었다.

"파하리(Pahari, 산골 사람)잖아."

어린 초타 랄이 말했다.

"그렇다, 애야. 네가 본 적이 없는 산동네에서 온 산골 사람이지. 보티얄(Bhotiyal, 티베트)이라고 들어봤니? 나는 키타이가 아니고, 보티야(Bhotiya, 티베트 사람)란다. 라마는 알겠구나. 너희들 말로는 구루(guru, 영적 스승)라고 하지."

킴이 말했다.

"티베트에서 온 구루라고요? 전 그런 사람들을 본 적이 없어요. 그럼 티베트 사람들은 힌두교도인가요?"

---

* 티베트 남서부에 있는 산. 라마교, 불교, 힌두교 등의 성산(聖山).

"우리는 중도中道를 따르는 사람들이란다. 라마교의 사원에서 평화롭게 살고 있지. 난 죽기 전에 사성지四聖地*를 가보려고 한단다. 너희들은 어리지만 늙은 나만큼 아는 것이 많구나."

그는 아이들에게 온화한 미소를 지어 보였다.

"식사는 하셨나요?"

킴의 물음에 그가 품속을 더듬어 나무로 된 탁발승의 낡은 바리때를 꺼내자 아이들이 고개를 끄덕거렸다. 그들이 알고 있는 수도승들은 하나같이 구걸을 하고 다녔던 것이다.

그는 햇볕 속에서 늙은 거북처럼 고개를 돌렸다.

"아직 식사를 하고 싶진 않구나. 라호르의 '불가사의한 집'에 불상들이 많다는 얘기가 있던데 사실이냐?"

그는 자기 말에 확답을 받으려는 듯 마지막 부분을 반복해서 말했다.

압둘라가 말했다.

"사실이고말고요. 이교도의 우상으로 가득 차 있죠. 아저씨도 우상숭배자군요."

"쟤 말엔 신경쓰지 마세요. 저긴 관장의 집무실인데, 안엔 우상숭배자 같은 건 없어요. 흰 턱수염을 가진 영국인이 한 사람 있을 뿐이죠. 저와 함께 가실래요? 제가 구경시켜드릴 테니."

킴이 말했다.

"낯선 수도승들은 애를 잡아먹는대."

---

* 석가가 탄생한 룸비니 동산, 깨달음을 얻은 부다가야, 35세에 성도한 뒤 최초로 설법을 시작한 녹야원, 입멸한 쿠시나가라.

초타 랄이 속삭였다.

"게다가 저 사람은 이방인이고, 우상숭배자야."

무슬림인 압둘라가 말했다.

킴이 웃음을 터뜨렸다.

"저분은 단지 우리가 만난 적이 없는 사람일 뿐이야. 니들은 니들 엄마한테나 가봐. 그럼, 가시죠!"

킴은 박물관 입구의 회전문을 철컥 소리가 나게 돌아 들어갔다. 뒤따라 들어온 노인은 몹시 놀라 걸음을 멈추었다. 현관 안쪽의 넓은 홀에 그리스 양식의 커다란 부처상들이 세워져 있었다. 그런 양식이 언제부터 전해져 왔는지는 학자들이나 알 수 있을 뿐, 지금은 모두 잊힌 장인들의 예사롭지 않은 손길이 느껴지는 작품들이었다. 수백 점에 이르는 돋을새김 조각상이나 석판의 파편들은 북인도에 있는 부처의 사리탑과 사원의 벽돌담을 장식하던 것들인데 발굴되어서 감식이 끝난 후 전시되어 박물관의 큰 자랑거리가 되고 있었다. 놀라움에 입을 다물지 못한 채 이곳저곳을 둘러보던 라마승은 고부조高浮彫의 거대한 부처상 앞에서 넋이 나간 채 발길을 멈추었다. 마치 따로 떼어져 있는 듯이 보일 정도로 깊게 잘려 조각된 연꽃잎 위에서 부처가 좌선을 하고 있었다. 왕과 원로들, 그리고 원시불교의 성자들이 숭모하듯 부처의 주위를 둘러싸고 있었다. 그 아래쪽에 연잎으로 덮인 연못에는 물고기와 물새들이 가득했다. 머리 위에는 나비의 날개를 가진 두 명의 보살이 화관花冠을 받쳐 들었고, 그들 위쪽으로는 또다른 두 보살이 보석으로 장식한 부처의 머리 위에 우산을 펼쳐 들고 있었다.

"불타여! 불타여! 석가모니 부처님 그 자체로다."

라마승은 거의 흐느끼고 있었다. 그러다가 그는 속삭이듯 독경을
외기 시작했다.

가슴에 쌓인 미망을 떨치고,
당신께로 향하는 길, 그 계율,
아난다*의 스승, 부처님이시여.

"그분이 여기에 계시도다! 가장 훌륭한 계율이 또한 여기 있도다.
내 순례는 제대로 시작되었구나. 놀라운 작품이로다! 놀라운 작품이
로다!"

"저기 영국 신사분이 계시네요."

킴은 그렇게 말하면서 예술품과 공예품들이 들어 있는 상자들 사이
로 재빨리 몸을 피했다. 흰 턱수염의 영국인이 라마승을 유심히 바라
보았다. 라마승은 그에게로 돌아서서 정중하게 인사를 건네고는 공책
을 꺼내 뭔가를 적더니 그에게 내밀었다.

"이것이 소승의 이름입니다."

어린애가 쓴 것같이 서투른 자신의 글씨를 보며 라마승이 미소를
지었다.

"성소를 순례한 어느 분이…… 지금은 룽초 사원의 주지스님이신
데, 그분이 제게 이곳에 대해 말씀해주셨지요."

라마승이 더듬거리며 말을 이었다. 그의 둥글게 움직이는 야윈 손

---

* 석가의 10대 제자 중 한 사람.

20

이 가늘게 떨리고 있었다.

"오, 티베트에서 오신 라마시군요, 잘 오셨습니다. 여긴 불상들을 모아놓은 곳인데 계속 자료를 수집하고 있습니다."

그는 라마승의 얼굴을 흘긋 보면서 말을 이었다.

"잠깐 제 사무실로 가시겠습니까."

노승은 흥분이 되는지 몸을 부르르 떨었다.

사무실은 조각품 전시실과 칸막이 하나로 분리되어 있는, 조그마한 개인용 열람실 정도에 불과했다. 드러누워 있던 킴은 더위 때문에 갈라진 히말라야삼목으로 만든 문짝 틈에다 귀를 댄 채로, 거의 본능적으로 두 사람의 동태를 살피기 위해 사지를 쭉 뻗었다.

하지만 킴은 두 사람의 대화를 거의 알아들을 수가 없었다. 스님은 더듬거리면서 채색 바위와 마주보고 있는 라마교 사원 숙첸(Such-zen)과 지난 넉 달 동안의 여행에 대해 박물관장에게 얘기해주었다. 그러자 관장은 두꺼운 사진집을 갖고 와서는 그에게 바로 그곳, 여러 가지 색들이 층을 이룬 거대한 계곡을 이윽히 내려다보며 울퉁불퉁한 바위들 위에 서 있는 숙첸 사원을 보여주었다.

라마승은 중국산 뿔테안경을 코에 걸쳤다.

"아, 아! 여기 이 작은 문이 겨울이 오기 전에 우리가 땔감을 나르던 곳이죠. 그러면 당신네…… 영국 사람들도 여길 알고 있단 말인가요? 지금 룽초 사원의 주지로 계신 분이 소승에게 말씀을 하긴 했지만, 그땐 믿기지가 않았지요. 부처님, 위대한 존자, 그분이 여기에도 계시다니! 또한 그분의 생애를 이곳 사람들이 알고 있다니."

"그 모든 게 돌에 새겨져 있답니다. 좀 쉬셨으면, 이리 와서 확인해

보시죠."

　라마승은 사무실을 나와 주전시관으로 걸어갔다. 열성가의 경외감과, 생래적으로 장인의 높은 안목을 지닌 박물관장은 라마승과 나란히 걸으면서 수집품들 사이를 지나갔다.

　라마승은 얼룩이 져 있는 돌에 새겨진 아름다운 이야기 속의 사건 하나하나를 확인하고, 때로 그리스 전통의 양식에 낯설어했지만 새로운 전시물을 만나면 어린애처럼 즐거워했다. 박물관장은 부처의 잉태 설화같이 이야기가 누락된 것이 있으면 프랑스와 독일 서적들이 잔뜩 쌓여 있는 곳에서 사진집과 복사본을 가져와 그 빠진 부분을 채워주었다.

　예를 들면 독실한 아시타 선인*의 이야기 같은 장면이었다. 기독교의 주상성자柱上聖者 시메온 고사를 연상시키는 이 인물이 '성스러운 아이'를 무릎에 앉혀놓고 바라볼 때 부모가 귀를 기울이고 있었다. 그리고 석가의 종형제 데바닷타**에 얽힌 전설 속의 사건들도 있었다. 그 외에도 부정한 짓을 했다고 스승을 거짓 고발하여 모두를 당혹케 했던 사악한 여자의 이야기, 녹야원에서의 설법, 배화교도들의 혼을 빼놓았던 기적, 왕궁에서 왕자로 지내던 때의 이야기, 신비로운 탄생, 그리고 나약한 제자들이 실신해버렸던 쿠시나가라에서의 입적 사건도 돌에 새겨져 있었다. 보리수 아래 명상에 잠긴 부처의 모습은 셀 수 없을 정도로 많았고, 탁발을 하시던 부처의 바리때에 사람들이 경

_____

* 마야부인이 부처를 임신했을 때 왕궁에 어린 상서로운 기운을 보고 찾아와 훗날을 예언했던 사람.
** 불제자였으나 석가의 반대파 우두머리로, 석가를 살해하려 했다고 전해지는 인물.

배하는 광경은 모든 곳에 있었다. 박물관장은 자신의 손님이 단지 구걸하며 돌아다니는 탁발승이 아니라 학자의 면모를 지닌 승려라는 것을 금방 알아차렸다. 두 사람은 전시된 유물들을 몇 번이나 다시 둘러보았고, 라마승은 코를 킁킁거리며 냄새를 맡고, 안경을 연신 닦아내면서 우르두어와 티베트어를 뒤섞어가며 기차가 지나가는 속도로 얘기했다. 그는 평소 중국의 승려 법현法顯과 현장玄奘의 순례여행에 대해 듣고 만약 그들에 관한 기록이 번역되어 있다면 꼭 알아내고 싶어해왔다. 그는 숨을 깊게 들이마시고는 새뮤얼 빌*과 스타니슬라스 쥘리앵**의 책들을 뒤적이며 즐거워 어쩔 줄 몰랐다. "모든 게 여기 다 있군. 보물상자야." 그러면서 그는 우르두어 설명을 듣기 위해 경건한 마음을 다잡고 서둘러 자신을 진정시키곤 했다. 유럽의 학자들이 그동안 여기 있는 자료들과 또다른 수많은 문서의 도움을 받아 불교의 성지를 확인해나가는 노력을 기울이고 있었다는 사실은 그로서는 전혀 생소한 얘기였다. 그때, 관장이 그에게 노란색 점이 찍혀 있고 선들이 그려져 있는 엄청난 크기의 지도를 보여주었다. 연필을 쥔 관장의 갈색 손가락이 지도 위를 이리저리 옮겨가고 있었다. 부처의 탄생지인 카필라바스투에서 중기의 왕국, 부처가 깨달음을 얻은 불교의 성지 부다가야에서 생을 마감한 비운의 장소 쿠시나가라까지. 노승은 한동안 그 지도에다 말없이 머리를 조아려 경의를 표했고, 관장은 새 담뱃대에다 불을 옮겨 붙였다. 그러는 사이 깊이 잠들어 있던 킴이 부스스 깨어났는데, 여전히 열기가 식지 않은 두 사람의 대화가 그제야

---

* 중국불교 전문가로 현장의 생애에 관한 책을 쓴 영국의 동양학자(1825~1889).
** 현장의 『대당서역기』를 번역한 프랑스의 동양학자(1799~1873).

조금 알아들을 만했다.

"오, 이건 지혜의 샘과 같군요. 내가 가려 했던 곳을 알려주고 있으니 말입니다. 존자의 발걸음을 좇아……당신이 태어난 카필라로, 다음엔 깨달음을 얻은 부다가야로, 녹야원으로, 열반에 든 성소로."

라마승은 목소리를 낮추었다.

"소승은 여기에 홀로 왔습니다. 오 년…… 칠 년…… 팔 년…… 아니, 사 년 동안 제 마음에 존재했던 그 오랜 계율을 잘 따르지 못했습니다. 저는 마귀와 주술과 맹신에 뒤덮여 있었습니다. 밖에서 만난 어린아이가 말한 그대로 말이죠. 아, 어린아이가 말한 그대로, 우상을 숭배해온 겁니다."

"그러니 모든 건 믿음에 달려 있는 거지요."

"당신은 그렇게 생각하십니까? 내가 읽은 라마교 경전들은 그 정수가 고갈되어버렸고, 새로 마련된 계율이란 것도 그저 우리 자신을 괴롭히는 뒤늦은 관습에 불과할 뿐이었습니다. 이 늙은이의 눈에는 아무런 가치도 발견되지 않았지요. 심지어 위대한 존자를 따르는 자들이 파벌을 지어 서로 다툼을 벌이기도 했지요. 모든 건 환상입니다. 아, 마야(maya), 환상 말입니다. 하지만 소승은 다른 욕망 하나를 갖고 있습니다."

노승은 주름투성이의 누런 얼굴을 관장에게로 바짝 들이밀며, 집게손가락의 긴 손톱 끝으로 탁자를 가볍게 두드렸다.

"당신네 학자들 말입니다, 이 책들을 쓴. 그들은 존자의 발길 닿은 곳이면 어디든 갔습니다. 하지만 그들이 찾지 못한 것이 있습니다. 소승도 알지 못하고…… 알지 못하기에 행할 수 없는…… 그렇지만 윤회의 수레바퀴로부터 자유로워지는, 훤히 열린 그 길 말이죠. 그 길이 바로 소승이 가려고 하는 길입니다."

그는 당연한 승리를 거둔 사람처럼 미소를 지었다.

"성지를 순례하면서 소승은 많은 것을 얻었습니다. 하지만 더 많은 것이 남아 있어요. 진정한 것에 귀를 기울여보세요. 우리의 자비로운 존자가 아직 젊은이였을 때, 부친의 왕궁에서는 반려자를 찾고 있었습니다. 그런데 사람들은 왕자가 결혼하기엔 너무 어리다고들 했지요. 이 얘기를 알고 계시나요?"

관장이 다음 얘기를 기대하며 고개를 끄덕였다.

"그래서 모든 방문객을 상대로 세 가지 시험을 보게 했지요. 활쏘기를 할 때였습니다. 존자께서는 자신에게 주어진 활을 부러뜨리고는 어느 누구도 구부릴 수 없는 활을 가져오라고 했습니다. 이 얘기를 알고 계시나요?"

"책에 쓰여 있지요. 읽어보았습니다."

"그래요, 존자가 쏜 화살은 과녁을 벗어나 눈에 보이지 않는 곳으로 멀리 멀리 날아갔습니다. 마침내 화살은 떨어졌고, 땅에 꽂혔습니다. 그 갈라진 틈으로 샘물이 흘러나와 강이 되어 흘렀습니다. 그 물로 몸을 씻은 자는 모든 죄악을 씻어낼 수 있었고, 존자의 공덕은 자유로워지기 전에 얻어진 것이었습니다. 자연이 그분에게 선사한 것이었지요."

"그렇게 쓰여 있습니다."

관장이 쓸쓸한 어조로 말했다. 라마승은 길게 숨을 들이쉬더니 물었다.

"그 강이 어디에 있습니까? 지혜의 샘이시여, 화살은 어디에 떨어졌습니까?"

"오, 이런, 저는 모릅니다."

"아니요, 잊었다고 하면 그뿐이겠지만…… 한 가지 당신이 내게 말해주지 않은 게 있습니다. 당신은 분명히 알고 있을 겁니다. 보시다시피, 소승은 늙은이랍니다! 오, 지혜의 샘이시여, 당신의 발치에 머리를 조아려 묻습니다. 존자께서 화살을 쏘았다는 사실을 우리는 압니다. 화살이 떨어졌다는 것도, 샘물이 솟아오른 것도 압니다. 그런데 강은, 대체, 어디에 있는 겁니까? 소승의 꿈이 소승에게 그 강을 찾으라고 말했습니다. 그래서 여기에 온 것입니다. 지금 소승은 여기에 있습니다. 하지만 강은 어디에 있는 겁니까?"

"제가 알고 있다면, 제가 왜 큰 소리로 외치지 않겠습니까?"

라마승은 관장의 말에 개의치 않고 말을 이었다.

"그 강이 윤회로부터 벗어나게 해줍니다. 화살의 강! 다시 한번 생각해보십시오! 너무 작은 샘물이라서, 어쩌면 더위에 말라버렸을까요? 하지만 이 늙은이에게 속임수를 쓰실 존자가 아닙니다."

"저는 모릅니다. 전 모르는 일입니다."

라마승은 다시 한번 주름투성이의 얼굴을 영국인의 얼굴 앞으로 디밀었다.

"소승은 당신이 알지 못한다는 사실을 이해합니다. 우리들의 계율을 알지 못하듯, 그것이 당신을 피해 숨어버린 것이지요."

"아…… 숨었다…… 숨어버렸다……"

"우린 둘 다 윤회의 수레바퀴에 묶여 있지요. 나의 형제여."

그는 보드랍고 두꺼운 승복을 젖히며 몸을 일으켰다.

"소승은 그 바퀴에서 자유로워지기 위해 떠날 것입니다. 함께 갑시다!"

관장이 말했다.

"저는 그냥 묶여 있을 겁니다. 스님께선 어디로 가실 생각이십니까?"

"어디겠습니까? 먼저 카시(Kashi, 바라나시)로 가야지요. 그곳에 있는 자이나교 사원에서 신실한 믿음을 가진 사람을 한 분 만날 예정입니다. 그도 은밀히 뭔가를 찾고 있는 사람이지요. 아마도 소승은 그 사람으로부터 뭔가를 배우게 될 겁니다. 그 사람과 함께 부다가야로 갈수도 있겠지요. 거기서 북서쪽으로 가면 존자의 탄생지인 카필라바스투가 있는데, 그곳에 소승이 찾는 강이 있을 겁니다. 아니, 발 닿는 모든 곳에서 찾을 겁니다. 화살이 떨어진 곳이 어디인지 아무도 모르니까요."

"어떻게 가려는 겁니까? 델리까지는 엄청난 거리거든요. 바라나시는 더 멀지요."

"걷기도 하고 기차를 타기도 할 겁니다. 히말라야를 떠난 뒤에 파탄코트*에서 여기까지는 기차를 타고 왔지요. 아주 빠르더군요. 처음엔 길가의 장대기둥들이 실가닥을 잡아챘다가는 놓아주고 잡아챘다가는 놓아주는 것을 보고 무척 놀랐지요."

그는 기차를 타고 갈 때 전신주와 전선이 움직이는 것처럼 보이는

---

* 펀자브 주의 도시. 델리에서 3백 킬로미터 가량 떨어져 있다.

것을 그렇게 묘사했다.

"나중엔 손발에 쥐가 나고, 걷고 싶어졌지요. 늘 하던 대로."

"길은 아시나요?"

"오, 길은 물어보기도 하고, 돈도 좀 들겠지요. 약속장소마다 안내해줄 사람들에게 모두 전보를 보낼 겁니다. 라마 사원에서 확실한 정보를 많이 얻어놨지요."

라마승이 자랑스럽게 말했다.

"그럼 언제 떠나실 건가요?"

박물관장은 구세계의 경건함과 오늘날 인도의 특징인 근대적 진보성이 뒤섞여 있는 라마승에게 미소를 지어 보였다.

"빠를수록 좋겠지요. 소승은 화살의 강에 이를 때까지 존자의 삶이 어린 곳을 따라갈 겁니다. 게다가 남쪽으로 가는 열차의 시간표도 갖고 있답니다."

"식사는?"

일반적으로 라마교의 승려들은 어딘가에 돈을 잘 보관해놓고 있다고 알려져 있지만, 관장은 확실히 해두고 싶었다.

"여행을 하는 동안 소승은 존자께서 행하셨던 것같이 탁발을 할 생각입니다. 그래요, 그분이 하셨던 바로 그대로 행할 것입니다. 사원에서의 안락함을 버릴 겁니다. 그동안은 소승과 함께 산중을 떠나온 제자가 계율에 정한 대로 소승을 위해 구걸을 했지요. 하지만 쿨루에서 잠시 머물 때 열병에 걸려 죽고 말았습니다. 그래서 소승에게는 이제 제자가 없습니다. 하지만 소승이 바리때를 갖고 다니면서 자비로운 자들에게 공덕을 쌓게 할 겁니다."

그는 활달하게 고개를 끄덕거렸다. 라마교의 지식이 높은 선승들은 탁발을 하지 않는 법이었지만 지금 노승은 탁발이라는 것에 깊이 경도되어 있었다.

"그렇게 되기를."

관장이 웃으며 말했다.

"지금 제게 공덕을 얻게 해주시지요. 스님과 저, 우리는 모두 장인이지요. 여기 영국산 백지로 만든 새 공책이 한 권 있습니다. 잘 깎은 연필 두세 자루도 있고요. 심이 굵은 것도 있고 가는 것도 있는데, 모두 잘 써질 겁니다. 잠깐 제게 스님의 안경을 빌려주시겠습니까?"

관장은 라마승의 안경을 자세하게 살펴보았다. 자신의 안경만큼이나 튼튼하긴 했지만 안경알에는 굵은 흠집이 나 있었다. 그는 자신의 안경을 라마승의 손에 쥐여주었다.

"이걸 쓰세요."

"깃털 같구먼! 얼굴 위에 깃털이 앉은 것 같아요!"

노승은 기뻐하며 고개를 돌리고는 코를 찡긋거렸다.

"안경을 걸쳤다는 느낌이 전혀 없어요! 이렇게 깨끗하게 보이다니!"

"그건 수정이랍니다. 절대로 긁히지 않지요. 아마도 그 안경이 스님께서 강을 찾도록 도와줄 겁니다. 이제 그 안경은 스님 것입니다."

"그럼 소승이 가지겠습니다. 연필도, 공책도. 구도자와 구도자 사이의 우정의 표시로 말입니다. 그러면 이제……"

그는 자신의 허리띠에 매달려 있던 철제 필통을 풀어내더니 관장의 책상 위에 내려놓았다.

"당신과 나 사이의 추억이라 생각하시고 소승의 필통을 받아주십시오. 이건 아주 오래된 거지요, 소승만큼이나."

그것은 고대 중국의 양식으로, 요즘에는 제련되지 않는 철로 만들어져 있었다. 사실 처음 그것을 보았을 때 이미 관장의 마음속에서는 수집가로서의 열망이 꿈틀거렸다. 이제 어떻게든 스님의 그 선물을 되돌려줄 수는 없는 일이었다.

"소승이 강을 찾아 돌아온다면, 당신에게 파드마 삼토라*를 드리겠습니다. 라마 사원에서는 비단에다 그리곤 하는 그림인데, 윤회하는 삶의 수레바퀴를 나타내는 것입니다."

그는 싱긋이 웃었다.

"당신과 나, 우리 둘은 장인이지요."

관장의 속마음은 스님을 붙들어두고 싶었다. 그들은 전통적인 붓으로 그린 불화의 비밀을 아는, 반은 글씨로 반은 그림으로 채워진 그 그림을 감식할 수 있는 세상에 몇 안 되는 사람들이었다. 하지만 라마승은 머리를 꼿꼿이 들고 성큼성큼 걸어가다가 명상에 잠긴 거대한 부처상 앞에 잠깐 머물렀다. 그러고는 회전문을 나갔다.

킴은 그림자처럼 그를 따라 나갔다. 그가 엿들은 얘기들은 그를 달뜨게 만들었다. 이 사람은 자신이 경험한 사람들과는 전혀 다른, 새로운 인물이었다. 그것은 그가 더 많은 것을 캐낼 수 있음을 의미했다. 그것은 자신이 라호르 시에서 새로운 집들 혹은 낯선 축제들을 찾아낸 것만큼이나 귀중한 일이었다. 라마승은 그가 찾아낸 보물이었다. 킴은 그를 차지하기로 작정했다. 그의 몸속을 흐르는 소유욕이 강한

* 연꽃을 그린 그림.

아일랜드인의 피는 막을 수가 없었다.

노승은 잠잠마 가까이에서 걸음을 멈추고는 킴과 눈이 마주칠 때까지 사방을 둘러보았다. 그는 성지순례에 대한 생각을 잠시 접어두었다. 그러자 자신의 늙음과 고독, 깊은 허무가 엄습해왔다.

"그 대포 밑에 앉으면 안 됩니다."

경찰관이 거만하게 말했다.

"헛! 잘난 척하기는!"

킴이 라마승 대신 되받아쳤다.

"스님이 좋으시다면 대포 아래에 그냥 앉아 계세요. 이봐요 둔누, 우유 짜는 여자의 슬리퍼를 언제 훔쳤던가요?"

그건 킴의 입에서 순간적으로 튀어나온 전혀 근거 없는 생트집이었다. 하지만 그 말은 둔누의 입을 다물게 만들었는데, 사실 킴이란 애는 마음만 먹으면 장통의 악동들을 죄다 불러 모을 만큼 요란을 떨 수 있는 녀석이라는 걸 그는 잘 알고 있었다.

"스님께선 어떤 신을 모시나요?"

킴은 라마승의 그림자 안에 쪼그려 앉으며 싹싹하게 물었다.

"난 어떤 신도 모시지 않는단다, 얘야. 난 그저 위대한 계율 앞에 머리를 숙일 뿐이지."

킴은 아무런 의심 없이 이 새로운 신을 받아들였다. 그는 박물관 안에 있는 동안 이미 적잖은 사실을 알아냈던 것이다.

"그럼 스님께선 뭘 하시지요?"

"탁발을 하지. 그러고 보니, 내가 배를 채운 지 꽤 오래되었구나. 이 동네에서는 사람들에게 어떤 식으로 공덕을 쌓도록 해주지? 우리 티베트처럼 조용히? 아니면, 큰 소리로?"

"조용히 구걸하는 사람은 조용히 굶어죽죠."

인도의 속담을 인용하며 킴이 말했다. 라마승은 일어나려고 하다가 아득히 먼 쿨루에서 죽은 제자를 떠올리고는 한숨을 내쉬며 도로 주저앉았다. 킴은 고개를 한쪽으로 꼰 채 생각에 잠기더니 말했다.

"그릇 좀 줘보세요. 이곳 사람들은 제가 잘 알죠. 자비를 베풀 만한 사람 모두. 주세요, 제가 가득 채워서 갖고 올게요."

노승은 어린아이처럼 순순히 킴에게 바리때를 건네주었다.

"쉬고 계세요. 전 사람들을 알아요."

킴은 하층 야채장수 계급인 쿤즈리의 가게로 뛰어갔다. 그곳은 모티 시장 아래에 있는 환상형 전차궤도의 선로 맞은편에 있었다. 가게 여주인은 킴을 오래전부터 알고 있었다.

"오호, 탁발그릇을 갖고 있는 걸 보니 요기*가 된 모양이구나?"

그녀가 소리를 질렀다.

"아뇨, 이 도시에 새로운 수도승께서 오셨어요. 이제껏 한 번도 본 적이 없는."

킴이 으스대며 말했다.

"늙은 수도승과 호랑이 새끼라, 새로 온 수도승들에 지쳤어! 그자들은 밥그릇에 파리 꼬이듯 하지. 내 아들의 애비란 작자가 달라면 다 퍼주는 무슨 자비의 샘이라도 되는 줄 알아?"

여자가 화난 듯이 말했다.

---

* 요가 수행자. 요가 철학 신봉자, 명상적인 사람, 신비적인 사람을 통칭하는 말.

"아니죠, 아줌마의 남편은 신성한 요기라기보다는 야기(yagi, 성질이 까다로운 사람)죠. 하지만 이 수도승은 전혀 다른 분이에요. '불가사의한 집'에 있는 영국 신사는 그분과 형제처럼 대화를 나누던걸요. 오, 나의 어머니, 여기 이 그릇을 채워주시와요. 그분이 기다리고 있답니다."

"감히 그릇을 채워달라고! 젖소 배만 한 광주리에다! 넌 시바의 신성한 황소만큼 고상하구나. 그 녀석은 이미 최고급 양파를 한 광주리나 먹어치웠어, 오늘 아침에. 그런데 나 참, 이젠 네놈의 그릇도 채워줘야 한단 말이지. 그놈이 또 여기로 오는군."

덩치가 크고 털빛이 쥐색인 신성한 황소가 갖가지 피부색의 군중을 헤치고 어슬렁거리며 다가오고 있었다. 녀석은 훔친 질경이를 입 밖으로 내민 채 씹고 있었다. 신성한 짐승으로서의 특권을 잘 알고 있다는 듯 놈은 곧장 야채가게로 와서는 머리를 수그린 채 먹을 것을 고르기 전에 우선 죽 늘어서 있는 야채 바구니들에다 코를 디밀고는 킁킁거리며 냄새를 맡았다. 킴의 단단한 발꿈치가 날아오르는가 싶더니 파랗게 물기가 밴 놈의 코를 걷어차버렸다. 씩씩거리며 콧김을 내뿜던 녀석은 육중한 몸을 뒤뚱거리며 화가 잔뜩 난 채로 철로를 가로질러갔다.

"보세요! 제가 이 그릇에 퍼주실 것의 세 배는 절약해드렸어요. 이제, 어머니, 밥에다 말린 생선을 좀 얹어주세요. 이왕이면 야채 카레도 좀……"

가게 뒤쪽에서 뭐라고 투덜거리는 소리가 들려왔다. 사내 하나가 드러누워 있었다.

"얘가 황소를 쫓아내줬다고요. 불쌍한 사람을 도와주는 건 좋은 일이잖아요."

여자가 낮은 목소리로 말했다. 그녀는 탁발그릇을 빼앗아 가더니 그 안에다 따뜻한 밥을 가득 채워서 돌려주었다.

"저의 요기께서는 암소가 아니시걸랑요."

킴이 밥 위에다 손가락으로 구멍을 만들며 진지하게 말했다.

"카레가 좀 있으면 좋을 텐데, 구운 빵이랑 잼 한 덩어리면 그분이 아주 좋아하실 거란 생각이 드네요."

"구멍이 네 머리통만큼 크구나."

여자가 짜증을 냈다. 하지만 그녀는 그릇 가득히 질 좋고 촉촉한 야채 카레를 가득 담고, 구운 빵을 넓게 펴서 그 위에다 맑은 버터를 바르고는 시큼한 타마린드 콩잼 한 덩이를 빵 가장자리에다 발라주었다. 킴은 사랑스런 표정으로 가게 주인을 바라보았다.

"훌륭해요. 제가 시장에 있는 한 이제 황소는 절대 여길 오지 못할 거예요. 놈은 정말 뻔뻔스런 거지라고요."

"그럼 넌?"

여자가 활짝 웃으며 말했다.

"헌데, 황소 얘기 잘했다. 언젠가는 '붉은 황소'가 널 도우러 초원에서 온다고 내게 말한 적이 있었지? 지금 모든 게 제대로 되어가고 있다면 말야, 네 그 성자님에게 우릴 축복해달라고 얘기 좀 해주겠니? 아마도 그분은 우리 딸애의 아픈 눈을 어떻게 치료하는지 알고 계실 테니까. 물어봐줘, 오, 세상 모든 이의 어린 친구야."

하지만 마지막 문장이 끝나기도 전에 킴은 밖으로 뛰어나가 떠돌이 개들과 아직 끼니를 채우지 못한 아는 얼굴들을 요리조리 피해가며 껑충껑충 뛰어갔다.

"우린 제대로 구걸할 줄 아는 사람이지요."

바리때에 담긴 내용물을 보고 눈이 휘둥그레진 라마승에게 킴이 자랑스럽게 말했다.

"이제 드세요. 그리고…… 저도 함께 먹을게요. 이봐요, 비스티!"

킴은 박물관 부근에서 크로톤* 나무에 물을 뿌리고 있던 수차꾼을 불렀다.

"여기 물 좀 주세요. 우리 두 남자 목이 타들어가고 있어요."

"우리 두 남자라고!"

비스티가 웃음을 터뜨리며 말했다.

"가죽부대 하나면 두 사람에게 충분하겠지? 그래, 마셔라, 자비로운 이의 이름으로."

그가 가느다란 물 한줄기를 킴의 손에다 담아주자, 킴은 힌두식으로 오른손의 물을 마셨다. 하지만 라마승은 여러 겹으로 된 웃옷 안에서 컵을 하나 꺼내더니 거기에 물을 담아 의식을 치르듯 마셨다.

"파르데시(이방인)예요."

킴이 설명을 해주자, 노승이 뭐라고 말했는데, 알아들을 수는 없었지만 축복을 비는 것임이 분명했다.

두 사람은 아주 만족스럽게 탁발그릇을 비웠다. 그런 뒤에 라마승은 기이하게 생긴 나무로 된 호리병에 코를 박고 코담배를 즐기고는,

---

* 대극과의 열대 아시아 원산 관엽 식물.

한동안 손가락으로 염주를 만지작대더니 잠잠마의 그림자가 길게 늘어날 무렵, 나이 든 사람들이 으레 그러듯 스르르 잠이 들었다.

킴은 근처에 있는, 꽤나 생기 있고 젊은 무슬림 여자가 운영하는 담뱃가게로 가서 괜히 어슬렁거렸다. 그러다가 영국식으로 살고 싶어 하는 편자브 대학교 학생들이 피우는, 맛이 고약한 시가 한 대를 얻어냈다. 그는 담배를 피워 물고는 대포의 몸통 아래서 뺨을 무릎에 붙인 채로 생각에 잠겼다. 그리고 결론에 도달했다. 그것은 닐라 람의 목재 저장소 쪽으로, 불시에, 아무도 모르게 출발한다는 것이었다.

도시의 저녁은 가로등이 켜지고 흰 옷을 입은 직장인과 하급 공무원들이 퇴근하는 것과 함께 시작되었다. 그제야 라마승은 잠에서 깨어났다. 그는 잠에서 덜 깬 듯한 눈으로 사방을 둘러보았다. 하지만 지저분한 터번에 담황색 옷을 입은 힌두 꼬마를 제외하고는 그 누구도 보이지 않았다. 갑자기 그는 무릎 사이에다 머리를 박더니 흐느껴 울기 시작했다.

"무슨 일이에요? 도둑이라도 맞으셨나요?"

소년이 그의 앞에 서서 물었다.

"내 새 제자가 나를 떠나버렸지 뭐냐. 난 그애가 어디로 가버렸는지 알지를 못해."

"어르신의 제자는 어떤 사람이었나요?"

"나는 저곳으로 들어가 위대한 계율 앞에 절을 하고 공덕을 쌓았다. 그 공덕으로 인해 죽은 제자 대신에 내게로 온 소년이 있었단다."

그는 박물관을 가리키며 말했다.

"우린 우연히 마주쳤는데, 그애가 내게 잃어버린 길을 가르쳐주었

36

지. 그러고는 '불가사의한 집'으로 날 데리고 가서는 불상 관리인에게 말을 걸 수 있도록 용기를 주었단다. 그래서 난 기분이 좋아져서 기력이 생겼지. 게다가 허기가 져서 정신이 혼미했을 땐 스승을 위해 제자가 탁발을 하듯 날 위해 구걸을 나가기도 했단다. 그런데 갑자기 그애가 사라져버린 거야. 바라나시로 가는 길에 위대한 계율을 그 아이에게 가르쳐주려고 마음을 먹고 있었는데 말이다."

킴은 놀라움에 휩싸인 채 서 있었다. 박물관 안에서 엿들은 대화를 통해 노승이 진실한 사람이라는 것을 느낄 수 있었기 때문이었다. 여행을 하는 중에 낯선 사람에게 진실을 얘기한다는 것은 거의 찾아볼 수 없는 일이었다.

"그애가 왜 내게 보내졌는지를 알 것 같았지. 이 일을 통해서 내가 그 강을 꼭 찾아내야 한다는 걸 알게 되었단다."

"화살의 강, 말이죠?"

킴이 잘난 척 미소를 띠며 말했다.

"이건 또 무슨 조화인가?"

라마승이 소리를 질렀다.

"아무에게도 내가 찾는 걸 말한 적이 없는데, 저 불상의 구도자를 제외하곤. 넌 누구냐?"

"스님의 제자지요."

그의 뒤에 서서 킴이 간명하게 대답했다.

"전 이제껏 살아오면서 스님 같은 분은 만나본 적이 없어요. 스님과 함께 바라나시로 갈 거예요. 그리고 해질녘에 우연히 만난 사람에게 진실을 말씀해주시는 걸 보니, 스님이 너무 연로하셔서 무엇보다 제자가 꼭 필요하다는 생각이 들었거든요."

"하지만 강은…… 화살의 강은?"

"오, 스님께서 그 영국 신사분에게 말씀하시는 걸 들었지요. 그때 전문에 기댄 채 누워 있었거든요."

라마승이 한숨을 내쉬었다.

"난 네가 허가받은 안내인이라고 생각했단다. 그런 일이야 있을 수 있지…… 대수로운 일도 아니고. 근데, 넌 그 강을 알고 있니?"

"아뇨, 전 몰라요." 킴은 어색하게 웃었다. "제가 찾아가려는 건 황소…… 저를 도와줄 푸른 들판의 붉은 황소예요."

킴은 지식과 계획이 갖추어진다면 언제든 행동하려는 소년다운 면모를 갖고 있었다. 또한 한번 생각하면 20분씩이나 줄곧 아버지의 예언이 이루어질 거라고 상상하는 것 역시 소년다운 모습이었다.

"무얼 찾아간다고, 애야?"

라마승이 물었다.

"무슨 의미인지는 신만이 아시죠. 하지만 아빠가 그렇게 말씀해주셨어요. 전 히말라야에 있다는 새롭고 낯선 곳에 대해 스님께서 얘기하시는 걸 '불가사의한 집'에서 들었어요. 그리고 그토록 나이 들고 약한 분께서, 늘 그렇게 진실을 말씀하시는 분께서, 만약 강 따위 사소한 문제를 풀기 위해 떠날 수 있다면, 저 역시 여행을 떠나야만 할 것 같았어요. 만약 그것들을 찾는 게 우리의 운명이라면, 우린 찾아야만 해요…… 스님은 스님의 강을, 전 저의 황소를, 그리고 '굳센 기둥'과 제가 미처 기억하지 못하는 다른 많은 것을요."

"기둥이 아니라 '바퀴'란다. 그것으로부터 내가 자유로워지는 것이지."

"둘 다 같은 거예요. 어쩌면 그것들이 저를 왕으로 만들어줄지도 모르죠."

킴은 모든 준비가 되어 있다는 듯 차분하게 말했다.

"길을 떠나면 내가 너에게 다른 것들, 더 많은 욕망이 존재한다는 것을 가르쳐주마. 바라나시로 가자."

라마승이 위엄 있는 목소리로 말했다.

"밤에는 안 돼요. 강도들이 들끓죠. 날이 샐 때까지 기다려요."

"하지만 잠잘 곳이 없구나."

맨땅에서 잘 수도 있었지만 사원의 규칙에 익숙한 노인은 그 규칙이 정한 바의 품위를 지키고 싶었다.

"카슈미르 세라이*에 가면 좋은 잠자리를 얻을 수 있을 거예요."

킴이 당혹해하며 웃었다.

"거기 제 친구가 있거든요. 따라오세요!"

그들은 북인도의 모든 종족이 뒤얽혀 있는, 불빛들로 휘황한 덥고 복닥거리는 시장통을 헤쳐 나갔다. 라마승은 꿈을 꾸는 사람처럼 얼이 빠져 있었다. 그는 이렇게 큰 산업도시는 겪어본 적이 없었다. 끊임없이 비명을 질러대는 전차의 브레이크 소리에 그는 무시로 깜짝깜짝 놀랐다. 반은 떠밀고 반은 잡아당기면서 시장통을 빠져나온 그는 카슈미르 세라이의 높은 대문 앞에 도착했다.

그곳은 기차역과 마주하고 있는 널따란 광장에 아치형의 회랑으로

---

* 인도와 중앙아시아 지역의 여인숙, 대상(隊商)의 숙소.

둘러싸여 있었는데, 중앙아시아에서 낙타와 말을 가지고 돌아온 대상 隊商들이 묵고 있었다. 그곳은 북부 사람들이 지닌 온갖 생활양식을 모두 모아놓은 듯했다. 줄에 매어둔 조랑말을 살피거나 낙타들의 무릎을 꿇리고, 짐을 싣기도 하고 부리기도 하고, 저녁밥을 짓기 위해 우물에서 물을 길어올리고, 날카로운 소리로 울어대는 매서운 눈매의 종마 앞에다 풀을 쌓아놓고, 통통거리는 개를 쥐어박고, 낙타몰이꾼에게 품삯을 지불하고, 새로운 몰이꾼을 채용하고, 욕지거리를 해대고, 소리를 지르고, 다투고, 누군가를 희롱하는 모습들로 광장은 가득 차 있었다.

돌층계 서너 계단을 올라가면 다다르는 회랑들은 이 혼란의 바다와 외따로 떨어져 있었는데, 그 대부분은 돈 많은 상인들이 세를 얻어 있었다. 기둥과 기둥 사이의 공간을 벽돌이나 판자로 막아놓은 것이 방이었고, 그런 방들은 무거운 나무문과 다루기가 까다로운 인도식 맹꽁이자물쇠에 의해 보호되고 있었다. 자물쇠가 채워져 있는 문은 방주인이 부재중이라는 것을 의미했는데, 분필이나 페인트로 쓰인 좀 서투른(때로는 아주 서투른) 글씨가 그가 어디로 갔는지를 알려주었다. 가령 '루투프 울라는 쿠르디스탄*으로 떠났음'이라고 쓰여 있는 아래에다 '오, 이屬를 아프간 사람의 외투 속에서 살도록 벌을 내리신 알라여, 어찌하여 저 루투프라는 이에게 장수를 허락하신 건가요?'같이 어줍게 시를 흉내 내서 답을 써놓는 식이었다.

흥분한 사람들과 짐승들로부터 라마승을 보호하면서 킴은 회랑을

---

* 터키 · 이란 · 이라크에 걸친 산악 · 고원 지대.

40

따라 맨 끝, 기차역과 가장 가까이에 있는 말장수 마부브 알리의 방으로 갔다. 그는 카이바르 고개* 너머에 있다는 신비의 땅에서 온 사람이었다.

킴은 어렸을 때, 특히 열 살 때부터 열세 살이 될 때까지 그와 꽤 많은 거래를 했다. 덩치가 크고 무뚝뚝한, 나이가 들어 백발이 된 수염을 보이고 싶지 않아서 라임열매를 이용해 턱수염을 붉게 염색한 이 아프가니스탄 남자는 소년의 가치를 소문을 들어 익히 알고 있었다. 종종 그는 킴으로 하여금 말과 관계된 일이라곤 전혀 하지 않는 사람을 감시하도록 시키기도 했고, 하루 종일 그 사람을 따라다니며 그와 대화를 한 사람 모두를 보고하도록 지시하기도 했다. 킴은 저녁이면 그에게로 와서 보고를 했고, 마부브는 어떤 말도 몸짓도 없이 듣기만 했다. 자신이 하는 일이 일종의 계략이라는 것을 킴은 알고 있었다. 무슨 일이 있었는지에 대해서는 마부브 외에는 그 누구도 알아서는 안 되었다. 그는 세라이 꼭대기에 있는 식당으로 킴을 데리고 가서 따뜻하고 맛있는 음식을 사주기도 했고, 돈을 8아나**나 준 적도 있었다.

"여기예요."

킴이 성질 고약한 낙타의 코를 툭 건드리면서 말했다.

"이봐요, 마부브 알리!"

그는 컴컴한 아치 앞에서 걸음을 멈추고는 어리둥절해 있는 라마승

---

* 파키스탄과 아프가니스탄의 경계인 힌두쿠시 산맥을 가로지르는 고개. 교통의 요충지로, 아리아인이 인도에 침입할 때, 알렉산드로스 대왕의 원정군이 인도로 들어올 때도 이곳을 통과했다.
** 옛날 인도와 파키스탄의 화폐단위. 1루피의 16분의 1.

뒤편으로 슬쩍 돌아갔다.

말장수는 짙은 빛깔로 수놓은 부하라식* 벨트를 느슨하게 풀어놓은 채 비단 천으로 만든 말안장을 베고 누워 있었는데, 커다란 은색 물담뱃대를 느릿느릿 빨고 있었다. 그는 소리가 들려온 쪽으로 고개를 아주 조금만 돌렸다. 거기에는 키가 크고 말이 없는, 우스꽝스러운 형상 하나가 서 있을 뿐이었다.

"이게 뭐야, 라마잖아! 붉은 모자의 라마! 라호르까지 얼마나 먼 길인데. 근데 대체 여기서 뭐 하는 거요?"

라마승은 습관적으로 탁발그릇을 꺼내들었다.

"알라를 믿지 않는 모든 자들에게 저주를!"

마부브가 말했다.

"난 이투성이의 티베트인에겐 적선을 하지 않아. 대신 저기 낙타 뒤쪽 멀리에 있는 발트 족** 종자들한테 가보시오. 걔들이라면 당신의 축복에다 값을 매겨줄지 모르니까. 이봐, 말몰이꾼들, 여기 너희들과 비슷한 시골뜨기가 하나 있으니 살펴보라고. 얼마나 배고픈 인간인지."

병든 말을 가진, 겉보기에는 한때나마 불교도였을 것 같은, 민머리에 허리가 잔뜩 굽은 발트 족 한 명이 스님에게 굽실거리며 다가오더니 말몰이꾼들이 쬐고 있는 불가 자리를 권하며 꽉 잠긴 목소리로 '신

---

* 부하라는 오늘날의 우즈베키스탄 제라프샨 강 하류에 있는 도시로, 실크로드상 교통의 요충지.
** 오늘날의 파키스탄 북부 카라코람 산악지대에 거주하는 티베트인의 후예. 15세기에 이슬람으로 개종했다.

성한 존재'에게 기원해줄 것을 부탁했다.

"비켜요!"

킴이 그 발트 족 남자를 가볍게 밀쳐내자 라마승도 주춤거리며 뒤로 물러났다. 그러는 바람에 회랑 가에 서 있던 킴의 모습이 드러나게 되었다.

"저리 가거라!"

마부브 알리가 물담뱃대 쪽으로 돌아누웠다.

"힌두 꼬마 녀석, 썩 꺼져. 알라를 믿지 않는 모든 자들에게 저주를! 저기 너희들 종교를 가진 내 하인들에게나 가서 빌어먹어."

"마하라자*시여."

힌두식으로 극존칭을 써가면서 킴이 징징 우는 소리로 말했다. 하지만 그는 이 상황을 철저히 즐기고 있었다.

"저희 아버지는 돌아가셨습니다…… 저희 어머니도 돌아가셨습니다…… 제 위장은 텅 비어버렸고요."

"말들과 함께 있는 내 하인한테 가서 빌어먹으로라고 내가 말했잖아. 개중에는 틀림없이 힌두교도도 있을 거야."

"오, 마부브 알리 님이시여, 제가 힌두교도인가요?"

킴이 영어로 말했다.

장사꾼은 놀란 표정을 짓지는 않았지만 눈살을 모으고 살펴보느라 그의 숱 많은 눈썹이 아래로 처져 보였다.

"세상 모든 이의 어린 친구, 무슨 볼일이냐?"

---

* 인도 토후국의 왕을 일컫는 칭호.

"전에는 보잘것없는 존재였지만, 지금 전 성자님의 제자가 되었습니다. 그리고 우린 함께 순례여행을 떠나기로 했습지요. 바라나시로 갈 거라고 그분이 말씀하셨어요. 그분은 완전히 들떠 있고, 전 이 도시에 염증을 느끼고 있죠. 전 새로운 공기와 물을 원해요."

"넌 누구를 위해 일하느냐? 왜 내게로 왔지?"

의심이 잔뜩 묻어 있는 거친 목소리였다.

"누구를 위해서든 올 수 있는 것 아닌가요? 전 가진 게 없어요. 주머니가 빈 채로 돌아다니는 건 좋은 일이 못 되죠. 나리께선 많은 말을 장교들에게 파시게 될 겁니다. 대단히 훌륭한 말들이니까요. 이 새 말들도 파실 거죠? 전 이 말들을 잘 알고 있어요. 마부브 알리님, 일 루피만 적선해주세요. 나중에 벌면 꼭 갚겠다고 약속할게요."

"흐음!"

재빨리 생각하며 마부브 알리가 말했다.

"넌 내게 거짓말을 한 적이 없었지. 라마승을 불러오거라…… 넌 보이지 않게 어둠 속에 물러서 있도록 하고."

"오, 저희 생각에 동의하시는군요."

킴이 웃으며 말했다.

"우리는, 이 소년과 나는 바라나시로 갈 거요. 나는 어떤 강을 찾아 떠나려는 것이오."

라마승이 마부브 알리가 무얼 묻고 있는지를 알아내고는 말했다.

"그러실 테지…… 그럼, 소년도?"

"그는 나의 제자요. 나는 그가 나를 강으로 인도하기 위해 보내진 거라 생각하오. 대포 아래 앉아 있는데 그가 갑자기 나타났다오. 안내

44

자가 필요했는데 행운이 찾아들어온 거요. 하지만 지금 내가 기억하기로는, 그 아인 자기가 현세에서는 힌두교도라고 했소."

"그럼 그애의 이름을 아시오?"

"물어볼 필요가 없잖소. 내 제자인걸."

"그애의 조국, 인종, 사는 곳도 물어보지 않았겠군. 무슬림인지, 시크교도인지, 자이나교도인지, 계급이 낮은지 높은지도?"

"내가 왜 물어봐야 하오? 내가 추구하는 중도中道에는 높은 것도 낮은 것도 없소. 그애는 나의 제자이고, 앞으로도 그럴 거라면, 누가 내게서 그 아이를 빼앗아갈 수 있겠소? 당신이 보다시피, 그애가 없이는 나의 강을 찾아낼 수가 없소."

라마승은 엄숙하게 고개를 끄덕였다.

"아무도 당신에게서 그애를 빼앗아갈 수 없지. 가서 내 발트 족 하인들과 지내도록 하시오."

마부브 알리가 말했다. 그 말에 라마승은 마음을 진정하고는 자리를 떴다.

"어지간히 정신이 나갔지요?"

킴이 다시 불빛 앞으로 걸어 나오며 말했다.

"왜 제가 거짓말을 하겠어요, 하지*어른?"

마부브는 아무런 대꾸도 없이 물담배를 뿜어냈다. 그러고 나서 입을 떼기 시작했는데, 거의 속삭이는 것 같았다.

"바라나시로 가는 길에 움발라**를 지나게 될 거다…… 정말 너희

---

* 메카 순례를 마친 회교도. 무슬림 남자를 높여 부르는 말.
** 인도 북서부 하리아나 주 북동부에 있는 도시.

둘이 갈 거라면 말이다."

"쯧쯧! 거짓말 같은 걸 할 분이 아니라고 제가 말씀드렸잖아요. 우리 같은 사람들하고는 다르죠."

"그래, 움발라까지 내 메시지를 가져가겠다면 돈을 주겠다. 그건 말, 흰색 종마에 관한 건데…… 지난번 아프가니스탄에서 돌아올 때 한 장교에게 그 말을 팔았다. 헌데 그땐…… 더 가까이 와서 구걸하는 것처럼 손을 올리거라…… 그 백마의 족보를 완전히 파악하지 못한 상태였는데, 지금 그 장교는 움발라에 머물면서 내 연락을 기다리고 있다."

마부브는 말과 장교의 인상착의를 킴에게 설명해주고는 말을 이었다.

"장교에게 전할 메시지는 이것이다. '흰색 종마의 혈통이 완전히 파악되었습니다.' 이 메시지를 전하면 장교는 내가 널 보냈다는 걸 알게 될 텐데, 그 사람이 '증거가 있느냐?' 하고 물으면 너는 이렇게 대답하거라. '마부브 알리가 제게 그 증거를 주었습니다' 하고 말이다."

"이 모든 게 흰색 종마를 위한 거란 말이죠."

킬킬거리며 말했지만, 킴의 두 눈은 불타오르고 있었다.

"내가 지금 너에게 줄 족보는…… 내 방식으로 작성한 건데…… 그런 만큼 쉽게 이해가 안 되는 부분도 있을 거다."

그때 그림자 하나가 킴의 뒤쪽으로 지나갔다. 먹이를 우물거리고 있는 낙타였다. 마부브 알리의 목소리가 갑자기 높아졌다.

"도대체! 이 도시에서 네가 유일한 거지란 말이지? 너의 엄마는 죽었고, 네 아빠도 죽었고. 그 덕분에 이런 꼴을 하고 있단 말이지. 그래,

그래……"

그는 몸을 돌려서 바다 가까운 곳을 살피더니 부드럽고 기름기가 도는 무슬림식 빵 한 조각을 소년에게 건넸다.

"오늘밤에는 내 말몰이꾼들이 있는 곳으로 가서 자거라…… 라마와 너, 둘 모두. 내일 네게 일거리를 주겠다."

킴은 빵을 깨물며 살금살금 그곳을 물러났다. 예상했던 대로 그는 접혀 있는 빵 안에 뭔가가 들어 있는 걸 알아냈다. 기름종이와 3루피의 은전이었다. 대단한 선물이었다. 그는 미소를 띠면서 돈과 종이를 자신의 가죽 부적가방에 집어넣었다. 마부브의 발트 족 하인들로부터 거나하게 저녁을 얻어먹은 라마승은 축사 한구석에서 이미 잠이 들어 있었다. 킴은 노승 곁에 누워 웃음을 터뜨렸다. 그는 마부브 알리가 말한 일거리란 것이 종마의 족보 따위와는 아무런 상관도 없는 것이란 걸 단번에 알 수 있었다. 자신은 그를 위해 뭔가 특별한 일을 하고 있다고 믿었다.

하지만 킴에게 마부브 알리는, 알려진 대로 펀자브 지역 최고의 말 장사꾼 중 하나이며, 부자인 데다가 국경 너머 아주 먼 지역까지 대상들을 보내 장사를 하게 할 정도의 거상이라는 게 전부였다. 실은 그가 인도 측량국의 기밀문서 중 하나에 'C25 1B'라는 이름으로 올라 있다는 사실을 킴은 전혀 눈치 채지 못했다.

C25는 일 년에 두세 번 정도 별것 아닌 이야기를 측량국으로 보내오곤 했는데, 오직 흥미만을 유발하는 선정적인 이야기였지만, R17과 M4의 진술에 의해 검증된 바대로 대개는 사실이었다. 그것들은 모든 오지의 산간 왕국과 영국 외의 국적을 가진 탐험가들 그리고 무기상

들과 관련된 정보로, 요컨대 인도 정부가 행하는 대규모 '정보수집'의 작은 한 부분이었다. 그런데 최근 다섯 동맹국의 왕들은, 실제로는 동맹을 맺을 이유가 전혀 없었지만, 그들 지역으로부터 영국 통치하의 인도로 정보들이 새나가고 있다는 사실을 북방의 어느 우호적인 유력자로부터 전해 들었다. 그래서 이들 왕국의 대신들은 몹시 기분이 상해 이에 상응하는 조처들을 취했다. 그들은 많은 혐의자 가운데서 붉은 수염의 어느 거만한 마상에 혐의를 두고 있었다. 마부브는 자신이 거느린 대상들로 하여금 배꼽까지 차오른 눈밭을 헤치고 그들의 요새로 이동하게 했다. 그들은 그곳에서 한동안 잠복하고 있다가, 마부브의 암살을 위해 고용된 건지 아닌지는 확실하지 않지만 아무튼 세 명의 낯선 깡패들을 사로잡았다. 그 일이 있은 뒤에 마부브는 신변을 위협할 가능성이 있는 페샤와르*시를 피해 라호르까지 단숨에 내려온 것이었다. 거기서 동향사람들과 지내면서 사태의 추이를 살펴보고 있었다.

그리고 마부브 알리에게는 잠시도 갖고 있고 싶지 않은 한 뭉치의 문서가 있었다. 그것은 기름을 먹인 방수포로 싼 촘촘히 접은 작은 종이뭉치로, 한쪽 구석에 현미경으로 들여다봐야만 보이는 다섯 개의 구멍이 뚫려 있었다. 그 문서는 다섯 동맹 왕국과 우호적인 북부의 유력자, 페샤와르의 은행가, 벨기에의 한 총기 제작사, 그리고 탁월한 지도력을 지닌 남부 이슬람 준자치국의 통치자를 가장 비열하게 궁지로 몰아넣을 수 있는 내용을 담고 있었다. 이것은 마부브 알리가 도라 고

---

* 파키스탄의 카이바르 고개 동쪽에 있는 도시. 옛 간다라 왕국의 수도.

개 너머에서 직접 입수해 R17에게 전달한 정보로, 그래서 최종적으로는 R17의 작품이 되고 말았다. 통제 불능 상황이라 그가 관측 장소를 비울 수가 없었기 때문에 R17에게 넘길 수밖에 없었던 것이다. 그런데 그것은 C25의 실제 보고와 비교했을 때, 다이너마이트를 우유 빛깔의 무해한 물질이라고 얘기하는 것 정도의 수준이었다. C25의 실제 정보가 그만큼 신랄했다는 얘기였다. 게다가 동양인의 시간에 대한 가치관을 고려한다면, 시간이 지남에 따라 그 정보의 강도가 두드러지게 약해진 것도 사실이었다. 무엇보다 이러한 상황이 묵과된 데는 적어도 폭력의 희생양은 되고 싶지 않다는 마부브 자신의 생각이 작용하고 있었다. 국경을 넘나들며 벌어지고 있던 두세 가문들이 얽힌 골육상잔의 결말이 그의 손에 달려 있었기 때문이었다. 거기다 이 일들이 깨끗이 마무리되고 나면, 자신은 제법 덕망 높은 시민으로 살아갈 생각을 갖고 있었던 것이다. 이틀 전 세라이로 들어온 이후 그는 출입을 극도로 삼가고 있었지만, 상당량의 돈이 예치되어 있는 뭄바이로, 같은 종족의 하청동업자가 라지푸타나* 주의 기관원들에게 말을 팔며 지내고 있는 델리로, 또한 한 영국인이 흰색 종마의 족보를 애타게 기다리고 있는 움발라로 과시하듯 전보를 보냈다. 영어를 할 줄 아는 공중대필사는 멋진 전보문을 만들어냈다. 예를 들면 다음과 같다. '움발라, 로럴 은행, 크레이튼 씨에게. 이미 알려드린 바와 같이 말은 아라비아 혈통임. 애석하게도 족보 번역이 지연되고 있음.' 그러고는 나중에 같은 주소로 이런 전보를 보냈다. '재차 지연되어 대단히 송구

---

* 오늘날 인도 서북부의 라자스탄 주의 대부분을 차지하는 지역.

함. 족보 발송 예정.' 델리의 동업자에게는 이런 전문을 보냈다. '루투프 울라에게, 귀하의 루크만 나라인 은행 계좌로 2천 루피 송금 완료.' 이것은 전적으로 거래의 관행을 가장하고 있었지만 그 하나하나는 거기에 연루되어 있는 모든 관계자에 의해 검토의 대상이 되었고, 다시 한번 검토한 뒤 아무것도 모르는 발트 족 하인에게 맡겨 전송을 위해 기차역으로 보냈다. 그는 기차역으로 가는 도중에 전보문을 읽으려는 사람이면 누구나 읽도록 내버려두었다.

마부브가 자신의 사실적인 문장으로 온갖 의혹들을 잠재우는 예방 조치를 취해놓고 있을 때 킴이 하늘에서 뚝 떨어진 것처럼 그의 앞에 나타났다. 그리고 파렴치한 성정 못지않게 구미가 당기는 기회라면 놓치는 법이 없는 재빠른 판단력의 소유자인 마부브 알리는 그 즉시 킴에게 일거리를 맡긴 것이었다.

천한 신분의 소년 시종과 함께 돌아다니는 라마승은 순례자들의 땅 인도를 여행하는 동안 잠깐의 흥미는 불러일으킬 수 있겠지만, 누구도 그들을 의심의 눈으로 보거나, 막말로 그들을 상대로 강도질을 하지는 않을 터였다.

그는 물담뱃대에 새 알불을 당겨놓고는 이번 사안에 대해 생각에 잠겼다. 최악의 경우 소년이 위험에 처하게 된다 하더라도, 그 암호문은 누구에게도 영향을 주지는 않을 것이다. 그런 상황이 발생한다면, 새롭게 의심을 받아 긴박한 위험에 노출되기는 하겠지만, 자신이 유유히 움발라에 가서 관심을 가진 사람들에게 직접 입으로 얘기를 전해주면 그만인 것이다.

하지만 R17의 보고서는 사건 전체의 핵심이 되는 것으로, 수중에 넣지 못한다면 아주 골치 아파진다는 건 당연한 일이었다. 그렇지만 마부브는 신의 가호로 지금 할 수 있는 일은 다 했다고 생각했다. 킴은 그에게 절대로 거짓말을 하지 않는, 이 세상에서 유일한 인간이었다. 하지만 마부브는 킴이 자신의 목적을 수행하기 위해서, 혹은 자신과의 사업을 성사시키기 위해서 여느 동양인처럼 얼마든지 거짓말을 늘어놓을 수 있다는 사실을 잘 알고 있었다. 그런 점에서 오히려 킴은 믿을 만한 인간이었던 것이다.

마부브 알리는 여인숙을 구르듯 가로질러, 눈가에 칠을 하고 이방인들을 속여먹는 심술궂은 여자들이 있는 출입문까지 가서는 창녀 하나를 굳이 불러내려고 했다. 그녀는 유순한 외모를 가진 카슈미르 승려와 각별한 관계를 맺고 있는 듯했는데, 그로서는 그렇게 생각할 만한 이유가 있었다. 그 승려는 전보를 부치러 기차역으로 가던 마부브의 순진한 발트 족 하인을 숨어 있다 덮친 적이 있는 사람이기 때문이었다. 그런 점에서 마부브가 창녀를 불러낸 건 정말 바보 같은 짓이었다. 왜냐하면 그들은 예언자의 율법에 어긋나게도 향내 나는 브랜디를 마시기 시작했는데, 취기가 오르면서 마부브의 입에 걸렸던 자물쇠가 풀려서 아무 말이나 다 지껄이더니, 마침내 '열락의 꽃'에 완전히 빠져서 허우적거리다가 쿠션 위에 널브러져버렸기 때문이었다. 그러자 기다렸다는 듯 유순한 외모의 카슈미르 현자의 도움을 받은 '열락의 꽃'은 마부브의 머리끝에서 발끝까지 샅샅이 뒤지기 시작했다.

같은 시각, 마부브의 외딴방에 있던 킴은 소리를 죽인 발소리를 들으며 뭔가 이상한 느낌이 들었다. 말장수는 문도 잠그지 않은 채 방을 비웠고, 그의 하인들은 주인이 하사한 양 한 마리를 구워놓고 인도에 돌아온 것을 축하하며 즐기느라 정신이 없었던 상태였으므로, 그 은밀한 발소리를 의심하지 않을 수 없었던 것이다. '열락의 꽃'은 정신을 잃고 쓰러져 있는 마부브의 허리춤에서 열쇠뭉치를 벗겨내 델리에서 온 젊고 세련된 신사에게 건네주었는데, 곧바로 마부브의 방으로 건너간 그는 마부브의 소지품들이 들어 있는 모든 상자와 짐꾸러미, 카펫과 말안장 뒤에 달린 주머니까지 샅샅이 살펴보았다. 그 살펴보는 솜씨는 '꽃'이나 현자가 하는 것보다 훨씬 체계적이었다.

한 시간쯤 흐른 뒤 '꽃'이 코를 골고 있는 짐승의 몸통 위에 팔꿈치를 올려놓고는 냉소적으로 말했다.

"제 생각엔, 이 사람은 여자와 말 외에는 아무 관심도 없는 우라질 놈의 아프가니스탄 말장사꾼일 뿐이에요. 어쩌면 이미 보내버렸을는지도 모르죠…… 만약 그걸 갖고 있었다면."

"아냐…… 다섯 왕국의 문제가 이자의 시꺼먼 속내에 달려 있는 게 분명해."

현자가 말했다.

"아무것도 없나?"

델리에서 온 남자는 미소를 띠면서 들어올 때처럼 터번을 고쳐 썼다.

"꽃이 이자의 옷을 뒤질 때 전 신발 바닥까지 살펴봤습니다. 이자는 그놈이 아닙니다. 다른 놈입니다. 제가 뒤져보지 않은 건 아무것도 없어요."

"그들이 이자가 바로 그놈이라고 말한 건 아니지만……"

현자가 생각에 잠기며 말했다.

52

"그들이 '그가 맞는지 살펴보시오, 우리의 계획이 혼란에 빠졌으니'라고 분명히 말했거든."

"옷 속에 득시글거리는 이처럼, 북쪽 나라들은 말장사꾼들로 가득하죠. 시칸데르 칸, 누르 알리 베그, 파루크 샤…… 모두가 대상의 우두머리들인데…… 이들이 모두 거기서 장사를 하고 있어요."

꽃의 말이었다.

"그들은 아직 들어오지 않았어. 넌 나중에 그들을 꼭 유혹해야만 돼."

현자가 말했다.

"쳇!"

꽃이 메스껍다는 듯 무릎에 놓여 있던 마부브의 머리를 밀쳐버리며 말했다.

"난 내 돈을 벌 뿐이야. 파루크 샤는 곰이고, 알리 베그는 허풍쟁이, 그리고 늙은 시칸데르 칸은…… 에잇! 그만 가죠! 이젠 한숨 자야겠어요. 이 돼지는 새벽까진 꼼짝 못할 거야."

마부브가 잠에서 깨어났을 때 꽃은 그에게 술에 취하는 죄에 대해 심하게 퍼부어댔다. 아시아인들은 적을 계략에 빠뜨리려고 할 때 상대가 눈치를 채지 못하게 하는 법인데, 입을 헹궈내고 허리띠를 졸라맨 뒤 새벽 별빛 아래로 비틀거리며 걸어 나가던 마부브 알리의 행동이 바로 그랬다.

그는 혼잣말로 중얼거렸다.

"풋내기들 같으니라고! 페샤와르의 창녀들이라고 모두 그러진 않지! 얌전히들 군단 말이야. 이제 나를 죽이도록 명령받은 놈들이 길거리에 얼마나 깔려 있는지는 신만이 아시지…… 필시 그놈들은 칼을 갖고 있겠지. 그러니 더이상 지체하지 말고 킴 녀석을 움발라로 보내야 해. 열차를 태워야겠어…… 편지를 보내는 게 급박해졌단 말이야. 난 여기 머물면서 '꽃'을 데리고 아프가니스탄 말장수답게 술이나 퍼마시면 되는 거야."

그는 자신의 방 다음 칸에서 걸음을 멈추었다. 그의 하인들은 깊은 잠에 빠져 있었다. 킴이나 라마승의 흔적은 어디에도 없었다.

"일어나!"

그는 잠자는 이들을 흔들어댔다.

"지난밤 여기에 묵었던 자들은 어디로 갔나? ……라마와 소년 말이야. 뭐 잃어버린 거 없어?"

"없습니다요. 미친 늙은이는 새벽 일찍 일어나더니 바라나시로 갈 거라고 말했습죠. 어린 녀석이 그를 데리고 가던걸요."

사내가 투덜거렸다.

"모든 믿지 않는 자에 알라의 저주를!"

마부브는 맘껏 욕을 퍼붓고는 투덜거리면서 자신의 방으로 올라갔다.

실은 킴이 라마승을 깨운 것이었다. 널빤지에 난 옹이구멍을 통해 델리 신사가 상자들을 샅샅이 살펴보는 걸 목격한 뒤였다. 그는 서찰이나 어음, 안장 따위를 노리는 보통의 도둑 같지는 않았다. 마부브의 신발 바닥까지 칼로 찔러보고 말안장주머니의 솔기까지 교묘하게 뜯어보는 도둑이 어디 있겠는가. 처음에 킴은 "도둑이야!" 하고 길게 소리를 지를 생각이었다. 그랬으면 여인숙에는 한밤중에 큰 소동이 일어났을 것이다. 하지만 그는 더 조심스럽게 살펴보았고, 부적가방 위에다 손을 올려놓고는 자신만의 결론을 끌어냈다.

"말의 족보를 찾고 있는 게 분명해, 내가 움발라로 가지고 가는 그것 말이야. 지금 당장 떠나는 게 좋겠어. 칼을 갖고 가방들을 뒤지고 있는 자들이라면 배라고 갈라보지 않겠어. 사건 뒤엔 항상 여자가 있게 마련이고."

킴은 얕은 잠에 빠져 있던 노인의 귀에 속삭였다.

"이봐요, 스님. 가야 할 시간이에요…… 바라나시로 떠나야 할 시간이라고요."

라마승은 순순히 일어났고, 그들은 그렇게 그림자처럼 여인숙을 빠져나간 것이었다.

2장

오만을 벗어던지고,
경전과 승려를 모욕하지 않는 자 그 누구든,
동방의 모든 이가
가마쿠라의 그분임을 알라.

- 키플링, 「가마쿠라 대불」

밤이 끝나갈 즈음, 그들은 성채와 같은 기차역으로 들어섰다. 북부의 곡물들을 대량으로 수송하는 화물터미널 너머로 전차들의 지글거리는 소리가 들려오고 있었다.

"악마의 작품이로다!"

메아리 소리가 낮게 울리는 어둠, 석조 플랫폼 사이로 희미하게 반짝이는 철로들, 천장에 미로처럼 얽혀 있는 대들보들을 쳐다보며 잔뜩 위축된 라마승이 말했다. 그는 마치 수의에 싸인 시체로 뒤덮인 것 같은 거대한 석조건물의 입구에 서 있었는데, 대기실에는 밤을 새워 겨우 표를 구한 삼등실 승객들이 잠에 빠져 있었다. 동양인들에게 24시간은 모두가 비슷해서, 매일 기차를 이용하는 사람들의 수가 시간대마다 일정했다.

"여기가 화차들이 들어오는 곳이에요. 저 구멍 뒤에 사람이 있네요."

킴이 매표소를 가리키며 말했다.

"움발라로 스님을 데려갈 기차표를 줄 사람이죠."

"아니 우린 바라나시로 간단다."

그가 조바심을 치며 대답했다.

"마찬가지예요. 바라나시는 그다음 역이죠. 서둘러요, 기차가 들어오고 있어요!"

"지갑을 네가 가지고 있거라."

이미 스스로 고백했듯 기차에 썩 익숙하지 못한 라마승은 3시 25분 발 남행열차가 굉음을 내며 들어서자 몸을 움찔했다. 잠에 떨어져 있던 사람들이 생기를 되찾았고, 기차역은 아우성과 고함, 물과 사탕을 파는 사람들의 호객하는 소리, 인도인 경찰관의 고성, 거기에 짐바구니를 챙기며 자식들과 남편들을 불러 모으고 있는 여자들의 찢어지는 목소리까지, 온갖 소리로 가득했다.

"저게 기차라는 거예요…… 하지만 기차일 뿐이죠. 여기까지 쳐들어오진 않아요. 잠깐만 기다리세요!"

라마승의 무척이나 순진한 면모에 한편 놀라면서 킴은 움발라까지 얼마인지 물어보고 표값을 치렀다. 스님은 돈이 든 조그만 가방을 킴에게 맡겨놓았다. 졸음이 가득한 매표원은 뭐라고 투덜거리면서 고작해야 10킬로미터 남짓 떨어진 바로 다음 역의 표 한 장을 내던졌다.

"이게 아니죠."

킴이 표를 들여다보고는 씩 웃으며 말했다.

"이따위 표는 어리벙벙한 촌사람들에게나 주시고, 전 라호르 시민이라고요, 바부*. 뭐, 이제 깨끗이 끝난 일이지만…… 지금 당장 움발라로 가는 표를 주시죠."

바부는 얼굴을 찡그리면서 제대로 된 표를 내주었다.

"이제 암리차르**로 가는 표도 하나 주세요."

마부브 알리가 준 돈을 쓰고 싶지 않았던 킴은 움발라행 표를 한 장더 살 생각이 전혀 없었다.

"요금이 너무 비싸네요. 조금만 깎아주셔도 저한텐 엄청난 액수가된답니다. 기차에 대해선 좀 아는데…… 아저씨한텐 전혀 아니지만요기께선 제자가 꼭 필요하시죠."

그는 얼이 빠진 채 멍하니 서 있는 라마승에게로 유쾌하게 걸어갔다.

"제가 아니었다면 차장들은 스님을 미안 마을에다 내팽개쳤을 거예요. 이쪽으로 가세요!"

움발라행 표를 끊는 대신 절약한 액수에서 1루피당 1아나씩을 심부름 값으로 챙긴 뒤 킴은 라마승에게 지갑을 돌려주었다. 그건 오래전부터 내려온 동양의 관습이었다.

라마승은 사람들로 북적거리는 삼등실의 열린 문 앞에서 갑자기 멈춰 서서 의기소침한 목소리로 물었다.

"걸어가는 게 낫지 않을까?"

---

* Babu. 인도에서 남자에게 붙이는 존칭. 이 시기에는 특히 영어를 쓸 줄 아는 인도인 서기나 영국 물이 든 인도인을 가리킨다.
** 인도 서북부, 펀자브 주 서북부에 있는 도시.

건장한 체격의 한 시크교도* 목수가 수염이 수북한 얼굴을 앞으로 내밀었다.

"저 양반, 무섭나 보구먼? 겁내지 마요. 저도 이놈의 기차를 두려워했을 때가 있었죠. 타세요! 이래뵈도 이놈은 나라에서 만든 작품이라고요."

"난 두렵지 않소."

라마승이 말했다.

"우리 두 사람이 들어갈 틈이 있는 거요?"

"쥐새끼 한 마리 들어갈 틈도 없어요."

돈깨나 있어 보이는 농장주의 마누라가 새된 소리를 질렀다. 그녀는 부촌인 줄룬두르** 지방에서 온 자트 족***이었다. 밤 열차는 남녀의 객실을 따로 나누는 낮 열차와는 달리 한 객실에 남자와 여자가 뒤섞여 있었다.

"오, 내 아들의 어머니여, 우리가 공간을 좀 마련해주자고요."

푸른 터번을 두른 그녀의 남편이 말했다.

"어린아이를 태워요. 그리고 저분은 성자이시네, 당신 보기에도 그렇지요?"

"내 무릎엔 일곱 개의 칠십 배나 되는 짐이 올려져 있다고요! 왜 저 사람을 내 무르팍에다 앉히시지 그래, 부끄럼도 모르는 인간 같으니

---

* 시크교는 힌두교의 신애(바크티) 신앙과 이슬람교의 신비사상을 융합한 것으로 인도 서북부의 펀자브 지방에 퍼져 있다.
** 인도 펀자브 주 북부에 있는 도시.
*** 주로 인도 서북부에 사는 인도 아리안계의 유력한 농민 카스트. 옛날 인도에 침입한 이슬람교도들에게 격렬히 저항했다.

라고. 남정네들이란 다 저 모양이야!"

그녀는 동의를 구하려고 주위를 둘러보았다. 창문 가까이에 앉아 있던, 암리차르에 사는 고급 창녀 하나가 장식을 단 그녀의 뒤통수에 다 대고 콧방귀를 뀌고 있었다.

"들어와요, 들어와!"

천으로 둘러싼 회계장부를 손에 말아 쥔 뚱뚱한 힌두교도 고리대금 업자가 소리를 질렀다. 번드르르한 웃음을 흘리며 그가 말했다.

"불쌍한 사람에게 친절을 베푸는 건 좋은 일이지."

"아하, 그래서 태어나지도 않은 송아지를 담보로 한 달에 칠 푼이나 이자를 받아 자셨구먼."

남부로 휴가를 떠나는 젊은 도그라* 군인의 말에 사람들이 웃음을 터뜨렸다.

"바라나시로 가게 되는 거냐?"

라마승이 물었다.

"그렇고말고요. 못 갈 게 뭐 있나요. 타세요, 그러지 않음 우릴 남겨 두고 떠나버릴 거예요."

킴이 소리를 질렀다.

"저것 좀 봐요! 저 사람은 기차를 타본 적이 없나봐. 오호, 봐요!"

암리차르의 창녀가 찢어지는 소리로 말했다.

"그러지 말고, 도와줍시다."

부유한 농장주가 커다란 갈색 손을 뻗어 스님을 열차 안으로 잡아

---

* 1850~1961년에 걸쳐 유지되었던 카슈미르의 왕국.

끌었다.

"이제 됐어요, 스님."

"하지만…… 하지만…… 난 바닥에 앉겠소. 의자에 앉는 건 계율에 어긋나는 일이오."

라마승이 말했다.

"더구나, 쥐가 나서."

고리대금업자가 입술을 오물거리기 시작했다.

"말하자면 이놈의 기차는 우리의 올바른 삶을 남김없이 몽땅 부숴버린다고. 가령, 우린 지금 계급을 구분하지도 않고 나란히 앉아 있잖아."

"옳은 말씀. 가장 지독하게 몰염치한 인간들과도 함께 있고요."

부농의 마누라가 젊은 군인에게 추파를 던지고 있던 암리차르의 창녀를 향해 인상을 쓰면서 말했다.

"마차를 타고 가는 게 낫겠다고 내가 말했지. 그게 얼마간 돈도 절약할 수 있었는데."

그녀의 남편이 말했다.

"왜 안 그렇겠어요…… 도중에 음식 사먹는 데 쓴 돈이 절약한 돈의 두 배야. 똑같은 얘길 만 번씩 하고 있으니, 지친다 지쳐."

"어허, 만 번이라니."

남편이 투덜거렸다.

"우리가 입을 다물고 있어야만 한다면 신들이 우리 불쌍한 여인네의 심정을 알아주시겠지. 오호, 저분은 여자들을 쳐다보지도 않고, 말도 하지 않는 부류시구먼."

64

계율에 따라 여자에겐 눈길을 주지 않는 라마승에게 하는 소리였다.

"저분의 제자도 똑같냐?"

"아니죠, 어머님."

킴이 지체 없이 대답했다.

"아름다우신 분이고, 무엇보다 굶주린 이에게 자비를 베푸시는 분이라면 사정이 다릅죠."

"거지의 답변이로군."

시크교도가 웃음을 터뜨리며 말했다.

"혼자만 드시고 있군요, 자매님!"

킴이 애원하듯 손을 모았다.

"어디로 가는 길이니?"

기름이 번들거리는 주머니에서 빵 반 조각을 꺼내 킴에게 건네주면서 여자가 물었다.

"바라나시까지요."

"마술사, 맞지?"

젊은 군인이 넌지시 물었다.

"시간 때울 만한 속임수 같은 거 뭐 없니? 근데 저 황색인은 왜 아무 대꾸도 없는 거냐?"

"왜냐면요."

킴이 단호하게 말했다.

"그분은 성스럽기 때문이에요. 그리고 여러분 마음속에 감춰져 있는 문제를 생각하고 계시기 때문이에요."

"그럴지도 모르지. 그런데 우리 루디아나*의 시크교 군인들은 말이다, 교리 때문에 골머리를 썩이는 일은 없단다. 우린 싸울 뿐이지."

그는 성량이 풍부한 목소리를 가지고 있었다.

"내 친척 조카가 그 연대의 병사인데, 그곳엔 도그라 중대들도 있다더군."

시크교도 목수가 조용히 입을 뗐다. 도그라와 시크교도는 서로 다른 계층이었기 때문에, 군인은 의아해서 눈을 둥그렇게 떴고, 고리대금업자는 킥킥거리며 웃어댔다.

"그 사람들 모두가 내겐 한 가지죠."

암리차르의 창녀가 말했다.

"어련하시겠어. 우리도 그렇게 믿어."

부농의 마누라가 심술궂게 빈정거렸다.

"아뇨, 제 말은 손에 총을 들고 나라를 위해 봉사한다는 점에서 하나라는 겁니다. 일테면, 형제란 말이죠. 형제들은 한 계층에 속해 있죠. 하지만 군인들을 결속시키는 건……"

그녀는 자신 없는 눈길로 주위를 둘러보았다.

"계층 따위를 넘어서는 일이죠, 그렇지 않나요?"

"내 아우는 자트 연대에 속해 있지만 도그라인도 좋은 사람들이지."

부유한 농부가 말했다.

"당신네 시크교인들은 적어도 그렇게 생각하죠."

군인이 구석에 평온하게 앉아 있는 노승을 보고 인상을 쓰면서 말

---

* 인도 북부 펀자브 주 중부의 도시.

했다.

"우리 2개 중대가 당신네 시크교도를 도와주러 피르자이 코탈로 간 게 불과 삼 개월도 되지 않았는데, 그때 고지에 꽂힌 여덟 개의 군기 에 맞서 싸울 때도 당신들은 그렇게 생각했었죠."

그는 루디아나 시크교도 부대의 도그라 중대원들이 얼마나 잘 싸웠 는지에 대해 어느 국경에서의 전투 일화를 들어 설명해주었다. 암리 차르의 창녀가 미소를 짓고 있었다. 그 이야기가 그녀의 생각이 옳았 음을 증명해주는 것이기 때문이었다.

"아이고!"

마침내 부농의 마누라가 곡소리를 냈다.

"그래서 마을이 불에 타고, 어린아이들이 집을 잃었단 말이지?"

"그들이 먼저 우리를 죽음으로 몰아넣었기 때문이에요. 우리 시크 의 군인들은 그들에게 받은 걸 그대로 돌려준 거라고요. 그렇게 된 겁 니다. 여기, 암리차른가요?"

"그렇다네. 그리고 여기서 차표를 확인하지."

고리대금업자가 허리춤을 더듬으며 말했다.

혼혈인 검표원이 돌아올 때쯤, 램프가 새벽빛 속에서 흐릿해져 있 었다. 동양에서는 검표가 아주 느리게 진행된다. 사람들이 차표를 온 갖 괴상한 곳에다가 감추어두기 때문이다. 킴이 제 표를 보여주자 검 표원은 그에게 밖으로 나가라고 말했다.

"하지만 전 움발라까지 가는데요. 이 성자님과 함께 가거든요."

그가 항의했다.

"네가 제하눔*까지 갈 수가 있다고 해도 내 알 바가 아니지. 이 표는

\text{킴 67}

단지 암리차르까지뿐이야. 나가!"

킴은 눈물을 마구 쏟아내며 라마승이 자신의 아버지이자 어머니이며, 자신은 그 라마승의 노후를 책임져야 할 몸이며, 자신이 돌보지 않는다면 라마승은 죽게 될지도 모른다고 떠들어댔다. 승객들은 하나같이 검표원에게 자비를 베풀라고 얼러댔는데, 고리대금업자의 말솜씨가 유달랐다. 하지만 검표원은 끝내 킴을 승강구로 끌어냈다. 일이 어떻게 돌아가는 것인지 전혀 이해할 수 없었던 라마승은 놀란 채 눈만 껌벅거리고 있었다. 킴은 목청을 더욱 돋우어 차창 밖으로 울음을 토해냈다.

"전 너무 가난하고요, 아버지도 돌아가시고요…… 어머니도 돌아가시고요. 아, 자비로운 분이시여, 제가 여길 떠나면, 누가 저 노인을 돌보겠습니까?"

"무슨…… 대체 이게 무슨 일이오?"

라마승이 거듭 물었다.

"그 아이는 바라나시로 갈 거요. 그 아이는 나와 함께 가야만 하오. 나의 제자란 말이오. 돈을 지불하라면 여기……"

"아이 참, 조용히……"

킴이 라마승에게 속삭였다.

"여기 계신 우리 손님들께서 그 돈을 낭비하게 두신다면 이 세상을 어떻게 자비롭다고 하겠어요?"

암리차르의 창녀가 자신의 짐을 가지고 자리를 벗어났다. 킴이 주

---

* 이슬람교에서 지옥을 가리키는 단어.

의 깊게 살펴본 것은 바로 그녀였다. 그가 알기로, 그런 유의 여자는 절대 인색한 사람이 아니었다.

"차표 한 장…… 그깟 움발라행 차표 한 장…… 못된 인간! 당신들은 자비심도 없어요?"

그녀가 웃었다.

"저 성자는 북쪽에서 왔니?"

"그분은 멀고 먼 북쪽……"

킴이 소리를 높였다.

"설산에서 오셨어요."

"북쪽에는 눈밭에 소나무들이 서 있지…… 고원도 눈으로 덮여 있고. 내 어머니는 쿨루 사람이었어. 이 돈으로 차표를 사거라. 저분에게 축복을 빌어달라고 부탁해다오."

"만 가지 축복을 빌어드리죠."

킴이 목소리를 높였다.

"오, 성스러운 분이시여, 한 여인이 우리에게 자비를 베풀어주셨나이다. 그래서 제가 다시 동행하게 되었나이다…… 황금같이 빛나는 가슴을 가지신 여인이십니다. 전 이제 차표를 사가지고 오겠나이다."

창녀는 플랫폼으로 달려가는 킴을 눈길로 좇고 있던 라마승을 바라보았다. 그는 여자와 눈이 마주치지 않게 얼굴을 돌린 채로 인사를 하고는, 여자가 승객들과 함께 나갈 때 티베트어로 주문을 외었다.

"경박하게 들어와서, 경박하게 꺼지는구나."

부농의 마누라가 심술궂게 말했다.

"그녀는 공덕을 쌓은 겁니다. 그녀가 정숙한 여자였다는 건 자명한 일이지요." 라마승이 되받았다.

"그런 여자는 암리차르에만도 만 명은 될 거요. 노인장께서는 객실로 돌아가시오. 남겨두고 떠날지도 모르니."

고리대금업자가 소리를 질렀다.

"표를 끊고도 돈이 남아서 음식까지 좀 사왔어요."

킴이 제 자리로 풀쩍 뛰어들며 말했다.

"이제 요기를 하세요, 성자님. 저길 보세요, 날이 밝아와요!"

황금색, 장미색, 짙은 노랑, 분홍색이 뒤섞인 아침 안개가, 납작 엎드린 녹색의 지평선을 가로질러 자욱이 번지고 있었다. 개간되지 않은 풍요로운 펀자브의 들판이 찬란한 태양의 광채 아래 놓여 있었다. 창밖으로 전신주가 지나갈 때마다 라마승은 몸을 움찔거렸다.

"기차의 속도는 엄청나지. 스님이 걸어서 이틀이나 걸릴 거리를 라호르로부터 왔다고요. 이틀이면 움발라에 들어갈 겁니다."

고리대금업자가 거만하게 웃으며 말했다.

"바라나시까지는 아직 멀었군요."

라마승은 킴이 건네준 빵을 우물우물 씹으며 지친 듯이 말했다. 사람들은 모두 짐을 벗어놓고 아침식사를 하고 있었다. 식사를 마치자 고리대금업자와 농장주, 그리고 군인이 담뱃대를 꺼내 피워 물었다. 숨 막히는 객실은 곧 독한 연기와 마른기침으로 가득 찼지만 그들은 아랑곳하지 않고 담배를 즐겼다. 시크교도와 부농의 마누라는 판*을 씹어댔고, 라마승은 코담배를 맡고는 염주를 굴리며 염불을 외었다.

---

* 빈랑나무의 열매를 빈랑 잎으로 싼 것.

그러는 동안 킴은 다리를 꼬고서 포만감을 즐기며 흐뭇한 미소를 짓고 있었다.

"바라나시에는 어떤 강이 흐르고 있소?"

라마승이 갑자기 승객들을 둘러보며 물었다.

"강가 강이 흐르고 있지요"

킥킥거리는 웃음소리를 죽이며 고리대금업자가 대답했다.

"다른 강은 없소?"

"강가 강 말고 또 무슨 강이 있겠어요?"

"아니요, 치유의 강이 하나 내 마음에 자리하고 있단 말이오."

"그게 바로 강가 강이지요. 거기서 몸을 씻는 자는 깨끗해지고 신들에게 다가가지요. 나는 세 번이나 강가 강으로 순례를 갔답니다."

그는 거만하게 주위를 둘러보았다.

"그럴 필요가 있었겠군요."

젊은 군인이 냉소적으로 툭 던지자 여행자들의 웃음이 일제히 고리대금업자를 향해 날아갔다.

"깨끗해져야 하지요…… 신들에게로 다시 돌아가려면. 그러곤 또다른 삶을 향해 나아가게 되지요…… 여전히 윤회의 수레바퀴에 묶인채로."

라마승이 나지막이 읊조리다가 갑자기 성마르게 고개를 흔들었다.

"하지만 뭔가 잘못되었소. 처음 강가 강을 만든 건 누구란 말이오?"

"신들이지 누구겠어요. 당신은 우리가 아는 종교들 가운데 어떤 걸 믿소?"

의아하다는 듯 고리대금업자가 물었다.

"나는 계율을 따르오…… 가장 위대한 계율을. 신들이 강가 강을 만들었다고 했는데, 그들은 어떤 신들이오?"

객실 안의 사람들은 대경실색을 하며 그를 바라보았다. 강가 강의 존재를 모르는 사람이 있다니, 상상할 수도 없는 일이었다.

"도대체…… 당신의 신은 누굽니까?"

고리대금업자가 물었다.

"들어보시오."

라마승이 염주를 들어올리며 말했다.

"지금부터 내가 하는 말을 잘 들으시오. 인도인들이여, 들으시오!"

그는 우르두어로 부처님의 이야기를 들려주기 시작했다. 하지만 티베트어로 자신만의 생각을 드러내기도 했고, 불타의 생애와 관련된 중국의 책을 길게 인용하기도 했다. 부드럽고 관대한 표정의 인도인들은 존경의 뜻이 담긴 눈으로 그를 응시하고 있었다. 인도에는 낯선 언어로 더듬거리며 설교를 하는 성자들로 가득했다. 그들은 그들 자신의 열망의 불길에 싸여 요동치고 무아의 경지에 빠져들곤 했다. 몽상가들, 수다쟁이들, 예언자들…… 태초부터 있어왔듯, 그들은 세상의 끝날까지 존재할 것이었다.

루디아나 시크교 부대의 군인이 입을 뗐다.

"음…… 피르자이 코탈의 우리 부대 옆에 무슬림 연대가 있는데, 거기 군종병이 하나 있지요…… 그는, 제가 기억하기로 상병이었던 것 같은데…… 일시적으로 감정이 복받치면 예언을 하곤 했죠. 모든 광인은 신의 보호를 받고 있는 법이라, 장교들은 그 군종병을 무척 너그럽게 대했죠."

라마승은 자신이 이국 땅에 있다는 사실을 기억하고는 다시 우르두어로 돌아왔다.

"우리의 존자께서 활에 걸어 쏘았던 그 화살의 이야기를 할 테니 들으시오."

이 이야기는 사람들의 구미에 훨씬 맞는 듯했다. 그가 얘기를 하는 동안 그들은 호기심에 가득 차서 귀를 기울였다.

"인도인들이여, 그리하여 이제 나는 그 강을 찾아가고 있소. 남자와 여자 가릴 것 없이 모두 불행에 빠져 있소. 나 역시 그러하오. 여러분, 이제 내게 해줄 만한 말이 있는지 살펴보시오."

"강가 강…… 오직…… 죄를 씻어내는 그 강뿐입니다."

승객들 사이에서 그런 소리가 비어져 나왔다.

"우리는 질문을 해대지만 줄룬두르의 신들은 선량하시지."

농장주의 아내가 창밖을 내다보며 말했다.

"신들이 저 농작물들을 어떻게 축복하는지를 보세요."

"펀자브에 있는 모든 강을 찾아본다는 건 예삿일이 아니지."

그녀의 남편이 말했다.

"내 경우엔, 우리 논밭에다 좋은 침적토를 옮겨다주는 강 하나면 충분하지. 그래서 난 농장의 신 부미아에게 감사를 드리지."

그는 구리 장식을 단 어깨를 으쓱해 보였다.

"너는 우리의 존자께서 멀리 북쪽에서 오셨다고 생각하느냐?"

라마승이 킴을 돌아보며 물었다.

"그럴지도……"

킴이 붉은 판의 과즙을 바닥에다 뱉어내며 조심스럽게 대답했다.

"마지막 위대한 존재는, 시칸데르 줄칸(알렉산드로스 대왕)이었습니다. 그분은 줄룬두르에 도로를 만들고 움발라 인근에 거대한 저수지를 만들었지요. 그 도로는 지금도 건재하고, 저수지 역시 거기 있습니다. 나는 아직 저 수도승의 신에 대해서는 들어본 적이 없어요."

시크교인이 근엄하게 말했다.

"머리칼을 길게 기르고 펀자브어로 얘기하라."

젊은 군인이 북인도의 속담을 인용하면서 킴에게 농담을 던졌다.

"시크교도가 되는 데 필요한 건 그게 전부지."

하지만 그 대목을 말할 때 그는 목소리를 낮추었다.

라마승은 한숨을 내쉬며 몸을 움츠렸다. 그 모양이 어둠침침하고 형체가 뭉개진 덩어리 같았다. 잠시 얘기가 끊어진 사이 사람들은 낮게 가라앉은 웅얼거리는 소리를 들을 수 있었다.

"……옴 마니 밧메 훔! 옴 마니 밧메 훔!……"

염주를 굴리는 둔탁한 소리가 함께 들려왔다.

"괴롭구나."

라마승이 마침내 입을 열었다.

"이 속도와 덜컹거리는 소음이 나를 괴롭히는구나. 게다가, 제자야, 우리가 찾는 강을 지나친 것 같다는 생각이 드는구나."

"진정, 진정하세요. 그 강은 바라나시 근처에 있지 않나요? 우린 아직 그곳으로부터 한참 떨어진 곳에 있다고요."

"하지만…… 만약 우리의 존자께서 북쪽에서 오셨다면, 우리가 가로질러온 작은 강들 중에 그 강이 있을지도 모르지 않느냐."

"전 잘 모르겠어요."

"하지만 넌 내게 보내졌단다…… 그렇지 않느냐?…… 숙첸 사원에 들어가기 훨씬 전에 내가 쌓은 공덕으로 말이다. 대포 곁에 앉았을 때 네가 왔지…… 두 얼굴을 하고…… 두 벌의 옷을 입고."

"진정하세요. 그런 건 여기서 얘기할 게 못 된다고요."

킴이 속삭였다.

"그리고 그때 전 둘이 아니라 하나였어요. 다시 생각해보세요. 기억 나실 테니까. 소년, 힌두 소년 말이에요, 커다란 녹색 대포 곁에 있던."

"하지만 거기에 턱수염이 하얀 영국인도 한 사람 있지 않았더냐…… 화살의 강에 대한 나의 확신을 더욱 확고하게 해주셨던, 불상들 사이에 서 있던 그 성자 말이다."

"스님께서는 말이죠…… 그러니까 우리가…… 라호르의 아자이브 게르로, 그곳의 신들 앞에 기도를 올리러 갔는데."

킴은 귀를 쫑긋 세우고 있는 사람들에게 설명하기 시작했다.

"'불가사의한 집'에 있던 영국 신사가 스님과 말씀을 나누었지요, 형제처럼…… 그래요, 이건 사실이라고요. 스님은 아주 성스러운 분이 셔요, 산과 산 너머 멀리에서 오신…… 이제, 좀 쉬셔요, 스님. 움발라에 도착할 시간이 다 되었네요."

"하지만 내 강은…… 내 치유의 강은?"

"그러면, 정말 그렇게 하고 싶으시다면, 우린 그 강을 걸어서 찾아갈수도 있어요. 그렇게 하면 아무것도 놓치지 않을 테죠…… 들판 한 구석에 있는 실개천 하나까지도 말이죠."

"하지만 네가 찾으려는 것도 있지 않니?"

라마승은 자신이 그걸 제대로 기억하고 있다는 사실에 기뻐하며 몸을 꼿꼿하게 세웠다.

"예."

킴이 장단을 맞추며 말했다. 소년은 아주 행복해져서 여유롭게 판을 씹었고, 이 드넓고 온화한 세계의 새로운 시민들을 바라보았다.

"그건 황소였지…… 널 도우러 온다는 붉은 황소…… 널 어디로 데려간댔지? 그걸 잊었구나. 초원의 붉은 황소가 말이야, 그렇지 않니?"

"아니요, 황소는 절 아무 데도 데려가지 않아요. 그건 제가 그냥 스님께 들려드린 얘기일 뿐이에요."

농장주의 마누라가 팔찌를 철컹거리며 앞쪽으로 몸을 기울였다.

"대체 무슨 소리야? 두 사람, 꿈이라도 꾸고 있는 거냐? 초원의 붉은 황소라는 건 뭐고, 널 하늘로 데려갈 거라는 건 또 무슨 소리냐고. 무슨 환상 같은 거니? 저분이 예언 같은 걸 한 거니? 줄룬두르 시 너머 우리 농장에 붉은 황소가 있는데, 녀석은 초록이 짙을 대로 짙은 우리 농장의 들판을 얼마나 좋아하는지, 거기서만 풀을 뜯는다고!"

"여인에게는 늙은 아내의 이야기를 들려주고, 둥지를 지으려는 새에게는 나뭇잎과 실을 주라. 그러면 그들은 멋진 작품을 만들어낼 것이다."

시크교도가 말했다.

"모든 성자는 꿈을 꾸고, 그 성자를 좇는 제자들은 권세를 얻나니."

"초원의 붉은 황소, 맞지?"

라마승이 똑같은 얘기를 되풀이했다.

"전생에 너는 공덕을 쌓은 게 분명하다. 그래서 황소가 은혜를 갚으려고 네게 오는 거다."

"아니에요, 아니라고요…… 그건 그저 누군가가 제게 해준 얘기에 불과해요…… 농담 같은 거라고요. 하지만 움발라에서 그 황소를 한번 찾아볼 거예요. 그러면 스님께선 스님의 강을 찾을 수도 있겠네요. 덜컹거리는 기차 소리로부터 해방도 되고."

"황소가 알고 있겠구나…… 그 녀석이 우리 둘을 안내하기 위해 보내진 거란 걸 말이다."

라마승이 어린아이처럼 들떠서 말했다. 그러고는 승객들에게 킴을 가리키며 말했다.

"이 아이는 바로 어제 내게 보내졌다오. 내 생각에 이 아이는, 이 세상 아이가 아니오."

"내가 수없이 많은 거지를 만났고, 물론 내가 만난 성자들도 부지기수인데, 도대체 이런 요기와 이런 제자는 처음이구먼."

여자가 말했다.

그녀의 남편은 제 앞이마를 손가락으로 가볍게 퉁기며 웃었다. 그 뒤로는 끼니 때가 되면 그들은 가장 좋은 음식을 라마승에게 대접했다.

그리고 마침내 지치고, 졸리고, 때에 전 채로, 그들은 움발라 기차역에 도착했다.

"우린 재판이 있어서 여기에 머물 거다."

농장주의 아내가 킴에게 말했다.

"남편의 사촌동생네 집에서 지낼 예정인데, 그 안뜰에 아마 너의 요기와 널 위한 방이 있을 거다. 혹시…… 저분이 내게 축복을 빌어줄 수 있을까?"

"오, 성스런 분이시여! 여기 황금같이 빛나는 가슴을 가진 한 여인이 우리에게 밤을 보낼 숙소를 주셨나이다. 참으로 은혜로운 곳, 남부의 땅입니다. 지난 새벽부터 우리가 받은 도움들을 보십시오!"

라마승이 감사의 인사를 올리며 기도를 드렸다.

"부랑자들로 내 사촌동생의 집을 채우겠단 말이지……"

어깨에 무거운 대나무 자루를 짊어지며 그녀의 남편이 입을 열었다.

"당신 사촌동생은 제 딸아이 결혼식 때 우리 아버지한테 꽤 빚진 게 있을 텐데요."

여자가 단호하게 말했다.

"그 빚진 것만큼만 음식을 제공하라고 그러세요. 요기는 틀림없이 탁발을 할 테니까."

"아, 탁발은 제가 할 거예요."

라마승 혼자 밤을 보낼 수 있는 거처를 구해줘야 한다는 생각에 골몰해 있던 킴이 말했다. 그러는 동안 자기는 마부브 알리가 일러주었던 영국인을 찾아서 흰색 종마의 족보를 전해주어야 했다.

"그럼 이제 전 잠깐 나갔다 와야겠어요…… 음…… 시장에 가서 먹을 걸 좀 사야 할 것 같아서요. 제가 돌아올 때까지 괜히 밖으로 나가고 그러지 마세요."

군사 숙영지 뒤편에 있는 꽤 쓸 만한 인도인의 집 안뜰에 여장을 풀게 한 뒤, 라마승에게 킴이 말했다.

"돌아올 거지? 확실히 너, 돌아올 거지?"

노승은 킴의 손목을 잡으며 말했다.

"요렇게 똑같이 생긴 모습으로 돌아올 거지? 근데, 아무래도 오늘밤 강을 찾아가기에는 너무 늦었겠지?"

"너무 늦기도 하고, 너무 어둡기도 하고요. 마음을 편안히 가지세요. 얼마나 멀리 왔는지를 생각해보세요…… 벌써 라호르에서 백육십 킬로미터는 왔을 거예요."

"그래…… 내가 있던 사원으로부터도 아주 멀리 왔지. 아! 세상이 이렇게 넓다니 끔찍하구나."

킴은 자기 자신과 수천 명에 이르는 이민족의 운명을 목에 건 채로 아무도 눈치 채지 못하게 그곳을 빠져나왔다. 킴은 마부브 알리가 가르쳐준 그 영국인의 집이라 짐작되는 곳에 도착해 동태를 살폈다. 마부 하나가 이륜마차를 몰고 집으로 돌아오는 걸 보고 킴은 확신했다. 남은 건 그 사람을 직접 확인하는 일이었다. 킴은 정원의 울타리를 통과해서 안으로 미끄러져 들어간 뒤 베란다 가까이에 있는 풀밭 위의 덤불 속에 몸을 숨겼다. 집에는 불빛이 훤했고, 하인들이 꽃과 유리잔과 은 식기로 장식된 식탁 주위에서 부산하게 움직이고 있었다. 이윽고 한 영국인이 모습을 드러냈는데, 검정색과 흰색으로 된 옷을 입고 콧노래를 흥얼거리고 있었다. 너무 어두운 쪽에 있어서 그의 얼굴을 볼 수가 없었던 킴은 거지의 지혜를 발휘해 오래된 수법 하나를 써먹기로 했다.

"가난한 자의 수호자여!"

음성이 들려온 쪽으로 남자가 돌아보았다.

"마부브 알리 님께서 전하시길……"

"아하! 마부브 알리가 뭐라고 하였더냐?"

말하는 사람을 찾으려는 어떤 시도도 하지 않는 걸 보고서 킴은 그가 이미 알고 있다는 걸 감지할 수 있었다.

"흰색 종마의 족보가 완전히 파악되었습니다."

"증서라도 있나?"

영국인은 저택 안의 길 가장자리 장미 울타리 쪽으로 몸을 돌렸다.

"마부브 알리 님께서 제게 이 증서를 주었습니다."

킴이 던진 접힌 종이 뭉치는 남자가 있는 가까운 길 위에 떨어졌다. 남자는 정원사가 집 모퉁이를 돌아오는 걸 보고 종이 위에다 발을 올려놓았다. 정원사가 지나가자 그는 종이를 집어들더니 1루피짜리 동전을 던졌다. 킴은 동전 떨어지는 소리를 들을 수 있었는데, 그는 집 안으로 들어가 주위를 둘러보는 짓 따위는 하지 않고 잽싸게 돈을 주워들었다. 하지만, 그동안 그렇게 단련되어 오기도 했지만, 날 때부터 어떤 게임에서도 손해 보는 짓은 하지 않는다는 아일랜드인의 날렵한 계산력이 그의 몸속에 흐르고 있었다. 그가 원하는 것은 자신의 행위에 대한 눈에 보이는 결과였다. 그래서 킴은, 조용히 사라지는 것을 택하는 대신, 풀밭에 납작 엎드린 채 집 가까이로 기어가는 것을 선택했다.

인도식 방갈로, 즉 베란다가 있는 목조 단층집들은 안을 다 볼 수 있을 정도로 문을 훤히 열어놓는 법이라, 킴은 그 영국인이 서류들과 속달공문서함이 어지럽게 널려 있는 베란다 구석의 사무실에 딸린 조그마한 휴게실로 들어가서 의자에 앉아 마부브 알리의 메시지를 확인하는 모습을 볼 수 있었다. 등유 램프의 불빛에 훤하게 드러난 그의 얼굴이 어둡게 변하고 있었는데, 거지라면 누구나 상대의 표정을 살

피는 데는 익숙한 터, 킴은 그의 표정에서 뭔가 있음을 느꼈다.

"월! 월! 여보!"

여자의 목소리가 그를 부르고 있었다.

"응접실로 나오셔야 해요. 사람들이 곧 올 텐데."

남자는 여전히 골똘하게 메시지를 읽고 있었다.

"월!"

5분쯤 뒤에 다시 여자의 목소리가 들려왔다.

"그분이 오고 있어요. 기병대 소리가 들린다고요."

남자가 모자도 쓰지 않고 달려 나갔을 때는 네 명의 인도인 기병대 원이 호위하고 있는 커다란 포장이 달린 사륜마차 한 대가 베란다 뒤편에 멈춰 서 있었는데, 키가 큰 흑발의 남자 하나가 환하게 웃고 있는 젊은 장교를 앞세우고 화살처럼 꼿꼿하게 등을 편 채로 활기차게 걸어왔다.

마차의 높다란 바퀴에 거의 닿을 뻔했던 킴은 배를 깔고 납작하게 엎드려 있었다. 영국인과 검은 머리의 낯선 사람은 몇 마디 말을 주고 받았다.

"알겠습니다, 각하."

젊은 장교가 재빨리 대답했다.

"말에 관한 거라면 다 준비되어 있습니다."

"이십 분 이상 걸리지 않을 거야."

영국인 남자가 말했다.

"자네가 주인 노릇을 해주게나. 재밋거리를 주든지, 뭐든."

"기병대원 하나를 대기시키겠습니다."

키가 큰 남자가 말했다. 그러고는 마차가 떠나자 두 사람은 함께 휴게실로 들어갔다. 킴은 그들이 마부브의 메시지 위로 머리를 숙여 살펴보는 것을 보았는데, 그때 음성이 들려왔다. 하나는 낮고 공손했지만, 다른 하나는 날카롭고 단호했다.

"이건 몇 주를 고민할 문제가 아니라 며칠 내로, 아니 몇 시간 내에 결정을 내려야 할 문제야."

나이가 들어 보이는 남자가 말했다.

"언젠가 이런 일이 벌어질 거라 예상하고 있었어, 하지만……"

그는 마부브 알리의 종이를 톡톡 두드렸다.

"지금 당장 결행해야 될 줄은 몰랐군. 그로간이 오늘밤 여기서 저녁 식사를 하기로 되어 있던가?"

"예, 각하, 그리고 매클린도 함께 올 겁니다."

"잘됐군. 그 사람들한테 내 생각을 말해야겠어. 물론 의회에다 상정을 하겠지만, 이번 일은 우리가 즉시 행동에 옮긴다 해도 당연하게 받아들여질 수 있는 그런 경우지. 핀디* 여단과 페샤와르 여단에 경고를 해놓게. 하계 구호활동이 모두 와해되겠지만 어쩔 수 없는 일이지. 이번 일은 처음 공격에서 놈들을 완전히 궤멸시키지 못한 데서 비롯된 거야. 병력 팔천이면 충분해."

"포병대는 어떻게 하실 생각입니까, 각하?"

"매클린과 상의를 해봐야겠지."

"전쟁을 뜻하는 건가요?"

---

* 파키스탄의 수도 이슬라마바드 인근의 도시.

"아니, 징벌이지. 한 인간이 그의 선조들이 한 행위와 연결돼 있다면……"

"하지만 C25가 거짓 정보를 보냈을 수도 있지요."

"다른 정보가 그를 입증하고 있어. 실제로, 그들은 육 개월 동안 아무것도 하질 않았지. 하지만 데베니시는 그것이 평화의 기회라고 생각했을 거야. 물론 그들은 그 시간을 힘을 키우는 데 사용했지. 지금 당장 전문을 날려…… 새 암호로, 전에 쓰던 것 말고…… 내 생각과 휘튼의 생각을. 더이상 부인들을 기다리게 할 필요가 없을 것 같군. 시가나 피우면서 좀 쉬자고. 난 이렇게 될 거라고 생각했지. 이건 징벌이야, 전쟁이 아니라."

기병대가 말의 보조에 맞춰 느린 구보로 떠나자, 킴은 살금살금 기어서 집 뒤편으로 돌아갔다. 라호르에서 경험한 바에 따르면 그곳엔 분명 음식들이 있을 터였다. 그리고 정보도. 부엌은 정신없이 일하는 사람들로 꽉 차 있었다. 그중의 하나가 그를 걷어찼다.

"아이고. 배불리 먹여주신다길래 접시라도 닦으려고 왔습니다요."

눈물을 흘리는 듯 꾸미며 킴이 말했다.

"움발라엔 이런 일 하려는 놈들밖에 없어. 여기서 나가. 당장 수프를 들여가야 돼. 생각해봐, 크레이튼 씨를 모시고 있는 우리가 이 성대한 만찬에 낯선 접시닦이를 필요로 하겠어?"

"정말 성대한 만찬이군요."

킴이 접시에 담긴 요리들을 보면서 말했다.

"놀라워할 건 요리가 아니야. 오늘 모실 손님은 바로 총사령관님이라고."

"오호!"

킴은 놀라움을 표시하기에 딱 알맞은 목구멍에서 올라오는 소리로 탄성을 질렀다. 알고자 했던 걸 알아낸 킴은 접시닦이가 돌아왔을 때는 이미 거기에 없었다.

킴은 평소처럼 힌디어로 자신에게 말했다.

"이 모든 문제가 말의 족보 때문이라고! 마부브 알리는 나한테서 거짓말 치는 솜씨를 좀 배워야겠어. 전에는 쪽지를 전해주는 게 모두 여자하고 관계된 거였는데, 이번엔 남자야. 나아진 거지. 키 큰 사람이 엄청난 군대를 동원해서 어딘가에 사는 누군가에게 벌을 줄 거라고 했는데…… 이 정보들이 핀디와 페샤와르로 가고 있겠지. 대포들도 있을 거고. 더 가까이 갔다면 정말 큰 정보를 얻을 수 있었을 텐데!"

킴이 숙소로 돌아왔을 때 농장주의 사촌동생은 농작물과 관련된 재판에 대해 농장주와 그의 아내 그리고 몇몇 친구들과 토론을 벌이고 있었다. 그 와중에도 라마승은 졸고 있었다. 저녁식사를 마친 후 어떤 사람이 킴에게 물담배를 건네주었다. 달빛 아래 발을 쭉 뻗고 앉아 때때로 얘기에 끼어들기도 하면서 부드러운 코코넛 껍질을 빨아들이고 있자니 문득 어른이 된 기분이었다. 사람들은 그를 무척 정중하게 대해주었다. 농장주의 아내가 사람들에게 붉은 황소에 대한 얘기를 들려준 때문이었다. 그리고 킴이 다른 세상에서 왔을지도 모른다는 라마승의 말도 전해주었다. 게다가 라마승은 위대하고 진귀한 존재가 되어 있었다. 얼마 뒤 그들 집안의 나이 많고 도량이 넓은 승려 사르수트 브라만이 잠깐 들렀는데, 그들 가족에게 깊은 감동을 준 신학적 논쟁이 자연스럽게 시작되었다. 물론 믿는 바가 달랐으므로 그들은 모두 브라만의 편이었지만, 라마승은 손님이었고 또 진귀한 존재였다. 그의 온화함과 마치 주문을 외는 듯 인상 깊게 읊조리는 중국 경전은 그들을 아주 기쁘게 했다. 이 소박하고 조화로운 분위기 속에서 라마승은 마치 부처의 연꽃처럼 활짝 피어나 그가 전에 "나는 깨달음을 얻기 위해 일어났도다"라고 말했던, 언덕배기에 자리잡은 위대한 사원 숙첸에서의 생활을 얘기하였다.

애기 도중에 라마승이 속가에 있을 때 천궁도와 탄생 별자리를 해석하는 데 탁월한 사람이었다는 게 드러났다. 그러자 그 집안의 브라만이 별자리점을 어떻게 보는지에 대한 설명을 부탁했고, 두 사람은 다른 사람들이 알아들을 수 없는 이름들을 별자리에 갖다 붙이기도 하고 어둠을 가르며 흐르고 있는 커다란 별들을 지목하기도 했다. 집안의 아이들이 그의 염주를 잡아끌며 장난을 쳐도 그는 나무라지 않았고, 끝없이 내리는 눈과 산사태로 막힌 길, 사파이어와 터키옥을 캐내던 오지의 절벽들, 그리고 중국 본토로 이어지는 멋진 고산도로에 대해 얘기할 때는 여자를 쳐다봐서는 안 된다는 계율마저 완전히 잊어버렸다.

"이분에 대해서는 어떻게 생각하십니까?"

농장주가 곁에 앉아 있는 브라만을 가리키며 물었다.

"성자시지요…… 정말로 성자이십니다. 저분의 신들은 신들이 아닙니다만, 저분이 걷고 있는 곳은 분명 진리의 길입니다."

라마승이 대답했다.

"저분의 탄생 별자리에 대한 해석을 당신은 이해할 수 없겠지만, 그것은 지혜롭고 정확합니다."

"제 것도 말씀해주세요."

킴이 느릿느릿 말했다.

"제게 약속했듯이, 제가 초원의 붉은 황소를 찾을 수 있을는지에 대해서 말이에요."

"네가 태어난 시를 알고 있느냐?"

아주 중요한 문제라는 듯 브라만이 물었다.

"오월 첫날 밤이었는데, 첫번째와 두번째 닭울음 사이라고 했어요."

"어느 해였지?"

"모르겠어요. 하지만 제가 첫 울음을 터뜨렸을 때 카슈미르에 있는 스리나가르*에 엄청난 지진이 일어났다고 했어요."

킴은 이 얘기를 자신을 돌봐주던 여자에게서 들었는데, 그녀는 그것을 킴의 아버지 킴볼 오하라로부터 전해들었다. 인도에서 일어난 그 지진은 오랫동안 펀자브 지방에서 시기를 헤아리는 기준이 되었다.

"아!"

여자가 흥분해서 말했다. 그 현상은 킴의 초자연적인 탄생에 더욱 신비감을 불어넣어준 것 같았다.

"그해에 어떤 사람의 딸이 태어났다고 그러지 않았나……?"

"그 딸애의 엄마가 네 해에 걸쳐서 네 명의 아들을 낳았는데…… 모두가 비슷한 사내애들이었지."

농장주의 아내가 사람들이 앉아 있는 곳을 벗어나 어둠 속으로 가

---

* 인도 북부, 젤룸 강 연안의 도시로 카슈미르 지방의 주도.

면서 소리를 질렀다.

"별자리에 대해 아는 자라면, 그날 밤 하늘의 별들이 어떤 모양을 하고 있었는지를 기억하고 있지."

그 집안의 브라만이 말했다. 그는 마당의 흙바닥에다 뭔가를 그리기 시작했다.

"너는 적어도 황소자리의 절반을 차지할 만한 운세를 갖고 태어났다. 너에 대한 예언이 앞으로 어떻게 되어간다고 그랬느냐?"

"언젠가 제가 초원의 붉은 황소에 의해서 위대해진다고 그랬어요. 하지만 먼저 그 모든 걸 이루게 할 두 사람이 올 거래요."

킴은 제 이야기에 취해서 말했다.

"그래. 예언의 서두는 늘 그렇게 시작되는 법이다. 칠흑 같은 어둠이 서서히 벗겨지고, 빗자루를 든 한 사람이 예언을 실현하기 위해 그곳으로 들어오지. 보이기 시작하는구나. 두 사람이…… 맞지? 그래, 그래. 태양이, 황소자리를 떠나, 쌍둥이자리로 진입한다. 예언 속의 그 두 사람이란 바로 이거였구나. 자, 이제 궁리를 해보자. 내게 점치는 막대기를 가져다주겠니? 작은 걸로."

그는 이마에 주름을 잡고서, 흙바닥에다 신비로운 표시를 휘갈겼다가 지우더니 다시 휘갈겨 썼다. 본능적으로 끼어드는 걸 억제하고 있던 라마승을 제외한 모든 사람은 그 광경에 놀라 입을 다물지 못했다.

그렇게 반시간쯤이 지났을 때, 그는 뭐라고 중얼거리며 점치는 막대기를 내던졌다.

"흐음! 별들이 말하고 있다. 사흘 안에, 두 사람이 모든 것을 이루는 준비를 위해 찾아올 거라고. 그들을 따라 황소가 올 거다. 하지만 또다른 전조가 보이니, 전쟁과 무장한 군인들이다."

"라호르에서 기차를 함께 타고 온 루디아나 시크교의 군인이 하나 있었죠."

농장주의 아내가 들떠서 말했다.

"쫏! 무장한 군인들이라니까…… 수많은. 전쟁에 관해서 뭐 생각나 는 게 없니?"

브라만이 킴에게 물었다.

"네 별자리는 아주 가까운 때에 일어날 전쟁, 그 붉고 화난 전조들 을 보여주고 있단다."

"그럴 리가…… 그럴 리가요. 저희는 단지 평화를 구하고 있답니다. 저희들의 강을 찾고 있지요."

라마승이 진지하게 말했다.

킴은 영국인의 집 휴게실에서 엿들었던 것을 기억하며 미소를 지었 다. 확실히 그는 별자리의 행운아임이 분명했다.

브라만은 어지럽게 그려져 있던 천궁도를 발로 문질러버렸다.

"이것 말고는 더이상 볼 수가 없구나. 사흘 안에 황소가 너를 찾아 온다는 것 말이야, 얘야."

"또한 내 강, 내 강. 소승이 바라는 것은, 이 아이의 황소가 저희 둘 을 강으로 인도할 거라는 겁니다."

라마승이 애원하듯 말했다.

"애석하군요. 그 놀라운 강에 대해서는, 나의 형제여, 그건 특별한 것이지요."

승려가 대답했다.

다음날 아침, 사람들은 더 머물기를 바랐지만, 라마승은 출발을 고집했다. 그들은 킴에게 좋은 음식이 담긴 커다란 보따리를 주었고, 여행 중에 필요할 거라며 3아나의 동전도 주었다. 그러곤 새벽녘 남쪽을 향해 길을 떠나는 두 사람에게 행운을 비는 말들을 해주었다.

"이런 사람들이 윤회의 수레바퀴로부터 자유로워질 수 없다는 건 정말 안타까운 일이다."

라마승의 말이었다.

"아니에요. 단지 악한 사람만이 이 세상에 남을 뿐이라면, 누가 우리에게 먹을 걸 주고 잠잘 곳을 주겠습니까?"

보따리를 걸머메고 즐겁게 발걸음을 옮기며 킴이 말했다.

"멀리 작은 강이 보이는구나. 저길 보거라."

라마승의 손가락이, 말벌집을 건드린 것처럼 소란스럽게 들개들이 뛰어다니고 있는 들판을 가로질러 하얗게 난 길을 가리키고 있었다.

3장

그렇다, 윤회의 바퀴살과 싸우는
삶에 묶인 모든 영혼의 목소리,
이단자의 권세가 시작될 때
따스한 바람으로 가마쿠라의 부처님을 찾노라.

- 키플링, 「가마쿠라 대불」

그들의 뒤쪽에서 화난 농부 하나가 대나무 막대를 휘둘러댔다. 그는 꽃과 야채를 재배해 시장에 내다 파는 아라인 계급에 해당하는 사람이었다. 킴은 그런 유의 사람들을 잘 알고 있었다.

"저런 사람들은 낯선 사람들에게 불친절하고 난폭한 언사를 퍼붓는, 자비롭지 못한 사람이지. 그의 행동을 조심하거라, 제자야."

개들이 달려드는 데 개의치 않고 라마승이 말했다.

"흥, 부끄러움도 모르는 거지들! 썩 꺼져! 저리 가라고!"

농부가 고함을 질렀다.

"우리는 가고 있소. 우리는 이 축복받지 못한 땅을 떠나고 있소이다."

라마승이 돌아보며 조용히 위엄 있게 말했다.

"아, 다음번에 농사를 망치면, 아저씨는 아저씨의 그 혓바닥을 부끄러워할 겁니다."

킴이 숨을 삼키며 말했다.

사내는 자신이 좀 심했다는 듯 슬리퍼를 끌며 슬금슬금 물러났다.

"이놈의 땅이 거지로 가득 찼어."

그도 어지간히 미안한 모양이었다.

"아저씨는 뭘 보고 우리가 구걸을 할 거라고 생각했죠, 말리?"

채소 재배자들이 싫어하는 호칭을 사용하며 킴이 신랄하게 말했다.

"우리는 저 들판 너머에 있는 강을 찾아가는 중이었다고요."

"강이라고, 거참!"

사내가 콧방귀를 뀌었다.

"횡단수로도 모른다니 대체 어디서 온 거냐? 그건 화살처럼 곧게 흐르는데, 난 그 물을 끌어다 쓰면서 마치 녹인 은을 퍼다 쓰는 것같이 비싼 값을 치르고 있단 말이다. 그 너머에 어떤 강의 지류가 하나 있긴 하지. 물이 마시고 싶다면 내가 줄 수도 있다…… 우유도."

"아니요, 우린 그 강으로 갈 거요."

걸음을 성큼 떼며 라마승이 말했다.

"우유와 음식을 대접하고 싶은데요."

남자가 키 큰 이방인을 보고는 더듬거리며 말했다.

"저는…… 다만 저에게나 제가 짓는 농사에 해가 되는 일을 하고 싶지 않았을 뿐입니다. 사실 이 어려운 때에 거지들이 너무 많거든요."

"그래서 주의 깊게 살펴야 하는 것이오."

라마승이 사내에게 말하고는 킴에게로 돌아섰다.

"저 사람은 분노의 붉은 안개에 휩싸여 거친 소리를 내뱉게 된 것이다. 안개가 걷히고 눈이 맑아지면 그는 온화하고 상냥한 마음씨를 갖게 될 것이다. 그의 들판에 축복 있으라! 너무 성급하게 사람을 판단하지 마시오, 농부 양반."

"제가 아는 다른 성자들이었다면 아저씨의 집 방바닥에서부터 외양간까지 저주를 퍼부었을 거예요."

당황해서 어쩔 줄 모르는 사내에게 킴이 말했다.

"이분이 지혜롭고 성스럽지 않으세요? 전 이분의 제자예요."

킴은 거만하게 코를 치켜들고는 좁은 밭둑길을 거드름을 피우며 걸어갔다.

"우쭐댈 것 없다."

잠시 뒤 라마승이 말을 이었다.

"중도를 따르는 자에게 자만은 금물이야."

"하지만 스님께서 저 사람은 천한 신분이고 또 공손하지 못하다고 하셨잖아요."

"천한 신분이라고 말하진 않았다. 그렇지 않은데 어떻게 그렇게 말할 수가 있겠느냐? 그가 공손치 못한 마음씨를 고친 뒤에는 그가 한 못된 행동을 나는 곧 잊어버렸다. 무엇보다, 그도 우리와 같은 윤회의 수레바퀴에 묶여 있는 신세란다. 다만 아직 자유의 길을 구하고 있지 않을 뿐이다."

노승은 들판 사이의 작은 실개울에서 걸음을 멈추었다. 그러고는 짐승의 발굽이 찍혀 있는 둑을 응시했다.

"스님께서는 스님의 강을 어떻게 알아보시겠습니까?"

킴이 키가 큰 사탕수수의 그늘 아래 쪼그려 앉으며 물었다.

"내가 그걸 발견하게 되면, 그곳이 확실하다는 깨달음이 있을 것이다. 내 느낌에 여기는 아니다. 오, 강물들 가운데서 가장 작은 강이여, 너는 내 강이 어디로 흘러가는지 말해줄 수 있느냐! 하지만 너에게 축복을 내리노니, 너의 물길로 들판을 풍성하게 할지어다!"

"보세요! 보세요!"

킴이 옆으로 비켜서더니 노승을 뒤편으로 잡아끌었다. 황갈색의 고깃덩이 하나가 자주색의 굵은 수숫대로부터 기어 나와 강둑으로 가더니 목을 길게 뻗고 한참을 물을 마신 뒤에 가만히 엎드렸다. 똑바로 고정된, 꺼풀이 없는 눈을 가진 커다란 코브라였다.

"막대기가 없잖아요…… 막대기가 없다고요. 막대기를 구해다가 등짝을 꺾어버려야겠어요."

"왜 해치려고 하느냐? 저 뱀도 우리처럼 윤회를 한단다…… 죽음과 삶이 거듭되지…… 해탈과는 아주 멀리 있지. 이런 형상을 하고 있음은 엄청난 악행을 범한 영혼이었음이 틀림없다."

"저는 뱀이라면 질색이라고요."

킴이 말했다. 제아무리 인도에서 이런저런 경험들을 해본 터였지만 뱀에 대해 백인들이 가지는 원초적인 공포만큼은 결코 없앨 수 없다는 것을 킴의 그 행동이 여실히 증명하고 있었다.

"그놈의 목숨은 그놈에게 맡겨두어라."

뱀은 똬리를 튼 채 쉬익쉬익 소리를 내며 우산 모양의 목을 반쯤 벌렸다.

"어서 그 몸뚱어리로부터 벗어나기를, 형제여!"

라마승이 나직하게 말을 이었다.

"혹시 너는 알고 있느냐, 내 강에 대해서?"

"스님 같으신 분은 정말로 처음 봐요."

킴이 압도당한 듯 속삭였다.

"뱀이 스님의 말씀을 알아들을 수 있단 말인가요?"

"누가 알겠니?"

노승은 독을 잔뜩 머금고 있는 코브라의 머리통 앞으로 지나갔다. 그러자 뱀이 똬리 속으로 머리를 움츠렸다.

"이리 오너라, 어서!"

노승이 고개를 돌리고는 킴을 불렀다.

"전 못 해요. 돌아갈래요."

"그냥 와. 그놈은 널 해치지 않아."

킴은 한동안 머뭇거리기만 했다. 라마승은 킴에게 주문이라도 걸듯 단조로운 중국 경전의 문구를 읊조렸다. 킴은 주문에 걸린 듯 개울을 건너뛰었는데, 어찌 된 일인지 뱀은 아무런 기척도 없었다.

"스님 같은 분은 정말로 처음 봐요."

킴은 이마의 땀을 훔치며 말했다.

"그럼 이제 어디로 가죠, 우린?"

"네가 한번 말해보거라. 난 늙었고, 고향에서 너무 멀리 떠나온…… 이방인이잖니. 그놈의 기차가 나를 바라나시로 데려다주겠다고 악마의 북소리처럼 시끄럽게 내 머릿속을 울리고 있다만…… 그렇게 했다간 아마도 강을 놓치고 말 거다. 이제 다른 강을 찾아보러 가자꾸나."

사탕수수, 담배, 장다리무 같은 작물들을 일 년이면 세 번, 심지어 네 번씩이나 거둬들일 만큼 혹사당하는 들판을 그들은 하루 종일 걸어다녔다. 그들은 물줄기가 보이면 매번 길에서 벗어나 확인을 하러 갔다. 개들을 짖게 만들어서 낮잠에 빠져든 마을을 들쑤셔놓기도 했다. 그리고 라마승은 예의 그 순진무구한 질문을 쏟아놓았다.

"우리는 강을 찾고 있소. 기적과 치유의 강을. 그런 강을 아는 사람 누구 없소?"

때때로 사람들은 웃어댔지만, 많은 사람이 그의 이야기를 끝까지 들어주고는 그늘진 곳으로 데려가서 우유와 식사를 대접했다. 여자들은 누구나 친절했고, 아이들은 아이들답게 때로는 부끄러워하기도 하고 때로는 대담하게 행동하기도 했다. 하루는 저녁이 되어 진흙으로 담을 쌓고 지붕을 얹은 집들이 모여 있는 마을의 나무 아래에서 잠시 쉬었는데, 가축들이 들판에서 풀을 뜯고 여자들이 하루의 마지막 식사를 준비하고 있을 즈음 그 마을의 촌장과 얘기를 나누게 되었다. 마을은 궁벽한 움발라 주위의 야채 재배지대를 벗어난, 농작물들로 가득한 푸른 들녘 가운데에 터를 잡고 있었다.

촌장은 이방인을 홀대하는 법 없는 흰 수염의 온화한 노인이었다. 그는 라마승을 위해 끈으로 짠 침대를 갖다주고, 따뜻한 음식을 대접해주었으며, 파이프 담배를 준비해주기도 했다. 그러고는 저녁 의식을 막 끝낸 그 마을의 승려를 만나게 하려고 사원으로 라마승을 데리고 갔다.

킴은 자기보다 나이가 많은 아이들에게, 라호르 시와 기차여행을 다니며 거쳐온 도시들이 얼마나 크고 아름다운지에 대해 얘기를 들려주었다. 킴의 잽싼 말투와는 달리 어른들은 소가 되새김질을 하듯 느릿느릿하게 말했다.

"나는 도무지 이해할 수가 없구려."

얘기를 다 듣고 난 촌장이 마을의 승려에게 말했다.

"당신은 이 얘기를 어떻게 받아들이시오?"

그의 말에 라마승은 조용히 염주를 감으며 기도를 올릴 뿐이었다.

"이분은 구도자입니다. 이 나라에는 이런 사람들로 가득하지요. 지난달 거북이를 데리고 여기 와서 탁발을 하던 고행자를 기억하시지요?"

승려의 대답이었다.

"기억하오. 하지만 그 사람에겐 그럴 만한 권리와 이유가 있었지. 크리슈나*께서 그에게 나타나시어 그가 만약 프라야그**까지 순례를 하면 죽지 않고도 천국을 보여주리라 하셨던 거요. 하지만 이 사람은 우리가 알고 있는 그런 신을 찾는 것이 아니질 않소."

"조용히 하십시오, 이분은 노인이십니다. 그는 아주 먼 곳에서 왔고, 뭔가에 깊이 빠져 있습니다."

말끔하게 수염을 깎은 승려가 대답했다.

"제 말을 들어보세요."

그는 라마승에게로 돌아앉았다.

---

* 힌두교 신화에 나오는 중요한 신으로 비슈누의 제8화신(化身).

** 지금은 알라하바드로 불리는, 우타르프라데시 주에 속한 도시. 강가 강과 야무나 강, 그리고 신화 속의 강인 사라스바티 강의 합류점에 위치해 있다.

"서쪽으로 삼 코스* 정도 가시면 콜카타로 가는 큰 길이 나옵니다."

"그런데 소승은 바라나시로 갈 겁니다…… 바라나시로요."

"물론 그 길은 바라나시로도 통해 있습니다. 그 길은 인도에서 동쪽으로 흐르는 모든 강에 걸쳐 있습니다. 제가 성스러운 분 당신에게 드리는 말씀은, 내일까지 여기서 쉬시라는 겁니다. 그런 뒤에 그 길(그가 말하고 있는 길이란 대간선도로**를 뜻했다)로 떠나십시오. 그리고 강들을 살펴보시길 바랍니다. 제가 이해하기로는, 당신이 찾는 그 강의 가치는 어떤 한 곳의 물길이나 장소에 매여 있지 않고 그 강 전체에 걸쳐 있는 듯합니다. 그러니 당신이 믿는 신들의 뜻도 그러하다면, 당신은 당신의 자유에 닿을 수 있으리라는 걸 확신하시길 바랍니다."

라마승은 그의 말에 깊은 인상을 받았다.

"좋은 말씀이십니다. 우리는 내일 떠날 겁니다. 소승의 늙은 발바닥에 지름길을 보여주신 당신께 축복을 드립니다."

라마승은 성조 없는 중국어로 된 그윽한 염불로 자신의 말을 마무리했다. 그의 염불에 마을의 승려는 감동을 받았지만, 촌장은 악마의 주문인 듯 두려움을 느꼈다. 그러나 라마승의 순수하지만 간절함이 깃들어 있는 얼굴을 보고 그를 오래 의심하는 사람은 아무도 없었다.

"소승의 제자를 보셨나요?"

라마승이 호리병 모양의 코담배 통에다 코를 박고는 흐드러지게 콧

---

* 북인도에서 쓰이는 거리 단위. 1코스(k0os)는 약 2마일이므로, 3코스는 약 9.7킬로미터에 해당한다.

** 북인도를 동서로 연결하는 간선도로. 기존의 군사-행정도로를 영국인들이 보수하며 콜카타에서 페샤와르까지 연장한 뒤 이 명칭을 붙였다.

김을 빨아 당기고 나서 물었다. 코담배를 피우는 일은 라마승이 호의를 호의로 보답하는 방법이었다.

"제가 보았지요…… 소리도 듣고."

촌장은 킴이 화톳불에다 가시나무를 꺾어 얹으며 파란 옷을 입은 여자애와 수다를 떨고 있는 곳으로 눈길을 돌렸다.

"그 아이 역시 자기만의 뭔가를 찾고 있지요. 강은 아니고, 황소입니다. 예, 초원의 붉은 황소가 어느 날 그 아이에게로 와서 명예로운 존재로 받들 것이라 하더군요. 소승의 생각에, 그 아이는 이 세상의 존재가 아닌 듯합니다. 그 아이는 어느 순간에 갑자기 제게 나타났지요. 그 아이의 이름은 '세상 모든 이의 친구'랍니다."

승려가 빙긋이 웃었다.

"호, 거기, 세상 모든 이의 친구여. 너는 누구냐?"

그의 목소리는 맵싸한 냄새를 가진 연기를 통과해서 날아갔다.

"신성한 분의 제자입니다."

킴이 대답했다.

"그분은 너를 사람이 아니라 영혼이라 하시던데?"

"영혼이 음식을 먹을 수가 있나요? 저는 몹시 배가 고프답니다."

킴이 눈을 반짝이며 말했다.

"농담이 아니다."

라마승이 소리를 높였다.

"어떤 점성술사가…… 지난밤을 보낸 그 도시에 사는…… 그런데 이름을 잊었구나."

"저희가 지난밤을 보낸 곳은 움발라 외엔 없었거든요."

킴이 마을의 승려에게 속삭여주었다.

"그래, 움발라였지? 그 사람이 별자리를 뽑더니 소승의 제자가 이틀 안에 자신이 바라던 바를 이룰 거라고 천명했답니다. 헌데 그 별자리가 뜻하는 게 뭐였더랬지, 세상 모든 이의 친구야?"

킴이 목을 가다듬고는 수염이 희끗희끗한 마을의 노인들을 둘러보았다.

"제 별자리가 뜻하는 것은 전쟁입니다."

킴이 잔뜩 재며 대답했다. 커다란 나무 아래 벽돌로 된 주춧돌 위에 버티고 서 있는 누더기를 입은 조그만 녀석을 보고 누군가가 코웃음을 쳤다. 인도인이라면 드러누워 있었을 그 자리에 킴으로 하여금 꼿꼿이 서 있도록 만든 것은 그의 몸속에 흐르고 있는 백인의 피였다.

"그래, 전쟁이다."

그 누군가의 대답이었다.

"그건 확실한 예언이로군. 국경지역에선 언제나 전쟁이지…… 내가 아는 바로는."

굵고 낮은 음성이었다.

그 목소리의 주인은 늙고 쇠약한 남자였다. 그는 대폭동* 때 갓 창설된 기병연대에서 인도인 장교로 복무하면서 정부군으로 참전했던 사람이었다. 정부는 그의 공로를 인정해 그에게 마을의 좋은 경작지를 하사했는데, 지금은 제 살 궁리에 바쁜 반백의 장교들이 되어 있는

---

* 1857~58년에 동인도회사 소속 벵골 군대의 인도인 용병(세포이)들이 일으킨 반란. 세포이 항쟁이라고도 부른다. 이 폭동이 계기가 되어 무굴 제국이 멸망하고 인도는 영국의 직할 식민지가 된다.

그의 아들들이 끊임없이 손을 벌리는 통에 모두 거덜이 나버렸지만 여전히 마을의 중요한 인물이었다. 영국인 공무원들, 심지어 의회 의원들조차 그를 방문하기 위해 가던 길을 멈출 정도였다. 그런 때의 그는 예전의 제복을 갖춰 입었으며, 탄약의 꽂을대처럼 기립해 있었다.

"하지만 이건 아주 큰 전쟁이에요…… 팔천 명이 동원되는 전쟁."

킴의 목소리는 자신이 놀랄 정도로 삽시간에 모여든 사람들을 날카롭게 가로질러갔다.

"레드코트*냐, 우리 연대냐?"

그 노인은 동료 대하듯 날카롭게 물었다. 그의 음성은 사람들로 하여금 킴을 존중하도록 만들었다.

"영국군입니다. 영국군과 대포들."

킴이 대담하게 말했다.

"하지만…… 하지만 점성술사는 그런 말을 한 적이 없어."

라마승이 너무 흥분해서 마구 코담배를 내뿜으며 소리를 질렀다.

"그렇지만 전 알아요. 전쟁이라는 단어가 제게, 성자님의 제자에게 왔다는 걸요. 전쟁이 일어날 거예요. 팔천 명의 영국군이 투입되는 전쟁. 핀디로부터 페샤와르까지, 그들이 몰려올 거예요. 확실해요."

"이 아이는 시장에 떠도는 소문을 들었군요."

마을의 승려가 한 말이었다.

"하지만 이애는 항상 내 곁에 있었는데, 어떻게 알았을까요? 소승은 전혀 모르는 일인데 말입니다."

---

* Redcoats. 전통적으로 영국 정규군이 붉은색 외투를 입었기 때문에 붙은 명칭.

라마승이 말했다.

"저애는 저 노승이 죽을 때쯤이면 영리한 마술사가 되어 있을 겁니다. 이건 무슨 새로운 마술일까요?"

마을의 승려가 촌장에게 속삭였다.

"그럴듯한 전조, 그런 게 있다면 나한테 보여줘봐."

늙은 군인이 갑자기 벼락을 치듯 소리를 질렀다.

"만약에 전쟁이 일어날 거라면, 내 아들들이 내게 말해줬을 텐데."

"모든 게 준비되면 틀림없이 어르신의 아드님들에게도 연락이 가겠죠. 하지만 이 일을 꾸미는 사람들과 그들 사이에는 한참 거리가 있습니다."

킴은 게임에 몰두하고 있었다. 그는 몇 푼의 동전을 위해 서신을 전달하면서 알게 된 정보 이상을 알고 있다는 듯 떠들어댔다. 그러나 이제 그는 훨씬 더 큰 것, 커다란 자극과 위력의 진가를 즐기고 있었다. 그는 다시금 숨을 끌어내 깊이 내쉬었다.

"어르신, 그렇다면 어르신의 생각을 증명할 만한 것도 보여주세요. 팔천 명의 영국군 병력을, 그것도 포병대까지 포함한 그런 병력을 동원하는 명령을 일선장교가 내릴 수 있을까요?"

"아니다."

늙은 전직 장교는 마치 자신의 동료에게 하듯 킴에게 대답했다.

"그러면 그런 명령을 내리는 자가 누구인지 아시나요?"

"난 그를 본 적이 있다."

"다시 보신다면 알아볼 수 있나요?"

"그분이 포병대 중위였을 때부터 알고 있었다."

"키가 크지요. 머리칼이 검고, 이렇게 걷지요?"

킴이 몇 걸음 나무토막같이 뻣뻣한 자세로 걸어 보였다.

"그래. 하지만 누구든 그를 보았을 수 있지."

두 사람 사이에 말이 오가는 동안 사람들은 모두 숨을 죽였다.

"그럴 수 있습니다. 하지만 저는 더 많은 걸 얘기할 수 있어요. 잘 보십시오. 덩치가 큰 분의 걸음걸이는 방금 보여드린 대로고요. 그분이 생각에 잠길 때면 이런 자세를 취하시지요."

킴은 집게손가락으로 자신의 이마를 긁으면서 아래쪽으로 내려가다가 턱 끝에서 멈추었다.

"그러고는 손가락을 이렇게 끌어당기지요. 그다음엔 모자를 이렇게 왼쪽 겨드랑이에다 끼워놓습니다."

킴은 동작을 하나하나 재현해주고는 황새처럼 똑바로 섰다.

늙은 전직 군인은 놀라움에 휩싸여 알아들을 수 없는 소리를 냈다. 사람들도 전율에 싸여 있었다.

"그래, 그래, 좋아. 그러면 명령을 하달할 때는 어떻게 하시지?"

"목 뒤를 문지르지요…… 이렇게. 그러고는 손가락 하나를 탁자 위에다 떨구고는 콧김을 조그맣게 뿜어냅니다. 그런 다음 이렇게 외치죠. 아무개 부대, 아무개 연대를 진군시켜라, 아무개 포대를 출동시켜라!"

늙은 전직 군인이 꼿꼿이 일어서더니 경례를 붙였다.

"왜냐하면……"

킴은 움발라의 영국인 집 휴게실에서 엿들었던 것을 힌디어로 옮기기 시작했다.

"왜냐하면, 하고 그분이 말하십니다, 우리는 오래전에 이 일을 실행해야 했다, 이건 전쟁이 아니라…… 응징이다. 그러고는 콧김을 거칠게 내뿜으십니다."

"그만하면 되었네. 내가 믿겠어. 난 그분을 전쟁의 포연 속에서 보았지. 보고 들은 바 그대로야!"

"저는 어떤 것에 가려지지 않은 그분의 모습 그대로를 보았지요."

킴의 음성이 거리의 점술가가 흘려놓는 높낮이가 없는 목소리처럼 흘러나왔다.

"저는 어둠 속에서 보았습니다. 먼저 한 남자가 일을 처리하려고 왔습니다. 그다음에 말을 모는 사람들이 왔습니다. 그리고 그가 와서 둥그런 빛 속에 섰습니다. 그다음은 제가 말한 대로입니다. 어르신, 이제 제 말이 사실이란 걸 믿으십니까?"

"바로 그분이다. 의심의 여지 없이 바로 그분이시다."

사람들은 떨리는 숨을 길게 내쉬었다. 그들은 여전히 차렷 자세를 취하고 있는 노인과 자줏빛 여명을 등지고 서 있는 누더기 소년을 번갈아가며 바라보고 있었다.

"소승이 말했잖소…… 이 아이는 다른 세상에서 온 거라고 그러질 않았던가요?"

라마승이 자랑스럽게 외쳤다.

"이 아인 세상 모든 이의 친구라오. 모든 별의 친구라오!"

"적어도 우리한테는 아니오."

사내 하나가 소리를 질렀다.

"이보오, 어린 예언가 양반, 그대의 능력이 언제나 그대와 함께하는

지는 알 수 없으나, 내게는 붉은 점박이 암소가 한 마리 있지. 그 암소는 아마도 그대의 황소의 누이일지도 몰라."

"상관없어요. 제 별들은 아저씨의 암소에는 관심이 없으니까요."

"그러지 마라, 그 암소는 몹시 아프단다."

한 여자가 불쑥 나섰다.

"내 남편은 물소같이 허세를 부리는 사람이라, 말을 제대로 골라서 해야 하는데 그러질 못하는구나. 우리 암소의 병을 낫게 하는 방편을 일러줄 수 있니?"

킴이 만약 평범한 아이였다면 아마 게임을 계속했을 것이다. 하지만 13년 동안 라호르에서 살면서, 더구나 탁살리 관문에 사는 고행자들의 행태를 통해 인간의 본성이란 것에 눈을 뜬 킴이었다.

마을의 승려가 뭔가 씁쓸한 듯 킴을 곁눈질하고 있었다. 그 눈길에는 뭔가 메마르고 어두운 그림자가 드리워져 있는 듯했다.

"마을에 제사장이 계시지 않나요? 방금까지도 한 분이 계셨다고 생각하고 있었는데요."

킴이 소리를 높였다.

"그래…… 계시긴 하지만……"

여자가 얼버무렸다.

"아주머니와 남편께서 감사하다는 말 한 움큼으로 그들의 암소를 치료하고 싶어합니다."

킴의 말은 정곡을 찌른 것이었다. 두 사람은 마을에서 가장 인색한 부부로 악명이 자자했기 때문이다.

"사원을 부정하게 하는 건 좋지 않아요. 마을 제사장에게 어린 송아

지 한 마리를 바치세요. 그렇게 해서 신들이 노하지 않으신다면, 두 분
의 암소는 한 달 안으로 다시 우유를 생산하게 될 겁니다."

"대단한 거지로구나, 너는."

마을의 승려가 킴의 말에 동의를 보내며 떨리는 음성으로 말했다.

"사십 년 동안 재주를 부려왔다만 이보다 나은 적은 없었다. 너는
분명히 저 노인을 부유하게 만들어주었겠구나?"

"약간의 밀가루와 버터, 카르다몸* 한 줌 정도였는걸요."

킴은 칭찬에 얼굴을 붉히면서도 여전히 경계를 늦추지 않은 채 되
받아쳤다.

"이런 정도로 부자가 되는 사람도 있나 보조? 그런데, 제사장님께서
아시듯 제 스승님은 뭔가에 미쳐 계시죠. 하지만 적어도 제가 길을 가
는 동안에는 무엇 하나 공부 아닌 것이 없지요."

킴은 탁살리 관문의 고행자들이 저희끼리 주고받던 얘기를 훤히 알
기에, 그들의 별볼일 없는 제자들이 하던 걸 그대로 흉내 내며 말했다.

"그럼, 저 노승이 강을 찾고 있다는 건 사실이냐, 아니면 무슨 딴 목
적이 있는 거냐? 딴 목적이라면 보물인 듯도 싶은데."

"저분은 정신이 딴 데 가 계신다니까요…… 자주 그러시죠. 다른 목
적 같은 건 없어요."

늙은 전직 군인이 발을 절룩거리며 다가오더니 킴에게 오늘밤 자신
이 대접을 하겠으니 받아주지 않겠느냐고 물었다. 마을의 승려도 그
렇게 하는 게 좋을 것이라고 권유를 했는데, 라마승에 대한 대접만큼

---

* 소두구(小豆蔻). 아시아 열대 지역에서 나는 생강과 식물, 또는 그 열매. 향료와 의약용
으로 쓰인다.

은 사원에 맡겨달라고 강조했다. 라마승이 흡족한 미소를 지었다. 킴은 한 사람 한 사람의 표정을 유심히 살피고는 자신만의 결론을 내렸다.

"돈은 어디 있죠?"

킴이 라마승에게 손짓을 보내 어두운 곳으로 불러내서는 귓속말로 속삭였다.

"품속에 있지, 어디다 뒀겠니?"

"절 주세요. 아무 소리 말고 빨리요."

"근데 왜? 여긴 기차표를 살 일도 없을 텐데."

"전 스님의 제자예요, 그렇죠? 제가 스님의 순례를 책임지고 있는 게 맞지요? 그렇다면, 돈을 제게 맡겨두세요. 아침에 돌려드리겠어요."

킴은 라마승의 옷 속으로 손을 집어넣고는 지갑을 빼냈다.

"알겠다…… 그렇게 하자."

노승이 고개를 끄덕였다.

"세상은 넓고도 끔찍한 곳이지. 이 세상에 이렇게 많은 사람이 살고 있다는 걸 난 전혀 모르고 있었다."

다음날 아침, 마을의 승려는 몹시 화가 나 있었지만 라마승은 기분이 아주 좋았다. 그리고 킴은 늙은 전직 군인과 아주 재밌는 밤을 보냈다. 그는 기병대의 칼을 꺼내 바짝 마른 다리로 균형을 잡기도 했고, 대폭동 때의 이야기와 30년 전에 무덤으로 간 젊은 장군들의 이야기는 킴이 잠에 떨어진 뒤에야 끝이 났다.

"이 마을 날씨는 정말 좋구나. 늙은이들이란 깊이 잠들지 못하는 법인데, 지난밤엔 동이 틀 때까지 한 번도 깨지를 않았단다. 그런데도 몸은 좀 무겁다."

라마승이 말했다.

"뜨거운 우유를 좀 드세요. 다시 길을 나설 시간이에요."

킴이 말했다. 킴은 알고 지내던 아편쟁이로부터 적잖은 치료법을 전수받은 바 있었다.

라마승이 쾌활하게 말했다.

"인도의 모든 강을 넘어야 하는 긴 여행길이지, 가자. 그런데 제자야, 이곳 사람들한테 뭔가 보답을 해야겠지? 특히 큰 친절을 베풀어준 마을 제사장한테. 우상숭배자이지만 내세에는 깨달음을 얻을 거다. 사원에다 일 루피를 놓고 갈까? 사원이라 해봐야 붉은 칠을 한 돌무더기에 불과하지만 그래도 인간이란 선한 일을 할 때와 장소를 알아야 하는 법이란다."

"성자님, 혼자 길을 떠나보신 적이 있던가요?"

킴은 라마승을 날카롭게 쳐다보았다. 그것은 들판을 분주하게 날아다니는 인도 까마귀의 눈빛을 닮아 있었다.

"당연히 있지, 얘야. 쿨루에서 파탄코트까지…… 쿨루는, 내 처음 제자가 세상을 떠난 곳이지. 우린 사람들이 친절을 베풀 때마다 헌금을 내곤 했단다. 설산에 사는 사람들은 모두 너그럽지."

"인도에서는 다르죠. 이곳의 신들은 팔이 여러 개 달린 악의에 찬 존재들이에요. 그러거나 말거나, 아무튼요."

킴이 매정하게 말했다.

"내가 잠시 배웅하고 싶구나, 세상 모든 이의 친구야…… 너와 너의 황색인을."

늙은 전직 군인은 몹시 야위고 다리가 부실한 조랑말을 타고서 새벽빛이 검게 물든 마을길을 천천히 걸었다.

"지난밤, 너무나 메말라 있던 내 기억의 샘이 터져버렸다. 그건 내게는 축복이었다. 먼 곳에 정말 전쟁이 일어나고 있는 것 같다. 그 냄새가 나는구나. 보거라! 내 칼을 갖고 나왔다."

그는 조그마한 짐승 위에 앉아 옆구리에 커다란 칼을 차고서 다리를 길게 늘어뜨리고 있었다. 그는 칼자루에 손을 댄 채로, 북쪽을 향해 납작하게 엎드린 들판 너머를 사납게 노려보고 있었다.

"그분이 네게 어떻게 환상을 보여주었는지를 다시 말해다오. 내 뒤에 올라타거라. 이 말은 우리를 모두 태울 수 있다."

"전 여기 성자님의 제자입니다."

킴이 말했다.

사람들이 마을 입구를 청소하고 있었다. 마을 사람들은 두 사람이 떠나는 것을 아쉬워하는 듯했다. 하지만 마을 승려가 보내는 인사는 차갑고 서먹했다. 지난밤 그는 땡전 한 푼 없는 한 노인에게 상당량의 아편을 제공했던 것이다.

"그래, 맞는 말이다. 나는 수도승에게는 그리 익숙하지 않다만, 존경을 표하는 건 언제나 좋은 일이지. 오늘날엔 존경심이 사라졌어. 지방의회의 의원이 나를 보러 올 때조차도 그래. 하지만 하늘의 별이 전쟁을 예고해준 자가 왜 수도승을 따라다녀야 하는 거지?"

"그분이 성스러운 분이시기 때문입니다. 신성한 진리에 사시고, 신성한 말씀을 하시고, 신성한 행동을 하시는 분이십니다. 그분은 다른 성자들과 다르십니다. 저는 아직 그런 분을 뵌 적이 없습니다. 저희는 점쟁이도 아니고, 마술사도 아니고, 거지도 아닙니다."

킴이 진지하게 말했다.

"그래, 너는 그렇지 않다. 내가 알 수 있다. 하지만 네 스승이란 사람에 대해선 모르겠다. 잘 걸어가기는 하는구나, 어쨌든."

하루가 시작되는 때의 신선함이 라마승의 발걸음을 마치 낙타의 그것처럼 크고 쉽게 내딛도록 만들었다. 그는 걸음을 옮기면서도 명상에 잠긴 채 습관적으로 염주를 감고 있었다.

그들은 거대한 암녹색 망고 숲 사이로 난 들판을 휘감고 있는, 바퀴자국이 나고 관리 상태가 엉망인 시골길을 따라 걸어갔다. 그 뒤로는 동쪽 멀리 눈을 이고 있는 히말라야의 능선들이 희미하게 보였다. 인도의 들이란 들은 모두 쉴 틈이 없었다. 우물의 도르래가 돌아가고, 소를 모는 농부가 소리를 지르고, 까마귀들이 울부짖고. 심지어 조랑말조차 분위기를 파악했는지 킴이 등짝에다 손을 올리자 빠른 걸음으로 내닫기 시작했다.

"사원에다 일 루피라도 헌금하지 않았다는 게 못내 후회가 되는구나."

81개의 염주 알을 다 헤아리고 난 라마승이 말했다.

늙은 전직 군인이 뭐라고 투덜거리자 라마승은 그제야 그가 함께 있다는 사실을 안 모양이었다.

"당신도 강을 찾고 있소?"

라마승이 돌아보며 물었다.

"날이 밝았으니 해가 지기 전까지 마실 물을 제외하고 강이 무슨 필요가 있겠습니까? 나는 간선도로에 이르는 지름길을 가르쳐드리려고 나온 겁니다."

"기억해둬야 할 환대군요, 오 선한 의지를 가지신 분이여. 그런데 그 칼은 왜……?"

늙은 전직 군인은 마치 '속이기 놀이'를 하다가 들킨 어린아이처럼 부끄러워했다.

"이건 내 취미지요. 늙은이의 오락거리 말입니다. 사실 인도에서는 무기를 소지해서는 안 된다는 경찰의 규정이 있지만……"

그는 칼을 만지작거리다 기운이 나는지 칼자루를 툭 쳤다.

"내가 칼을 갖고 다닌다는 건 이곳의 경찰관들도 다들 알고 있지요."

"좋은 취미는 아닌 것 같소. 사람들을 죽여서 무슨 이득이 있겠소?"

"거의 없지요…… 내가 알기로는. 하지만 사악한 인간들이 지금 당장 모두 죽어 없어지지 않는 한, 무기 없는 세상을 꿈꾸는 자들에게 이 세상은 여전히 나쁜 세상이지요. 델리 남부가 피로 넘쳐났던 것을 모르시는 것 같아 드리는 말씀입니다."

"어떤 미친 짓이 일어났단 말이오?"

"신들만이, 재앙을 내리신 그들만이 아시지요. 격렬한 분노가 모든 병사를 집어삼키자, 그들은 장교들에게 저항을 하기 시작했지요. 그것이 첫째 악행이었습니다. 만약 거기서 그들이 자제를 했더라면 수습 불능의 사태는 막을 수 있었을 겁니다. 하지만 그들은 영국군 장교들의 아내와 자식들을 죽이는 것을 선택했습니다. 그러자 본토로부터 영국인들이 몰려왔고, 가장 가혹한 일들이 그들에게 행해졌지요."

"아주 오래전에 그런 소문이 내 귀에까지 들렸던 것 같소. 사람들은 그때를 암흑의 해라고 불렀던 것 같은데."

"대체 어떤 인생관을 가지고 있으면 그해의 일에 대해 제대로 알지 못하고서도 살아갈 수 있지? 소문이라니! 세상사람 모두가 다 아는 그 일을, 치를 떨었던 그 일을."

"세상이 요동을 친 것은 단 한 번…… 저 위대한 존자께서 깨달음에 이르신 바로 그날이오."

"맙소사! 난 델리가 요동치는 걸 보았지요. 세상의 배꼽인 델리가 말입니다."

"그래서 여자들과 어린아이들까지 공격했소? 그건 나쁜 행위였을 뿐이오. 징벌을 피할 수 없는."

"많은 사람이 막아보려고 노력했지만, 별 소득이 없었지요. 나는 그 때 기병연대에 속해 있었는데, 폭동이 일어났습니다. 팔백육십 명의 기병대 중에 자신의 임무를 수행한 사람이 몇 명이나 되었는지, 한번 짐작해보시겠어요? 세 명이었어요. 그중의 한 명이 나였습니다."

"위대한 공덕이오."

"공덕이라! 그때 우리는 그걸 공덕이라 여기지 않았어요. 내 나라 사람들, 내 친구들, 내 형제들을 잃었습니다. 그들은 말했지요. 영국이 지배하던 시대가 끝났다, 우리의 힘으로 농토를 일구러 가자. 하지만 나는 소브라온과 칠란왈라, 무드키와 피루즈샤의 사람들과 대화를 했습니다. 내가 말했지요. 조금만 기다리면 바람의 방향이 바뀔 것이다, 이 행위는 축복받을 수 없는 일이다. 그때 나는 한 영국인 부인과 그녀의 자식을 말에 태우고 일백 킬로미터를 넘게 달려갔습니다. 한 사람이 탈 수 있는 말에! 나는 그들을 안전한 곳에다 두고, 상관에게로 돌아갔습니다…… 다섯 중에 유일하게 살아남은 사람이었습니다. 내게 임무를 주시오, 하고 내가 말했지요. 나는 나의 동족들로부터 버림받았고, 내 사촌의 피가 내 칼에 묻어 있다고 말했습니다. 그가 말하더군요. 소망이 이루어질 것이다, 위대한 임무가 기다리고 있다, 이 미친 짓이 끝나면 보상이 주어질 것이다, 라고요."

"그래, 미친 짓이 끝나면 보상이 주어진다, 그랬단 말이지?"

라마승은 반은 혼잣말로 중얼거렸다.

"그들은 총이 발사되는 소리를 우연히 들었다고 해서 훈장을 걸어주는 사람들이 아닙니다. 절대로! 나는 열아홉 곳에서 전투를 치렀고, 마흔여섯 번의 소규모 기병전을 겪었습니다. 자잘한 격투는 헤아릴 수도 없고요. 아홉 번이나 부상을 당했죠. 한 개의 훈장과 네 번의 표창을 받았습니다. 그리고 지금은 장군이 되어 있는 나의 상관들이 황제 폐하* 즉위 오십 주년에 나를 기억해주어서 명예훈장을 수여했고, 이 나라가 반겨주었습니다. 그들이 말했지요. 영연방 인도국의 명예를 그대에게 수여하노라. 나는 지금도 그걸 목에 걸고 다닙니다. 또한 정부에서 무상으로 농토를 주었습니다. 지금은 행정관이 되어 있는 예전의 그 사람들이 말을 타고서 밭둑길을 지나 날 찾아오지요. 온 동네 사람들이 다 볼 수 있도록 높이 앉아서…… 우린 오래전의 그 전투 얘기를 하지요. 죽은 사람의 이름들을 들먹이면서."

"그런 뒤에는?"

라마승이 물었다.

---

* 빅토리아 여왕(재위 1837~1901)을 가리킨다.

"아, 그런 다음엔 떠납니다. 마을 사람들이 다 보는 데서 말입니다."

"인생의 막바지에 당신은 뭘 할 거요?"

"막바지엔…… 죽겠죠?"

"그런 뒤엔?"

"신들이 명령을 내리시겠지요. 난 기도를 올려서 신들을 성가시게 한 적이 없어요. 그러니 그들도 날 성가시게 하지 않겠죠. 난 말입니다, 오랜 세월을 살아오면서 끊임없이 불평을 늘어놓고 소문을 퍼뜨리고 고함을 치고 울부짖으며 일에 끼어드는 사람들이 결국 서둘러 쫓겨나는 걸 봐왔어요. 마치 우리 연대장님이 떠버리 촌놈을 멀리 내쫓아버리곤 했듯이 말이죠. 난 신들을 성가시게 한 적이 없어요. 그들도 기억할 거고, 응달에서 검술 연습이나 하면서 내 아들들이 오기를 기다릴 수 있는 조용한 곳을 마련해주겠지요. 내게는 세 아들이 있지요. 모두 자기들 연대의 영관장교들이 되어 있죠."

"그리고 그들도 역시, 윤회의 수레바퀴에 묶여 있고, 이 삶에서 저 삶으로…… 이 운명에서 저 운명으로 옮겨다닐 뿐이오. 그 바퀴살을 맹렬하고 힘겹게 거머쥐고 있는 거요."

라마승이 숨을 내쉬며 말했다.

"그래요."

늙은 전직 군인이 낄낄거리며 말했다.

"세 개 연대의 고급장교 놈들, 나도 그렇지만, 제법 노는 가락들이 있지요. 녀석들은 근사한 말을 타고 싶어하는데 그건 옛날에 여자를 가지는 것과는 다르단 말입니다. 그래서, 그래서 말인데, 내 농토를 팔 수밖에 없었어요. 어떻게 생각하십니까? 관개시설이 잘되어 있는 땅이었지만, 하인들이 날 속여먹었어요. 창끝 말고는 하소연을 할 데가 없더라고요. 흑! 난 화가 치밀었고, 놈들을 저주했죠. 놈들은 잘못을 뉘우치는 척하며 돌아서선 날 이빨 빠진 늙은 원숭이라고 놀렸어요."

"다른 건 바라지 않았소?"

"예, 있지요…… 수천 번이나 소망했지요! 꼿꼿한 등과 사이가 벌어지지 않는 무릎을 다시 가질 수 있기를. 재빠른 주먹과 날카로운 눈을, 남성의 골격을 다시 가질 수 있기를 바랐지요. 그 옛날…… 힘이 넘쳤던 시절로 돌아갈 수 있기를!"

"강한 것은 곧 약한 것이라오."

"결국엔 그렇게 변해버리고 말았지요. 하지만 오십 년 전의 나라면 그 말은 결코 옳지 않아요."

늙은 전직 군인이 조랑말의 여윈 옆구리를 엉덩이뼈로 내리누르며 받아쳤다.

"그런데, 내가 위대한 치유의 강을 알고 있소."

"나는 몸이 퉁퉁 붓도록 강가 강물을 마셔댔지요. 하지만 그 강이 내게 준 것은 설사뿐이었어요. 어떤 종류의 힘도 아니었다고요."

"강가가 아니오. 내가 아는 강은 죄의 모든 오명을 씻어내는 강이오. 강둑 멀리 올라서는 사람은 자유를 확신하게 될 거요. 나는 당신의 삶을 모르오만, 당신의 얼굴은 고결하고 인정 어린 얼굴이오. 당신은 당신의 길을 견지해왔소. 내가 지금 당신이 기억하는 것과 다른 그 암흑의 해에 당신은 해내기 힘든 의무를 다했소. 그러니 이제 중도의 길에 들어서시오. 그것이 자유의 길이라오. 최상의 계율에 귀 기울이시오. 헛된 꿈을 좇지 말고."

"계속 말하시오, 노인장. 우린 둘 다 나이 먹은 허풍쟁이들이니까."

늙은 전직 군인이 반쯤 경례를 붙이며 미소를 지었다.

망고나무 그늘에 쪼그려 앉은 라마승의 얼굴에 격자무늬 그림자가 일렁거렸다. 늙은 전직 군인은 조랑말 위에 뻣뻣하게 앉아 있었고, 킴은 뱀이 없다는 걸 확인하고는 구부러진 나무뿌리를 베고 드러누웠다.

따가운 햇볕 아래 별것 없는 케케묵은 인생 이야기가 지루하게 전개되고 있었다. 비둘기가 구구거리고, 들녘을 가로지르는 우물 긷는 도르래의 단조로운 기계음이 졸음을 몰아오고 있었다. 느릿느릿하지만 인상적으로 라마승은 이야기를 시작했다. 10여 분쯤 지났을 때 늙은 전직 군인은 라마승의 말을 더 잘 들을 수 있도록 고삐를 손아귀에 틀어쥔 채로 조랑말 위에서 미끄러져 내려왔다. 라마승의 말이 중간중간 잘리더니, 잘리는 시간이 꽤 길어지고 있었다. 킴은 회색빛 다람쥐를 살피느라 바빴다. 찍찍대는 자그마한 털북숭이 짐승 한 무리가 나뭇가지를 꽉 틀어쥐고 있다가 사라졌을 때, 설교자와 청중은 모두 잠에 빠져 있었다. 늙은 장교의 바짝 치켜 깎은 머리는 팔을 베고 누웠고, 라마승의 등은 노란 상아처럼 보이는 나무등걸에 기대어져 있었다. 발가벗은 아이 하나가 아장아장 걸어와서는 그 모습을 물끄러미 바라보다가 뭔가 순간적으로 경외심이 생겼는지 라마승 앞에서 경건하게 절을 올렸다. 어린아이는 키가 아주 작고 통통했는데, 곧 넘어질 듯 뒤뚱거렸다. 킴은 아이의 그 통통한 다리가 뒤뚱거리는 걸 보고 웃음을 터뜨렸다. 무섭기도 하고 화가 난 아이가 고함을 질러댔다.

"뭐야! 무슨 일이야!"

늙은 군인이 벌떡 일어나며 말했다.

"무슨 일이 있나? 무슨 명령이 내려진 건가? ……이건…… 어린 애잖아! 비상사태가 일어난 꿈을 꿨는데. 어린애가…… 어린놈이…… 울지도 않네. 내가 잠을 잔 거란 말인가? 볼썽사납게시리!"

"무서워! 무섭다고!"

아이가 소리를 질렀다.

"뭐가 무섭니? 이 늙은이들과 소년이? 커서 군인이 되고 싶지 않니, 어린 왕자님?"

라마승도 잠에서 깼지만 아이 쪽은 보지 못하고 염주를 굴렸다.

"그게 뭐예요?"

고함지르는 걸 뚝 멈추더니 아이가 말했다.

"그런 건 첨 보는데. 나 줘."

"아하."

라마승이 미소를 띠고는 염주를 풀밭 위에다 올려놓고 살살 끌며 노래를 불렀다.

"이건 한 줌의 카르다몸…… 이건 한 덩어리 버터…… 이건 기장과 고추와 쌀…… 너와 나의 한 끼 식사……"

어린아이가 기뻐서 소리를 지르며 거무스름하게 빛나는 염주를 낚아채려고 덤벼들었다.

"오호!"

늙은 군인이 말했다.

"이 세상을 경멸하는 노인장께서 그런 노래를 어디서 배웠답니까?"

"파탄코트에서 배웠다오…… 어떤 집 문설주에 기대서. 아기를 달래는 데는 그만인 노래요."

라마승은 부끄러운 듯 말했다.

"내가 기억하기로는, 우리가 잠에 빠져들기 전에 당신이 내게 결혼과 출산은 진리의 빛을 어둡게 만들고, 수도를 하는 데 장애물이 된다고 말했습니다. 당신의 나라에서는 그럼 어린애가 하늘에서 떨어집니까? 그런 아이들에게 노래를 불러주는 게 도라는 거요?"

"어떤 사람도 완전하지는 않소."

라마승이 염주를 감으며 무겁게 입을 열었다.

"이제 네 엄마에게로 가거라, 아이야."

"이분 말씀 좀 들어봐라!"

늙은 전직 군인이 킴에게 말했다.

"이 사람은 자신이 어린아이를 기쁘게 해주었다는 걸 부끄러워하고 있다. 이보시오, 형제여, 당신 안에는 가장으로서의 아주 훌륭한 자질이 숨겨져 있다오."

그는 아이를 부르더니 동전 한 닢을 던져주었다.

"사탕은 언제나 달콤하지."

어린아이가 햇볕 속으로 깡충거리며 뛰어갔다.

"아이들은 자라서 어른이 된다오. 성자여, 당신이 설교하던 중에 잠이 들었다니 몹시 슬프구려. 나를 용서해주시오."

"우린 둘 다 늙은이요. 잘못은 내게 있소. 나는 당신이 들려준 미친 세상의 이야기를 들었소. 악업은 또다른 악업을 끌어오는 법이지."

라마승이 말했다.

"이것 보라고! 당신의 신들은 어린아이와 놀면서 무슨 고통을 겪는

거요? 그 노래는 아주 잘 불렀소. 이제 가시지. 내가 당신에게 델리의
니칼 세인*이라는 오래된 노래를 들려드리리다."

그들은 불탑들처럼 서 있는 망고나무 숲의 어둑한 그늘에 작별을
고했다. 늙은 군인의 높고 카랑한 목소리가 들판을 가로질러 울려 퍼
졌다. 그의 길게 잡아 늘인 노랫가락은 지금까지 펀자브에서 불리고
있는 노래, 니칼 세인의 이야기를 펼쳐놓고 있었다. 킴은 기분이 좋아
졌고, 라마승은 아주 흥미롭게 듣고 있었다.

"아, 니칼 세인은 죽었다네…… 델리 앞에서 죽었다네! 북군의 창기
병들아, 니칼 세인의 복수를 하러 가자!"

마지막 대목에서 그의 목소리는 심하게 떨려 나왔다. 그는 조랑말
의 둔부에 칼의 납작한 곳을 붙이고는 짜릿한 전율을 맛보고 있었다.

"이제 대로에 도착했습니다."

킴에게서 감사 인사를 받고 난 뒤 그가 말했다. 라마승은 아무 말도
하지 않았다.

"이 길을 달려본 지가 참 오래되었지만 당신 제자의 말이 힘을 주
는군요. 보십시오, 신성한 분이시여…… 전 인도의 척추와 같은 대간
선도로입니다. 도로의 거의 전역이 이곳처럼 네 줄로 심은 가로수들
로 덮여 있지요. 가운데 길은 노면 상태가 좋아 신속한 수송을 가능하
게 하죠. 열차가 다니기 전에는 수많은 영국인이 이 길을 따라 여행
을 했습니다. 지금은 시골 마차 따위나 오가지만. 왼쪽과 오른쪽의 길
은 곡물과 면화, 목재, 탄약과 시멘트, 가죽들을 실은 무거운 마차들이

---

* 대폭동 때 델리 수비대 장교였던 존 니콜슨을 가리킨다.

다니는 아주 거친 도로입니다. 이 길은 사람에겐 안전합니다. 사오 킬로미터마다 초소가 있으니까요. 한번은 경찰들이 도둑질을 하고 신분에 어긋나는 짓을 해서, 내가 직접 의지가 강한 상관들을 모시고 있는 젊은 기병대원들과 순찰을 돌았던 적이 있습니다. 그들은 상대를 두려워하는 법이 없는 사람들이죠. 모든 계층의 사람들이 이 길을 이용합니다. 보세요! 브라만과 가죽장이, 은행가와 떠돌이 땜장이, 이발사, 잡일꾼, 순례자들, 도자기 굽는 사람들…… 세상 모든 사람이 가고 오지요. 이곳이 내게는 강과 같아요. 나는 홍수에 떠내려온 통나무처럼 이곳으로 흘러왔지요."

대간선도로는 정말이지 장관이다. 그것은 2400킬로미터에 이르는 인도의 교통을 전혀 혼잡하게 하지 않으면서 곧게 뻗어 있다. 그런 생활의 강줄기는 세상 어디에도 존재하지 않을 것이다. 그들은 가로수들이 만들어낸 녹색의 아치와 길을 따라 형성되어 있는 나무 그늘, 사람들이 느릿느릿 걷고 있는 하얀 길들을 바라보았다. 그들 맞은편에는 두 칸으로 나뉜 초소가 있었다.

"법을 어기면서 무기를 소지하고 다니는 양반이 누구란 말이오?"

한 경찰관이 칼을 차고 있는 늙은 전직 군인을 보고는 웃으면서 큰 소리로 말했다.

"경찰만으로는 악당들을 처치하는 데 충분치가 않은 모양이지요?"

"내가 칼을 구입한 건 경찰 때문이라네."

늙은 군인의 답변이었다.

"인도는 잘 굴러가고 있는 건가?"

"만사형통입지요, 리살다르 씨."

"난 늙은 거북과 같아, 보라고, 머리를 몸통 밖으로 쑥 내밀었다간 도로 집어넣는 거북이 말이야. 스님, 이게 바로 힌두스탄*의 길입니다. 모두가 이 길을 지나가지요······"

"돼지새끼 같은 놈, 이 말랑말랑한 길이 네놈의 등이나 긁어주려고 있는 건 줄 알아? 모든 부끄러운 딸의 애비이며 수만 명의 타락한 여편네들의 남편, 악령에 정신이 팔린 네 어미가 이리로 끌고 왔구나. 네놈의 이모들은 칠 대에 걸쳐 코도 없이 태어났구나! 네 누이는······ 어떤 눈먼 바보가 너한테 마차를 끌고 이 길을 가라고 시켰더냐? 바퀴가 망가졌다고? 네놈의 대가리를 거기다 지긋이 맞춰보지 그러냐!"

갑자기 고함과 혹독하게 채찍을 쳐대는 소리가 50미터 밖의 먼지기둥을 뚫고 들려왔다. 거기에 마차 한 대가 처박혀 있었다. 눈과 코에서 불길이 튀는 마르고 키가 큰 카티아와르**산 암말이 궁지에서 뛰쳐나오더니 콧김을 뿜어내며 주춤거렸다. 마부는 소리를 지르고 있는 한 남자를 쫓으며 길을 가로질러 말을 몰았다. 그는 키가 크고 회색 수염을 길렀는데, 마치 미친 듯 달려가는 짐승의 일부라도 되는 양 말 위에 앉아 말이 뒷발을 올리고 뛰어오르는 사이에 익숙한 솜씨로 그의 희생자에게 채찍질을 해댔다.

늙은 전직 군인의 얼굴이 자랑스러움으로 빛나고 있었다.

"내 아들이라오!"

그는 짧게 뱉어내고는 조랑말의 고삐를 목이 휘어질 정도로 잡아당겼다.

---

* 인도의 페르시아식 이름. 특히 데칸 고원 이북 지역을 가리킨다.
** 인도 서해안의 반도.

"내가 경찰관 앞에서 맞아야 됩니까? 난 잘못한 일이 없어요! 제대로 했다고요."

마차꾼이 울부짖었다.

"어린 말의 코앞에다 짐짝을 잔뜩 엎어놓고는 소리를 질러대는 원숭이 때문에 내 길이 가로막혀야 하겠느냐? 내 암말을 죽일 뻔했잖아."

"그의 말이 옳다. 그의 말이 옳아. 하지만 말이 주인의 말을 아주 잘 따르는구나."

노인이 말했다. 마차꾼은 재빨리 자신의 마차 바퀴 아래 몸을 숨기고는 꼭 복수를 하겠노라고 위협을 했다.

"어르신의 아드님은 강한 분들입니다."

경찰관이 이빨을 쑤시며 차분하게 말했다.

말에 탄 남자는 마지막으로 한번 강하게 채찍을 휘두르고는 천천히 말을 몰아 다가왔다.

"아버님!"

그는 10여 미터 앞에서 고삐를 당기고는 말에서 내렸다. 노인도 동시에 조랑말에서 내렸다. 두 사람은 동양에서 행하는 아버지와 아들의 인사 법도대로 서로를 껴안았다.

4장

행운 있으라, 그녀는 결코 숙녀가 아니라
가장 사악한 계집애로 살아 있다네.
교활하고 오싹하며 옥처럼 빛나면서
앞장서라고, 전진하라고 꼬드기네.
그녀를 환호하라. 그녀는 이방인에게 인사를 하네!
그녀를 만나라. 그녀는 떠날 채비를 하고 있네!
욕을 퍼붓도록 내버려두라고
말괄량이는 그대의 소매를 붙들고 늘어지네!
아낌없이 주라! 아낌없이, 오, 행운이여!
주라, 그러지 않으려면 그대의 의지를 붙들라.
만약 내가 행운을 돌보지 않는다면
행운은 틀림없이 나를 따라 오리니!

- 키플링, 「요술모자」

포옹을 풀고 나서 그들은 나지막이 대화를 나누었다. 킴은 나무 아래서 쉬고 있었는데, 라마승이 가까이 다가오더니 손짓을 했다.

"가자꾸나. 우리 강은 여기엔 없어."

"아이고 스님! 잠깐 쉴 만큼은 충분히 걸어오지 않았나요? 우리 강이 어디로 도망치진 않는다고요. 저 사람이 우리한테 보시를 할 때까지만 좀 기다려봐요."

"이 아이는 말이다."

그때 늙은 전직 군인이 갑자기 말했다.

"우주에서 온 친구란다. 얘가 어제 나한테 여러 가지 소식들을 알려주었는데, 자기가 환상에서 본 바로는, 곧 전쟁이 일어난다더구나."

"흠!"

그의 아들이 가슴을 내밀며 심호흡을 했다.

"시장 바닥에 흘러다니는 소문을 들은 겁니다. 그걸로 한몫 보려는 수작이지요."

그의 아버지가 웃어댔다.

"적어도 이 아이는 뭘 구걸하려고 하진 않았단다. 그게 얼마나 값비싼 정보인지는 신들이 아실 거다. 네 아우들 연대에도 명령이 떨어진 거냐?"

"전 모르는 일인걸요. 휴가를 받자마자 아버지를 뵈러 온 건데, 그렇다면……"

"그렇다면 그 녀석들도 네가 구걸해가기 전에 앞질러서 달려오고 있겠구나. 노름꾼에 방탕한 놈 같으니라고! 한몫 챙겨서 떠날 작정이겠지. 오라, 그러자면 정말 말이 필요하겠군. 행진을 하자면 좋은 부하와 말이 필요한 법. 어디 보자…… 어디 보자꾸나."

그는 안장머리를 손가락으로 톡톡 두드렸다.

"여긴 돈 얘기 따위를 할 만한 곳이 못 됩니다, 아버지. 집으로 가시죠."

"그러면 적어도 이 아이한테 적선은 하고 가야지. 나한텐 땡전 한 푼 없어. 이 아인 상서로운 소식들을 갖고 왔다. 오, 세상 모든 이의 친구여, 네가 말한 대로 어떤 전쟁이 닥쳐오고 있구나."

"아뇨, 제가 알기로는, 어떤 전쟁이 아니라 바로 그 전쟁이에요."

킴은 태연하게 대답했다.

"어허, 뭘 하고 있는 거냐?"

염주를 굴리며 라마승이 말했다. 그의 관심은 오직 길을 떠나는 것

128

뿐이었다.

"저의 스승님은 돈벌이에는 전혀 관심이 없답니다. 저희는 소식을 가져다드렸을 뿐…… 본 것 그대로 전하였으니, 이제 갈 겁니다."

킴이 제 옆구리에다 손을 올렸다.

노인의 아들이 거지나 마술사에게 하듯 뭐라고 투덜거리면서 공중으로 은전 한 닢을 던졌다. 은전은 사 아나짜리였는데, 몇 날을 배불리 먹을 수 있는 돈이었다. 그 반짝이는 쇳조각을 보고 라마승이 축복을 빌어주었다.

"잘 가거라, 세상 모든 이의 친구여."

늙은 군인이 말라비틀어진 자신의 조랑말을 돌려세우며 카랑하게 외쳤다.

"내 생애 처음으로…… 군인이 아닌 자로 유일하게 진실한 예언자를 만났도다."

아버지와 아들은 함께 말머리를 돌렸다. 노인은 어린 사람보다 훨씬 더 꼿꼿한 자세로 말 위에 앉아 있었다.

노란 리넨 바지를 입은 펀자브 경찰관 하나가 구부정한 자세로 길을 건너오고 있었다. 그는 돈을 주고받는 장면을 본 것이었다.

"정지!"

그는 억양이 강한 영어로 외쳤다.

"여기 샛길에서 간선도로로 들어가는 데 한 사람당 이 아나, 두 사람이니까 사 아나의 요금을 내야 한다는 건 알고 있겠지? 정부의 방침이다. 그 돈은 가로수를 심고, 길을 가꾸는 데 쓰일 것이다."

"그리고 경찰관의 배를 채우는 데도 쓰이겠군요."

킴이 팔이 닿지 않을 만큼 거리를 떨어뜨리며 말했다.

"생각 좀 해봐요, 머리에 진흙만 잔뜩 든 아저씨. 아저씬 우리가 여기서 제일 가까운 연못에서 튀어나온 개구리인 줄 아시는 모양인데, 진흙구덩이에 사는 건 아저씨의 의붓아버지죠. 그 의붓동생 이름이나 들어보셨나요?"

"저 아인 누구지? 가만 놔두게."

경찰관의 상관이 몹시 즐거워하며 소리를 질렀다. 그는 베란다에 쭈그리고 앉아 파이프 담배를 피우며 내려다보고 있었다.

"저 아저씬 소다수*병에서 상표를 떼내서는 다리에다 붙여놓고 지나가는 사람들한테 통행세를 받아먹었어요. 정부의 방침이라면서. 그때 한 영국인이 오더니 저 사람 모가지를 잘라버렸죠. 이봐요, 난 촌동네 까마귀가 아니라 도시 까마귀라고요!"

경찰관이 어쩔 줄 몰라 슬금슬금 도망을 치자 킴이 그 뒤를 따라가며 야유를 퍼부었다.

"저 같은 제자 보신 적 있어요?"

킴이 신이 나서 라마승에게 외쳤다.

"제가 만약 지켜드리지 않았다면 스님은 라호르 시에서 이십 킬로미터도 못 벗어나 몽땅 털려버렸을 거예요."

"난 때때로, 때때로 말이다, 네가 선한 혼령인지, 꼬마 악령인지 짐작을 못 하겠구나."

라마승이 미소를 지으며 느릿느릿 말했다.

---

* belaitee-pani. 직역하면 '외국 물'의 의미. 영국에서 들어온 (그래서 제품 설명 및 상표가 영어로만 쓰여 있는) 소다수병을 가리키는 듯하다.

"전 스승님의 제자일 뿐이에요."

킴은 갑자기 걷는 속도를 뚝 떨어뜨렸는데, 그건 이 세상을 모두 걸어온 자의 그것처럼, 그냥 느리다고 표현하기에도 부족할 정도로 느린 걸음이었다.

"자, 어서 가자꾸나."

라마승이 나지막이 말했다. 그들은 염주를 굴리는 소리에 맞추어 몇십 킬로미터나 말없이 걸어갔다. 라마승은 예의 명상 속으로 빠져들어갔지만, 킴의 반짝거리는 눈은 활짝 열려 있었다. 그는 생각했다. 사람들로 복작거리는 라호르의 좁아터진 길을 걷는 것에 비한다면 지금 이 넓고 환한 인생의 강을 건너고 있는 것은 엄청난 발전이라는 것을. 가는 곳마다 새로운 사람들, 새로운 풍경들이 나타났다. 이미 알고 있는 신분의 사람들도 있었지만, 전혀 본 적이 없는 계층들도 있었다.

두 사람은 머리를 길게 기른 무리를 만났는데, 그들은 도마뱀과 불결한 음식들이 든 바구니를 등에 지고 다니는, 지독한 냄새를 풍기는 사누시* 교도들이었다. 야윈 개들이 코를 킁킁거리며 그들의 뒤를 따라다니고 있었다. 이 사람들은 자기네만 다니는 길을 확보한 채 단조롭지만 빠르게 걸음을 옮겼다. 그럴 수 있었던 비결은 바로 그 지독한 냄새였다.

그들이 지나간 뒤에, 막 감옥에서 출소하여 발목에 아직 족쇄 자국이 선명한 사내 하나가 짙은 나무그늘 사이로 뻣뻣하게 선 채로 성큼성큼 걸어왔다. 그의 불룩한 배와 윤이 나는 피부는 가장 정직한 사람

---

* 불가촉천민 계층에 속하는 집시 부족. 개고기를 먹는다.

이 배를 채울 수 있는 것보다 더 좋은 음식들을 정부가 그에게 제공했다는 걸 증명하고 있었다. 킴은 그 걸음걸이를 잘 알고 있어서, 그런 자들이 지나갈 때면 질펀하게 야유를 보냈다. 그다음엔 부리부리한 눈매의 아칼리* 한 명이 지나갔다. 그는 머리를 산발한 시크교도로 그의 종교를 상징하는 푸른색의 격자무늬 옷을 입고 있었다. 그의 높다란 푸른색 터번 꼭대기에는 윤이 반짝반짝 나는 철제 고리가 매달려 있었는데, 그는 시크교도 자치국들을 방문하고 돌아오는 길이었다. 그는 거기서 흰색 부츠에 흰색 코르덴 반바지를 입고서 대학교육을 받은 젊은 왕자들에게 칼사**의 유서 깊은 영광을 노래로 들려주었다. 킴은 그 남자의 신경을 거스르지 않으려고 조심했다. 아칼리들은 성격이 무뚝뚝하고 툭하면 주먹을 휘둘러대기 때문이었다. 라마승과 킴은 길을 가면서 화려하게 치장을 한 온 마을 사람이 모인 축제와 마주치기도 했다. 아이를 엉덩이에다 걸친 채 남자의 뒤를 줄레줄레 따르는 아낙네들, 조잡한 놋쇠 모형기차를 끌고 사탕수수 줄기를 빨며 경중경중 뛰어다니는 제법 나이 먹은 소년들, 싸구려 장난감 거울로 햇빛을 반사해서 저보다 나이 든 아이들의 눈을 부시게 하며 장난을 치는 아이들…… 그 광경들은 어딘가에 장이 섰음을 알려주고 있었다. 어울려 갈색 팔을 맞대고서 새로 장만한 북서부산 유리 팔찌들을 비교해보고 있는 여자들을 봐도 알 수가 있는 일이었다. 마냥 즐겁기만 한 이 여자들은 느릿느릿 걷다가 볼거리가 있으면 일행의 이름을 부

---

* 시크교도 중 전투적인 종파.
** 1675년에 생긴 전투적인 교단(敎團)으로서, 시크교도 중에서도 특히 결속력이 강한 공동체의 하나로 오늘에 이른다.

르기도 했고, 사탕장수와 값을 흥정하기도 하고, 길가의 사원 앞에서 기도를 올리기도 했다. 힌두 사원이건 이슬람 사원이건 상관하지 않았다. 낮은 신분의 사람들이 보여주는 그 공평무사함은 실로 아름다웠다. 일렬로 늘어선 한 무리의 푸른색이 급하게 이동하고 있는 쐐기벌레의 등처럼 오르락내리락 먼지를 자욱하게 일으키며 흔들거리더니, 정신없이 불러대는 노랫소리와 함께 지나가곤 했는데, 창가르의 무리였다. 그들은 북부의 기차선로 전체를 관할하며 제방을 쌓고 있는 여자들이었다. 평발에 큰 가슴, 강한 팔다리를 가진 푸른색 쓰개를 한 그들은 흙을 운반하는 일을 했는데, 작업거리가 있다는 연락을 받고 서둘러 북쪽을 향해 가고 있었다. 아주 천한 신분의 남자들과 혼인한 그들의 각이 진 팔꿈치와 단단한 엉덩이, 머리를 높이 치켜들고 걷는 모습은 무거운 것들을 옮기기에 안성맞춤인 듯 보였다. 그들이 지나간 얼마쯤 뒤 음악과 고함을 동반한 혼인행렬이 간선도로로 진입하려고 하고 있었는데, 만수국萬壽菊과 재스민 향기가 먼지 냄새만큼이나 지독했다. 붉은색에 금박을 입힌 신부의 가마가 먼지 사이로 흔들거리며 오고 있는 동안 신랑이 타고 있는 화환을 쓴 조랑말이 몸을 돌려 사료를 싣고 지나가던 마차에서 풀을 한입 가득 훔쳐 먹고 있었다. 킴은 요란하게 박수를 쳐대며 덕담과 어줍은 농담들이 뒤섞인 자리에 끼어들어 놀다가, 신혼부부에게 아들 백 명을 낳고 딸은 절대 낳지 말라고 빌어주기도 했다. 더 흥미롭고 비명을 지르게 만든 것은 제대로 훈련되지 않은 원숭이들과 숨을 헐떡거리는 쇠약한 곰, 발에다 염소뿔을 매달고서 느슨한 줄 위에서 춤을 추고 있는 여자와 함께 마술사가 등장했을 때였다. 그들이 나타나자 말들이 꽁무니를 뺐고, 여자들은 놀라서 소리를 질러댔다.

이런 와중에도 라마승은 눈을 드는 법이 없었다. 고리대금업자가 말도 안 되게 높은 이자를 긁어모으려고 거위궁둥이 같은 조랑말을 타고 종종거리며 달려오든, 휴가를 나온 어린 군인들이 행군과 총과 각반으로부터 해방된 것이 좋아서 고래고래 소리를 지르든, 혹은 그 놈들이 정숙한 여자들에게 듣기 민망할 정도의 상스런 농지거리를 던지든, 그는 결코 아랑곳하지 않았다. 심지어 강가 강물을 팔고 있는 사람조차도 쳐다보지 않았다. 킴은 그 귀한 물을 그가 그래도 한 병쯤은 살 것이라 예상했는데. 라마승은 한 시간이고 두 시간이고 내내 땅만 보고 걸었다. 아마도 그의 영혼은 전혀 다른 곳에 가 있는 모양이었다. 하지만 킴은 일곱째 천국*에 있는 것처럼 가슴이 벅차오르고 기뻤다. 간선도로는 산기슭으로부터 밀려오는 겨울철의 홍수를 대비해 그 지점에서부터 제방 위로 길을 닦았기 때문이었다. 그 위를 걷는 건 말하자면 장엄한 회랑을 걷는 것과 같았는데, 좌우로 드넓게 펼쳐진 인도의 풍경을 모두 볼 수가 있었다. 여러 개의 멍에를 단, 곡물과 목화를 실은 마차가 시골길을 넘어 천천히 기어 올라가고 있는 광경은 너무도 아름다웠다. 1킬로미터 밖에서부터 들려오던 마차의 굴대 돌아가는 소리는 마차꾼들 사이에 오가는 고함과 욕설과 폭언들을 거느리고서 점점 가까워지더니 가파른 경사를 올라 단단한 간선도로 위로 올라섰다. 사람들 역시 보기에 아름다웠다. 사람들은 각자의 마을로 돌아가기 위해 둘씩 셋씩 모이기도 하고 흩어지기도 했는데, 그것은 빨

---

* 이슬람교와 유대교에서 최상층의 천국. 신과 가장 진화한 천사장들이 거주하는 공간.

강, 파랑, 분홍, 그리고 흰색과 선명한 노란색의 작은 덩어리들을 이루며 지평선 위에 떠 있었다. 킴은 그 광경들을 보면서, 비록 말로 표현해낼 수는 없었지만 깊은 감응을 받았다. 껍질을 벗긴 사탕수수를 씹다가 다 씹은 고갱이를 걸어가면서 길바닥에다 툭툭 뱉어내는 것도 즐거웠다. 가끔씩 라마승은 코담배를 맡았다. 킴은 더이상 침묵을 견뎌낼 수가 없었다.

"인도는 좋은 나라예요! 공기도 좋고, 물도 좋고요. 그렇지 않아요?"

킴이 말했다.

"또한 이 나라 사람 모두가 윤회의 수레바퀴에 묶여 있지."

라마승이 말했다.

"이 생은 다음 생에 묶여 있다. 이 나라 사람 그 누구도 이 길을 보지 못한다."

그 끔찍한 세상을 되돌아본 듯 그는 몸을 떨었다.

"그래서 우리가 지금 이 지루한 길을 걷고 있잖아요. 곧 쉼터에 도착할 거예요. 거기 머무르실 거죠? 보세요, 해가 지고 있어요."

"오늘 저녁은 누가 우릴 받아줄까?"

"모든 사람이 다. 이 나라는 선한 사람들로 가득하지요. 게다가……"

킴이 갑자기 목소리를 낮추며 속삭였다.

"돈도 가지고 있잖아요."

두 사람의 하루치 순례여행을 마감하는 쉼터는 사람들로 몹시 붐볐다. 일렬로 죽 늘어서 있는 간단한 먹을거리와 담배를 파는 가게, 장작더미, 경찰 소, 우물, 말구유, 몇 그루의 나무, 그리고 그 나무 아래에 오래전 불을 피운 흔적인 검은 재와 그걸 짓뭉갠 발자국들, 이것들이 대간선도로 쉼터의 풍경을 이루고 있는 전부였다. 거지와 까마귀를 제외한다면, 그리고 그 둘의 허기도.

망고나무들의 가장 낮은 가지들을 향해 태양의 드넓은 황금빛 바퀴살이 퍼져나가고 있었다. 앵무새와 비둘기 수백 마리가 둥지로 돌아가고, 회색빛 등을 가진 칠자매별새는 하루 동안의 모험을 조잘대며 둘씩 셋씩 짝을 지어 여행자들의 발치에까지 내려와 앞서거니 뒤서거니 하며 걷고 있었다. 박쥐들은 야간근무를 나갈 채비를 하고서 나뭇가지들 사이를 어지럽게 날고 있었다. 불빛들이 밝혀지자 사람들의 얼굴과 마차 바퀴들, 거세한 황소의 뿔들이 순식간에 피처럼 붉게 변해버렸다. 밤이 내리면서 대기의 감촉도 변해갔고, 거미줄 모양의 푸른 베일 같은 낮게 깔린 안개가 마을을 가로지르며 밀려오고 있었다. 그 안개에 묻혀 나무 타는 냄새와 소똥의 냄새, 잿더미 위에서 구워내는 구수한 밀빵 냄새가 스며 나오고 있었다. 야간 순찰자들이 괜히 헛기침을 하면서 바삐 경찰초소를 나와서는 이런저런 명령들을 되풀이해댔다. 길가의 마차꾼들이 피워대는 물담배통 안에서는 목탄덩이가 발갛게 타들어가고 있었다. 킴은 물담배통의 놋쇠 집게 위에서 마지막 빛을 발하며 타들어가는 태양을 무표정하게 응시하고 있었다.

쉼터에서의 밤은 카슈미르 세라이의 밤 풍경을 축소해놓은 것 같았다. 킴은 동양의 행복한 무질서 속으로 기꺼이 빠져 들어갔다. 그 무질서는 인간에게 진정으로 필요한 것이란 그리 많지 않다는 사실을 일깨워주었다.

그가 원하는 것은 아주 적었다. 라마승은 신분을 따지지 않았으므로 가장 가까운 가게에서 먹을거리를 구했다. 불을 지피기 위해 킴이 구입한 소똥 한 줌이 가장 호사스런 물건이었다.

남자들은 기름이나 곡식, 사탕이나 담배를 구하러 조그만 등불을 들고 왔다갔다하기도 하고, 우물가에서 차례를 기다리다가 서로를 밀치며 다투기도 했다. 그들의 목소리 안으로 마차가 멈추고 자물쇠가 채워지는 삐꺽거리는 소리와 사람들 앞에 얼굴을 드러내서는 안 되는 여자들의 킬킬거리는 웃음소리가 묻어들고 있었다.

여자들이 여행을 할 때는 칸막이로 남녀의 칸을 구분해놓은 열차를 이용하는 게 좋다는 것이 이즈음 교육을 잘 받은 인도인들의 생각이었다. 그리고 이것이 관행이 되어가고 있었다. 하지만 선조로부터 물려받은 관습을 고집하는 노인들이 있게 마련이고, 게다가 그런 사람들 가운데에는 생애의 마지막 순례길을 떠나는 할머니들이 있었다. 나이 든 여자는 보통 남자들보다 훨씬 보수적이지만, 몸도 쇠약해지고 더이상 부릴 욕심도 없어져서인지 어떤 경우엔 베일을 벗어버리기도 했다. 오랫동안 격리되어 살다가 집밖의 이런저런 흥미로운 일들을 겪으면서 그들은 여행 중에 마주치는 소란스러움과 사원에서 사람들과 만나는 일, 동병상련을 겪고 있는 미망인들과 잡담을 나눌 수 있다는 무한한 가능성들을 사랑하게 되었다. 인도에서 이런 식으로 말년을 즐기는, 입이 걸고 의지가 굳센 할머니들 대부분은 오랜 기간 집안에 갇혀 지내온 사람들이었다. 순례가 신에게 감사를 드리는 일이라는 건 그들에게도 분명 그랬다. 사람들이 가장 많이 모이는 곳뿐 아니라 가장 외진 곳이라도, 즉 인도 어디에서도, 휘장이 내려져 있거나 우마차 안에 몸을 숨기고 있는 할머니들을 모시고 다니는 머리가 허연 하인들을 볼 수가 있다. 그들은 침착하고 신중한 남자들인데, 유럽인이나 상류계급의 인도인들이 호기심을 품고 다가오려고 하면 아주 훌륭하게 조치를 취하곤 한다. 하지만 보통의 순례여행에는 이런 조치들이 취해지지는 않았다. 그래서 이 할머니들이 더욱 열정적인 한 인간으로 인생을 즐기며 살게 된 것인지도 모른다.

킴은 막 쉼터로 들어서고 있던, 쌍봉낙타의 혹처럼 생긴 두 개의 둥근 천장에 화려한 자수가 새겨져 있는 가족용 마차 한 대를 눈여겨보고 있었다. 시종이 여덟 명이나 되었는데, 그중의 둘은 빛이 바랜 것이긴 했지만 기병대의 군도를 차고 있었다. 보아하니 뭔가 특별한 사람을 수행하고 있는 듯했다. 보통 사람이 무장을 할 수는 없기 때문이었다. 휘장이 내려진 뒤편에서 불평을 터뜨리고 명령을 내리고 농담을 지껄이는 소리들이 점점 커지고 있었는데, 유럽인들에게는 쌍소리로 들릴 법한 말들로 미루어 명령을 내리는 데 익숙한 여자가 타고 있음이 분명했다.

킴은 시종들을 찬찬히 살펴보고 있었다. 그들 중 반수는 다리가 비쩍 마르고 회색 수염을 기르고 있었는데, 저지대인 오리사* 사람이었다. 나머지 반은 보풀이 일어나는 두꺼운 모직 옷을 입고 짐승의 털을 눌러 만든 모자를 쓴 것으로 보아 북쪽 고산지역의 사람인 듯했다. 둘 사이에 쉴 틈 없이 오가고 있는 말다툼 소리를 엿듣지 않았다 하더라도 킴은 그 묘한 섞임이 무엇을 얘기해주는지 알 수가 있었다. 마차 안의 노파는 남쪽을 방문하고 있는 중일 것이었다. 부유한 친척, 어쩌

* 인도 동부에 있는 주.

138

면 사위일는지도 모른다. 필시 그들이 그녀에 대한 존경을 표하기 위해 경호를 붙여준 것일 터였다. 고산지역 출신은 노파와 한동네 사람으로 쿨루 사람이 아니면 캉그라 쪽일 게 분명했다. 노파가 자기 딸을 혼인시키기 위해 저지대로 데리고 가는 게 아닌 건 명백해 보였다. 그랬다면 머무는 곳의 휘장을 레이스로 장식했을 것이고, 호위대는 마차 근처에는 누구도 얼씬거리지 못하게 했을 것이었다. 한 손에는 불 피울 소똥을, 다른 손에는 조리된 음식을 들고서 어깻짓으로 라마승에게 길을 안내하고 있던 킴의 머릿속에는 한 명랑하고 고결한 부인이 자리하고 있었다. 그녀와의 사이에 뭔가 이뤄질 것 같은 예감이 들었다. 라마승이 도움이 될 것 같지는 않았지만, 성실한 그의 제자로서 둘을 위해 그곳으로 탁발을 하러 가는 것은 즐거운 일일 터였다.

킴은 되도록 노파의 마차 가까이에다 불을 지폈다. 경호원이 와서 멀리 떨어지라고 할 때를 그는 은근히 기다리고 있었다. 라마승은 지친 듯 땅바닥에 주저앉았는데 그 모양이 덩치 큰 과일박쥐가 몸을 웅크리는 것 같았다. 라마승은 다시 염주를 굴리기 시작했다.

"이봐 거렁뱅이, 저리 썩 꺼지지 못해!"

고산지역 출신 중 하나가 고약한 힌디어로 소리를 질렀다.

"헛! 파하리* 주제에."

킴이 고개를 돌려 어깨 너머로 그를 바라보며 말했다.

"언제부터 산골 촌놈들이 인도 땅을 몽땅 접수한 거지?"

이 반격은 킴이 어떤 출신성분을 가지고 있는가를 빠르고 명료하게

---

* 인도 강가 강 부근의 산악 민족. 고산지역 사람을 비하하는 말로도 쓰인다.

알려주었다.

"이봐요! 우리 동네에선 이걸 사랑의 대화가 시작되었다고 표현하지요."

소똥을 여러 조각으로 쪼개며 킴은 훨씬 부드러운 목소리로 말했다.

거칠고 성마른 소리가 휘장 뒤편에서 들려왔을 때 산골 촌놈의 약을 더욱 올리려는 킴의 두번째 공격이 시작되었다.

"좋아요…… 좋다고요."

킴은 조용히 말했다.

"하지만 조심해야 할 거예요, 형제여, 제가 걱정이 돼서 하는 말인데요…… 우리가 저주를 내려야겠다는 마음을 갖도록 하지 마세요. 우리의 저주는 집안을 쑥대밭으로 만들어버릴 수도 있으니까요."

오리사 사람들이 웃음을 터뜨렸고, 고산지역 사람이 킴을 향해 위협적으로 달려들었다. 그때 라마승이 고개를 번쩍 들더니, 자신의 커다란 검정 두건 모양의 모자로 킴이 새로 붙여놓은 불에 불길을 일구며 사내에게 물었다.

"무슨 일이오?"

사내가 돌부리에라도 걸린 듯 주춤했다.

"저…… 저는…… 방금 큰 죄악에서 구원을 얻었습니다."

그가 더듬거리며 말했다.

"저 촌놈이 드디어 수도승을 발견했구먼."

오리사 사람 중 하나가 낮은 소리로 말했다.

"이보게! 어째서 저 거지새끼를 제대로 패질 못하는 거야?"

늙은 여자가 고함을 질렀다.

고산지역 사람이 마차 뒤편으로 가서는 휘장 안에다 대고 뭐라고 속살거렸다. 갑자기 죽은 듯 고요해지는가 싶더니 중얼거리는 소리가 들려왔다.

'제대로 되어가고 있군.' 킴은 속으로 그렇게 생각하고 있었다. 그는 보지도 듣지도 못한 척 시침을 뚝 뗐다.

"얘야…… 저 성자께서 식사를 마치셨다면 말이다……"

고산지역 사람이 킴에게 다가와 나긋나긋하게 말했다.

"대화를 나누고 싶어하는 분이 계시다고 전해주겠니?"

"저분은 식사를 마친 뒤에 잠자리에 드실 겁니다."

킴이 거만하게 되받았다. 그는 이제 새로운 국면으로 접어든 이 게임이 어떻게 전개될지 확신할 수 없었지만, 그걸로 뭔가 이득을 얻을 수 있을 거라는 확신은 들었다.

"지금 저는 저분께 식사를 드려야 합니다."

그 마지막 문장의 시작은 높은 목청이었으나 그 끝은 희미한 탄식과 함께였다.

"그럼…… 우리가 차려드리면 되겠구나…… 물론 허락을 하신다면."

"허락은 하시지요."

킴이 더욱 고자세로 말했다.

"성자님, 이 사람들이 음식을 가지고 오겠답니다."

"이 나라는 선하구나. 남부의 모든 지역이 다 선하구나…… 이 넓고 끔찍한 세상에서."

라마승이 나른한 목소리로 말했다.

"그분을 주무시게 내버려두세요. 그분이 깨시면 공양을 할 수 있게 음식을 마련하시고요. 그분은 아주 신성하신 분입니다."

킴이 말했다.

오리사 사람 중 하나가 다시 경멸하는 투로 바라보았다.

"저분은 탁발하는 고행자*가 아니십니다. 시골뜨기 거지도 아니시죠."

킴이 하늘의 별들을 가리키며 단호하게 말했다.

"저분은 매우 성스러운 분이십니다. 모든 계급을 넘어서신 분입니다. 저는 저분의 제자이지요."

"이리 와보거라!"

낮고 연약한 목소리가 휘장 뒤에서 들려왔다. 킴은 보이지 않는 눈길을 의식하면서 음성이 들려온 쪽으로 걸어갔다. 무거운 가락지들을 낀 말라비틀어진 갈색의 손가락 하나가 마차의 가장자리에 올려져 있었다. 이런 소리가 들려왔다.

"그가 누구라고?"

"더할 나위 없이 신성한 분이시죠. 그분은 멀리서 오셨습니다. 멀리 티베트에서 오셨습니다."

"티베트 어디?"

---

* faquir(fakir). 힌두교나 이슬람교(특히 수피즘)의 탁발 수행자. 어원이 '가난'을 의미하는 아랍어라는 점에서도 알 수 있듯이 본래는 금욕적 고행 수도자를 가리켰으나, 나중에는 이 마을 저 마을을 여행하면서 신기한 묘기를 보여주는 순회 마술사의 의미로 변질되었다.

"히말라야 너머…… 아주 먼 곳이지요. 그분은 별들의 운행을 헤아리시고, 그것으로 길흉을 점치십니다. 출생의 운세를 읽으시는 분이지요. 하지만 그런 걸로 돈벌이를 하시지는 않습니다. 호의와 큰 자비를 베푸시는 것뿐입지요. 저는 그분의 제자입니다. 사람들은 저를 별들의 친구라 부르기도 합니다."

"넌 산골 촌뜨기는 아니구나."

"그분께 한번 물어보세요. 그분은 제가 그분의 순례여행의 목적을 달성하기 위해 당신에게 보내졌다고 말씀해주실 거예요."

"흠! 이 녀석아, 내가 늙은 할미이기는 해도 아주 바보는 아니란 걸 명심하거라. 라마교의 승려들이 어떤 사람들인지도 알고, 또 그들에게 경의를 표하기도 한다만, 내 손가락이 이 마차의 지주대가 아니듯 넌 라마의 계율에 합당한 제자가 아니야. 넌 계급도 없는 인도인에다 필시 성자에게 빌붙어먹는 버릇없고 몰염치한 거지가 틀림없어."

"저희가 뭘 얻기 위해 일을 하는 사람이라고요?"

킴은 노파의 태도에 맞서기 위해 즉시 말의 억양부터 바꾸었다.

"제가 듣기로는 말이죠……"

이번에도 킴은 운에 맡긴 채 활의 시위를 당겼다.

"제가 듣기론……"

"그래, 대체 뭘 들었는데?"

그녀가 손가락을 톡톡 두드리면서 날카롭게 말했다.

"제대로 기억나지는 않지만, 시장통에서 들은 바로는, 뭐 거짓말일 게 뻔한데, 그게…… 왕들이 말이죠, 심지어 어린 고산국의 왕자들조차……"

"그 사람들은 누구나가 다 훌륭한 라지푸트*족의 피를 받았지. 그런데 그 사람들이 왜……?"

"그래요, 훌륭한 혈통이지요. 그런 그들이 용모가 빼어난 여자들을 팔아먹는 장사를 한다네요. 주 고객들이 영국 정부에 토지세를 바치는 인도인 지주와 아와드** 지역의 그렇고 그런 인간들이라고 하더군요."

고산지대 소왕국의 왕들이 이 세상에다 대고 극력 부인하는 것이 바로 이 혐의였다. 하지만 시장통의 사람들이 널리 믿고 있기에, 비밀리에 전개되고 있는 인도의 노예매매에 대해 그들이 얘기를 할 때면 언제나 입에 오르내리는 게 바로 이 소문이었다. 노부인은 낮은 목소리이긴 했지만 잔뜩 날이 선 채로 킴이 얼마나 사악한 거짓말쟁이인가에 대해 늘어놓기 시작했다. 그녀가 만약 젊은 여자였다면 킴은 그날 저녁 코끼리에게 밟혀 죽었을지도 모른다. 그건 충분히 가능한 일이었다.

"아, 아름다운 눈을 가지신 당신의 말씀대로 저는 한낱 조무래기 거지에 불과합지요."

킴은 엄청난 공포를 느낀다는 듯 구슬프게 말했다.

"아름다운 눈이라고! 어이가 없구나, 내가 거지한테서 그런 찬사를 받아야겠니?"

그녀는 오랫동안 들어보지 못했던 그 말에 대해 어이없어했다.

---

* 인도 북부 무사족의 후예.
** 러크나우를 수도로 한 북인도의 왕국. 1856년 영국이 합병하여 직할주로 만들었다. 현재는 우타르프라데시 주의 일부.

"사십 년 전이라면 틀림없는 사실이겠지. 아니, 삼십 년 전만 해도…… 하지만 왕의 미망인이 되고 이 나라의 온갖 잡것에게 조롱을 받고, 거지들에게까지 업신여김을 받는 건 모두 이렇게 인도를 오르락내리락하고 있기 때문이지."

"위대한 여왕님이시여."

분노로 떨리는 그녀의 음성을 듣고 킴이 지체 없이 말했다.

"저라는 인간은 여왕님께서 말씀하신 그대로입니다. 하지만 저의 성스러운 스승님은 참으로 그렇지 않으십니다. 그분은 아직 위대한 여왕님께서 어떤 명령을 내리셨는지도 알지를 못하고……"

"명령이라고? 내가 신성한 분에게…… 율법의 스승에게…… 이리 와서 아뢰거라, 하고 명령을 하라는 거냐? 한낱 아녀자로, 어찌 그럴 수가!"

"저의 어리석음을 용서하소서. 저는 그런 명령을 내리신 줄 알고……"

"그렇지 않다. 단지 부탁을 드렸을 뿐이다. 이젠 이해하겠느냐?"

은전 한 닢이 마차 아래에 떨어지는 소리가 들렸다. 킴은 그것을 집어들고는 합장을 한 두 손을 이마에다 대고 깊이 고개를 숙였다. 노부인은 라마승의 눈과 귀 역할을 하고 있는 킴을 잘 구슬리는 게 좋겠다고 생각했다.

"저는 성자님의 유일한 제자입니다. 식사를 다 하시고 나면 그분께서 여기로 오실 것입니다."

"오, 부끄러움도 모르는 사기꾼 같으니라고!"

보석으로 치장한 손가락이 그를 꾸짖듯 흔들리는 게 보였지만 킴은 노부인의 키득거리는 웃음소리를 들을 수가 있었다.

"그럼, 무얼 여쭈어드릴까요?"

킴은 자신이 할 수 있는 가장 귀엽고 친밀한 어조로 말했다. 그가 알기로, 그런 데 넘어가지 않는 사람은 없었다.

"집안에 아드님이 필요하신 건가요? 편하게 말씀하세요. 저희는 승려이니……"

마지막 문장은 탁살리 관문 주변의 탁발 고행자들의 말투를 그대로 표절한 거였다.

"우리들 승려라고! 너는 아직 그만큼 나이를 먹지 않은 것 같은데……?"

그녀는 농담을 던지며 다시금 웃음을 터뜨렸다.

"사실, 때로는 말이다…… 오, 스님, 우리 여자들은 아들 문제 같은 것이 아닌 다른 것들을 생각하지. 게다가 내 딸은 이미 사내애를 낳았단다."

"화살통 속에 화살이 하나가 있는 것보다는 두 개가 있는 게 더 낫지요. 세 개면 더 좋고요."

킴은 진지한 모습으로 땅바닥을 내려다보면서 골똘히 생각에 잠긴 듯 헛기침도 해가면서 속담을 인용했다.

"오호, 그래, 맞는 말이다. 그렇게 될 것도 같구나. 시골의 브라만들은 아무 소용이 없어. 내가 선물을 보내고 돈도 보내고, 거듭해서 선물을 보내고 나서야 겨우 예언을 해주더군."

"어허."

완전히 멸시하는 듯한 느린 말투로 킴이 말했다.

"그 사람들이 예언을!"

닳고닳은 선수들도 킴의 연기보다 낫지는 않을 것이다.

"기도의 효험은 내가 얼마나 정성을 다하느냐에 달려 있단다. 나는 길일을 택했지. 아마도 그 무렵에…… 룽초 라마사원의 주지스님에 관한 얘기를 듣고 내가 그분에게 문제를 얘기했을 텐데, 얼마 있지 않아 내가 바라던 모든 일이 성사되었단다. 딸이 시집간 그 집의 승려는 자기의 기도 덕분에 그렇게 된 것이라고 잘난 체를 했지. 이번 여행의 목적지에 닿으면 내가 꼭 설명하려고 하는 게 바로 그 잘못에 관한 거란다. 그런 뒤에 나는 부다가야로 가서, 내 자식들의 돌아가신 아버지를 위해 슈라다*를 올릴 예정이다."

"그곳은 저희들이 가려는 곳이기도 합지요."

"금상첨화로다. 적어도 둘째 사내애를 얻겠구나!"

노부인이 손뼉을 쳤다.

"오, 세상 모든 이의 친구야!"

잠에서 깨어난 라마승이 마치 어린아이처럼 낯선 잠자리에 어리둥절하여 킴을 불렀다.

"갑니다요, 가요! 성자님!"

킴이 불가로 달려갔다. 그곳에는 벌써 음식이 담긴 접시들이 빙 둘러 놓여 있었다. 고산지역 사람들이 라마승을 받들고 있는 게 분명했는데, 남부 사람들은 그게 눈꼴신 듯했다.

"돌아가요, 물러서라고요!"

---

* 조령제(祖靈祭). 힌두교에서 행하는, 죽은 후에 일정한 간격을 두고 되풀이해서 조상의 영혼을 모시는 의식.

킴이 소리를 질렀다.

"우리가 개처럼 다들 보는 데서 먹어야겠어요?"

두 사람은 다른 사람들의 방해를 받지 않고 조용히 식사를 마쳤다. 킴이 토산 담배의 끝을 잘라냈다.

"이 남쪽 지방이 좋은 곳이라고 제가 입이 닳도록 얘기했죠? 지금 덕이 높으신 고산국 왕의 미망인 한 분이 순례를 하던 중에 여기 머무르고 계신데, 그분 말씀이, 부다가야로 가신다고 합니다. 그분이 우리에게 이 음식들을 보냈어요. 그리고 스님께서 푹 쉬셨으면 말씀을 나누고 싶어하세요."

"이것도 네 작품이겠구나?"

라마승이 코담배의 호리병에다 코를 댔다.

"우리들의 멋진 여행이 시작된 이후로 스님을 돌봐드린 게 누구였죠?"

킴은 콧구멍에서 뿜어져 나와 머리 위로 무성하게 피어오르고 있는 담배연기를 바라보며 먼지투성이의 땅바닥에다 길게 다리를 뻗었다.

"저의 보필에 하자가 있었던가요, 스님?"

"그래, 부처님의 가호를 빌어주마."

라마승이 엄숙하게 고개를 숙였다.

"내 긴 인생에 많은 사람을 알아왔다. 제자들도 적지 않았고. 하지만 너만큼 내 마음을 사로잡은 존재는 없었다. 네가 설령 인간으로 태어났다 하더라도 말이다. 사려 깊고, 지혜롭고, 정중한 것이…… 작은 정령精靈이 분명하다."

"저 역시 스님과 같은 분은 뵌 적이 없습니다."

킴은 주름이 자글자글한 스님의 자애로운 누런 얼굴을 이윽히 바라보았다.

"우리가 함께 길을 가게 된 게 사흘이 좀 안 되는데, 마치 백 년은 지난 듯합니다."

"전생에선 내가 네게 뭔가를 베풀어주었을지도 모르지."

스님이 미소를 지었다.

"내가 깨달음을 얻기 전의 언젠가 내가 너를 덫에서 구해냈거나, 어쩌면 강물에다 너를 방생해주었을지도 모르지."

"그럴지도 모르죠."

킴이 재빨리 대답했다. 그는 이런 식의 생각들을 수도 없이 들어왔다. 영국인이라면 그렇게 얘기한 수많은 사람을 모두 상상력이 풍부하다고 생각해줄 리가 없었다.

"스님, 이제 우마차에 있는 부인에 대해 생각해보심이 어떨까 합니다. 제 생각으로는, 그 부인께서 따님의 둘째 아들을 원하고 있는 듯합니다."

"그건 도道에 관계되는 일이 아니다."

라마승이 한숨을 내쉬었다.

"하지만 적어도 그녀는 고산지역에서 왔다고 했지. 아, 눈 덮인 산들!"

라마승이 그렇게 읊조리더니 자리에서 일어나 마차가 있는 쪽으로 걸음을 옮겼다. 킴이 따라가려고 했으나 라마승은 오지 못하게 했다. 킴은 얘기 소리에 귀를 기울여보았지만 알아들을 수 있는 언어가 아니었다. 두 사람이 사용하는 것은 고산지역의 언어였다. 여자가 몇 가지 질문을 하는 듯했는데, 라마승은 대답을 하기 전에 생각에 잠겨 있었다. 이따금 킴은 중국말로 된 단조로운 염불 소리를 들을 수 있었다. 눈을 가늘게 하고 바라본 그 광경은 킴에게는 무척 기이하게 느껴졌다. 꼿꼿한 자세로 서 있는 라마승의 노란 옷의 깊은 주름은 쉼터의 불빛들이 비친 곳과 대비되어 칼로 잘린 듯 검게 보였는데, 그건 마치 해넘이의 빛줄기가 옹이진 나무 등걸에 예의 그 칼로 자른 것 같은 그림자를 드리우는 것과 비슷했다. 라마승은 어슴푸레한 빛 속에서 다양한 빛깔의 보석처럼 빛나고 있던 자수와 옻칠로 장식된 수레에다 대고 뭐라고 말을 하고 있었다. 금세공품들이 붙어 있는 휘장의 무늬가 오르락내리락하는 모양은 밤바람에 주름이 흔들릴 때마다 금이 녹았다가 다시 만들어지는 것 같았다. 대화가 점점 진지해져가면서 보석으로 치장한 여자의 집게손가락이 휘장의 장식들 사이에서 조그맣게 반짝거렸다. 마차 뒤편의 벽을 이루고 있는 희미한 어둠 위로 빛들이 어른거렸고, 반쯤 뭉개진 사람의 몸과 얼굴과 그림자가 살아 있는 듯 움직이고 있었다. 쉼터의 이른 저녁을 부드럽게 감싸며 내려앉는 소리들 중에 거세한 황소가 잘게 썬 여물을 줄기차게 씹어대는 것이 가장 굵고 낮게 깔렸고, 춤추는 벵골* 소녀의 시타르** 타는 소리가 가장 높이 올라갔다. 대부분의 사람은 식사를 마치고 물담배를 목구멍 깊숙이까지 빨아대고 있었는데, 그 소리가 마치 황소개구리가 울어대는 것 같았다.

이윽고 라마승이 돌아왔다. 고산지역 사람이 둘둘 만 목화 누비이

---

* 옛 영국령 인도 동북부 지역. 현재는 방글라데시령과 인도령으로 나뉨.
** 인도 고유의 현악기.

불을 들고 그의 뒤를 따라와서는 불가에다 조심스럽게 펼쳐놓았다.

'그녀는 만 명의 손자를 가질 만한 분이다. 하지만 내게는 결코 이런 선물을 하지 않을 분이지.' 킴은 그렇게 생각했다.

"덕이 높으신 부인이었다…… 지혜로운 분이기도 하고."

라마승은 굼뜬 낙타처럼 느릿느릿 허리띠를 풀었다.

"도를 따르는 자에게 이 세상은 자비로 가득하다."

그는 누비이불의 딱 절반을 킴에게 덮어주었다.

"부인이 뭐라고 했는데요?"

킴이 제게 덮어준 이불을 몸으로 또르르 말았다.

"그 부인은 내게 많은 것을 물었고, 여러 문제들을 내놓았다. 그 대부분은 도를 따르는 것처럼 가장한 사악한 승려들로부터 들은 무의미한 얘기들이었다. 내가 해준 말의 대부분은, 어리석다는 것이었다. 많은 이가 승복을 입고 있지만 도를 지키는 자는 드물다."

"사실이에요. 그건 맞는 말씀이에요."

킴은 신뢰감을 얻어내려는 사람들이 하는 사려 깊고 동정적인 어투를 사용했다.

"하지만 그녀는 원래의 성품대로 올곧은 의식을 가지고 있는 분이었다. 그런데 그분은 우리가 함께 부다가야로 갔으면 하더구나. 내 생각으로는, 그녀가 남쪽으로 여러 날 가야 하는 그 길이 우리가 가려는 길과 일치하는 것 같은데."

"그래서요?"

"좀 기다려보거라. 나는, 내가 구하려는 것은 세상 모든 것에 앞선다고 말했다. 그녀는 많은 어리석은 이야기를 들어왔지만 내가 찾는 강에 대한 위대한 진리는 들어본 적이 없었다. 설산 아래에 사는 승려들이란 그런 존재들이지! 부인은 룽초 사원의 주지스님을 알고는 있었지만 내가 찾는 강은 알지 못했다. 화살의 전설에 대해서도."

"그래서요?"

"내가 구하는 것, 도에 관한 것, 유익한 문제들에 대해 말해주었다. 그녀는 내가 동행해주기를 원했고, 그녀의 딸이 둘째 아들을 갖도록 기도해달라고 했다."

"아하! '우리 여자들은' 아이들 외에는 아무 생각도 없다더니만."

킴이 졸리는 목소리로 말했다.

"이제, 한동안은 함께 가야 할 텐데, 그 도시 이름을 까먹었다만, 거기까지 우리가 그녀와 함께 간다고 해도, 우리가 구하려는 것에 어긋나지는 않을 것 같구나."

"야호!"

킴은 돌아눕더니 몇 걸음 앞에 있던 오리사 출신들 중 한 사람에게 꽤 높은 소리로 속삭였다.

"마님의 집이 있는 데가 어디죠?"

"사하란푸르* 약간 뒤편, 과수원들 사이에."

그는 마을의 이름을 대주었다.

"그래, 그곳이라고 했다. 어쨌든 거기까지는 함께 여행할 수 있겠구나."

라마승이 말했다.

---

* 인도 북부, 우타르프라데시 주 서북부의 도시.

"파리들은 썩은 고기에 꼬여들지."

오리사 사람이 한방 먹었다는 듯 말했다.

"병든 암소한테는 까마귀가, 병든 자에겐 브라만의 승려가 납시는 법."

킴이 숲 너머의 어두컴컴한 하늘을 향해 속담 하나를 냉담한 어조로 날려 보냈다.

오리사 사람이 뭐라고 투덜거리더니 잠잠해졌다.

"그래서 우린 부인과 함께 떠난다는 말이죠, 성자님?"

"다른 생각이라도 있니? 나는 길가로 비켜서서 가면서 강들을 모두 살펴볼 수 있을 거다. 부인은 내가 함께 가기를 무척 바라고 있단다."

킴은 이불 속에다 얼굴을 묻고 웃음을 억지로 참고 있었다. 거만한 노부인이 라마승에 대해 자연스럽게 외경심을 갖게 되었지만 앞으로 그녀가 어떤 말을 듣게 될지를 생각했기 때문이었다.

킴이 거의 잠에 빠져들 때쯤 갑자기 라마승이 속담 하나를 꺼냈다.

"수다스런 여자의 남편은 다음 생에서 큰 보상을 받는다."

그러고는 스님이 코담배를 서너 번 빨아들이는 소리를 듣다가 잠에 빠져들었는데, 그때까지도 킴의 얼굴에는 웃음기가 어려 있었다.

금강석처럼 빛나는 새벽이 사람들과 까마귀들과 거세한 수소들을 깨웠다. 킴은 잠자리에서 일어나 하품을 하고는, 기쁨에 겨워 몸을 부르르 떨어댔다. 그가 보고 있는 지금 이것이 진정한 진리의 세계이며, 지금 맛보고 있는 이 삶이 자신이 갖고자 했던 바로 그 삶이라 느꼈다. 떠들썩한 고함, 벨트를 채우는 철컹거리는 소리, 수소의 엉덩이를 갈기는 철썩거리는 소리, 바퀴의 삐걱거리는 소리 들과 함께 모닥불을 피우고 음식을 만드는 모습들까지, 눈길에 닿는 모든 풍경이 만족스러웠다. 아침 안개가 은빛 소용돌이를 일으키며 물러가고, 앵무새들이 녹색의 무리를 지어 멀리 강을 향해 날아갔다. 우물마다 일제히 돌아가는 도르래 소리가 쉼터를 가득 채웠다. 인도가 깨어나고 있었다. 그 한가운데에서 킴은 어느 누구보다 더 명료하게 깨어 있었고, 더 흥분해 있었다. 킴은 나뭇가지를 질겅질겅 씹어 칫솔질을 대신했다. 그는 그가 알고 있고 사랑하는 인도의 모든 관습을 때로는 능숙하게, 때로는 서툴게나마 사용했다. 이제 음식에 관한 한은 거리낄 게 없었다. 사람들로 붐비는 가게에서 1카우리*의 돈도 쓸 필요가 없었던 것이다. 자신은 성자의 제자였고, 의지가 강한 노부인의 동행인이었다. 모든 음식이 그들 앞에 차려질 것이고, 상이 마련되었음을 공손하게 알려오면 앉아서 먹기만 하면 될 터였다. 킴은 이를 닦으며 웃어댔는데, 노부인도 여행의 즐거움을 더해주는 데 틀림없이 한몫할 것이기 때문이었다. 킴은 고삐에 묶인 채 웅얼거리며 콧김을 내뿜고 있던 거세한 수소를 꼼꼼히 살펴보면서, 실제로 그럴 것 같지는 않았지만 소들이 아주 빨리 달릴 수가 있어 기둥에 매달려 가면 신나겠다고 생각했다. 라마승은 마차꾼의 옆자리에 앉아 갈 것이다. 경호원들은 당연히 걸어갈 것이고, 노부인이 엄청나게 이야기를 쏟아낼 거라는 것도 당연히 예상할 수 있는 일이었다. 그리고 두 사람 사이에 오가는 흥미로운 대화도 들을 수 있을 것이다. 노부인은 출발이 더딘 것에 대해 화를 내면서 명령을 내리고, 힐책을 하고, 꾸짖어댔다.

---

* 별보배고둥, 자패(紫貝). 옛날에는 화폐로 사용되었다.

"저 여자에게 담뱃대를 물려. 신의 이름으로, 악담이 쏟아지는 저 여자의 입을 좀 다물게 하란 말이야."

잠자리로 사용했던, 형체가 뭉개진 짐꾸러미를 추스르며 오리사 사람이 소리를 질렀다.

"저 여자하고 앵무새는 오십보백보야. 새벽부터 짹짹거리는 게."

"앞쪽의 소들 좀 보라고! 이봐, 앞쪽 소들 좀 보란 말이야!"

그들은 곡식을 실은 마차의 굴대와 소의 뿔들이 부딪치자 마차를 뒤로 물리면서 돌려놓았다.

"부엉이새끼같이 약아빠진 녀석, 어딜 가는 거야?"

이를 드러내며 웃고 있는 마차꾼에게 하는 소리였다.

"저 안에 계신 델리의 여왕님*께서 아들을 점지해달라고 기도하러 가신다네."

사내는 자기가 모시는 상전에 대해 그렇게 말했다.

"델리의 여왕과 그녀의 고관대작이신 출세한 회색 원숭이**를 위해 길을 비켜주어라!"

가죽을 가득 싣고 시골의 가죽공장으로 가는 또 한 대의 마차가 바짝 뒤따라오더니 마부가 노부인의 수소들이 자꾸만 뒷걸음질을 치는 걸 보고 그렇게 빈정거렸다.

그때 휘장이 펄럭이는가 싶더니 한바탕 독설이 퍼부어졌다. 오래 계속된 것은 아니었지만 얼마나 매섭고 또 시의적절한 것이었는지 수

---

* 무굴 제국의 마지막 황후였던 지나트 마할을 가리킨다.
** 지나트 마할의 측근으로 그녀와 무굴 제국 정계에 영향력을 행사한 성직자 피르 하산 아스카리의 별명.

없이 그런 소리를 듣고 자란 킴조차도 혀를 내두를 정도였다. 그는 깜짝 놀란 마부의 벗은 가슴이 바짝 오그라드는 걸 볼 수가 있었다. 그는 얼른 마차에서 뛰어내려와 합장을 하더니 두 손을 정중하게 이마에다 붙이고는 수레를 큰길로 옮기고 있던 시종들을 도왔다. 이어서 노부인은 그에게 아내란 존재가 어떤 것인지, 그가 지금처럼 집에 없을 때 그 아내들이 무슨 일을 하며 고생을 하는지에 대해 말해주었다.

"오, 샤바시*!"

킴은 그 사내가 기가 죽어서 꼼짝 못하는 걸 보고는 신이 나서 환호성을 내질렀다.

"그래, 정말 꼴불견이지! 불쌍한 한 여인이 신들에게로 가서 기도를 드리려고 하는데 그걸 온갖 쓰레기 같은 힌두말로 놀리고 모욕하는 게 얼마나 부끄럽고 치사한 짓인 줄 모른단 말이냐? 너희 남자들이 버터를 먹을 때 이 땅의 여자들은 욕을 먹고 있어. 이제껏 그래왔듯이 허튼 수작들을 할 때마다 내 혓바닥이 가만있지 않을 것이다. 그런데 왜 아직 내 입에다 담뱃대를 물리지 않았느냐? 담뱃대를 대령하지 않은 그 재수 없고 추잡한 외눈깔배기 놈은 대체 어디 있단 말이냐?"

고산지역 출신의 남자가 황급히 담뱃대에다 담뱃가루를 채웠고, 휘장 양쪽으로 짙은 담배연기가 피어오른 뒤에야 다시금 평온해졌다.

어제까지 성자의 제자로서 자랑스럽게 걸어왔다면, 오늘 킴은 훌륭한 매너와 막대한 재산을 가진 노부인의 보호를 받으며 그 열 배나 되는 자부심을 갖고 왕족의 행렬 속에 묻혀 있었다. 인도 고유의 머리장

---

* 힌디-우르두어로 '잘됐다' '멋지다'의 뜻을 가진 감탄사.

식을 한 호위대는 마차의 양편에 도열한 채로 엄청난 먼지구름을 만들어내며 걸음을 옮기고 있었다.

라마승과 킴은 한쪽 길을 따라 걸어갔다. 사탕수수를 질겅질겅 씹어대고 있던 킴은 수도자로서의 권위를 그 누구로부터도 침해받지 않았다. 노부인의 혀는 탈곡기가 벼를 타작하듯이 끊임없이 움직였다. 그녀는 여행 중에 일어나는 일들에 대해 일일이 자신에게 보고하라고 시종들에게 명령했는데, 쉼터가 말끔해지자 휘장을 젖히고 밖을 내다보았다. 3분의 1쯤 베일에 가린 그녀의 얼굴이 보였다. 그녀가 말을 하는 동안 사람들은 눈을 내리깔고 있었는데, 다소나마 예의를 지키는 모습이었다.

정복을 제대로 갖춰 입은 검누런 피부의 영국인 경찰국장이 지친 듯 보이는 말을 타고 다가와서는 노부인의 수행원들이 그녀를 대하는 태도에 대해 농담을 건넸다.

"마님."

그가 목소리를 높였다.

"댁에서도 저 사람들이 이렇게 합니까? 영국 남자 하나가 여기 와서 부인께서 코가 없다는 걸 보았다고 한번 가정해보세요."

"뭐라고?"

그녀가 날카롭게 되물었다.

"댁의 모친도 코가 없으신가? 백주대로에서 무슨 까닭으로 이런 수작을 거는 건가?"

제대로 된 반격이었다. 영국 남자는 펜싱 경기에서 칼에 찔린 사람처럼 손을 들어올려 보였다. 그러자 노부인이 고개를 끄덕이며 웃었다.

"이것이 남자를 유혹할 얼굴로 보이나?"

그녀가 얼굴을 가리고 있던 베일을 벗고는 그를 똑바로 바라보았다.

확실히 고운 얼굴은 아니었다. 하지만 남자는 고삐를 바짝 모아 쥐고는 낙원의 달이라는 둥, 고요한 마음을 뒤흔드는 여인이라는 둥 온갖 기괴한 말들을 늘어놓아서 그녀를 아주 즐겁게 만들었다.

"못된 사람 같으니라고."

그녀가 말했다.

"하여튼 경찰 간부들이란 죄다 못돼먹었어. 경찰관들은 최악이고. 이보게, 유럽에서 여기로 건너온 뒤로는 통 배우질 못한 것 같구먼. 그대에게 젖을 물린 게 누구였소?"

"파하리 여자…… 댈하우지*의 고산족 여인이었지요, 마님. 그 아름다운 얼굴을 다시 가리셔야겠어요, 기쁨을 나누어주신 분이시여."

그렇게 말한 뒤 남자는 자리를 떴다.

"이들이 바로……"

그녀는 형을 언도하는 재판관의 어조로 입을 떼고는 판을 가득 물더니 말을 이었다.

"이들이 바로 정의가 제대로 실현되는지를 지켜봐야 할 당사자들이다. 그들은 이 나라와 이 나라의 관습을 알고 있지. 그렇지 않고 유럽

---

* 히마찰프라데시 주에 있는 도시. 해발 1954미터에 위치한다. 영국인들이 인도 평원지역의 더위를 피하기 위해 1854년에 건설한 여름 휴양지로, 당시 총독이던 댈하우지(재임 1848~1856)의 이름을 따서 붙였다.

에서 이제 막 건너온 자들은 모두가 백인의 자식들로 책을 통해 우리 말을 배우고 있으니, 흑사병보다도 더 무서운 존재들이야. 그들이 이 나라의 왕들을 해치고 있어."

그녀는 누구에게랄 것도 없이 그저 길고 긴 이야기를 하기 시작했다. 그것은 한 무지한 경찰관이 토지와 관련된 사소한 사건으로 그녀의 아홉째 조카가 통치하던 어떤 고산지역의 소왕국을 혼란에 빠뜨린 이야기였는데, 결코 경건한 신앙과 관련된 것이라고는 할 수 없는 작품을 인용하면서 마무리를 지었다.

그 일로 기분이 달라진 노부인은 라마승이 어디 있는지를 묻고는 마차와 나란히 걸으면서 종교에 관련된 대화를 나누고 싶다는 얘기를 전하라고 시종에게 명령했다. 그래서 킴은 도로 먼짓구덩이 속으로 돌아와 사탕수수를 씹어댔다. 한 시간이 넘게 라마승의 모자는 안개 속을 지나는 달처럼 흘러갔다. 킴은 두 사람이 주고받는 얘기들을 귀담아듣고 있었는데, 노부인이 눈물을 흘리기도 했다. 오리사 출신의 한 남자는 자신의 여주인이 그렇게 온화한 성품의 소유자인지는 몰랐다고 말하면서 밤사이 자신이 저지른 무례함을 후회했는데, 이렇게 된 것이 모두 이상한 승려의 출현 때문이라는 얘기를 하기도 했다. 그는 대부분의 인도인이 그렇듯 힌두교의 브라만을 신봉하고 있었음에도 불구하고, 브라만의 노회함과 탐욕을 정확히 알고 있는 사람이었다. 더구나 브라만들이 시주를 요구하면서 주인마님을 괴롭히다가 화가 난 노부인에게 내쫓김을 당하면서 시종들 모두에게 저주를 퍼부은 일이 있은 뒤(그 저주로 수레를 끄는 우측 둘째 수소가 다리를 절고 전날 밤엔 가마의 기둥이 부러졌다), 그는 인도인이든 아니든, 어떤 종파의 승려건, 모두 받아들일 준비가 되어 있었다. 거기에 대해 킴은 신중하게 고개를 끄덕이며 동의했다. 그러고는 오리사 출신의 남자에게, 지금 라마승은 돈을 갖고 있지 않지만 그와 킴이 먹은 식비의 백곱절만큼의 행운이 생겨 앞으로 대상을 거느릴 수 있을 테니 잘 지켜보라고 말했다. 또한 킴은 라호르 시에서의 일화도 들려주고 노래도 두어 곡 불러주면서 경호원들을 즐겁게 해주었다. 이 '도시 쥐'는 가장 유행하는 작곡가들(그들 대부분은 여자였다)이 지은 최신곡들을 잘 알고 있어서 사하란푸르 외곽의 조그마한 과수원 마을에서 온 사람들보다는 뭔가 유리한 점이 있었다. 하지만 그는 그걸 스스로 드러내 보이지는 않았다.

정오에 그들은 길에서 벗어나 식사를 했다. 깨끗한 나뭇잎 쟁반에 담긴 맛있고 푸짐한 음식을 정성껏 대접받았다. 두 사람은 먼지가 이는 곳에서 벗어나 품위 있게 음식을 들었다. 남은 음식들을 다른 거지들에게 나눠주기까지 했다. 필요한 것이 있으면 말하지 않아도 수행원들이 어김없이 가져다주었다. 그러고는 자리에 앉아 오랫동안 호사스럽게 담배를 피웠다. 노부인은 휘장 뒤에 모습을 감추고 있었지만 대화에는 아주 자유롭게 끼어들었다. 동양 하인들이 으레 그러듯, 그녀의 수행원들은 그녀와 말다툼을 벌이기도 하고 그녀의 말에 토를 달기도 했다. 그녀는 캉그라와 쿨루 고원의 서늘함과 소나무를 남부의 흙먼지와 망고나무에 비교하기도 했고, 그녀의 남편이 다스리던 왕국의 변두리에 있던 오래된 그 지역의 신들에 대한 얘기도 들려주었다. 그녀는 담배를 마지막 한 모금까지 피웠고, 브라만들을 싸잡아 욕했으며, 이제 많은 손자가 생길 거라고 주저 없이 장담을 해댔다.

5장

이제 나는 다시 나 자신에게로 돌아가노라.
잘 먹고, 용서받고, 그리고 다시 인식되었으니.
내 뼈의 뼈로서 다시 인정되었으니
내 살의 살로서 맺어진 나의 혈족이여!
살찌운 송아지는 날 위해 요리가 되고
그 껍데기는 내게 더 큰 생기를 주노라.
나의 돼지들이 내게는 최고의 것,
하여 나는 다시 돼지우리로 돌아가노라.

— 키플링, 「돌아온 탕자」

또다시 나란히 줄을 지은 나른하고 꾸물거리는 행진이 시작되었고, 쉼터에 이르렀을 때에야 노부인은 잠에서 깨어났다. 이번 행진은 꽤 짧게 끝나서 해가 지려면 아직 한 시간이나 남아 있었다. 그래서 킴은 이리저리 오락거리를 찾아보고 있었다.

"쉬지 않고 뭐 하니?"

노부인의 시종 하나가 물었다.

"이유도 없이 뭘 하려 드는 건 악마와 영국인뿐이지."

"악마하고는 친구를 하지 말게나. 원숭이나 소년하고도. 어디로 튈지 알 수가 없으니까."

그의 동료가 말했다.

킴은 그 남자를 무시하듯 돌아섰다. 킴은 악마가 소년들과 놀다가

낭패를 보았다는 옛날 얘기 따위는 듣고 싶지가 않았다. 그는 들을 가로질러 느릿느릿 걸었다.

라마승이 그의 뒤를 따라 성큼성큼 걸어왔다. 그날 온종일, 물길을 지날 때마다 살펴보려고 길을 벗어났지만, 자신의 강을 발견했다는 어떤 예감도 받지 못했다. 하지만 사리를 분별할 줄 아는 사람과 얘기를 나눌 수 있다는 사실과 좋은 가문에서 태어난 여자의 영적인 조언자로 대접을 받고 존경을 받고 있다는 사실 덕에, 자신의 강에 대한 몰두로부터 얼마간 자유로워질 수 있었다. 게다가 그는 자신의 강 찾기에 몇 년의 세월을 아낌없이 바칠 준비가 되어 있었다. 큰 신심이 아니고서는 불가능한, 백인들의 조급함으로는 결코 이루어낼 수 없는 일이었다.

"어디로 가는 거냐?"

라마승이 킴을 쫓아가며 물었다.

"아무 데도…… 그냥 조금 걸을 뿐이에요. 이 모든 게…… 제게는 새로워요."

킴이 손을 들어 사방으로 물결처럼 흔들었다.

"부인은 지혜롭고 통찰력이 있는 여인임에 틀림없다. 하지만 명상을 하기에는 뭔가……"

"여자들은 모두가 그렇죠."

킴이 성경에 나오는 솔로몬 왕처럼 말했다.

"라마 사원 앞에 널따란 바위가 하나 있단다."

라마승이 알맞게 닳은 염주를 굴리면서 웅얼거렸다.

"난 그 위를 하염없이 걸었지. 염주를 굴려 보조를 맞추면서……"

그는 염주를 헤아리면서 그의 기도를 상징하는 "옴 마니 밧메 훔"을 읊조리기 시작했다. 날씨가 선선함을 감사하고, 고요함을 감사하고, 먼지가 일지 않음을 감사했다.

킴은 느릿느릿 눈길을 돌리며 평원의 온갖 사물을 바라보았다. 그가 둘러보는 데는 어떤 목적도 없었다. 그러다가 아주 낯선 오두막집을 하나 발견했고, 살펴봐야겠다는 목적 하나가 킴에게 생겨났다.

두 사람은 중앙에 거대한 망고나무 숲이 있는, 오후의 햇볕을 받아 갈색과 자주색으로 빛나는 넓은 목초지로 걸어갔다. 사원을 지으면 딱 좋을 곳이라는 생각이 킴의 뇌리를 스쳤다. 소년은 사원 지을 장소를 물색하고 있는 승려라도 되는 듯 그곳을 살펴보았다. 그때 나란히 서서 들녘을 가로질러오고 있는 네 남자의 모습이 꽤 먼 거리에서 조그맣게 보였다. 킴은 손바닥을 펼쳐 눈썹 위에다 대고는 유심히 살펴보다가 놋쇠가 번쩍이는 것을 발견했다.

"군인들이에요. 백인 병사들이라고요! 저길 보세요."

킴이 말했다.

"너랑 나랑 둘이서 함께 밖으로 나올 때면 항상 군인들이 나타나지. 그런데 난 아직 백인 병사들은 보질 못했단다."

"술을 마시지만 않으면 말썽을 부리지 않는 사람들이죠. 이 나무 뒤에 숨으세요."

두 사람은 서늘하고 어두운 망고나무 숲의 굵은 나무들 뒤로 걸어갔다. 두 개의 조그마한 형상은 움직임을 멈추었고, 다른 둘은 분명하진 않았지만 앞으로 움직이고 있었다. 그들은 행군 중인 부대가 으레 야영지를 물색하기 위해 미리 파견하는 첨병조였다. 그들은 150센티미터 정도 되는 펄럭이는 깃발을 들고 있었는데, 평지로 흩어져 공간을 넓혀가면서 서로를 불러댔다.

이윽고 그들은 힘겹게 걸어서 망고나무 숲으로 들어섰다.

"여기든가, 아니면…… 이 근처 나무 아래에다 장교용 텐트를 치는 게 좋겠군. 내가 할 테니, 나머진 밖에서 대기해. 짐마차 세워둘 공간은 뒤편이 좋지 않을까?"

그들이 멀리 떨어져 있는 동료에게 다시금 소리를 지르자 잘 알아들을 수 없는 소리가 희미하게 들려왔다.

"그럼, 여기다 깃발을 꽂지."

한 병사가 말했다.

라마승이 신기한 듯 물었다.

"저 사람들이 뭘 하는 거냐? 이 세상은 정말 넓고도 끔찍해. 깃발에 그려진 저 문양은 대체 뭐지?"

한 병사가 서너 걸음 앞에다 깃봉을 꽂고는 만족스럽지 못한 듯 투덜거리더니 도로 뽑아낸 뒤 동료와 의논을 했다. 그러고는 숲 그늘을 위아래로 가늠하더니, 도로 그 자리를 택했다.

킴은 눈길 하나 흩뜨리지 않고 그들을 응시하더니 이빨 사이로 짧고 거친 숨을 몰아쉬었다. 병사들이 햇빛이 비치는 쪽으로 걸어 나왔다.

"아, 스님!"

킴이 숨을 헐떡거렸다.

"제 별자리 기억하시죠, 움발라의 브라만이 땅바닥에다 그렸던 천궁도 말이에요! 그분 말씀이, 처음에 모든 걸 준비하기 위해 두 명의 페라시(전령, 안내자)가 어두운 곳에서 올 거라고 그랬죠. 미래가 실현될 때에는 항상 그렇게 시작한다고요."

"하지만 이건 미래가 실현되는 모습이 아니다. 이 세상이 만들어낸 환각일 뿐이란다." 라마승이 말했다.

"그리고 나서 황소가, 붉은 황소가 푸른 초원을 달려온다고 그랬죠. 보세요! 저 사람을요!"

킴이 가리킨 것은 저녁의 미풍에 살랑살랑 흔들리고 있는 바로 코앞의 깃발이었다. 그것은 보통의 군부대에서 쓰는, 숙영지를 표시하는 흔한 깃발일 뿐이었다. 하지만 묘하게도 이 부대는 기를 장식하는 문제를 항상 꼼꼼하게 따지는 터라 일반적인 깃발에도 부대의 문양인 붉은 황소를 새겨 넣었던 것이다. 아일랜드의 초원을 배경으로 한 이 거대한 붉은 황소는 바로 매버릭 연대의 문장이었다.

"알겠다, 이제야 기억이 나는구나. 저건 정말 네 황소로구나. 그래, 그리고 저 두 남자도 뭔가를 준비하러 온 거란 말이지."

라마승이 말했다.

"저 사람들은 군인들이에요, 백인 병사들이라고요. 제사장이 그랬잖아요. 황소에 해당하는 전조는 전쟁과 무장한 사람들이라고요. 스님, 이건 제가 찾으려는 걸 알려주고 있어요."

"그렇구나. 사실이구나. 네 별자리는 전쟁을 암시하는 거라고 움발라의 승려가 말했지."

라마승은 황혼 속에서 루비처럼 빛나고 있는 황소의 문양을 꼼짝도 하지 않고 바라보았다.

"이제 어떻게 해야 하죠?"

"기다려라. 일단 기다려보자꾸나."

"이제 어둠이 내릴 거예요."

킴이 말했다. 태양이 기울면 빛의 가루들이 숲을 가득 채우고 나무 등걸을 금빛으로 물들일 것이다. 그것은 당연한 일이었다. 하지만 킴에게 그것은 움발라의 브라만이 예언한 빛나는 왕관이었다.

"들어보거라! 멀리서…… 북소리가 들리는구나!"

라마승이 말했다.

처음에 그 소리는 고요한 대기를 뚫고 은은하게 들려오다가, 고지에서 쏘는 대포와 같은 소리를 냈다. 곧 그 소리는 선명해졌다.

"아, 음악이에요!"

킴이 설명을 했다. 그는 그것이 군악대의 연주라는 걸 알게 되었지만, 라마승은 그저 놀랄 뿐이었다.

들녘 멀리서 짙은 먼지 기둥이 천천히 기어오고 있었다. 바람이 노래를 실어왔다.

우리는 그대의 겸손을 열망한다네
우리가 알고 있는 것 그대에게 말하노니
멀리건의 근위병들 속을 행진하고 있음을
슬라이고* 항구로 내려가는!

날카로운 피리 소리가 끼어들었다.

---

* 아일랜드공화국 서북부 코노트 주의 주도인 항구도시.

우리는 소총을 메고

진군했지, 멀리 진군했지.

피닉스 파크로부터

더블린 만으로 진군했지.

북소리, 피리 소리 울리며

오, 달콤하게 연주를 하며

우리가 진군할 때, 진군할 때, 진군할 때,

멀리건의 근위병과 함께!

매버릭 연대의 군악대가 연주를 하며 야영지를 향하고 있었다. 군
인들은 짐을 진 채로 도로를 따라 행군하는 중이었다. 좌우로 나뉜 부
대의 행렬이 물결치듯 지평선에 떠오르고 그 뒤를 마차들이 따르고
있는 모양은 마치 개미들이 개밋둑을 기어오르는 것 같았다.

"하지만 이건 악령의 마법이다!"

라마승이 입을 열었다.

온 들녘은 마차들이 그대로 내려앉은 것 같은 텐트들로 점점이 박
히기 시작했다. 또 한 무리의 군인들이 숲으로 들어와 아무 말 없이
커다란 막사를 설치하더니 솥단지와 냄비, 보따리들을 풀어놓았다. 옆
에 추가로 설치한 8,9채의 막사는 인도인 하인들이 쓸 것이었다. 라마
승과 킴의 눈앞에서 망고나무 숲은 잘 정돈된 도시의 모습으로 변해
갔다.

"가자."

라마승은 모닥불이 피어오르고 장교들이 칼을 철컹거리며 식당 막사로 으스대며 걸어오는 모양을 보고는 두려움에 몸을 움츠리며 말했다.

"어두운 곳으로 물러서세요. 불빛 때문에 보이진 않을 거예요."

눈길을 여전히 깃발에 붙박아놓고는 킴이 말했다. 30분 만에 캠프를 설치하는 노련한 부대를 본 것은 이번이 처음이었다.

"어허, 저 꼴 좀 보게! 저기 성직자가 하나 오고 있군."

라마승이 혀를 찼다.

먼지투성이의 검은 옷을 입고 다리를 절룩거리며 걷고 있는 영국 국교회(성공회)의 군종신부 베넷이었다. 그날 어느 군인이 군종신부의 근성에 대해 귀에 좀 거슬리는 말을 하자, 베넷 신부는 그가 보란 듯이 군인들과 나란히 행군을 했던 것이다. 검은 옷과 시곗줄 위의 금십자가, 수염 없는 얼굴에 챙이 넓은 흐늘흐늘한 검정 중절모자는 인도 어디에 내놓아도 그를 성직자로 보이게 할 것이었다. 그는 식당 막사의 출입문 앞에 놓인 접이식 의자 위에 앉아 군화를 벗었다. 서너 명의 장교가 그의 주변에 모여들더니 그가 한 짓을 놀리며 웃어댔다.

"백인들의 대화는 하나같이 품위라곤 없어."

라마승이 단지 그들의 말투로만 짐작하며 말했다.

"하지만 저 군종신부의 겉모습을 보면 그가 배운 사람이라는 생각은 드는구나. 그러면 우리의 생각을 이해하겠지? 내가 찾는 강에 대해 그와 얘기를 나누고 싶구나."

"식사를 마칠 때까지는 절대 백인과 얘기할 생각은 마세요."

킴이 인용한 것은 유명한 속담이었다.

"그들은 지금 식사를 하는 중이고…… 음…… 저들은 탁발하기에 좋은 사람들이 아닌 것 같아요. 이제 쉼터로 돌아가죠. 요기를 한 뒤에 다시 오도록 해요. 저건 붉은 황소, 제 붉은 황소가 확실해요."

노부인의 시종들이 두 사람에게 음식을 갖다주었을 때 그들은 완전히 얼이 빠진 상태였다. 이유를 알고 싶었지만 손님을 귀찮게 하는 것이 불경한 일이라고 생각한 시종들은 그들을 그냥 내버려두었다.

"이제 우린 저기로 다시 가야겠어요. 하지만 스님, 스님께서는 좀 떨어져서 기다리시는 게 좋을 것 같아요. 왜냐면 스님의 걸음이 저보다 무겁기도 하고, 붉은 황소에 대해 좀더 알아보고 싶어서 그래요."

킴이 이를 우비며 말했다.

"하지만 네가 대화를 알아들을 수 있겠니? 천천히 걸으려무나. 길이 어둡다."

라마승이 걱정스레 말했지만 킴은 개의치 않았다.

"근처 나무들에다가 표시를 해놓을게요. 제가 신호를 보낼 때까지 스님께서 계실 곳에다 말이에요."

라마승이 뭐라고 대꾸를 하려 하자 킴이 묵살하며 말을 이었다.

"이건 제가 찾아내야 할 저만의 붉은 황소에 대한 일이라는 걸 기억해주세요. 별자리의 전조는 스님 게 아니었잖아요. 그리고 전 항상 새로운 것들을 좇기를 원했어요."

"이 세상에 대해 네가 모르는 게 어디 있더냐?"

라마승은 별들이 가루를 뿌려놓은 것 같은 밤하늘 아래 망고숲 언덕으로부터 100미터도 떨어지지 않은 조그마한 흙구덩이에 몸을 웅크리고 앉으며 말했다.

"제가 부를 때까지 가만 계세요."

킴이 어둠 속으로 박쥐처럼 날아들었다. 막사 둘레를 보초들이 지키고 있을 거라는 사실을 알기에 그는 둔중한 군화 소리를 들었을 때 슬며시 미소를 지었다. 라호르 시의 달빛 내린 지붕들을 잽싸게 날아다니며 때로는 천 조각으로 때로는 어둠을 이용해 추적자들을 따돌렸던 소년이라면, 아무리 잘 훈련된 군인들이라고 해도 그들에게 발각될 리가 없었다. 그는 두 병사 사이를 기어가는 것으로 진입신고를 하고는, 뛰어가다가 멈추고, 잔뜩 웅크리기도 하고 납작 엎드리기도 하면서 불이 켜져 있는 식당 막사를 향해 나아갔다. 그러고는 망고나무 뒤에 바짝 붙은 채 뭔가 제대로 된 기회가 찾아올 때까지 기다렸다.

지금 킴의 마음속에는 붉은 황소에 대해 정보를 더 얻어내려는 일 념뿐이었다. 잘 알 수는 없었지만, 그리고 어떤 식으로 생각하든 이상하고 갑작스러울 수밖에 없었지만, 군인들, 즉 아버지의 예언 속에 등장하는 9백의 악령들이 마치 힌두교도가 신성한 소에게 기도를 하듯 어둠 뒤편의 그 짐승(붉은 황소)에게 기도를 올리고 있는 듯했다. 적어도 킴으로서는 그런 생각이 올바르고 또 논리적이었으며, 따라서 황금 십자가를 몸에 지니고 있는 군종신부는 그 문제를 상의할 수 있는 적임자였다. 한편 라호르 시에 살던 시절 멀끔한 얼굴을 한 성직자들을 피해 다녔던 기억을 떠올려보면, 군종신부 역시 킴에게 학교에 다니라고 들볶는 꼬장꼬장한 사람일 것도 같았다. 하지만 천상에 있는 자신의 별자리가 전쟁과 무장한 군인을 가리킨다는 것은 이미 움발라에서 증명되지 않았던가! 또한 무서운 비밀을 이빨로 꽉 깨물고 있는 자신은 이 세상 모든 이의 친구일 뿐 아니라 우주의 별들과도 친구인 것이다. 그의 뇌리를 스쳐가는 모든 생각의 가장 밑바닥에 깔려 있는 것은 결국 이 '모험(킴은 영어로 이 단어를 몰랐지만)'이 숭고한 예언을 충족시키는 것일 뿐 아니라 오래전 지붕을 넘나들던 신나는 비행과 마찬가지로 굉장한 오락이라는 사실이었다. 킴은 목에 건 부적가방을 한 손으로 잡은 채 배를 바닥에 깔고서 식당 막사를 향해 꿈틀거리며 기어갔다.

그가 예상한 대로였다. 백인들이 그들의 신(붉은 황소)에게 기도를 올리고 있었던 것이다. 왜냐면 행군을 하던 중에 그들이 보유하고 있던 유일한 장식물인 금으로 된 황소가 식탁 중앙에 놓여 있었기 때문이었다. 그것은 중국 베이징의 이허위안頤和園에서 약탈해온 오래된 전리품을 본떠 만든, 아일랜드의 초원 위에서 고개를 약간 숙인 채 곧 덤벼들 자세를 취하고 있는 붉은빛이 도는 금으로 된 황소였다. 백인들은 그 황소를 향해 잔을 들어올리면서 요란하게 소리를 지르고 있었다.

아서 베넷 신부는 축배를 든 후에는 으레 식당을 떠났는데, 이날따라 행군 뒤의 피로 때문인지 평소보다 움직임이 훨씬 불편해 보였다. 킴은 고개를 살짝 들어 식탁 위의 붉은 황소를 응시하고 있었는데, 바로 그때 식당 막사를 나오던 군종신부가 그의 어깨뼈를 밟았다. 킴은 몸을 빼내 옆으로 구른 뒤 군종신부를 넘어뜨렸다. 군종신부는 한때는 몸이 날랬던 사람이라 재빨리 킴의 목을 졸랐다. 킴은 거의 숨이 넘어갈 것 같았다. 그때 킴은 거의 절망적으로 그의 배를 걷어찼다. 베넷은 숨이 콱 막혀 몸을 푹 숙였지만 킴을 놓치지 않고서 조용히 자신의 막사로 끌고 갔다. 끔찍할 정도로 실질적인 매버릭 연대의 군인답

게, 완전한 조사가 이루어질 때까지는 침묵을 지키는 것이 최선이라
는 생각이 이 영국인의 뇌리를 스쳐갔다.

"이런, 꼬마잖아!"

그는 자신의 전리품을 막사 기둥에 붙은 랜턴 아래로 끌고 가더니
마구 흔들어대며 사납게 소리를 질러댔다.

"네놈은 여기서 뭘 하고 있었느냐? 너, 도둑놈이지? 추르, 말룸*?"

그의 힌디어 실력은 형편없었다. 화가 치민 킴은 잔뜩 인상을 찡그
리고 있었지만 애써 태연한 척했다. 가쁜 숨을 진정시킨 킴은 주방의
설거지하는 일꾼과 친척이라고 해야겠다는 그럴듯한 생각을 떠올리
면서 군종신부의 왼쪽 겨드랑이 약간 아래쪽으로 빠져나갈 틈을 노리
고 있었다. 드디어 기회가 왔다 싶어 출입문 쪽으로 잽싸게 몸을 구부
렸다. 하지만 군종신부의 긴 팔이 쑥 뻗어 나오더니 그의 목을 움켜쥐
고는 부적이 담긴 주머니의 줄을 잡아끌어 부적을 뜯어냈다.

"주세요. 아, 이리 주세요. 아저씨한텐 소용없잖아요? 그 종이를 달
란 말예요."

킴의 입에서 나온 것은, 인도인들의 쨍쨍거리는 토막영어였다. 군종
장교가 흠칫 놀라는 눈치였다.

"옷에 다는 장식이잖아."

그가 손을 펼치며 말했다.

"아냐, 이방인들의 부적 같기도 하고. 근데 어떻게…… 어떻게 영어
로 말한 거지? 어린 도둑놈들은 맞아야 된다는 거, 알지?"

---

* 힌디어로 '도둑, 알아들어?'의 의미.

"전 아니에요······ 도둑이 아니란 말예요."

킴은 몽둥이를 본 개처럼 몸부림을 쳐댔다.

"제발, 그걸 제게 돌려주세요. 그건 제 부적이라고요. 저한테서 그걸 빼앗아가지 마세요."

군종신부는 킴의 말을 전혀 귀담아듣지 않고 막사 출입문으로 가더니 큰 소리로 누군가를 불렀다. 그러자 약간 살이 찌고 말끔하게 면도를 한 남자가 나타났다.

베넷 신부가 말했다.

"얘기 좀 들어보세요, 빅터 신부님. 제가 식당 막사 밖의 어둠 속에서 이 녀석을 발견했답니다. 평소 같았으면 매질을 해서 쫓아내버렸을 겁니다. 도둑일 테니까요. 그런데 이 녀석이 영어를 쓰고, 목에다 부적 비슷한 걸 달고 있단 말이죠. 신부님이 절 좀 도와주셔야겠습니다."

베넷 신부는 자신과 아일랜드인 부대에 배속된 로마 가톨릭 신부 사이에는 건널 수 없는 강이 존재한다고 믿고 있었다. 하지만 인간의 문제를 다루는 데 있어서라면 영국국교회가 로마의 교회로부터 충분히 조언을 얻을 수도 있을 것이라는 게 그의 생각이었다. 베넷은 공식적으로 가톨릭 교회를 혐오했지만 그와 무관하게 개인적으로는 빅터 신부를 존경했다.

"도둑이 영어를 말한다, 이거죠? 어디 그 부적이란 걸 한번 봅시다. 음······ 이건 장식이 아닌데요, 베넷."

그가 손을 펼쳐 보였다.

"뭐 이런 걸 꼭 열어봐야 되나요? 그냥 따끔하게 매나 한 대······"

"전 도둑이 아니에요."

킴이 이의를 제기했다.

"아저씬 절 때리고, 제 몸을 마구 찼어요. 지금 부적을 돌려주시면 여길 나가겠어요."

"그렇게 빨리는 안 돼. 먼저 좀 살펴봐야겠다."

빅터 신부가 불쌍한 킴볼 오하라의 최종문서라고 쓰인 양피지와 그의 비밀문서 취급 인가증, 그리고 킴의 출생증명서를 천천히 펼치면서 말했다. 마지막 문서에는, 자신의 아들이 이적을 일으킬 인물이라는 데 대한 킴볼 오하라의 종잡을 수 없는 생각들을 대변하듯 다음과 같이 휘갈겨져 있었다. '이 소년을 돌봐주시오. 제발 이 소년을 돌봐주시오.' 그리고 그의 서명과 연대번호 전체가 적혀 있었다.

"마왕의 권능이구먼!"

문서를 전부 베넷에게 넘겨주며 빅터 신부가 말했다.

"넌 이게 다 뭔지 아느냐?"

"그럼요. 그건 모두 제 거예요. 이제 갔으면 해요."

킴이 대답했다.

"정말 이해할 수가 없네요. 녀석이 일부러 이런 걸 가지고 온 것 같다는 생각이 드는군요. 구걸의 수단일지도 모르고요."

베넷이 말했다.

"난 아직 구걸을 하지도 않고 가겠다는 거지를 본 적이 없어요. 이 아이한텐 뭔가 유쾌한 신비를 자아내는 구석이 있군요. 신의 섭리를 믿으시겠죠, 베넷?"

"그러길 바라죠."

"그래요, 난 기적을 믿어요. 그래서 실현이 되지요. 마왕의 권능! 킴볼 오하라! 그리고 그의 아들! 하지만 앤 인도인이란 말이야. 문서에는 킴볼이 애니 쇼트라는 여자와 결혼한 걸로 되어 있는데, 이걸 얼마 동안이나 갖고 있었던 거니, 애야?"

"아주 조그만 어린아이였을 때부터 갖고 있었어요."

빅터 신부가 재빨리 앞으로 걸어오더니 킴의 웃옷 앞섶을 젖혔다.

"이것 봐요, 베넷, 이 아인 검은 피부가 아니야. 네 이름이 뭐냐?"

"킴."

"혹은 킴볼?"

"그럴 거예요. 이제 보내주시는 건가요?"

"다른 이름은?"

"사람들은 저를, 킴 리시티 케(Kim Rishti ke)라고 불러요. 리시티의 킴이라는 뜻이죠."

"뭐라고…… 리시티?"

"아이-리시티(Eye-rishti)…… 연대명이에요…… 아버지가 복무하셨던."

"오, 아이리시(Irish) 말이구나. 아일랜드 부대."

"예에, 맞아요. 아버지도 그렇게 말씀하셨어요. 살아 계신 아버지가요."

"어디 사시지?"

"살아 계셨을 때라는 뜻이에요. 그러니까 지금은 돌아가셨죠…… 죽었다고요."

"오라! 그래서 네녀석 행동거지가 퉁명스럽기 짝이 없군, 그렇지?"

베넷이 말을 끊었다.

"제가 이 아이한테 공정하게 대하질 못했습니다. 짐작도 하질 못했는데, 이 아인 확실히 백인이군요. 제가 이 아이의 마음을 상하게 해버렸어요. 미처……"

"이 아이한테 셰리* 한 잔을 갖다주고 침대에 좀 앉도록 해야겠어요. 자, 킴, 이리 오너라."

빅터 신부가 말을 이었다.

"아무도 널 해치지 않을 거다. 이걸 좀 마시고 네 얘길 좀 해보거라. 가능하면, 있는 그대로의 네 얘길 듣고 싶구나."

킴은 잔을 비워내고는 몇 번 기침을 하면서, 속으로 궁리했다. 주의를 기울여야 할 상황이었지만, 한편으로는 재미있었다. 야영지 주변을 어슬렁거리는 꼬마애들은 대부분 매를 맞고는 쫓겨났다. 하지만 킴은 어떤 맷자국도 몸에 남기지 않았다. 부적이 힘을 발휘한 것이 분명했다. 그리고 움발라에서의 별자리 점괘와 킴이 기억하는 아버지의 횡설수설한 몇 마디가 기적적으로 맞아떨어진 것처럼 보였다. 그렇지 않았다면 어떻게 이 뚱뚱한 신부가 그토록 감명을 받았을 것이며, 무슨 이유로 이 말라깽이 남자는 내게 노란 빛깔의 따뜻한 음료를 가져다주었겠는가?

"제 아버지는요, 제가 아주 어렸을 때 라호르 시에서 돌아가셨어요. 여자는, 마차 대여시장 부근에서 잡다한 물건을 팔았고요."

킴은 과감하게 이야기를 시작했는데, 진실이 얼마큼 먹혀들는지에

---

* 스페인 남부지방에서 나는 백포도주. 주로 식전에 식욕을 돋우기 위해 마신다.

대해서는 장담할 수 없었다.

"여자라면, 네 엄마?"

"아뇨!"

킴은 역겹다는 몸짓을 해 보이며 말했다.

"엄마는 제가 태어나자마자 죽었어요. 아버지는 자두게르에서 이 문서들을 받았는데…… 뭐라는지 아시겠어요? (베넷은 무슨 영문인지 그저 고개를 끄덕였다.) 왜냐면 아버지가 거기에서…… 지위가 높았거든요. 이해하시겠어요? (베넷이 다시 고개를 끄덕였다.) 아버진 저한테 이렇게 말씀하셨어요. 아버지도 그러셨지만, 이틀 전 움발라에서 만난 브라만도 땅바닥에다 천궁도를 그려가면서 제가 초원의 붉은 황소를 발견하게 될 거고, 그 황소가 저를 도와줄 거라고 했어요."

"새빨간 거짓말쟁이로구면."

베넷이 으르렁거렸다.

"마왕의 권능, 대단하구면!"

빅터 신부가 낮게 중얼거렸다.

"계속해라, 킴."

"전, 아무것도 훔치지 않았어요. 더구나 전 지금 아주 신성한 분의 제자로 일을 하고 있단 말이에요. 그분은 밖에 계세요. 우린 뭔가를 준비하기 위해 두 남자가 깃발을 들고 오는 걸 보았지요. 꿈속에선 언제나 그렇죠…… 혹은…… 예언도 그렇겠죠. 전 예언이 실현되고 있다는 걸 알았어요. 들판에 서 있는 붉은 황소를 보았죠. 아버지가 말씀하셨거든요. 네가 붉은 황소를 발견하게 될 때 구백의 진짜 악령들과 말을 탄 연대장이 너를 보살피러 올 거다, 라고 말예요. 전 황소를 보았을 때 뭘 어떻게 해야 되는지를 알 수가 없어서 일단 돌아갔는데, 어두워지기를 기다렸다가 이렇게 다시 온 거예요. 다시 한번 황소를 보고 싶어요, 여러분들이 기도를 올리던 그…… 그 황소를 다시 보고 싶어요. 제 생각엔 그 황소가 절 도와줄 것 같아요. 성자께서도 그렇게 말씀하셨고요. 그분은 지금 밖에 계세요. 제가 그분을 지금 여기 모시고 와도 해치지 않으실 거죠? 그분은 아주 성스러운 분이세요. 그분은 제가 말씀드린 모든 걸 목격하셨고, 또 제가 도둑이 아니란 걸 아셔요."

"우리가 황소에게 기도를 올렸다고? 대체 이게 무슨 뚱딴지 같은 소리란 말이죠? 그리고 뭐 성자의 제자라고? 얘가 아주 미쳤군요."

베넷이 소리를 질렀다.

"이 아인 오하라의 아들이 확실하군요. 오하라의 아들은 마왕의 모든 권능과 연결되어 있어요. 그의 애비가 했던 것과 딱 들어맞아요…… 술에 취해 지껄였을 얘기들 말입니다. 성자란 분을 초대하는 게 좋겠군요. 그 사람이 뭔가를 알고 있을 테니까요."

"그분은 아무것도 모르세요. 여러분이 가시겠다면 제가 그분 계신 데까지 모셔다드리죠. 그분은 제 스승님이시니까요. 그분을 뵌 다음에야 이리로 올 수가 있어요."

킴이 말했다.

"마왕의 권능이로군!"

빅터 신부가 할 수 있는 말이라곤 그것뿐이었다. 베넷은 킴의 어깨를 한 손으로 단단히 틀어잡고서 밖으로 나갔다.

그들은 어둠 속에서 라마승을 발견했다.

"드디어 찾아냈어요."

킴이 힌디어로 외쳤다.

"황소를 발견했어요, 하지만 다음에 무슨 일이 일어날는지는 신만이 아시죠. 이 사람들은 스님을 해치지 않을 거예요. 여기 이 빼빼 마른 사람과 함께 뚱뚱한 신부님의 막사로 오세요. 그러면 어떻게 된 건지 아시게 될 거예요. 스님한텐 모든 게 낯설겠지만 이 사람들은 힌디어를 알지도 못해요. 카레도 모르는 당나귀들이죠."

"사람들이 못 알아듣는다고 놀리는 건 좋은 일이 아니다."

라마승이 되받았다.

"네가 다시 기분이 좋아진 걸 보니 기쁘구나, 제자야."

라마승은 조금의 의심도 없이 기품 있는 걸음으로 조그마한 막사 안으로 들어가서는 기독교인들이 하는 방식으로 신부들에게 인사를 한 뒤 덮개가 없는 석탄난로 곁에 앉았다. 막사의 노란색 천이 램프 불빛에 비쳐 라마승의 얼굴이 적금赤金처럼 보였다.

베넷은 세상 사람의 10분의 9를 '이교도'라는 이름으로 묶어버리는 기독교의 신조를 그대로 갖고 있어서 라마승에게 전혀 흥미가 없다는 듯 무심한 눈길로 바라보았다.

"드디어 찾아냈다고 했지? 붉은 황소가 어떤 선물을 가져다주었느냐?"

라마승이 킴에게 말을 걸었다.

"스님께서, 여러분들이 이제 무얼 하실 건지 묻고 계십니다."

베넷이 불편한 심기를 드러내며 빅터 신부를 쏘아보자, 킴은 자신의 목적을 달성하기 위해 스스로 통역이 되었다.

"저는 이 탁발승과 소년이 어떤 관계인지를 알 수가 없어요. 그의 앞잡이이거나 둘이서 짜고 뭔 일을 벌이려는 건지도 모르죠."

베넷이 속내를 드러내기 시작했다.

"우린 영국인으로서 영국인 소년을 그냥 내버려둘 수가 없죠……
게다가 프리메이슨 회원의 아들이라는 게 밝혀졌으니 되도록 빨리 그
곳 고아원으로 보내는 게 좋을 것 같습니다."

"아, 그건 연대 내 프리메이슨 지부의 사무관인 당신의 의견일 뿐."

빅터 신부가 말했다.

"우린 이 노선생께 우리가 할 일에 대해 말해드려야 할 것 같습니
다. 이분은 악한 사람으로 보이진 않는군요."

"제가 겪은 바로는, 동양인들의 마음을 헤아리는 일은 불가능합니
다. 킴볼, 지금부터 내가 하는 말을 이 사람에게 옮기기 바란다……
단어 하나하나를 그대로."

킴은 자기 식으로 그들의 말을 옮겨놓기 시작했다.

"스님, 낙타처럼 생긴 이 비쩍 마른 바보가 말하길, 제가 영국인의
자식이랍니다."

"어째서?"

"아, 그건 사실이에요. 나면서부터 전 알고 있었어요. 하지만 이 사
람은 제 목에 걸린 부적함을 뜯어내고 그 안의 문서들을 보고 난 뒤에
알게 되었죠. 이 사람 생각은, 한번 영국인이면 언제나 영국인이라는
건데, 두 가지를 놓고 고민하고 있어요. 저를 이 부대 안에 두든가, 마
드라사*로 보내든가. 전에도 이런 일이 있었지만 그럴 때마다 전 피해

---

* 아랍어로 '학교'를 의미한다. 힌디어와 우르두어 등 북인도의 언어에도 차용되었다.

다녔죠. 여기 이 뚱뚱한 바보는 부대 안에 두자는 쪽이고, 낙타같이 생긴 자는 학교로 보내자는 쪽이에요. 뭐, 이상할 건 없어요. 아마도 여기서 하룻밤, 혹은 이틀 밤을 지내겠죠. 전에도 그랬어요. 그러곤 도망을 칠 거고, 스님에게로 돌아갈 거예요."

"네가 내 제자라는 걸 알려주면 될 거다. 내가 기력이 없어 현기증이 일어났을 때 네가 어떻게 나에게로 왔는지를 이 사람들에게 말하거라. 우리가 찾는 것도 알려주어라. 그러면 분명히 널 놓아줄 거다."

"이미 말했는걸요. 이 사람들은 웃더니, 경찰을 부르겠다고 했죠."

"무슨 말을 지껄이고 있는 거냐?"

베넷이 물었다.

"오호, 스님께서는 단지 여러분들이 절 놓아주지 않는다면 본인의 일을 하실 수가 없다고 말씀하세요…… 음, 아주 긴박한 스님만의 일들 말이에요."

마지막 말은 뭔가 있어 보이려고 수로국의 혼혈인 사무관과의 대화를 흉내 내보았지만 그들이 미소 짓는 바람에 오히려 자신이 더 초조해졌을 뿐이었다.

"여러분이 만약 스님께서 하실 일에 대해 알고 있었다면, 이런 식으로 방해하지는 않을 거예요."

"그래, 그게 뭐냐?"

라마승의 기색을 살피던 빅터 신부가 뭔가 있을 거라고 직감하며 물었다.

"스님께서 간절히 찾고 싶어하는 강이 하나 있어요. 어떤 '화살'에 의해 흐르기 시작한 강인데……"

킴이 힌디어를 서투른 영어로 옮겨놓느라 초조하게 발을 굴렀다.

"그러니까…… 부처라는 신에 의해 만들어진 건데…… 만약 여러분이 그 물로 몸을 씻으면 여러분의 죄가 모두 씻겨 목화솜처럼 희어지는 거예요. (킴은 예전에 선교사들이 어떤 방식으로 얘기를 하는지 유심히 봐둔 적이 있었다.) 저는 스님의 제자이고, 우린 그 강을 찾고 있지요. 이건 우리에게 매우 소중한 일이에요."

"다시 옮겨라."

베넷이 말했다. 킴이 과장되게 복종하는 자세를 취했다.

"하지만 이건 엄청난 신성모독이다!"

영국 국교회 신부가 큰 소리로 말했다.

"쯧쯧."

빅터 신부가 동정하듯 혀를 찼다.

"힌디어로 대화를 나눌 수 있다면 얼마나 좋겠니. 죄를 씻어내는 강이라! 두 사람은 얼마나 오랫동안 그 강을 찾고 있었던 거냐?"

"오, 여러 날이지요. 이제 우리는 가서 다시 찾고자 합니다. 여긴 아니거든요, 아시겠지만."

"그래, 하지만 저 노선생과 동행할 수는 없다. 네가 만약 군인의 자식이 아니라면 모르겠지만. 저분께 말씀드려라. 우리 부대가 널 돌봐줄 거고, 널 훌륭한 사람으로 길러낼 거라고 말이다. 저분이 기적을 믿는 한 이 사실도 믿어야 할 거라는 말도 전하거라."

빅터 신부가 엄숙한 표정으로 말했다.

"고지식한 사람을 상대할 필요는 없어요."

베넷이 끼어들었다.

"난 그렇게 생각하질 않아요. 이 아이가 자신의 붉은 황소를 찾아서 여기, 이 부대에 온 것이 바로 기적임을 저분이 믿도록 해야 합니다. 이 일이 일어날 가능성에 대해 한번 생각해보세요, 베넷. 인도의 모든 소년 가운데 이 아이라는 것, 그리고 다른 부대도 아니고 바로 우리 연대가 이 아이 앞으로 열을 지어 행진을 했다는 사실! 그렇게 맞닥뜨릴 운명이었다는 거지요. 얘야, 저분에게 전하거라, 이건 키스메트(알라의 뜻)라고. 키스메트, 말룸(알라의 뜻이에요. 알겠어요)?"

킴은 라마승에게로 돌아섰다. 그는 차라리 메소포타미아에 대해 얘기하는 편이 훨씬 나았다.

"이 사람들이 말하길……"

킴이 입을 떼자 노사부의 눈이 빛을 발했다.

"이 사람들은 제 별자리의 점괘가 이제 실현되었다고 말하고 있어요. 제가 여기 이 사람들과 그들의 붉은 황소에게로 이끌려온 것은, 스님께선 호기심에서 비롯된 거라고 알고 계시지만, 이 사람들은 제가 학교를 가고 영국인으로 돌아가게 하기 위해서라는 거예요. 이제 전 이 사람들에게 동의하는 척할 거예요. 최악의 상황이라고 해봐야 스님께 돌아갈 때까지 며칠 여기서 먹고 지낸다는 것뿐이에요. 그런 다음에 몰래 빠져나가서 사하란푸르로 가는 길을 따라 내려갈 거예요. 그러니까, 스님께선, 쿨루의 노부인과 함께 계시도록 하세요…… 제가 다시 갈 때까진 마차에서 절대 멀리 벗어나지 마시고요. 전부터 알고 있었지만, 제 별자리는 전쟁과 무장한 병사들이죠. 저한테 와인을 대접하고, 이렇게 침대 위에다 영예롭게 올려놓은 걸 보시라고요! 아버지는 대단한 분이셨던 게 확실해요. 이 사람들이 그들 사이에서 저를 존경의 대상으로 받들어준다면 좋은 일이죠. 그러지 않더라도, 다시 좋아지겠죠. 어떻게 되어가든, 싫증날 때쯤이면 스님께 되돌아갈 거예요. 하지만 노부인과 꼭 함께 계셔야 해요, 그러지 않으면 저와 만날 수 없을지도 모르니까요…… 잘될 거예요."

소년이 말했다.

"여러분께서 말씀해주신 걸 모두 스님께 전해드렸습니다."

"이제 이 사람이 여기 있을 필요를 전혀 느끼지 못하겠네요."

베넷이 바지 주머니에 손을 넣고 뭔가를 더듬으며 말했다.

"더 자세한 건 나중에 조사해볼 수 있을 거고…… 그리고 일 루피쯤 줘야 할 것 같은데……"

"줘야 할 건 돈이 아니라 시간이죠. 저 사람은 소년과 있고 싶어 해요."

빅터 신부가 군종신부의 행동을 반쯤 막으며 말했다.

라마승이 염주를 꺼내 돌리면서 커다란 모자의 챙을 눈 위로 끌어올렸다.

"지금 저분이 원하는 게 뭐냐?"

"스님께선……"

킴이 한 손을 들어올렸다.

"입을 다물라고 하시는군요. 스님께선 저하고만 얘기를 나누고 싶어하세요. 아시다시피, 여러분께서는 스님 말씀을 단 한 마디도 알아듣질 못하잖아요. 제 생각엔, 여러분이 계속 말을 하려 한다면 스님께서 여러분에게 악담을 퍼부을지도 몰라요. 스님께서 저렇게 염주를 헤아리실 때는 언제나, 아실지 모르겠지만, 조용하기를 원한다는 뜻이에요."

두 영국 남자는 압도당한 듯 묵묵히 앉아 있었다. 하지만 베넷의 눈속에는 훗날 기독교의 힘으로 위안을 받게 될 킴에 대한 안타까운 희망의 표정이 숨어 있었다.

"백인, 백인의 자식이라……"

라마승이 고통스러운 목소리로 말을 토해냈다.

"어떤 백인도 너만큼 이 나라와 이 나라의 관습에 대해 아는 자가 없다. 이게 사실이라는 걸 어떻게 믿어야 할까?"

"문제될 게 뭐가 있어요, 스님?…… 기억해두세요, 단지 하루나 이틀 밤일 뿐이에요. 제가 얼마나 빠르게 변할 수 있는지를 기억해보세요. 그 커다란 잠잠마 대포 아래에서 스님께 맨 처음 얘기를 건넸을 때처럼 모든 게 그렇게 될 거라고요."

"백인의 옷을 입은 한 소년이 있었지…… 내가 맨 처음 '불가사의한 집'을 찾아갔을 때. 그런데 그다음엔 인도인이었지. 그렇다면 이번엔 어떤 모습으로 현신할 거냐?"

그는 쓸쓸하게 웃었다.

"아, 제자야, 넌 이 늙은이에게 잘못을 저질렀다. 내 마음이 모두 네게로 가버렸기 때문이다."

"제 마음도 스님에게 가 있어요. 하지만 붉은 황소가 저를 이 일에 끌어들일 줄 어떻게 알았겠어요?"

라마승은 다시금 모자로 얼굴을 가리고는 초조하게 염주를 굴렸다. 킴은 그의 곁에 쪼그려 앉더니 승복의 주름을 만지작거렸다.

"그때 그 소년이 백인이었다는 걸 이제야 이해하게 된 건가?"

그는 힘없이 계속 중얼거렸다.

"그 아이가 '불가사의한 집'에서 불상들을 지키고 있던 사람과 같은 백인이었단 말이지."

백인에 대한 라마승의 경험에는 한계가 있었다. 그는 자신의 경험에서 벗어나지 못하는 것 같았다.

"그 아인 여느 백인이 하는 것과 다르지 않겠지. 결국 제 나라 사람들에게로 돌아가고 말 거야."

"하루 낮밤과, 그리고 한나절만 지나면……"

킴이 그를 달랬다.

"안 돼, 그러면 안 돼!"

빅터 신부가 출입문으로 가려는 킴을 단단한 다리로 막아 세웠다.

"난 백인들의 관습을 이해하질 못한다. 라호르의 '불가사의한 집'에서 불상들을 지키던 그 성직자는 여기 이 비쩍 마른 사람보다 훨씬 관대했는데. 저 사람들이 너를 내게서 빼앗아가겠지. 저들은 내 제자를 백인으로 만들 것이다. 슬프도다! 나는 내 강을 어떻게 찾는단 말이냐? 저들에겐 제자가 없잖니? 어디 한번 물어보거라!"

"스님께서 말씀하시길, 이제 더이상 그 강을 찾을 수 없을 거랍니다. 스님께서, 여러분에게는 왜 제자가 없느냐고 물으십니다. 저분을 계속 괴롭히실 건가요? 스님께선 자신의 죄를 씻어내길 바라십니다."

베넷에게나 빅터 신부에게나 어떤 대답도 마련되어 있지 않았다.

킴은 라마승이 느끼는 비통한 심정을 영어로 옮기기 시작했다.

"제 생각엔, 여러분이 저를 지금 놓아주신다면 우린 조용히, 아무도 모르게 걸어 나갈 겁니다. 제가 여기 잡혀오기 전과 똑같이 우린 강을 찾아갈 거예요. 저도 이제 더이상 붉은 황소 같은 걸 찾으러 여기로 오는 짓 따위는 않을 거고요. 전 그걸 원치 않아요."

"네가 자신을 위해 한 짓 중에서 그게 가장 착한 일이다, 젊은 친구." 베넷의 말이었다.

"오, 하느님, 저 노승을 어떻게 달래주어야 할지 알 수가 없군요." 빅터 신부가 라마승을 골똘히 바라보며 말했다.

"소년을 데려가게 놔둘 수는 없지만, 저 사람은 선한 사람 같군요…… 믿음이 가는 분이에요. 베넷, 만약 당신이 저 사람에게 돈을 집어준다면, 저 사람은 당신의 머리끝에서 발끝까지 저주를 퍼부을 겁니다."

그들은 자신들의, 아니, 나머지 세 사람의 숨소리를 듣고 있었다. 일초도 빠지지 않은 오 분 동안. 마침내 라마승이 고개를 들어 그들 건너편의 허공으로 시선을 던졌다.

"나는 도를 따르는 사람이다."

그가 비통하게 말했다.

"하여, 죄도 내 몫이고, 벌도 내 몫이다. 나는 네가 강을 찾는 걸 돕도록 내게로 보내진 존재라고 믿었지만, 실은 내가 스스로 그렇게 믿어버린 것뿐이었다. 이제야 그 사실을 깨달았다. 내 마음이 네게 끌렸던 것은 네 자비심과 네 공손함과 어린 네 지혜로움 때문이었다. 하지만 도를 따르는 자는 어떤 욕망의 불길도, 어떤 애착도 허용해서는 안 된다. 그것들은 모두 환상이기 때문이다. 경전이 말하는 바……"

그는 오래된, 아주 오래된 중국어 원문을 인용하고 나서 또다른 것으로 뒤를 잇고는 다시 이를 보완했다.

"나는 도에 어긋났었다, 제자야. 너는 잘못이 없다. 나는 삶을 바라보며 기뻤고, 순례길에서 만난 새로운 사람들로 기뻤고, 네가 이런 것들을 보고 기뻐했기에 기뻤다. 내가 찾는 강을 너도 깊이 생각해주어서 즐거웠고, 찾아다니는 것만으로도 즐거웠다. 그러나 이제 나는, 너를 잃었기 때문에, 내 강이 나로부터 멀리 떠나버렸기 때문에 슬프다. 이것이 내가 깨뜨린 진리의 계율이다."

"마왕의 권능이로다!"

이미 오랜 신앙고백의 경험을 통해 고백자의 감정을 익히 아는 빅터 신부는 라마승의 한 마디 한 마디에 스며 있는 고통을 읽을 수 있었다.

"이제 나는 붉은 황소의 전조가 너뿐 아니라 나에게도 같은 전조임을 알겠다. 모든 욕망은 붉고……사악하다. 나는 참회할 거고, 홀로 내 강을 찾아 떠날 것이다."

"그렇더라도 일단 쿨루의 노부인께로 가세요. 그러지 않으신다면 스님께서는 길을 잃고 말 거예요. 부인은 제가 돌아갈 때까지 스님을 공양하실 분이에요."

킴이 말했다.

라마승은 그 문제가 더이상 자신의 마음에 남아 있지 않다는 걸 보여주듯 손을 흔들었다.

"이제……"

킴에게서 마음이 돌아섰듯 그의 어조 또한 바뀌어 있었다.

"이 사람들이 너를 어떻게 할 거냐? 적어도 내가 쌓은 공덕으로 예전의 과오를 씻을 수 있을지 모르겠구나."

"절 백인으로 만들겠죠…… 저 사람들 생각은 그런 거죠. 하지만 이틀 뒤에 전 돌아갈 거예요. 슬퍼하지 마세요."

"어떤 종류의 백인?…… 이 사람 같은, 아니면 저 사람 같은?"

라마승이 빅터 신부를 가리켰다.

"아니면 오늘 저녁에 내가 본 그런 사람들…… 칼을 차고 육중하게 걸어가던 남자들 같은 그런 백인?"

"아마도 그럴 테죠."

"좋은 예들이 아니다. 이들은 욕망을 좇고 허무를 향해 나아가는 자들이다. 넌 그런 종류의 사람이 되어서는 안 된다."

"움발라의 제사장이 제 별자리는 전쟁을 가리킨다고 그랬잖아요."

킴이 끼어들었다.

"제가 이 바보들에게 물어보려고 해요…… 실은 그럴 필요도 없지만. 아무튼 새로운 일들이 벌어지는 걸 보고 싶었지만, 전 오늘밤 도망칠 거예요."

킴은 빅터 신부에게 영어로 두세 가지 질문을 했고, 그의 대답을 라마승에게 옮겨주었다. 그 대화는 이런 거였다.

"스님께서는, 여러분이 저를 스님에게서 빼앗아갔고, 여러분이 저를 어떻게 할 것인지에 대해 말해주지 않았다고 하셨습니다. 이제 스님이 떠나시기 전에 그것에 대해 말씀을 해달라고 하십니다. 사람을 만드는 건 작은 일이 아니기 때문이라고 하셨어요."

"널 학교에 보낼 거다. 그다음 일은, 우리가 생각해보마. 킴볼, 군인이 되고 싶은 생각은 없느냐?"

"허여멀건 인종들, 싫어요! 싫다고요!"

킴이 거칠게 머리를 흔들었다. 그의 기질 속에는 훈련이나 꽉 짜인 업무 따위에 매력을 느낄 만한 어떤 요소도 들어 있지 않았다.

"전 군인은 되지 않을 거예요."

"네가 되고 싶은 게 뭔지 말해보렴. 그렇게 되도록 해주지."

베넷이 말했다.

"넌 결국 우리가 널 도와준 것에 감사하게 될 거야."

킴은 동정하듯 미소를 지었다. 만약 킴이 하고 싶어하지 않는 일을 그가 하게 될 거라는 망상을 이 사람들이 갖고 있다면, 그런 건 많이 가질수록 킴에게는 좋은 일이었다.

다시 한번 긴 침묵이 이어졌다. 베넷은 조바심이 나서 안절부절못하더니, 탁발승을 내쫓기 위해 초병을 부를 것을 은근히 내비쳤다.

"이 사람들은 백인들 사이에서 배움을 주든가 팔든가 하겠지? 물어보아라."

라마승이 묻고, 그 답을 킴이 다시 옮겼다.

"교사에게 돈이 지불될 거랍니다. 하지만 돈을 지불하는 건 연대라는데…… 무슨 상관이에요? 단지 하룻밤일 뿐인데요."

"그리고…… 더 많은 돈이 더 나은 교육을 시킨다는 명목으로 지불되겠지?"

라마승은 킴이 도망칠 기회를 자꾸 줄이고 있다는 사실에 대해서는 전혀 신경을 쓰지 않았다.

"배움을 위해 돈을 쓰는 건 잘못된 것이 아니다. 무지한 자를 지혜롭게 하는 것은 언제나 공덕을 쌓는 일이니까."

염주가 주판알처럼 요란하게 소리를 냈다. 그는 압제자들과 마주

192

섰다.

"지혜롭고 온당한 가르침에 얼마만큼의 비용을 지불할 것인지에 대해 이 사람들에게 물어봐주겠니? 그리고 그런 가르침이 어느 도시에서 이루어질 것인지도."

킴이 라마승의 말을 옮겨주자, 빅터 신부가 영어로 대답했다.

"좋아, 형편에 따라 다르겠지만, 우리 연대는 네가 군용 고아원에 머무는 기간 내내 비용을 댈 거다. 어쩌면 넌 펀자브 지역의 프리메이슨 고아원으로 가게 될지도 모른다. 이게 무슨 뜻인지를 너나 노스님은 잘 이해할 수 없을 거야. 하지만 인도에서 한 소년이 최고의 교육을 받을 수 있는 곳은, 당연히, 러크나우의 파르티부스에 있는 성 사비에르 학교다."

이 말은 라마승에게 옮겨지는 데 시간이 좀 걸렸는데, 베넷이 자꾸만 말을 끊으려 했기 때문이었다.

"비용이 얼마나 드는지를 스님께서 알고 싶어하시네요."

킴이 차분하게 말했다.

"일 년에 이백에서 삼백 루피."

빅터 신부는 놀라움 이상의 무언가를 느끼고 있었다. 베넷은 참기도 힘들었고, 이해할 수도 없었다.

"스님께서, 제 이름과 금액을 종이에다 적고 그걸 당신께 달라고 하십니다. 그리고 말씀하시길, 그 아래에다 여러분의 이름을 적어야 한답니다. 왜냐하면 스님께서 훗날 여러분에게 편지를 보낼 것이기 때문이랍니다. 스님께서는 여러분이 좋은 사람이라고 하십니다. 다른 사람들은 바보라고 하시고요. 스님은 이제 떠나실 겁니다."

라마승이 갑자기 자리에서 일어났다.

"나는 내가 찾아야 할 것을 찾아가겠노라."

그는 목청을 돋우어 말하고는, 막사를 빠져나갔다.

"초병들과 맞닥뜨릴 텐데."

라마승이 밖으로 걸어 나가자 빅터 신부가 소리를 지르더니 몸을 벌떡 일으켰다.

"하지만 얘를 그냥 두고 갈 수가 없잖아."

킴이 재빨리 따라나서려 했지만 제지당했다. 하지만 막사 밖에서는 어떤 다투는 소리도 들려오지 않았다. 라마승은 흔적도 없이 사라졌다.

킴은 아무 일 없었다는 듯 군종신부의 침대에서 태연하게 쉬었다. 적어도 라마승은 쿨루에서 온 귀부인의 곁에 머물 거라는 약속을 지킬 터였다. 나머지는 그리 중요한 문제가 아니었다. 두 신부가 몹시 흥분하고 있다는 사실도 그를 즐겁게 해주었다. 그들은 낮은 소리로 오랫동안 얘기를 나누었는데, 빅터 신부가 몇 가지 계획을 가지고 베넷을 설득하려 했지만 그는 믿기지 않는다는 얼굴이었다. 이 모든 게 새롭고 흥미로웠지만 킴은 졸음이 몰려오고 있었다. 그들은 막사로 사람들을 불러들였는데, 그중 한 명은 킴의 아버지가 예언했던 그 연대장이 확실해 보였다. 그들은 킴에게 주로 그를 돌봐주었던 여자와 관련된 질문을 끝도 없이 쏟아놓았다. 킴은 모든 질문에 대해 성실하게 대답했다. 그들은 그 여자를 좋은 보호자로 생각하는 것 같지 않았다.

어쨌든 이 일은 킴이 겪은 것들 중에서 가장 신기한 체험이었다. 그가 선택만 한다면, 머지않아, 거대한 회색빛 혼돈의 땅 인도 대륙을,

그리고 수많은 막사와 군종장교와 연대장을 속속들이 경험할 수 있을 것이었다. 그러는 동안 만약 영국인들이 그에게 관심을 가져준다면 그는 그들을 감동시키기 위해 최선을 다할 것이었다. 킴 역시 백인이었다.

다 이해할 수 없는 긴 대화가 끝나고 그들은 킴을 하사에게 넘겼는데, 그는 도망치지 못하게 하라는 엄중한 지시를 받았다. 연대는 움발라로 떠날 예정이었고, 킴은 프리메이슨의 지부가 비용의 일부를 분담하고 기부금으로 나머지를 충당하는 조건으로 사나와르로 보내지기로 결정되었다.

"신기한 일들이 벌어졌답니다, 연대장님."

10여 분 동안 쉬지 않고 얘기를 나눈 뒤에 빅터 신부가 말했다.

"이 아이와 동행하던 불교 승려가 제 이름과 주소를 받아서는 종적을 감추었습니다. 그 사람이 이 소년의 교육비를 대겠다는 것인지 아니면 무슨 마법을 걸겠다는 것인지 알 수가 없습니다."

그러고는 킴에게 말했다.

"넌 네 친구인 붉은 황소에게 감사하며 살아가게 될 거다. 우리는 사나와르에서 널 한 인간으로 길러낼 거다…… 네가 개신교도가 되는 희생을 감수해야 하겠지만."

"분명히…… 분명히 그렇게 될 겁니다."

베넷이 말했다.

"하지만 여러분들은 사나와르로 가지 못할걸요."

킴이 말했다.

"아니, 우린 사나와르로 갈 거다, 꼬마야. 이건 오하라의 아들보다 조금 더 높으신 총사령관님의 명령이니까."

"여러분은 사나와르로 갈 수가 없을 거예요. 여러분은 '전쟁 속'으로 가게 될 거예요."

한 차례의 폭소가 막사를 가득 채웠다.

"부대에 대해 조금만 더 잘 알게 된다면, 넌 전투대열과 행군대열을 헷갈리지 않게 될 거다, 킴. 네 말대로 우리도 언젠가는 '전쟁 속'으로 가기를 희망하고 있단다."

"오호, 전 모든 걸 알고 있어요."

킴은 다시금 도박을 시작했다. 그들이 만약 전쟁에 참가하는 게 아니라면, 적어도 움발라의 그 베란다에서 얘기되었던 것에 대해 그들은 전혀 모르고 있다는 뜻이었다.

"지금은 '전쟁 속'에 있지 않죠. 하지만 제가 말씀드리려는 건, 움발라에 들어가는 순간 여러분은 '전쟁 속'으로 가게 된다는 거죠…… 새로운 전쟁이죠. 팔천 명의 병력과 대포들이 동원된 전쟁."

"눈으로 보는 듯한걸. 넌 네 재능에다가 예언하는 능력도 보태고 싶은 거냐? 이 아일 데려가게, 하사. 군악대 복장을 한 벌 입히고, 자네 손가락 사이로도 빠져나갈 수 있는 녀석이니까 단단히 지켜보도록. 저 꼬마 녀석이 언제 기적을 일으킬지 모르니 잘 지켜보라고. 난 눈을 좀 붙여야겠어. 내 불쌍한 영혼이 쇠약해지고 있다네."

한 시간쯤 뒤 킴은 야영지의 외딴 구석에 들짐승처럼 조용히 앉아 있었다. 새로 온몸을 씻기고, 팔다리를 박박 문지르는 듯한 끔찍하도록 꽉 끼는 옷을 입은 채로.

"정말 놀라운 한 마리 어린 새야. 노란 얼굴의 멀대 같은 브라만 승려가 기르던 이 새는 목에다 제 아비의 프리메이슨 증명서를 두르고 신만이 붉은 황소의 모든 비밀을 안다고 지껄이면서 나타났지. 그 멀대 승려는 아무런 말도 없이 증발해버렸고, 홀로 남은 어린 꼬마는 군종신부의 침대 위에 가부좌를 하고 앉아선 사람들이 피의 전쟁 속으로 끌려들어간다는 예언을 지껄여댄단 말이지. 신을 두려워하는 인간들이 사는 이 야생의 땅 인도에서, 나는 이 새가 지붕을 타고 날아갈까봐 한쪽 발을 막사 기둥에다 묶어둘 생각이거든. 전쟁에 대해 네가 뭐라고 했지?"

"팔천 명의 병력에 수많은 대포요. 아저씨도 곧 보게 될 거예요."

"도깨비 같은 녀석, 이제 북치는 소년들 사이에 누워서 잠을 청하도록 해라. 거기 두 아이가 너를 지키고 있을 테니까."

6장

지금 동지를 기억하노라.
새로운 바다 위의 오래된 친구들
우리가 야만인들 사이에서
웅황(雄黃)을 무역하고 다닐 적
남쪽을 향해 수천 킬로미터를
30년을 이동했지.
그들은 귀족 발데스를 알지 못했지,
그들이 알았고 사랑했던 건, 나였을 뿐.

– 키플링, 「디에고 발데스의 노래」

이른 아침 백색 막사들이 일제히 걷히더니 매버릭 연대가 움발라를 향해 지선도로로 접어들었을 즈음에는 단 하나의 막사도 들녘에 남아 있지 않았다. 부대의 행렬이 노부인이 머물던 쉼터를 지나지 않았던 탓인지, 장교 부인들이 끊임없이 떠들어대는 짐마차 곁을 터덜터덜 걷고 있던 킴은 어젯밤만큼 자신감이 생기지 않았다. 킴은 자기가 철저하게 감시를 받고 있다는 사실을 깨달았다. 한쪽엔 빅터 신부가, 다른 쪽엔 베넷이 있었다.

　아침나절에 연대는 길게 늘어선 채로 사열을 받던 도중에 낙타를 탄 전령이 연대장에게 서신을 전했다. 거기로부터 약 8백 미터 후방에 있던 킴은 두꺼운 먼지를 뚫고 밀려드는 떠들썩한 환호성을 들었다. 그때 누군가 그의 등을 치면서 소리를 질렀다.

"네가 어떻게 알았는지 우리에게 말해다오. 너 혹시 악마의 자식이 아니냐? 오, 신부님, 이 녀석이 입을 열도록 해주세요."

신부의 조랑말이 열을 따라 다가오는가 싶더니, 신부가 킴을 잡아 올려 그의 안장에 앉혔다.

"오, 내 친구여, 지난밤의 네 예언이 이루어졌도다. 우리 부대가 전선으로 투입되기 위해 내일 움발라에서 기차를 타게 되었다."

"무슨 뜻이죠?"

'전선'이니 '투입'이니 하는 것은 킴에게는 생소한 단어였다.

"우리가 '전쟁 속'으로 가게 되었다는 뜻이다. 네가 말했던 바로 그것 말이다."

"물론 신부님은 '전쟁 속'으로 가게 됩니다. 그건 제가 지난밤에 말씀드렸죠."

"그래, 맞다. 하지만, 오, 마왕의 권능이여, 어떻게 네가 안 것이냔 말이다."

킴의 눈에서 불똥이 튀었다. 입을 굳게 닫고 고개를 끄덕끄덕하는 것이 아무 말도 하지 않겠다는 표정이었다. 군종신부가 먼지를 뚫고 어딘가로 가버린 뒤, 사병들과 하사관, 위관장교들이 차례로 킴에게 관심을 보였다. 행렬의 선두에 있던 연대장이 호기심 어린 눈으로 그를 주시하고 있었다.

"아마도 시장통에서 주워들은 풍문일 텐데, 그렇더라도……"

그는 손에 쥐고 있던 서신에 주의를 기울였다.

"어떻게 된 일이야! 이건 결정된 지 사십팔 시간도 되질 않는데."

"인도에 너 같은 소년이 더 있는 거냐? 아니면, 악마의 장난이라도

202

되는 거냐?"

빅터 신부가 물었다.

"전 신부님께 모두 말씀드렸어요. 절 노스님께 돌려보내주실 거죠? 스님께서 만약 쿨루에서 온 부인과 함께 계시지 않는다면, 그분은 돌아가실지도 몰라요."

소년이 말했다.

"내가 본 바로는, 그분은 네가 돌보는 것만큼이나 훌륭하게 자신을 돌볼 분이셨다. 어쨌건, 넌 우리에게 행운을 가져다주었고, 우린 널 훌륭한 인간으로 키울 거다. 이제 짐마차로 데려다줄 테니, 오늘 저녁은 나와 함께 지내도록 하자."

하루의 나머지 시간 동안 킴은 자신이 수백 명의 백인들에게 엄청난 관심의 대상이 되어 있다는 것을 알게 되었다. 야영지에 그가 출현하고, 태생이 밝혀지고, 예언을 하게 된 이야기들은 병사들 사이로 계속 퍼져나갔다. 침구용 짚더미 위에 올라앉은 덩치가 크고 못생긴 어느 백인 여자는, 점쟁이를 대하는 태도로 킴에게 자신의 남편이 전쟁에서 살아 돌아올 수 있을지 물었다. 킴이 진지하게 생각에 잠겼다가 살아서 돌아올 것이라고 말해주자 여자는 감사의 뜻으로 그에게 먹을 것을 내놓았다. 이따금 음악이 연주되고, 많은 사람이 얘기를 나누며 조그만 일에도 웃음을 터뜨리는 이 대규모 행렬은 여러모로 라호르 시의 축제와 닮아 있었다. 지금까지는 이렇다 할 힘겨운 일이 일어날 기미가 보이지 않아서 킴은 이 놀이판에 끼어들어야겠다고 생각했다. 저녁 무렵에 악단이 그들을 맞으러 왔는데, 움발라 역 부근에 설치된 매버릭 연대의 임시 주둔지에서 공연이 있었다. 재밌는 밤이었다. 다른 부대의 군인들이 매버릭 연대로 오기도 했고, 매버릭의 군인들이 그들 쪽으로 가기도 했다. 경계를 서고 있던 매버릭 연대의 병사들이 달려와서 다른 부대원들을 물러서게 하기도 하고 다른 부대의 경계병들도 똑같이 매버릭 연대의 사병들을 몰아내기도 했다. 얼마 뒤, 이 혼란을 통제하기 위해 더 많은 경계병과 장교를 불러 모으는 나팔소리가 요란하게 울려 퍼졌다. 매버릭 연대는 난리법석을 떨기로 평판이 자자한 부대였지만, 다음날 아침에는 완벽한 용모와 컨디션으로 플랫폼에 도열해 있었다.

킴은 뒤에 남은 환자와 여자, 그리고 어린이 들과 함께 전선으로 떠나는 기차를 향해 열심히 손을 흔들어댔다. 거기까지는 백인으로서의 삶이란 굉장한 것이었다. 하지만 그는 조심스럽게 행동했다. 킴은 군악대에서 북을 치는 소년에 이끌려 바닥이 쓰레기와 끈과 종잇조각으로 가득 차고 그의 외로운 발소리가 천장까지 울리는, 군데군데 부식된 시멘트 자국이 나 있는 텅 빈 막사로 되돌아왔다. 킴은 인도인 복장을 한 채 줄무늬 커버를 씌운 침대 위에서 몸을 또르르 말고는 잠에 빠져들었다. 얼마 뒤 한 신경질적인 남자가 베란다를 뚜벅뚜벅 걸어와서는 킴을 깨우더니 자기가 학교 선생이라고 말했다. 킴은 바로 감을 잡고 몸을 웅크린 채 가만히 있었다. 킴은 라호르 시에서 지낼 때 영어로 쓰인 경찰의 다양한 주의사항들을 곧바로 해독할 수가 있었는데, 그건 자신의 편리와 관계가 있기 때문이었다. 킴을 돌봐준 여자의 고객들 가운데 파르시교도*의 순회극장에 무대 배경을 그려주던 이상

---

* 이슬람의 박해로 8세기에 인도로 피신한 조로아스터(배화교)교도의 자손.

한 독일인이 있었다. 그는 자신이 1848년 프랑스에서 일어난 2월 혁명에 가담했다고 하면서 먹을 걸 가져다주는 대가로 글을 가르쳐주겠다고 했다. 이 얘기는 킴을 최소한 솔깃하게 했다. 간단한 철자법만 배우고 차여버렸지만 킴은 대수롭게 생각하지 않았다. 그러니 학교 선생이라고 별수 있겠는가 말이다.

"아무것도 알고 싶지 않아요, 저리 가세요!"

불길한 예감이 들었는지 킴이 매몰차게 말했다. 그러자 남자는 킴의 귀를 잡아당겨서 일으켜 세우더니 멀리 떨어진 방으로 끌고 갔다. 그곳에는 10여 명의 북치는 소년들이 제복을 갖춰 입은 채로 앉아 있었다. 선생은 킴에게 아무것도 하고 싶지 않으면 잠자코 있기나 하라고 말했다. 잠자코 있는 건 충분히 잘할 수 있었다. 남자는 30분이 넘게 칠판에다 백묵으로 써가면서 꽤 많은 것을 설명했는데, 그동안 킴은 방해받았던 낮잠을 즐겼다. 그는 지금 벌어지고 있는 상황에 불만이 많았다. 왜냐하면 어린 시절의 3분의 2나 되는 시간 동안 줄곧 피해왔던 것이 바로 이런 학교와 공부들이기 때문이었다. 멋진 생각 하나가 퍼뜩 킴의 뇌리에 떠올랐다. 왜 이제야 떠올랐는지 기이할 정도였다.

남자가 아이들을 해산시키자마자 베란다를 통해 햇볕 속으로 맨 먼저 튀어나간 것은 킴이었다.

"야, 너! 멈춰, 거기 서!"

그의 바로 뒤에서 고함이 들려왔다.

"난 널 지켜보도록 지시를 받았어. 내가 받은 명령은 네가 내 시야 밖으로 벗어나게 놔두지 않는 거지. 어딜 가려는 거야?"

아침나절에 줄곧 킴의 주위를 맴돌던, 뚱뚱하고 주근깨투성이 얼굴을 한, 열네 살가량 된 북치는 소년이었다. 킴은 녀석의 구두 밑창에서부터 모자에 달린 리본까지 끔찍하게 싫었다.

"시장에…… 사탕 좀 사러…… 너 주려고."

잠깐 생각한 뒤에 킴이 말했다.

"하지만 시장은 경계 밖이야. 만약 거기 간다면 혼날 거야. 너, 제자리로 돌아가."

"그럼 얼마나 가까이 갈 수 있지?"

킴은 경계란 게 어디까지인지 알 수가 없었다. 당분간은 얌전하게 지내고 싶었다.

"얼마나 가까이? 네 말은, 어디까지 갈 수 있냔 말이지? 그러니까 저기 도로 아래쪽 나무 있는 데까지는 갈 수가 있어."

"그래, 그럼 저기까지 갔다 올게."

"좋아. 난 안 갈 거야. 너무 더워. 여기서 널 지켜볼 수 있으니까. 도망치는 건 좋지 못해. 만약 도망친다면 사람들이 네 옷을 보고 금방 찾아낼 거야. 네가 입고 있는 건 이곳 연대의 복장이거든. 움발라의 경계병들이라면 네가 나가는 것보다 더 빨리 되돌아오게 할 수가 있지."

도망을 쳤다 해도 킴을 가장 지치게 만드는 게 바로 그 꽉 죄는 옷일 거라는 사실만큼이나, 녀석의 말은 킴을 맥 빠지게 했다. 그는 어깨를 잔뜩 구부린 채로 시장으로 통하는 툭 트인 길 한구석에 서 있는 나무까지 걸어가서는 지나가는 인도인들을 바라보았다. 그들 대부분은 병영에서 일하는 하층계급의 사람들이었다. 킴이 청소부 한 사람을 불러 세우자 그는 대뜸 유럽 소년이니 알아들을 수 없을 거라고 믿었는지 쓸데없이 거친 말로 되받았다. 그 낮고 재빠른 대답은 킴으로 하여금 현실을 냉혹하게 인식하게 해주었다. 킴은 자신이 알고 있는 최고의 언어로 누군가를 심히 욕보일 수 있는 기회가 찾아온 것에 감사하며 짐짓 감정을 쉽게 드러내지 않았다.

"지금 당장, 시장 가장 가까운 곳에 있는 편지 대필사에게로 가서, 이곳으로 오라고 전하시오. 편지 부칠 일이 있으니."

"하지만…… 백인의 아들에게 시장의 편지 대필사가 무슨 필요가 있지? 병영에 학교 선생이 있지 않던가?"

"물론 있지. 그리고 지옥도 그런 사람들로 가득하고. 내 말을 따르시오, 당신…… 당신 말이야! 당신의 모친은 넝마주이와 결혼했구먼! 청소신의 종이여. (킴은 청소부의 신을 알고 있었다.) 어서 내 일을 수행하시오. 그러지 않으면 우린 처음부터 다시 대화를 해야 할 거요."

청소부는 부리나케 시장으로 달려갔다.

"병영 근처 나무 아래에, 백인 같지 않은 백인 소년이 하나 기다리고 있을 거예요. 그 아이가 당신을 찾고 있어요."

그는 자신이 만난 첫 편지 대필사에게 더듬거리며 말했다.

"돈은 준답니까?"

말쑥한 필경사가 그의 책상을 정리하고 펜과 봉랍封蠟을 차례로 챙기면서 물었다.

"나야 모르죠. 헌데 그 아인 여느 아이 같진 않더라고요. 가서 만나보도록 해요. 그럴 만한 가치가 있을 거 같으니."

호리호리한 젊은 카예트(대필과 회계 전문 계층)의 모습이 보이자 킴은 조바심이 나서 경중경중 뛰었다. 킴의 입에서는 좌르르 악담이 쏟아졌다.

"먼저 돈부터 받아야겠다." 편지 대필사가 말했다.

"네가 지껄인 악담이 값을 더 높게 만들었다. 헌데 백인 복장을 하고서 인도인 옷을 입은 사람같이 지껄이는 너는 대체 누구냐?"

"아하, 그런 건 당신의 편지에나 쓰시고, 난 그런 얘기 따윈 쓰지 않아요. 난 바쁠 게 없어요. 당신이 아니라도 다른 대필사는 얼마든지 구할 수 있지요. 움발라도 라호르만큼 대필사가 많을 테니까."

"편지 한 통에 사 아나다."

대필사가 텅 빈 병영의 그늘에다 천을 펼쳐 앉으며 말했다.

킴은 무의식적으로 대필사 곁에 쪼그려 앉았는데, 그 앉은 모양새가 영락없는 현지인의 자세였다. 그는 바지가 끔찍할 정도로 달라붙는다는 것조차 잊어먹은 것 같았다. 대필사가 힐끔 킴을 곁눈질했다.

"백인들한테나 그렇게 받으시고, 나한텐 일 아니면 딱이에요."

"일 아나 반. 편지를 쓰고 나면 네가 갖고 도망쳐버릴지 어떻게 알아."

"난 이 나무를 떠날 수가 없어요. 우푯값도 포함된 거라고 생각하겠어요."

"우푯값을 따로 받진 않아. 근데, 백인 아이가 뭐 이러냐?"

"그걸 편지에다 쓰도록 하죠. 편지는 라호르 시의 카슈미르 세라이에 투숙하고 있는 말장수 마부브 알리에게 보내는 겁니다. 그 사람은 내 친구예요."

"이런 세상에! 힌디어로 써야 하는 거냐?"

잉크병에다 갈대 끝을 적시며 편지 대필사가 낮게 중얼거렸다.

"물론이죠. 마부브 알리에게, 시작하세요! '저는 노스님과 함께 기차를 타고 움발라까지 왔습니다. 움발라에서 저는 밤색 구렁말의 족보에 관한 소식을 얻게 되었습니다.'"

움발라의 집 정원에서 훔쳐본 뒤로, 그는 흰색 종마라는 표현을 쓰지 않기로 작정을 하고 있었다.

"좀 천천히 말하거라. 밤색 구렁말이 어떻게 되었다는 거냐…… 그리고 마부브 알리라면, 그 엄청난 사업가?"

"그럼 누구겠어요? 난 그분 밑에서 일을 해왔어요. 잉크를 더 찍으시고, 다시 시작해요. '저는 지시하신 대로 했습니다. 그런 다음 우리는 걸어서 바라나시로 향했는데, 사흘째 되는 날 어떤 연대를 발견했습니다.' 다 적었어요?"

"기병연대를 말하는 거지."

대필사는 열심히 받아 적으며 중얼거렸다.

"저는 야영지로 들어갔다가 잡혔는데, 제 목에 걸려 있던 부적으로 인해서 제가 과거 연대 소속의 어떤 군인의 아들이라는 것이 밝혀졌습니다. 나리께서도 아시는 일이지만, 시장 사람들이 다들 얘기하는 그 붉은 황소의 예언에 의해서 말입니다.'"

킴은 한줄기 섬광과도 같은 이 말이 대필사의 가슴에 가라앉기를 기다렸다가 목을 가다듬고는 다시 이어나갔다.

"연대의 성직자가 제게 옷을 입히고 새로운 이름까지 지어주었는데…… 성직자란 아무리 봐도 바보가 분명합니다. 옷은 너무 무겁고, 제가 백인이라는 사실도 마음을 무겁게 만듭니다. 그들은 절 학교에 다니게 하고, 절 때리기도 합니다. 저는 이곳의 공기도 물도 다 싫습니다. 이제 오셔서 절 구해주세요, 마부브 알리 어른, 그러지 않으면 제게 돈을 좀 보내주세요. 제가 가진 걸로는 이 편지의 대필료를 물기에도 충분치가 않으니까요.'"

"충분치가 않다고? 바보같이, 내가 속았구나. 네 녀석은 누클라오* 에서 재무부의 인지를 위조한 후세인 북스만큼이나 영리한 놈이로군. 그나저나 이 얘기 말이다! 혹시라도 진짜는 아니겠지?"

"마부브 알리에게 거짓말을 해서 무슨 이득이 있겠어요. 그의 친구들에게 우표 한 장을 빌려주는 게 더 낫죠. 돈이 송금돼오면 대필료를 갚을게요."

대필사는 의심을 풀지 못한 채 투덜거렸지만 서랍에서 우표 한 장을 꺼내 겉봉에 붙인 다음 킴에게 봉투를 건네주고는 자리를 떴다. 마부브 알리라는 이름이 움발라까지 그 위세를 떨친 것이었다.

"이게 바로 위세 높은 양반과 거래를 트는 좋은 방법이라고요."

킴이 대필사의 뒤에다 대고 외쳤다.

"돈이 오면 두 배로나 갚아."

대필사가 고개만 돌린 채 소리를 질렀다.

"저 깜둥이한테 뭐라고 떠들어댄 거야? 널 다 지켜봤다고."

킴이 베란다로 돌아오자 북치는 소년이 물었다.

"그저 대화나 나눴지."

"넌 깜둥이처럼 말해, 그렇지 않아?"

"천만에! 무슨 소리야! 난 그저 얘기만 했을 뿐이라고. 우리 이젠 뭘

---

* 러크나우의 잘못된 발음.

하게 되지?"

"좀 있으면 식사시간을 알리는 나팔을 불 거야. 젠장! 연대를 따라 전방으로 가고 싶었는데. 이렇게 학교에 남게 되다니 끔찍해. 넌 끔찍하지 않냐?"

"물론, 끔찍하고말고!"

"어디로 가야 하는지만 알면 도망칠 텐데. 하지만 사람들이 말하듯이, 이 지독한 인도에서 우린 그저 탈옥한 죄수 꼴이지. 도망쳐봤자 곧 잡혀올 테니까. 정말 지겨워."

"넌 영국에…… 살았었니?"

"물론이지. 지난번 부대 교체 시즌에 엄마와 함께 들어왔을 뿐이야. 난 영국에서 지냈던 생각밖엔 없다고. 아무것도 모르는 꼬마 거지! 너 빈민굴에서 자랐지, 그치?"

"누가 아니래. 영국에 관해서 뭐 좀 들려줘봐. 우리 아빠 거기서 오셨지."

비록 그렇게 말하진 않았지만, 북치는 소년이 자기가 살았던 곳이라며 리버풀 근교에 대해 읊어놓은 얘기들을 킴이 곧이곧대로 믿은 건 아니었다. 지루하고 갑갑한 시간들이 지나가고 식사가 시작되었다. 식욕을 돋우는 것과는 아주 거리가 먼 음식이 소년들과 막사 한쪽 구석에서 지내는 환자들에게 제공되었다. 게다가 마부브 알리에게 편지를 보냈다는 사실도 킴을 힘 빠지게 만들었을 것이다. 인도인들의 무관심에는 익숙해져 있었던 킴이지만, 백인들 사이에서 느끼는 이 절절한 외로움은 견디기 힘들었다. 그래서였는지 오후에 덩치가 큰 사병이 하나 와서 빅터 신부에게로 그를 데려갔을 때 킴은 감사하는 마음이 들 정도였다. 빅터 신부는 연병장 건너편의 또다른 먼지투성이 부속건물에서 지내고 있었다. 신부는 자주색 잉크로 쓰인 영문 편지를 읽고 있었다. 킴을 바라보는 그의 눈길은 전보다 훨씬 더 세심했다.

"어때, 얼마나 좋아졌지, 친구? 별로라고? 뭐 힘들긴 하겠지…… 야생동물에게야 오죽하겠어. 자, 잘 들어. 나는 네 친구에게서 온 놀라운 편지 한 통을 갖고 있단다."

"어디 계신대요? 잘 지내신대요? 오! 스님께서 편지를 보내셨다면, 모든 게 잘되고 있단 얘기네요."

"넌 그분을 아직도 좋아하는구나, 그렇지?"

"물론 좋아하지요. 그분도 절 좋아했고요."

"이걸 보니 그런 것 같더구나. 헌데 그분은 영어로 편지를 쓸 수가 없지 않니?"

"그러시죠. 하지만 스님은 영어를 잘하는 대필사를 찾으셨을 거고, 그 사람이 편지를 썼을 거예요. 이해하시겠죠?"

"그렇겠구나. 근데 그분의 주머니 사정에 대해 좀 아니?"

킴의 얼굴은 알고 있는 게 아무것도 없다는 표정이었다.

"어떻게 말해야 되죠?"

"내가 묻는 게 바로 그거야. 어떻게 된 일인지, 한번 들어보거라. 첫 대목은 건 뛰고…… 이 편지는 자가디르에서 부친 건데…… '길가에 앉아 깊은 명상에 잠긴 채, 신부님께서 이제껏 보여주신 성원에 감사드리는 마음으로, 신부님께 전능하신 신의 가호가 있기를 기도드립니다. 교육이란, 만약 최상의 것이라면, 가장 위대한 축복일 것입니다. 하지만 최상의 것이 아니라면 아무 소용이 없습니다.' 아, 이 얼마나

212

정곡을 찌르는 말이냐! '만약 신부님께서 십오일에 저와 나누었던 얘기와 같이 제 아이를 성 사비에르 학교에 보내 최고의 교육을 시켜주신다면, 전능하신 신께서 대대로 신부님을 축복하실 것입니다.' 이제, 중요한 대목이 나올 테니 귀를 기울여라! '성 사비에르에서 받을 값비싼 교육의 적정한 비용으로 미천한 소승이 연간 삼백 루피를 산정하였음을 조심스럽게 말씀드리며, 시간을 조금만 주신다면 그 금액을 인도 어느 곳이더라도 신부님께서 알려주시는 주소로 우송해드리도록 하겠습니다. 지금은 제 염원을 의탁할 곳이 어디에도 없으나, 노부인께서 여러 가지 말씀으로 소승에게 권유하시기도 하고 또 사하란푸르에서는 내국인 자격으로 거주하는 데 어려움이 없다고 하여 기차로 바라나시로 가는 중입니다.' 자, 이게 무슨 뜻인지 알겠니?"

"제 생각엔, 노부인이 스님께 사하란푸르에서 자신의 푸로(사제)로 일을 해달라고 부탁을 한 것 같아요. 강을 찾아가셔야 하니까 스님께선 그 일을 하시지 않을 거예요. 부인은 계속 부탁을 하겠지만."

"넌 확신을 하는구나, 그런 거지? 날 골치 아프게 만드는 건 이 대목이다. '그래서 바라나시에 도착하면, 주소를 확인해서 우리 몸의 눈만큼이나 귀한 소년을 위해 돈을 부쳐드리도록 하겠습니다. 그리고 전능하신 신의 이름으로 이 교육이 이루어지기를 바라며, 당신의 청원자는 당연한 의무로서 떨리는 마음으로 기도를 올립니다. 바라나시의 티르탕카르* 사원에서, 강을 찾아 나선 존경하는 숙첸 사원의 테슈 라

---

* 자이나교의 조사(祖師)를 이르는 말로, 특히 깨달음에 의해 불사의 경지에 도달한 24명의 성인을 지칭한다.

마 스님을 대신하여, 알라하바드* 대학교에 입학이 좌절된 소브라오 사타이 씀. 추신. 소년은 우리 몸의 눈같이 소중한 아이임을 부디 잊지 마시길 부탁드리며, 일 년 치 교육비로 삼백 루피를 보냅니다.' 도대체 미쳐서 헛소리를 하는 거냐, 아니면 사업을 제안하는 거냐? 너한테 묻고 싶구나. 내 머리로는 도저히 이해할 수가 없으니."

"스님께서 일 년에 삼백 루피씩 제게 주겠다고 하셨단 말이죠? 그렇다면 주실 거예요."

"오, 네 생각에는 그럴 거란 말이지?"

"물론이죠. 스님께서 그렇게 말씀하셨다면!"

신부가 휘파람 소리를 냈다. 그러고는 킴에게 동료 대하듯 말을 걸었다.

"난 그렇게 될 거라고 믿지 않지만, 지켜보긴 할 거다. 애초에 오늘 널 사나와르에 있는 군 고아원으로 보낼 예정이었다. 네가 입대할 나이가 될 때까지 거기서 우리 연대가 널 보살피려 했던 거지. 영국국교회에 맡겨졌을 거란 얘기야. 베넷이 그렇게 조치를 했었다. 그런데, 네가 만약 성 사비에르 학교로 간다면 더 좋은 교육을 받을 것이고, 그리고…… 가톨릭 신도가 될지도 모른다. 내가 이 둘 사이에서 갈등을 일으키고 있다는 걸 이해하겠지?"

킴은 탁발해줄 사람도 없이 기차를 타고 남쪽으로 내려가고 있을 라마승 외에는 아무것도 이해하고 싶지 않았다.

"이럴 땐 나 역시 보통 사람들하고 다를 바가 없어. 뭘 선택해야 할

---

* 인도 북부, 우타르프라데시 주 동남부, 강가 강에 면한 도시. 프라야그와 같은 도시다.

지 알 수가 없단 말이다. 만약 네 사부가 바라나시에서 돈을 부쳐온다면…… 맙소사, 마왕의 권능이 작용하지 않고서야 어떻게 길거리의 거지가 삼백 루피를 벌 수가 있겠냐? 그러니…… 네가 러크나우로 간다면 내가 네 교육비를 대야 할 거란 말이다. 내가 널 가톨릭 신자로 만들려고 할 경우 연대로부터 나오는 기부금을 한 푼도 받을 수가 없으니까. 그러지 않는다면, 넌 연대에서 비용을 대는 군 고아원으로 보내질 거고. 해서 난, 도대체 믿을 수가 없지만, 어쨌든 사흘을 기다려보기로 했다. 그때까지 기다려보고, 돈이 오지 않는다면 그땐…… 나도 어쩔 수 없다. 이 세상에서 우린 한 번에 한 걸음씩만 뗄 수 있을 뿐이다, 신을 찬미할밖에! 그리고, 베넷은 전선으로 보내졌고 난 후방에 남게 됐으니, 베넷은 여기서 일어나는 일은 아무것도 알지 못할 거다."

"잘됐네요."

킴이 건성으로 대답했다.

신부가 몸을 앞으로 기울였다.

"네 그 작은 머리에 대체 뭐가 들어 있는지를 알고 싶어서라도 한 달 치 교육비를 지불해야 되겠다."

"아무것도 들어 있지 않아요."

그렇게 말하고는 킴은 머리를 긁적거렸다. 그는 마부브 알리가 단 1루피라도 보내올지 그게 궁금했다. 그 돈으로 편지 대필사에게 대필료를 갚을 수가 있다면 바라나시에 머물고 있는 라마승에게 편지를 쓸 것이다. 어쩌면 마부브 알리는 남쪽으로 말을 타고 내려올 일이 있으면 그를 찾아와줄지도 모른다. 점심시간에 남자들과 소년들이 식탁 앞에서 큰 소리로 떠들어대던 이번 전쟁은 모두 자신이 움발라의 그 영국인 장교에게 서신을 전달했던 결과라고 킴은 확신하고 있었다. 하지만 마부브 알리가 이러한 사실을 모르고 있다면 그에게 그렇게 말한 것은 매우 위험한 일이었다. 마부브 알리는 너무 많은 걸 알고 있거나, 너무 많은 걸 알고 있다고 생각되는 소년을 가만두지 않는 인간이었던 것이다.

"그래, 더 많은 걸 알게 될 때까지."

빅터 신부의 목소리가 몽상을 깨뜨렸다.

"넌 다른 소년들과 뛰어놀 수가 있다. 그애들이 너한테 뭔가를 가르쳐줄 거다…… 넌 물론 싫어하겠지만."

하루가 지루하게 끝이 났다. 잠자고 싶다는 생각이 들었을 때, 킴은 옷을 개는 법과 신발을 정리하는 법을 교육받아야 했고, 아이들의 조롱거리가 되어야 했다. 나팔소리가 새벽잠을 깨웠다. 아침식사를 마치자 선생이 그를 끌고 가서는 아무 의미도 없는 것들이 적혀 있는 종이 하나를 그의 코앞에다 들이밀었고, 거기에다 아무 의미도 없는 이름들을 갖다 붙이더니, 다짜고짜 그를 때렸다. 킴은 영내의 청소부에게서 얻은 아편을 선생에게 먹여서 독살해버릴까 하는 생각을 곰곰이 해보았는데, 사람들이 모두 한 탁자에서 식사를 하는 터라 그렇게 하는 건 매우 위험하다는 생각이 들었다. 식사 때마다 사람들과 등지고 먹는 버릇이 있는 킴에게는 함께 식사를 하는 짓도 견디기 어려웠다. 그래서 그는 라마승에게 마약을 팔려고 했던 승려가 사는 마을로 도망을 치려고 작정했다. 그 마을에는 늙은 군인도 살고 있었다. 하지만 출구마다 눈 밝은 보초들이 지키고 있어서 깜둥이 꼬마가 통과할 틈이라곤 없었다. 꽉 조이는 바지와 윗도리가 몸과 마음을 모두 불편하게 만들어서 도망치려는 계획을 포기해버린 킴은 언젠가 기회가 올 때를 기다리기로 했다. 그건 동양적 사고방식이기도 했다. 소리가 쿵 쿵 울리는 넓고 하얀 방에서 악몽과도 같은 사흘이 지나갔다. 오후에는 주로 북치는 소년의 감시를 받으며 주위를 돌아다니곤 했는데, 그때 그 녀석으로부터 들은 얘기란 백인들로부터 들었던 가혹한 욕설의 3분의 2쯤은 되는, 아무짝에도 쓸모없는 것들이었다. 킴은 오래전에 벌써 그 욕설들을 알고 있었고, 경멸했었다. 북치는 소년은 킴이 대꾸도않고 제 말에 흥미도 보이지 않자 골이 나서 주먹질을 해댔다. 그는 병영 안에 있는 시장 사람 누구에게나 무례하게 굴었고, 그들을 검둥이라고 불러댔다. 하지만 허드렛일을 하는 사람과 청소부들은 그 아이의 얼굴에 맞춰 밉살맞은 별명을 지어 붙였는데, 그들의 공손한 태도 때문에 녀석은 전혀 눈치 채지 못했다. 킴은 두들겨 맞으면서도 그걸로 위안을 삼았다.

넷째 날 아침, 북치는 소년에게 천벌이 내렸다. 둘이 함께 움발라의 승마장에 갔는데 북치는 소년 혼자 돌아왔던 것이다. 소년은 어린 오하라에게 아무 짓도 하지 않았다고 징징댔다. 말을 타고 있던 붉은 수염을 한 검둥이에게 킴이 뭐라고 소리를 지르자 그가 달려오더니 자기에게 마구 채찍을 휘두르고는 킴을 달랑 집어올린 뒤에 전속력으로 내달렸다고 했다. 이 소식이 빅터 신부의 귀에 들어가자, 그는 긴 윗입술을 아래쪽으로 지그시 밀어냈다. 이미 그는 바라나시의 티르탕카르 사원에서 온 편지에 충분히 놀란 뒤였다. 그 편지에는 힌두교도 은행가가 발행한 3백 루피짜리 약속어음과 '전능하신 하느님'께 올리는 놀라운 기도문이 동봉되어 있었다. 시장통의 편지 대필사가 '부디 공덕을 쌓으소서'라는 대목을 어떻게 번역해놓았는지를 알게 된다면 아마도 신부보다는 라마승이 더 난처해질 게 틀림없겠지만.

"마왕의 권능이로다!"

빅터 신부는 어음을 만지작거렸다.

"녀석은 이제 또다른 새 친구와 함께 사라져버렸구나. 돌아와서 날 더 크게 구제해줄지, 아니면 영영 녀석을 잃어버릴지 모르겠다. 정말 이해할 수 없는 녀석이야. 악마의 힘이라 해도 어떻게…… 그 노인네는 또 어떻게 된 사람인지…… 백인 소년을 교육시키겠다고 거지가 돈을, 이게 가능한 일이란 말인가?"

병영에서 약 5킬로미터 정도 떨어진 움발라의 승마장, 카불 산 회색 종마의 안장 앞에다 킴을 태운 마부브 알리가 말했다.

"그렇지만, 세상 모든 이의 친구야, 나의 명예와 명성을 생각해줘야 한다. 모든 부대의 모든 백인 장교가, 그리고 움발라의 모든 이가, 이 마부브 알리를 알고 있다. 사람들은 내가 널 말에 태우고 그 녀석을 혼내준 걸 보았다. 지금 여기서도 사람들은 우릴 보고 있단 말이다. 그러니 내가 어떻게 널 데려갈 수가 있고, 도망치게 할 수가 있겠느냐? 그렇게 한다면 난 감옥에 갈지도 모른다. 참고 견뎌내거라. 한번 백인이면, 언제나 백인인 거야. 네가 어른이 되었을 때…… 누가 알겠니? 이 마부브 알리에게 감사하게 될지."

"이 붉은 옷으로 갈아입을 수 있게 보초들이 보이지 않는 곳까지만 절 데려가주세요. 돈도 좀 주시고요. 바라나시로 가서 스님과 함께 있을 거예요. 전 백인이 되고 싶지 않아요. 그리고 제가 메시지를 전했다는 걸 잊지 마세요."

종마가 거칠게 뛰어올랐다. 마부브 알리가 끝이 날카로운 등자를 조심성 없이 놀렸던 탓이었다. (그는 영국제 장화와 박차를 능숙하게 다룰 줄 아는 신식 말장수는 아니었다.) 킴은 그의 배신을 통해 뭔가 자신만의 결론을 이끌어냈다.

"그건 사소한 일이었다. 바라나시로 가는 도중에 잠깐 할 수 있는 일에 불과했지. 나하고 그 백인은 지금은 정작 다 잊어버린 일이란다. 난 그 사람이 말에 관해서 문의했던 것에 대해 수없이 서신을 보냈는데, 그걸 어떻게 일일이 다 기억할 수 있겠니. 그게, 피터스 씨가 알고 싶어했던 밤색 구렁말의 족보였던가?"

킴은 그가 자신을 시험해보고 있다는 걸 단번에 알았다. 마부브는 킴이 편지에다 '밤색 구렁말'이라고 써 보낸 것이 사실을 숨기기 위해 일부러 그랬던 거라고는 전혀 생각지 못한 듯했다. 거기에 대한 킴의 대답은 이랬다.

"밤색 구렁말이 아니죠. 전 제가 전달한 메시지를 잊지 않았거든요. 그건 흰색 종마의 족보였어요."

"아, 그랬구나. 흰색 아랍 산 종마였지. 하지만 넌 편지에다가 '밤색 구렁말'이라고 적어놓았잖아."

"누가 편지 대필사에게 진실을 말하겠어요?"

킴은 마부브의 가슴이 뜨끔하겠군, 하고 생각하며 대답했다.

"이봐요, 마부브! 지독한 노인네 같으니라고, 거기 서시오!"

그때 큰 소리가 들려서 돌아보니 폴로 경기용 어린 조랑말을 탄 영국 남자 하나가 달려오고 있었다.

"당신 뒤를 쫓아서 이 나라의 반 이상을 달려왔다고. 당신의 그 카불 산 말을 내가 살 수 있겠소?"

"섬세하고 까다로운 폴로 경기를 위해 하늘이 내린 이 젊은 녀석은 비교할 대상이 없지요. 그러니까 이놈은……"

"폴로를 하고 나서 식사나 합시다. 그렇게 해요. 우리 사이에 거리낄 게 뭐 있어요. 근데 아까 저기선 무슨 일이 벌어진 거요?"

마부브가 무겁게 입을 열었다.

"이 아이가 다른 애한테 매를 맞고 있었죠. 이애 부친은 한때 큰 전쟁에 참전했던 백인 병사였어요. 이 아이는 라호르 시에서 살았는데, 애기였을 때부터 우리 말들하고 놀았죠. 이제 이 아인 군인으로 키워지겠지요. 최근에 이애가 제 아버지가 속해 있던 연대에 발견되었어요. 지난주에 전방으로 떠난 그 부대 말입니다. 헌데 난 이애가 군인이 되고 싶어한다는 생각이 들질 않는단 말입니다. 아무튼 일단 이 아이를 말에 태우긴 했는데…… 부대가 어디 있는지 나한테 말해보거라, 내가 거기다 데려다줄 테니까."

"제가 갈게요. 혼자서도 부대를 찾을 수가 있으니까요."

"네가 도망이라도 친다면 내 잘못이 아니라고 누가 말해주겠니?"

"그 아인 점심을 먹으러 돌아갈 거요. 도망을 치면 어디로 도망을 치겠소?"

영국인이 말했다.

"이 아인 이 나라에서 태어나 친구들이 많지요. 얼마든지 갈 데가 있다는 말입니다. 이앤 차부크 사와이(영리한 꼬마)라고요. 옷만 갈아입으면 눈 깜짝할 사이에 하층계급의 힌두 소년으로 바뀌어버리죠."

220

"그럴 리가!"

마부브가 말머리를 병영 쪽으로 돌리자 영국인이 의심 가득한 눈으로 킴을 쏘아보았다. 킴이 이를 갈았다. 마부브는 신의라고는 없는 아프간 사람임을 증명이라도 하듯 계속해서 킴을 놀려댔다.

"그들은 이 아일 학교로 보내서는 발에다 무거운 구두를 신기고 이런 옷들로 몸을 둘둘 말겠지요. 그러면 얘는 자기의 과거는 다 잊게 될 거고. 자, 네가 지내는 곳이 어디냐?"

킴은 아무 말 없이, 온통 하얗게 빛나는 빅터 신부의 거처를 가리켰다.

"아마도 이 아인 좋은 군인이 될 겁니다."

마부브가 깊이 생각한 듯이 말했다.

"적어도 문제를 일으키진 않을 겁니다. 한번은 라호르에서 이 아이한테 편지 심부름을 시킨 적이 있죠. 흰색 종마의 족보에 관한."

이건 이미 입은 상처에다 더 큰 위해를 가하는 일이었다. 그리고 전쟁이 일어날 거라는 편지를 그토록 잽싸게 전달해주었던 당사자인 영국인은 잠자코 듣고 있기만 했다. 킴은 마부브 알리가 배신의 대가로 화염 속에서 고통을 당하는 장면을 상상하고 있었지만, 그의 눈길은 멀리 떨어진 긴 회색 막사들과 교실들을 돌아 다시 막사로 돌아오고 있었다. 킴은 시치미를 뚝 떼고 있는 매정한 얼굴을 애처롭게 바라보았다. 하지만 킴은 지금과 같은 극한 상황에서도 백인에게 자비를 구한다거나 아프간 말장수를 비난하는 짓은 결코 하지 않았다. 마부브는 영국인을 유심히 살펴보고 있었고, 영국인은 말문이 막힌 듯 가늘게 떨고 있는 킴을 유심히 살펴보고 있었다.

"제 말은 길이 아주 잘 들어 있답니다. 다른 놈들은 한다는 게 그저 발길질이죠, 각하."

장사꾼의 말이었다.

"그런데 누가 저 소년을 군인으로 만든다는 거요?"

채찍 끝으로 조랑말의 축축한 양쪽 어깨뼈를 쓰다듬어주면서 영국인이 마침내 입을 열었다.

"자기를 찾아낸 연대가요. 특히 신부님께서."

"신부님이다!"

대머리 빅터 신부가 베란다에서 걸어 내려오는 걸 보자 킴은 숨이 멎을 것 같았다.

"오하라, 이 사탄아! 이 아시아에서 얼마나 많은 잡다한 인간과 친분관계를 맺고 있는 것이냐?"

킴이 말에서 미끄러져 내려와 힘없이 앞으로 와서 서자 신부가 소리를 질렀다.

"안녕하십니까, 신부님. 신부님의 명성은 익히 들어 알고 있습니다만, 이렇게 불쑥 찾아뵐 생각은 아니었습니다…… 크레이튼입니다."

영국인이 쾌활하게 말했다.

"측량국의 인종학자이신?"

빅터 신부가 알은체를 하자 영국인이 고개를 끄덕였다.

"이렇게 만나뵙게 되니 정말 기쁘군요. 게다가 이 아이까지 되찾아주셨으니 어떻게 감사를 드려야 할지."

"아니요, 감사는 무슨. 그런데 신부님, 그 소년은 도망친 게 아니었다는군요. 신부님께선 마부브 알리 영감을 모르시나요?"

222

말장수는 햇볕 아래 무표정한 얼굴로 말에 올라앉아 있었다.

"매달 한 번이라도 기차역에 오셨더라면 보았을 텐데. 우리한테 형편없는 말들을 판 사람이죠. 저 소년이 아주 별난 아이 같은데, 얘기 좀 들려주시지요."

"제가 말씀을 드려도 될까요?"

빅터 신부가 콧김을 내뿜었다.

"날 곤경에서 구해줄 수 있는 인간이 바로 너라니, 사탄아, 말해보거라! 그 힌두교도에 대해 아는 자와 얘기를 하고 싶어 가슴이 터질 지경이었단 말이다!"

신부에겐 백인이 아니면 모두 힌두교도로 보이는 모양이었다. 그가 힌두교도라 한 사람은 바로 라마승이었다.

마부브가 말을 타고서 연병장 모퉁이를 길게 돌아갔다. 크레이튼 대령이 우르두어로 목소리를 높였다.

"아주 좋소, 마부브 알리. 하지만 나한테 그 조랑말에 대해 죄다 보여준다고 무슨 소용이 있겠소? 난 삼백오십 루피에 단 일 파이*도 얹어줄 생각이 없으니까."

"각하께서 말을 타신 후라 더워서 화가 나신 모양입니다."

말장수가 되돌아와서 어릿광대처럼 눈을 흘겼다.

"지금 제 말의 특징을 더욱 분명하게 보실 수 있습니다. 신부님과의 얘기가 끝날 때까지 기다리지요. 저 나무 아래에 가 있겠습니다."

"망할 늙은이!"

---

* 인도의 통화. 파이 동전. 1아나의 12분의 1에 해당하는 아주 적은 돈.

대령이 웃음을 터뜨렸다.

"자기 말에 관심을 돌리려는 수작이지요. 신부님, 저 사람은 완전히 늙은 흡혈귀랍니다. 그럼, 기다리시오, 마부브, 시간이 그렇게 남아돈다면. 이제야 신부님과 얘기를 할 수 있게 되었네요. 소년은 어디 갔죠? 오, 마부브와 밀담을 나누려고 갔군요. 정말 괴상한 소년입니다."

그는 나무 밑에서 얘기를 주고받고 있는 킴과 마부브의 모습을 잘 볼 수 있는 곳에 의자를 끌어다 앉았다. 신부가 엽궐련을 가지러 안으로 들어갔다.

크레이튼은 킴의 비통한 목소리를 들었다.

"뱀 앞에서는 브라만을 믿고, 창녀 앞에서는 뱀을 믿고, 아프간 사람 앞에서는 매춘부를 믿으라고 했지요, 마부브 알리."

"그게 모두 하나란 걸 알아야 한다."

커다란 붉은 수염이 위엄 있게 흔들렸다.

"어린애들은 카펫을 다 짜기 전에는 베틀을 봐서는 안 되는 법이다. 날 믿어라, 세상 모든 이의 친구야. 내가 너에게 큰 임무를 줄 것이다. 넌 군인이 되지 않아도 된다."

'아주 교활한 늙은이구먼! 하지만 그렇게 틀린 말은 아니군. 저 아이가 알려진 대로라면, 뭔가 요긴하게 쓰이겠어.'

크레이튼은 속으로 생각했다.

"잠깐만 기다려주시겠습니까? 서랍에서 서류를 좀 찾느라고요."

건물 안에서 신부의 외침이 들려왔다.

"나로 인해서 용감하고 지혜로운 대령님이 네게 호의를 베푼다면, 그래서 네가 영예로운 존재가 된다면, 성인이 된 뒤에 넌 이 마부브 알리에게 감사하게 될 거다."

"아니, 그렇지 않아요! 난 그저 다시 떠날 수 있게 도움을 청했을 뿐이에요. 그곳이라면 안전할 테니까요. 그런데 당신은 날 저 영국인에게 도로 팔아버렸어요. 그 대가로 저 사람들이 얼마나 줄 것 같아요?"

"천진난만한 악마 같으니라고!"

대령은 궐련을 물고는 빅터 신부 쪽으로 점잖게 돌아섰다.

"저 뚱뚱한 신부가 대령 앞에서 흔들고 있는 편지들이 뭐지? 내 말 고삐를 보는 척하면서 말 뒤편에 가서 서!"

마부브 알리가 말했다.

"저의 라마스님께서 자가디르 거리에서 써서 보내신 편지예요. 일 년에 삼백 루피씩 제 수업료를 지불하겠다고 쓰여 있지요."

"오호, 붉은 모자를 쓰고 있던 그 노인네가? 근데, 어떤 학교지?"

"신이 아시겠죠. 누클라오(러크나우)였던 것 같아요."

"그래. 거기 백인의 자식들이 다니는 큰 학교가 하나 있지. 내가 말을 팔면서 보니까 백인 혼혈아들도 있더군. 그렇다면 라마도 세상 모든 이의 친구를 사랑했었단 말이지?"

"그렇고말고요. 그분은 거짓말을 하지 않으세요. 아니라면 절 도로 잡아가버려요."

"신부는 이 문제를 어떻게 풀어야 할지 모르고 있는 것 같구나. 대령 각하한테 설명하는 저 말의 빠르기를 한번 봐!"

마부브 알리가 킬킬거렸다.

"알라의 힘으로!"

날카로운 시선들이 한동안 베란다를 쓸어내고 있었다.

"네 라마가 약속어음 같은 걸 보내왔구나. 어음을 거래해봐서 알지. 대령 각하께서 그걸 보고 있구나."

"이 모든 게 저한테 무슨 도움이 되죠? 당신은 가버릴 거고, 사람들이 와서 절 빈 방으로 데려가겠죠. 거긴 잠자기도 불편하고, 애들은 절 마구 때리죠."

킴이 지친 듯 말했다.

"난 그렇게 생각하지 않는다. 참고 견뎌라, 얘야. 아프간 사람들은 모두 신의를 지킨다…… 여자를 제외하곤."

5분이 지나고…… 10분이 지나고…… 15분이 지나갔다. 빅터 신부는 열정적으로 이야기를 계속했다. 그가 질문하면 대령이 대답했다.

"이제 소년에 대해 제가 알고 있는 건 처음부터 끝까지, 남김없이 말씀드렸습니다. 은혜로운 구원을 받은 듯하군요. 이런 얘길 들어보신 적이 있던가요?"

"어쨌건, 그 노인이 돈을 보냈소. 고빈드 사하이의 약속어음은 중국에서도 통용되고 있지요. 인도인에 대해선 아는 게 많아질수록 더욱더 예측하기 힘들어지는 법이오."

대령이 말했다.

"인종학 측량국의 수장께서 말씀을 해주시니 위로가 되는군요…… 붉은 황소와 치유의 강(신이시여, 불쌍한 이방인을 도와주소서!), 그리고 약속어음과 프리메이슨의 문서들이 뒤섞여 있는 일이라니, 나 원…… 혹시, 프리메이슨 회원이신가요?"

"그렇소이다! 이제 난 생각을 좀 해봐야겠어요. 그럴 만한 이유가 생겼으니."

멍한 기분으로 대령이 말했다.

"대령님께서 이유를 아셨으니 저도 기쁩니다. 하지만 제가 말씀드렸듯, 이건 제 한계를 넘어서는 일들이 마구 뒤섞여 있습니다. 찢어진 속옷 밖으로 하얀 살갗을 드러내놓은 채로 제 침대 위에서 우리 연대장님에게 예언을 늘어놓았는데, 그 예언이 실제로 일어난 겁니다! 성 사비에르 학교가 과연 이 괴상한 짓들을 바로잡아놓을 수 있을까요?"

"아이에게 성수라도 뿌리시지요."

대령이 웃음을 터뜨렸다.

"제 말이 그겁니다. 저도 종종 그랬으면 싶어요. 하지만 그 아이가 훌륭한 가톨릭 신자로 자라기를 희망하고 있습니다. 저를 괴롭히는 건, 그 늙은 거지가 만약에……"

"라마, 거지가 아니라 라마승이라고요. 보세요, 신부님, 그 사람들 나라에서 라마승은 훌륭한 분들이에요."

"그 라마승이, 만약, 내년에 수업료를 내지 못한다면…… 순간적으로 계획을 마련하는 사업적인 머리가 그 사람에게 있을지는 몰라도, 머지 아 죽을 거라는 겁니다. 게다가 이방인의 돈으로 기독교식 교육을 시킨다는 게……"

"하지만 그분은 자신이 원하는 바를 숨김없이 얘기했어요. 소년이 백인이라는 사실을 알자마자 거기 맞춰 자기 생각을 수정한 것 같기도 하고. 그분이 바라나시의 티르탕카르 사원에다 그 모든 사실을 어떻게 설명했는지를 내가 들을 수만 있다면 난 한 달 치 수업료를 낼 용의가 있어요. 여길 보세요, 신부님, 내가 동양인들에 대해 많은 걸 안다고 할 수는 없지만, 그분이 그렇게 말했다면 지불을 할 겁니다, 반드시 할 거예요…… 죽든 살든. 내 말뜻은, 그의 상속인이 부채를 떠안을 거라는 말입니다. 신부님께 충고하건대 소년을 러크나우로 보내세요. 성공회 군종신부는 신부님한테 된통 당했다고 생각할 테지만……”

“빌어먹을 베넷! 그 사람은 저 대신 전방으로 파견되었지요. 도허티가 저에게 의학적으로 부적합하다는 판정을 내린 겁니다. 그가 만약 살아서 돌아온다면 아마도 도허티를 쫓아내려고 할 겁니다. 그래야 베넷의 직성이 풀릴 테니까……”

“그러지 말고, 종교를 떠나서 한번 생각해보세요. 바로 그거예요! 사실 난 베넷이 반감을 가질 거라고 생각하지는 않아요. 차라리 책임을 나한테 돌리세요. 난…… 음…… 소년을 성 사비에르 학교로 보낼 것을 강력하게 추천합니다. 군인 고아에게는 통행증이 나오니까 철도 요금을 절약할 수도 있을 거고, 연대에서 나오는 기금으로는 필요한 물품들을 구입하는 데 쓰도록 하죠. 프리메이슨 지부도 아이의 교육비를 절약할 수가 있으니 얼마나 좋은 일입니까. 일이 아주 쉽게 풀리는군. 내가 다음주에 러크나우로 갈 일이 있는데, 가면서 소년을 데려가도록 하죠. 돌보는 건 수행원들한테 맡겨두면 될 거고……”

“정말 좋은 분이시군요.”

“당치도 않은 말씀입니다. 실수는 하지 말자는 뜻이지요. 라마승은 명확한 목적을 가지고 우리한테 돈을 보내왔고, 우리에겐 그걸 되돌려줄 마땅한 구실도 없어요. 우린 그가 말한 대로 해야만 합니다. 자, 이제 다 해결되었군, 그렇지요? 오는 화요일 밤에 떠나는 남행열차에 아이를 넘겨주기만 하면 됩니다. 사흘이 남았군요. 사흘 동안만 참아주세요."

"제 마음의 부담을 덜어주신 건 고마운 일인데…… 이것 좀 보시겠습니까?"

신부는 어음을 내밀었다.

"저는 고빈드 사하이도 알지 못하고, 그의 은행이 별볼일 없는 것인지도 알 수 없고요."

"신부님은 은행에서 돈을 빌려본 적이 없으시군요. 신부님께서 원한다면 내가 이걸 현금으로 바꾸어드리도록 하죠. 적절한 절차를 밟아서 현금 인환권을 보내드리겠습니다."

"하지만 너무 폐를 끼치는 건 아닌지…… 전 그저 물어봤을 뿐인데……"

"문제될 게 없어요. 아시다시피, 난 인종학자로서 이 일들이 아주 흥미로워요. 내가 하고 있는 몇 가지 정부 사업을 위해서도 특기할 만한 일이고요. 붉은 황소 같은 연대의 상징이 소년에게 어떻게 미신의 대상으로 탈바꿈할 수 있는가 하는 문제는 흥미로운 사실이죠."

"뭐라고 감사를 드려야 할지 모르겠습니다."

"신부님께서 하실 일은 하나밖에 없습니다. 우리 같은 인종학자들은 서로의 발견에 대해 갈까마귀만큼이나 질투심이 많은 사람들이라, 자신 외엔 누구에게도 관심이 없어요. 신부님은 책 수집가들이 어떤 사람들인지를 아실 겁니다. 그래요, 제가 부탁드리는 건 소년의 동양인스러운 특징, 가령 그 아이가 행한 모험이나 예언 등에 대해서는 직접적이든 간접적이든 단 한 마디도 발설하지 말라는 겁니다. 앞으로 서서히 제가 그 아이에게서 밝혀낼 거니까요…… 이해하시겠죠?"

"알겠습니다. 대령님은 훌륭한 성과를 얻을 겁니다. 그 성과물을 보기 전까지는 단 한 마디도 입밖에 내지 않겠습니다."

"고맙습니다. 인종학자의 가슴이 뿌듯해지는군요. 그럼, 전 이만 식사를 하러 가봐야겠습니다. 신의 가호가 있기를! 마부브 영감, 아직 거기 있는 거요?"

그는 목청을 높이고는, 나무 그늘 아래에 앉아 있는 말장수에게로 걸어갔다.

"그래, 무슨 얘기를 한 거요?"

"어린 말에 대해서지요."

마부브가 말했다.

"어떤 망아지는 아예 폴로 경기용 말로 태어나지요. 가르치지않아도 공을 쫓는 겁니다. 감각적으로 게임을 알고 있는 그런 말을 무거운 짐을 끄는 말로 만드는 건 큰 잘못이란 겁니다, 나리!"

"나도 그렇게 생각하오, 마부브. 저 어린 말은 오직 폴로 경기장에만 들어갈 거요. (그 장면을 지켜보고 있던 신부는 세상에 대한 두 사람의 관심이 오직 말에 관한 것뿐이라고 생각했다.) 내일 당신에게 가겠소, 마부브. 괜찮은 놈들이 있다면."

말장수는 경마장의 기수처럼 손을 들었다가 내리며 인사를 했다.

"조금만 참아라, 세상 모든 이의 친구야."

그는 괴로워하고 있는 킴에게 속삭였다.

"네 행운은 결정되었다. 얼마 있지 않아 넌 러크나우로 갈 거고…… 이걸로 편지 대필사에게 빚진 돈을 갚도록 해라. 널 보러 다시 올 거다. 여러 번 더."

그러고는 말을 천천히 몰아서 길을 내려갔다.

"얘야, 내 말을 들어라."

대령이 베란다에서 힌디어로 말했다.

"사흘 뒤에 넌 나와 함께 러크나우로 갈 거다. 거기 가면 새로운 것들을 보고 듣게 될 거다. 그러니 사흘 동안 말썽 피우지도 말고 도망칠 생각도 하지 마라. 넌 러크나우에서 학교에 다니게 될 거다."

"거기 가면 스님을 뵐 수 있을까요?"

킴이 흐느껴 울면서 물었다.

"러크나우는 움발라보다는 바라나시에 더 가깝지. 너는 내 보호를 받으면서 그곳까지 가게 될 거다. 마부브 알리도 이 사실을 알고 있으니, 네가 만약 달아난다면 크게 화를 낼 거다. 기억해두어라…… 내가 너에 관해 많은 걸 들었고, 잊지 않을 거라는 사실을."

"기다릴게요. 하지만 애들이 절 때릴 거예요."

킴이 말했다.

그때 점심시간을 알리는 나팔소리가 울렸다.

7장

임신한 항성들을 이용해 멍청한 위성들을 공중에다 매달고
별과 별을 잡아끌어 균형을 잡아주는 이 누구인가?
그대는 그대의 모든 숨 죽인 침입자들 사이를 기어가고
신은 지구를 발판 삼아 더 높은 곳에 전쟁을 예비하신다.
이들의 소란과 이 공포와 저 난투의 상속자들
(아담의, 아버지들의, 그 자신들의, 언제나 죄에 발목 잡힌)
그대의 별자리를 골라 그것을 들여다보며 말하라,
어느 행성이 그대의 초라한 운명, 혹은 화성을 수리할지를!

– 키플링, 「존 크리스티 경」

오후에 얼굴이 벌건 학교 선생이 킴에게 '소집 면제'라고 말했는데, 밖에 나가서 놀아도 좋다는 다음 말을 듣고 나서야 킴은 그게 무슨 뜻인지를 알았다. 킴은 곧장 시장으로 달려가서 우푯값을 빚진 젊은 편지 대필사부터 찾았다.

"우푯값 여기 있어요." 킴이 품위 있게 말했다.

"그리고 지금 새 편지 한 통을 써주세요."

"마부브 알리는 움발라에 머물고 있단다."

대필사가 기분이 좋아져서 말했다. 그는 시장통에서 일해서 얻어들은 건 많을지 몰라도 사람의 마음을 헤아리는 데는 서툴렀다.

"이번엔 마부브가 아니고, 스님께 보내는 거예요. 펜을 들고 빨리 쓰세요. '강을 찾아 보티알에서 오신, 지금은 바라나시의 티르탕카르 사원에 계시는 테슈 라마님께.' 잉크를 듬뿍 찍으세요! '사흘만 있으면 전 러크나우로 가서 학교에 입학할 예정입니다. 학교 이름은 사비에르라고 해요. 학교가 어디에 있는지 자세히는 모르지만, 러크나우에 있는 건 분명해요.'"

"러크나우를 알지. 그 학교도 알고."

대필사가 끼어들었다.

"그럼 학교 위치를 적으세요, 반 아나를 얹어드릴게요."

갈대 펜이 바쁘게 움직였다.

"이 정도면 제대로 찾으실 거다."

대필사가 고개를 들었다.

"근데 길 건너편에서 누가 우릴 보고 있구나?"

킴이 재빨리 쳐다보니 테니스 복장을 한 크레이튼 대령이 이쪽을 보고 있었다.

"오, 병영의 뚱보 신부와 알고 지내는 백인이에요. 날 부르는군요."

"뭘 하고 있는 거냐?"

킴이 다가가자 대령이 물었다.

"그게…… 도망친 건 아니에요. 바라나시에 계신 스님께 편지를 보내려고요."

"그 생각은 못 했구나. 내가 러크나우까지 널 데리고 간다는 얘기도 썼느냐?"

"아뇨, 쓰지 않았어요. 궁금하시면 편지를 읽어보세요."

"스님에게 내 이름을 알리지 않은 이유라도 있니?"

대령은 묘한 웃음을 흘렸다. 킴은 대담하게 나섰다.

"어떤 문제와 관련해서 낯선 이름을 쓰는 건 적절하지 못하다고 들었어요. 왜냐면 그 이름을 적음으로써 많은 좋은 계획에 혼란을 불러올 수 있기 때문이죠."

"제대로 배웠구나."

대령의 대답에 킴의 얼굴이 상기되었다.

"내 엽궐련 상자를 신부님 거처의 베란다에 두고 왔단다. 지금 곧바로 그걸 우리 집에 가지고 오너라."

"집이 어디신데요?"

킴이 물었다. 그는 어떤 식으로든 시험을 받고 있다는 것을 순식간에 알아챘다. 그는 경계를 늦추지 않았다.

"시장통에서 아무에게나 물어보렴."

그렇게 말하고는 대령은 가버렸다.

"담배 상자를 놓고 왔다는군요."

킴이 편지 대필사에게로 돌아가서 말했다.

"오늘 저녁에 그걸 갖다줘야 해요. 편지는 이게 다예요. 끝에다 '제게 와주세요! 제게 와주세요! 제게 와주세요!'라고 세 번을 써주세요. 이제 우푯값을 드릴 테니 우체통에다 넣어주세요."

킴은 가려고 일어서다가 꾀를 내 물었다.

"담배 상자를 잃어버렸다고 화난 얼굴을 하고 있던 그 백인이 누구죠?"

"오, 그분은 바로 크레이튼 나리시다…… 정말 바보 같은 백인이지. 부대도 갖고 있지 않은 대령 나리 말이야."

"하는 일이 뭔데요?"

"신은 아실 테지. 매번 탈 수도 없는 말을 구입하고, 신이 행하신 일들에 관해 수수께끼 같은 질문을 던지지. 일테면…… 식물이나 광물들, 사람들의 관습 같은 거 말이야. 말장수들은 그를 바보들의 아버지라고 부르지. 말에 관한 한 쉽게 속으니까. 마부브 알리는 그를 백인들 중에서도 제일 어리석은 자라고 말하지."

"맙소사!"

킴은 그렇게 탄성을 터뜨리며 자리를 떴다. 그는 살아가면서 사람의 속을 알아보는 얼마간의 지혜를 자연스럽게 갖게 되었는데, 8천 명의 병력과 화력이 동원된다는 정보가 바보에게 전달되는 것은 일어날 수 없는 일이었다. 전 인도를 지휘하는 총사령관이 바보와 대화를 나눈 것이 아니라는 건 이미 킴이 목격한 사실이었다. 만약 대령이 정말 바보라면, 대령의 이름을 들먹일 때마다 마부브의 어투가 그토록 변했을 리가 없었다. 그렇다면 뭔가 킴이 간과한 흑막이 있을지 모른다. 어쩌면 킴이 마부브의 첩자이듯이 마부브 알리도 대령의 첩자일지 모를 일이었다. 그리고 대령은 분명히 마부브 알리 같은, 아주 영리해서 자신의 속내를 드러내지 않는 사람을 존중할 것이었다.

킴은 대령의 집을 잊지 않고 있다는 게 기뻤다. 병영으로 돌아와 대령이 두고 갔다는 담배 상자를 찾아보았지만 발견할 수가 없었을 때, 킴은 회심의 미소를 지었다. 그는 자신이 마음먹은 대로 상황을 이끌어가는, 비밀스런 게임을 즐기는 복잡미묘한 사람임에 틀림없었다. 그런 그가 바보라면, 킴 자신도 바보일 것이었다.

사흘 동안 아침마다 빅터 신부가 킴에게는 전혀 생소한 신들과 소신小神들, 예를 들면 그가 주위들은 바로 마부브 알리의 이슬람교에서 말하는 미리암 부인과 완전히 일치하는 마리아라고 부르는 여신 같은 존재들에 대해 강의를 해주었는데 그때도 킴은 자신의 생각을 전혀 드러내지 않았다. 강의가 끝난 뒤 빅터 신부가 킴을 데리고 상점들을 돌아다니며 학교에서 필요한 물품들을 구입할 때에도, 상급학교로 간다는 이유로 질투가 난 북치는 소년이 자신을 걷어찰 때에도, 그는 감정을 드러내지 않겠다는 결심을 결코 배반하지 않았다. 대신 한 흥미로운 인간과 함께 할 놀이시간이 빨리 오기를 기다렸다. 사람 좋은 빅터 신부는 그를 데리고 기차역으로 가서 크레이튼 대령이 타고 있던 일등칸과 이웃해 있는 빈 이등칸에 킴을 넣어주고는 진심에서 우러나오는 작별의 인사를 보냈다.

"사람들이 널 훌륭하게 키워줄 거다, 오하라. 성 사비에르의 선생들이 좋은 분들일 거라 믿는다. 그곳 사람들은 모두 네가 오는 걸 알고 있고, 대령님께서도 네가 길을 잃지 않게 잘 보살펴주실 거다. 종교적인 문제는 내가 해준 얘기들을 잘 기억해라. 그곳 사람들이 너한테 종교가 있느냐고 묻거든 꼭 가톨릭입니다, 하고 대답하거라. 로마 가톨릭입니다, 라고 말하는 게 더 낫지. 난 그 말을 별로 좋아하지 않지만."

킴은 시장에서 구하느라 꽤나 고생을 한 냄새 고약한 담배에 불을 붙이고는 드러누워 생각에 잠겼다. 이 외로운 여행은 라마승과 함께 했던 삼등칸에서의 흥겨운 여행과는 달라도 한참이나 다를 것이었다. 그는 생각했다. '백인들은 여행의 즐거움을 알지 못해. 안녕, 내 발아! 발야구 하듯이 이곳에서 저곳으로 가고 있구나. 그래, 이게 운명이란 거지. 하지만 난 미리암 부인에게 기도를 할 거야. 난 백인이니까.' 킴은 자신의 신발을 애처롭게 내려다보았다. '아냐, 난 킴이야. 내가 사는 곳은 넓은 세계이고, 난 단지 킴일 뿐이야. 근데 킴이 누구지?' 그는 머리가 빙빙 돌 지경이 될 때까지 자신의 정체성에 대해 생각에 생각을 거듭했다. 전에는 결코 해보지 않은 짓이었다. 자신은 거칠게 회오리치는 이 인도 땅에서 살아가는, 앞날의 운명도 알지 못한 채 남쪽으로 가고 있는 천한 신분의 한 인간에 불과했다.

기차가 출발한 지 얼마 되지 않아 대령이 그를 불러 오랜 시간 얘기를 나누었다. 그가 들려준 얘기를 종합해보면, 그는 부지런히 공부를 해서 측량보조기사로 인도 정부의 측량국에 입사하라는 거였다. 그가 만약 실력을 쌓아서 정당하게 시험을 통과하게 된다면 열일곱 살에 30루피의 월급을 받게 될 것이라고 했다. 그리고 크레이튼 대령은 킴이 자신에게 꼭 맞는 일을 찾는 걸 보게 될 거라고도 말했다.

킴은 얘기가 막 시작되었을 때에는 세 단어 중 한 단어 정도는 알아듣는 척했다. 그런 낌새를 알아차린 대령은 자신의 실수를 눈치 채고서 유창하고 생생한 우르두어로 바꾸었는데, 킴은 아주 만족스러웠다. 언어의 세세한 면까지 꿰뚫고, 행동 하나하나가 부드럽고 조용한 사람을 두고 바보라고 하는 건 있을 수 없는 일이었다. 대령의 눈은 살이 퉁퉁하게 찐 우둔한 백인들의 그것과는 달라도 한참 달랐다.

"그래, 넌 길과 산, 강을 그리는 법을 배워야만 한다. 그것들을 종이 위에 옮겨놓을 수 있기까지는 네 눈에다 그 그림들을 담아둘 수 있어야 한단다. 언젠가, 네가 측량보조기사가 되었을 때, 우리는 함께 일을 하게 될 거고 그때 나는 이렇게 말하겠지. '저 언덕을 넘어가서 거기에 뭐가 있는지 살펴봐라.' 그러면 넌 이렇게 대답하겠지. '저 언덕에는 고약한 사람들이 살고 있는데, 백인처럼 생긴 측량보조기사를 보기만

하면 죽이려고 들 겁니다.' 그렇다면 어떻게 해야 할까?"

킴은 생각했다. 대령을 따르는 건 과연 안전한 일일까?

"다른 사람이 하는 것같이 할 것 같은데요."

"하지만 만약 내가 네게 '저 언덕 너머에 무엇이 있는지를 알아낸다면 백 루피를 주겠다. 이를테면 그곳 마을에 있는 강을 그리거나, 주민들에 관한 정보들을 알아낸다면 말이다' 하고 말한다면 어떻게 하겠느냐?"

"어떻게 말해야 되죠? 전 소년일 뿐인데요. 어른이 될 때까지 기다려주세요."

대령의 표정이 어두워지는 걸 보고 킴이 말을 이었다.

"하지만 머지않아 제가 백 루피를 벌 것 같아요."

"무슨 방법으로?"

킴은 단호하게 고개를 저었다.

"제가 어떻게 벌지 말씀을 드린다면, 그걸 듣고 누군가가 선수를 칠 거예요. 아무 대가도 없이 지식을 판다는 건 좋은 일이 아니죠."

"당장 말해봐라."

대령이 1루피를 꺼내들었다. 킴은 손을 반쯤 뻗었다가 거두었다.

"아닙니다, 대령님. 대답을 듣고 거기에 대가를 치른다고 해서 질문이 왜 던져졌는지를 알게 되는 건 아니죠."

"그냥 선물로 받아둬라."

대령이 동전을 던져주며 말했다.

"네 안에는 훌륭한 영혼이 깃들어 있다. 성 사비에르에서 그걸 썩히지 말도록 해라. 그곳에는 피부가 검은 사람들을 멸시하는 소년들이 많을 거다."

"그런 애들은 집안이 별로예요."

그는 혼혈아들이 갖는 그런 증오심 같은 건 가지고 있지 않았다.

"맞는 말이다. 하지만 넌 백인이고, 백인의 아들이다. 그러니 피부가 검다고 멸시하거든 언제라도 그냥 두지 말도록 해라. 나는 새로 공무원이 된 어린 친구들 중에 인도인들의 말이나 관습을 이해하지 못하는 척하는 녀석들을 보았다. 무지해서 그런 것이지만 그 때문에 그들의 보수는 줄어들었지. 무지만큼 큰 죄는 없다. 이걸 명심해라."

24시간이나 남쪽으로 내달리는 긴 여정 동안 대령은 여러 번 킴을 불렀고, 무지와 관련된 더 깊은 얘기를 나누었다.

"우리는 결국, 모두 하나의 줄로 연결될 거야."

킴은 어떤 결론에 도달해 있었다. 그는 자신에게 말했다. '대령과 마부브 알리, 그리고 나…… 내가 만약 측량보조기사가 된다면 마부브 알리가 날 고용했듯이 대령은 나를 이용하게 되겠지. 다시 여행길에 오를 수 있도록 해준다면, 그것도 좋은 일이지. 근데 이 옷은 입기에 너무 불편해.'

그들이 사람들로 복잡한 러크나우 철도역에 도착했을 때 어디에서도 라마승의 흔적은 찾아볼 수 없었다. 킴은 실망감을 억누르고 있었지만, 대령은 그를 그의 새로 구입한 물품들과 함께 마차에 태우고는 서둘러 성 사비에르 학교를 향해 홀로 떠나보냈다.

"작별인사는 하지 마라, 우린 다시 만날 거니까."

그가 소리를 질렀다.

"여러 번 다시 만나게 될 거다. 네가 훌륭한 영혼을 간직하고 있다면 말이다. 노력하지 않을 게 뻔하지만."

"당신에겐 내가 그렇게 보이나요? 흰색 종마의 족보를 전달했던 그 날 밤, 내가 기울였던 노력을 잊었군요."

킴은 대담하게 동료 간에나 사용하는 어투로 말했다.

"잊을수록 많은 걸 얻을 수 있다네, 어린 친구."

대령은 마차 안으로 황급히 사라지는 킴을 날카롭게 쏘아보며 말했다.

5분쯤 지나자 킴은 예전의 상태로 회복되었다. 그는 새 도시의 공기를 폐부 깊숙이 들이마셨다.

"부자 동네로군. 라호르보다 더 잘사는 것 같은데. 좋은 시장들도 있겠는걸! 마부 아저씨, 잠깐만 시장을 통해서 가주시죠."

"내가 받은 지시는 너를 학교로 데려다주는 거다."

마부는 킴을 백인에게는 무례한 호칭인 '너'라고 불렀다. 킴은 자기가 쓸 수 있는 가장 또박또박하고 유창한 힌디어로 마부의 실수를 지적해줌으로써, 그를 제압할 수 있었다. 두 시간가량 마차를 타고 오르락내리락하면서 나름대로 추측해보고, 비교도 해보고, 즐기기도 하면서 킴은 러크나우를 완벽하게 이해해가고 있었다. 모든 도시의 여왕인 뭄바이를 제외하고는, 강 위에 걸린 다리에서 굽어보든, 차타르만질*의 금박을 입힌 둥근 지붕이 내려다보이는 이맘바라** 꼭대기에서 내려다보든, 러크나우만큼 화려한 스타일을 가진 아름다운 도시는 없을 것이다. 시가지를 가득 메우고 있는 나무들도 그 화려함의 한 부분

---

* 러크나우에 있는 궁전.
** 인도에서 종교적인 의식을 거행하는 건물.

이었다. 역대의 왕들은 이 도시를 환상적인 건축물로 장식했고, 아낌없이 돈을 쏟아부었고, 사람들을 끌어들여서는, 피로 물들였다. 러크나우는 모든 나태와 음모, 사치의 중심지이며, 델리와 함께 순수한 우르두어로만 대화하는 분위기가 지배하는 곳이기도 했다.

"대단한 도시다…… 아름다운 도시고."

마부는 러크나우 사람답게 킴의 찬사에 기분이 좋아져서는 여러 가지 놀랄 만한 얘기들을 들려주었다. 대부분은 폭동에 관한 것들이었다.

"이제 학교로 가야겠어요."

이윽고 킴이 말했다. 나지막한 흰색 건물들이 따로 한 구역을 형성하고 있는 파르티부스의 크고 오래된 성 사비에르 학교는 시내에서 좀 떨어진 굼티 강을 마주보는 넓은 부지 위에 세워져 있었다.

"저 안에는 어떤 사람들이 살고 있죠?"

킴이 물었다.

"어린 백인들이지, 하나같이 악마 같은. 하지만 사실대로 말하자면 말이다, 나는 기차역을 오가면서 많은 사람을 태우는데, 너…… 지금 내 마차에 타고 있는 어린 백인보다 더 완벽한 악마는 본 적이 없다."

마부가 그렇게 말하는 데는 이유가 있었다. 적절치 못한 행동에 대해 고심 같은 걸 해보도록 훈련받아본 적이 없었던 킴은 어느 거리에서 마차를 세우게 하고는 어떤 천박한 여자들과 농담을 주고받았는데, 그건 킴으로서는 매우 당연한 일이었던 것이다. 킴이 마부의 무례함을 막 깨달은 순간, 기울어가는 해 그림자가 길게 드리워져 있는 벽에 어떤 형상 하나가 나타나 있었다.

"멈춰요!"

킴이 소리를 질렀다.

"여기서 기다려요. 지금 당장은 학교로 가지 않을 거예요."

"하지만 이렇게 왔다갔다하는 값은 어떻게 할 거냐? 얘가 미쳤군. 아까는 무희더니만, 이젠 수도승이야."

마부가 안달을 하며 말했다.

허둥지둥 길에 내려서자마자 킴은 노란 승복 아래로 비어져 나온 먼지 덮인 라마승의 발을 매만졌다.

"여기서 하루 반을 기다렸다."

라마승의 예의 그 차분한 음성이 이어졌다.

"그래도 제자가 나와 함께 있어주었단다. 티르탕카르 사원에서 만난 사람인데 이번 여행에 안내자 노릇을 해주었지. 바라나시에서 기차를 타고 여기로 왔는데, 네 편지를 전해주더구나. 그래, 난 잘 지내고 있다. 필요한 건 아무것도 없다."

"헌데 왜 쿨루 부인과 함께 계시지 않은 거예요, 스님? 바라나시까지는 어떻게 가셨고요? 헤어진 뒤로 줄곧 제 마음이 무거웠어요."

"그 여자는 끊임없이 얘기를 하자고 덤볐고, 손자를 얻는 부적을 요구해서 나를 귀찮게 만들었지. 그래서 나는 그들 일행을 떠났는데, 공덕을 쌓겠다고 보시를 하는 것만은 허락했다. 그녀는 아주 대범한 여자였다. 필요한 일이 생기면 그녀의 집으로 가겠다고 약속했지. 이 넓고 끔찍한 세상에 나 혼자란 생각을 하니, 기차를 타고 바라나시로 가야겠다는 생각이 들었다. 티르탕카르 사원에 똑같은 걸 찾는 데 몰두하는 사람이 하나 있다는 걸 알고 있었으니까."

"아, 스님의 그 강 말이군요. 전 그 강을 잊고 있었어요."

"그렇게 빨리? 난 결코 잊을 수가 없었단다. 하지만 너와 헤어지고 난 뒤, 나는 사원으로 가서 의논을 해보는 게 더 좋을 것 같았다. 너도 알듯이 인도는 아주 넓은 곳이니까. 그리고 현자들이 우리가 찾는 그 강에 대해 뭔가 기록을 남겨놓았을지도 모를 일이니까. 이 문제에 대해서 티르탕카르 사원에서도 논쟁이 벌어지고 있단다. 어떤 사람은 이렇게 말하고, 어떤 사람은 저렇게 말하지만, 모두가 정중한 사람들이지."

"그렇게 되었군요. 그런데 스님께선 이제 어떻게 하실 건가요?"

"네가 지혜를 얻을 수 있게 도와서 공덕을 쌓아야지, 제자야. 붉은 황소를 섬기는 부대의 신부가 편지를 보냈더구나. 모든 게 내가 바라는 대로 될 거라고. 나는 일 년 치 학비를 보내주었고, 네가 원했듯이 이렇게 배움의 문으로 들어서는 널 보기 위해 여기로 왔단다. 하루 반을 내가 기다린 건 너를 향한 어떤 애정에 이끌려서가 아니다. 도와 관련된 것도 아니고. 단지 티르탕카르 사원의 사람들 얘기가, 학비를 내가 지불했기 때문에 그 결과를 내가 직접 확인해야 한다더구나. 그래서 여기서 기다렸다. 이제 내 의심들이 말끔히 씻겼다. 실은, 나는 여기 오는 게 두려웠다. 널 너무 보고 싶었기 때문이다…… 애정이라는 붉은 안개가 나를 그릇된 길로 이끌지 모르기 때문이었다. 더구나…… 나는 어떤 꿈 때문에 혼란스러웠단다."

"하지만 스님, 스님께선 저와 함께 했던 여행을 잊지 않으셨겠죠. 여행 중 함께 겪은 일들도요. 어느 정도는 절 보기 위해 오신 거 맞죠?"

"말들이 추워 못 살겠다는군, 먹이를 줄 시간도 지났고."

마부가 푸념을 늘어놓았다.

"지옥에나 가요, 당신의 악명 높은 마누라와 살 수가 있을 테니!"

킴이 고개만 돌린 채 마부에게 호통을 쳤다.

"전 이 나라에서 완전히 혼자예요. 어디로 가야 할지, 제게 무슨 일이 닥칠지 전 알지 못해요. 스님께 보낸 편지가 곧 제 마음이에요. 아프간 사람인 마부브 알리를 제외하면…… 제겐 스님밖엔 마음을 나눌 사람이 없어요. 함께가 아니라면 제발 떠나지 마세요."

"거기에 관해서 생각해보았다."

라마승이 떨리는 음성으로 대답했다.

"내가 아직 내 강을 찾지 못했으니, 너를 확실히 지혜의 길로 들어서게 했다면 그 또한 공덕일 것이며, 그 공덕은 내가 강을 찾는 데 도움이 될 거다. 네가 무엇을 배울지는 모르겠지만, 신부가 내게 보낸 편지에는 인도 전역의 어떤 백인의 아들도 너만큼 좋은 가르침을 받는 못할 거라고 적혀 있었다. 그러니 이따금, 다시 오마. 너는 아마도 내게 안경을 선물해준 박물관의 그 남자 같은 백인이 될 것이다."

라마승은 꼼꼼하게 자신의 안경을 닦고 나서 말을 이었다.

"라호르의 '불가사의한 집', 그곳은 내 희망이다. 그 남자가 지혜의 샘이었던 까닭이다. 그는 어떤 사원의 주지보다도 지혜로웠다…… 다시 말하지만, 너는 어쩌면 나를, 그리고 나와의 만남을 잊게 될지도 모른다."

"제가 스님의 양식을 먹는데 어떻게 스님을 잊는단 말이에요?"

킴이 화가 잔뜩 나서 외쳤다.

"아니다…… 아니다."

그는 소년을 제지하며 말했다.

"난 바라나시로 돌아가련다. 이제는 나도 이 나라 편지 대필사들의 습성을 알게 되었으니 이따금 네게 편지를 보내마. 그리고 가끔씩은 널 보러 오겠다."

"하지만 전 어디로 편지를 보내야 하죠?"

킴은 자신이 백인이라는 사실을 완전히 잊은 채 스님의 옷을 부여잡으며 흐느껴 울었다.

"바라나시의 티르탕카르 사원으로 보내면 된다. 그곳은 내가 내 강을 발견하게 될 때까지 거처로 삼은 곳이다. 울지 마라. 너도 알듯이, 모든 욕망은 환상이며 윤회의 수레바퀴에 다시금 붙들리게 만들 뿐이다. 네가 저 문으로 들어가는 걸 보게 해다오…… 넌 나를 사랑하지? 그러면 가라, 그러지 않으면 내 마음이 부서질 거다…… 다시 오마. 꼭 다시 오마."

라마승은 그렇게 학교 안으로 쿠르릉거리며 달려 들어가는 마차를 지켜보았다. 그러고는 긴 다리를 움직여 성큼성큼 걸어갔다.

'배움의 문'이 철컹 소리를 내며 닫혔다.

인도에서 나서 자란 소년은 본국에서 나고 자란 아이들과는 전혀 다른 태도와 생활습관을 가지게 마련이다. 그래서 교사들도 영국에서 학생들을 가르치는 선생들로서는 도저히 이해가 가지 않는 방법으로 그에게 접근했다. 바다를 본 적이 없는 2, 3백 명의 조숙한 아이들 사이에서 성 사비에르의 학생이 된 킴이 겪은 일들이 어떠했을지는 충분히 짐작이 가는 일이다. 그는 시내에 콜레라가 번졌을 때 금지구역

밖으로 나갔다가 학교 규율에 따라 벌을 받았다. 그가 제대로 된 영어 쓰기를 배우기 전, 그러니까 시장통의 대필사를 찾아가야만 편지를 보낼 수 있을 때 일어난 일이었다. 당연히 담배 피우는 습관도 지적받았고 성 사비에르 학교에서는 그 누구도 들어본 적이 없는 고약한 욕설을 사용한 것도 역시 꾸지람의 대상이 되었다. 그는 구약성서의 레위기에 나와 있는 그대로 꼼꼼하게 몸을 씻는 법을 배웠다. 그것은 힌두인의 찌든 때를 벗겨낸다는 목적을 가지고 있었지만, 킴의 생각에는 영국인들이 더 더러웠다. 기숙사의 침실에서 소년들이 새벽까지 노닥거리며 더운 밤을 지새우는 동안 킴은 천장에 매달아놓은 푼카*를 잡아당겨 바람을 일으키는 쿨리**들과 장난을 치며 놀았는데, 그럴 때면 가족들과 떨어져 혼자 생활하는 그의 친구들과 자신을 냉정하게 비교해보곤 했다.

그들은 철도국과 전신국, 수로국에 근무하는 하급 공무원의 자식들이었다. 더러는 육군 준위나 제대 군인의 아들도 있었고, 봉건 왕국의 군대에서 지휘관으로 근무하고 있는 사람의 아들도 있었다. 그런가 하면 인도 해군의 함장, 정부 고용인, 농장주, 소매상인, 선교사의 자식들도 있었다. 콜카타 인근의 두룸톨라에 튼튼한 기반을 가진 유서 깊은 혼혈인 가문의 자제들도 있었는데, 페레이라와 데 수자, 다 실바가 그들이었다. 성 사비에르 학교에 아이들을 보낸 부모들은 영국 본토에서 자녀들을 교육시킬 수도 있었지만, 그들 자신이 유년 시절을 보낸 성 사비에르 학교를 통해 영국과 인도 혼혈의 전통을 이어가

* 천장에 매달아 놓은 부채. 기계나 사람이 줄을 당겨 부채를 부쳤다.
** 옛 인도의 하급노동자 계급.

고 싶어했다. 학생들의 출신지는 철도국 사람들이 사는 하우라에서부터 몽귀르와 추나르 같은, 지금은 군부대가 모두 철수한 병영지역까지 넓게 걸쳐 있었다. 그뿐 아니라 한때 차밭이었던 실롱, 선조들이 대지주였던 아와드와 데칸 고원의 마을, 일주일은 가야 가장 가까운 철로가 나타나는 오지의 선교사 집들, 인도양의 거친 파도가 몰아치는 무려 1600킬로미터나 남쪽으로 내려가는 항구도시들, 그리고 남부의 모든 키니네 농장에 이르는 넓은 지역이었다. 학교와 그들의 집을 오가는 동안 그들이 치러낸 모험들을 간략히 얘기하는 것만으로도 서양 소년들의 머리칼은 빳빳하게 일어설 것이다. 그들은 스스로 모험이라고 생각하지도 않았지만. 160킬로미터에 이르는 밀림을 혼자서 통과하는 데 익숙해진 그들에게는, 호랑이들 때문에 지체되는 시간은 뭔가 또다른 즐거운 놀이를 할 기회였다. 하지만 그들이 8월의 도버 해협에서 수영을 즐기지 못했듯이, 영국 소년들 역시 표범이 먹이를 찾으려고 코를 쿵쿵거리는 곳에서 낮잠을 즐겨보지 못했을 뿐이었다. 15명의 소년들은 홍수로 불어난 강의 조그마한 섬에서, 사원으로 돌아가던 광적인 순 자들과 함께 그들의 야영지에서 하루 반을 보낸 적도 있었다. 어떤 상급반 학생들은 성 프란시스 사비에르의 이름으로 우연히 마주친 왕궁의 코끼리를 징발한 적이 있었는데, 집으로 돌아가던 중에 비가 너무 내려 길이 사라져버렸기 때문이었다. 그들은 하마터면 표사漂砂에 쓸려 그 거대한 짐승과 함께 사라져버릴 뻔했다고 한다. 아무도 의심하지 않는 한 소년의 일화는, 사람을 사냥하는 야만스러운 아카 족이 외진 농장을 급습했을 때 베란다에서 장총을 쏘아가면서 며칠 동안 아버지를 도와주었다는 기막힌 이야기였다.

기묘한 생각들이 담긴 그 모든 이야기는 인도 토박이들의 단조롭고 밋밋한 목소리로 읊어졌는데, 인도인 유모들로부터 무의식적으로 영향을 받은 때문이기도 했고 힌디어로 된 것을 곧바로 번역했을 때 생기는 어투의 문제이기도 했다. 킴은 그들을 지켜보았고, 유심히 들었고, 또 동의했다. 북치는 소년들의 몇 마디 되지 않는 대화처럼 재미없는 얘기와는 격이 달랐다. 그것들은 그가 알고 있고 일정 부분 이해하고 있는, 인간의 삶과 관계된 것이었다. 러크나우의 기후는 킴에게 잘 맞아서 키도 조금씩 자라났다. 따뜻한 날씨에 맞게 운동복도 주어졌고, 자신에게 주어진 과제를 명민하게 풀어나가면서 기분이 좋아진 만큼이나 육체적인 안락함을 새로이 발견하게 된 것도 그를 기분 좋게 만들었다. 킴의 민첩함은 틀림없이 영국인 선생들을 즐겁게 만들었을 것이다. 그러나 성 사비에르의 선생들은 좋은 자연환경 탓에 아이들이 급격하게 성장한다는 사실을 잘 알고 있었지만, 스물두세 살이 되면 이들 중 반 정도는 결국 좌절하고 말 거라는 사실 또한 잘 알고 있었다.

여러모로 성장하긴 했지만 킴은 항상 겸손해야 한다는 사실을 잊지 않았다. 이야기를 나누며 무더운 밤을 지새울 때도 킴은 자신의 추억을 무기 삼아 그 얘기판에 끼어드는 일은 하지 않았다. 사비에르의 소년들은 '인도인으로 돌아가려는 사람'을 경멸했기 때문이었다. 새삼자신이 백인이라는 사실을 잊어서는 안 되었다. 그래야 훗날 시험을 통과하면 인도인들을 호령하게 될 것이었다. 킴이 이러한 생각을 공책에다 기록해두기 시작한 것은 시험이란 것이 자신을 어디로 이끌어 갈 것인지를 이해하기 시작한 때문이었다.

8월부터 10월까지는 방학이었다. 그 긴 휴가는 더위와 비를 동반했다. 킴은 북행열차를 타고 움발라 뒤편 산간마을의 어느 역으로 가라는 지시를 받았다. 빅터 신부가 그를 위해 마련해놓은 곳이었다.

"병영 안에 있는 학교인가요?"

질문도 많아지고 생각하는 것도 많아진 킴이 물었다.

"내 생각엔 그럴 것 같은데. 방학을 알차게 보내게 하려는 거니까 너한테 해가 되진 않을 거다. 델리까지는 데 카스트로와 같이 갈 수 있을 거야."

교사가 말했다.

킴은 병영학교에서 지내는 것에 대해 곰곰이 생각해보았다. 킴은 대령의 충고대로 그동안 성실하게 생활해왔다. 하지만 이번 휴가는 온전히 자신의 것이었다. 학교의 친구들과 의견들을 주고받아본 결과 역시 그랬다. 성 사비에르에 비한다면 병영학교는 고통 그 자체일 게 뻔했다. 더구나 그는 이제 쓸 수도 있게 되었다. 이것은 거의 마법과 같은 일이었다. 불과 석 달 만에 그는 대필사의 손을 빌릴 필요 없이 편지를 쓰고 반 아나짜리 우표를 붙여 소식을 전하는 방법을 터득했다. 라마승으로부터 답장이 온 것은 아니었지만, 길은 여전히 거기 있었다. 킴은 발가락 사이로 스며드는 부드러운 흙의 촉감이 그리웠다. 버터와 양배추가 섞인 양고깃국과 향이 강한 카르다몸 열매를 잘게 썰어 넣고 연황색 쌀과 마늘, 그리고 양파를 섞어 만든 볶음밥, 게다가 학교에서는 먹는 것이 금지되어 있는 매끈한 사탕과자를 생각하니 입 안에 침이 고였다. 하지만 병영학교에선 커다란 접시에다 날고기를 먹으라고 줄 것이고, 비린내 때문에 그는 또 몰래 담배를 피워야 할 것이었다. 그러나 킴은 다시, 그가 백인이라는 것, 성 사비에르의 학생이라는 생각으로 돌아왔다. 그리고 돼지 마부브 알리를…… 허나 마부브의 호의를 시험해볼 생각은 없었다. 그렇지만…… 그는 기숙사에 홀로 남아 곰곰이 생각해보고는 자신이 마부브에 대해 너무 부정적이었다는 결론을 내렸다.

학교는 텅 비어 있었다. 선생들도 거의 모두 학교를 떠났다. 킴은 크레이튼 대령이 주었던 무료 통행증을 가지고 있었고, 그 덕에 대령이나 마부브가 준 돈을 흥청망청 쓰지는 않았다고 자부했다. 그는 아직 2루피 7아나의 주인이었다. 그리고 텅 빈 침실에는 'K. O'H.(킴 오하라)'라고 새겨져 있는 송아지가죽 가방과 말아놓은 침구가 있었다.

"백인들은 항상 가방을 꾸리고 다니지."

킴은 가방과 침구를 보면서 고개를 끄덕였다.

"너희들은 그냥 여기 있어라."

그는 가방과 침구를 향해 음흉한 미소를 날리고는 뜨끈한 비가 내리고 있는 밖으로 나왔다. 그러고는 전에 알아두었던 집을 찾아갔다.

"이봐! 넌 여기 어떤 여자들이 사는지 알고나 있는 거냐? 부끄러운 줄 알아야지!"

"내가 어린애로 보여요?"

킴은 위층으로 올라가 인도인이 하듯 방석에 책상다리를 하고 앉았다.

"뭔가 보여줄 테니 염료 약간하고 옷감 삼 미터쯤 갖고 와봐요. 너무 많은 걸 요구한 건 아니죠?"

"어떤 여자한테 장난치려는 거지? 그런 못된 짓을 하기엔 넌 너무 어려. 백인들이 할 짓도 아니고."

"어떤 여자냐고요? 주둔지 연대 학교의 어느 선생 따님이지요. 이웃을 걸치고 담을 넘었다고 그 사람한테서 두 번이나 매를 맞았죠. 이번엔 정원사의 아들처럼 꾸미고 들어가려고요. 노인들은 질투가 심해요."

"그건 맞는 얘기다. 물감을 칠하는 동안에는 얼굴을 움직이지 말고 가만히 있어."

"너무 검게는 칠하지 마세요, 아가씨. 그애한테 깜둥이처럼 보이고 싶진 않으니까요."

"오, 사랑은 피부색 따윈 상관하지 않아. 헌데 여자앤 몇 살이니?"

"열두 살쯤 될걸요."

킴이 뻔뻔하게 대답했다.

"가슴에다가도 뿌려줘요. 그애 아빠가 내 옷을 찢어버릴지도 모르니까. 허여멀건 살갗이 드러나면……"

킴이 웃음을 터뜨렸다.

여자는 부지런을 떨며 고동색을 내는 호두즙보다 더 오래가는 갈색 물감을 칠해주었다.

"이제 가서 터번을 만들 옷감을 갖다줘요. 근데, 이런, 머리를 깎지 않았잖아! 분명히 그 사람이 터번을 벗겨볼 텐데."

"난 이발사는 아니지만 그럭저럭 쓸 만은 하지. 넌 정말 타고난 장난꾸러기구나! 이게 모두 하룻밤을 위한 변장이란 말이지? 근데 이건 기억해둬야 할 거다. 이 염료들을 씻어내기가 만만치 않다는 걸."

그녀는 팔찌와 발목에 찬 장신구들이 소리를 내며 흔들릴 정도로 웃어댔다.

"근데 이 비용은 누가 낼 거니? 이 후니파가 아니면 너한테 이런 좋은 물감을 내놓을 사람이 없어."

"크게 한번 도와준 거라 생각해요, 누님."

염료가 말라가고 있는 얼굴을 비틀어 돌리면서 킴이 점잖게 말했다.

"헌데, 전에도 이렇게 백인을 칠해준 적이 있나요?"

"결코 없지. 장난은 돈이 안 되니까."

"더 큰 가치가 있죠."

"얘야, 넌 악마의 가장 뻔뻔스런 자식보다 더한 녀석이야. 이런 짓거리로 가난한 무희의 시간을 빼앗아놓고는, 장난만으로 충분하지 않나요, 라고 말하고 있으니까. 너란 애는 세상 밖까지 갈 녀석이야."

그녀는 한껏 빈정대고는 킴에게 무희의 인사를 보냈다.

"어쨌건, 머리나 빨리 깎아줘요."

모습이 완전히 바뀐 킴은 그의 앞에 펼쳐진 앞날을 생각하니 기분이 좋아져서 눈빛이 반짝거렸다. 그는 무희에게 4아나를 건네주고는 흡사 신분이 낮은 힌두 소년처럼, 아니 완벽한 힌두 소년이 되어 계단을 뛰어 내려갔다. 곧바로 킴이 들른 곳은 작은 식당이었는데, 그곳에서 그는 기름진 음식으로 한껏 호사를 떨었다.

러크나우 역 플랫폼에서 그는 칸막이가 되어 있는 이등실로 들어가고 있던, 땀띠가 잔뜩 돋은 어린 데 카스트로를 보았다. 킴은 삼등칸으로 들어갔고, 거기서 또 좌중을 휘저어놓았다. 자기는 마술사의 조수로 열병이 나서 홀로 떨어져 있었는데 움발라에 가면 주인이 자기를 데려갈 거라는 얘기를 승객들에게 늘어놓았다. 사람들이 내리고 새로 탈 때마다 그는 조금씩 줄거리를 바꾸거나 살을 붙였는데 힌디어로 읊어대는 그 이야기들은 한없이 길어지고 있었다.

그날 밤 인도에서 킴만큼 즐거운 사람은 없었을 것이다. 움발라에서 기차를 내린 킴은 동쪽으로 길을 잡았다. 그는 예전에 만난 적이 있던 늙은 군인이 살고 있는 마을을 향해 물이 질척한 들판을 철버덕거리며 걸어갔다.

그 시간, 심라*에 있던 크레이튼 대령은 어린 오하라가 사라졌다는 러크나우 발 전보문을 받았다. 그 무렵 마부브 알리는 마을에서 말을 팔고 있었는데, 어느 날 아침 아난데일 마장에서 승마를 즐기고 있던 대령이 그에게 그 사실을 알려주었다.

"아, 별거 아닙니다."

말장수의 말이었다.

"인간도 말과 비슷하죠. 염분이 필요할 때 여물통에 소금이 없으면 땅바닥을 핥아대지요. 그 아인 잠깐 동안 길을 떠났을 겁니다. 마드라사가 그 아일 지치게 했을 테지요. 제가 잘 압니다. 때가 되면 제가 그앨 데려올 테니 걱정 마세요, 크레이튼 나리. 폴로를 하던 말이 혼자서 폴로를 배워보겠다고 밖으로 뛰쳐나간 셈입니다."

"변고를 당하면 어떻게 하지?"

"열병에 걸리면 죽을 수도 있겠지요. 그 외엔 무서워할 게 없습니다. 원숭이는 나무에서 떨어지지 않죠."

---

* 인도 북부 펀자브 주의 도시. 영국 통치 시대 하기(夏期) 인도 정부 소재지.

다음날, 같은 승마장에서, 마부브의 종마와 대령의 말이 나란히 걷고 있었다.

"제가 생각한 대로 그 아인 일단 움발라를 거쳐 간 듯합니다. 제가 여기 머물고 있다는 걸 시장통에서 듣고 저한테 편지를 보냈더군요."

말장수가 입을 뗐다.

"읽어보시오."

대령이 안도의 한숨을 내쉬며 말했다. 상당한 지위에 있는 사람이 인도에서 태어난 떠돌이 꼬마 녀석에서 그토록 관심을 보인다니 우스운 일이었다. 하지만 대령은 기차에서 킴과 나눈 대화를 기억하고 있었으며, 몇 달이 지나도록 그 이상하게 조용하고 태연자약하던 소년의 모습이 잊히지가 않았던 것이다. 녀석이 도망을 친 것은 당연히 무례함의 극치라 할 수 있었지만 달리 보면 재능이자 용기일 수도 있었다.

마부브가 눈빛을 반짝이며 고삐를 끌어당겨 말을 승마장 한가운데로 몰아갔다. 주변에는 아무도 없었다.

"'우주 별자리들의 친구이며 이 세상 모든 이의 친구는 지금……'"

"그게 뭐요?"

"라호르 시에서 그애가 얻은 이름이지요. '자신이 머물 곳으로 떠나고 있습니다. 그는 약속한 날짜에 돌아올 것입니다. 가방과 침구를 보관해주시고, 만약 잘못된 게 있다면 우정의 손길로 재난의 채찍을 피하게 해주시길 바랍니다.' 좀더 있긴 한데……"

"걱정 말고 계속 읽으시오."

"포크로 음식을 먹는 사람들은 이해하지 못하겠지만, 잠깐 동안이

나마 손으로 먹는 게 아주 좋습니다. 이 사실을 이해하지 못하는 사람들에게는 부드럽게 말해야 합니다. 돌아간다는 건 좋은 일이라고 말입니다.' 이런 문투란 게 물론 편지 대필사의 솜씨이겠지만, 뭔가 상황을 알고 있는 사람이 아니고서는 무슨 말을 하는지조차 알 수 없도록 편지를 쓴다는 게 놀랍지 않습니까!"

"재난의 채찍을 피하게 해주는 우정의 손길이라는 게 그런 건가?"

대령이 웃음을 터뜨렸다.

"녀석이 얼마나 지혜로운지를 보세요. 제가 말씀드린 대로, 그앤 다시 길을 나선 겁니다. 나리도 그렇게 생각하시는지는 알 수 없지만……"

"거기에 대해선 도무지 확신할 수가 없군."

대령이 중얼거렸다.

"그앤 나리와 저 사이에 평화를 가져다주었습니다. 지혜롭지 않나요? 그앤 돌아올 거라고 말하고 있습니다. 다만 자신의 지식을 완벽하게 만들고 있을 뿐이죠. 생각해보세요, 각하! 그앤 삼 개월 동안 학교에 있었습니다. 조금도 불평하지 않았지요. 저로서는 기쁘기 그지없는 일입니다. 조랑말이 게임을 익힌 겁니다."

"음, 하지만 다음번엔 혼자 가도록 내버려두지 마시오."

"왜죠? 대령 나리의 보호를 받기 전 그앤 혼자였습니다. 장차 '큰 게임'에 뛰어들 때도 혼자여야만 합니다. 혼자서 위험과 맞서야 합니다. 그애가 지켜보고 있는 사람들처럼 불평을 늘어놓고, 깔보고, 쉽게 주저앉아버리도록 키운다면 그 아이는 죽고 말 겁니다. 이제 와서 왜 그 아일 제어하려는 겁니까? 페르시아의 속담에 이런 게 있죠. 마잔데란

황무지에 사는 자칼은 마잔데란의 사냥개로만 잡을 수 있다."

"맞는 말이오. 그대가 옳소, 마부브 알리. 그애가 해를 입지만 않는다면, 더 바랄 게 없겠소. 하지만 그것이 그애한테는 가장 큰 오만이라오."

"그앤 제게조차 어디로 갈지 말하지 않았습니다. 그앤 바보가 아닙니다. 그애가 생각한 시간이 다 끝나면 제게로 돌아올 겁니다. 그때 그아인 소중한 무언가를 갖고 있을 겁니다. 그 아인 아주 빠르게, 백인들이 생각하는 것보다 더 빠르게 성숙해갈 겁니다."

마부브가 말했다.

이 예언은 한 달 뒤에 그대로 들어맞았다. 마부브는 새로 들여온 말들을 보살피기 위해 움발라로 가고 있었는데, 칼카 도로를 혼자 말을 타고 가다가 킴과 마주친 것이다. 킴은 보시를 하라고 사람들에게 손을 벌리기도 했고, 사람들이 욕이라도 할라치면 영어로 되받아치기도 했다. 마부브는 깜짝 놀라 숨을 몰아쉬었다.

"오호! 어디서 지냈더냐?"

"여기저기를 오르락내리락했죠."

"나무 밑으로 가자, 땀 좀 말리고 나서 얘기해보거라."

"움발라 인근에 사는 어떤 노인의 집에서 한동안 지냈지요. 그러다가 움발라에 사는 지인들과도 좀 살았고요. 그들 중 한 사람과 남쪽으로 델리까지 내려갔었어요. 거긴 정말 놀라운 도시더군요. 그러고 나서는 델리(기름장수)의 수레를 끌고서 북쪽으로 가고 있었는데, 파티알라*에 큰 축제가 열린다는 얘기를 듣고는 폭죽 만드는 사람과 함께

---

* 펀자브 지역 번왕국(藩王國)들 중 하나.

그곳으로 갔죠. 대단한 축제였어요."

킴은 배를 쓸어댔다.

"왕족들과 금은으로 장식한 코끼리들을 보았는데, 모든 폭죽이 한꺼번에 터지는 바람에 열한 명이나 죽었어요. 그중에는 저와 함께 갔던 폭죽 만드는 사람도 끼여 있었죠. 저는 천막 맞은편으로 날려갔지만 다치진 않았어요. 그 일이 있고 난 뒤엔 시크교도 마부와 함께 렐로 되돌아갔는데, 밥을 얻어먹기 위해 그 사람의 하인 노릇을 해야 했죠. 그러곤 여기로 온 겁니다."

"잘했구나!"

마부브 알리가 말했다.

"그런데 대령님은 뭐라고 말씀하시던가요? 매 맞긴 싫거든요."

"우정의 손길이 재난의 채찍을 피하게 만들었지. 하지만 또다시 길을 떠난다면 나도 함께 가마. 혼자 떠나기엔 넌 너무 어리잖니."

"절대 어리지 않아요. 마드라사에서 약간이나마 영어로 읽고 쓰는 걸 배웠고, 이제 곧 영락없는 백인이 될 거예요."

"내 말을 들어보거라!"

땀에 흠뻑 젖은 채 조잘거리는 소년의 모습을 보며 마부브가 웃음을 터뜨렸다.

"좋다, 백인 나리!"

그러고는 비꼬듯이 인사를 했다.

"그래, 여행하느라 지쳤을 테니 나와 함께 움발라로 돌아가서 말이나 돌보지 않으련?"

"당신과 함께 돌아가도록 하죠, 마부브 알리."

8장

무언가를 자라게 하는 대지에 난 빚을 졌지.
삶을 먹여 키우는 더 많은 것에도.
하나 알라에게 내가 빚진 건
내 머리를 둘로 나눠줬다는 사실.

둘로 갈라진 내 머리를 잃는 것보다는
차라리 나 살아가리라.
셔츠도 신발도 없이,
친구여, 담배도 빵도 없이.

– 키플링, 「이중 인간」

"이제 신의 이름으로 그 파란 것을 빨간 것으로 바꾸는 게 어떠냐."

킴이 쓰고 있는 보기 흉한 터번의 색깔을 넌지시 지적하며 마부브가 말했다.

킴이 옛 속담으로 받아쳤다.

"그럼 제 신앙과 잠자리를 바꾸기로 하죠. 하지만 나리께서 그 비용을 지불하셔야 합니다."

말장수가 얼마나 웃어댔는지 말에서 떨어질 뻔했다. 시 외곽의 한 상점에서 킴은 터번을 바꾸었고, 적어도 겉모습만으로는 영락없는 무슬림이 되었다.

철도역 건너편에 방을 잡은 마부브는 발루샤이라고 하는, 설탕에 절인 아몬드가 곁들여진 최고급 요리와 잘 말린 러크나우 산 담배를 주문했다.

"이건 시크교도와 먹어본 것 중에서 가장 훌륭한 고기로군요."

쪼그려 앉은 채로 킴이 이를 드러내 웃으며 말했다.

"저희 마드라사에선 이런 음식은 꿈도 못 꿔요."

"그 학교에 대한 얘기를 듣고 싶구나."

마부브가 양배추와 황금색 양파를 넣고 고기기름으로 튀겨 양념을 한 양고기 덩어리를 한입 가득 물고는 씹어댔다.

"하지만 먼저, 처음부터 끝까지 그리고 진실하게 말해야 할 게 있다. 네가 탈출한 방법에 대해서. 왜냐면 말이다, 세상 모든 이의 친구야," 그는 허리띠를 느슨하게 풀고는 말을 이었다. "백인이나 백인의 아들이나 그곳에서 도망치는 일이 일어날 거라고는 누구도 상상할 수 없기 때문이다."

"어떻게 그들이 도망칠 수 있겠어요? 그들은 이 나라를 모르죠. 실은 아무것도 아닌데."

그렇게 툭 던지고는 킴이 얘기를 시작했다. 킴이 변장을 하고 시장통의 여자와 얘기를 나눴다는 대목에서 마부브 알리는 엄숙하던 표정을 벗어던지고 손바닥으로 허벅지를 치면서 큰 소리로 웃어댔다.

"샤바시! 샤바시! 오, 잘했구나, 이 꼬마 녀석! 이럴 때 진주 치료사는 대체 뭐라고 말할지 궁금해 죽겠군. 자, 천천히, 그런 뒤에 어떤 일이 벌어졌는지 얘기해다오…… 차례차례, 빼먹지 말고."

그렇게 차례차례, 킴은 짙은 향내를 가진 담배를 깊숙이 빨아들일 때마다 기침을 해대면서 자신의 모험담을 늘어놓았다.

마부브 알리는 혼잣말로 중얼거렸다.

"내가 말했지. 스스로 폴로 게임을 터득하려고 도망친 망아지 얘기 말이야. 열매가 벌써 익고 있어…… 거리와 속도를 익히고, 도로를 살 피고, 나침반 보는 법을 배우는 일이 남아 있긴 하지만."

마부브 알리가 킴에게 말했다.

"잘 들어라. 대령의 채찍이 네 몸에 닿는 것을 내가 막은 건 결코 사 소한 일이 아니란다."

"맞아요. 정말 맞는 말이에요."

킴이 차분하게 대답했다.

"하지만 이렇게 마음대로 뛰쳐나갔다가 돌아오는 게 잘한 일이라고 생각해서는 안 된다."

"이건 제 휴가였어요, 하지. 지난 몇 달 동안 전 노예로 지냈어요. 학 교가 방학에 들어갔는데 왜 어디로도 마음놓고 갈 수가 없는 거죠? 제 가 사람들과 어떻게 지냈는지, 빵값을 벌려고 어떻게 했는지를 한번 생각해보세요. 시크교도와 지낼 때도 그랬지만, 전 대령님이 주셨던 그 엄청난 돈을 고스란히 아껴두었다고요."

마부브의 입술이 잘 정리된 무슬림식 콧수염 아래서 가볍게 경련을 일으켰다.

"대령 나리에게서 받은 몇 푼이 그렇게 대단하더냐?"

아프간 사람이 손을 벌리고는 경박하게 흔들어댔다.

"그 사람이 그걸 준 건 무슨 목적이 있었던 거지 너에 대한 애정은 아니었을 거다."

"그건 아주 오래전에 이미 알고 있었어요."

킴이 천천히 말했다.

"누가 말해줬지?"

"대령님이 직접. 여러 말 하지 않았지만, 완전히 바보가 아니라면 충분히 알아들을 수 있는 말이었죠. 그래요, 러크나우로 가는 기차 안에서 저한테 말씀해주셨어요."

"그랬구면. 그렇다면 내가 더 많은 걸 알려주마, 세상 모든 이의 친구. 내 목숨을 너한테 저당 잡히는 꼴이 되겠지만."

"저당 잡힌 건 움발라에서 북치는 소년한테 두들겨 맞고 있던 저를 낚아채서 말에다 태우고 달아났던 그때 이미 시작된 일이죠."

잔뜩 흥이 나서 킴이 말했다.

"알아듣기 쉽게 말해라. 너하고 나를 제외하고 세상사람 모두가 거짓말을 늘어놓지. 내가 여기 이 손가락을 들어올리기만 하면 네 목숨도 나한테 달려 있게 된단다."

"게다가 전 이 사실도 알고 있어요."

킴이 담뱃대에다 새로 알불을 붙이며 말했다.

"우리 사이에 아주 확실한 끈이 연결되어 있다는 걸요. 저보다는 어르신이 그 끈을 더 단단히 쥐고 있죠. 행여나 죽음이 소년을 물어뜯을까봐 그럴까요? 아니면 소년이 길가의 우물에 몸을 던져버릴지도 몰라서? 하지만 만약 나리가 말들 틈에서 시체로 발견된다면, 여기 사람들과 심라 사람들, 그리고 히말라야 건너에 사는 사람들까지 입을 모아서 말할 테죠. 마부브 알리에게 무슨 일이 일어난 거지? 하고 말이에요. 대령 각하께서도 분명히 조사를 벌이겠죠. 하지만……"

킴의 주름진 표정에서 잔꾀가 솔솔 풍겨 나오고 있었다.

"그리 오래는 조사를 하지 않을 테죠. 사람들이, 대령님은 말장수와 무슨 관계가 있는 겁니까? 하고 물을까봐서 그런 거죠. 그렇다면 제가…… 제가 만약 살아 있다면……"

"너도 반드시 죽을 거야."

"그럴 수도 있겠죠. 하지만 제가 살아남는다면 전 이렇게 말할지도 몰라요. 저 혼자만이 밤중에 무슨 일이 일어났는지를 알고 있다고요. 평범한 도둑처럼 보이는 자가 마부브 알리의 숙소로 들어와서는 그를 살해했는데, 그 전인지 후인지 바로 그 도둑이 그의 안장주머니에서 슬리퍼 바닥까지 샅샅이 뒤져보았단 말이죠. 이 얘기를 대령에게 해도 될까요? 아니면 그 사람이 저한테, 마부브 알리가 나와 무슨 관계지, 하고 물을까요? 전 그 사람이 담배 상자를 놓고 오지도 않았으면서 저더러 그걸 가져오라고 시킨 일을 잊지 않고 있죠."

짙은 담배연기가 천장으로 둥글게 말리며 올라가고 있었다. 긴 침묵이 흐른 뒤에 마부브 알리가 감탄 어린 목소리로 말했다.

"머릿속에다 이런 것들을 담고서 마드라사로 다시 돌아가서 백인의 어린 자식들과 티격태격하고, 선생들의 지시를 얌전히 따르겠다는 거냐?"

"그게 명령이란 거죠. 제가 누구라고 명령을 어기겠어요?"

킴은 차분하게 대답했다.

"넌 악마의 아들들 중에서 가장 지독한 녀석이지. 그런데 그 도둑 얘기는 뭐냐? 샅샅이 뒤졌다는 건 또 무슨 얘기고?"

"제가 목격한 일이죠. 스님과 제가 카슈미르 세라이의 어르신 옆방에서 잠을 잤던 그날 밤 말이에요. 문이 잠기지 않은 채로 있었는데, 왠지 그게 어르신의 습관이라는 생각이 들지 않더라고요. 그 사람은 어르신이 금방은 돌아오지 않을 거라고 확신한 듯이 방으로 들어갔죠. 전 판자의 옹이구멍으로 안을 들여다보았는데, 그 사람이 뭔가를 찾고 있는 것 같긴 했는데…… 양탄자도 아니고, 말안장도 아니고, 놋쇠 항아리 같은 것도 아닌 뭔가를…… 말하자면, 조그맣고 아주 깊이 숨겨놓은 걸 찾고 있는 것 같더라고요. 그렇지 않았다면 어르신의 슬리퍼 바닥에다 왜 칼 같은 걸 찔러봤겠어요?"

"하하!" 마부브 알리가 부드럽게 미소를 지었다. "진리의 샘과 같은 네 녀석은 그걸 보고서 무슨 얘기를 상상했더냐?"

"아무것도요. 전, 언제나처럼 제 살갗에 달라붙어 있는 부적 가방에다 손을 갖다 대고는, 그러고는, 무슬림의 빵조각에서 꺼낸 흰색 종마의 족보를 떠올렸죠. 그 길로 움발라를 향해 떠나면서 큰 믿음이 저에게 내려졌다는 확신이 들었죠. 바로 그 순간에, 제가 만약 달리 선택을 했더라면, 나리의 목숨은 달아났을지 몰라요. 전 단지 그 사람한테, 제가 읽을 수는 없지만 제게는 말에 관한 문서가 하나 있답니다, 하고 말하기만 하면 그만이었겠죠. 그랬다면 어떻게 되었을까요?"

킴은 눈을 가늘게 뜨고는 마부브의 눈치를 살폈다.

"그랬다면 물을 두 번쯤 실컷 먹었겠지…… 어쩌면 세 번쯤. 그 이상은 할 필요가 없을 테니까."

마부브는 대수롭지 않게 말했다.

"그랬을 테죠. 저도 거기에 대해 생각을 좀 해봤는데, 결국 제가 마부브 당신을 사랑한다는 거였죠. 그러니 제가 움발라로 간 거고요. 아시다시피, 하지만 이건 당신이 모르실 텐데, 전 정원 숲속에 숨어서 크레이튼 대령님께서 그 흰색 종마의 족보를 읽으면서 어떤 반응을 보일 것인지를 지켜보고 있었는데……"

"그래, 어떻게 하더냐?"

마부브가 킴의 말을 잘랐다.

"사랑으로 전해드릴까요, 아니면 팔아먹을까요?"

킴이 물었다.

"팔아라, 내가 살 테니."

마부브가 주머니에서 4아나를 꺼내들었다.

"팔 아나!"

킴은 동양인 장사꾼의 본능을 발동시키며 외쳤다.

마부브가 웃음을 터뜨리더니 동전을 던졌다.

"이 시장에서 거래하는 건 아주 간단하군, 세상 모든 이의 친구. 사랑을 담아서 말해주렴. 우리의 목숨이 상대의 손에 달려 있으니."

"아주 좋아요. 전 총사령관님이 거창한 만찬에 초대되어 온 걸 봤어요. 그분은 크레이튼 각하의 사무실에 계시더군요. 두 사람이 함께 흰색 종마의 족보를 읽는 것도 보았죠. 그러곤 거대한 전쟁을 시작하겠노라고 명령을 내리는 소리를 들었어요."

"아하!"

고개를 끄덕거리는 마부브의 눈동자 깊숙한 곳에서 불길이 일고 있었다.

"게임이 잘되고 있어. 전쟁은 이제 시작되었고, 우리가 바라는 건, 악한 자들이 선한 자들 앞에 무릎을 꿇는 것이다. 이건 모두 나……그리고 네 덕분이지. 그런 뒤에 넌 어떻게 했지?"

"전 그 정보를 마을 사람들한테서 음식과 존경을 얻는, 말하자면 미끼로 사용했지요. 그 마을의 승려가 저희 라마스님에게 아편을 먹여서 취하게 만들기도 했죠. 하지만 미리 제가 스님의 지갑을 챙겨둔 뒤라 그 승려는 공을 쳤죠. 그래서인지 다음날 아침 그는 화를 내더군요. 호호! 그뒤로도 정보를 이용해먹었는데, 그만 저 황소 연대에 붙잡히고 만 거예요."

"바보 같은 짓을 했구나."

마부브가 험악하게 인상을 썼다.

"정보라는 건 소똥을 쓰는 것하고는 다르단 말이다. 그건 아껴 써야 하는 거다…… 방*처럼."

"그땐 몰랐죠. 더구나 저한테 그리 좋을 것도 없었어요. 오래전 얘기죠 뭐."

그는 그 모든 걸 털어내버리듯 야윈 갈색 손을 내저었다.

"그뒤로는 정말 많은 걸 생각하게 되었어요. 특히 기숙사의 푼카 아래서 밤을 보내면서는 더욱."

"천만다행한 그 생각들이 너를 어디로 이끌었는지 물어봐도 될까?"

마부브는 진홍색 수염을 매만지며 놀리듯 말했다.

"되죠."

킴이 목청을 높이며 말했다.

"러크나우에선 이렇게들 말해요. 백인들은 검둥이에게 자신의 잘못을 얘기해선 안 된다."

당황한 듯 순간적으로 마부브는 손을 가슴에다 댔다. 아프간 사람

---

* 인도 대마의 잎이나 작은 가지를 말린 것. 인도에서 마약·마취약으로 사용.

에게는 검둥이(kala admi)라는 단어가 모욕하는 말이기 때문이었다. 하지만 상황을 이해하고는 웃음을 터뜨렸다.

"계속해, 흰둥아. 너의 검둥이가 듣고 있잖니."

"하지만. 전 흰둥이가 아니에요. 그리고 아프간 사람에게 배신을 당했다고 생각했던 그날 움발라에서 당신을 저주한 잘못에 대해서 제 스스로 털어놓기도 했잖아요, 마부브. 그땐 정신이 하나도 없었어요. 다시 붙들렸으니까요. 그때 전 그 북치는 천한 녀석을 죽여버리고 싶었죠. 이제 와서야 말하는 거지만, 하지, 모든 게 잘된 일이에요. 제 앞날이 아주 환하게 열려 있다는 걸 알아요. 성숙해질 때까지 전 학교에 남아 있을 거예요."

"제대로 알고 있구나. 이 게임에서 네가 배워야 할 건 거리를 재고 수를 헤아리고 나침반을 사용하는 방법이란다. 널 보려고 누군가가 저 설산 위에서 기다리고 있다."

"제가 계속 공부하는 데는 한 가지 조건이 있어요. 그건…… 방학을 하면 제게 아무런 의심 없이 저 혼자만의 시간을 준다는 거예요. 대령에게 대신 말씀드려주세요."

"그런 거라면 백인들 말로 직접 대령에게 말하지그래?"

"대령은 정부에 속한 사람이에요. 그는 말 한 마디에 어디로든 보내지는 사람이고, 자신의 승진을 생각하지 않을 수가 없는 사람이죠. (러크나우에서 나는 많은 걸 알게 되었지!) 게다가, 제가 대령을 알게 된 건 겨우 석 달 전이라고요. 마부브 알리를 안 지는 육 년인데 말이에요. 그래서! 전 학교로 돌아갈 거예요. 하지만 방학이 되면, 전 자유의 몸이 되는 거고, 사람들에게로 갈 거예요. 그러지 않으면 죽어버릴 거예요!"

"사람들? 그게 누구지, 세상 모든 이의 친구?"

"이 나라는 크고 아름다워요."

킴은 손을 길게 뻗어 담배연기가 시꺼멓게 물들어 있는 사방 흙벽에다 둥그렇게 원을 그려 보였다. 램프를 둘 수 있도록 벽에다 움푹 파놓은 벽감에서는 기름등잔이 타오르고 있었다.

"그리고, 무엇보다, 제 스승님을 다시 만날 거예요. 그리고 돈도 필요하고요."

"그건 누구나 필요한 거지."

마부브의 말이 애처롭게 들렸다.

"네게 팔 아나를 주겠다. 돈이란 게 말굽 아래서 그냥 줍기만 하는 게 아니잖니. 그리고 그 정도면 여러 날 충분히 쓸 수 있을 거다. 여러 가지로 즐거웠다. 이제 얘기할 게 더는 없구나. 공부를 서둘러서 앞으로 삼 년이면, 아니 그보다 더 짧을 수도 있겠지만, 넌 쓸모 있는 사람이 될 것이다. 내게조차도."

"지금까진 쓸모없는 인간이었나요?"

킴이 소년답게 킬킬거리며 말했다.

"대답하지 않으련다."

마부브가 툴툴거렸다.

"넌 이제부터 내가 새로 고용한 마부다. 일꾼들 틈에 끼어서 잠이나 자두어라. 철도역 북쪽 끝 부근에 말들과 함께 있을 거다."

"제가 마부라는 표지를 갖고 있지 않는다면 사람들이 절 남쪽 끝까지 쫓아와서 두들겨 팰 거예요."

마부브는 허리춤을 더듬어 중국제 인주를 꺼내더니 엄지에다 묻혔다. 그러곤 부드러운 인도산 종잇조각에다 대고 손가락을 눌렀다. 발흐*에서 뭄바이까지 사람들은 오래된 흉터가 길게 대각선을 그리고 있는 그 엄지 도장을 알고 있었다.

"감독한테 이걸 보여주기만 하면 된다. 나는 아침에 가겠다."

"어느 길로 오실 건가요?"

"시내에서 그곳으로 난 길은 하나밖에 없어. 아침에 크레이튼 나리에게 돌아갈 거야. 네가 혼나지 않게 말씀을 드려놓았다."

"알라여! 머리가 떨어질 판에 혼나는 게 무슨 큰일이라고……"

밤이 되자 킴은 사람들 몰래 빠져나가 여관을 반쯤 돌아 벽을 더듬어 기차역으로부터 2킬로미터쯤 떨어진 곳까지 걸어갔다. 그런 뒤 그는 한가롭게 먼 데를 쏘다녔다. 마부브의 일꾼들이 질문을 퍼부으면 적당히 꾸며댈 얘기를 만들 시간이 필요했던 것이다.

그들은 철로가의 공터에서 야영을 하고 있었다. 마부브의 말들은 덮개가 씌워져 있지 않은 두 대의 화차 위에 뭄바이 전차회사에서 반입한 지방의 위탁물들 사이에 서 있었는데, 당연히 거기엔 사람이 아무도 타고 있지 않았다. 폐병환자처럼 쇠약해 보이는 무슬림 감독은 대뜸 킴을 의심했지만, 마부브의 엄지 도장을 보자 의심을 풀었다.

"하지께서 제게 호의를 베풀어주셨습니다."

킴이 슬쩍 떠보았다.

"의심이 드신다면, 아침에 그분이 오실 때까지 기다려주십시오. 그

---

* 아프가니스탄 북부의 도시. 고대 박트리아 왕국의 수도로, 옛 이름은 박트라.

동안은 불을 좀 쬐겠습니다."

어떤 경우든 일어나게 마련인 하층계급 사람들의 별뜻 없는 주절거림이 있었지만 곧 가라앉았다. 킴은 마부브의 일꾼들이 무리를 짓고 있는 뒤편의, 말이 실린 무개화차 바퀴 아래 바짝 붙은 채로 빌린 담요를 끌어 덮고는 누워 있었다. 말들이 서성이고 언제 씻었는지도 모르는 발트 족들 사이에서 벽돌 조각과 모래주머니로 만든 잠자리에 누워 축축한 밤을 보낸다는 건 백인 소년에겐 결코 흥미를 끌 만한 일이 아니었다. 하지만 킴은 너무도 행복했다. 주위의 풍경들이 바뀌고, 해야 할 일들이 달라지고, 그리고 자신이 처한 환경들이 변하는 것은 그의 작은 콧구멍으로 빨려 들어오는 호흡 그 자체였다. 이런 누추한 곳에서 성 사비에르의 푼카 아래 일렬로 늘어선 산뜻한 흰 침대들을 떠올리는 것은 영어로 된 구구단표를 반복해서 외우는 일의 고역만큼이나 즐거움을 선사했다.

'나도 나이를 먹었어.' 그는 잠에 빨려 들어가며 생각했다. '한 달이 1년처럼 나이를 먹게 해. 마부브의 메시지를 들고 움발라로 갔을 땐 난 아주 어렸고, 게다가 바보였지. 백인 연대에 있을 때도 역시 어렸고 덩치도 작고 지혜라곤 없었지. 하지만 이제 난 하루도 빠짐없이 공부를 했어. 삼 년만 지나면 대령은 학교에서 나를 끌어내줄 것이고, 마부브와 함께 말의 족보를 찾아 떠나도록 허락해주겠지. 어쩌면 나 혼자서 길을 가게 될지도 모르고. 그것도 아니면 라마스님을 찾아서 그분과 함께 여행을 떠날 거고. 그래, 그게 최고야. 스님이 바라나시로 돌아오시면 스님의 제자가 되어서 다시 길을 떠나는 것 말이야.' 생각들은 점점 느려지고, 자꾸만 끊어졌다. 아름다운 꿈나라로 빠져 들어갈 즈음, 화톳불가의 단조로운 주절거림 너머로 가느다랗고 날카롭게 속삭이는 소리가 그의 귓속으로 밀려 들려왔다. 그 소리가 들려온 것은 말들이 실려 있는 철제 무개화차 뒤편이었다.

"그는 여기 없어, 그럼?"

"시내에서 술을 마시고 있을 게 뻔해. 개구리들이 바글거리는 연못에서 어떻게 쥐새끼 한 마리를 찾는다? 가자고, 그는 우리 사람이 아니야."

"다시는 국경을 넘게 해서는 안 돼. 명령이라고."

"그에게 약 먹일 여자를 구해야겠어. 돈도 얼마 들지 않을 거고, 증거도 남지 않고."

"여자는 안 돼. 더 확실한 증거가 될 수 있으니까. 그의 목에 현상금이 붙어 있다는 걸 기억하라고."

"알았어. 하지만 경찰의 촉수는 길다고. 게다가 우린 국경에서 멀리까지 와 있고. 페샤와르만 되었어도 당장!"

"그래…… 페샤와르라면."

다른 목소리가 냉소적으로 말했다.

"동족들로 꽉 차 있고, 숨을 곳도 널려 있고, 그가 숨어들 여인네들의 치마폭도. 그래, 페샤와르든 제하눔이든 둘 다 우리한텐 딱 좋은 곳이지."

"그럼 다음 계획은?"

"바보같이, 벌써 백 번이나 말해주었잖아. 잠자러 들어올 때를 기다렸다가 확실히 쏴버리는 거지. 이 화차들이 추격을 따돌리는 데 도움을 줄 거야. 우린 돌아서서 우리 갈 길로 가면 그만이야. 사람들은 어디서 총알이 날아왔는지도 모를 거야. 여기서 적어도 새벽까지는 기다려야겠지. 지켜보는 것만으로도 그렇게 떨어대니 넌 대체 어떤 문파의 수도승이냐?"

킴은 슬며시 눈을 감고 생각에 잠겼다. '오호! 또 마부브구나. 흰색 종마의 족보를 정말 백인들한테 넘겨줄 게 아니었구나! 아니면, 마부브가 또다른 정보를 팔았던 건지도 모르지. 자, 이제 어떻게 한다, 킴? 마부브가 있는 곳이 어딘지를 알 수가 없어. 게다가 새벽이 되기 전에 그가 여길 온다면 저 사람들 총에 맞을 거고. 그건 너한테 아무런 도움이 되질 않아, 킴. 경찰에 알릴 일도 아니고. 그건 마부브한테 도움이 되지 않을 테니까. 그리고……' 킴은 하마터면 큰 소리로 킬킬거릴 뻔했다. '러크나우에서 배운 건 이럴 땐 도무지 도움이 되질 않아. 알라여! 나 킴은 여기에 있고, 저 사람들은 저기에 있다. 그래, 먼저, 내가 일어나야 해. 그러고는 가는 거야. 저자들은 의심하지 않겠지. 악몽으로부터 한 인간이 깨어나는 거야…… 자, 이제……'

킴은 얼굴까지 덮었던 담요를 던져버리고는 악몽에서 깨어난 동양인 특유의 동작을 취하며 벌떡 일어나 앉았다. 공포에 질려 뜻도 없는 말을 중얼거리다간 갑자기 소리를 지르는.

"으으으…… 으으…… 으악! 나라야나*가 나타났어, 추렐이다! 추렐!"

추렐은 아기의 침대에서 죽은 여자 귀신을 뜻하는 말이었다. 그 귀신은 인적이 드문 후미진 길에 나타나는데 발이 발목과는 반대방향으

---

* 비슈누의 화신 중 하나. 시바와 맞먹는 파괴력을 지닌 존재. 불교에서 말하는 금강역사(金剛力士)가 곧 나라야나다.

로 돌아가 있고 남자들을 홀려서 고통을 주는 귀신이었다.

큰 소리를 지르며 일어난 킴은 계속 부들부들 떨면서 고함을 질러 댔다. 그러고는 마침내 벌떡 일어나서는 잠에서 완전히 깨지 못한 듯 비틀거리며 걸어 나갔다. 야영을 하던 사람들이 잠에서 깨어나며 킴에게 욕설을 퍼부어댔다. 철로에서 20미터쯤 떨어진 곳으로 가서 쓰러진 뒤 킴은 숨어 있는 자들에게 들리도록 끙끙 앓는 소리를 내고는 조용히 숨을 죽였다. 그로부터 몇 분이 지난 뒤 킴은 도로 쪽으로 몸을 굴려 짙은 어둠 속으로 몰래 빠져나갔다.

킴은 배수로를 타고 잽싸게 달려 나가 돌 위에다 턱을 붙이고는 납작 엎드렸다. 그곳은 남의 눈에 띄지 않고도 밤중의 도로 사정을 살필 수가 있는 곳이었다.

두세 대의 마차가 종을 울리면서 교외로 빠져나가고 있었고, 기침을 해대는 경찰관 하나와 걸음을 서두르는 행인 하나, 악령을 쫓아내려고 노래를 부르고 있는 두 남자의 모습이 보였다. 그때 편자를 박은 말굽의 또각거리는 소리가 들려왔다.

'아, 마부브의 말과 아주 흡사한걸.' 배수로 너머로 주춤거리는 말의 조그만 머리를 보면서 킴은 생각했다. 그는 소리를 낮추고서 속삭였다.

"이봐요, 마부브. 조심해요."

순간 거의 둔부까지 고삐가 당겨진 말은 배수로 쪽으로 돌려세워졌다.

"에잇, 다음부턴 밤나들이를 할 땐 편자 박은 말을 절대로 타지 말아야지. 길거리에 널린 딱딱한 건 죄다 집어 먹으려고 하니 원."

마부브는 말의 앞발을 들어올리려고 상체를 숙이다가 킴의 발치에 시선이 닿았다.

"숙여…… 더 숙이라고. 밤에는 감시의 눈들로 꽉 차 있다고."

마부브가 투덜거렸다.

"두 남자가 말이 실려 있는 화차 뒤편에 숨어서 당신이 오기를 기다리고 있어요. 당신이 자리에 눕기를 기다려서 총을 쏘려고 해요. 당신 목에 현상금이 걸려 있다더군요. 말들 곁에서 거의 잠이 들었는데, 그런 소리를 들었죠."

"놈들을 봤느냐?…… 가만 좀 있어, 이 악마 같은 망아지야!"

말에게 퍼붓는 저주였다.

"아뇨."

"한 놈이 수도승 복장을 하고 있지 않았더냐?"

"한 남자가 다른 남자에게, 지켜보는 것만으로 벌벌 떠는 건 어떤 문파의 수도승이더냐? 하고 말하긴 했어요."

"좋아. 캠프로 돌아가서 쉬어라. 오늘밤에는 난 죽지 않아."

마부브는 방향을 되돌리더니 사라졌다. 킴은 다시 배수로를 따라 캠프로 돌아가서는 둘째로 머물렀던 곳의 맞은편에 자리를 잡았다. 도로를 미끄러져 가는 것이 꼭 족제비 같았는데, 돌아가서는 담요에다 몸을 둘둘 말았다.

"마부브가 알았으니 됐어."

킴은 만족스러웠다.

"그런데 그는 마치 예상한 듯했단 말이야. 아무튼 두 사람은 오늘밤 별 소득을 올리진 못하겠군."

한 시간쯤 지났을 때, 킴은 밤이 새도록 깨어 있고 싶었지만 깊은 잠에 빠져들어 있었다. 때로 바로 몇 미터 앞에서 선로를 따라 야간열차들이 요란하게 지나갔지만 킴에게는 소음에 대해 무심한 동양인의 습성이 배어 있어서, 그 소리가 그의 잠을 깨우지는 못했다.

마부브는 잠을 이루지 못했다. 그의 밀통사건과 관련이 없는 다른 종족 사람들이 그를 필사적으로 추적하고 있다는 사실은 그를 무척이나 괴롭혔다. 맨 처음 그에게 떠오른 자연스런 생각은 선로 아래쪽을 건너 상황을 확인한 다음에 그를 노리고 있는 자들을 뒤에서 덮쳐 그 자리에서 베어버리는 것이었다. 하지만 그것은 크레이튼 대령과 전혀 관련이 없는 정부의 다른 부처로부터 그에게 대답하기 난처한 설명을 요구하도록 만드는 일이었으므로 섣불리 실행할 수가 없었다. 그리고 시체 하나만 발견되어도 국경 남쪽이 발칵 뒤집힌다는 걸 그는 잘 알고 있었다. 킴을 시켜 움발라로 메시지를 전달하게 한 뒤로 이런 곤란한 일은 일어나지 않았다. 그래서 그는 모든 의혹들이 말끔히 사라질 것이라는 희망을 가지고 있었던 것이다.

그때 묘안이 하나 떠올랐다.

"영국인들은 영원히 진실을 말하지."

그가 중얼거렸다.

"그래서 이 땅의 우리는 영원히 바보가 되는 것이고. 알라여, 영국인에게 진실을 말하도록 해주소서! 불쌍한 아프간 사람이 화차에 실린 그의 말들을 몽땅 도둑맞아버린다면 정부의 경찰이 있어봐야 아무 소용이 없지. 이곳은 페샤와르만큼이나 끔찍한 곳이야! 그들은 열심히 노력하는 사람들이니, 도둑들을 잡는다면 큰 영광으로 기억할 테지."

그는 자신이 타고 온 말을 기차역 밖에다 묶어놓고는 플랫폼 쪽으로 걸음을 옮겼다.

"안녕하세요, 마부브 알리!"

선로 아래쪽으로 가려고 기다리고 있던 지역운송감독의 젊은 조수가 인사를 건넸다. 키가 크고 거센 머리칼을 한 말처럼 건장한 그 젊은이의 흰색 리넨 옷은 때에 절어 거무죽죽했다.

"여기서 뭘 하나요? 비루먹은 말을 몰래 팔려는 건가요?"

"무슨 소린가. 내 말들은 다들 튼튼하다고. 난 지금 루투프 울라를 찾고 있다네. 지금 내 말들이 화차 한 대에 실려 있는데 말이야, 누군가가 철도국 몰래 그걸 옮기려 한다면 이게 가능한 일이오?"

"절대로 있을 수 없는 일이죠, 마부브. 만약 그런 일이 일어난다면 당신은 우릴 상대로 배상을 요구할 수 있어요."

"거의 밤이 새도록 두 남자가 화차 바퀴 밑에 쭈그리고 있는 걸 내가 봤다오. 수도승들이 말을 훔치진 않을 텐데, 왜 자꾸 그런 생각이 드는지 모르겠단 말이야. 해서 나의 동업자인 루투프 울라를 찾고 있는 거지."

"두 사람을 당신이 봤다고요? 그런데도 걱정이 되지 않는단 말인가요? 이렇게 당신을 만나게 되었으니 정말 다행이군요. 그자들이 대체 어떻게 생겼던가요?"

"단지 수도승일 뿐이었소. 아마도 화차에서 곡물이나 좀 가져가려는 거겠지. 선로 위엔 제법 있으니까. 시주 받을 때를 놓쳤는가 보지. 난 그냥 루투프 울라를 찾으러 왔을 뿐인데……"

"동업자는 신경쓰지 마시고, 당신의 말이 실린 화차가 어디 있죠?"

"이쪽으로 제일 먼 쪽에 있다오. 기차에 쓰는 램프 만드는 곳에서 좀 떨어진."

"신호기 있는 데 말이군요? 알겠어요."

"그 사람들은 오른편 도로에서 가장 가까운 선로에 있을 텐데…… 화차들이 늘어서 있는 델 쳐다보고 있을 거요. 근데, 루투프 울라 말이오…… 키 크고 으깨진 코를 한, 페르시아 사냥개를 데리고 다니는 그 사람…… 이봐!"

젊은 철도국 조수는 다른 젊고 열성적인 경찰관을 깨우기 위해 서둘러 자리를 떴다. 그의 말대로 철도국은 역 구내의 화물들이 털리는 일 때문에 어지간히 골치를 앓고 있었던 것이다. 마부브 알리는 염색한 수염을 들썩거리며 웃어댔다.

"그 사람들 구둣발 소리가 요란하게 울리겠지. 그다음엔 수도승들이 보이지 않는다고 이상해할 거고…… 영리한 척하지만 바보나 다름없는 녀석들."

마부브는 그들이 선로 쪽으로 허겁지겁 뛰어가는 모양을 기대하면서 거기서 몇 분을 지체했다. 차량을 달지 않은 기관차가 역을 미끄러져 나갔는데, 마부브는 젊은 경찰관 바튼이 그 안에 타고 있는 걸 얼핏 본 것 같았다.

"내가 너무 과소평가한 것 같군. 완전히 바보는 아닌 것 같단 말이야."

마부브가 혼잣말로 중얼거렸다.

"도둑을 잡으려고 화차를 이용하는 건 전혀 새로운 게임인걸."

새벽녘에 마부브가 캠프로 돌아왔을 때 지난밤에 일어난 일에 대해 말하는 사람은 아무도 없었다. 단지 덩치가 작은, 위대한 자의 업무에 새로이 투입된, 어린 마부만은 예외였다. 마부브는 그 소년을 자신의 소형 천막으로 불러서 짐을 꾸리는 걸 돕도록 했다.

"전 다 알고 있어요."

안장주머니 위로 몸을 굽히며 킴이 말했다.

"백인 두 사람이 기관차를 타고 왔어요. 기관차가 천천히 오르락내리락하는 동안에 전 화차 이쪽 편에서 어둠 속을 이리저리 뛰어다녔죠. 그들이 화차 밑에 숨어 있던 남자들을 덮쳤는데…… 하지, 이 담뱃덩이를 어떻게 할까요? 종이에 싸서 소금주머니에다 넣어둘까요? 알았어요…… 그러곤 두 남자를 쓰러뜨렸어요. 그런데 한 남자가 수도승이 가지고 다니는 영양뿔로 백인 하나를 쳤는데(킴이 말한 영양뿔이란, 인도영양의 뿔들을 여러 개 연결시켜놓은 것으로 탁발고행자들에게는 유일한 무기였다)…… 피가 쏟아졌어요. 그래서 남자 하나를 정신없이 두들겨 패고 있던 다른 백인이 그 남자가 쥐고 있던 권총을 빼앗더니 상대편 남자를 때리기 시작했죠. 그 사람들은 하나같이 미친 것 같았어요."

마부브는 다 끝났다는 듯 미소를 지었다.

"아니다! 그건 데와니*라기보다는 형사사건이다…… 총이라고 했지? 감방에서 십 년은 썩어야 될 거야."

"두 남자는 조용히 누워 있었는데, 기관차에 실리는 걸 보니 거의 죽었다는 생각이 들더군요. 그들의 머리가 덜렁거리더라고요. 선로에

---

* dewanee. '미쳤다'와 민사사건, 두 가지 뜻을 가진다. 동음이의어를 사용한 말장난.

는 피가 흥건했고요. 가서 보실래요?"

"피라면 이력이 나도록 봤다. 감방은 확실한 곳이지…… 틀림없이 놈들은 가짜 이름을 댈 것이고, 또 오랫동안 아무도 놈들을 찾을 수가 없을 거야. 놈들은 내 적이었다. 너와 내 운명이 정말 하나의 줄에 매여 있는 것 같구나. 진주 치료사가 이 얘길 듣는다면! 이제 안장주머니와 접시를 서둘러 챙겨라. 말들을 끌고서 심라로 가야지."

여기서 서두른다는 말은 동양인들이 이해하는 속도의 개념으로, 재빨리 움직인다는 뜻이 아니라 긴 설명과 욕설과 거친 말들이 오가고 잊은 물건들이 없는지를 수없이 점검하는 것을 포함하는 말이다. 그렇게 오래 '서두르고' 나서야 지저분한 야영지가 거두어졌고, 여섯 마리의 고집 세고 드센 말들을 이끌고 한차례 비가 쏟고 간 새벽의 신선한 공기를 뚫고서 칼카 도로를 따라 이동할 수 있었다. 킴은 마부브가 그의 곁에 있도록 지시를 내렸으므로 작업에 불려 다니지 않아도 되었다. 둘은 이따금 길가의 쉼터에 들러 휴식을 취하면서 가장 안락한 마차를 타고 이동했다. 칼카 도로는 아주 많은 백인이 이용하는 여행로였다. 마부브 알리의 말에 따르면, 백인 청년들은 하나같이 말에 관한 한 전문가로 자처하면서 고리대금업자로부터 돈을 꿔서라도 말을 살 것처럼 덤빈다고 했다. 마차역을 따라가는 도중에 만나는 백인들이 저마다 길을 막고는 얘기를 하자고 덤비는 것은 다 그런 이유에서였다. 심지어 어떤 이들은 자기네들이 타고 가던 마차나 말에서 뛰어내리더니 마부브의 말들에게로 와서 다리를 만져보기도 했다. 그들은 말도 안 되는 질문을 하거나 힌디어를 전혀 모르는 탓에 그게 얼마나 상스러운지 알지 못하면서 이 태연자약한 말장수에게 욕을 하기도 했다.

"내가 백인들과 거래를 시작한 건, 그러니까 소디 대령님이 아바자이 성의 총독으로 있을 때였는데 말이다, 거기 식민지 판무관들의 숙영지엔 못된 놈들이 득시글거렸지."

킴이 나무 아래서 파이프에 담배를 채우고 있을 때 마부브가 킴에게 비밀을 털어놓았다.

"그때는 그들이 얼마나 바보 같은 인간들인지를 몰랐지. 그 사실이 나를 몹시 화나게 만들었단다. 그래서 결국……"

그는 자신이 순진하다는 듯 과장스런 표정을 지으면서 얘기를 늘어놓았는데 킴으로서는 그 꼴을 보는 게 더 즐거웠다.

"이제 난 알게 됐지. 그게 말이다……"

그는 천천히 연기를 뿜어냈다.

"그들도 다른 모든 사람과 마찬가지라는 거야. 어떤 경우엔 지혜롭지만, 어떤 경우엔 완전히 바보라는 거. 처음 보는 사람에게 잘못된 말을 사용하는 게 가장 바보 같은 예라고 할 수 있지. 공격하려는 마음을 갖고 있지 않다고 하더라도 처음 보는 사람이 그걸 어떻게 알겠니? 그 사람은 필시 칼을 빼들고는 진의가 뭔지를 캐내려고 할 거란 말이야."

"맞아요, 맞는 말이에요."

킴이 진지하게 말했다.

"예를 들면, 바보들은 여자를 침대로 데려가면서 고양이 얘기를 하죠. 그러는 걸 들은 적이 있어요."

"그래서 말인데, 너는 하나의 상황에 처했을 때도 두 개의 얼굴로 그 상황에 대처해야 한다는 걸 기억해야 한다. 백인들 사이에선 넌 백인이라는 사실을 잊지 말아야 하고, 인도인들 사이에서라면 넌……"

그는 거기서 말을 끊고는, 묘한 미소를 지어 보였다.

"제가 누구죠? 무슬림인가요? 힌두교도? 자이나교도? 불교도? 이건 정말 풀기 힘든 문제죠."

"넌 당연히 어디에도 속해 있지 않아. 그래서 넌 저주받은 인간이지. 내 율법이 그렇게 말하고 있고…… 나 역시 그렇게 생각하고. 하지만 넌 또한 세상 모든 이의 친구이고, 난 널 사랑한다. 내 가슴이 그렇게 말하고 있다. 이런 식의 신앙 문제는 말의 경우와 같다. 지혜로운 자는 말들이 좋다는 걸 알고 있지. 거기서 얻을 수 있는 이익이 있으니까. 하지만 나는 선한 수니파* 사람이고 티라파 사람들을 증오한다. 나는 신앙이란 모두 비슷할 거라고 믿을 수밖에 없다. 사막에서 태어난 카티아와르 암말을 벵골 서부로 옮겨오면 말굽에 염증이 생겨 걷지 못하게 되지. 심지어 세상 어떤 말보다 뛰어나고 어깨에 걸머져도 될 정도로 가벼운 발흐 산 종마조차 북부의 거대한 사막에다 갖다놓고 백설낙타들과 붙여놓으니 오금도 못 펴는 걸 본 적이 있다. 그래서 내가 신앙이란 말과 같다고 말한 것이다. 각각은 제 땅에서만 가치를 발휘하는 것이다."

"하지만 라마스님께서는 전혀 다르게 말씀하셨어요."

"오, 불도국에서 온 늙은 몽상가 말이로구나. 별로 알려지지도 않은 사람에게 그토록 높은 가치를 두고 있다는 게 좀 화가 나는걸, 세상

---

* 이슬람 2대 분파의 하나. 칼리프를 정통 후계자로 인정함.

모든 이의 친구."

"그건 그래요, 하지. 그렇지만 그분은 제가 보고 싶어할 만한 가치가 있는 분이고, 제 마음은 언제나 그분에게 이끌리는걸요."

"그 역시 너에게 이끌린다는 얘기를 들었다. 마음이란 것도 말과 같지. 재갈과 박차에 따라 오고가니까. 구렁말을 더 단단하게 말뚝에다 매두라고 저쪽 굴 셰르 칸한테 소리를 좀 질러라. 쉴 때마다 말들이 다투는 꼴을 보고 싶지 않아. 저 암갈색 말하고 검정색 말은 좀더 안쪽으로 들여놓아야 할 텐데⋯⋯ 물어볼 게 있는데, 그 라마를 만나려는 게 네 마음의 평화를 위한 거냐?"

"그건 끊어낼 수 없는 저의 일부예요. 만약 그분을 다시 뵐 수 없다면, 그리고 그분을 저한테서 떼어버린다면, 전 러크나우의 학교를 뛰쳐나올 거예요. 그러면⋯⋯ 일단 뛰쳐나온다면 아무도 절 다시 찾을 수 없을 거예요."

"맞는 말이다. 너만큼 가볍게 올가미를 벗어나는 망아지는 없지."

마부브가 고개를 끄덕였다.

"걱정하지 마요, 사라지지 않을 테니."

킴은 정말 감 같이 사라질 수 있는 재주라도 있는 양 말했다.

"라마스님께서 절 보러 학교로 오실 거라고 말씀해주셨어요."

"어린 백인 소년들 앞에 탁발그릇을 든 거지가 나타나면⋯⋯"

"무슨 말씀!"

킴이 콧방귀를 뀌며 말을 잘랐다.

"많은 애가 하층계급의 파란 눈과 검정 손톱을 갖고 있어요. 붕기(청소부)와 결혼한 메테라니(여자 청소부)의 자식들이죠."

킴이 열거한 학생들의 신분을 일일이 주워섬길 필요는 없을 것이다. 킴은 다만 흥분하지 않고 사탕수수를 질겅거리면서 자신의 생각을 분명하게 드러냈다.

"세상 모든 이의 친구야."

마부브가 재를 비우도록 담뱃대를 소년에게 건네주면서 말했다.

"난 많은 남자, 여자, 소년, 그리고 꽤 많은 백인을 만나왔지. 하지만 너같이 이상한 아이는 결코 만난 적이 없어."

"왜죠? 전 항상 당신에게 진실만을 말했는데요?"

"아마도 바로 그 이유 때문일 거다. 이 세상은 정직한 사람에겐 위험한 곳이니까."

마부브 알리는 땅바닥을 차고 일어나 허리띠를 조이고는 말들이 있는 곳으로 가버렸다.

"팔 게 좀 있는데……"

그 소리에 마부브가 걸음을 멈추더니 돌아보았다.

"이번엔 또 무슨 못된 소릴 하려고?"

"팔 아나를 주세요. 그러면 말씀드리죠."

킴이 이빨을 드러내 웃으며 말했다.

"하지에게 평화를 가져다줄 겁니다."

"오, 악마 같은 녀석!"

마부브가 동전을 건넸다.

"어둠 속에 웅크리고 있던 그 도둑들을 기억하시죠, 움발라 저 아래쪽에 있던?"

"내 목숨을 노린 자들이었으니 잊을 수가 없지. 그자들이 왜?"

"카슈미르 여인숙도 기억하시나요?"

"얼른 얘기하지 않으면 네 귀를 비틀어버릴 테다, 이 백인 꼬마야."

"그러실 필요까지야, 아프간 어르신…… 그러니까 수도승으로 위장한 둘째 남자, 그러니까 백인 역무원들한테 정신없이 두들겨 맞던 그 사람이 말이죠, 라호르의 어르신 방을 뒤지러 왔던 바로 그 남자였어요. 역무원들이 그 사람을 기관차로 옮길 때 제가 얼굴을 봤죠. 바로 그 남자였어요."

"아까는 왜 말하지 않았지?"

"그 사람은 감방으로 갈 거고, 몇 년 동안은 아무 일 없을 거잖아요. 더이상 말할 필요가 없다는 건 아무 때나 해도 된다는 얘기지 않겠어요? 갑자기 사탕이 먹고 싶어졌다는 뜻이죠."

"알라여, 자비를 베푸소서!"

마부브 알리가 말했다.

"언젠가 사탕과자가 먹고 싶어진다면 내 목숨도 팔려고 내놓겠지?"

움발라를 떠나 칼카와 핀조레 광장 인근을 거쳐 심라에 이르는 다사다난하고 여유만만한 여행을 킴은 죽을 때까지 잊지 못할 것이다. 구게르 강을 건널 때에는 갑자기 홍수가 져서 정말 귀한 말 한 마리가 강물에 쓸려가버렸고, 킴은 떠내려오는 호박돌 사이에 빠져죽을 뻔했다. 질이 아주 좋은 풀을 뜯어먹고 있던 말들이 정부에서 사육하는 코끼리들과 마주치는 바람에 혼비백산하여 길을 따라 멀리 도망을 쳐버렸는데, 그 말들을 한데 모으는 데 하루하고 반나절이 걸렸다. 그러다가 그들은 팔 수도 없는 쇠약한 말들을 끌고 오던 시칸다르 칸을 만났다. 말에 관한 한 모든 면에서 시칸다르 칸보다 더욱 열성적인 마부브는 질이 최악인 말 두 마리를 굳이 사겠다고 우겼는데, 그 이해할 수 없는 일을 성사시키는 데 무려 여덟 시간에 걸친 설득과 무수한 담배를 소비해야만 했다.

하지만 이 모든 것이 즐거웠다. 길을 잃기도 하고, 산을 기어오르기도 하고, 물에 빠지기도 하고, 급류에 쓸리기도 했다. 멀리 설산을 따라 걸쳐진 아침의 붉은 기운과 산허리를 겹겹이 두른 선인장들, 수많은 물줄기가 내뿜는 소리들, 원숭이들이 찍찍거리는 소리, 가지가 뒤엉켜 서로 붙들고 올라가는 듯한 장엄한 히말라야삼나무들, 그 나무들 사이로 멀리 뻗쳐 있는 평원, 쉴 새 없이 윙윙거리며 울려대는 이륜마차의 경적과 마차가 굽은 길을 돌아갈 때마다 거칠게 움직이는 준비마準備馬들, 기도자들을 위한 정류장(마부브는 대단히 종교적인 사람이라 시간에 쫓기지 않을 때는 종교의식의 하나인 건포마찰도 하고 통성기도를 올리기도 했다), 낙타와 수소들이 함께 모여 엄숙하게 여물을 씹어 먹고 무뚝뚝한 마부들이 간선도로에서 일어난 소식들을 들려주는 동안 진행되던 쉼터에서의 저녁 회합…… 이 모든 것은 노래가 울려 퍼지듯 킴의 가슴을 벅차게 만들었다.

"하지만 말이다, 노래와 춤이 끝나면 대령 나리를 뵈러 가야 하고, 그건 그리 즐거운 일이 아니겠지."

마부브가 말했다.

"완전한 곳이에요…… 물론 북인도는 아름다운 땅이지만…… 다섯 강들이 있는 곳이 어느 곳보다도 매력적이죠."

킴은 거의 노래하듯 말했다.

"마부브 알리든 대령이든 저를 때리려고 손이나 발을 쳐든다면 이곳으로 와버릴 거예요. 일단 가버린다면, 누가 절 찾을 수 있겠어요. 보세요, 하지, 저기 심라가 있죠? 알라여, 얼마나 멋진 도시인가요!"

"내 숙부는, 매커슨 씨 집의 우물이 페샤와르에 처음 생겨날 때 이미 노인이셨는데, 그 당시 이 동네에 집이라곤 단 두 채밖에 없었다는 얘기를 하시곤 했지."

그는 주도로에서 심라 시장으로 말을 타고 내려갔다. 계곡에서 시청사에 이르는 45도 경사의 오르막에 위치한 시장은, 혼잡스런 토끼 사육장 같았다. 인도에서도 유명한 이 여름의 도시는, 베란다끼리 연결되어 있고 골목은 골목과, 토끼가 숨어드는 구멍 같은 은신처는 또 은신처들끼리 연결되어 있어서 이 길을 잘 아는 사람이면 언제든 경찰의 감시망을 피해 달아날 수가 있었다. 이곳에는 밤이면 예쁜 여자들을 실어 나르는 릭샤를 끌고 다니며 새벽까지 도박을 즐기는 잠파니*를 비롯해 잡화상, 기름장수, 골동품상, 땔감장수, 수도승, 소매치기, 정부에 고용된 현지인들까지, 화려한 도시의 욕구를 충족시키는 일에 종사하는 많은 사람이 살고 있었다. 이곳에서는 인도 의회의 최고 기밀일 듯한 정보들이 고급 매춘부들의 얘깃거리가 되기도 하거니와, 인도 전역의 반수 이상의 토후국을 대리하는 사람들을 또 대리하는 사람들까지 죄다 모여드는 곳이기도 했다. 마부브 알리는 이곳에도 역시 방을 하나 빌려놓았는데, 무슬림 가축상인의 집에 딸린 것으로 라호르의 칸막이 방보다 보안이 잘되어 있었다. 그 방은 또다른 '불

---

* 인력거(릭샤)를 끄는 사람.

가사의 한 집'이었는데, 해질녘에 무슬림 마부 소년이 들어갔다가 한 시간쯤 뒤에는 유라시아의 혼혈 청년이 되어 나왔기 때문이었다. 하지만 옷가게에서 맞춰 지었는데도 걸친 옷은 볼품이 없었고, 러크나우 무희의 염색 솜씨가 아쉬울 뿐이었다.

"크레이튼 나리와 얘기를 나누었다."

마부브 알리가 입을 열었다.

"또 한번 우정의 손길로 재난의 채찍을 피하게 만들었지. 네가 여행길에서 두 달이나 허비해버렸기 때문에 병영학교로 가는 건 너무 늦었다고 말씀하시더구나."

"제 휴일은 제 거라고 말씀드렸을 텐데요. 다른 학교는 가지 않아요. 그렇게 약속했잖아요."

"대령 나리도 그 약속을 무시하는 게 아니다. 러크나우로 다시 돌아갈 때까지 러간 씨 댁에서 머물도록 해라."

"방을 얻은 게 얼마나 된다고요, 마부브."

"넌 명예에 대해 알지 못하는구나. 러간 씨가 직접 너를 데려오라고 하셨어. 언덕을 올라가서 꼭대기로 난 길을 따라가면 돼. 거기 가서는 네가 본 것, 나 마부브 알리에게 했던 얘기들, 당분간은 다 잊도록 해라. 내가 크레이튼 나리에게 말을 판 사람이라는 것도, 또한 그분조차도 모른다고 생각하라는 말이다. 이건 명령이다. 잊지 말거라."

킴이 고개를 끄덕였다.

"좋아요. 그런데 러간 씨란 사람은 누구죠? 제가 모르는 분이라서요."

킴은 칼날처럼 매섭게 노려보는 마부브의 눈길을 느끼며 말을 이었다.

"정말 전혀 들어보지 못한 이름이에요. 그분은 우리 편인가요?"

킴이 목소리를 한껏 낮추었다.

"우리 편이라는 건 무슨 뜻이지, 백인 소년?"

마부브 알리는 유럽인들에게 사용하는 말투로 물었다.

"나는 아프간 사람이다. 넌 백인이고, 백인의 자식이지. 러간 씨는 유럽인들의 상점거리에 가게를 갖고 있다. 심라의 모든 사람이 알고 있는 사실이지. 거기 가거든 물어봐라. 그리고 세상 모든 이의 친구야, 그분은 눈짓만으로도 사람들을 복종시키는 사람이다. 사람들은 그분이 마법을 쓴다고 말하기도 하지만, 네 마음을 쉽게 움직이게 할 수는 없을 것이다. 언덕으로 올라가서 물어보거라. 이제, '큰 게임'이 시작되었다."

9장

슈독스는 지혜로운 엘스의 아들
갈까마귀 종족의 추장.
곰 이츠우트가 돌보았지
치유의 인간으로 만들기 위해.

그는 빠르게, 아주 빠르게 배웠지
용감하고 용감해졌지.
그는 장엄한 클루크왈리의 춤을 추었네
곰 이츠우트를 즐겁게 해주려고!

– 키플링, 「오리건의 전설」

킴은 자신을 내던져 생의 수레바퀴를 앞으로 나아가게 했다. 그는 한동안은 다시 백인으로 지내야만 할 터였다. 그런 생각을 하면서 그는 심라 시 청사 아래의 큰 도로에 도착하자마자 주변을 두리번거렸다. 열 살쯤 먹은 힌두 소년 하나가 가로등 아래 웅크리고 있었다.

"러간 씨의 집이 어디니?"

킴이 물었다.

"영어를 몰라."

대답을 듣고 나서야 킴은 힌디어로 다시 물었다.

"내가 데려다줄게."

두 사람은 신비롭게 퍼져 있는 황혼 속을 함께 걸어갔다. 산 아래의 도시는 소음으로 가득 차 있었고, 히말라야삼나무들이 왕관 모양으로 둘러싸고 있는 자코 산에서는 시원한 바람이 불어왔으며, 별들이 어깨 위로 쏟아지고 있었다. 도시의 집들에서 새나온 불빛들이 사방에 자욱이 퍼져 있는 모습이 거기에 겹쳐지면서 마치 밤하늘이 두 겹으로 펼쳐져 있는 것 같았다. 한 무리는 고정되어 있었고, 다른 무리는 외식하러 나온 활달한 영국인들을 태운 채 조심성 없이 내달리는 릭샤를 따라 움직이고 있었다.

"여기야."

킴을 안내한 소년이 큰길에 연해 있는 발코니 앞에 멈춰 서며 말했다. 문짝 대신 구슬이 달린 갈대 주렴이 드리워져 있어서 집안에 켜져 있는 램프의 불빛이 흩어지고 있었다.

"여기 왔습니다요."

소년은 숨소리보다 약간 더 큰 목소리로 외치고는 사라졌다. 그제야 킴은 소년이 처음부터 자신을 이곳으로 안내하기 위해 거기서 기다리고 있었다는 사실을 깨달았다. 하지만 내색하지 않고 주렴을 젖혔다. 녹색 선글라스를 낀 검은 수염의 남자가 짧고 하얀 손으로 제 앞에 놓인 쟁반 위의 반짝이는 구슬들을 번들거리는 명주실에다 꿰고 있었는데, 그러는 동안 콧노래를 흥얼거렸다. 킴은 전체적으로 둥글게 등불이 켜져 있는 방 안을 둘러보았다. 방은 동양의 사원들 분위기가 물씬 나는 물건들로 가득했는데, 사향과 백단나무의 향, 그리고 역한 재스민 기름 냄새가 한꺼번에 밀려들었다.

"제가 왔습니다."

이윽고 킴이 입을 뗐다. 힌디어였다. 방 안의 향내가 자신이 백인이라는 사실을 잊게 했다.

"일흔아홉, 여든, 여든 하나."

남자는 킴이 따라할 수 없을 정도로 빠르게 진주알을 줄에다 꿰면서 숫자를 세고 있었다. 그는 녹색 선글라스를 벗고는 30초가량 꼼짝 않고 킴을 노려보았다. 그의 동공이 커다래지더니 바늘에 찔린 듯 오므라들었다. 그건 마치 마음먹은 대로 움직이는 것 같았다. 탁살리 관문에서 어떤 탁발수도승이 그런 묘기를 보이는 걸 본 적이 있었는데, 그는 그런 재주를 주로 어리석은 여자들을 꼬드겨 돈을 뜯는 데 썼다. 킴은 흥미롭게 그를 주시했다. 탁살리의 그 질 나쁜 사람은 염소처럼 자기의 귀를 실룩거릴 줄도 알았는데, 이 낯선 남자에게 그런 재주까지 바랄 수는 없을 것 같아 킴은 실망스러웠다.

"겁먹지 마라."

러간 씨가 느닷없이 말했다.

"왜 제가 겁을 먹어야 하죠?"

"오늘밤은 여기서 자고, 러크나우로 돌아갈 때까지 나와 함께 있도록 하자. 이건 명령이다."

"이건 명령이죠."

킴이 그와 똑같이 말했다.

"헌데 어디서 자야 되죠?"

"여기, 이 방에서."

러간 씨가 자기 뒤편의 어두운 곳을 가리키며 손가락을 까닥거렸다.

"그렇게 하지요. 지금 자요?"

킴이 얌전하게 말했다.

그는 고개를 끄덕이고는 머리 위로 램프를 비추었다. 불빛들이 방 안을 쓸고 가자 귀신을 쫓아내는 의식에 사용하는 걸개그림이 걸려 있는 벽으로부터 티베트 악령무극惡靈舞劇에 쓰는 온갖 가면들이 불쑥 튀어나왔다. 뿔 달린 가면, 인상을 쓰고 있는 가면, 공포에 질려 얼이 빠진 가면 등 다양했다. 한쪽 구석에는 갑옷과 깃털을 단 일본 무사가 미늘창을 들고 위협하는 모습을 취하고 있었으며, 20여 자루의 창과 인도 검 칸다와 쿠타르가 희미한 불빛을 간단없이 되비추고 있었다. 악령무극의 가면들은 라호르 박물관에서도 본 적이 있으므로 킴에게는 그다지 흥미로운 것이 아니었다. 정작 그의 관심을 잡아끈 것은 그를 현관 앞까지 데려다주고 사라졌던 그 부드러운 눈매를 가진 힌두 소년이었다. 소년은 분홍빛 입술에 살짝 미소를 머금고서 진주구슬이 놓인 탁자 아래 가부좌를 튼 채로 앉아 있었다.

'러간 씨가 나를 겁주려는 거야. 탁자 아래 앉아 있는 저 악마의 자식도 내가 겁을 집어 먹기를 기다리는 게 확실해. 여기는……'

그렇게 생각하며 킴이 큰 소리로 말했다.

"'불가사의한 집' 같구먼. 내 침대는 어디 있지?"

러간 씨가 흉측한 가면들이 걸려 있는 방구석의 힌두식 누비이불을 가리키고는 램프를 집어들고 나가버리자 방 안이 캄캄해졌다.

"저 사람이 러간 씨 맞니?"

킴이 몸을 말며 물었다. 대답이 없었다. 그는 힌두 소년의 숨소리만 들을 수 있을 뿐이었다. 킴은 그 소리를 따라 어둠 속을 더듬어 마루를 건 가면서 소리를 질렀다.

"대답해, 악마야! 이런 식으로 백인을 속여먹어도 되는 거야?"

어둠 속에서 낄낄거리는 웃음소리를 들은 것 같았다. 그런데 그 연약한 소년이 내는 것일 리 없는 울음소리도 들렸다. 킴은 큰 소리로 외쳤다.

"러간 씨! 오, 러간 어르신! 당신의 하인더러 저한테 아무 소리도 하지 말라고 명령을 내리신 건가요?"

"그렇게 명령을 내렸어."

갑자기 등 뒤에서 목소리가 들려와서 가슴을 철렁하게 만들었다.

"좋아, 두고 보겠어."

킴은 누비이불을 더듬거려 찾으며 중얼거렸다.

"내일 아침에 널 혼내주지. 난 힌두교도를 좋아하지 않아."

방 안은 이런저런 소리와 음악으로 가득 차 있어서 쾌적한 밤을 보낼 수가 없었다. 킴은 두 번씩이나 자신의 이름을 부르는 소리에 잠을 깨야만 했다. 두번째 깼을 때는 어디서 나는 소리인지를 찾아보기까지 했는데, 결국 어떤 상자에 코를 부딪히고는 그만두어야 했다. 그 상자에서 들려온 것은 사람의 목소리가 확실한 듯했지만 억양으로 봐서는 도무지 사람의 것이 아니었다. 그것은 양철로 만들어진 나팔처럼 보였는데 바닥에 놓인 아주 작은 상자에 전선으로 연결되어 있었다. 적어도 만져본 바로는 그랬다. 금속성의 윙윙거리는 그 소리는 나팔로부터 흘러나오고 있었다. 킴은 점점 화가 치밀어서 코를 만지작거리며 여느 때처럼 힌디어로 생각했다.

'시장통의 거지와 함께 있는 것도 좋은 일이긴 하지만…… 난 백인이고, 나의 부모도 백인이다. 나아가 나는 러크나우의 학생이다. 그렇고말고.' 킴의 생각이 영어로 바뀌었다. '나는 성 사비에르의 소년이란 말이다. 빌어먹을 러간의 눈깔!…… 그건 재봉틀같이 기계일 거야. 오, 뻔뻔한 인간…… 러크나우에 있는 것들에 비하면 새 발의 피지, 암!' 다시 힌디어로 바뀌었다. '그런데 대체 그는 뭘 원하는 거야? 그는 단지 장사꾼일 뿐이고…… 난 그의 가게에 있고. 하지만 크레이튼 씨는 대령이고…… 그래서 이 명령은 크레이튼 씨가 내린 거라고 생각할 수밖에 없어. 그나저나 내일 아침에 힌두 꼬마를 어떻게 두들겨준담! 근데 이건 또 뭐야?'

산전수전 다 겪은 킴 정도라야 들어봤음직한 고약한 욕설이 나팔 상자로부터 쏟아져 나오고 있었는데, 높은 톤의 그 이상한 목소리를 듣는 순간 목덜미의 솜털이 곤두서는 것 같았다. 그 상스러운 것이 숨을 들이쉬자, 킴은 재봉틀이 윙윙거리며 돌아가는 것 같은 부드러운 그 소리에 안심이 되었다.

"춥(조용히 해)!"

킴이 소리를 질렀다. 그때 다시 낄낄거리는 소리가 들려왔다.

"춥…… 그러지 않으면 모가지를 비틀어버릴 거야."

상자는 킴의 말에 아랑곳하지 않고 계속 낄낄거렸다. 킴은 양철 나팔을 비틀어버렸다. 그러자 뭔가가 찰칵 하고 튀어 올랐다. 킴이 뚜껑을 들어올린 거였다. 만약 그 안에 귀신이 있다면 때는 지금이었다. 코를 들이대보니 시장의 재봉틀 냄새가 풍겨 나왔다. 귀신을 소탕해야만 했다. 그는 윗도리를 벗어 상자의 입구에다 쑤셔박았다. 뭔가 길고 둥그런 게 킴의 누르는 힘에 의해 굽어지는 것 같았는데, 윙윙거리는 소리만 낼 뿐 목소리는 더이상 나오지 않았다. 그런 소리는, 가령 값비싼 축음기의 녹음장치 같은 데다 세 겹으로 접은 옷을 구겨 넣었을 때나 들릴 법한 것이었다. 그제야 킴은 마음이 고요해지면서 깊은 잠에 빠져들 수 있었다.

다음날 아침 그는 자신을 이윽히 내려다보고 있는 러간 씨를 발견했다.

"오! 어젯밤에 어떤 상자 하나가 제게 나쁜 말들을 뱉어내더군요. 그래서 제가 중단시켰습니다. 그 상자가 당신 건가요?"

킴은 자신이 백인이라는 사실을 끈끈하게 인식하면서 말했다.

남자가 손을 내밀었다.

"악수를 하자꾸나, 오하라. 그래, 그건 내 상자였다. 난 그걸 소중히 간직해왔지. 내 왕족 친구들이 좋아하는 물건이니까. 그중 하나가 부서졌구나. 하지만 그건 그렇게 값나가는 게 아니다. 그래, 내 친구들, 왕들은 장난감을 아주 좋아한단다…… 때론 나도 그렇지만."

킴은 곁눈질로 그를 보았다. 그는 백인의 옷을 차려입은 영락없는 백인이었다. 하지만 우르두어 말투와 영어 억양만 보면 결코 영국인 같지가 않았다. 그는 킴이 입을 떼기도 전에 그의 마음이 어떻게 움직이는지를 간파하고 있는 것 같았고, 빅터 신부나 러크나우의 선생들처럼 굳이 자신의 생각을 말하려고 애쓰지 않았다. 가장 좋은 것은 그가 킴을 동양적인 측면에서 동등한 인격체로 대한다는 사실이었다.

"오늘 아침 네가 내 어린 하인을 두들겨주지 못해서 유감이구나. 그 애가 내게 말하길, 칼이나 독으로 널 죽여버릴 거라고 그러더구나. 그 앤 질투가 강해서 외딴곳에다 가둬두었다. 난 오늘 그애하고 마주치지 않을 작정이다. 방금 전엔 날 죽이려 덤벼들었지. 대신 네가 아침식사를 준비하는 데 날 좀 도와줘야겠다. 그앤 질투가 너무 지나쳐서 이젠 믿을 수가 없게 되었어."

아마도 본토에서 건 온 진짜 영국인이라면 이런 얘기를 할 때 무척 수선스러웠을 것이다. 마부브 알리가 북부에서 일어난 사소한 일들을 얘기할 때처럼 러간 씨는 간단하게 몇 마디로 상황을 정리해버렸다.

상점의 뒷베란다는 가파른 산허리에 새로 지어져 있었는데, 이웃집 굴뚝 꼭대기의 통풍관을 굽어보고 있는 형국이었다. 그건 심라에선 흔한 풍경이었다. 정통 페르시아식 음식을 러간 씨가 손수 마련한 것도 이채로웠지만 그보다 더 킴을 매료시킨 것은 그의 가게였다. 규모로는 라호르 박물관이 더 컸지만, 티베트에서 건너온 악귀를 쫓는 단검이나 라마교도의 회전 예배기 같은 진기한 물건들은 러간 씨의 가게가 훨씬 더 많았다. 터키옥과 호박 원석 목걸이, 벽옥 팔찌, 가공하지 않은 석류석으로 덮인 항아리 속에 기묘하게 채워져 있는 선향線香, 지난밤 신물이 나도록 본 귀신 형상의 가면들과 벽을 가득 채운 번들거리는 청색의 장막, 금불상, 들고 다닐 수 있는 소형 칠기 제단, 뚜껑이 터키옥인 러시아제 찻주전자 사모바르, 팔각형의 기묘한 등나무 상자에 담긴 계란껍질처럼 얇은 도자기 세트 같은 것들로 가득 차 있었는데, 특히 상아로 만든 노란색의 예수 수난상은 일본에서 건 온 것이라고 러간 씨가 말해주었다. 그뿐 아니라 기하학 무늬가 새겨졌으며 찢어지고 좀이 슨 휘장 뒤편에 팽개쳐놓은, 먼지가 잔뜩 낀 짐짝 안에는 고약한 냄새를 풍기는 카펫들이 가득 들어 있었다. 식사를 마친 뒤에 손을 씻는 페르시아 산 물주전자, 기이한 악마의 형상들이 띠를 이루며 가장자리를 둥글게 장식한 중국산도 페르시아 산도 아닌 투박한 구리 향로, 생가죽같이 군데군데 옹이가 있는 녹이 슨 은대銀

帶, 옥비녀, 상아, 반투명의 녹옥綠玉 덩어리, 온갖 종류의 무기들까지 수많은 진귀한 물건이 상자에 담겨 있거나 쌓여 있거나 혹은 방 안에 그냥 방치되어 있었다. 말끔하게 치워진 곳이라고는 러간 씨가 일을 하는 낡은 계산대 주위뿐이었다.

"저 물건들은 별거 아니다."

킴의 눈길을 따라가며 주인이 말했다.

"그저 예쁘기에 산 거다. 가끔은 팔기도 하지…… 사려는 사람이 마음에 들면 말이다. 내가 하는 일은 누구나 다 볼 수 있단다…… 일부이긴 하지만."

아침햇살이 타오르자 온갖 붉은빛과 푸른빛, 초록빛이 번쩍이며 사방으로 다이아몬드의 청백색 빛줄기들을 뿌려놓고 있었다. 킴의 눈이 활짝 열렸다.

"그래, 정말 멋진 보석들이지. 태양빛에도 상하지 않는. 더구나 값도 비싸지 않고. 하지만 생채기가 난 보석들은 달라."

그는 킴의 접시에 음식을 더 얹어주었다.

"생채기가 난 진주를 다듬고 푸른 빛깔이 바랜 터키옥을 다시 파랗게 만들 수 있는 건 오직 나만이 할 수 있다. 내가 죽어버린다면, 그땐 아무도 없는 거지…… 안 돼, 가만있어! 네가 보석을 가지고 할 수 있는 건 아무것도 없단다. 터키옥에 관해 조금만 이해한다면 그걸로 족하지…… 언젠가는 그렇게 되겠지."

그는 여과기에서 물을 받기 위해 자잘한 기포들이 박힌 무거운 토기 물항아리를 가지고 베란다 끝으로 걸어갔다.

"물 마실 테냐?"

킴이 고개를 끄덕였다. 4, 5미터쯤 떨어져 있던 러간 씨가 항아리 위에 손을 올려놓았다. 그 순간, 자잘한 주름이 잡힌 흰 옷이 펄럭거렸을 뿐인데, 물이 넘칠 듯 찰랑거리던 그 항아리가 미끄러지면서 어느새 킴의 팔꿈치 가까이에 옮겨와 있었다.

"와!"

킴은 까무러칠 듯 놀라며 입을 열었다.

"마술이군요."

그의 말에 기분이 좋아진 듯 러간 씨가 미소를 지어 보였다.

"그걸 도로 던져봐라."

"깨질 텐데요."

"잔말 말고, 다시 던져봐."

킴은 될 대로 되라는 심정으로 물항아리를 던졌다. 그것은 얼마 가지 못해 떨어졌고, 산산조각이 나버렸다. 항아리에 담겼던 물이 베란다 바닥의 우툴두툴한 널빤지 사이로 스며들고 있었다.

"깨질 거라고 말씀드렸잖아요."

"모든 것은 하나다. 이걸 봐라. 가장 큰 조각을 봐라."

사금파리의 오목한 곳에 고인 물이 빛을 받아 반짝거리고 있었는데 그 모양이 마치 마룻바닥에 별이 떨어진 것 같았다. 킴은 그것을 뚫어지게 내려다보았다. 러간 씨가 킴의 목덜미에다 한 손을 가볍게 올리더니 두세 번 톡톡 치면서 속삭였다.

"잘 봐라! 항아리가 다시 살아날 거다. 먼저 가장 큰 조각이 오른쪽과 왼쪽에 있는 사금파리와 결합할 거다…… 오른쪽 것과 왼쪽 것이라 했다. 잘 봐라!"

킴은 조금이라도 머리를 움직이면 목숨이 달아나버릴 것 같았다. 가볍게 손을 대고 있을 뿐이었는데도 그는 바이스*에 낀 것처럼 꼼짝할 수 없었고, 피가 통하지 않아 얼얼한 느낌이었다. 이제 세 조각으로 흩어져 있던 곳에 하나의 커다란 조각이 결합해 항아리의 모양을 이루고 있었고, 그 위로 항아리 전체의 거무스름한 윤곽이 나타나 있었다. 그 항아리는 분명히 방금 그의 눈앞에서 부서졌다. 이 모든 일은 믿을 수 없을 정도로 느릿느릿 진행되었다. 그의 목덜미에 다시금 찌르는 듯 화끈한 일렁임이 스르르 미끄러져 갔다. 러간 씨가 손을 움직인 것이다.

"봐라! 모양이 만들어지고 있다."

러간 씨가 말했다.

그때까지 힌디어로 생각 중이던 킴의 온몸에 전율이 일었다. 마치 상어 떼를 피해 몸을 반쯤 물 밖으로 드러낸 채 필사적으로 헤엄을 치는 것 같은 기분으로 킴은 집어삼킬 듯한 어둠으로부터 빠져나와 피신할 곳을 찾았다. 그곳은 우스꽝스럽게도 영어로 된 구구단표였다.

"봐라! 모양이 만들어지고 있다."

러간 씨의 속삭임이 들려왔다.

항아리는 깨어졌다. 분명히 박살이 났다. 이 생각은 힌디어로 한 것이 아니었다. 힌디어로 그 단어가 떠오르지 않았다. 항아리는 50조각으로 깨졌다. 이것은 영어로 된 생각이었다. 2 곱하기 3은 6, 3 곱하기 3은 9, 4 곱하기 3은 12…… 이것들은 영어로 된 구구단표에서 익힌

---

* 기계 공작에서, 공작물을 끼워 고정하는 기구.

것이었다. 힌디어가 아니었다. 이것을 생각하기 위해서는 영어가 필요했던 것이다. 그는 필사적으로 구구단표에 매달렸다. 눈을 한번 비비자 항아리의 어두운 윤곽은 안개가 걷힌 것처럼 또렷해졌다. 분명히 사금파리들이 깨진 채 흩어져 있었고, 엎질러진 물방울들이 햇볕에 마르고 있었으며, 베란다의 갈라진 틈을 통해 하얀 벽 아래 이 잘게 이랑이 져 있는 것이 보였는데…… 그리고, 3 곱하기 12는 36이었다!

"봐라! 모양이 만들어지고 있지 않느냐?"

러간 씨가 물었다.

"하지만, 깨졌잖아요…… 깨졌다고요."

킴은 숨이 막히는 듯 헐떡거렸다. 러간 씨는 30초가량 부드러운 목소리로 중얼거렸다. 킴이 머리를 옆으로 비틀었다.

"보세요! 데코(보세요)! 깨지기 전과 똑같이 되었어요."

"그래, 깨지기 전의 그것이다."

러간 씨는 목덜미를 쓸어내고 있는 킴을 뚫어지게 바라보며 말했다.

"너는 이 광경을 지켜본 많은 사람 가운데 최고였다."

그는 넓은 이마를 닦아냈다.

"마술이었어요?"

킴이 수상쩍은 듯 물었다. 킴은 피가 통하지 않아 얼얼했던 느낌이 사라지자 오히려 정신이 더 또렷해진 것 같았다.

"아니, 그건 마술이 아니었다. 단지 숨은 가능성을 본 것뿐이다. 보석의 흠도 마찬가지지. 때로 아주 좋은 보석은 어떤 이의 손 안에 들어가 있으면, 그리고 그가 그렇게 하는 법을 알고 있다면, 낱낱이 쪼개

306

져버린다. 그래서 보석을 다룰 때는 주의를 기울여야 한다. 이제 내게 말해보겠니? 네가 본 물병의 모양에 대해서 말이다."

"잠깐 동안이었어요. 마치 땅에서 꽃이 자라는 것 같았어요."

"그때 넌 무얼 했지? 내 말은, 어떤 생각을 했냐는 거다."

"오! 전 그게 깨졌다는 걸 알고 있었죠. 그래서 생각하기를…… 무슨 생각을 했냐 하면…… 깨졌다, 라는 것이었어요."

"흠! 예전에 이와 똑같은 마술을 네게 보여준 사람이 있었느냐?"

"그랬다면 제가 가만있었겠어요? 줄행랑쳤겠죠."

킴이 말했다.

"그러면, 이젠 두렵지 않지, 응?"

"이젠 두렵지 않아요."

러간 씨는 전보다 더 면밀하게 킴을 살폈다.

"마부브 알리에게 말해야겠다…… 지금 당장은 아니고, 며칠 뒤에."

그는 혼잣말처럼 중얼거렸다.

"너와 함께해서 기쁘다. 그렇고말고…… 하지만 기쁨만 있는 건 아니다. 이 실험에서 자기 자신을 통제한 경우는 너 하나뿐이었다. 어떻게 그렇게 할 수 있었는지 알고 싶다만…… 넌 제대로 했고, 이건 누구에게도 발설해선 안 될 것이다…… 내게조차도."

그는 돌아서서 상점의 먼지 자욱한 어둠 속으로 들어가더니 탁자 앞에 앉아 부드럽게 손을 비볐다. 목이 잠긴 작은 울음소리가 카펫더미 뒤에서 들려왔다. 얌전히 벽을 향해 있는 힌두 소년이었다. 그의 야윈 어깨가 슬픔을 가득 담은 채 흔들리고 있었다.

"아! 저 아인 질투가 아주 많다. 녀석은 또다시 내 아침식사에다 독약을 넣을 거고, 그래서 난 새로 요리를 해야겠지."

"쿠비…… 쿠비 나힌(절대 아닙니다)."

더듬거리는 대답이 들려왔다.

"녀석은 이 방에 있는 또다른 소년을 죽일지도 모른다."

"쿠비…… 쿠비 나힌."

"너는 녀석이 어떻게 할 거라고 생각하느냐?"

그가 갑자기 킴을 돌아보며 물었다.

"오! 모르겠어요. 저앨 가도록 내버려두죠. 그런데 저애가 왜 당신을 독살하려 했죠?"

"날 좋아하기 때문이지. 네가 만약 누군가를 좋아하는데, 그 사람이 너와 있는 것보다 저 아이와 있는 걸 더 즐거워한다면, 넌 어떻게 하겠느냐?"

킴은 생각에 잠겼다. 러간은 힌디어로 천천히 그 물음을 반복했다.

"전 저 아이를 독살하지 않을 거예요."

킴이 사려 깊게 대답했다.

"하지만 저 아이를 때릴 것 같아요…… 저 아이가 그 누군가를 좋아한다면. 그렇다 하더라도 먼저 전 저 아이에게 물어볼 거예요. 좋아하는 게 사실이냐고."

"아! 녀석은 모든 사람이 나를 좋아한다고 생각하고 있단다."

"그러면 제 생각에 저 아인 바보예요."

"들었느냐?"

러간 씨가 소년의 흔들리는 어깨를 바라보며 말했다.

"백인의 아들은 널 바보라고 생각하고 있다. 나가거라, 그리고 다음번엔 또 네 마음이 혼란스러워지더라도 비소砒素 따위를 함부로 사용하지는 마라. 그날은 운이 없게도 악마 다심에게 우리들 식탁을 맡겨놓았던 것이다! 먹었다면 난 아팠을 거고. 아이야, 그러니 그럴 때엔 이방인으로 하여금 보석들을 지켜달라고 해야겠지. 이리 나오너라!"

소년이 너무 울어서 짓무른 눈으로 짐짝 뒤에서 기어 나오더니 러간 씨의 다리에 필사적으로 매달렸다. 소년은 킴의 가슴을 뭉클하게 할 정도로 애절하게 자신의 잘못을 읊조렸다.

"앞으로는 제가 잉크병들을 살펴보겠습니다…… 제가 보석들을 성실하게 지키겠습니다! 오, 나의 아버지이자 어머니시여, 저 녀석을 내보내주세요!"

그는 맨발의 발꿈치를 뒤쪽으로 뻗어 킴을 가리켰다.

"아직은…… 아직은 아니야. 얼마 있지 않아 돌아가겠지만. 지금 그는 수업을 받고 있는 셈이란다…… 새 학교에서 말이지…… 네가 저 아이의 선생이 될 수 있어야 한다. 저 아이를 상대로 보석 게임을 해봐라. 내가 심판을 봐줄 테니."

소년은 금세 눈물을 닦고는 가게 뒤편으로 달려가더니 구리 쟁반을 갖고 왔다.

"시작하세요!"

아이가 러간 씨에게 말했다.

"주인님 손으로 이것들을 꺼내세요. 제가 하면 농간을 부린다고 말할지 몰라요."

"부드럽게…… 부드럽게."

러간 씨는 소년을 진정시키며 책상 아래쪽 서랍에서 달가닥거리는 것 한 움큼을 꺼내 쟁반 위에다 내려놓았다.

"자, 그럼."

소년이 묵은 신문지를 흔들며 말했다.

"이것들을 네 마음대로 살펴봐, 이방인. 필요하다면 개수를 세고, 만져봐도 돼. 난 한 번만 보면 충분해."

그는 자신만만하게 등을 돌렸다.

"그런데 이게 무슨 게임이지?"

"개수를 세고 손으로 만져본 뒤에 네가 이걸 모두 기억할 수 있다는 확신이 들면, 내가 이 신문지로 이것들을 가릴 거야. 그런 뒤에 넌 러간 나리께 네가 계산한 것을 말하면 되고, 난 내가 계산한 것을 종이에다 쓸 거야."

"오!"

킴의 내부에서 승부에 대한 본능이 일어나고 있었다. 그는 쟁반 위로 몸을 기울였다. 거기에는 15개의 보석이 놓여 있었다.

"쉽네."

1분쯤 지나서 그가 말했다. 소년은 반짝거리는 보석들 위에 신문지를 덮고는 인도인들이 쓰는 양식의 장부에다 휘갈겨 썼다.

"신문지 밑에는 푸른색 보석이 다섯 개가 있는데…… 큰 거 하나에 아주 작은 거 하나, 나머지 세 개는 그 중간 크기예요."

킴이 아주 빠르게 말했다.

"그리고 네 개의 녹색 보석이 있는데, 하나에는 구멍이 뚫려 있어요. 그리고 노란색 보석 하나는 아주 투명하고요, 하나는 담배파이프처럼 생겼어요. 붉은색 보석이 두 개 있고…… 그리고…… 제가 계산한 건 전부 열다섯 개였는데, 두 개는 기억이 안 나요. 잠깐만요! 하나는 상아색이었는데, 작고, 갈색이 들어 있어요. 그리고…… 시간을 좀 주시면……"

"하나…… 둘……"

러간 씨가 열까지 숫자를 셌다. 킴이 고개를 저었다.

"내가 계산한 걸 봐!"

소년이 웃음소리가 섞인 목소리로 말하며 불쑥 나섰다.

"먼저, 흠집이 난 사파이어 두 개가 있는데, 제 생각에 하나는 이 루티*고, 하나는 사 루티일 거예요. 사 루티짜리는 가장자리가 깎여 있어요. 그리고 터키옥이 하나 있는데, 검정색 결을 가진 평범한 거예요. 글씨가 새겨져 있는 보석 두 개 중 하나에는 금으로 신의 이름이 적혀 있고, 다른 하나에는 전체적으로 균열이 가 있고 오래된 반지에서 꺼낸 거라 뭐라고 쓰여 있는지 읽을 수가 없어요. 지금까지 다섯 개의 푸른색 보석에 대해 말했어요. 에메랄드는 네 개가 있는데 모두 흠집이 나 있어요. 하나는 두 곳에 드릴로 구멍이 뚫려 있고, 하나는 조그만 글씨들이 새겨져 있는데……"

"무게는?"

러간 씨가 건조한 어조로 물었다.

"삼 루티…… 오 루티…… 또 오 루티…… 그리고 사 루티, 제 생각엔 그래요. 초록빛이 도는 오래된 원통형 호박 하나와 유럽에서 온 토

---

* 인도와 파키스탄에서 사용하는 무게 단위. 1루티는 0.1215그램이다.

파즈* 가공품 하나가 있어요. 버마 산 루비 하나는 이 루티에 흠집이 없고, 발라스루비** 하나는 같은 이 루티짜리지만 흠집이 있어요. 그리고 계란을 삼킨 쥐가 새겨져 있는 중국산 상아 가공품이 하나 있고, 마지막으로…… 아하!…… 황금 잎사귀 위에 콩알만 한 크기의 커다란 수정이 얹혀 있는 보석이 하나 있어요."

소년은 끝났다는 듯 손뼉을 쳐댔다.

"이 아이가 네 선생이다."

러간 씨가 미소를 띠며 킴에게 말했다.

"흥! 얜 보석 이름을 다 알고 있군요."

킴이 얼굴을 붉히며 말했다.

"다시 한번 해요! 저애와 저, 둘 다 아는 보통 것으로 말예요."

그들은 가게 안에 있던 잡동사니들을 쟁반 위에다 쌓아놓고는 게임을 했다. 심지어 부엌에서도 물건들을 가지고 왔는데, 게임을 할 때마다 매번 소년이 이겼고 킴은 그 결과에 어이없어했다.

"내 눈을 가려봐…… 난 손으로 한 번만 만져보기로 하고, 넌 눈을 뜬 채로 하고."

소년이 제안했다.

킴은 소년이 잘난 체하는 것에 속이 상해서 발을 동동 굴렀다.

"사람이거나…… 말에 관한 거라면 잘할 수 있지만 핀셋하고 칼하고 가위로 하는 이런 게임은 정말 우스꽝스러워."

킴이 말했다.

---

* 황옥, 황수정.
** 붉은 장미색 혹은 오렌지색 루비.

"먼저 배우고 나서…… 그다음에 가르치는 법. 저 아이가 네 선생이지?"

러간 씨가 말했다.

"맞아요. 헌데 어떻게 된 거죠?"

"완벽해질 때까지 계속 반복하는 거지…… 그럴 만한 가치가 충분히 있으니까."

한껏 기세가 오른 힌두 소년이 킴의 등을 톡톡 두드리며 말했다.

"실망하지 마. 내가 가르쳐줄 테니까."

"여기 이 아이보다 네가 잘 배우는지 지켜보겠다."

러간 씨는 여전히 힌디어로 말했다.

"물론 이 아인 비소를 너무 많이 살 만큼 바보이긴 하지만 말이야. 나한테 달라고 했다면 줄 수도 있었을 텐데…… 어쨌든 이 아이보다 잘 가르치는 사람은 아직 본 적이 없다. 아무리 오래도록 다녀봤자 배울 것 하나 없는 그 러크나우의 학교로 네가 돌아가려면 아직 열흘이 남아 있으니, 내 생각엔, 그동안 우린 친구가 될 듯싶구나."

그들은 열흘 동안 정말 미쳐서 지냈다. 킴은 너무나 즐거워서 그들이 미쳤다는 사실에 대해 곰곰이 생각해볼 여유조차 없었다. 아침이면 그들은 보석 게임을 했다. 때로는 진짜 보석으로, 때로는 칼이나 단검을 수북이 쌓아놓고, 때로는 현지인들을 찍은 사진으로 게임을 했다. 오후가 되면 킴과 힌두 소년은 카펫더미나 휘장 뒤에 찍소리도 않고 선 채로 러간 씨의 수많은 기이한 방문객을 지켜보면서 가게에서 보초 임무를 수행했다. 어린 왕족들은 베란다에다 호위병을 세워두고는 사진이나 기계로 조작되는 장난감 같은 희한한 물건들을 사러 왔다. 목걸이를 찾는 여인네도 있었고, 어떤 남자들은 여자를 찾는 것 같기도 했다. 하지만 그런 생각은 일찍이 킴 자신이 해왔던 일 덕분이었다. 개인 명의로 된 봉토를 가진 현지인들은 겉으로는 망가진 목걸이를 수리하러 온 듯했지만, 실은 공주의 화를 풀거나 젊은 왕족들에게 돈을 융통하기 위해 찾아온 것이 분명했다. 근엄하고 엄숙하게 러간 씨와 대화를 나눈 바부들도 있었지만, 얘기가 끝나면 러간 씨는 그들에게 은화나 지폐를 건네주었다. 간간이 긴 코트 차림의 현지인 연극배우들이 모여 영어와 벵골어로 형이상학적인 얘기들을 나누기도 했는데, 러간 씨의 높은 덕성이 발견되는 시간이었다. 그가 언제나 관심을 보이는 분야는 종교였다. 킴과 힌두 소년은 러간 씨의 기분에 따라여러 가지 이름으로 불리고 있었는데, 하루를 마감하는 때가 되면 그들은 그동안 보고 들었던 모든 것, 즉 얼굴 표정과 말투, 태도, 그리고 진짜 그들이 원하는 것 등등 각 사람의 특징들을 두고 게임을 했다. 저녁식사를 마친 뒤, 러간 씨는 '분장연습'이라고 불러도 될 법한 일을 벌이곤 했는데, 그는 이 게임에 교육적인 가치를 부여하고 있었다. 그의 얼굴 분장은 신기에 가까웠다. 빗으로 한 번 문지르고 선을 하나 긋기만 하는데도 전의 얼굴과 판이해졌다. 가게는 모든 종류의 옷과 터번으로 가득 차 있어서 킴은 훌륭한 가문의 젊은 무슬림이나 기름장수 등 온갖 종류의 복장들로 바꿔 입을 수가 있었다. 한번은 완벽하게 아와드 지역 대지주의 아들처럼 옷을 입어본 적도 있었다. 러간 씨는 날카로운 눈을 번득이며 분장에 사소한 하자라도 있으면 꼭꼭 집어냈는데, 티크로 만든 낡은 긴 의자에 누운 채로 30분가량 온갖 신분의 사람들이 어떤 식으로 말을 하고, 걷고, 기침을 하고, 말다툼을 벌이는지, 혹은 어떻게 재채기를 하는지에 대해 시시콜콜 설명을 해주었다. 그리고 세상을 살아가는 데 '어떻게'라는 것은 사소한 것이며, 중요한 것은 '왜'라고 그는 강조했다. 힌두 소년은 이 게임만큼은 서툴렀다. 소년은 보석을 계산하는 데는 냉정하게 상황을 파악했지만 다른 사람의 속내를 침착하게 판단해내기에는 아직 어린애일 수밖에 없었다. 하지만 킴의 경우는 그의 내부에 들어 있는 마성이 깨어나 복장을 갈아입고 거기에 맞게 말과 몸짓을 바꿀 때마다 즐거움에 못 이겨 노래까지 불러댔다.

게임에 도취된 킴은 어느 날 저녁 자청하여 라호르에서 알고 지냈던 탁발수도승들이 길가에서 어떻게 시주를 하는지를 러간 씨에게 보여주었다. 영국인에게 사용하는 말과 시장으로 가는 펀자브 지역의 농부에게 하는 말, 그리고 가리개를 쓰지 않은 여자에게 하는 말이 다 달랐다. 러간 씨는 배꼽이 빠지도록 웃고는 킴에게 자신이 하는 것처럼 골방으로 가서 몸에 재를 바르고 눈을 부릅뜬 채로 30분 정도 꼼짝 말고 가부좌를 틀고 있으라고 일렀다. 그것이 끝났을 즈음 몸집이 크고 살이 몹시 찐 한 바부가 살집이 출렁거리는 다리에 긴 양말을 신은 모습으로 가게로 들어왔다. 킴은 그의 앞에다 노변의 잡동사니들을 펼쳐놓았다. 게임에 안달이 나 있던 킴과는 달리 러간 씨는 바부를 그저 지켜만 볼 뿐 게임을 시작하지는 않았다.

"제 생각엔 말입니다."

바부가 담뱃불을 붙이며 무겁게 입을 뗐다.

"그러니까 제 생각엔, 이게 아주 특별하고도 실속 있는 놀이다 이겁니다. 가르쳐주는 것만 믿을 수 있다…… 뭐, 그런 뜻이죠. 빠른 시일 안에 저 아이가 유능한 측량보조기사가 될 수 있을지 물어봐도 될까요? 그때가 되면 제가 저 아일 써야 하니까요."

"러크나우에서 저애가 뭘 배우느냐에 달려 있지."

"그럼 빨리 배우라고 말씀해주셔야겠군요. 안녕히 주무세요, 러간 나리."

바부는 진흙구덩이의 암소처럼 뒤뚱거리며 걸어 나갔다.

그날의 방문객들 명단을 보고하는 자리에서 러간 씨는 킴에게 그 남자가 누구일 것 같은지를 물었다.

"신만이 아시겠죠!"

킴이 장난스럽게 말했다. 그런 말투는 마부브 알리를 속아 넘어가게 할 수는 있었지만 진주 치료사에게는 통하지 않았다.

"그럴 테지. 신은, 그를 알고 있을 거다. 하지만 난 네 생각이 어떤지 알고 싶구나."

킴은 곁눈질로 자신의 동료를 힐끔 보았는데, 진실을 말할 수밖에 없지 않느냐고 그의 눈빛이 말하고 있었다.

"제 생각엔…… 제가 학교를 마치면 그 사람이 절 데려다 쓰려는 것 같았어요."

러간 씨가 그의 말에 동의하듯 고개를 끄덕이는 걸 보고는 킴은 확신에 차서 말했다.

"하지만 저런 사람이 어떻게 온갖 복장으로 변장하고 여러 언어를 구사할 수 있을지 모르겠네요."

"앞으로 넌 많은 걸 이해하게 될 것이다. 저 사람은 모 대령을 위해 보고서를 작성하고 있는 사람이다. 심라에서 그의 명성은 대단하단다.

주목해야 할 건 그 사람이 이름을 가지고 있지 않다는 거다. 단지 번호와 문자만 있을 뿐인데…… 우리들 사이의 관행이지."

"그럼 그 사람 목에도 현상금이 붙어 있는 건가요…… 가령 마부르…… 다른 사람들처럼요?"

"아직은 아니다. 하지만 만약 어떤 소년이 여기 있다가 일어나서 저 아랫녘 시장에 있는 오래된 극장 뒤편 붉은 베란다의 집으로 가서 셔터에다 대고 '후리 춘데르 무케르지가 지난달의 그 나쁜 얘기들을 퍼뜨린 사람입니다'라고 말한다면, 그 소년은 허리춤을 루피로 가득 채울 수가 있을 것이다."

"얼마나 많이요?"

킴이 지체 없이 물었다.

"오백? 천?…… 달라는 대로 얻을 수 있을 거다."

"좋아요. 그런데 얘기들이 퍼진 뒤에도 그 소년이 목숨을 부지할 수가 있나요?"

킴은 러간의 수염을 바라보며 환하게 미소를 지었다.

"아하! 좋은 질문이구나. 영리한 소년이라면, 낮 동안은 목숨이 붙어 있을 것이다. 하지만 밤까지는 장담할 수 없다. 결코 밤까지는 살아남을 수가 없을 거다."

"목에 그렇게 많은 현상금이 붙어 있다면, 대체 바부는 얼마나 벌고 있는 거죠?"

"팔십…… 어쩌면 백…… 어쩌면 백오십 루피까지도 벌지 모르겠구나. 하지만 그 액수는 그 사람이 하는 일의 일부에 대한 대가일 뿐이다. 때로 신은 목숨을 걸고 외국에까지 가서 정보를 갖고 오는 인간을 만들기도 한다. 너도 그중 하나지. 오늘은 전혀 쓸모 없는 일을 하다가, 내일은 산속에 꽁꽁 숨어 있고, 그러다 그 다음날엔 국가에 해를 끼치는 바보 같은 인간들에게 가 있곤 하지. 이런 일을 하는 사람은 극히 적다. 고작해야 열 명 남짓, 그들이 최고지. 이상하게 들릴지 모르겠다만, 나는 이들 열 명 안에 그 바부를 집어넣는단다. 그러니 벵골인의 마음을 뻔뻔스럽게 만드는 일이란 얼마나 위대하고 바람직한 일이란 말이냐!"

"옳아요. 하지만 저한텐 시간이 너무 느리게 흘러요. 아직 전 소년에 불과하고, 영어를 배웠다고 해야 고작 두 달이에요. 아직은 능숙하게 읽을 수도 없고요. 측량보조기사가 되려면 몇 년이 더 걸릴지 알 수가 없어요."

"참고 견뎌라, 세상 모든 이의 친구야."

킴은 자신을 지칭하는 그 말을 듣고 움찔했다.

"널 그토록 지겹게 하는 날들이 만약 내게 주어졌다고 한다면, 나 역시 참고 견딜 수밖에 없을 거다. 난 대단치는 않지만 여러 가지 방법으로 네가 어떤 인간인지를 증명해 보였다. 그건 대령님에게 보낼 보고서에 반드시 기록하마."

그러곤 갑자기 커다랗게 웃고는 영어로 말을 바꾸었다.

"단언컨대, 오하라! 너를 둘러싼 뭔가 굉장한 일이 있을 거다. 하지만 넌 그것에 대해 괜한 자부심도 가지지 말고, 발설해서도 안 된다. 넌 러크나우로 돌아가야 하고, 가서 착한 소년이 되어야 하고, 영국인들이 말하듯 공부를 열심히 해야 한다. 그렇게 한다면 다음 방학 때 네가 원할 경우 내게 돌아올 수 있겠지."

킴이 고개를 떨구었다.

"오, 내 말은 네가 그러고 싶으면 그렇게 하라는 거다. 네가 가고 싶어하는 델 난 알고 있지."

나흘 뒤 칼카로 떠나는 이륜마차의 뒷좌석에 킴과 그의 작은 트렁크를 실을 수 있는 좌석이 예약되었다. 함께 갈 사람은 고래처럼 생긴 바부였는데, 그는 가장자리에 술이 잔뜩 달린 숄을 머리에 두르고 성기게 짠 스타킹을 신은 왼쪽 다리를 엉덩이 밑에다 깔고는 아침녘의 한기에 덜덜 떨어대며 연신 투덜거렸다.

'어떻게 이런 사람이 우리 편이 된 거지?' 마차가 덜컹거리며 길 아래로 내달리자 킴은 젤리 통을 신경쓰면서 그런 생각을 했다. 그러고는 가장 즐거웠던 추억들을 떠올리며 몽상에 빠져들었다. 러간 씨는 그에게 5루피를 주었다. 엄청난 돈이었다. 게다가 일을 하게 될 경우 신변을 보장해주겠다는 약속을 해주었다. 러간 씨는 자신을 따르는 대가에 대해 분명히 해둔다는 점에서 마부브와는 달랐는데, 킴은 그 점이 마음에 들었다. 그리고 옆자리의 바부처럼, 당당히 문자와 숫자를 가질 수 있게 된다면 더 바랄 것이 없었다. 거기에 현상금까지 붙을 수 있다면! 언젠가는 그렇게, 아니 그 이상이 될 것이었다. 언젠가는 마부브 알리만큼 위대한 자가 될 수 있을 것이다. 그는 인도의 절반을 관할하게 될 것이었다. 예전에 마부브 알리를 위해 바킬과 법조인들을 감시하며 라호르 시 구석구석을 추적하던 것처럼 왕들과 관료들을 추적하게 될 것이었다. 하지만 그에게 당장 현실적인 문제는 성 사비에르에서의 생활이었다. 그렇다고 그것이 꼭 싫은 것만은 아니었다. 이제 새로 들어온 하급생들도 있을 것이고, 방학 동안의 재미난 무용담들도 들을 수 있을 것이었다. 마니푸르*에서 차밭을 하는 집의 아들인 마틴 녀석은 총을 들고 식인종들과 싸우러 갈 것이라고 뻥을 쳤다. 그게 사실인지도 모르겠지만, 마틴은 파티알라 궁전의 폭죽 소리에 놀라 그 앞마당의 반도 지나가지 못했던 녀석이었다. 아예 지나가지도 못했던 것 같기도 하고…… 킴은 지난 석 달 동안 자신이 겪은 모험담을 자기 자신에게 늘어놓기 시작했다. 그는 그 모험담으로 성 사비에르의 학생들, 심지어 수염을 깎기 시작한 덩치 큰 애들조차 완전히 제압할 자신이 있었다. 하지만, 물론, 그건 있을 수 없는 일이었다. 러간 씨가 말했듯 장차 그의 목에는 현상금이 붙을 터였다. 그런데 바보같이 입을 놀린다면 현상금 따위는 붙어보지도 못할 것이고, 크레이튼 대령으로부터도 버림을 받을 것이었다. 그러다 결국 러간 씨와 마부브 알리의 분노에 휩싸인 채 짧은 생애를 마감해야 할 것이었다.

"결국 물고기 한 마리와 델리를 바꾸게 생겼군."

속담을 빗댄 이 중얼거림은 킴 자신의 생각을 고스란히 담고 있었다. 그는 방학 동안 있었던 일들을 완전히 잊어야만 했다(하지만 멋진 모험담을 창작해내는 재미는 항상 남아 있는 법). 그리고 러간 씨가 말한 것처럼, 그에게는 장차 해야 할 '임무'가 있었다.

사막지대의 수쿠르에서 야자나무 울창한 갈레까지 온 지역에서 성 사비에르로 서둘러 돌아오고 있던 모든 소년 가운데서 킴볼 오하라만큼 뿌듯한 무언가를 가진 소년은 없었다. 그는 인종 측량국에 속한 한

---

* 인도 동북부, 아삼 주와 버마 사이에 끼여 있는 중앙 정부 직할지.

부서의 책자에 R17이라는 이름으로 등록되어 있는 후리 춘데르 무케르지의 뒤쪽에 앉아 털털거리는 마차를 타고 움발라로 내려오고 있었다.

바부는 킴이 바라던 것을 채워주었다. 칼카에서는 배불리 음식을 먹인 후 쉬지 않고 얘기를 들려주었다. 킴이 학업을 계속하는 문제에 대해서는, 콜카타 대학 석사학위 소지자로서 교육의 장점에 대해 열심히 설명해주었다. 라틴어와 워즈워스의 시『소요』같은 것은 반드시 이수해야 할 분야라고 했는데, 그런 얘기들은 킴에게는 마치 그리스어를 듣는 것 같았다. 프랑스어도 역시 필수과목인데, 그걸 익히는 가장 좋은 곳은 콜카타에서 수 킬로미터 떨어진 찬데르나고르*라고 했다. 셰익스피어의 희곡『리어 왕』과『줄리어스 시저』는 시험관들이 꼭 요구하는 두 가지인데 그 자신이 그랬던 것처럼 상당히 신경을 써야 할 것이라고 말했다. 『리어 왕』은『줄리어스 시저』만큼 역사적인 정황을 담고 있지는 않다는 설명도 덧붙였다. 책값은 4아나지만 콜카타에 있는 보우 시장에서 헌책으로 2아나면 살 수 있을 거라고 했다. 워즈워스나 다른 뛰어난 작가들, 혹은 버크와 헤어** 같은 악명 높은 사람들보다 훨씬 더 중요한 것이 측량법과 측량학이라고 했다. 이 분야의 시험에 합격한 사람들은 마땅히 참고할 만한 교재가 없는 상태에서 단지 나침반과 고도수준기와 정확한 눈만으로 전국을 돌아다니며 지도를 그릴 수가 있으며, 그건 상당한 돈을 벌 수 있다고 했다. 측량 도구

---

* 프랑스의 인도 거점이었던 서벵골 주 남부의 도시.
** 19세기 초 스코틀랜드 에든버러에 살았던 연쇄살인범. 친구 사이로 이름이 모두 윌리엄이었다.

를 가지고 다닐 수가 없을 때는 종종 자신의 보폭으로 정확한 거리를 재야 하는데, 이 보폭 측정법을 후리 춘데르는 '보조기구'를 이용한 방법이라고 불렀다. 수천 걸음에 해당하는 먼 거리의 경우, 후리 춘데르가 경험한 바로는 81알이나 108알짜리 염주를 쓰면 가장 정확히 측정할 수 있다고 했는데, 이는 '배수와 약수를 이용한 계산법'을 의미했다. 그는 속사포처럼 영어를 쏘아댔다. 킴은 그가 하는 얘기의 대략적인 맥락을 이해할 수 있었을 뿐 아니라 무척 흥미롭기도 했다. 그의 얘기를 통해 킴은 한 사람이 익혀야 할 새로운 기법이 존재한다는 사실과 그의 앞에 펼쳐진 드넓은 세계를 조망하는 데는 알아두는 것이 많을수록 유리하다는 사실을 알게 되었다.

바부는 한 시간 반이나 떠들어대고 난 뒤에 다음과 같이 말했다.

"언젠가 우리가 정식으로 속마음을 털어놓을 날이 오기를 기대하고 있겠다. 그 전에, 이런 표현을 써도 될까 모르겠다만, 내가 너에게 이 구장나무 상자를 주게 될 텐데, 불과 사 년 전에 이 루피나 주고 샀던 아주 귀한 물건이란다."

그것은 값싼 하트 모양의 상자로 본래는 구장나무 열매와 라임오렌지, 그리고 판 이파리를 담도록 세 칸으로 나뉘어 있었지만, 그런 것들 대신 알약을 담은 조그마한 병들로 채워져 있었다.

"이건 신성한 자의 자격으로 네 임무를 수행한 보상으로 주는 거란다. 너는 아직 어려서 영원히 살 수 있다고 믿고 네 몸 돌보는 일 같은 건 안중에도 없을 거야. 사업을 진행하는 동안 병이 들면 여간 성가신 게 아니야. 난 약을 무척 좋아하는데, 가난한 사람들을 치료하는 데에도 유용하게 쓸 수가 있지. 여기 있는 키니네 같은 약들은 갖가지 증세에 맞게 나뉘어 있어. 이걸 네게 기념으로 줄게. 자, 그럼 잘 가거라. 난 이 근처에서 긴급히 처리해야 할 업무가 있단다."

그는 고양이처럼 소리 없이 움발라의 도로 위로 미끄러져 내려가더니 지나가던 마차를 세워 올라타고는 사라졌다. 그러는 동안 킴은 입을 꼭 다문 채로 그가 준 놋쇠 구장나무 상자를 두 손으로 만지작거리고 있었다.

학생들의 성적에 대해서는 그 학생의 부모를 제외하고는 별 관심이 없는 법인데, 킴에게는 그런 부모조차 없었다. 매 학기 말에 크레이튼 대령과 빅터 신부에게 킴의 성적표를 보냈다는 것과 그들이 정기적으로 킴의 학비를 보내왔다는 사실은 파르티부스의 성 사비에르 학교 장부에 꼬박꼬박 기재되어 있었다. 그 장부에는 또한 킴이 수학뿐 아니라 지도를 제작하는 데도 뛰어난 소질을 가지고 있다는 것과 그 분야에서 상을 받았으며 부상으로 값이 9루피 8아나인 나뭇결 무늬가 새겨진 고급 송아지 가죽 표지의 두 권짜리 책『로런스 경의 삶』을 받았다는 사실도 적혀 있었다. 같은 학기에 알리구르 무슬림 대학과의 크리켓 경기에 출전한 11명의 선수 중 한 명으로 뽑혔다는 것, 그리고 그때 그의 나이가 만 14세 10개월이었다는 사실도 기재되어 있었다. 같은 시기에 또한 그는 우두 예방주사를 재접종했다(이 사실을 통해 러크나우에 천연두가 돌고 있었다는 사실을 추측할 수 있다). 오래된 출석부 한귀퉁이에 남아 있는 연필 글씨는 그가 '부적절한 인물들과의 대화'로 여러 차례 벌을 받았다고 증언하고 있는데, 그중 한번은 '길거리 거지와 어울려 다니느라 결석한' 것으로 인해 엄한 체벌을 받은 것으로 추정되었다. 그가 교문을 타고 넘어가 굼티 강둑 아래서 라마승에게 다음 방학에는 자신과 함께 한 달 동안, 적어도 일주일만이라도 여행을 함께 떠날 수 없겠냐고 간청을 한 바로 그날이었다. 라마승은 그때 무정한 얼굴로 아직은 때가 아니라고 말했다. 함께 빵조각을 썹으며 라마승은 킴이 해야 할 일은 백인들의 지혜를 모두 습득하는 일이고, 그러고 나서 보자고 말했다. 어떤 면에서 우정의 손길이 재난의 채찍을 막아준 셈이었다. 왜냐하면 6주 후에 실시된 기초측량 시험에서 '대단한 성적'으로 시험을 통과했던 것이다. 그의 나이 만 15세 8개월 때의 일이었다. 어쩐 일인지 이날 이후 더이상의 기록은 남아 있지 않다. 그의 이름은 그해에 인도 측량국에 입사한 사람들의 명단에도 나와 있지않 았다. 어쩌면 '임용에서 제외'된 것인지도 모른다.

킴이 학교를 다닌 3년 동안 라마승은 바라나시의 티르탕카르 사원에 여러 차례 모습을 드러냈다. 그는 얼마간 여위고 얼굴색도 더욱 검누레지긴 했지만 여전히 온화하고 때묻지 않은 모습 그대로였다. 어떻게 그런 모습을 유지할 수 있었는지 놀랄 일이었다. 때로 그는 투티코린* 남부까지 내려가 팔리어를 아는 승려들이 사는 실론(스리랑카)으로 멋진 소방선을 타고 여행을 했으며, 때로는 서부의 습한 초원지대와 뭄바이를 둘러싸고 있는 수천 개의 목화공장 굴뚝들을 구경하기도 했다. 그러다 한번은 북쪽으로 무려 1200킬로미터나 되는 거리를 걸어가서 '불가사의한 집' 불상지킴이를 만나 하루 동안 얘기를 나누고는 같은 길로 되돌아온 적도 있었다. 여행을 마치면 사원으로 돌아

---

* 인도 타밀나두 주 남동 에 있는 항구도시.

갔는데 그곳의 수도승들은 모두 노승을 잘 대해주었다. 사원으로 돌아온 그는 대리석을 깎아 만든 그의 서늘한 방으로 들어가서 여독을 풀기도 하고, 기도를 올리기도 하고, 킴이 있는 러크나우로 떠나곤 했다. 이젠 삼등칸 기차를 이용하는 데도 익숙해져 있었다. 노승의 친구인 수도승이 주지에게 말했듯이, 러크나우에 다녀오면 그는 한동안 자신의 강을 찾지 못한 것을 슬퍼하며 지내거나 티베트의 그 놀라운 윤회도를 그리곤 했는데, 무엇보다도 그는 사원의 그 누구도 만나본 적이 없는 그의 신비에 싸인 제자의 아름다움과 지혜로움에 대해 얘기하기를 좋아했다. 그랬다. 노승은 축복받은 자(부처)의 발이 닿은 곳을 좇아 인도 전역을 돌아다녔다. (라호르의 박물관장은 아직도 그의 순례와 명상에 관한 경이로운 기록들을 간직하고 있다.) 그의 생에서 화살의 강을 찾는 것 외에는 아무것도 남아 있지 않았다. 그러나 백발의 박물관장이 지닌 것에 버금가는 '위대한 지혜'를 갖춘 자로는 그의 제자밖에 없었는데, 그런 제자의 도움 없이는 그의 탐구가 성공하리라는 희망을 가질 수가 없었다. 노승은 그것을 이런 식으로 말했다(이 대목에서 그는 코담배 병을 꺼냈는데, 친절한 자이나교 수도승들은 순식간에 조용해졌다).

"모두에게 『본생경*』의 말씀을 전합니다! 오래전, 아주 오래전, 데바닷타가 바라나시의 왕이던 시절, 코끼리 한 마리가 왕궁의 사냥꾼들에게 한동안 사로잡혀 있었습니다. 그는 무거운 족쇄에 발이 묶여 있다가 도망쳤습니다. 마음이 증오와 분노로 가득 차서 숲속을 마구 뛰

---

* 자타카(本生經). 부처의 전생을 이야기한 설화집.

어다니던 그는 족쇄를 제거하려고 그의 형제 코끼리들을 찾았습니다. 족쇄를 두 동강 내려고 하나씩 달려들었지만 그들의 강한 코로도 끊어낼 수가 없었습니다. 마침내 그들은 그 어떤 야수의 힘으로도 족쇄를 부숴버릴 수 없다는 결론에 도달했습니다. 그런데 그 숲에는 태어난 지 하루밖에 되지 않은, 살갗도 아직 축축한 어린 코끼리 한 마리가 있었습니다. 어미는 그를 낳다가 죽었습니다. 족쇄를 찬 코끼리는 자신의 고통도 잊고 말했습니다. '내가 만약 이 어린 새끼를 돌봐주지 않는다면, 저것은 우리 발 아래서 말라죽을 것이다.' 그래서 그는 제대로 움직이지도 못하는 어린 새끼를 자신의 몸에 기대어놓고는 마음씨 좋은 암소에게서 우유를 얻어다 키웠습니다. 새끼는 무럭무럭 자랐고, 족쇄를 찬 코끼리는 그 새끼 코끼리의 보호자가 되었습니다.『본생경』에 이르기를, 코끼리는 기껏 살아봐야 삼십오 년인데, 서른다섯 번의 우기가 지나도록 그 족쇄를 찬 코끼리는 어린 코끼리를 벗하며 살았다고 합니다. 그 세월 동안 족쇄는 점점 코끼리의 살을 파먹어 들어갔습니다.

그러던 어느 날, 어린 코끼리는 반쯤 살에 파묻힌 쇳덩이를 보고는 늙은 코끼리에게 물었습니다. '이게 뭐예요?' 그러자 늙은 코끼리가 대답했습니다. '이건 내 슬픔의 전부란다.' 그러자 어린 코끼리는 자기의 코를 쭉 뻗더니 눈을 한번 껌벅거렸는데, 놀랍게도 족쇄가 부서져버렸습니다. 그러곤 '예정된 시간이 되었어요' 하고 말했습니다. 그리하여 때가 오기를 기다리며 자비를 베풀었던 그 선량한 코끼리는 자신이 돌봐준 어린 코끼리에 의해 예정된 시간에 구제된 것입니다.『본생경』에 이르기를, 그 늙은 코끼리는 아난다이며, 족쇄를 부숴뜨린 어린 코끼리는 다른 누구도 아닌 바로 석가모니 부처님이라 했습니다.
그리하여⋯⋯"

노승은 인자하게 고개를 끄덕이고는 염주알을 굴리면서 어린 코끼
리 새끼가 자만의 죄로부터 자유로워진 얘기를 들려주었다. 그 코끼
리 새끼는 마치 노승의 제자와 같이 겸손한 마음을 가지고 있었다는
얘기였다. 그 제자는 스승이 학교의 교문 밖 흙먼지 속에 앉아 있는
것을 보고는 닫힌 교문을 훌쩍 뛰어넘어 와서는 그 오만으로 가득 찬
도시의 면전에서 자신의 스승을 힘껏 껴안았다는 것이었다. 그런 스
승과 그런 제자가 함께 자유를 찾는 그 예정된 시간이 돌아왔을 때 그
들이 받게 될 보상이란 얼마나 풍요로울 것인가!

라마승은 자신의 희망이 이루어질 때를 기다리며 박쥐처럼 유연하
게 인도를 가로질러갔다가는 되돌아왔다. 사하란푸르 외곽의 과수원
에 사는 입이 걸진 노부인은 예언자를 존중하듯 노승을 받들어 모셨
지만 그녀가 그에게 제공한 방은 그저 벽만 덩그러니 있는 것일 뿐이
었다. 그녀는 비둘기들이 구구거리며 내려다보는 앞마당 노승의 방에
서 얼굴 가리개 따위는 벗어버리고서 쿨루의 귀신과 마귀들, 태어나
지도 않은 손주들, 그리고 쉼터에서 자유롭게 재잘거리며 그녀와 얘
기를 나눈 소년에 대해 수다를 떨어댔다. 라마승은 예전에 못된 승려
가 그에게 아편을 먹이려 했던 움발라 아래 대간선도로변 마을에서
함께 다니던 일행과 떨어진 적이 있다. 하지만 라마승을 지켜주는 하
늘의 섭리가 그를 어스름녘의 들판을 가로질러 아무런 의심도 없이
앞으로 나아가게 하더니 리살다르의 집 대문 앞으로 이끌어갔다. 여
기서 큰 오해가 일어날 뻔했는데, 왜냐하면 그 은퇴한 군인이 노승에

게, 어찌하여 그 '우주의 친구'가 엿새 전에 그런 식으로 훌쩍 길을 떠나버렸느냐고 물었기 때문이었다.

"그럴 리가 있소. 그 아이가 학교로 돌아간 지가 언젠데."

"그 아이는 지난 닷새 동안 저 구석에 앉아서 수많은 재미난 얘기를 들려주었죠."

늙은 군인의 주장이었다.

"사실입니다. 그런데 제 손녀딸에게 시시껄렁한 얘기들을 들려주던 그 아이가 새벽녘에 갑자기 사라졌어요. 훌쩍 커버리긴 했지만 그 아이는 분명히 전쟁에 대한 진실을 말해주었던 바로 그 '우주의 친구'였지요. 스님과는 헤어졌던가요?"

"그렇소…… 하지만, 그렇지 않소. 우린…… 헤어지지 않았소. 다만 순례를 함께 떠날 시간이 아직 무르익지 않았을 뿐이라오. 그 아인 지금 다른 곳에서 지혜를 구하고 있다오. 우린 기다려야만 한다오."

"결국 같은 말이네요…… 하지만 그 아이가 스님의 제자가 아니라면 어떻게 스님에 대한 얘기를 그렇게 끊임없이 할 수가 있었겠습니까?"

"무슨 얘기들을 했소?"

라마승이 간절히 물었다.

"달콤한 말들이었지요…… 갖가지…… 스님은 자신의 아버지이며 어머니 같은 존재라는 식의. 여왕이 돌봐주지 않는 게 유감스러울 정도였는데, 도무지 두려움이 없는 아이였지요."

그 소식은 라마승을 놀라게 했다. 마부브 알리와의 계약과 크레이튼 대령이 억지로 체결한 계약을 킴이 얼마나 양심적으로 이행하고

있는지 라마승은 그때는 제대로 알지 못했던 것이다······

"게임을 하는데 어린 망아지를 묶어두기만 할 수는 없는 일이지요."

방학 중에 인도 전역을 돌아다니도록 놔두는 일은 어리석은 짓이라고 대령이 지적했을 때 말장수가 한 말이었다.

"스스로 택한 여행을 제재한다 해도, 그 아이는 우리의 제재를 간단히 무시해버릴 겁니다. 그러면 누가 그 아이를 잡을 수 있을까요, 대령 나리. 천 년에 한 번 나올 법한 말이 태어난 겁니다. 이 망아지야말로 우리들 게임에 가장 적합한 놈입니다. 더구나 우리에겐 지금 요원들이 필요합니다."

10장

주인님의 사냥매는 너무 자라 모이통이 모자라오.
새끼 매는 아니지만 우리가 잡기 전에 날아든 사냥매 한 마리,
하늘을 버렸단 말이지. 맹세코! 놈은 나의 것
(내 손으로 그의 피로를 풀어줬으니)
길들인 매와 함께 날고 싶어라. 놈은 최상의 조건으로
바로 그곳에 수직으로 서서
너무도 사람 손을 탄
너무도 자연스레 풍화된……
신이 놈을 위해 만들어준 하늘을 주어라.
무엇이 놈에게서 하늘을 빼앗을 수 있단 말인가?

- 키플링, 「암소가 목격한 것」

드러내놓고 말하진 않았지만, 러간 씨도 마부브처럼 킴이 방학 중에 돌아다니도록 내버려두는 게 좋다고 생각하고 있었다. 결국은 그것이 킴에게도 좋은 일이라는 것이었다. 현지인처럼 변장하고 러크나우를 빠져나가는 게 그다지 좋은 방법이 아니며, 마부브가 편지를 주고받을 수 있는 거리에 있다면 차라리 그의 거처로 가서 그 아프간 사람의 세심한 보살핌을 받으며 변장하는 게 더 낫다는 것을 킴은 알고 있었다.

　그런 일은 일어날 리도 없겠지만, 가령 학기 동안 지도를 만드는 데 사용했던 조그마한 측량용 물감상자가 방학 동안 그가 한 일을 실토해버릴 수만 있다면, 그는 틀림없이 학교에서 쫓겨났을 것이다. 그러니 괜히 여행을 막았다가 전처럼 변장을 하고 도망치게 하는 건 결코 좋은 생각일 리 없었다. 한번은 마부브와 킴이 화물열차 세 칸에 말을 가득 싣고 아름다운 도시 뭄바이까지 갔는데, 페르시아 만 연안국의 말들을 사기 위해 인도양을 횡단하는 다우 범선*을 이용할 것을 킴이 제안했을 때 마부브는 완전히 지쳐 있었다. 당시 그는 말장수 압둘 라만의 측근으로부터 정보를 하나 입수했다. 페르시아 만 연안의 말이 아프가니스탄 순종보다 더 좋은 값을 받을 수 있다는 것이었다.

마부브와 몇몇 신도들이 성대한 이슬람 만찬에 초대되어 간 동안 킴은 거물 말장수와 식사를 하기도 했고, 해상으로 카라치**를 경유해 돌아오던 중에는 증기선의 갑판 위에서 난생처음 뱃멀미를 겪기도 했다. 너무나 고통스러웠던 킴은 음식에 독이 들어간 탓이라고 생각했다. 바부가 주었던 그 잘난 약상자가 전혀 쓸모 없다는 게 판명된 순간이었다. 사실 킴은 뭄바이에 들렀을 때 비어버린 그 상자에 약을 보충했지만 뱃멀미에는 도움이 되지 않았다. 마부브가 퀘타***에서 자신의 일을 처리하는 동안, 킴은 마부브의 지시로 군 병참대 뚱보 하사관의 집에서 허드렛일을 해주면서 생활비도 벌며 나흘 남짓 기이한 경험을 했다. 그는 기회를 엿보다가 하사관의 서류 상자에서 표지가 송아지 가죽으로 된 장부를 빼냈다. 대부분이 소와 낙타의 거래인 듯 보이는 이 장부를, 헛간 뒤에 웅크리고 앉아 달빛 아래서 그 무더운 밤을 지새우며 내용을 고스란히 베껴냈던 것이다. 그런 다음 그는 장부를 원래 있던 곳에다 갖다놓았는데, 마부브의 지시였으므로 어떤 대

---

* 인도양과 아라비아 해의 연안무역을 담당하던 범선.
** 아라비아 해에 인접한 파키스탄 최대의 도시.
*** 영국령 발루치스탄 주의 주도.

가도 받지 못한 채 그곳을 빠져나와 10킬로미터쯤 길을 달려 마부브의 일행과 합류했다. 말끔하게 베껴낸 문서를 가슴에 안은 채로.

"그 하사관은 피라미에 불과해."

마부브 알리가 설명하기 시작했다.

"때가 되면 우린 더 큰 놈을 잡아야 해. 그는 단지 정부에서 정한 값에다 자기 몫을 보태서 소값을 매겼을 뿐인데, 난 그게 죄라고까지는 생각지 않거든."

"아예 그 조그만 장부를 빼내왔으면 그걸로 뭔가 할 수 있지 않았을까요?"

"그랬다면 그 친구는 놀라서 상관에게 보고를 했겠지. 그렇게 되었다면 우린 아마도 퀘타에서 북부로 이송되는 엄청난 양의 신형 소총들을 놓치고 말았을 거야. 이 게임은 규모가 아주 큰 것이라 한 번에 조금씩밖에는 보이지가 않아."

"오호!"

킴이 감탄사 하나로 말을 대신했다. 이 사건은 우기 중의 방학 때에 있었던 것으로, 수학과목에서 상을 받은 뒤의 일이었다. 크리스마스가 낀 방학 동안에는, 혼자 돌아다니며 즐긴 열흘을 제외하고는 러간 씨와 함께 이글거리며 타오르는 모닥불 앞에서 지냈다. 그해에는 자코 산길에 무려 눈이 120센티미터나 쌓였는데, 러간 씨의 진주알 꿰는 일을 도와주던 힌두 소년은 결혼을 하기 위해 그곳을 떠나 있었다. 러간 씨는 킴에게 코란을 모두 외우도록 했고, 결국 킴은 이슬람 율법가들의 낭랑한 음조와 운율 그대로 읊을 수 있게 되었다. 그리고 그는 킴에게 여러 가지 인도 고유의 민간약재의 이름과 성분을 말해주고,

그것들을 사용할 때 암송해야 할 각각의 주문도 가르쳐주었다. 그리고 해가 지면 양피지에다 부적을 썼는데 그 한 구석에 무라와 아완 같은 왕의 작위를 가진 악령들의 이름을 이용해 정교하게 별모양을 그려넣었다. 더욱 중요한 것은 몸을 돌보는 법을 가르쳐준 것으로, 킴은 열병에 걸렸을 때의 치료법이나 여행 중에 행할 수 있는 간단한 처방 등을 배웠다. 학교로 돌아가기 일주일 전, 크레이튼 대령이 킴에게 인쇄된 시험지 한 장을 보내왔다. 로드(길이 단위)와 체인(거리 단위) 그리고 링크(100분의 1체인)와 각도에 관한 문제들이었는데, 제대로 배운 것들이 아니라 공정한 시험이라고 할 수 없었다.

그다음 방학에는 킴과 마부브의 사이가 좋지 않았는데, 그 와중에 그는 갈증으로 거의 죽음 직전까지 갔었다. 우물의 깊이가 120미터나 되는, 사방에 낙타의 뼈다귀가 널려 있는 비카니르라는 이상한 도시를 향해 낙타를 타고 터덜터덜 사막을 횡단하던 중에 일어난 일이었다. 그건 그다지 재밌는 여행이 아니었는데, 애초의 약속과는 달리 대령이 그에게 그 거친 성벽으로 둘러싸인 도시의 지도를 작성하라고 명령했기 때문이었다. 무슬림 말몰이꾼과 물담배 관리인이 측량기구들을 들고 독립국가의 수도를 돌아다닌다는 건 있을 수 없는 일이었으므로, 킴은 염주와 자신의 보폭만을 이용해서 거리를 재는 수밖에 없었다. 해가 떨어진 뒤에는 낙타의 배를 채워주고 나서 평소처럼 나침반을 이용할 수 있었다. 그렇게 해서 여섯 개의 물감 덩어리와 세 자루의 솔이 들어 있는 조그마한 측량용 물감상자의 도움을 받아 그는 그럴싸한 자이살메르 시의 지도를 만들었다. 그때 마부브는 한바탕 웃고 나서 킴에게 보고서를 써두는 게 좋을 거라고 언질을 주었다.

그래서 그는 마부브가 안장깔개 아래에다 넣어두는 커다란 회계장부 뒤에 보고서를 쓰기 시작했다.

"보고서엔 네가 보거나 겪었던 것, 생각한 것 모두가 들어가야 한다. 총사령관이 비밀리에 전쟁을 선포하고 대군을 이끌고 왔을 때처럼 말이야."

"군대의 규모는 얼마나 되죠?"

"오, 군인들이 반 라크(10만)는 된다고 해야겠지."

"말도 안 되는 소리예요! 사막의 우물들이 몇 개나 된다고. 우물 사정도 형편없다는 걸 기억해봐요. 단지 천 명뿐이라 해도 목이 타서 여기까지 살아 올 사람이 몇이나 되겠어요."

"그다음엔, 오래전 성벽에 생긴 균열, 화목들을 잘라오는 곳, 왕의 기질이나 성정 따위를 적도록 해라. 나는 말들을 다 팔 때까지 여기에 머물 거다. 성문 쪽에 방을 하나 구할 테니, 넌 회계원 노릇을 하도록 해. 자물쇠 단단히 채우고."

성 사비에르에서 익힌 필기체로 기록한 게 분명한 킴의 그 보고서와 갈색, 노란색, 진홍색으로 그려진 지도가 몇 해 전 수중에 들어왔지만(부주의한 사무원이 그것을 제대로 정리되지 않은 E23의 2차 세이스탄* 조사보고서 초안과 함께 묶어두었다), 이제 그 연필 글씨들은 거의 알아볼 수 없을 정도로 바래버렸다. 여행에서 돌아오던 둘째 날, 킴은 램프 아래에서 땀까지 흘려가며 마부브에게 자신의 보고서를 번역해주었다. 아프간 사람이 일어나더니 그의 때 묻은 안장주머니 위

---

* 이란 동부에서 아프가니스탄 남서부에 걸친 지역. 건조한 고원지대이다.

로 몸을 굽혔다.

"네가 귀한 옷을 입을 만하다 싶어서 한 벌 준비했다."

그는 미소를 지으며 말했다.

"내가 아프가니스탄의 족장이라면, 네 입을 황금으로 가득 채워줄 수 있으련만."

그는 킴의 발 앞에다 옷을 정중하게 내려놓았다. 금실로 원뿔 모양의 수를 놓은 페샤와르 지방의 터번용 모자(여자나 어린아이는 두건 형식의 터번이 아닌 터번 형식으로 된 모자를 썼다)에는 황금 수술을 매달아 마감을 한 커다란 천이 붙어 있었다. 우유 빛깔의 흰 셔츠 위에 걸치는 델리식 수를 놓은 오른여밈 조끼는 품이 넉넉하고 매끈하게 흘러내리는 것이었고, 허리 부위에 비단실로 꼰 줄이 달려 있는 녹색의 통이 넓은 바지와 은은한 냄새가 풍기고 끝이 우아한 모양으로 말린 러시아 산 가죽으로 만든 멋들어진 슬리퍼도 있었다.

"수요일에, 거기다 아침에, 새 옷을 입는 건 좋은 징조다."

마부브가 엄숙하게 말했다.

"하지만 세상에는 사악한 무리들이 있다는 걸 잊지 마라. 그래서!"

그는 니켈 도금이 된 진줏빛 45구경 연발권총으로 화려한 의식의 대미를 장식했는데, 킴은 너무도 기뻐서 숨이 막힐 지경이었다.

"구경이 더 작은 게 어떨까 싶었다만, 그래도 이게 정부의 '총알'을 '감당하기'에 가장 적합할 거라는 생각이 들었다. 남자는 항상 '정부의 총알'이라는 걸 손에 넣을 수가 있지. 특히 국경을 넘나드는 경우엔. 일어나서 날 보아라."

그는 킴의 어깨를 가볍게 두드렸다.

"넌 결코 지쳐 쓰러지지 않을 거다. 아프간 사람이여! 오, 불굴의 의지를! 오, 눈을 감고도 훤히 보기를!"

킴은 돌아보기도 하고, 발끝으로 서보기도 하고, 몸을 쭉 뻗거나 이제 막 자라기 시작한 코밑수염을 그저 쓱 한번 만져보기도 했다. 그러곤 마부브 앞에 선 채로 손을 가볍게 매만지거나 토닥거리면서 뭔가 할말은 잔뜩 있었지만 적절한 말을 찾지 못하고 있었다. 마부브가 성큼 다가서더니 킴을 포옹했다.

"내 아들아."

그가 입을 열었다.

"우리 사이에 무슨 말이 필요하겠느냐? 하지만 그 작은 권총을 가지게 된 게 기쁘지? 방아쇠를 한 번 당기면 여섯 발의 총알 모두가 쏟아져 나온단다. 품속 깊은 곳에다 넣어둬라. 기름칠도 잘해놓고. 절대로 아무 곳에나 두면 안 된다. 그리고, 오, 신이여…… 언젠가 넌 그 총으로 누군가를 죽이게 될 거다."

"너무 그러지 마요!"

킴이 침울한 표정으로 말했다.

"백인이 사람을 죽이면 감옥으로 들어가서 교수형을 당할 거예요."

"맞다. 영리한 자는 그래서 국경 너머로 도망가지. 이제 그걸 넣어둬라. 그 전에 총알을 장전해놓고. 총알도 없는 총이 무슨 소용이겠니?"

"학교로 돌아갈 때 이걸 돌려드려야 하나요? 학교에선 아무리 조그만 총도 허락하지 않을 테죠. 제 걸 보관해주시겠어요?"

"얘야, 세상에서 배워야 할 것을 가르치겠다고 한 사람의 황금기를 빼앗아가는, 그 학교란 데가 지긋지긋하구나. 하지만 걱정할 건 없다.

네가 작성한 보고서가 널 그런 속박에서 구해줄 거다. 우리가 이 게임에서 더 많은 사람을 필요로 한다는 사실을 신께서는 알고 계신다."

그들은 모래바람에 맞서 터번 끝을 입에 물고는 조드푸르*를 향해 소금 사막을 건넜다. 그곳에서 마부브의 잘생긴 조카 하비브 울라로 변장한 킴은 마부브와 함께 여러 거래를 성사시키고 난 뒤, 애석하게도 너무 빨리 자라서 작아져버린 유럽인 복장으로 갈아입은 뒤 이등 열차를 타고 성 사비에르로 돌아갔다. 그로부터 3주 후, 크레이튼 대령은 러간 씨의 가게에 들러 티베트제 유령단검의 값을 흥정하면서 마부브 알리의 생각을 대놓고 비난했는데, 러간 씨는 오히려 은근히 마부브를 두둔했다.

"그 망아지는 이제 조련이 끝나서 재갈에도 익숙해졌고, 능란하게 속도를 조절할 수도 있게 되었습니다, 나리. 매일 이대로 가둬두고 재주나 부리게 한다면 그앤 결국 재능을 잃고 말 겁니다. 고삐를 풀어주고 내달리도록 해야 합니다. 우린 그 아이가 필요합니다."

말장수가 말했다.

"하지만 그앤 아직 어려, 마부브. 열여섯 살도 채 되지 않았을 텐데, 그렇지?"

"제가 열다섯이었을 땐, 말썽 부리는 고용인을 쏘기도 했고, 부리기도 했답니다, 나리."

"고집불통 이교도 같으니라고!"

그렇게 중얼거리며 크레이튼 대령이 러간을 돌아보았다. 검은 수염

---

* 인도 서북부의 옛 토후국. 현재는 라자스탄 주의 일부.

의 남자는 고개를 끄덕이며 수염을 진홍빛으로 물들인 아프간 사람의
생각에 동의했다.

"더 오래전부터 그 아이를 활용해야 했다는 생각이 듭니다."

러간이 입을 뗐다.

"어릴수록 좋은 법이니까요. 내가 항상 정말 값비싼 보석을 어린 아
이한테 지키도록 하는 것도 바로 그런 이유에서입니다. 대령께선 시
험해보라고 그 아이를 내게 보내셨어요. 그리고 난 모든 방법을 동원
해서 시험을 했지요. 그는 물건들이나 살피도록 놔둘 수가 없었던 유
일한 아이였습니다."

"수정이든…… 잉크병이든, 어떤 것도?"

마부브가 물었다.

"어떤 것도. 내가 말했듯이, 그 아인 지금 당장 쓸 수 있는 재주꾼입
니다. 그런 아인 본 적이 없어요. 그만큼 충분히 강하다는 뜻인데……
크레이튼 대령님, 그저 농담처럼 생각될 테지만, 그는 자신이 원하는
대로 누군가를 조종할 수 있을 정도입니다. 삼 년 전의 일이지요. 내가
그 아이에게 바로 그 조종술에 대해 많은 걸 가르쳐주었어요. 대령께
선 지금 그 아일 허비하고 있는 셈입니다."

"흠…… 당신이 옳을 수도 있소. 하지만, 당신도 알다시피, 지금으
로선 그 아이에게 맞는 일이 없소."

"그 아일 밖으로 나가게 해야 합니다…… 내보내세요."

마부브가 끼어들었다.

"망아지에게 처음부터 무거운 짐을 지게 할 수야 없지 않습니까? 대
상들과 다니게도 하고…… 흰 낙타새끼들처럼…… 그럼 뭔가 좋은 일

들이 생기죠. 생각 같아선, 제가 데리고 다니고도 싶지만……"

"그 아이한테 가장 알맞은 곳은…… 규모도 적당하고…… 남부가 적격일 것 같군요."

러간 씨가 짙푸른 눈꺼풀을 내리깔며 특유의 상냥한 어투로 말했다.

"그곳은 E23이 맡고 있잖소."

크레이튼이 재빨리 대답했다.

"그 아일 그곳으로 내려보낼 수는 없소. 더구나 그 아인 튀르크 말도 모르지 않소."

"우리가 원하는 문서의 모양과 냄새만 말해주면, 그 아인 그걸 가지고 돌아올 겁니다."

러간의 주장이었다.

"안 돼. 그건 소년이 할 일이 아니오."

크레이튼의 말이었다.

그들이 거론한 문서란 전 세계 무슬림의 실질적인 대표자를 자처하는 자와 영국의 점령지 내에서 납치된 여자들의 명부를 가지고 있는 어떤 왕가의 젊은 왕족 간에 오간 불온한 비밀서신을 말하는 것이었다. 그 이슬람 최고지도자는 단호하고 아주 거만한 사람이었고, 젊은 왕자는 자신의 권한이 축소될까 노심초사하는 인물이었다. 하지만 그 왕자는 언젠가는 자신의 평판을 훼손시킬 수도 있는 그 서신을 계속 주고받을 것인가에 대해 고민을 하고 있었다. 실제로 그 서신들 중 하나를 입수한 적이 있었는데, E23의 보고에 따르면 정기적으로 수집한 정보들을 보고해온 사람이 그것을 전해준 뒤 아랍 무역상의 복장을 한 채 길에서 시체로 발견되었다.

이러한 사실들과 아직 공표되지 않은 몇 가지 다른 얘기들을 러간 으로부터 듣고 난 마브브와 크레이튼은 고개를 설레설레 흔들었다.

"그럼 그를 붉은 모자의 라마와 함께 보내도록 하세요."

어떻게든 주장을 관철시켜보려는 말장수의 말이었다.

"그 아인 그 노인을 좋아하지요. 적어도 그 아인 염주로 보폭을 계산하는 법은 확실히 배울 수가 있겠죠."

"노승과 몇 번 거래를 한 적이 있지…… 편지로."

크레이튼 대령이 미소를 머금으며 말했다.

"그 노인이 어디에 있는지 모르겠군."

"지난 삼 년 동안 그 사람은 전국을 오르락내리락했습죠. 치유의 강을 찾겠다고 말이죠. 우라질 놈의 강……"

마브브는 자제하듯 거기서 말을 끊었다.

"그는 여행 중일 땐 티르탕카르 사원이나 부다가야에 거처를 구해 머물지요. 아시다시피 아이를 만나러 학교로 가기도 했죠. 그 일로 아이가 두 번인가 세 번인가 처벌을 받은 적이 있고요. 그 사람은 정신이 아주 나간 노인네지만, 말썽을 피우는 사람은 아닙니다. 그를 만난 적이 있어요. 바부도 그 노인과 거래를 한 적이 있고요. 우린 지난 삼 년 동안 그를 감시해왔는데, 붉은 모자를 쓴 라마가 흔하지 않아서인지 아직 감시망을 벗어난 적은 없습니다."

"바부들은 정말 알 수 없는 사람들이지요."

러간이 깊이 생각하며 말했다.

"대령께선 후리 바부가 진짜로 원하는 게 뭔지 아십니까? 인종학 문건들을 손에 넣어서 영국 학술원의 회원이 되는 겁니다. 야심이 대단한 사람이죠. 라마승에 대해 내가 대령께나 바부에게 하는 얘기들은, 모두 마부브와 그 아이가 내게 해주었던 것들입니다. 후리 바부는 곧 잘 바라나시로 라마승을 만나러 내려가곤 하지요…… 내 생각엔 자기 돈을 써가면서 그러는 거 같아요."

"아니요."

크레이튼이 짤막하게 말했다. 후리에게 여행비를 대준 것은 실은 그였다. 라마승이 어떤 사람인지를 알아보고 싶었던 것이다.

"바부는 라마교의 교리, 귀신을 쫓는 춤, 주문과 부적 등에 관한 정보를 지난 삼 년 동안 여러 차례 문의를 해왔소. 오, 성모 마리아여! 몇 해 전에 모든 걸 그에게 말했어야 했는데. 후리 바부는 여행을 하기가 힘들 정도로 나이를 먹었으니, 차라리 예절이나 풍습 따위 정보를 수집하도록 하는 게 좋을 거란 말이지. 그래, 그 사람이 학술원 회원이 되고 싶어한다 이거지……"

"후리는 그 아이를 좋게 생각하고 있는 것 같은데, 그렇죠?"

"오, 그렇긴 하지요…… 내 집에 모여서 우린 가끔 즐거운 저녁시간을 보내곤 했지요…… 헌데 그 아이를 후리에게 보내서 인종학 방면의 일을 하게 하는 건 시간낭비란 생각입니다."

"첫경험으로야 그렇지. 그런데 그 아이를 라마승과 함께 보낼 생각은 어떻게 한 거요, 마부브? 그렇다면 육 개월 동안 그 아이를 라마승과 함께 다니도록 하시오. 그러고 나면 뭔가 알 수가 있겠지. 좋은 경험이 될 거야."

"그 아인 이미 좋은 경험들을 많이 했습죠, 나리…… 물고기는 제가 헤엄치는 물길을 스스로 조절하는 법이지요. 무엇보다도 학교에서 풀어주는 게 우선이 아닐까 싶습니다."

"좋아, 아주 좋아."

크레이튼이 혼잣말처럼 중얼거렸다.

"아이를 라마승에게 보내고 후리 바부가 그들을 감시하도록 하면 금상첨화겠지. 그 사람은 마부브가 그랬던 것같이 위험에 빠뜨리진 않을 거야. 괴이한 일이긴 해…… 그 사람 소망이 학술원 회원이라니, 참. 딱 맞는 사람이긴 하지. 인종학 분야에선 최고니까…… 후리란 사람 말이야."

돈도 벌 만큼 벌었고, 승진도 할 만큼 했지만 크레이튼은 인도 측량국의 업무에서 손을 떼지는 않았다. 그의 가슴 깊은 곳에는 자신의 이름 뒤에 왕립학술원 회원이라는 직함을 붙이고 싶은 야심이 숨어 있었다. 그런 종류의 명예는 독창성과 동료들의 조력에 의해 얻어지는 것이겠지만, 그는 무엇보다도 제대로 된 성과물만이 협회로 들어와야 한다고 굳게 믿었다. 그래서 그는 몇 해 동안 아시아의 사교집단과 비의적인 관습에 관한 연구논문들을 집중적으로 제출해왔다. 학술원 회합이라는 게 지루하기 짝이 없어서 열의 아홉은 야회장夜會場을 슬금슬금 빠져나오지만, 크레이튼은 끝까지 남아 있는 한 사람이었다. 언제나 그의 영혼은 백발의 신사, 머리가 벗어진 신사들로 가득 찬 런던의 안락한 연회실들을 갈망하고 있었다. 군대에 대해서는 아는 게 전혀 없는 그들은 분광分光 실험장치들과 극한極寒 툰드라 지역의 소식물小植物 초본들, 전자 비행측정기들, 암컷 모기의 왼쪽 눈알을 밀리미터 단위로 자르는 장치들 사이를 거닐고 있었다. 크레이튼이 가장 매력을 느낀 것은 왕립 지리학회였다. 하지만 위안거리를 선택하는 데는 어른들도 어린아이만큼이나 우연에 기댈 수밖에 없는 법이다. 크레이튼은 빙긋이 웃으며 자기와 같은 욕망을 가지고 있다는 점에서 후리바부에 대해 좀더 좋은 감정을 가지게 되었다는 점을 상기했다.

그는 퇴마의식에 사용하는 단검을 내려놓고는 마부브를 지그시 바라보았다.

"언제쯤 망아지를 마구간에서 꺼내놓을까요?"

말장수가 크레이튼 대령의 눈빛을 읽으며 물었다.

"흠! 내가 지금 당장 그를 꺼내도록 명령을 내린다면…… 그 아이가 어떻게 할 거라고 생각하시오? 전에는 이런 식의 교육 방법에 대해 전혀 동의해본 적이 없지만."

"그 아인 제게 올 겁니다."

마부브가 지체 없이 대답했다.

"러간 나리와 제가 그애의 여행 준비를 하겠습니다."

"그러면 그렇게 하시오. 육 개월 동안 그 아인 자기 선택대로 할 테지. 그러면 누가 책임을 지지?"

러간이 고개를 살짝 들었다.

"그 아인 어떤 말썽도 부리지 않을 겁니다. 두려워할 건 없어요, 크레이튼 대령님."

"그래봐야 소년에 불과하오."

"물론이죠. 하지만 첫째, 그 아인 어떤 말도 발설하지 않을 겁니다. 그리고 둘째, 그 아인 일어날 가능성이 있는 모든 것을 알고 있습니다. 또한, 그는 마부브를 좋아합니다. 저도 약간 좋아하고요."

"급료를 받게 되나요?"

꼼꼼한 말장수의 질문이었다.

"음식과 물값만 제공할 거요. 한 달에 이십 루피."

비밀정보국의 좋은 점 하나는 회계감사를 걱정할 필요가 없다는 거였다. 측량국은 우스꽝스럽게도 자금이 늘 부족했지만, 그 기금들은 당연히 영수증이나 항목별 계산서 따위를 요구하지 않는 극소수 사람이 관리했다. 돈을 밝히는 시크교도답게 마부브의 눈빛은 반짝거리고 있었다. 심지어 러간 씨의 무표정한 얼굴까지 달라져 있었다. 그는 킴이 인도 전역을 밤낮없이 돌아다니며 '큰 게임'에 참가할 가능성을 수년 동안 생각해왔다. 그는 몇 달 뒤에 자신이 가르친 학생 덕에 얻을 명예와 신의를 예상해보았다. 러간은 무례하고 거짓말쟁이였던 어린 북서지역 출신 촌뜨기를 오늘의 E23으로 만든 장본인이었던 것이다.

하지만 선생들의 이런 기쁨은 성 사비에르의 교장에게 불려간 킴이 크레이튼 대령으로부터 온 소식을 들었을 때의 기쁨에 비한다면 한낱 창백한 연기에 불과했다.

"오하라, 크레이튼 대령이 너의 수학 실력을 높이 평가해서 너에게 측량국의 측량보조기사 자리를 준 것으로 알고 있다. 너에겐 대단한 행운이다. 겨우 열여섯 살인데 말이다. 하지만 어디까지나 가을학기시험을 치를 때까지는 푸카(영구직)가 될 수 없다는 걸 이해하기 바란다. 그래서 세상을 즐기기 위해 나간다거나 네 장래가 보장되었다고 생각해선 안 돼. 네 앞에는 엄청나게 힘든 일이 놓여 있어. 다만 푸카를 얻게 된다면, 너도 알겠지만, 넌 사백오십 루피의 월급을 받을 수가 있단다."

교장선생은 그가 취할 행동, 태도, 몸가짐에 대해 충고를 덧붙였다. 하지만 학생들, 특히 취직하지 못한 상급생들은 영국인과 인도인 사이에 태어난 혼혈아에게 그런 일자리가 주어지는 건 킴을 편애한 결과이며 뇌물을 제공했기 때문이라는 말까지 서슴지 않았다. 어이없게도 부친이 추나르 시의 연금수혜자인 카잘레트는, 크레이튼 대령이 킴에게 그토록 관심을 보이는 건 그가 친아버지이기 때문이라고 공공연히 떠벌렸다. 킴은 그런 말에는 대응하지 않고 앞으로 벌어질 엄청난 즐거움과 전날 받은 마부브의 편지를 떠올리고 있었다. 정갈하게 영어로 쓴 그 편지에서 마부브는 그날 오후에 어떤 집에서 만나자고 했다. 그 집주인의 이름을 교장선생이 듣는다면 머리털이 바짝 곤두설 것이었다.

그날 저녁, 킴은 러크나우 기차역 화물저울 앞에서 이렇게 말했다.

"마지막 일이 어긋나서 천장이 몽땅 무너져버리지나 않을까, 절 골탕 먹이려고 하는 건 아닌가, 얼마나 걱정을 했는지 몰라요. 이제 정말 다 끝난 건가요, 아버지?"

마부브는 모든 게 완전히 끝났다는 표시로 손가락을 부딪쳐 툭 소리를 냈다. 그의 눈빛은 붉은 석탄덩어리처럼 타오르고 있었다.

"그런데 제 권총은 어디 있어요?"

"침착! 반년 동안은 네 맘껏 달릴 수가 있으니. 내가 크레이튼 대령 나리께 수없이 사정했다. 월급은 한 달에 이십 루피다. 붉은 모자를 쓴 노인네도 네가 온다는 걸 알고 있단다."

"석 달 동안 월급에서 두스투리(수수료)를 떼어서 당신에게 드리겠어요."

킴이 점잖게 말했다.

"한 달에 이 루피씩요. 하지만 이것부터 벗어던져야겠어요."

그는 얇은 리넨 바지를 벗고 목에서 깃도 떼어냈다.

"여행 중에 필요한 것들은 모두 샀어요. 제 트렁크는 러간 씨의 집으로 보내버렸고요."

"너한테 안부를 전해달라는 사람이 바로 러간 나리였다."

"러간 씨는 아주 좋은 사람이에요. 근데 당신은 뭘 하고 있었나요?"

"북쪽으로 되돌아갈 거다. '큰 게임'을 위해서지. 달리 뭐가 있겠니? 넌 여전히 그 붉은 모자를 쓴 노인을 따라갈 마음뿐이지?"

"지금의 저를 있게 한 게 그분이라는 걸 잊지 마요…… 비록 그분은 이 사실을 알지 못하시더라도. 해마다, 그분이 절 공부시키기 위해 돈을 보내주시죠."

"나도 그 정도는 했을 거다…… 내 둔한 머리에도 그럴 생각이 들었다면 말이다."

마부브가 투덜거리듯 말했다.

"가자. 이제 가로등이 켜지고 있구나. 하지만 시장 사람들은 아무도 널 못 알아볼 거다. 우린 후니파의 집으로 갈 거다."

그곳으로 가는 도중에 마부브는 그의 어머니가 그에게 한 것처럼 킴에게 여러 가지 충고를 해주었다. 그리고 왜 그런 건지는 충분히 알 수 없었지만, 마부브는 후니파와 그녀의 동료들이 왕들을 어떻게 망쳐놓았는지에 대해 확실하게 얘기해주었다.

"그리고 내가 기억하는 말이 하나 있지."

마부브가 심술궂게 누군가의 말을 인용했다.

"어떤 사람이 말했지, '음탕한 여자 앞에서는 뱀을 믿고, 아프간 사람 앞에선 음탕한 여자를 믿으세요, 마부브 알리!' 자, 아프간 사람만 빼면, 나도 그중의 한 사람이니, 모두가 맞는 말이다. '큰 게임'에서는 정말 맞는 말이지. 모든 계획이 수포로 돌아가고 목이 잘려나간 우리 시체가 새벽 여명 속에 놓이게 되는 건 바로 여자들 때문이니까. 음탕한 여자를 믿다간 그런 꼴을 당할 수밖에 없어."

그의 무시무시한 설명이었다.

"이게 무슨……?"

킴이 아짐 울라의 담뱃가게 뒤편에 있는 이층 다락방의 침침한 어둠 속으로 오르는 지저분한 계단 앞에서 걸음을 멈추었다. 웬만한 사람들은 '새장'이라고 부른다는 걸 다 알고 있는 그곳은 은밀한 속삭임과 휘파람 소리, 박수 소리로 가득했다.

방은 더러운 쿠션과 반쯤 타들어간 물담배 연기, 싸구려 담배 냄새로 구역질이 날 지경이었다. 그 한쪽에 초록빛이 감도는 얇은 옷감을 걸친 몸집이 우람하고 못생긴 여자가 있었다. 이마와 코, 귀, 목, 손목과 팔, 허리와 발목까지 무거운 인도산 보석들로 휘감고 있었다. 그녀가 몸을 움직이자 마치 놋쇠 항아리가 부딪치는 듯한 소리가 들렸다. 창밖 발코니에 앉아 있던 바짝 마른 고양이 한 마리가 배가 고픈 듯 야옹거렸다. 킴은 출입문 커튼에 붙어 서서 당황한 눈길로 방 안을 훑어보았다.

"저 녀석이 신참인가요, 마부브?"

후니파가 무척이나 힘들게 틀니를 빼내며 느릿한 목소리로 물었다.

"오, 부크타누의 신들이시여!"

생김새에 걸맞게 그녀는 이슬람 신화의 정령인 지니의 이름을 들먹여댔다.

"오, 부크타누의 신들이시여! 아주 잘생긴 녀석이군."

"잘생긴 녀석 타령은 말을 팔 때 써먹는 거잖아."

마부브의 말에 킴이 웃음을 터뜨렸다.

"태어나 여섯째 날부터 그런 말을 들어왔죠."

킴이 등불 밑에 쪼그려 앉으며 대꾸했다.

"신을 부르면 어떻게 되는 거죠?"

"보호를 받게 되는 거지. 오늘밤 우린 네 피부색을 바꿀 거야. 이 지붕 아래서 자고 나면 넌 아몬드처럼 하얗게 되어 있을 거야. 하지만 어떻게 그런 색으로 바뀌는지는 후니파만이 알고 있는 비밀이다. 하루나 이틀이면 지워져버리는 그런 게 아니야. 또한 우린 여행 중에 일어날 모든 일에 대비해 널 강하게 만들 거다. 이게 내가 너에게 주는 선물이다, 아들아. 네가 지니고 있는 쇠붙이는 모두 꺼내서 여기다 놓아두어라. 시작하시오, 후니파."

킴은 나침반과 측량용 물감통, 그리고 새로 채워둔 약상자를 앞에다 꺼내놓았다. 모두 여행 중에 그가 지니고 다니는 것으로, 킴은 소년답게 그것들을 무척 애지중지했다.

여자가 천천히 일어나 손을 약간 앞으로 뻗은 채로 움직였다. 그제야 킴은 그녀가 장님이라는 것을 알았다.

"그래, 그래."

그녀가 웅얼거렸다.

"저 아프간 사람이 제대로 말해줬어. 내 물감은 일주일이나 한 달짜리가 아니란다. 그리고 내가 보호해주는 사람들은 늘 튼튼한 보호를 받게 되지.”

“사람이 혼자서 멀리 떨어져 있을 때 피부에 반점이 생기고 아닌 밤 중에 나병 같은 게 걸리게 되면 끔찍한 일이지.”

마부브가 말했다.

“나하고 있는 거라면 문제될 게 없지만. 게다가 아프간 사람은 살결이 희단다. 너도 지금 허리까지 옷을 내리고 그동안 얼마나 살결이 희어졌는지를 살펴봐라.”

그때 후니파가 손을 뻗어 더듬거리며 내실에서 나왔다.

“신경쓰지 않아도 된다. 저 여잔 볼 수가 없으니.”

그는 그녀의 반지 낀 손에서 백랍 주발을 건네받았다.

염료는 푸른빛의 고무처럼 보였다. 킴은 탈지면에다 물감을 찍어서 는 손등에다 발라보았는데, 후니파가 그 소리를 들은 모양이었다.

“안 돼, 그러면 안 돼.”

그녀가 소리를 질렀다.

“그렇게 하는 게 아니야. 바르는 데도 거기에 맞는 의식이 필요해. 물감을 칠하는 것 자체는 이 의식의 작은 한 부분일 뿐이다. 난 여행을 하는 동안 널 완전하게 보호해줄 수 있도록 해줄 거다.”

“자두(마술)……?”

킴이 경계하듯 물었다. 그는 시력을 잃은 희번덕이는 그녀의 눈동자가 싫었다. 마부브의 손이 그의 목을 눌러 몸을 숙이게 했는데, 코가 마루에 닿을 것 같았다.

“조용히. 어떤 해악도 너를 범하지 못할 것이다, 아들아. 나는 너의 제물이니!"

　킴은 여자가 무엇을 하는지 전혀 볼 수가 없었다. 몇 분 동안 그녀의 장신구들이 철컹거리는 소리만 들려왔다. 성냥불이 어둠 속에서 켜졌다. 향불이 타오르는 찌지직거리는 소리는 그에게 낯설지 않았다. 방 안은 금세 연기로 가득 찼다. 짙은 향냄새가 정신을 몽롱하게 만들고 있었다. 졸음이 점점 밀려드는 가운데 그는 악령들의 이름이 불리는 소리를 들었다. 시장이나 쉼터에 붙어살면서 길가의 정류장에서 일어나는 모든 음탕하고 사악한 짓을 만들어내는 장본인인 에블리스의 아들 줄바잔, 무슬림 사원 주변에 숨어 있다가 신자들의 신발에 붙어 기도를 훼방놓는 둘한, 그리고 거짓말과 공포의 악령 무스부트의 이름이 여자의 입에서 흘러나오고 있었다. 끔찍할 정도로 부드러운 후니파의 손가락은 킴의 몸을 매만졌고, 그의 귀에 끊임없이 속삭여대는 그녀의 목소리는 마치 아주 먼 곳에서 들려오는 것 같았다. 목을 누르고 있던 마부브의 손이 풀리는가 싶더니 소년은 정신을 잃고 말았다.

　"알라여! 이 녀석 저항하는 꼴 좀 보게! 약을 쓰지 않았다면 우린 해내지도 못할 뻔했어. 이게 다 몸속에 흐르는 백인의 피 때문이야."

　마부브가 성마르게 내뱉었다.

　"다위트*를 계속하시오. 그에게 완전한 보호를 주어야 해."

　"오, 신이시여! 귀 기울여 듣는 자여, 제 말을 들으시어 이리 오소서!"

---

* 신의 강림을 기원하는 기도. 악마를 불러내는 주문.

신음에 가까운 후니파의 목소리가 멈추자 그녀의 죽은 눈동자가 서쪽으로 돌아갔다. 어두운 방 안은 신음과 몰아쉬는 숨소리로 가득 찼다.

그때 발코니 바깥으로부터 거대한 몸집을 가진 형상 하나가 둥그런 머리를 일으키더니 신경질적으로 기침을 해댔다.

"당신들의 복화강령술*을 방해하려는 건 아니오, 친구들."

그 말은 영어로 읊어지고 있었다.

"하지만 내가 당신들을 아주 혼란스럽게 할 거라는 생각이 드는구려. 헌데 무지한 관객의 입장에선 뭐가 뭔지를 모르겠단 말이오."

"……오, 예언자시여! 제게 저들을 쳐부술 계책이 있사오니, 부디 믿지 않는 자들의 말에 귀를 기울이지 마소서. 저들을 당분간 그대로 내버려두소서!"

이제 북쪽으로 향한 후니파의 얼굴이 무섭게 일그러졌다. 천장으로부터 들려오는 목소리가 마치 그녀의 말에 응답하는 것 같았다.

후리 바부는 창틀에 몸을 기댄 채 후들거리는 손으로 공책에다 뭔가를 적고 있었다. 약에 취해 여전히 황홀경에 빠져 있던 후니파는 이리저리 몸을 비틀더니 미동도 없는 킴의 머리 곁에 가부좌를 틀고 앉아 끊임없이 악령들을 불러냈다. 그러고는 오래전부터 내려오는 의식의 순서에 맞춰 그 악령들이 장차 소년에게 해를 미치지 못하도록 한군데 모아 결박했다.

"이 소년에게 비밀의 열쇠가 있도다! 그가 아니고는 비밀을 아무도

---

* 複話降靈術. 신이나 악령의 말을 무당 혹은 영매자가 전하는 의식.

풀지 못하며, 메마른 사막과 거친 바다를 그는 모두 알고 있노라!"

또다시 전혀 현실감이 느껴지지 않는, 휘파람 소리 같은 것이 느닷없이 응답해왔다.

"나…… 난, 이 의식이 전혀 위험하단 생각이 들진 않소."

주문을 외울 때마다 후니파의 목 근육이 경련을 일으키는 걸 지켜보고 있던 바부가 한 말이었다.

"물론…… 저 여자가 소년을 죽인 것 같지는 않단 말이오. 헌데 만약에 죽인 거라 해도, 난 법정에서 증언 같은 건 하지 않을 거다, 뭐 그런 생각이…… 헌데 마지막에 불러낸 악령의 이름이 뭐였던가?"

"이보게, 바부 양반. 난 힌두의 악령 따위는 안중에 없소. 하지만 에블리스의 자식들은 달라. 그들이 주말리(선)든, 줄랄리(악)든 모두가 이교도들을 미워한단 말이오."

마부브가 힌디어로 말했다.

"그럼 내가 여기서 나가는 게 낫다는 거요?"

후리 바부가 반쯤 몸을 일으키며 말했다.

"그들은, 물론, 보이지 않는 존재들이지. 스펜서*가 말했듯……"

예정된 일이었지만, 발작적인 외침이 있고 나서 후니파가 입에 거품을 물고 쓰러진 뒤에야 모든 위기상황이 끝났다. 그녀는 킴의 옆에 쓰러져 꼼짝하지 않았고, 미친 듯한 소리도 더이상 들려오지 않았다.

"와우! 모든 게 이루어졌군. 이제 소년은 한층 나아졌겠지. 후니파는 역시 다위트의 여왕이야. 이 여자를 옆으로 치워야겠으니 도와주

---

* 허버트 스펜서(1820~1903). 실재자(實在者)의 본성은 알 수 없으며 과학의 목적은 알 수 있는 것을 추구하는 일이라고 주장한 영국의 사상가.

시오, 바부. 걱정하지 말고."

"눈에 보이지도 않는 것들을 내가 두려워할 건 없겠지?"

후리 바부가 자신을 안심시키려는 듯 영어로 주절거렸다. 자신이 위험을 무릅쓰고 조사를 해왔던 이런 마술을 두려워한다는 건 말도 안 되는 일이었다. 그는 학술원 회원이 되기 위해 어둠의 모든 악령을 신봉하는 이런 민간전승들을 수집해오고 있었다.

마부브가 예전에 후리와 함께 했던 여행을 생각하며 키득거리다가 말했다.

"염색 작업을 마무리하도록 합시다. 소년의 안전조치는 잘되었겠지. 만약…… 하늘에 계신 신들이 우리의 기원을 들으셨다면 말이오. 나는 한 사람의 수피(이슬람 범신론자)이지만, 내가 만약 여자와 종마와 악령의 숨겨진 부분까지 볼 수가 있는 사람이라면 쓸데없이 돌아다닐 필요가 있겠소? 이제 이 소년이 제 갈 길을 가도록 해주시오, 바부. 그리고 붉은 모자의 그 늙은이가 우리의 손이 닿지 않는 데까지 데리고 가지 못하도록 지켜보시오. 난 말들에게로 돌아가봐야 하오."

"좋소이다. 그 사람 요즘 아주 볼 만하지."

후리 바부가 대답했다.

사흘이나 지난 새벽, 킴은 수천 년을 잔 것 같은 깊은 잠에서 깨어났다. 후니파는 구석에 처박혀 코를 골아가며 잠에 빠져 있었고, 마부브의 모습은 보이지 않았다.

"네가 무서워하지 않았으면 한다."

팔꿈치 부근에서 느끼한 목소리가 들려왔다.

"내가 전부 지켜보았는데, 인종학적인 관점에서 무척 흥미로웠다. 높은 차원의 다위트였다."

"휴우!"

그 목소리의 주인이 살살거리며 웃고 있는 후리 바부란 것을 알아챈 킴이 길게 한숨을 내쉬었다.

"황송스럽게도 네게 갖다주라고 러간 나리가 의상을 주셨지. 아랫사람에게 이런 걸 심부름해주는 게 내 공식적인 업무는 아니다만……"

그는 낄낄거리고 나서 말을 이었다.

"이번은 예외적인 경우로 특별히 기록으로 남기게 될 거다. 러간 나리가 이런 내 행동을 주목하실 거라고 생각한다."

킴이 하품을 하며 기지개를 켰다. 그는 러간 씨가 보냈다는 품이 넉넉한 옷을 입고 나서 다시 한번 몸을 돌려보고 틀어보았다.

"이건 뭐죠?"

먼 북쪽 나라의 분위기가 물씬 나는 짙은 빛깔의 옷을 그는 의아하게 바라보았다.

"오, 그건 라마승을 보필하는 제자의 복장이란다. 특별할 건 없지. 이것으로 모든 준비가 끝났구나."

이를 닦기 위해 진흙병이 있는 발코니로 구르듯이 걸어가며 후리 바부가 말했다.

"네 그 노신사가 믿고 있는 게 엄밀한 의미에선 종교라는 생각이 들지 않는다. 다소 변형된 거라는 말이다. 아직 실린 적은 없지만 난 이 주제에 대한 글을 『계간 아시아 리뷰』에 기고한 적이 있지. 이상하게도 그 노신사에게서는 도무지 종교성 같은 걸 발견할 수가 없단 말이야. 정말 괴상한 일이야."

"그분을 아세요?"

후리 바부는 자신이 점잖게 자란 뱅골 사람이라는 걸 과시하듯, 이를 닦는 데도 절차가 있으니 그동안 잠자코 있으라는 뜻으로 한쪽 손을 들어 보였다. 이를 닦고 나서는 유일신에 대한 찬미가 담긴 아리야 소마즈 기도문을 영어로 암송하고는, 입 안에다 판과 구장나무 이파리를 쑤셔넣고 씹었다.

"알고말고. 바라나시에서 여러 번 만났지. 부다가야에서도. 종교적인 문제들에 대해서, 그리고 악마를 숭배하는 문제에 대해서 그 사람에게 물어보았다. 그는 모든 것은 궁극적으로 알 수 없는 것이라는, 순수한 불가지론자不可知論者더구나…… 그런 점에선 나와 같더군."

후니파가 잠결에 몸을 굼틀거리자 후리 바부는 아침햇살을 받아 거무튀튀하게 보이는 구리 향로로 후다닥 달려가더니 그을음을 손가락에다 묻히고는 얼굴에다 죽죽 그어댔다.

"집안에 초상이라도 났나요?"

킴이 힌디어로 물었다.

"그런 게 아니라, 저 여자가 악마의 눈을 가졌을까 싶어서…… 마녀 같단 말이야."

바부의 대답이었다.

"여긴 뭣 하러 오신 거죠?"

"바라나시로 가는 길을 안내해주려고 왔지. 네가 만약 정말로 그곳에 갈 거라면, 우리 쪽에서 알려줘야 할 것도 있고."

"전 갈 거예요. 기차시간이 어떻게 되죠?"

킴은 자리에서 일어나 어두운 방 안을 둘러보았다. 마룻바닥에 낮게 깔린 햇빛이 누렇게 밀랍을 칠한 후니파의 얼굴에 얹혀 있었다.

"저 마녀에게 돈을 내야 하나요?"

"아니다. 저 여자는 그녀가 섬기는 악령들을 불러 모아서 모든 악귀와 위험들로부터 너를 보호하는 마법을 걸었단다. 마부브가 바라던 거였지."

말을 영어로 바꾸었다.

"그자는 이따위 미신에 빠질 정도로 시대에 뒤떨어진 인간이지. 이건 한낱 복화술에 불과하거든. 배를 움직여서 말을 하는…… 알겠니?"

의식을 통해 뭔가 악귀가 기어들었을지도 모른다는 생각을 하면서 킴은 악귀들을 내쫓기 위해 늘 하던 대로 손가락을 마주 퉁겼다. 악귀가 들어왔을지도 모른다는 생각 따위는 마부브라면 전혀 하지 않았을 것이다. 후리가 다시 낄낄거렸지만 그는 방을 가로질러가면서 마룻바닥에 드리워져 있는 후니파의 그림자를 밟지 않으려고 애썼다. 그는 마녀들이 마음만 먹는다면 언제든 발꿈치를 통해 사람의 넋을 능히 뽑아가버릴 수 있는 존재라고 생각하고 있었던 것이다.

"이제 귀담아들어야 할 거야."

그들이 신선한 아침 공기 속으로 나왔을 때 바부가 말했다.

"우리가 지켜본 이 의식에는 우리 부서 사람들에게도 효과적인 부적 구실을 하는 게 포함되어 있었단다. 네 목을 더듬어보면 조그마한 은으로 만든 부적이 만져질 거다. 비싼 건 아니야. 그 부적이 '우리 편'

이라는 표시다. 이해하겠니?"

"오, 알겠어요. 기운이 나는군요."

킴이 자신의 목을 만져보며 말했다.

"후니파는 그 부적을 이 루피 십이 아나에 만들고 있지…… 모든 종류의 악귀를 내쫓는 부적들이 있단다. 검정 에나멜이 어느 부위에 칠해져 있는가만 다를 뿐 다들 아주 흡사하지. 부적 안쪽에는 그 지역 성인의 이름 같은 것들이 가득 적혀 있는 종이가 들어 있다. 그게 바로 후니파의 중요한 업무지. 알겠느냐? 후니파는 우리를 위해서만 부적을 만들어주는데, 그녀가 하지 않을 경우엔 우리가 그걸 구해다가 조그만 터키옥 조각을 넣은 다음에 나눠준단다. 옥 조각은 러간 나리가 제공하지. 달리 제공되는 건 없다. 하지만 이걸 고안해낸 건 바로 나야. 물론 전혀 비공식적인 거라 말하기 그렇지만, 아랫사람한테야 어떻겠어. 크레이튼 대령도 모르는 사실이지. 그 사람은 유럽인이잖니. 터키옥을 종이에다 말아서 넣어둔다는 걸 알면…… 어디 보자, 저기가 기차역으로 가는 길이고…… 넌 이제 라마승과 함께 가게 될 거다. 어쩌면 나도 함께 갈지도 모르지. 희망사항이지만, 언젠간 말이야. 어쩌면 마부브가 동행할지도 모르고. 아무튼, 우리가 빌어먹을 좁은 공간에 갇혔다고 한번 상상해보자꾸나. 난 무서움을 많이 탄단다…… 너무 많이…… 하지만 머리털보다 더 좁은, 그 빌어먹을 공간에 갇힌 적이 있지. 그때 넌 이렇게 말하면 돼. '나는 마법의 아들이다.' 그거면 족하다."

"정말 이해할 수 없네요. 그리고 여기서 우리가 영어로 말하고 있으면 안 되죠."

"맞는 말이군. 나 역시 너한테 돋보이려고 영어로 지껄이는 한낱 바부에 불과했어. 기실 우리 바부들은 돋보이려고 영어를 지껄이지."

후리가 어깨에 늘어뜨려져 있던 옷깃을 멋들어지게 쳐내며 말했다.

"내가 방금 말한 '나는 마법의 아들이다'라는 건 사트 바이, 즉 '일곱 형제들'의 일원이라는 뜻인데, 사트 바이는 힌디어로 탄트라를 가리킨다. 탄트라는 지금은 사라진 집단으로 알고들 있지만, 나는 그것이 현존한다는 글들을 쓰고 있단다. 실로 이 모든 게 내가 고안한 것들이란 말이다. 훌륭하지 않니? 사트 바이는 많은 구성원을 가지고 있는데, 네가 그들에게 잡힌다면 그들은 능숙한 솜씨로 네 목을 잘라버리기 전에 목숨을 구제할 기회를 줄 거다. 어찌 되었든 그건 유용한 일이지. 더구나, 이 바보 같은 힌두교도들은 어떤 특별한 조직에 속해 있다고 말하는 사람을 죽이려 할 때엔, 만약에 그들이 지나치게 흥분하지만 않는다면 반드시 고심을 한단 말이다. 그냥 죽여버리는 법은 없다는 뜻이지. 알아듣겠니? 바로 그때가 네가 협소한 공간에 갇혀 있고 '나는 마법의 아들이다' 하고 말해야 할 순간이야…… 그러면 아마도…… 그래…… 넌 살아날 수 있을 거야. 내가 예를 든 건 너무 극단적인 경우이겠지만, 낯선 사람과 거래를 틀 때도 마찬가지란다. 확실히 알아들었니? 그래, 좋아. 하지만 이제 이런 걸 한번 상상해보자. 내가, 아니면 우리 부서의 어떤 사람이 전혀 다른 복장을 하고 네 앞에 나타났다고 말이야. 넌 상대방이 밝히기 전에는, 그를 알아보지 못할 거야. 틀림없어. 언젠가는 내 말이 맞는다는 걸 알게 될 거다. 라다크의 장사꾼으로 변장하고 네 앞에 나타나서…… 아니면 뭐 다른 모습으로 나타날 수도 있고…… 어쨌든, 내가 너한테 이렇게 물을 거다.

'진귀한 보석이 있는데 사시겠소?' 그러면 넌, '너무도 가난해서 터키옥은커녕 타키안도 살 수가 없어요' 하고 대답하겠지."

"타키안이 아니라 '키츠리' 아닌가요…… 야채 카레 말이에요."

"물론 그렇지. 어쨌건, 넌 '타키안을 보여주세요' 하고 말하고, 그러면 내가 '여자가 요리를 해야 하는데, 당신의 신분엔 맞질 않아요' 하고 말할 거다. 그러면 또 너는 '사람들이 타키안을 찾는 데 신분을 따지진 않죠' 하고 말하겠지. 바로 여기, 네가 타키안을 '먹는다'고 하지 않고 '찾는다'고 한다는 사실에 유의할 필요가 있다. 그 단어는 너만이 그렇게 사용하는 것이란 말이다."

킴은 바부가 말한 그 문장을 반복해서 말해보았다.

"그래, 잘했다. 기회를 봐서 내가 네게 내 터키옥을 보여줄 거야. 그러면 넌 내 정체를 알게 되고, 서로 생각이나 문서들, 기타 등등을 교환하게 되는 거지. 우리 동료 누구와도 마찬가지다. 우린 때로 터키옥에 대해 대화를 나누기도 하고, 타키안에 대해서도 얘기를 나눌 텐데, 항상 그 '찾는다'는 단어를 유의해야 한다. 어려울 게 없지? 먼저, 네가 협소한 공간에 갇혀 있을 때 말해야 할 것은 '마법의 아들'이라는 걸 잊지 마라. 그게 널 구해줄 거다…… 구해주지 못할 수도 있지만. 그 다음, 낯선 자와 공식적인 거래를 하려고 한다면 타키안에 대해 내가 말해준 것을 꼭 기억해라. 물론, 지금 이건, 공식적인 업무는 아니다. 넌…… 아하!…… 수습사원이니까. 아주 특별한 경우란 말이야. 네가 만약 아시아계 사람이었다면 지금 당장에 채용되었을 테지. 하지만 이번 반년 동안에 영국인의 땟물을 쫙 빼버릴 수 있을 거다. 알아듣겠지? 라마승도 네가 그렇게 되기를 기대하고 있을 거야. 가끔 소식을

362

전해주었거든. 네가 모든 시험을 통과해서 조만간 공무원에 임용될 거라고 말이다. 이제, 넌 행동에 제약을 받지 않게 되었다. 다만, 다른 마법의 아들들이 네게 도움을 요청한다면 넌 기꺼이 그렇게 해야 할 거다. 이제 작별을 해야겠군, 친애하는 동지. 그리고…… 음…… 언젠가 최고의 자리에 올라서길 기대하마."

후리 바부는 그렇게 한두 걸음 뒤로 물러서더니 사람들로 붐비는 러크나우 역사 입구로 사라져갔다. 킴은 깊이 숨을 내쉬고는 두 팔을 엇갈려 자신의 몸을 감싸 안았다. 어두운 빛깔의 승복 안주머니에는 니켈 도금이 된 연발 자동권총이 들어 있었고, 그의 목에는 은으로 만든 부적 목걸이가 걸려 있었다. 그리고 손에는 탁발그릇과 염주, 그리고 마귀를 쫓는 단검이 들려 있었다(모두 러간 씨가 잊지 않고 챙겨준 것들이었다). 고슴도치 문양이 수놓인 지갑 겸용의 낡은 허리띠에는 알약과 물감통, 나침반, 그리고 한 달 치 월급이 들어 있었다. 어떤 왕도 지금의 그보다 부자일 수는 없었다. 그는 힌두교도 상인에게서 나뭇잎 모양의 컵에 담긴 사탕을 사서는 경찰관이 나타나 계단 뒤로 물러서라고 할 때까지 정신없이 빨아먹었다.

11장

아직 인간과 거래할 게 남았다니
칼은 던지고 잡는 것,
동전은 내버렸다 줍는 것,
인간은 병 주고 약 주는 것,
뱀은 유혹하고 덫에 걸리는 것.
제 칼로 제 몸을 베고,
제가 키운 뱀에게 물리고,
자신의 구차함이 비밀을 발설케 하고,
남들에게 경멸당할 것이니
마술사는 태어나는 것이 아니다!
한 줌의 먼지, 혹은 시든 꽃,
맺지 못한 열매, 혹은 빌린 지팡이,
그의 욕구에 봉사하고 그의 힘을 떠받들라.
주문에 엮이지 않으려면 웃음을 흘리라!

- 키플링, 「세상에 둘도 없는 인간, 그리고 기타 등등」 Op. 15

킴의 가슴속에 문득 자연스럽게 이런 생각이 떠올랐다.

'이제 혼자다…… 온전히 혼자가 되었다. 이 넓은 인도에서 나처럼 이렇게 혼자가 된 사람은 없을 것이다! 내가 오늘 만약 죽어버린다면, 누가 이 소식을 전해줄 수 있을까?…… 또 누구에게 소식을 전해줄까? 만약 내가 살아 있다면, 그리고 신께서 어여삐 여겨주신다면, 내 목에도 현상금이 붙겠지. 마법의 아들이니까…… 나, 킴은!'

백인들 중에는 드물지만 많은 아시아인은 자기 자신의 이름을 끊임없이 되뇌며 그 자신을 어떤 황홀경 속으로 몰고 간다. 자신의 정체성이라 불리는 그 어떤 것에 대해 자신의 영혼을 자유롭게 풀어놓으며 명상에 빠져드는 것이다. 한 인간이 나이가 들어간다는 것은 대개는 열정이 쇠락하는 것을 의미한다. 그러나 그 열정이 지속되고 있다 하더라도 어느 한순간 쇠락의 길로 떨어질 수도 있다. 그것이 인생인 것이다.

'킴이 누구인가?…… 킴…… 킴…… 그는 누구란 말인가?'

그는 기차가 서거나 떠날 때마다 땡그랑거리며 울어대는 종소리가 아득히 들리는 대합실 한쪽 구석에 웅크리고 앉아 갖가지 생각에 잠겨 있었다. 두 손은 무릎 사이에다 끼고 눈동자는 그 손끝을 응시하고 있었다. 잠시 후, 그는 그 난해한 수수께끼를 풀어낸 것 같은 느낌이 들었다. 하지만 늘 그랬듯, 상처 입은 새 한 마리가 그의 마음 안으로 곤두박질쳤고 그는 그 새를 손바닥 안에 품으며 고개를 설레설레 흔들었다.

막 기차표를 끊은, 머리가 긴 한 힌두 바이라기(성자)가 그 앞에서 걸음을 멈추더니 한참을 내려다보았다.

"나 또한 그것을 잃었구나. 그것은 도를 향해 열려 있는 여러 문 중의 하나인데, 여러 해 동안 닫혀 있었단다."

그가 슬픈 어조로 말했다.

"무슨 얘기인지요?"

킴이 당황하며 물었다.

"네 영혼이 어떤 법을 따르든 너는 그 영혼 안에서 방황했다. 뭔가를 부여잡는다 해도 그것은 찰나에 불과한 것. 나는 안다. 내가 아니면 누가 알겠느냐? 어디로 가느냐?"

"카시로 갑니다."

"거기엔 신들이 없다. 난 그걸 입증해왔다. 나는 깨달음의 길을 찾아 프라야그로 간다. 이번이 다섯번째다. 너는 무엇을 믿느냐?"

"저 또한 구도자입니다."

킴이 말했다. 라마승이 잘 쓰는 말이었다.

"하지만 제가 찾고자 하는 것은 알라만이 아닙니다."

그는 자신이 라마승의 옷차림을 하고 있다는 사실을 잊고 있었다.

바라나시행 기차가 도착했다는 소리에 킴이 몸을 일으켰을 때 그 노성자가 겨드랑이에 끼고 있던 지팡이를 내려놓고는 붉은 표범 가죽을 바닥에 깔더니 그 위에 앉아서 말했다.

"희망을 갖고 떠나라, 어린 형제여. 절대자에게로 가는 길은 멀고 험하다. 하지만 우리는 모두 그곳으로 가야 하는 것."

그 일이 있은 뒤로 킴은 더이상 외로움을 느끼지 않았다. 사람들로 북적거리는 칸막이 열차에 몸을 싣고 30여 킬로미터를 가는 동안 그는 그 자신과 그의 스승이 지닌 신비로운 능력에 관해 줄줄이 엮으면서 승객들을 즐겁게 해주었다.

그가 걸친 승복 덕에 대접을 받는 건 즐거운 일이었지만 바라나시가 정말 지저분한 도시라는 생각을 떨쳐버릴 수가 없었다. 적어도 이 도시 인구의 3분의 1은 될 만큼의 사람들이 헤아릴 수 없을 정도로 많은 신에게 기도를 올렸고, 성자라면 누구든 존경을 받았다. 킴은 편자브에서 온 농부 캄보의 안내로 시내에서 2킬로미터 남짓 떨어진 사르나트* 인근의 티르탕카르 사원으로 가는 중이었다. 그를 안내한 농부는 줄룬두르에서 그의 작은 아들이 병이 들어 온갖 대지의 신들에게 빌어도 소용이 없자 마지막으로 자이나의 사원을 찾은 것이었다.

---

* 인도 북부, 바라나시 부근에 있는 불교 순례의 중심지. 녹야원(鹿野苑). 석가모니가 처음으로 설교를 한 곳이다.

"북쪽에서 왔니?"

자신이 기르는 황소처럼 어깨로 밀치면서 좁고 악취를 풍기는 골목을 빠져나가던 그가 물었다.

"예. 그런데 펀자브는 좀 알아요. 어머니는 시골 처녀였지만 아버진 암리차르 출신이셨죠. 잔디알라 근처 말이에요."

여행을 하면서 필요한 얘기들을 둘러대는 데는 이력이 난 킴이었다.

"잔디알라…… 줄룬두르? 오호! 그렇다면 우린 이웃사촌이구나."

그는 킴을 껴안으며 고개를 주억거렸다.

"넌 누구를 보필하고 있는 거니?"

"티르탕카르 사원의 어느 위대한 성자요."

"사원에 있는 사람들은 모두가 위대한 성자지…… 대단한 욕심쟁이이기도 하고." 농부가 비꼬았다.

"난 발바닥이 벗겨질 때까지 기둥들 사이를 오가며 사원 안을 돌아다녔지. 하지만 아이는 조금도 낫질 않았다. 급기야 제 어미마저 병이 들고 말았지…… 쉿!…… 누가 들을라…… 애는 열병에 걸렸고, 이름까지 바꾸었어. 계집아이의 옷을 입히기도 해봤다. 안 해본 게 없단다…… 바라나시로 가는 짐을 꾸려주고 있던 애 엄마한테 내가 그랬지…… 같이 가면 좋겠다고…… 사키 사르와르 술탄* 사원이 제일 효험이 있을 거라고도 말했지. 얼마나 큰 아량을 지녔는지 우리도 알지만, 그래도 여긴 모두가 이방인의 신들뿐이야."

농부의 굵게 힘줄이 잡힌 팔뚝에 안겨 있던 그의 아들이 무겁게 눈

---

* 펀자브 지역에 있는 유명한 무슬림 성소의 하나.

꺼풀을 껌벅이며 킴을 바라보고 있었다.

"그런데 모든 게 소용이 없었단 말이죠?"

킴이 아이에게 흥미를 보이며 물었다.

"전혀…… 아무 소용도 없었어."

열 때문에 아이의 입술이 다 갈라져 있었다.

"신들이 우리 아이에게 적어도 고운 심성만큼은 주신 것 같아."

아이의 아버지가 자랑스럽게 말했다.

"그것만으로도 족하다고 해야 할지. 저기 사원이 보이는구나. 지금 난 가진 게 아무것도 없단다…… 승려들께 죄다 바쳤으니까…… 달랑 이 아이만 남았지. 뭐라도 있으면 네 스승에게 치료를 부탁드리기라도 할 텐데…… 뭘 어찌해야 할지 모르겠구나."

킴은 가슴이 먹먹해져 잠시 생각에 잠겼다. 3년 전이었다면 이런 상황에서 뭐가 이득인지를 즉각 따져보고는 미련도 없이 제 갈 길을 갔을 것이었다. 하지만 지금, 농부가 그에게 보여주고 있는 존경심은 그가 제대로 된 인간임을 증명하고 있었다. 게다가 자신도 열병을 한두 번은 겪어본 터라 그럴 때 굶주리는 것만큼 힘겨운 것은 없다는 사실을 누구보다 잘 알고 있었다.

"그분에게로 가서 치료를 부탁하세요. 제가 보증을 서드릴 테니까. 그러면 아이의 병이 나을 겁니다."

킴은 뭔가가 아로새겨져 있는 사원의 출입문 앞에서 걸음을 멈췄다. 고리대금을 하며 지은 죄를 용서받기 위해 아지메르*에서 온 흰옷

---

* 인도 서북부, 라자스탄 주 중부의 도시.

차림의 은행업자 오스왈이 킴에게 누구냐고 물었다.

"저는 보티알(티베트)에서 오신 성자 테슈 라마님의 제자입니다. 그분이 제게 여기로 오라 하셨습니다. 여기서 기다리고 있을 테니, 말씀을 좀 전해주십시오."

"아이를 잊지 마소서."

농부가 킴의 어깨 너머로 울부짖더니, 펀자브어로 소리를 질러댔다.

"오, 성자시여…… 성자의 제자시여…… 이 세상의 모든 신이시여…… 문 앞에 쭈그리고 앉아 있는 자의 고통을 굽어 살피소서!"

그런 울부짖음은 바라나시에선 너무도 흔한 일이라 지나가는 사람들은 고개를 돌리지조차 않았다.

오스왈이 아무 말 없이 뒤편 어둠 속으로 들어간 뒤, 하염없이 긴 시간이 흘러갔다. 그 시간의 무심한 흐름은 예의 동양적인 특성 그 자체였다. 자신의 방에서 잠들어 있던 라마승을 깨우려는 승려가 아무도 없었던 것이다. 아라한 상들이 깊은 침묵 속에 서 있는 법당 안뜰에 노승이 염주를 딸깍딸깍 헤아리는 소리가 다시 울리기 시작했을 때가 되어서야, 수도를 시작한 지 얼마 되지 않은 사미승이 라마승에게로 다가와 나지막이 말했다.

"스님의 제자가 이곳 사원에 왔습니다."

그러자 노승은 염불을 끝맺지도 않은 채 사원의 문을 향해 성큼성큼 걸어갔다.

키가 큰 스님의 그림자가 문가에 비치기 무섭게 농부가 그의 앞으로 달려와 아이를 쳐들며 울부짖었다.

"이 아이를 굽어 살피소서, 성자여. 신의 의지로 이 아이를 살려주소서…… 살려주소서!"

라마승은 허리춤을 더듬더니 작은 은전 하나를 꺼내 농부에게 던져
주었다.

"이게 어찌 된 일이더냐?"

라마승의 눈이 킴에게로 향했다. 그의 우르두어는 오래전 잠잠마
아래서 들었던 것보다 훨씬 정확해졌다. 하지만 농부는 킴과 노승이
얘기를 나누도록 놔두지 않았다.

"열병인 것 같습니다. 어린애가 제대로 먹지도 못했나 봐요."

킴이 말했다.

"먹는 것마다 토하고, 제 엄마는 여기에 있지도 않습니다요."

"허락해주신다면, 제가 치료를 해 보이겠습니다, 스님."

"네가? 그 사람들이 널 치료사로 만들었더냐? 기다려라."

라마승이 그렇게 말하고는 사원 계단 아래에 꿇어앉은 농부의 곁으
로 내려가서 앉았다. 그 사이 킴은 주위를 살피며 조그마한 구장나무
상자를 천천히 열었다. 킴은 학교에서 공부를 하면서, 백인의 모습으
로 라마승에게 돌아가 정체를 밝히기 전에 노승을 골려주는, 소년다
운 몽상에 잠기곤 했었다. 킴은 극적인 효과를 끌어내기 위해 눈살을
잔뜩 모으고서 약병들을 가만히 살펴보기도 하고, 생각에 잠긴 척 가
만히 있는가 하면 중간중간 신을 부르는 듯한 주문을 외우기도 했다.
그는 정제로 된 키니네와 짙은 갈색의 마름모꼴 고깃조각을 꺼내들었
다. 그저 소고기 육포일 테지만 그건 중요한 일이 아니었다. 아이는 처
음에는 먹으려 들지 않았지만 마름모꼴의 고깃조각을 쪽쪽 빨아보고
는 짠맛이라 좋다고 말했다.

킴이 사내에게 약을 건네주었다.

"이 약 여섯 알을 가지고 가세요. 신들을 찬양하면서 세 알을 우유에 끓이도록 하세요. 다른 세 알은 물에다 끓이시고. 우유를 먹고 나면 이걸 먹이도록 하세요."

그러고 나서 건네준 것은 키니네 반 알이었다.

"그리고 몸을 따뜻하게 해주시고요. 그러고 나서 나머지 세 알을 넣고 끓인 물을 먹이시는데, 한숨 자게 한 뒤에 깨면 이 흰 약 반 알을 먹이도록 하세요. 그리고 이 갈색 약은 숙소로 돌아가실 때 빨아먹게 하시고요."

"오, 이렇게 지혜로울 수가!"

캄보가 빼앗다시피 약들을 낚아챘다.

킴이 그런 처방을 할 수 있었던 것은 말라리아가 기승을 부리던 가을에 자신이 받았던 처방을 기억해냈기 때문이었다. 물론 라마승을 감동시키기 위해 몇 가지를 괜히 덧붙인 것도 사실이었다.

"이제 가세요! 아침에 다시 만나요."

"하지만 치료비를…… 드려야 할 텐데."

농부가 건장한 어깨를 되돌리며 말했다.

"제 아들은, 이제 다시 건강해지겠지요. 하지만 아이 엄마한테 돌아가면 어떻게 설명을 해야 할지…… 도움을 받고도 굳은 우유 한 사발도 대접하지 못했다고 하면……?"

"농부들이란 다 사정이 비슷하지요."

킴이 부드러운 음성으로 말했다.

"한 농부가 똥더미 위에 서 있는데 코끼리들을 탄 왕의 행렬이 그

곁을 지나갔답니다. 왕이 농부에게 물었대요. '이보게 마부, 그 조그만 당나귀를 어떻게 팔려고 그러는가?' 똥더미를 당나귀로 잘못 본 겁니다."

킴의 얘기를 듣고 농부가 웃음을 터뜨렸다가 라마승 앞이란 걸 깨닫고는 어색한 표정을 지으며 사죄를 했다.

"저희 마을에서 듣던 얘기라서요…… 바로 그 얘기였습죠. 저희 농부는 다 그렇답니다. 내일 제 아들과 다시 오겠습니다. 농장의 신들에게…… 모두가 선한 그 신들께 두 분에게 축복을 내려달라고 기원하겠습니다…… 자, 아들아, 우린 다시 강해질 거야. 먹은 걸 토하지 마라, 내 왕자야! 내 영혼의 지배자여, 뱉지 말거라, 우린 강한 남자, 레슬링 선수, 하키 선수처럼 강해져 있을 거다, 내일 아침이면!"

그는 입속으로 노래와 기도를 웅얼거리며 사라졌다. 라마승이 킴을 돌아보았다. 킴을 사랑하는 그의 온 영혼이 좁다란 눈을 통해 킴에게로 전해지고 있었다.

"아픈 사람을 치유해주는 것은 공덕을 쌓는 것이지. 하지만 무엇보다 먼저 올바른 지식을 쌓아야 하는 법인데, 네가 보여준 것은 아주 지혜로운 것이었다, 세상 모든 이의 친구야."

"스님께서 지혜를 가르쳐주셨기 때문입니다."

한 차례의 연극을 마무리하듯 킴이 말했다. 성 사비에르도 일단은 잊을 것이다. 백인이라는 사실도, 그의 앞에 버티고 서 있는 '큰 게임'도 지금은 잊을 것이다. 그는 자이나교 사원의 먼지 바닥에 이슬람식으로 무릎을 꿇고는 스승의 발에다 머리를 조아렸다.

"스님께 가르침의 은혜를 입었습니다. 삼 년 동안 스님이 주신 빵으로 연명했습니다. 제 시간은 끝났습니다. 학교에서 놓여났습니다. 저는 스님께 돌아왔습니다."

"이걸로 나는 보상을 받았다. 들어오너라! 들어오너라! 모든 게 잘되어가는 거지?"

그들은 오후의 황금빛 태양이 비스듬히 가로놓인 사원의 안뜰을 지나갔다.

"내가 잘 볼 수 있게 서봐라. 그래!"

라마승은 세심하게 킴을 살펴보았다.

"더이상 아이가 아니구나. 지혜롭게 성숙한 한 인간, 한 사람의 걸어다니는 의사가 되었구나. 내가 잘했다는 생각이 드는구나…… 그 어두운 밤, 무장한 사람들에게 너를 넘겨준 것이 잘한 일이라는 생각이 드는구나. 잠잠마 아래서 우리가 처음 만났던 걸 기억하느냐?"

"물론입니다. 제가 마차에서 뛰어내렸던 그 첫날을 기억하시나요?"

"배움의 문 앞에서 말이냐? 물론이지. 러크나우의 강변에서 함께 빵을 나눠먹던 그날이었지. 아! 네가 날 위해 여러 차례 구걸을 했지만 그날은 내가 널 위해 구걸을 했지."

"맞아요. 전 그때 배움의 문 안에 있던 학생이었고, 백인처럼 차려입고 있었죠. 잊지 마세요, 성자님."

그는 농담조로 말을 이었다.

"죄송하지만, 전 여전히 백인이라고요."

"그래. 게다가 가장 고결한 백인이지. 방으로 들어가자, 제자야."

"제가 온다는 걸 어떻게 아셨어요?"

라마승이 미소를 지었다.

"우선 무장한 사람들의 캠프에서 우리가 만난 그 친절한 성직자로부터 편지가 왔지. 지금쯤 그 사람은 자기 나라로 갔겠구나. 그래서 그 뒤엔 그의 형님에게 송금을 했다."

빅터 신부가 매버릭 연대와 함께 영국으로 돌아간 뒤 크레이튼 대령이 킴의 일을 떠맡게 되었지만, 그가 신부의 형일 리는 없었다.

"하지만 백인들의 편지를 내가 잘 읽어내질 못하니까 늘 사람들이 번역을 해주었지. 그런데 내가 더 확실한 방법을 찾았단다. 그동안 강을 찾아 떠났다가 여러 번 이곳 사원으로 돌아와 머물곤 했는데, 어느 날 깨달음을 구하러 레*에서 온 사람을 만났지. 그 사람은 스스로 힌두교도라고 말했지만, 힌두의 신들에게 진저리가 난 상태였단다."

라마승이 아라한상이 있는 곳을 가리켰다.

"뚱뚱한 사람인가요?"

킴이 눈을 깜박이며 물었다.

"아주 뚱뚱하지. 하지만 마귀나 주술, 사원에서 차를 마시는 방식이나 예절 따위 쓸모없는 것들을 모두 내던져버린 사람이었다. 질문이 아주 많은 사람이었는데, 자기가 네 친구라고 하더구나, 제자야. 그 사람은 네가 여행 중에 서기의 신분으로 많은 일을 했다고 그랬지. 그런데 이제 보니 넌 의사가 되었구나."

"예, 그렇게…… 서기가 되었어요. 하지만 제가 백인일 때만 그럴 뿐, 스님의 제자로 돌아온 이상 그런 신분은 필요가 없어요. 백인으로 살겠다고 약속한 몇 년은 이제 끝났어요."

---

* 히말라야의 불교왕국 라다크의 수도로 해발 3500미터의 고원지대에 있다.

"말하자면, 견습생 같은 거냐?"

라마승이 고개를 끄덕이면서 물었다.

"학교는 다 마쳤느냐? 그러지 않았다면 난 널 받아들일 수가 없다."

"전 완전히 자유로워졌어요. 서기로서 정부에 봉사할 기간만……"

"군인만 아니라면 되었다. 잘되었다."

"무엇보다 전 여행을…… 스님과 함께 여행을 하러 온 거예요. 그래서 제가 여기 있는 거죠. 요즘은 누가 스님을 위해 탁발을 하죠?"

그는 빠르게 말했다. 얼음이 녹고 있기나 하듯.

"항상 스스로 탁발을 하지. 하지만, 이렇게 제자를 다시 보려고 돌아올 때를 제외하고는 거의 이곳에 있질 않는다. 걷거나 기차를 타거나 하면서 이곳저곳을 돌아다녔지. 넓고도 놀라운 나라야! 하지만 이곳으로 돌아오면, 난 마치 보티알에 있는 것 같단다."

그는 말끔하게 치워진 작은 방을 흐뭇한 듯 둘러보았다. 납작한 방석 위에 불교의 승려들이 명상을 할 때 취하는 가부좌 자세로 앉아 있는 라마승 앞에, 구리 찻잔들이 얹힌, 높이가 두 뼘도 되지 않는 검은색 티크 탁자 하나가 놓여 있었다. 방 한쪽 구석에는 역시 티크에 깊이 조각을 한 조그마한 제단이 마련되어 있었는데 거기에는 구리를 입힌 부처의 좌상이 놓여 있었다. 그 뒤에 램프와 향꽂이, 그리고 한 쌍의 놋쇠로 된 화병이 놓여 있었다.

"한 해 전에 '불가사의한 집'의 그 주인이 보시를 한다며 내게 이걸 주었지."

그는 킴의 눈길을 좇으며 말했다.

"고향에서 멀리 나와 있으면 이런 물건들이 향수를 불러일으키는 법이다. 그리고 우린 길을 보여주신 존자를 숭앙해야 한다. 봐라!"

그는 금속으로 화려하게 장식한 색색의 쌀알이 기이한 모양으로 쌓여 있는 것을 가리켰다.

"내가 고향의 사원에 있을 때, 그러니까 더 깊은 지식을 얻기 전, 매일 공양을 올렸다. 존자께 바치는 우주의 제물이었지. 보티얄의 우리는 매일 위대한 계율을 위하여 세상의 전부를 바쳤단다. 그리고 나는 지금 그 위대한 계율이 고통과 위로를 넘어서 있다는 걸 알면서도 여전히 공양을 바친다."

그러고는 탁발그릇에 코를 댔다.

"도리에 맞는 일이죠."

킴이 방석 위에 편안히 앉으며 말했다. 행복하기도 했지만 피곤하기도 했다.

"그리고 또 하나."

노승이 웃으며 말했다.

"윤회의 수레바퀴(만다라)를 그리고 있단다. 그림 하나를 완성하는 데 사흘이 걸리지. 네가 왔다는 얘기를 전해 들었을 때도 그림을 그리고 있었다. 아니면, 잠깐 눈을 좀 붙이고 있었겠지. 네게 작품을 보여주마…… 자랑하려는 게 아니라, 너도 배워야 할 것이기 때문이다. 백인들이 세상의 모든 지혜를 다 갖고 있는 것은 아니지."

그는 탁자 아래에서 이상한 빛깔의 누런 한지 한 장과 여러 자루의 붓, 그리고 인도 잉크를 개는 판을 꺼냈다. 그는 아주 간단한 밑그림에다가 여섯 개의 살을 가진 '거대한 바퀴'의 자취를 따라 그려나갔는데, 그 살에 의해 나뉜 중앙의 공간에는 돼지와 뱀과 비둘기(각각 무지, 성냄, 욕망을 나타낸다), 그리고 천상과 지옥과 이승에서 일어나는 모든 것이 그려져 있었다. 사람들이 말하기를, 이 그림을 맨 처음 흙바닥에다 쌀알로 그리기 시작한 것은 부처님이었는데 사물의 이치를 제자들에게 가르치기 위함이었다. 오랜 세월을 지나는 동안 하나씩 의미가 붙은 각각의 형상이 하나로 결집되어 거대한 전통으로 자리를 잡게 된 것이다. 그림 속의 우화들을 제대로 옮겨놓을 수 있는 사람은 아주 적었다. 베껴내지 않고 직접 그릴 수 있는 사람의 숫자 또한 전 세계를 통틀어 스무 명도 되지 않았다. 이들 중에서 그림과 해석 모두가 가능한 사람은 고작해야 세 사람에 불과했다.

"저도 그림을 조금 배우긴 했지만, 이건 단순히 놀랍다고만 할 수 없는 것이네요."

"나는 여러 해 동안 그려왔다. 이걸 하나 그리는 데는 등불 하나가 다 닳고 다음 등불을 켤 만큼의 시간이 필요했단다. 너한테도 가르쳐주마. 얼마간 준비기간이 지나면. 그리고 바퀴의 의미에 대해서도 가르쳐줄 거다."

"그러고 나서 길을 떠나실 건가요?"

"그래, 강을 찾아 길을 떠나야지. 난 너만을 기다리고 있었다. 수많은 환상을 보았단다…… 어느 날 밤엔가는 '배움의 문'이 내 눈 앞에서 닫히던 그날의 모습을 보았다…… 네가 없으면 나의 강을 결코 찾을 수 없다는 의미였지. 너도 짐작하겠지만, 끊임없이 일어나는 이 환상이 두려워 나는 강에 대한 생각을 떠올리지 않으려 했다. 그래서 나는 우리가 빵조각을 나눠먹던 러크나우에서의 그날, 널 데려가지 않았던 것이다. 시간이 무르익고 행운이 깃들 때가 아니면 앞으로도 널 데려가지 않을 거다. 설산에서 바다까지, 바다에서 다시 설산까지, 내가 걸었던 그 모든 길이 공허했다. 그리고 난 본생경을 기억했다."

그는 킴에게 쇠로 된 족쇄를 찬 코끼리의 이야기를 들려주었다. 틈만 나면 티르탕카르 사원의 자이나교 승려들에게 들려주었던 바로 그 이야기였다.

"더이상 증거는 필요치 않다."

그는 차분하게 마무리했다.

"넌 나를 돕기 위해 하늘이 보내신 선물이다. 이 선물이 사라진다면 나도 강을 찾아낼 수 없겠지. 그러니 우리가 다시 함께 떠나야만 강을 찾을 수 있다."

"어디로 가실 건가요?"

"어디든 무슨 상관이겠느냐, 세상 모든 이의 친구야. 강을 찾아낼 텐데. 원하기만 한다면, 지금 이 바닥에서 강이 솟아오를 거다. 널 배움의 문으로 보내놓고 나는 많은 공덕을 쌓았다. 그 공덕이 네게 지혜라는 보석을 선사했다. 그리하여 네가 돌아왔고, 나는 지금 석가모니를 따르는 한 사람의 의사인 너를, 보티얄의 수많은 제단을 보는 듯 분명히 보고 있다. 이것으로 충분하다. 우리는 함께 있고, 모든 게 예전과 같아졌구나, 세상 모든 이의 친구, 우주 별들의 친구, 나의 제자야!"

그러고 나서 두 사람은 수도원 밖 속세의 일들을 얘기하기 시작했다. 그런데 이상하게도 라마승은 성 사비에르 학교에서의 생활에 대해 자세히 묻지도 않았고, 백인들의 습성이나 관습 같은 것에 대해서도 알려고 하질 않았다. 그는 오직 과거의 일들만을 회상하고, 함께 처음 여행을 시작하던 때의 일들을 손을 비비거나 키득키득 웃으며 떠

올릴 뿐이었다. 그러던 어느 순간, 노인들이 갑작스럽게 잠에 떨어지
듯 라마승은 그렇게 스르르 잠이 들었다.

킴은 마귀를 쫓는 단검과 염주를 만지작거리며 하루의 마지막을 장
식하는 햇빛이 먼지 덮인 뜰을 쓸며 사라져가는 것을 지켜보고 있었
다. 밤이든 낮이든 신들 앞에 깨어 있는 세상 모든 도시 가운데 가장
오래된 도시 바라나시의 소음이 방파제를 때리는 파도처럼 사원의 벽
을 후려치고 있었다. 이따금 자이나교 승려 하나가 성자상에 공양을
바치기 위해 뜰을 가로질러갔는데, 행여나 살아 있는 것들을 밟을까
봐 제 주변을 쓸어댔다. 램프가 켜지고, 기도하는 소리가 들려왔다. 킴
은 제단 발치에 쓰러져 잠이 들 때까지 고요하고 짙은 어둠이 내린 하
늘의 별들을 바라보았다. 그날 밤, 그는 힌디어로 된 꿈을 꾸었다. 결
코 영어를 쓰지 않았다……

"스님, 약을 처방해주었던 아이가 오기로 했잖아요."

새벽 세시쯤 되었을 때였다. 잠에서 깨어난 라마승은 순례를 떠날
채비를 하고 있었다.

"날이 밝으면 농부가 올 텐데요."

"그랬지. 길을 서두르다 그걸 깜박했구나."

그는 방석에 가부좌를 틀고 앉아 염주를 헤아렸다.

"늙으면 확실히 어린애가 되는가 보다."

그는 불쌍한 표정을 지으며 말했다.

"늙은이나 어린애나 한 가지에만 집착하지…… 그리고 금방 해결하
려고 들지. 되지 않으면 징징거리고 안달하고! 여행을 하면서도 여러
번 그랬단다. 황소가 끄는 수레가 길을 막거나, 흙먼지만 일어도 발을

동동 굴렸지. 늙은이가 되기 전에는 그러지 않았거든…… 오래된 얘기지만. 어찌 되었든 잘못된 일이지……"

"나이가 드신 건 사실이죠, 스님."

"그게 순리니까. 하나의 씨앗이 세상에 던져지면, 늙거나 젊거나, 아프거나 건장하거나, 알거나 모르거나, 그 씨앗이 뿌리내리는 걸 누가 막을 수 있겠느냐? 인생의 바퀴를 한 아이가 돌리고 있다면, 술 취한 자가 돌리고 있다면, 멈춘 채로 있겠느냐? 제자야, 이것이 바로 넓고도 끔찍한 세상이란다."

"저는 좋은 일이라고 생각하는데요."

킴이 하품을 했다.

"먹을 게 좀 있나요? 어제부터 아무것도 먹질 못했어요."

"네가 뭘 먹어야 한다는 걸 잊고 있었구나. 저기에 좋은 보티알 차와 찬밥이 좀 있다."

"그걸로는 길을 떠날 수가 없어요."

킴은 자이나 사원에서는 꿈도 꿀 수 없는 유럽인들의 신선한 고기 요리를 생각하고 있었다. 그렇다고 탁발그릇을 들고 당장 나갈 것도 아니어서 킴은 찬밥덩이로 배를 채우며 동이 틀 때를 기다리는 수밖에 없었다. 아침이 되자 입담 좋게 감사의 말을 주절거리는 농부가 나타났다.

"밤이 되자 열이 내리더니 땀을 흘리기 시작했습죠."

그는 큰 소리로 말했다.

"여길 만져보세요…… 피부가 얼마나 보송보송한지! 짭짤한 육포를 달게 먹더니 우유도 꿀꺽꿀꺽 마셨더랬죠."

얼굴을 덮었던 천을 걷어내자 아이의 잠든 얼굴이 킴을 보며 미소를 짓는 듯했다. 사원 문가에 무리를 지어 선 자이나교 승려들이 그 광경을 조용히 지켜보고 있었다. 그들은 노승이 어떻게 제자를 만나게 되었는지를 알고 있었고, 킴 역시 그런 사실을 알고 있었다. 그들은 예의바른 사람들이라 간밤에 두 사람 앞에 나타나거나 말을 붙이거나 어떤 행동을 취해서 그들을 성가시게 하는 짓은 결코 하지 않았다. 그래서 킴은 해가 뜨기를 기다려 그들에게 감사를 전했다.

"자이나의 신들에게 감사를 드립니다, 형제여. 아이의 열병이 정말로 나았답니다."

자이나교의 신들이 어떤 이름을 갖고 있는지 몰랐지만 그는 그렇게 말했다.

"보시오! 확인해보시오!"

라마승은 3년 동안 그를 보살펴준 사람들에게 환하게 미소를 지어 보였다.

"이런 제자를 보았던가요? 세상을 치유하시는 존자를 믿는 자라오."

자이나교도들은 링감(남근)을 상징하는 것이든 뱀을 상징하는 것이든 힌두교의 모든 신을 공식적으로 인정했다. 그들은 브라만(승려)의 복장을 하고 있으며, 힌두교의 계급제도에 충실했다. 하지만 그들은 라마승을 알고 그를 사랑했으며, 또한 그가 나이 든 승려이며 도를 구하는 사람이었기 때문에, 그리고 그가 손님이었다는 것, 무엇보다 머리칼 한 올을 일흔 가닥으로 나눌 수 있을 만큼 자유로운 사상을 지닌 형이상학자인 사원의 최고 승려와 오랜 밤을 함께 지새웠다는 사실 때문에라도 그들은 라마승의 말에 거역하지 않았다.

"잊지 마라. 언제든 또 아플 수 있거든."

킴이 아이를 굽어보며 말했다.

"네가 제대로 된 주문을 알고 있으니 그런 일은 없을 거다."

아이의 아버지가 말했다.

"하지만 스님과 전 한동안 떠나 있을 겁니다."

"그렇소. 우리는 이제 함께 강을 찾아 나선다오. 소승이 종종 말한 그 강을 찾으러. 소승은 소승의 제자가 무르익는 날을 기다리고 있었소. 이 어린 승려를 보시오! 우리는 북쪽으로 향하오. 소승은 이제 다시 여기 이 안식처로 돌아올 수 없을 거요, 친절하신 여러분."

라마승이 자이나의 승려들에게 말했다.

"하지만 전 거지가 아닙니다요."

농부가 제 아이를 끌어안은 채로 일어섰다.

"조용히 하시오. 성자님의 말씀을 방해하지 마시오."

한 승려가 큰 소리로 말했다.

"그만 가세요."

킴이 농부에게 속삭였다.

"큰 철교 아래에서 다시 만나요. 펀자브의 모든 신을 위해 음식을 가지고 오도록 하세요. 카레, 콩, 기름에 튀긴 빵, 사탕…… 특히 사탕을 꼭 갖고 오세요. 얼른요!"

한 손은 염주를 들고 다른 손은 축복을 내리는 자세를 취하고 있는, 슬픈 기색이 역력한 키가 크고 비쩍 마른 라마승을 그대로 흉내 내며 킴은 배가 고파 창백해진 얼굴로 서 있었다. 만약 영국인이 그 광경을 지켜보고 있었다면 그는 아마도 킴이 스테인드글라스에 새겨진 어린 성자를 닮았노라고 말했을 것이다. 하지만 킴은 단지 배가 고파 쓰러질 지경에 처한, 한창 자라는 아이에 불과했다.

길고도 의례적인 세 번의 작별인사가 끝났고, 다시 세 번을 되풀이하기 시작했다. 멀고 먼 티베트로부터 이곳으로 라마승을 초청한 수도자는 머리카락이 별로 없는 흰 얼굴의 고행자였다. 그러나 그는 작별 의식에 참여하지 않은 채로, 평소처럼 성자상들 사이에 홀로 서서 명상에 잠겨 있었다. 다른 사람들은 무척 인간적이었다. 그들은 노승에게 구장나무 상자나 아주 새것인 필통, 음식을 담는 가방 같은 것들을 선물하기도 했고, 여행을 하면서 닥칠 위험에 대해 염려하는 말을 해주거나, 강을 찾아낼 거라고 행복한 결말을 예언했다. 한편 킴은, 어느 때보다 훨씬 외롭게 계단 아래 쭈그리고 앉아 성 사비에르에서 그랬던 것처럼 자신에게 욕설을 퍼부어댔다.

"하지만 이게 다 내 잘못이지 뭐."

그는 그렇게 결론을 내렸다.

"마부브와 함께 있었다면 마부브의 빵을 먹었을 테고, 러간 씨와 있었다면 러간 씨의 빵을, 성 사비에르 학교에 있었다면 하루 세 끼를 고스란히 먹었겠지. 게다가 나란 놈은 수행 같은 데는 어울리지도 않아. 지금 당장 쇠고기 한 접시만 먹을 수 있다면!…… 음, 끝나셨나요, 스님?"

라마승이 두 손을 들어올리고는 마지막 축복을 내리는 중국어 염불을 큰 소리로 읊었다.

"네 어깨에 기대야겠구나. 몸이 뻣뻣해지는 것 같구나."

사원의 문이 닫히자 라마승이 킴에게 말했다.

키가 180센티미터를 넘는 남자를 부축한 채 사람들로 북적거리는 거리를 걸어가는 데다 여행하는 데 필요한 짐까지 지고 가느라 킴은 몹시 힘들었다. 그래서 철교의 그늘 밑에 이르자 기쁘기 그지없었다.

"이젠 뭘 좀 먹어야겠어요."

킴은 푸른 옷을 입은 캄보가 미소 짓는 모습을 보고 단호하게 말했다. 그는 한 손에는 바구니를, 다른 한 손에는 아이를 안고 있었다.

"이리 오셔서 이것 좀 드세요, 스님들!"

그는 50미터쯤 떨어진 곳에서 큰 소리로 외쳤다. 농부는 다른 굶주린 수도자들의 눈길을 피하기 위해 첫째 교각 사이의 여울 쪽에 몸을 숨기고 있었다.

"쌀밥과 맛좋은 카레, 그리고 따뜻하고 향도 좋은 빵입니다요. 힝*과 우유 굳힌 것, 설탕도 함께 갖고 왔답니다."

그러고는 자신의 조그마한 아들을 보며 기분이 좋아서 "내 들녘의 왕이여" 하고 너스레를 떨었다.

"여기 이 신성한 분들께 줄룬두르의 자트 족들이 식사대접을 할 수 있다는 걸 보여주자꾸나…… 이 아빠가 듣기로는, 자이나의 스님들은 자신이 요리한 게 아니면 먹질 않는다더구나. 하지만 여긴 보는 사람도 없고, 계급 같은 걸 따지는 사람도 없으니……"

그는 말끝을 흐리고는 짐짓 널따란 강 너머로 눈길을 돌렸다.

"우린 말입니다, 계급 같은 것엔 구애받지 않아요."

킴이 등을 돌린 채로 라마승의 나뭇잎 접시에다 음식을 수북이 담

---

* 미나릿과의 풀인 아위(阿魏).

으며 말했다.

그러고는 두 사람은 아무 소리 없이 그 좋은 음식들을 배불리 먹었다. 킴은 손가락에 달라붙은 설탕가루를 마지막으로 다 빨아먹고 나서야 캄보가 여행자의 차림을 하고 있다는 것을 알았다.

"가시는 길이 같다면 저도 스님들과 동행하겠습니다."

그가 거침없이 말했다.

"기적을 행하는 분을 만난다는 게 흔한 일도 아니고, 제 아들도 아직 건강치가 못하고요. 하지만 전 갈대같이 연약한 놈이 아니니 절대 폐를 끼치진 않을 겁니다요."

그는 자신의 라티를 집어들더니 허공에다 힘차게 휘저었다. 그것은 150센티미터 가량 되는 대나무에 반짝거리는 쇠를 연결한 것이었다.

"자트 족은 싸움을 좋아한다고들 하지만 실제로는 그렇질 않답니다. 방해를 하지만 않는다면 저희들은 저희가 기르는 물소처럼 순하지요."

"그러실 테죠. 흉도 복이 될 수 있는 법."

킴이 말했다.

라마승은 강의 상류를 묵묵히 응시하고 있었다. 강변 화장터의 굴뚝에서는 끊임없이 연기가 뿜어져 나오고 있었다. 시 당국의 규정에도 불구하고 이따금 타다 만 시체들이 강물 위로 떠내려오기도 했다.

"작은스님이 아니었다면……"

캄보가 털이 수북한 가슴으로 아이를 안으며 킴에게 말했다.

"난 오늘 이 아이를 안고 저기로 갔을 겁니다. 승려들은 바라나시가 신성한 곳이라 이곳에서 죽기를 바란다고 말하고, 아무도 의심하지 않지요. 하지만 난 그들의 신을 모르고, 그들은 돈을 요구하지요. 한 승려에게 예물을 바치면 다른 머리 빡빡 깎은 승려가 와서 자기한테 바치지 않으면 소용이 없다고 말해요. 여기를 물로 씻어라! 저쪽을 물로 씻어라! 물을 부어라, 물을 마셔라, 몸을 담가라, 꽃을 뿌려라…… 하지만 그 모두 승려에게 돈을 지불해야만 가능하지요. 나한텐 편자브가 제일입니다. 줄룬두르의 도아브*가 세상에서 가장 기름진 땅이니까요."

"이미 여러 번 말했다…… 사원에서. 필요하다면, 강이 우리 발 밑에서 솟아오를 거라고. 이제 북쪽으로 가자."

라마승이 몸을 일으키며 말했다.

"좋은 곳을 알고 있다. 과일나무들이 줄지어 있고, 명상을 하며 걸을 수 있는 곳…… 그곳의 공기는 어느 곳보다 시원하다. 높은 산, 히말라야의 눈 덮인 산에서 불어 내려오는 공기니까."

"그곳 이름이 무엇이지요?"

킴이 물었다.

"내가 어떻게 알겠느냐? 네가 모르는데…… 군대가 들어와서 널 데려간 뒤의 일이니 너도 알 수가 없지. 난 그곳에 머문 적이 있다. 여자가 쉴 새 없이 떠들어댈 때가 아니면 비둘기집 맞은편 방에 앉아 명상에 잠기곤 했지."

"오! 쿨루의 그 여자. 사하란푸르 부근의 마을이죠."

킴이 웃음을 터뜨렸다.

---

*두 강 사이에 끼여 있는 땅. 특히 인도의 강가 강과 야무나 강 사이의 땅.

"어떻게 하면 네 스승님을 감동시킬 수가 있지? 저분은 과거의 죄를 참회하기 위해 걸어서 가시겠다는 거니? 델리까진 끔찍하게 먼데."

자트 족 농부가 조심스럽게 물었다.

"아닙니다. 제가 기차표를 얻어낼 겁니다."

킴이 말했다. 인도에서는 돈을 가지는 것만이 소유의 전부는 아닌 법이다.

"그럼, 신들의 가호로, 화차를 타도록 하자. 내 아들은 제 엄마 품에 있을 때가 제일 좋지. 정부가 우리한테서 수많은 세금을 거둬갔지만, 딱 하나 근사하게 남겨준 게 바로 기차지. 친구들도, 근심하는 이들도, 모두 한데 묶어주니까. 기차는 걸작품이야."

두어 시간 후 그들은 기차를 탔고, 한낮의 열기 속에서도 잠에 빠져들어갔다. 잠을 깬 뒤 캄보는 킴에게 라마승이 걸어온 인생에 대해 수많은 질문을 던졌지만 몇 가지 이해하기 힘든 대답만 들었다. 킴은 지금의 자신에게 만족했다. 드넓게 펼쳐진 북서부 평원을 보는 것도, 기차가 설 때마다 바뀌는 승객들과 얘기를 나누는 것도 다 좋았다. 오늘날까지도 기차표와 그 기차표에 구멍을 뚫는 일은 소박한 인도인들에게 심리적으로 무척이나 부담스러운 일이다. 그들은 자신들의 돈과 맞바꾼 그 기막힌 종이에 커다란 구멍이 뚫린다는 사실을 쉽게 받아들일 수가 없는데, 그래서 여행객들과 혼혈인 검표원들 사이에 길고 격렬한 논쟁이 오가곤 하는 것이다. 킴은 두세 번 엄숙한 충고로 이 혼란을 수습하는 데 도움을 주곤 함으로써 라마승과 그를 존경하는 캄보가 보는 앞에서 자신의 지혜를 드러내 보였다. 하지만 솜나 역에서 운명의 신들이 그에게 심각한 문제 하나를 던져주었다. 기차가 움직이기 시작했을 때 볼품없이 비쩍 마른 남자가 객실 안으로 들어왔는데 머리에 딱 맞게 두른 터번으로 미루어보아 마라타*인이 틀림없었다. 얼굴에는 베인 상처가 있었고, 모슬린 웃옷은 심하게 낡았으며, 한쪽 다리에는 붕대가 감겨 있었다. 그는 마차가 뒤집어져 죽을 뻔했다고 말했다. 그는 아들이 살고 있는 델리로 가는 중이었다. 킴은 그를 유심히 살펴보았다. 만약, 그의 말대로라면, 땅바닥을 몇 바퀴 굴렀을 것이고 그랬다면 자갈에 긁힌 자국이 살갗에 나 있어야 했다. 하지만 그의 상처들은 그냥 베인 것들이었고, 마차에서 떨어졌다는 것만으로 이렇게 극도의 공포에 휩싸인다는 것도 어딘가 이상했다. 그가 손가락을 떨어대면서 찢어진 목도리를 풀어내자 '심장의 파수꾼'으로 불리는 일종의 부적이 드러났다. 부적을 갖고 있다는 건 그리 특별한 일은 아니었다. 하지만 구리줄에 매달린 사각형 부적은 은으로 장식되고 은에다 검은색 에나멜을 칠한 극히 희귀한 것이었다. 칸막이 객실 안에는 캄보와 라마승을 제외하곤 아무도 없었는데, 다행스럽게도 구식의 칸막이는 두텁고 튼실했다. 킴은 가슴을 풀어헤치고는 자신의 부적을 들어올렸다. 마라타인의 안색이 눈에 띄게 변하더니 자신의 부적을 보이지 않게 가려 감추었다.

"그래요, 난 급해 죽겠는데 그 마부란 녀석이 바퀴를 물웅덩이에다 처박은 거죠. 상처를 입은 데다 타키안(야채 카레) 접시를 몽땅 부숴버린 겁니다. 그날 난 마법의 아들(행운의 사나이)은 아니었죠."

그가 캄보에게로 다가가 말을 걸었다.

---

* 인도 중부 및 서부에 사는 힌두교도 민족. 17~18세기에 무굴 제국에 대항해 싸웠다.

"크게 다쳤구먼요."

캄보가 흥미 없다는 듯 건성으로 대답했다. 바라나시에서 그가 겪은 일들은 하나같이 의뭉스럽기 그지없었다.

"누가 요리를 했나요?"

킴이 물었다.

"여자가 했지."

마라타 남자가 눈을 치뜨며 말했다.

"하지만 여자라면 누구나 타키안 요리를 할 수가 있죠. 괜찮은 카레 요리지요, 내가 알기로는."

캄보의 말이었다.

"값도 비싸지 않고요. 헌데 그건 어떤 계급 거죠?"

킴이 물었다.

"타키안을 찾는 데 신분 따위가 무슨 소용이겠니."

마라타인의 대답이었다. 그는 타키안을 '먹는다'고 하지 않고 '찾는다'고 했다.

"넌 누구를 섬기느냐?"

"여기 계신 성자님을 섬기고 있지요."

킴이 편안하게 졸음에 빠진 라마승을 가리키며 말했다. 애정이 듬뿍 담긴 이 말을 듣고 라마승이 잠에서 깨어났다.

"아, 저 아인 날 돕기 위해 하늘이 보내주었소. 다들 세상 모든 이의 친구라 부른다오. 우주 별들의 친구라 부르기도 하고. 의사의 길을 가고 있는데…… 그의 시대가 무르익고 있소. 큰 지혜를 갖추고 있지요."

"그리고 마법의 아들이지요."

킴이 나지막이 말했다. 캄보는 마라타인이 달라고 하기 전에 급히 담뱃대를 채우더니 불을 붙였다.

"그런데 이 사람은 누구냐?"

마라타인이 신경질적으로 곁눈질을 하며 물었다.

"제가…… 그러니까 스님과 제가 저분의 아이를 치료해주었지요. 그래서 우리에게 큰 빚을 졌다고 생각하고 있죠. 줄룬두르에서 오신 분인데…… 창가에 가 앉으세요. 여긴 아픈 사람이 있으니까요."

"흠! 난 우연히 마주친 부랑자와 섞일 생각은 없다. 내 귀는 길지가 않다. 비밀 따위를 엿듣고 싶어하는 여인네가 아니란 뜻이다."

자트 족 농부는 그렇게 말하며 먼 구석 쪽으로 옮겨 앉았다.

"얼마큼은 의사처럼도 보이는데? 내 상처는 아주 깊단다."

뭔가 암시를 던지듯 마라타인이 목소리를 높였다.

"이분은 온몸이 베이고 멍이 들었네요. 제가 당장 치료를 해야겠어요."

킴이 되받았다.

"아저씨 아드님을 치료하는 데 누구도 방해하지 않았죠."

"날 나무라는구나."

캄보가 주눅이 들어서 말했다.

"넌 내 아들의 목숨을 살려준 은인이다. 네가 기적을 행하는 사람이라는 걸 알고 있다."

"상처를 보여주시죠."

킴이 몸을 굽혀 마라타인의 목을 살피면서 가슴을 눌렀기 때문에 그는 숨이 막히는 것 같았다. 이것이 바로 '큰 게임'이라는 것을 킴은 잘 알고 있었다.

"자, 내가 주문을 외우는 동안, 형제여, 머뭇거리지 말고 당신의 얘기를 하도록 하세요."

"난 내 구역인 남부에서 왔다. 동료 한 명이 길에서 살해당했다. 소식을 들었니?"

킴이 고개를 흔들었다. 당연히 그는 아랍 중개상의 복장을 한 채 남부에서 살해당한 E23의 전임자에 대해 아는 것이 있을 리 없었다.

"나는 찾아오라는 어떤 서류를 발견한 즉시 그곳을 떠나 모우로 향했다. 날 알아보는 사람이 없다는 확신이 들어서 변장을 하지 않았지. 모우에서 어떤 여자가 경찰에 고발을 했는데, 내가 떠나왔던 그 도시에서 보석을 훔쳤다는 거였어. 상황이 불리하게 돌아가는 걸 눈치 채고는, 경찰에 뇌물을 주고 밤중에 모우를 빠져나왔지. 그런데 그 경찰은 나를 넘겨주는 조건으로 남부의 적들로부터도 뇌물을 받아 처먹었더군. 그뒤 회개하러 들른 신도인 척하며 치토르의 사원에 일주일을 틀어박혀 지냈지만, 내가 서류를 가지고 있는 한 위험을 피할 수가 없었다. 그래서 치토르의 '여왕의 돌' 아래에다 묻어두었지. 거긴 우리 동료 모두가 아는 장소다."

킴은 그곳을 알지 못했지만 말을 끊지 않기 위해 입을 다물었다.

"너도 알겠지만, 치토르 주변에는 소왕국들이 모여 있지. 동쪽 코타는 영국법이 적용되지 않는 곳인데, 그 동쪽으로는 또 자이푸르와 괄리오르가 있지. 두 곳 모두 스파이들을 좋아할 리 없고, 재판 같은 것도 없단다. 난 물에 빠진 표범 꼴로 잡히고 말았지. 하지만 반다쿠이에서 도망을 쳤는데, 거기선 또 내가 어린아이의 살해범으로 수배를 받고 있다는 얘기를 들었다. 사체도 있고, 목격자도 있다는 거야."

"정부가 보호해줄 수 없나요?"

"'큰 게임'에 복무하는 우리들에겐 보호란 없다. 우리가 죽으면, 그냥 죽는 거지. 그 순간 명부에서 우리의 이름은 지워져버려. 그게 우리 삶이지. 어쨌든, 우리 부원 중 하나가 반다쿠이에 살고 있었는데, 그의 도움으로 나는 마라타인으로 변장을 한 것이다. 그러고 나서 아그라*로 갔는데, 서류를 되찾기 위해 치토르로 돌아갈 생각이었지. 제대로 빠져나왔다는 생각이 들어서, 서류가 있는 곳에 대해 누구한테도 타르(전보)를 보내지 않았다. 내가 한 말이 모두 사실이라는 걸 믿어주기 바란다."

킴이 고개를 끄덕였다. 느낌만으로도 사실이란 걸 알 수 있었다.

"그런데 아그라에서 말이다, 길을 걷고 있는데 한 남자가 내게 빚을 갚으라고 고함을 지르며 증인들을 데리고 덤벼들더니 마구잡이로 법정으로 가자는 거야. 정말, 남부 놈들의 잔꾀란! 그 자식은 나를 목화 중개상이라고 몰아붙이더군. 지옥불에 타죽을 새끼들!"

"그러면 당신은……?"

"답답하긴! 서류 관계 일로 찾고 있던 그 사람이 바로 나란 걸 알고 있었단 말야! 난 백정들 구역으로 도망쳐 들어갔다가 유대인 주거지로 빠져나왔지. 그곳 사람들이 소동이 일어나는 게 무서워서 날 내쫓은 거야. 그러곤 솜나 도로까지 걸어서 왔는데…… 델리까지 가는 기차요금은 남아 있었지…… 그런데 몸에 열이 나서 길 옆 도랑가에 누

---

* 인도 중북부의 도시. 타지마할의 소재지.

위 있는데 어떤 놈이 숲에서 튀어나오더니 날 때리고 칼을 휘둘렀단다. 그러곤 머리에서 발끝까지 샅샅이 뒤지더군. 기차 소리가 지척에서 들리는 곳이었지."

"그 사람은 왜 당신을 그 자리에서 죽이지 않았을까요?"

"바보가 아니었으니까. 살인사건이 되면 델리의 사법부에서 내 시체를 손에 넣을 텐데, 그건 국가가 원하는 바이기도 하지. 감시받는 상태로 돌아간 채…… 나머지 동료들에게 본보기 삼아 서서히 죽어가란 거야. 난 남부 출신이 아니야. 난 한쪽 눈만 가진 염소처럼 같은 자리를 맴돌고 있단다. 이틀 동안 아무것도 먹질 못했어. 게다가 이렇게 눈에 띄었으니……"

그는 다리에 감긴 지저분한 붕대를 만지작거리며 말을 이었다.

"놈들은 델리에서도 날 알아볼 거야."

"적어도 기차에선 안전하죠."

"'큰 게임'을 하면서 죽지 않고 일 년만이라도 버티고 나서 그런 말을 다시 해주렴! 나에 관한 온갖 정보가 전보로 날아들 거고 그것들은 델리에 있는 나를 압박하겠지. 이십 명…… 아니, 필요하다면 한 백 명쯤…… 내가 소년을 죽이는 걸 봤다고 할 거야. 그러니 네가 있어도 소용이 없어!"

킴은 인도인들이 공격하는 방법에 대해 잘 알고 있었다. 이 사건은 소름끼칠 정도로 완벽하게, 심지어 시체까지도 준비가 될 터였다. 마라타인은 고통으로 인해 이따금 손가락을 심하게 뒤틀었다. 한쪽 구석에 처박혀 있던 캄보는 뚱한 표정으로 이쪽을 건너다보고 있었다. 라마승은 열심히 염주를 굴리고 있었다. 킴은 의사가 하듯 남자의 목을 더듬으며 어떻게 해야 할 것인지를 골똘히 생각했다. 입으로는 주문을 중얼거리면서.

"내 모습을 바꾸는 마법이라도 갖고 있느냐? 그렇지 않다면 난 죽은 목숨이지. 오 분…… 십 분만이라도…… 이 두려움으로부터 벗어날 수가 있다면 얼마나 좋을까만……"

"기적을 행하시는 분께선 아직 치료가 끝나지 않았나요? 그만하면 충분히 주문을 외운 것 같은데."

캄보가 비꼬듯 말했다.

"아뇨. 제가 보기엔, 이분의 상처는 치료할 수 없어요. 바이라기처럼 하고 사흘을 가만히 앉아 있는 방법밖에 없어요."

킴이 제시한 것은 일반적인 참회의 방법으로, 종종 영적 스승들이 살찐 장사꾼들에게 취하라고 하는 자세였다.

"승려는 또다른 승려를 만들기 위해서 항상 돌아다니는 법."

캄보가 반격을 가했다. 상스럽게 미신을 따르는 무리들처럼 캄보는 쉬지 않고 종교 자체를 비웃어댔다.

"그럼, 아저씨 아드님도 승려로 만들어드릴까요? 키니네를 더 먹여야 할 시간이네요."

"우리 자트 족은 순한 물소와 같지."

캄보는 금방 고분고분해졌다.

킴은 의심할 줄 모르는 아이의 조그마한 입술을 쓴맛이 도는 손가락 끝으로 문질렀다.

"전 아무것도 요구하지 않았어요. 음식을 빼고는요. 그런데 절 시샘하는 건가요? 전 다른 사람을 치료하러 가겠어요. 아저씨의 왕자님을 떠나도 되겠죠?"

킴이 준엄한 목소리로 아이의 아버지에게 말했다.

농부가 애원을 하듯 커다란 손을 앞으로 뻗은 채로 내저었다.

"안 됩니다…… 안 됩니다요…… 날 버리지 마요."

"이 아픈 사람을 치료하는 건 기쁜 일이죠. 저를 도와주면 아저씨도 공덕을 쌓게 될 겁니다. 아저씨 담뱃그릇에 담긴 재가 무슨 색깔이죠? 흰 것인가요? 그렇다면 됐어요. 음식물 중에 카레 가루가 있었던가요?"

"난…… 난……"

"짐을 푸세요."

캄보의 보따리 안에는 일상에서 쓰는 자잘한 잡동사니들이 잔뜩 모여 있었다. 약간의 옷, 돌팔이한테서 산 약, 싸구려 시장 물건들, 한 묶음의 아타*, 저지대에서 나는 담배 묶음, 겉만 번드르르한 값싼 담뱃대, 그리고 카레 재료 한 묶음, 이 모든 것이 한 장의 누비이불에 싸여 있었다. 킴은 이슬람교의 기도문을 중얼거리면서 능숙한 마법사의 기세로 그 이불을 뒤집었다.

"이건 백인에게서 배운 지혜지요."

킴이 라마승의 귀에다 속삭였다. 러간의 가게에서 훈련받은 것이라 어느 정도는 사실이었다.

"이 사람의 운명에는 큰 악이 깃들어 있습니다. 별자리가 그걸 보여주고 있어요. 그게 이 사람을 곤란에 빠뜨리고 있으니…… 제가 그걸

* 거친 땅에서 자라는 식물의 잿빛 가루.

398

없앨까요?"

"우주 별들의 친구야, 너는 모든 일을 잘해왔다. 그러니 네 뜻대로 하렴. 이건 또다른 치료술이니?"

"어서! 어서 날 치료해주게! 기차가 멈출지 몰라."

마라타인이 헐떡이며 말했다.

"죽음의 그림자에 대비한 치료법이지요."

킴은 캄보의 짐에서 나온 아타 가루에 숯과 담뱃재를 섞으면서 말했다. E23은 입을 꾹 다문 채 터번을 벗고 길고 검은 머리카락을 늘어뜨렸다.

"이건 제 음식입니다요…… 스님."

자트 족 농부가 투덜거렸다.

"사원의 물소라더니! 감히 눈을 똑바로 뜨고 볼 수 있는가? 바보들 앞에서 마법을 보여주게 생겼으니…… 당신, 그 눈, 조심하세요. 눈에다 보호막이라도 쳐놓았나요? 아이를 구해주었는데, 당신은 뭘 해주었지요? 오, 창피한 줄도 모르는 사람!"

킴이 말했다. 사내는 거침없이 쏘아보는 킴의 눈길에 주춤하는 모습이었다.

"당신에게 저주를 내릴까요? 아니면……"

그는 짐을 쌌던 천 조각을 농부의 숙인 머리에다 던졌다.

"무얼 하나 보고 싶다는 생각조차 갖지 마요, 그러지 않으면…… 아무리 나라도…… 당신을 구해줄 수가 없으니. 앉아요! 찍소리도 내지 말고!"

"난 장님에…… 벙어리. 제발 저주는 내리지 말게. 이리…… 이리 오너라, 아가야. 우리 숨바꼭질놀이 하는 거야. 움직이면 안 돼…… 이 속에 숨어 있는 거야."

"희망이 보이는구나. 네 계획은 뭐지?"

E23의 말이었다.

"기다려보세요."

킴이 얇은 윗옷을 잡아 뜯으며 말했다. E23은 북서부 출신의 사내들이 으레 그렇듯 맨몸을 드러내는 것을 몹시 싫어했다.

"목이 잘리는데도 계급을 따질 건가요?"

킴이 옷을 허리까지 찢어내며 물었다.

"당신의 온몸을 동양인 사두(힌두교도 수행자)로 만들 겁니다. 그러니 옷을 벗어요…… 빨리 벗으라고요. 제가 재를 뿌리는 동안에 계속 머리를 흔들도록 해요. 자, 당신의 이마에 계급을 나타내는 표시를 할 거예요."

킴은 품속에서 조그마한 측량용 물감상자와 진홍색 안료 한 덩이를 꺼냈다.

"자네 신참이 맞는가?"

E23은 자신의 목숨을 위해 문자 그대로 발버둥을 치는 와중에도 그렇게 물었다. 재가 뿌려진 그의 이마에 높은 신분을 나타내는 표시가 그려지는 동안 그는 자신의 몸을 감쌌던 옷감을 벗겨내고는 허리에 걸치는 간단한 옷만을 두른 채 서 있었다.

"'큰 게임'에 들어온 지 이틀밖에 되지 않았답니다, 형제여."

킴의 대답이었다.

"가슴에다 재를 더 발라야겠어요."

"그대는 혹시…… 흠집 난 진주를 치료하는 사람을 만난 적이 있나?"

사내는 빠른 손놀림으로 길고 딱 달라붙은 터번을 잡아채서는 천을 사두가 허리에 두르는 띠 모양으로 매듭을 지어 몸을 감쌌다.

"그렇다면, 그분의 솜씨를 아시겠군요? 그분은 한동안 제 선생님이 되어주셨죠…… 다리에다 부목을 대야겠어요. 제가 상처를 치유하는 데 도움이 될 겁니다. 다시 문지르도록 하세요."

"난 한때 그의 자랑이었다네. 하지만 그대가 훨씬 낫구먼. 신들이 우리에게 친절을 베푸시다니! 저기 있는 걸 내게 주게나."

그것은 자트 족 농부의 짐꾸러미 중 알약으로 된 아편이 든 상자였다. E23은 그 안에서 반 줌가량을 꺼내 삼켜버렸다.

"배고픔과 공포와 추위를 이기는 데 이만한 게 없지. 그리고 눈을 벌겋게 만들어주는 데도 그만이고."

그의 설명이었다.

"이제 게임을 계속할 마음이 드는구먼. 사두가 가지고 다니는 부젓가락만 없군. 그런데, 입고 있던 옷들은 어떻게 하지?"

킴은 사내가 입고 있던 옷들을 조그맣게 말더니 겉옷의 헐렁한 공간에다 쑤셔넣었다. 그러고는 황토색 물감 덩어리로 그의 다리와 가슴을 문지르고, 등에는 밀가루와 담뱃재, 그리고 아타 가루를 섞어서 커다란 줄무늬를 그려넣었다.

"당신 옷에 묻은 피만으로도 충분히 교수형 감이죠."

"그럴 테지. 창밖으로 던져버릴 것까진 없겠지만…… 아무튼 이제 끝났구먼."

그의 목소리는 게임에 빠져든 소년처럼 순수한 즐거움으로 떨리고 있었다.

"이제 다 되었으니 고개를 들어 한번 봐주게, 자트 양반."

"신들이 우리를 보호하실 거야."

두건으로 얼굴을 가리고 있던 캄보가 갈대숲을 빠져나오는 물소처럼 주춤주춤 돌아보며 말했다.

"아니…… 마라타 사람은 어디로 갔지? 대체 무슨 일이 일어난 거야?"

킴의 변장기술은 러간에게 배운 것이었다. 그리고 E23은 자신이 하는 일 덕분에 괜찮은 배우 노릇을 할 수가 있었다. 겁에 질려 벌벌 떠는 장사꾼 대신 그는 거의 벗은 몸에 재를 잔뜩 칠하고 황토색 줄무늬가 그려진 지저분한 머리의 사두가 되어 한쪽 구석에 비스듬히 기대어 있었다. 허기진 뱃속이라 빠르게 효과를 나타낸 아편 덕분에 우묵하게 들어간 눈은 짐승의 그것처럼 번득였다. 다리는 가부좌를 틀었고, 목에는 킴이 쓰던 갈색 염주가 걸려 있었으며, 어깨에는 그리 길지도 않은 다 해진, 커튼이나 가구를 덮는 데 사용하는 꽃무늬 사라사 무명이 둘러져 있었다. 그를 본 어린아이의 얼굴이 겁에 질린 채 역시 어지간히 놀란 아비의 품속을 파고들었다.

"두려워 마라, 내 왕자야! 우린 마법사와 여행을 하고 있으니 아무도 널 해치지 못할 거다. 오, 울지 마라…… 젠장, 하루는 아이를 고쳐주고, 다음날에는 죽이려 드는 건 무슨 심보지?"

"아드님은 일생 동안 행운이 깃들 겁니다. 위대한 치료를 목격했으니까요. 제가 어렸을 적엔 진흙으로 사람도 만들고 말들도 만들었지요."

"저도 그런 걸 만들었어요. 밤중이면 시르 바나스가 우리 집 부엌 쓰레깃더미 뒤에서 제가 만들어놓은 사람과 말들을 모두 살려내시죠."

농부의 아들이 새가 지저귀듯 말했다.

"그래서 넌 뭘 봐도 놀라지 않는구나. 그렇지, 어린 왕자?"

"아빠가 놀라셔서 저도 놀란 거예요. 아빠 팔이 막 떨렸으니까요."

"오, 네 아빠는 겁쟁이시구나!"

킴이 그렇게 말하자 자트 족 농부가 부끄러워하면서도 웃음을 터뜨렸다.

"전 여기 이 불쌍한 장사꾼을 치료해주었습니다. 이 사람은 자신이 번 것과 장부들을 모두 포기해야만 했죠. 그러고는 적들을 피해서 사흘 밤을 길에서 지내야 했고요. 우주의 별들이 그를 저버린 겁니다."

"고리대금업자가 적으면 적을수록 세상은 더 좋아지는 법. 어쨌든, 장사꾼이 사두가 되었건 어쨌건, 저 사람이 내 물건을 썼으니 그 값은 치러야 해."

"그래요? 아저씨 아드님 치료비는 어떻게 하죠? 이틀 전에 강가 화장터에다 지불했어야 할 그 돈 말입니다. 한 가지가 더 남았어요. 상황이 워낙 급해서 아저씨가 보는 앞에서 마법을 행해버렸는데, 그래서 저 사람 몸과 영혼이 바뀌어버렸어요. 그런데 말이죠, 줄룬두르에서 오신 농부님, 잘 들으세요. 만약에 동네 사람들과 나무 그늘 아래앉아 있거나, 아저씨의 집에서거나, 혹은 아저씨네 가축들을 축복하러온 승려 무리에게든, 오늘 아저씨가 본 것을 떠올리는 순간 소들은 전

염병을 앓게 되고, 지붕들이 불에 타고, 옥수수 창고에는 쥐가 들끓고, 신들의 저주가 온 들판에 가득하여 쟁기질을 하더라도 아저씨가 밟는 땅은 아무것도 자라지 않게 될 겁니다."

그가 퍼부은 저주는 아무것도 모르던 시절 탁살리 관문에서 한 탁발수도승이 쏟아놓던 꽤나 유서 깊은 것이었다. 얼마나 많이 써먹었던지 고스란히 외우고 있었던 것이다.

"그만 하게나, 어린 성자여! 제발 그만두게나!"

자트 족 농부가 울부짖었다.

"우리 집안을 저주하지 말게. 난 아무것도 보지 않았다네. 아무것도 듣지 못했고. 난 그대의 암소라네!"

그는 열차 바닥을 규칙적으로 치고 있는 킴의 맨발을 부여잡으며 매달렸다.

"하지만 아저씨는 약간의 밀가루와 아편들을 사용하도록 해서 제 일을 도왔기 때문에 조금이나마 신들이 축복을 내릴 것입니다."

그제야 농부는 크게 위안을 얻은 듯 길게 한숨을 내쉬었다. 이 또한 러간 씨에게 배운 수법이었다.

라마승은 변장하는 장면을 지켜보지 못했기 때문에 안경을 쓰고서 이 광경을 유심히 바라보았다.

"우주 별들의 친구야."

라마승이 마침내 입을 열었다.

"너는 큰 지혜를 얻었구나. 하지만 자만이 일지 않도록 유념해라. 자신의 눈으로 법을 본 자라도 자신이 보았거나 마주친 그 어떤 문제에 대해서도 조급하게 말해서는 안 된다."

"그러지 않겠습니다…… 결코 그러지 않을 겁니다."

농부는 스승의 호통에 마음이 상한 제자가 다시 저주를 내릴까 두려운 나머지 그렇게 울부짖었다. E23은 아편에 취해 축 늘어진 채 입을 헤벌쭉 벌리고 있었다. 동양인에게 아편을 먹는다는 것은 고기를 먹거나 담배를 피우거나 약을 삼키는 것과 같았다.

램프가 하나둘씩 켜지는 시각, 외경심과 큰 오해가 빚어낸 침묵 속에서 그들은 델리를 향해 미끄러져 가고 있었다.

12장

누가 바다를, 그 끝없는 염해의 풍광을 갈망해왔던가?
바람을 뒤쫓는 파도의 격랑, 멈춤, 뒤틀림, 충돌을?
돌풍 앞에 일어서는 매끄러운 둥근 파도,
그 거품 없는 거대한 회색 솟구침을?
수평선에 드리워진 완전한 침묵,
혹은 미친 눈을 가진 허리케인을?
언제나 모습을 바꾸는 바다,
언제나 한결같은 모습의 바다,
그의 존재에 충만한 그 바다를?
그와 똑같이, 바로 그렇게 설산의 인간은 히말라야를 동경하노라!

- 키플링, 「바다와 설산」

"다시 살아난 기분일세."

플랫폼의 북적거리는 승객들 속으로 숨어들며 E23이 말했다.

"굶주림과 공포는 사람을 혼란스럽게 만들지만 진작 이런 식의 탈출을 생각해야 했는데 말이야. 내 짐작대로라면 그들이 날 사냥하러 오겠지. 자네가 내 목숨을 구했다네."

더워서 땀을 줄줄 흘리고 있는 영국인이 거느린, 누런 바지를 입은 한 떼의 펀자브 지역 경찰들이 열차에서 내린 승객들을 흩어놓고 있었다. 그들 뒤편에는 고양이처럼 숨어서 느릿느릿 걷고 있는 한 뚱뚱한 사내가 있었는데 한눈에도 법원이 고용한 사람처럼 보였다.

"저기 젊은 백인은 문건을 보았을 걸세. 내 인상착의를 알고 있을 거란 말이야. 열차를 샅샅이 뒤지겠지. 그물을 뒤지는 어부들처럼."

E23의 말이었다.

경찰 무리가 그들 쪽에 이르렀을 때, E23은 쉬지 않고 손목을 움직이며 염주를 헤아렸다. 그동안 킴은, 경찰이 들으라고 일부러 사두의 상징과도 같은 부젓가락을 잃어버릴 만큼 약에 취한 그를 조롱해댔다. 깊이 명상에 든 라마승은 꼼짝없이 앞을 응시하고 있었고, 농부는 경찰들을 할끔거리면서 자신의 소지품들을 한데 그러모으고 있었다.

"여긴 성자만 한 보따리구먼."

영국 남자가 큰 소리로 말하고는 불안감과 불쾌감이 뒤섞인 객실을 뚫고 지나갔다. 인도 전역에서 현지인 경찰은 곧 착취를 의미했다.

"이제 문서를 숨겨놓은 곳을 전보로 알려야 하는데, 이 모양으로는 전신국에 갈 수가 없을 것 같군."

E23이 귀엣말로 속삭였다.

"당신의 목숨을 구해준 것만으로는 충분치 않다는 얘긴가요?"

"일을 마무리하지 못한 채로 두는 건 말이 안 되지. 진주 치료사가 그렇게 가르치진 않았을 텐데? 이런, 백인 녀석이 또 하나 오는군!"

키가 크고 얼굴빛이 누르스름한, 벨트와 헬멧에 반짝거리는 박차까지 제대로 갖춘 그 지역의 경찰서장이었다. 그는 짙은 콧수염을 비틀어대며 한껏 거들먹거리는 걸음으로 다가왔다.

"바보 같은 백인 경찰들!"

킴이 거리낌 없이 말했다.

E23은 신경이 쓰이는 듯 눈을 내리깔고 있었다.

"말 한번 잘했네."

그는 목소리를 바꾸었다.

"물을 좀 마시러 가야겠네. 내 자리 좀 봐주게나."

그는 비틀거리는 바람에 거의 영국인의 팔에 안길 뻔했는데, 그러자 서투른 우르두어 욕설이 들려왔다.

"툼 무트? 당신 취했어? 델리 역이 당신 안방이라도 된다고 생각하면 곤란하지, 친구."

E23은 안면근육을 전혀 움직이지 않은 채 지독하게 험한 말로 한참이나 대꾸를 했는데, 그 광경을 지켜보던 킴은 자연스레 기분이 좋아졌다. 그 장면은 움발라에서 처음 학교생활이란 걸 하던 때의 북치는 소년들과 병영 청소부들을 떠올리게 했다.

"바보 같으니라고. 니클 자오(꺼져)! 당신 객실로 돌아가시오."

영국인이 점잔을 빼며 말했다.

목소리를 낮추며 한 걸음 한 걸음 공손히 뒤로 물러나며 객실로 돌아오던 황색인 사두는 DSP(델리 경찰서장)의 가장 먼 후손에까지, 킴조차 거의 펄쩍 뛸 정도로 조목조목 저주를 퍼부어댔다. 그 저주는 '여왕의 돌'과 그 아래에 적힌, 한 번도 들어본 적 없는 온갖 신의 이름을 다 들먹여가며 한바탕 걸쭉하게 퍼부어졌다.

"당신이 지껄이는 걸 내가 알아듣지는 못하지만 무례하기 짝이 없군. 당장 이리 나와!"

화가 난 영국인의 얼굴이 벌겋게 상기되어 있었다.

E23은 그의 말을 알아듣지 못한 척하며 느릿느릿 자신의 차표를 보여주었는데, 영국인은 화가 나서 그의 손에서 그것을 빼앗아버렸다.

"오, 줄룸(부당한 행위)! 이 무슨 짓이람! 또 무슨 장난을 치려고."

구석에 처박혀 있던 자트 족 농부가 툭 뱉었다. 그는 사두가 마음대로 지껄이는 양을 재미나게 지켜보던 터였다.

"오늘은 그대의 마법이 잘 먹혀들지 않는가, 어린 성자님?"

사두는 아양을 떨기도 하고 애원을 하기도 하면서 경찰서장의 뒤를 따랐다. 아이와 짐을 챙기느라 바쁜 승객들은 지금 벌어진 일에 신경 쓸 틈이 없었다. 킴이 슬그머니 뒤편으로 미끄러져 다가갔다. 3년 전 움발라 부근에서 바로 이 우둔한 백인이 노부인에게 큰 소리로 농담을 걸었던 일이 번쩍하며 킴의 뇌리를 스치고 지나간 것이었다.

"잘돼가고 있네."

사두가 귀엣말로 속삭였다. 누군가를 부르는 소리와 고함으로 꽉 채워진 혼란스런 와중에 그의 발치에선 페르시아 산 사냥개 한 마리가 짖어대고 있었다. 라지푸트 족 매잡이의 새장 속 매들도 그의 등 뒤쪽에서 찢어지는 소리로 울어댔다.

"경찰서장이 지금쯤 내가 숨겨놓은 문서에 대한 소식을 전달했을 걸세. 나는 그 사람이 페샤와르에 있다고 들었는데 악어같이 항상 강 반대편에 나타난다는 걸 알았어야 했어. 그가 이 재난에서 날 구해주었다네. 하지만 내 목숨은 자네가 구해주었어."

"경찰서장도 우리 편이었단 말이죠?"

킴은 낙타몰이꾼의 번들거리는 겨드랑이 밑을 빠져나가 수다를 떨고 있는 한 떼의 시크교도 여자들을 빠르게 지나갔다.

"더할 나위 없이 잘된 일이라네. 우리 둘 다에게 행운이었지. 자네가 한 일을 그 사람에게 보고할 생각이야. 나는 그의 보호를 받을 테니 안전할 걸세."

그는 객차를 둘러싸고 있는 사람들을 지나 전신국 부근의 벤치 곁에 쭈그리고 앉았다.

"임무를 마치고 돌아오게. 돌아오지 못하면 다른 사람들이 자네 자리를 차지할 걸세. 하지만 걱정하지는 말게, 형제여…… 내 생명이여. 자넨 내게 숨을 불어넣어주었고, 스트릭랜드 나리(경찰서장)는 나를 물 밖으로 끌어내주었다네. 언젠가 우린 함께 이 게임을 수행하게 될 거야. 잘 가게!"

킴은 서둘러 객차에 올라탔다. 우쭐한 기분도 들고 어리둥절하기도 했지만, 약간 화가 나기도 했다. 정작 그가 어떤 비밀을 지니고 있는지 제대로 알아내지 못했기 때문이었다.

"역시 난 게임의 초보자에 불과해. 자명한 일이지. 나 같으면 아마도 사두가 한 것같이 안전한 곳을 알아내고 거기로 뛰어들지는 못했을 거야. 그는 등잔 밑이 어둡다는 걸 알고 있었어. 저주를 퍼붓는 척하면서 정보를 흘리다니, 나로선 상상도 못 할 일이지…… 알고 보니 그 백인 경찰서장도 똑똑한 사람이었잖아! 어쨌든 사람의 목숨을 살렸다는 게 무엇보다 중요하지…… 그런데, 캄보는 어디 갔습니까, 스님?"

어느새 사람들이 꽉 들어차버린 객실로 들어가 자리를 찾아 앉으며 킴이 라마승에게 나직이 물었다.

"공포가 그 사람을 옴짝도 못하게 만들었단다."

라마승이 하는 말은 험담조차 온화했다.

"그 사람은 네가 악마로부터 보호한다고 마라타인을 눈 깜박할 사이에 사두로 바꾸어버리는 걸 보고는 어지간히 충격을 받은 모양이다. 그런데 이번엔 사두가 경찰 손에 넘겨지는 걸 봤으니…… 이게 다 네 작품이지? 그 사람은 아들을 들쳐 안고는 도망쳐버렸단다. 그 사람은 네가 조용히 있는 장사꾼을 백인들과 언쟁을 하게 만들었다고 하면서 곧 죽을 사람이나 된 양 무서워했단다. 그런데 사두는 어디 있는 거냐?"

"경찰과 함께 있습니다. 그건 그렇지만, 제가 캄보의 아이를 구한 건 사실이죠."

라마승은 코웃음을 치는 것도 온화했다.

"아, 제자야. 네가 한 일을 돌이켜보거라. 캄보의 아이를 치료하여 공덕을 쌓았지만 우쭐한 마음에 마라타인에게 마법을 걸었다. 내가 너 하는 모양을 다 지켜보았다. 하여, 넌 늙디늙은 한 사내와 바보스런 농부 하나를 당황하게 만들었다. 더구나 재난과 의심을 불러왔다."

킴은 나이에 어울리지 않을 만큼 최선을 다해 자신을 억제했다. 욕을 얻어먹거나 오해를 받는 걸 좋아하지 않는 건 다른 젊은이나 마찬가지였지만, 그는 뭔가 곤란한 상황에 처했다는 사실을 알았다. 기차는 델리를 빠져나와 어둠 속으로 굴러가고 있었다.

"맞아요. 제가 잘못을 저질러서 스님을 욕되게 했습니다."

"그 이상이다, 제자야. 너는 세상에다 하나의 행위를 던져 넣었다. 그건 마치 연못에다 돌을 하나 던져 넣은 것과 같다. 파문이 얼마나 멀리 퍼져나갈지 너는 알 수 없다."

이 무렵 E23이 델리에 도착했다는 것과 그가 입수한 문서에 관한 정보가 담긴 암호문이 심라에 전달되었다. 이런 상황이 바로 라마승이 말한 그 '알 수 없는 파문'이었지만, 두 사람이 그 사실을 모른다는 것은 킴의 괜한 우쭐함이나 라마승의 평화로운 마음 모두에 차라리 잘된 일이었다. 그 전보문은 아주 중요한 임무와 관련되어 있었지만

414

매우 함축적이었다. 한편 그 시각 우연하게도, 지나치게 열정적인 한 경찰관이 멀리 북부지역에서 발생한 살인사건의 용의자로 아지메르의 목화중개업자를 체포했다. 그는 살인자로 지목된 것에 대해 무척 화가 나 있었는데 델리 역의 플랫폼에서 스트릭랜드 경찰서장에게 자신이 누구인지 설명을 하고 있었다. 그러는 사이 E23은 샛길로 빠져나가 봉쇄된 델리 시의 중심부로 잠입해 들어갔다. 두 시간쯤 뒤, 타박상을 입은 마라타인의 행방이 묘연해졌다는 여러 통의 전보가 발끈한 남부 토후국 장관에게 전달되었다. 완행열차가 느릿느릿 사하란푸르에 도착할 즈음 킴이 내던진 돌의 파문은 멀리 로움의 무슬림 사원 돌계단 위로 퍼져나가 기도에 빠져들어 있던 독실한 한 남자의 마음을 흔들고 있었다.

라마승은 맑은 햇살과 제자와 함께 있다는 사실에 고무된 채 플랫폼 부근의 이슬 맺힌 부겐빌레아 울타리 곁에 느긋이 서 있었다.

"우리는 이제 이것들을 버리도록 하자."

그는 구릿빛으로 반짝거리는 기차와 선로를 가리키며 말했다.

"기차가 놀라운 물건이긴 하다만 덜컹거리며 타고 가다 보면 뼈가 다 물러앉는 것 같단다. 이제부터는 맑은 공기를 마시며 가도록 하자."

"쿨루의 노부인 댁으로 가시죠."

짐을 지고 흥겹게 걸음을 떼면서 킴이 말했다. 이른 아침 사하란푸르의 길은 깨끗하고 향기로웠다. 그는 성 사비에르 학교에서 보낸 아침들도 떠올려보았지만, 이 아침에 느끼는 만족감은 그것을 세 겹이나 쌓아놓은 것 같았다.

"이 처음 보는 아기는 어디서 나왔느냐? 지혜로운 자는 햇볕 속의 병아리처럼 뛰어다니진 않는 법이다. 우린 벌써 아주 먼 길을 왔고, 그리고, 지금껏, 나는 잠시도 너와 단둘이서만 지내보지 못했다. 북적거리는 사람들 틈에서 어찌 네게 가르침을 주겠느냐? 끊임없이 조잘거리는 틈에서 어찌 내가 도를 명상할 수 있겠느냐?"

"노부인의 혀는 세월이 지나도 짧아지지 않나 봐요?"

제자가 미소를 띠며 농담을 던졌다.

"부적에 대한 갈망도 짧아지지 않더구나. 한번은 윤회의 수레바퀴에 대해 얘기를 해준 적이 있다."

라마승은 품속을 더듬어 가장 최근에 그린 윤회도를 만지작거렸다.

"그녀가 호기심을 드러낸 건 그녀의 손자들을 둘러싸고 있다는 귀신들에 관한 대목뿐이었다. 그래도 그녀가 우리를 즐겁게 해주었으니 공덕은 쌓은 셈이지. 잠시 동안이었지만. 이제 우리는 느긋하게 걷도록 하자. 얽히고설킨 삼라만상의 인연을 기다리면서 말이다. 우리는 틀림없이 강을 찾아낼 거다."

라마승의 말대로 아미나바드, 사하이궁게, 포드의 아크롤라, 자그마한 마을 풀레사를 거치면서, 그들은 북쪽으로 이어진 눈 덮인 시왈리크 산맥을 배경으로 꽃이 흐드러지게 피어 있는 널따란 과수원들을 가로지르며 아주 느긋하게 여행을 즐겼다. 맑은 별빛 아래서의 길고 달콤한 잠에서 깨어나면 킴은 입을 꾹 다문 채 탁발그릇을 앞으로 내밀고는 느리지만 당당한 걸음으로 잠에서 깨어나고 있는 마을을 가로질러갔다. 하지만 그의 시선은 계율을 무시한 채 하늘 이 끝에서 저 끝으로 옮겨 다녔다. 그러고 나서 킴은 경쾌한 발걸음으로 뽀얀 먼지를 일으키며 망고나무 그늘이나 하얀 꽃나무의 엷은 응달 아래 앉아 있는 노승에게 돌아와 편안하게 먹고 마셨다. 한낮에는 대화를 나누거나 약간 걷고 난 뒤에 낮잠을 즐겼다. 대기가 시원해지면 다시금 신선해진 세계와 만나기 위해 길을 나섰다. 밤은 낯선 마을을 모험하는 시간이었다. 마을 하나를 고르면 그곳을 통과하기 전에 세 시간이나 꼼꼼히 살펴보고는 그곳에 대해 수없이 토론을 하기도 했다.

그들이 마을에 들어가 사람들에게 자신들에 대해 이야기해주면, 마을의 승려든 촌장이든 언제나 그 친절한 동양의 관습에 따라 환영해주었다. 킴은 매번 새로운 이야기들을 지어냈다.

황혼에 드리워졌던 그림자가 지워지고 킴에게 기댄 노승의 몸이 더욱 무거워질 때면, 라마승은 언제나 잘 닦은 평편한 돌 위에 넓게 종이를 펼쳐놓고는 만다라를 그렸다. 그러곤 긴 막대기로 바퀴와 바퀴를 옮겨다니며 그 의미를 가르쳐주었다. 신들은 높은 곳에 거했다. 그들은 꿈속의 꿈처럼 아득한 존재였다. 만다라에는 극락이 있었고, 고산에서 싸움을 벌이는 반은 말이고 반은 인간인 반신반인들도 있었다. 고통에 몸부림치는 짐승들, 사다리를 타고 오르내리는 영혼들은 어떤 도움도 받을 수가 없었다. 뜨거운 지옥과 차가운 지옥에는 고통받는 온갖 악령이 살고 있었다. 늘어난 위장과 불타는 그릇은 먹는 것을 탐했을 때 어떻게 되는지를 가르쳐주었다. 킴은 노승이 시키는 대로 머리를 조아린 채 갈색 손가락을 따라 학습에 열중했다. 하지만 지옥 바로 위쪽에서 분주하고 무익하게 펼쳐지는 인간의 세계에 이르렀을 때 킴의 마음이 혼란에 빠져버렸다. 먹고, 마시고, 장사를 하고, 결혼을 하고, 싸움을 벌이는, 생의 수레바퀴라는 것 자체가 길 위에서 생생하게 벌어지고 있는 것들이기 때문이었다. 간혹 라마승은 만다라

위에다 살아 있는 것들을 그려놓고 킴을 가르치기도 했는데, 그 역시 준비된 것이었다. 육체가 어떻게 수천 가지 형태로 변하는지, 그 변한 모습들이 인간들의 입장에서는 좋고 나쁨이 있지만 실은 같다는 것을 설명해주었다. 그리고 빈랑나무 열매나 소의 새 멍에, 혹은 여자들이나 왕들의 호의를 갈망하는 것을 의미하는, 돼지나 비둘기 혹은 뱀에게 사로잡혀 노예가 된 어리석은 영혼들이 어떻게 천상계와 지옥계를 오가게 되는지도 가르쳐주었다. 그들이 만다라를 펼쳐놓고 있을 때면 그 의식을 지켜보던 사람들이 한쪽 구석에다 꽃을 던져놓거나 화폐로도 사용하는 별보배고둥의 껍질을 놓아두기도 했다. 이 가진 것 없는 사람들은 그저 성자가 기도를 올릴 때 자신들을 기억해주기만을 바랄 뿐이었다.

"저들이 아프면 치료해줘라."

라마승의 말에 킴의 잠자던 모험의 본능이 깨어나곤 했다.

"저들이 열이 나거든 치료해줘라. 허나 마법을 쓰라는 것이 아니다. 마라타인에게 일어났던 변고를 잊으면 안 될 것이야."

"그렇다면 모든 행위가 사악한가요?"

둔 도로의 갈림길에 서 있는 커다란 나무 아래 누워 손 위를 타넘고 있던 개미를 물끄러미 바라보며 킴이 물었다.

"공덕을 쌓는 것이 아니면, 어떤 행동이든 자제하는 편이 낫다."

"'배움의 문'에서 배우기로는, 행동을 자제하는 것은 백인들에게는 아무런 이익이 되지 않는다고 했습니다. 저는 백인입니다."

"세상 모든 이의 친구야."

라마승은 킴을 정면으로 바라보았다.

"난 늙은이다. 어린아이처럼 보기를 좋아하는 늙은이. 도를 따르는 자에게는 검은 것도 흰 것도 없다. 인도 사람도 보티얄 사람도 없다. 우리 모두는 윤회의 사슬을 벗어나려는 영혼들일 뿐이다. 네 지혜가 백인들로부터 얻은 것이라 하더라도, 내 강에 도달하는 순간 너는 모든 미망으로부터 자유로워질 거다. 그게 내 가르침이다. 그렇다! 내 몸의 뼈들이 강을 갈망하고 있다. 그 뼈들이 기차에서 그토록 아파했던 것처럼. 그러나 내 정신은 내 뼈 위에 앉아 기다리고 있다. 우리는 반드시 강을 찾아낼 거다!"

"스님께선 제게 답을 주셨습니다. 질문을 하나 드려도 되겠습니까?"

라마승은 위엄을 갖추며 고개를 한쪽으로 기울였다.

"스님께서도 잘 아시겠지만, 저는 스님이 주신 빵으로 삼 년을 지냈습니다. 성자시여, 그 돈은 어디서 나신 겁니까?"

"보티얄은 부유한 곳이다. 내 고향에서 나는, 그 역시 미망이긴 하다만 높은 지위를 갖고 있다. 내가 필요한 걸 요구할 수 있다는 말이다. 내가 회계를 할 필요는 없다. 사원에서 할 일이니까. 아, 까마득히 높은 곳에 자리한 라마의 사원, 열을 지어 앉은 수행자들!"

라마승은 태연하게 되받았다.

그는 흙 위에다 손가락으로 그려가며 거대한 사원과 웅장하고 화려한 의식, 행렬, 악귀를 쫓는 춤에 대해 얘기해주었다. 비구와 비구니를 축생으로 바꾸는 일과 무려 4500미터의 공중에 떠 있는 성스러운 도시들, 사원과 사원에 얽힌 음모와 고산에서 들려오는 소리들, 건기의 눈밭 위에 일렁이는 불가사의한 신기루에 대해서도 들려주었다. 보티얄의 수도인 라사와 그가 알현한 바 있고 사모하는 달라이 라마에 대한 얘기까지 해주었다.

킴에게는 인종과 모국어가 더이상 장벽이 되지 않는 더할 나위 없이 완벽한 날들이었다. 그는 다시 힌디어로 생각하고 꿈을 꾸었으며, 먹고 마시는 것은 자연스레 라마교의 의식을 따랐다. 산정의 만년설에 눈길이 닿을 때면 노승의 마음은 자꾸만 고향의 사원으로 향했다. 그럴 땐 그가 찾으려는 강조차 그를 자극하지 않았다. 이따금은, 정말, 발 밑의 땅이 갈라지고 쪼개져 강이 솟아오르는 행운이 일어나기를 기대하면서 숲의 잔가지들을 오래오래 응시하곤 했다. 하지만 그는 둔으로부터 불어오는 따뜻한 바람을 맞으며 제자와 함께 있다는 사실에 충분히 만족했다. 그가 있는 곳은 실론도, 부다가야도, 뭄바이도, 2년 전 비틀거리며 걷던 풀들이 마구 뒤엉킨 폐허도 아니었다. 발길 닿는 곳에 대해 그가 킴에게 이야기를 들려줄 때면, 그는 현학의 허세에서 벗어난 학자, 겸허한 구도자, 날카로운 통찰력으로 지혜를 밝히는 현명하고 온화한 노인이 되어 있었다. 토막토막 잘려 하나로 연결되지 못했지만, 그가 들려주는 각각의 이야기에는 인도를 오르내리며 그가 경험한, 노변에서 일어나는 모든 사소한 일이 다 담겨 있었다. 그때까지 킴이 무턱대고 그를 사랑했다면, 이제는 그를 사랑하는 이유를 쉰 가지나 말할 수 있었다. 그리하여 그들은 지복至福과 절제를 맘껏 누릴 수 있었다. 계율이 요구하는 대로 험악한 말과 턱없는 욕망으로부터 벗어날 수 있었다. 과식을 하지 않고, 높은 곳에 눕지 않으며, 호사롭게 옷을 걸치지 않았다. 그들의 위장은 그들에게 먹어야 할 시간을 알려주었고, 그때가 되면 사람들은 그들에게 음식을 가져다주었다. 그것은 '때가 되면 먹을 뿐'이라는 금언 그대로였다. 아미나바드와 사하이궁게, 포드의 아크롤라, 킴이 한 미친 여인에게 축복을 내려주었던 작은 마을 풀레사에서, 그들은 그 모든 마을의 주인과도 같았다.

그러나 드넓은 인도에서도 소문은 빠르게 전해져서, 농경지들을 가로질러갔다. 마침내 그들의 소식이 한 여인의 귀에까지 들어갔다. 오랫동안 라마승의 보살핌을 받지 못해 마음이 몹시 혼란스러웠던 그 여인은 카불 포도와 금색 오렌지가 가득 담긴 바구니를 옮기던 흰 수염의 깡마른 오리사인 하인을 보내 자신을 방문해달라고 부탁했다.

"이제야 기억이 나는군."

라마승은 마치 처음 받는 제안인 듯 말했다.

"그녀는 덕성이 있는 사람이긴 하지만 말이 지나치게 많기도 하지."

킴은 소의 여물통 가에 앉아서 마을 대장장이의 아들에게 재미난 얘기들을 들려주고 있었다.

"그녀는 또 손주들을 얻게 해달라고 부탁하겠구먼. 그녀를 잊지 않고 있소이다. 그녀가 공덕을 쌓도록 우리가 가겠노라고 전해주시오."

라마승이 말했다.

그들은 그로부터 이틀 동안 20여 킬로미터의 들판을 걸어 목적지에 다다랐다. 노부인은 격조 있는 전통적 법도에 따라 그들을 환대해주었는데, 사위에게도 그렇게 하도록 시켰다. 노부인의 사위는 여자에게 쥐여사는 인간으로 고리대금업자에게 돈을 빌려 쓴 탓에 찍소리도 못하는 신세였다. 세월은 그녀의 혀와 기억력을 조금도 꺾지 못했다. 조심스럽게 닫아 건 위층 창문에서 그녀는 적어도 12명은 되는 하인들에게 일일이 지시를 내리고 있었다. 그러곤 그녀는 킴에게 유럽인이라면 틀림없이 심한 모욕감을 느꼈을 인사말을 던졌다.

"하지만 너는 여전히 부끄럼을 모르는 쉼터의 그 꼬마 거지인 것 같구나."

그녀는 신랄하게 말했다.

"난 너를 잊지 않고 있었지. 씻고 뭘 좀 먹으렴. 내 사위가 잠시 다녀올 데가 있으니 우리 불쌍한 여인네는 또 벙어리에 쓸모없는 인간이 될밖에."

말은 그렇게 했지만, 그녀는 음식이 나올 때까지 온 집안 사람에게 끊임없이 장광설을 늘어놓았다. 연기 냄새가 자욱한, 구리와 터키옥이 뒤섞인 암갈색의 초록빛이 평원을 가로지르는 저녁이 되자 기분이 좋아진 그녀는 그을음이 피어오르는 횃불을 밝힌 앞뜰에 가마를 세우게 하고는 그 뒤편에 커튼을 드리워놓고 잡담을 늘어놓기 시작했다.

"성자께서 혼자 오셨다면, 난 좀 다른 방식으로 그분을 맞았을 것이다. 헌데 악당과 함께라니, 누군들 긴장하지 않을 수 있겠느냐?"

"왕비님."

언제나 가장 거창한 호칭을 골라 부르는 게 킴의 특기였다.

"제가 왕비님이라고 부르는 것도 악당의 짓인가요? 그렇게 부른 장본인은 어떤 백인…… 백인 경찰이었지요. 마님의 면전에서 그 사람이 왕비님, 하고 부른……"

"쯧쯧! 그땐 순례 중이지 않았느냐. 우리가 여행을 하는 동안에는…… 너도 그 격언을 알고 있을 텐데."

"왕비님을 '마음을 혼란시키는 자'라느니, '기쁨을 주는 자'라 불렀더랬죠?"

"그걸 기억하고 있구나! 실제 그렇기도 했지. 그랬으니 그자도 그렇게 말했겠지만. 내 미모가 꽃피던 시절이 있었지."

그녀는 설탕 덩어리를 앞에 두고 흐뭇해하는 앵무새처럼 낄낄거
렸다.

"이제 앞으로의 여행에 대해 말씀해주시지요. 부끄러워하지 마시고
요. 얼마나 많은 처녀와 여편네가 스님의 눈썹에 매달렸죠? 바라나시
에서 오시는 길이죠? 저도 올해에 다시 거길 가려고 했죠. 그런데 제
딸이…… 제겐 아들이 딱 둘뿐이죠. 젠장! 이게 다 낮은 들판 때문이
죠. 쿨루의 남자들이란 코끼리 같아요. 그래서 제가 악당 곁에 서 계신
스님께 부탁드릴 건, 하필이면 이 망고철에 제 딸애의 큰아이가 너무
도 심하게 앓고 있는 복통을 물리칠 부적을 하나 만들어주십사 하는
겁니다. 두 해 전에 저한테 그려주셨던 그런 강력한 힘을 지닌 걸로
말입니다."

"오, 스님!"

킴이 라마승의 애처로운 얼굴을 보며 우스워 죽겠다는 표정을 지
었다.

"사실이다. 내가 허공에다 그려주었지."

"이빨, 이빨, 이빨이 문제였다고요."

노부인이 소리를 높였다.

"그들이 아프다면 치료를 해주어라. 마법을 쓰라는 게 아니다. 마라
타인에게 일어난 일을 잊지 마라."

킴은 라마승이 자기에게 했던 말을 그대로 흉내 냈다.

"두 번의 우기가 있기 전이었단다. 그녀의 끈질긴 요청에 무너지고
말았지."

라마승은 부당한 판결을 내린 판관처럼 킴 앞에서 괴로워했다.

"잘 지켜보기 바란다, 제자야. 도를 따르는 자도 쓸모없는 여인네에 의해 진리의 길을 벗어날 수 있다는 사실을 말이다. 그때 아이가 아팠는데, 사흘 동안이나 내게 애걸했다."

"그럼 누구한테 말하겠습니까? 아이의 엄마는 아무것도 모르고, 그 애비란 사람은 '신들에게 기도를 올려라' 하고는 그 차가운 날 밤새도록 돌아누워 코를 골기만 했을 텐데요."

"하긴 그래서 내가 부적을 써주었지. 늙은이가 해줄 게 뭐가 있겠느냐?"

"공덕을 쌓는 일이 아니면, 행동을 자제하는 것이 좋은 것이지요."

"오, 제자야, 네가 날 버린다면 나는 완전히 혼자다."

"어쨌든 아이는 쉽게 젖니를 찾았지요. 하지만 승려들이란 모두 똑같아요."

노부인이 말했다.

킴이 못마땅한 듯 헛기침을 해댔다. 아직 어렸지만 그는 그녀의 경솔함을 두고 보지는 않았다.

"현자께 성가시게 구는 건 재앙을 부르는 것과 같습니다."

"구관조 한 마리가 지껄이고 있구나."

보석으로 장식한, 눈에 익은 여인의 집게손가락이 공격해왔다.

"마구간 뒤에 있는 그 새는 우리 집안을 드나드는 승려의 말을 똑같이 흉내 내지…… 제가 아마도 손님에 대한 예의를 잊었던 모양입니다. 허나 만약 스님께서 반쯤 자란 조롱박 같은 배에다 두 손을 갖다대고는 '여기가 아파요' 하고 울부짖는 아이를 보신다면 절 용서하실

424

겁니다. 하킴이 처방한 약을 써보겠다는 생각도 가지고 있지요. 헌데 그 약이 싸기는 하지만, 파괴의 신 시바의 황소만큼이나 아이를 뚱뚱하게 만들어버릴지 모르죠. 그 사람이 약을 먹이라고 하는데도 꺼려지는 것은 약이 담긴 병 색깔이 아주 불길하기 때문이랍니다."

라마승은 알아들을 수 없는 혼잣말을 중얼거리면서 어둠 속으로 슬그머니 사라지더니 하인들이 마련해놓은 방으로 들어가버렸다.

"아마도 마님께서 스님을 화나게 하셨나 봅니다."

킴이 말했다.

"화가 난 건 아니실 거다. 몹시 지치셨다는 걸 할머니가 되다 보니 미처 몰랐구나. (할머니가 되어서야 아이를 잘 돌볼 수가 있는 법. 엄마들이란 그저 낳는 존재일 뿐!) 내일 스님께서 우리 외손자가 얼마나 자랐는지를 보게 되면, 부적을 써주실 거다. 새로운 하킴의 처방약에 대해서도 가늠을 해주실 거고."

"하킴이 누구죠, 왕비님?"

"너처럼 방랑자다. 하지만 아주 맑은 정신을 소유한 다카* 출신의 벵골인으로 의학의 달인이시다. 언젠가 내가 고기를 먹고 체했을 때 그분이 조그마한 알약을 주셨는데 마치 사슬에서 풀린 마귀처럼 체한 게 내려갔지. 지금도 그분은 그 신통한 약들을 팔아가면서 여행을 하실 거야. 그분이 갖고 있던 앙그레지에서 발행한 신문에는 척추가 약한 남자들과 기력이 약한 여자들을 치료한 기사들이 실려 있었단다. 여기서 나흘이나 머무르고 있었는데 너와 스님이 온다는 얘기를 듣

---

* 인도 북동쪽 벵골 지역의 거대 도시. 현 방글라데시의 수도.

고는 훌쩍 가버리셨다(하킴 같은 의사와 승려는 뱀과 호랑이 같은 사이다).”

여자가 잔뜩 수다를 떨어놓고 한숨을 돌리는 사이 아무 소리 않고 횃불가에 앉아 있던 나이 든 하인이 뭐라고 중얼거렸다.

“말하자면 이 집은 말 많은 인간들과 승려들의 축사 같은 곳이지. 아이한테 망고만 그만 먹게 하면 될 것을…… 하지만 누가 저 할미하고 말싸움을 해서 이길꼬?”

그는 공경하는 목소리로 바꾸고는 약간 높여 말했다.

“마님, 하킴께서는 식사를 하신 뒤에 잠을 자고 계십니다. 비둘기집 뒤편의 숙소에서요.”

킴은 출산을 앞둔 테리어*처럼 털을 곤두세웠다. 콜카타에서 온 말솜씨 좋은 벵골인 약장수와의 입씨름 한판이 기다리고 있기 때문이었다. 라마승까지 있으니 도저히 질 수 없는 게임이었다. 힌디어 신문 뒤편에 실린, 호기심만 잔뜩 끄는 영어로 된 엉터리 광고 따위라면 그는 훤히 알고 있었다. 성 사비에르의 소년들은 간혹 그런 신문들을 가지고 와서는 낄낄거리며 읽곤 했는데, 증세를 자세히 설명해놓고 의사에게 감사를 표하는 환자의 글은 너무 단순해서 속셈이 훤히 드러나는 것이었다. 식객 둘이서 맞붙는 것에 관심이 없지 않았던 오리사인 하인은 슬그머니 빠져나가 비둘기집으로 향했다.

“그렇지요. 그런 장사꾼이 쓰는 약이란 색소를 섞은 물과 뻔뻔스러움뿐이지요. 그들이 노리는 건 쇠락한 왕족과 많이 먹는 벵골인들이

---

* 영리하고 날쌘 영국산 애완견. 사냥용으로도 쓰인다.

죠. 그들이 이익을 챙기는 건 아이들…… 특히 아직 태어나지도 않은 아이들이고요."

킴은 비난조로 말을 이었다.

노부인이 낄낄거리며 웃었다.

"질투하고 있구나. 부적이 더 낫단 말이지, 응? 난 결코 그걸 부인하지 않았지. 네 성자님께서 아침까지 부적을 써주실지 지켜보자꾸나."

그때 몸을 웅크리고 있던 사람의 형체 하나가 드러나더니 어둠을 뚫고서 굵고 탁한 목소리가 들려왔다.

"무지한 자만이 부정하는 법. 무지한 자만이 마법의 가치를 부정하는 법. 무지한 자만이 약품의 가치를 부인하는 법."

"쥐새끼 한 마리가 약초 한 뿌리를 발견하고는 이렇게 말했지요. '나는 이제 약 가게를 열 것이다.'"

킴이 되받아쳤다.

바야흐로 싸움은 공정하게 시작되었고, 노부인은 미동도 없이 지켜보았다.

"승려의 자식은 아는 이름이라고는 제 유모와 세 명의 신들밖에 없으면서 걸핏하면 '들어라, 그러지 않으면 삼백만 위대한 성자의 이름으로 너를 저주할지니' 하고 말하지."

이 보이지 않는 목소리의 주인공 역시 제 화살통에 화살을 한두 대는 더 넣고 다니는 게 분명했다. 그는 나머지 화살 하나를 이렇게 날렸다.

"난 철자법을 가르치는 선생이 아니다. 백인들의 모든 지혜를 습득한 사람이다."

"백인들은 결코 늙는 법이 없어요. 할아버지가 되어서도 그들은 춤을 추고, 어린애처럼 놀이를 하지요. 강한 등뼈를 가진 족속들이니까."

가마 안에서 들려온 소리였다.

"내게는 열에 들뜨고 화가 난 사람의 기분을 풀어주는 약도 있지. 시나는 달빛이 집 안을 비추고 있을 때 잘 만들어지고, 중국에서 가지고 온 황토로 만든 아르플란은 남자를 회춘시켜서 가족들을 깜짝 놀라게 하지. 이게 없어서 많은 사람이 죽어갔던, 카슈미르에서 가지고 온 사프란*과 카불의 살렙**도……"

"그 정도는 저도 믿을 수가 있죠."

킴이 말했다.

"내 약의 효능은 다들 알고 있지. 난 내 환자들에게 잉크로 그린 부적 따위는 주지 않아. 대신 악귀와 싸워서 물리칠 뜨거운 약, 잘게 으깬 약들을 주지."

"그 약효는 정말 대단하지요."

노부인이 탄식하듯 말했다.

벵골인 의사는 여전히 모습을 드러내지 않은 채 목소리만으로, 자신에게 닥쳤던 불행과 파산, 정부에 제출한 수많은 청원에 대해 이야기를 늘어놓았다.

"나를 짓누른 그 운명만 아니었다면 나는 지금쯤 정식 공무원이 되

---

* 백합목 붓꽃과의 알뿌리식물.
** 난과 식물의 구근을 말린 것. 약용과 식용으로 쓰인다.

어 있을 거다. 난 콜카타의 훌륭한 학교에서 학위를 받았는데…… 어쩌면 이 집안의 아들도 그 학교를 다니게 될지 모르지."

"그렇게 될 겁니다. 만약에 이웃집 꼬맹이가 몇 해 만에 FA(초급과정)를 마칠 수 있다면……"

노부인은 늘 들어온 대로 영어로 FA라고 했다.

"그보다 몇 배는 똑똑한 우리 가문 아이들이 콜카타의 그 훌륭한 학교에서 상을 수두룩하게 탈 거라는 건 뻔한 일이지요."

"당연히 그렇지요. 이 집의 아들만 한 아이는 본 적이 없소이다! 길한 시간에 태어난 데다, 성질을 들끓게 하는 배앓이가 비둘기 같은 생명을 빼앗아가지만 않는다면 남들이 다 부러워할 만큼 장수할 거요."

목소리가 말했다.

"이제 그만!"

노부인이 말했다.

"나야 이런 얘기를 더 듣고 싶지만 아이를 너무 칭찬해도 복이 달아나는 법이지요. 하지만 집 뒤편에는 경비를 세우지도 않았고, 이렇게 좋은 날씨에는 남자들이란 제각기 여자들하고 놀 궁리만…… 애 아비도 출타 중이니 이 늙은이가 나서서 파수꾼 노릇을 해야겠군요. 일으켜 세워! 가마를 들어올리라고! 하킴과 젊은 스님은 부적이 나은지 약이 나은지 가리도록 내버려두고…… 호! 이 눈치도 없는 인간들, 손님들께 얼른 담배를 올리지 않고 뭣들 하느냐…… 농장을 둘러보러 가련다!"

가마가 들리고 일렁거리는 횃불과 개떼가 그 뒤를 따랐다. 근동의 이십여 마을은 모두 그녀의 쇠락과 입심과 너른 자비심을 알고 있었다. 그 마을의 사람들은 기억할 수도 없을 만큼 오래전부터 그녀를 속여왔지만, 어떤 내로라하는 인간도 그녀의 영지 안에서 도둑질이나 강도질을 한 적은 없었다. 그럼에도 불구하고 그녀는 공식적인 조사를 한다는 구실로 성대한 행차를 거행했고, 그 요란한 행차 소리는 무수리*로 가는 길 한복판에서도 들을 수 있었다.

킴은 마치 점쟁이가 점쟁이를 만났을 때처럼 긴장을 풀었다. 여전히 어둠 속에 쭈그리고 앉아 있던 하킴은 킴에게로 다정하게 걸어와서는 물담배통을 건넸다. 그러자 킴은 질 좋은 담뱃잎을 넣은 물담배를 깊이 빨아당겼다. 심오한 전문적 논쟁을 예상하고 있던 사람들은 덕분에 돈을 내지 않고도 치료를 받을 수 있을지 모른다는 기대를 하게 되었다.

"무지한 자 앞에서 의학을 논한다는 건 공작에게 노래를 가르치려는 것이나 마찬가지지."

하킴의 말이었다.

"진정한 예의는 번번이 무시당하는 법."

킴이 되받았다.

이런 식의 대화는 친구를 맺기 위해 자신을 상대에게 각인시키는 전형적인 수법이었다.

"안녕들 하십니까! 제 다리에 종기가 났는데, 살펴봐주시겠습니까?"

잡부 하나가 큰 소리로 둘 사이에 끼어들었다.

---

* 인도 북부 우타르프라데시 주 데라둔 행정구에 있는 도시. 데라둔 시 북쪽 히말라야 산맥 기슭의 능선에 자리 잡고 있으며, 델리와 산맥 남쪽 평원 여러 곳에 사는 사람들이 널리 찾는 여름 휴양지이다.

"저리 가! 썩 꺼지라고! 이게 손님들을 대접하는 법도인가? 당신들, 아주 물소들처럼 몰려왔구먼."

하킴이 말했다.

"만약에 마님께서 아셨다면……"

킴이 입을 열었다.

"하하! 관두시게. 저 사람들이야 여주인의 밥인걸. 그녀의 어린 악마의 배앓이가 나으면 아마 우리 같은 불쌍한 인간들도 어지간히 고초를 겪을……"

그러는 사이 막 떠오른 달빛 아래 늙은 하인이 흰 수염을 꼬면서 역정을 냈다.

"네가 고리대금업자의 머리를 부숴놓고 감방에 가 있는 동안 마님께서 네 부인을 먹여 살렸는데, 감히 마님을 욕하나? 난 이 집의 명예를 지킬 의무가 있는 사람이야. 다들 물러나!"

그러고는 하인들을 그의 앞으로 내몰았다.

그때 하킴은 소리를 내지 않고 입술만으로 다음과 같은 말을 만들어내고 있었다.

"잘 지내셨나, 오하라 군? 다음에 자넬 또 만나게 되면 무척 반갑겠네만."

킴의 손이 담뱃대를 꽉 움켜쥐었다. 사람들이 오가는 널따란 길이었다면, 아마도, 그렇게 놀라지는 않았을 것이었다. 하지만 이곳은 사람들이 거의 없는 고요한 오지 마을이었고, 그로서는 후리 바부를 맞을 준비 같은 건 도통 하지 못한 상태였던 것이다. 또한 자신이 농락당했다는 사실도 그를 몹시 당황하게 만들었다.

"아하! 내가 러크나우에서 자네에게 말했지······ 레수르감*······ 난 다시 일어나리라······ 자네가 날 알아보지 못하리라는 데 얼마를 걸었지, 응?"

그는 몇 알의 카르다몸 씨앗을 느긋하게 씹고 있었지만 숨을 쉬는 건 불편해 보였다.

"그런데 여긴 왜 왔어요, 바부?"

"아, 그게 문제로군, 셰익스피어가 말했듯이. 델리에서 자네가 거둔 놀라운 성공을 축하해주기 위해서 왔다네. 오호! 우리 모두가 자네를 자랑스러워하고 있다는 말도 전해야겠지. 정말이지 깔끔한 솜씨였어. 자네가 구해준 사람은 우리 모두의 친구이자 내 오랜 벗이었다네. 그는 한동안 우라질 놈의 갑갑한 곳에 갇혀 있었지. 지금은 다른 곳에 가 있다네. 그 친구가 자네에 대해서 내게 말해주더군. 러간 씨에게도 말했고. 러간 씨는 자네가 멋지게 수습 딱지를 떼낸 걸 아주 기뻐하셨다네. 부서의 모든 직원이 기뻐한 것은 물론이고."

부서 전체로부터 칭찬을 받았다는 사실에 킴은 세상에 태어나 처음으로 전율이 일 만큼 뿌듯했다. 그럼에도 불구하고, 그것은 치명적인 함정일 수 있었다. 동료들로부터 높이 평가를 받는다는 것은 또다른 칭찬을 유혹하는 것이기 때문이었다. 어쨌거나 그것은 비교할 수 없을 정도로 기쁜 일이기는 했다. 하지만 동양적인 본능이 킴의 내부에서 소리를 지르고 있었다. 바부들이란 칭찬이나 전해주려고 그 먼 길을 올 사람들이 아니었던 것이다.

---

* resurgam. 라틴어로 '나는 다시 일어나리라'의 의미.

"당신 얘기를 들려주세요, 바부."

킴이 진지하게 말했다.

"아, 그런 거 없네. 그저 심라에 있을 때 마침 우리 친구가 문서를 숨겨놓은 곳을 전보로 알려와서 크레이튼 영감이……"

말을 하다 말고 그는 이런 대담한 표현을 킴이 어떻게 받아들일지를 살펴보고 있었다.

"대령님 말씀인가요?"

성 사비에르의 소년이 호칭을 정정했다.

"물론. 그분이 축 늘어진 말을 타고 날 찾아왔지. 그리고 난 그 빌어먹을 문서를 찾기 위해 치토르로 내려가야만 했고. 난 북부가 싫어…… 지겹도록 기차를 타야 하니까. 하지만 수당을 두둑이 받았으니 여행길이 즐겁더군. 하하! 돌아가는 길에 델리에서 친구도 만났고. 그 친구 지금도 조용히 누워 지낼 걸세. 사두로 변장을 한 게 딱 어울린다고 그러더군. 그래, 거기서 난 자네가 순간적인 기지를 발휘해서 그렇게 훌륭하고 재빠른 솜씨를 발휘했다는 얘기를 전해 들었지. 자네가 기막힌 친구란 걸 내가 그 친구한테 말해주었지. 정말이지, 멋졌어! 이 얘길 전해주려고 여길 온 거라고."

"음……"

개구리들은 웅덩이에서 바삐 뛰어오르고, 달빛은 그들을 비추며 미끄러져 가고 있었다. 몇몇 신명 많은 하인들은 밤시간을 즐기러 집 밖으로 나와 북을 치고 있었다. 킴은 힌디어로 말했다.

"어떻게 우리가 여기 있을 거라고 생각했죠?"

"오…… 왜 모르겠나. 두 사람이 사하란푸르로 간다는 얘기를 그 친구가 해주더군. 그래서 여기로 온 거지. 더구나 붉은 모자의 라마스님은 사람들 눈에 잘 띄는 분이잖나. 난 약상자를 샀다네. 난 진짜 좋은 의사니까. 포드의 아크롤라에 갔을 때 자네 얘기를 들었다네. 여기저기 다들 자네 얘기였지. 어지간한 사람은 자네 일을 다 알고 있더구면. 노스님께서 몇 번 이곳을 방문한 사실도 다들 알고 있고 말야. 난 이곳의 친절한 노부인께서 둘리(들것)를 보내실 때를 알고 있었지. 나이 든 여자들이 약 없이 지낼 수 없다는 것도. 그래서 난 의사가 되기로 한 거야. 그리고…… 자네 내 말 듣고 있나? 내 생각은 아주 훌륭했어. 이보게 오하라 군, 여기서 팔십 킬로미터 안팎에서 자네와 라마스님을 모르는 사람이 없다, 이 말이야. 특별한 사람이 아니라 보통 사람들도 다. 그래서 내가 왔다네. 왜 싫은가?"

"바부, 전 백인이에요."

킴이 싱긋이 웃고 있는 그의 넓은 얼굴을 쳐다보며 말했다.

"그럼요, 친애하는 오하라 씨……"

"그리고 전 '큰 게임'을 계속하길 원해요."

"자넨 현재 우리 부서에서 내 부하로 활동하고 있지."

"그런데 왜 나무 위의 원숭이처럼 말씀하시는 거죠? 몇 마디 달콤한 말을 전하기 위해 심라에서 옷을 바꿔 입어가면서 여기까지 올 사람은 아무도 없어요. 전 어린애가 아니라고요. 힌디어를 써서 우리 핵심을 얘기하기로 하지요. 당신은 여기 있어요…… 열 마디 중에 진실은 한 마디도 하지 않은 채로요. 무엇 때문에 여기 오신 거죠? 털어놓고 말씀하세요."

"그게 바로 유럽인들의 고질적인 의심증이란 걸세, 오하라 군. 자넨,

자네 인생에서 좋은 것들이 더 많다는 사실을 알아야 해."

"하지만 지금 제가 알고자 하는 건, 이게 우리의 그 게임이라면, 저도 뭔가 도울 수 있다는 사실이에요. 당신이 여기저기 기웃거리면서 쓸데없는 말만 하고 다닌다면, 제가 뭘 어떻게 할 수 있을까요?"

킴이 웃으면서 말했다.

후리 바부는 담뱃대를 끌어당겨서는 깊이 빨아들인 뒤에 다시 낄낄거리며 웃기 시작했다.

"이제부턴 나도 힌디어로 말하기로 하지. 바짝 당겨 앉게나, 오하라 군…… 이건 흰색 종마의 족보에 관한 얘기라네."

"아직도 그 흰색 종만가요? 오래전에 끝난 걸로 알고 있는데."

"모든 사람이 죽으면, '큰 게임'도 끝나지. 그 전엔 끝나지 않아. 끝까지 들어보게. 삼 년 전에 갑작스런 전쟁을 준비한 다섯 개의 소왕국이 있었다네. 자네가 마부브 알리의 의뢰로 종마의 족보를 전해주었던 그때 일이지. 그 정보로 인해, 그들이 미처 전쟁 준비를 끝내기 전에 우리 군대가 공격을 했다네."

"아…… 대포를 거느린 팔천 명의 병력. 저도 그날 밤을 기억해요."

"하지만 전쟁은 일어나지 않았다네. 정부는 그런 식으로 운영하는 거야. 정부는 그 다섯 왕들이 겁을 집어먹었다고 믿고 군대를 철수시켰다네. 더구나 그런 고지대에서 병사들을 먹이는 일에는 비용이 많이 들어갈 수밖에 없으니까. 힐라스와 부나르 지역의 왕위병들을 동원해서 남쪽으로 통하는 길목들을 지키도록 하고 정부에서 그 비용을 지불하기로 했지. 공포와 우정으로 타협을 한 거였지."

그는 거기서 말을 끊고는 영어로 바꾸어 얘기를 계속했다.

"물론 말이야, 내가 자네한테 하는 얘기는 비공식적으로 정치적 상황을 설명하는 것이라네, 오하라 군. 공식적으로는, 상부의 어떤 행위에 대해서도 비판할 수가 없도록 되어 있지. 그럼, 계속하겠네…… 이 타협은 비용을 줄여보자는 정부의 속셈은 만족시켰지만, 정부군이 철수를 하자마자 힐라스와 부나르 군이 투입되고 그 요충지를 수비하는 데 매달 엄청난 돈이 들어가게 되었단 말이야. 이 무렵, 그땐 우리 두 사람이 만난 뒤였는데, 레에서 차를 파는 사람으로 변장해 있던 난 군의 회계원으로 일하게 되었다네. 군대가 철수한 뒤에도 나는 고지대에 새 도로를 내는 인부들의 봉급을 관리하기 위해 남아 있었지. 이 도로 건설은 부나르, 힐라스 두 나라와 정부가 맺은 타협안의 일부였다네."

"그래서요? 그뒤에 어떻게 되었죠?"

"말하고 있잖나. 여름이 지난 뒤라 거긴 정말 끔찍하게 추워졌지."

후리 바부는 비밀을 털어놓듯 은밀한 목소리로 말했다.

"매일 밤 난 부나르 사람들이 들이닥쳐서 내 목을 따고 금고를 털어갈까봐 두려웠다네. 경비를 맡고 있던 인도인 용병들은 나를 비웃어댔지. 빌어먹을! 난 사실 겁이 많은 사람이라네. 미안하네, 계속하겠네…… 난 여러 차례 힐라스와 부나르 두 나라 왕이 북쪽 나라와 내통하고 있다는 정보를 보냈지. 당시 북부 멀리까지 가 있던 마부브 알리도 그런 사실을 충분히 감지하고 있었다네. 하지만 아무런 조치도 취해지지 않았지. 발은 얼어붙고, 발가락은 떨어져나가는 것 같았어. 나는 인부들에게 봉급을 지급해가며 건설하고 있는 도로가 이방인들과 적들에게 이용되고 있다는 첩보를 전했다네."

"누가 이용했는데요?"

"러시아. 인부들이 농담처럼 하던 말이었지. 나는 첩보를 구두로 보고하도록 소환당했다네. 마부브도 남쪽으로 내려왔지. 그래서 어떻게 되었는지를 봐! 올해 눈이 녹자 그 도로를 넘어서……"

그는 새삼스럽게 몸을 부르르 떨고는 말을 이었다.

"야생 염소를 사냥한다는 구실로 두 명의 외국인이 들어왔다네. 그들은 총을 들고 있었지만, 측량도구인 측쇄와 고도기, 나침반도 갖고 있었단 말이야."

"오! 뻔한 얘기군요."

"그들은 힐라스와 부나르에서 환대를 받았어. 러시아 황제의 대변자로 선물까지 들고 와서는 엄청난 약조를 했더군. 그들은 계곡을 오르내리며 언질을 주었지. '이곳은 방벽을 세우기에 합당한 곳입니다. 요새를 세울 수도 있고요. 적군을 차단하도록 도로를 장악할 수 있는 요충지입니다.' 내가 인부들에게 봉급을 주며 닦았던 바로 그 도로였어. 정부도 이 사실을 알고 있었지만, 아무 조치도 취하지 않았다네. 요충지를 수비하는 데 동원되지 않았던 세 왕국도 부나르와 힐라스의 불충不忠에 관해서는 정보원들로부터 첩보를 들어 알고 있었어. 악귀들이 설칠 때는 지켜보고 있을 수밖에…… 수평기와 나침반을 가진 그 두 명의 외국인은 이삼 일이면 군대를 동원해 도로를 싹 쓸어버릴 수 있다는 믿음을 다섯 왕에게 심어주었지. 산골 촌놈들은 하나같이 바보들이라…… 그 무렵 나 후리 바부에게 북쪽으로 가서 외국인의 동태를 살피라는 명령이 떨어졌다네. 난 크레이튼 대령에게 보고를 했지. 이건 증거를 수집하러 다니는 따위의 소송사건은 아니라고 말이야."

후리는 또다시 농담하듯 영어로 지껄였다.

"내가 말했지. 빌어먹을! 그들을 독살할 만한 용감한 인간을 내려보내라고 반쯤은 공식적으로 제안을 할 수도 있지 않느냐, 계속 감시만하고 있으라고 한다면 직무유기가 아니고 뭐냐, 하고 말일세. 그랬더니 크레이튼 대령이 날 조롱하더군. 그게 바로 너희들 빌어먹을 영국놈들의 자존심이란 거 아니겠어? 너희들은 도대체 계책 따위를 꾸밀생각조차 하지 않아! 죄다 멍청이라고."

킴은 물담배 연기를 천천히 내뿜으며 자신이 이해할 수 있는 범위안에서 일이 어떻게 진행되어간 것인지를 재빨리 생각해보았다.

"그럼 그 외국인들을 추적할 건가요?"

"아니, 그들을 만나려고 해. 그들은 사냥한 염소의 뿔과 머리를 보내려고 심라로 왔다가 콜카타로 가서 옷을 맞춰 입을 걸세. 그저 운동이나 좋아하는 신사들이란 명목으로, 정부로부터 특별 편의를 제공받고 있지. 물론 우리도 항상 그렇지만. 이게 우리 영국의 자존심이란거야."

"그런데 두려워할 게 뭐죠?"

"당연히, 피부가 검지 않다는 점이지. 검은 피부의 사람들과는 무슨일이든 할 수 있지만, 놈들은 러시아인이고, 아주 파렴치한 인간들이거든. 난…… 난 말야, 입회자 없이 그들과 만나고 싶지 않아."

"그들이 당신을 죽일까봐서요?"

"오, 그렇진 않아. 난 허버트 스펜서주의자라네. 죽음 같은 건 사소한 문제란 말이지. 자네도 알다시피, 그건 운명의 문제 아닌가. 하지만…… 그들이 뭐, 날 때리려고 덤빌 수는 있겠지."

"왜요?"

후리 바부는 초조하게 손가락을 퉁겨댔다.

"사실 난 통역자나 미치광이, 거지, 뭐 그런 걸로 위장을 하고 그들 캠프로 잠입해 들어갈 수밖에 없어. 그런 다음 내가 할 수 있는 일을 찾아야만 해. 그런 건 노부인한테 의사 노릇하는 것만큼이나 쉬운 일이지. 다만…… 단지 말이야…… 이보게 오하라 군, 난 불행하게도 동양인이란 말이야. 어떤 점에선 심각한 결점이지. 게다가 벵골인…… 겁쟁이 벵골인이라고."

"신은 살인자 헤어도 만들고, 겁쟁이 벵골인도 만들었죠. 뭐가 부끄러운 거죠?"

킴이 속담을 인용하며 말했다.

"그런 건 진화의 결과일 뿐이지. 남는 건 그래서 누가 이득을 보는가, 그 문제란 말이야. 난, 오, 빌어먹을 겁쟁이라니까! 언젠가 라사로 가는 길에서 그들이 내 목을 잘라버리려 했던 걸 기억하고 있어. 그래서 난 라사로 갈 수가 없었지. 중국식 고문을 상상하면서 난 주저앉아 엉엉 울었다네, 오하라 군. 두 신사가 날 고문할 거라고 생각지는 않지만, 유사시를 대비해서 유럽인 협력자를 두고 싶단 말일세."

그는 기침을 하면서 카르다몸 씨앗을 뱉어냈다.

"이건 비공식적으로 제안하는 건데, 자넨 싫다고 할 수도 있어. 만약 자네가 노스님과 긴한 약속을 한 게 아니라면…… 뭐, 자네가 스님 마음을 돌릴 수도 있고, 내가 그분을 설득할 수도 있고…… 아무튼 놈들을 발견할 때까지만이라도 날 도와주면 좋겠다 이 말이야. 델리에서 내 친구를 만난 뒤로 난 자넬 높이 평가하게 되었다네. 사건이 종결되면 내 공식 보고서에 자네 이름을 써넣지. 그러면 자네 모자에 커다란 깃털을 다는 셈이지. 이게 바로 내가 여기 온 진짜 이유라네.”

“흠! 제 생각엔, 마지막 얘긴 진실이군요. 헌데 앞부분은 뭐죠?”

“다섯 왕 얘기 말인가? 오! 그 안엔 더 많은 진실이 담겨 있지. 자네가 상상하는 것보다 훨씬 더 많을 걸세.”

후리는 진지하게 말했다.

“갈 거지, 응? 여기서 곧바로 둔으로 갈 거야. 정말 그려놓은 듯 푸른 초원이 펼쳐져 있는 곳이지. 그리고 무수리로 가야 하는데…… 유서 깊은 훌륭한 도시 무수리 말일세. 그런 다음에 람푸르를 거쳐 치니로 갈 거야. 놈들이 올 수 있는 유일한 길이지. 난 추운 데서 기다리는 건 질색이지만, 우린 기다릴 수밖에 없어. 거기서 그들과 만나서 심라까지 도보로 가면 좋겠지. 러시아놈 하나는 프랑스인인데, 자네도 알다시피 내 프랑스어가 유창하잖나. 찬데르나고르에 프랑스 친구들이 많거든.”

“스님도 히말라야를 다시 보게 되면 좋아하실 겁니다.”

킴이 심사숙고한 뒤에 말했다.

“요즘 열흘 사이에 스님 심경에 뭔가 변화가 있는 것 같은데, 우리가 함께 간다고 하면……”

“오! 네 라마스님이 원하신다면, 우린 전혀 모르는 사람으로 여행을 할 수도 있다네. 칠팔 킬로미터 정도는 내가 앞서 가 있을 수도 있고. 후리는 서두르는 법이 없어…… 유럽식 농담일세! 하하…… 자네와 스님은 뒤에 떨어져서 와도 된다네. 시간은 충분할 거야. 놈들은 측량도 하고 지도도 만들어야 할 테니까. 난 내일 떠날 테니까, 자넨 그 다음날이 어떻겠나? 내일 아침까지 생각해보게. 맙소사, 아침이 다 됐구면."

그는 하품을 늘어지게 하더니 잘 자라는 말도 없이 자기 방으로 통나무처럼 굴러갔다. 하지만 킴은 잠을 이룰 수가 없었다. 그의 생각은 인도 전역을 누비고 있었다.

'큰 게임이라고 한 건 제대로 붙인 이름이야! 퀘타에선 거래 장부를 빼내느라고 사흘 동안 잡부로 지냈지. 그것도 큰 게임의 하나였단 말이지! 그 머나먼 남부에선 마라타까지 올라와서 목숨을 걸고 큰 게임을 치러냈어. 이제 점점 더 북쪽으로 가고 있구나. 진짜 인도 전역을 내달리는 것 같아. 그리고 이것이 내게 맡겨진 임무고 나의 즐거움이야.' 그는 어둠 속에서 미소를 지었다. '나는 스님의 도움을 받았다. 마부브 알리의 도움도…… 크레이튼 대령으로부터도. 하지만 진정한 도움은 스님의 것이지. 그분은 진실하고…… 위대하고, 하나의 놀라운 세계지. 그리고 나 킴…… 킴…… 킴…… 난 혼자다…… 한 사람의 인간…… 세상 모든 것의 중심. 하지만 난 고도계와 측쇄를 가지고 있다는 그 외국인들을 보게 될 것이다.'

"지난밤 말싸움이 벌어진 것 같던데 어떻게 되었느냐?"

기도를 마친 라마승이 물었다.

"이곳 주인마님의 식객인 떠돌이 약장수가 왔습니다. 제가 논쟁과 기도로 부적이 그의 염색한 물보다 더 효과가 있다는 걸 입증해서 그를 쳐부쉈습니다."

"맙소사, 내 부적! 그 덕망 있는 부인은 여전히 새 부적을 기대하고 있는 거냐?"

"아주 집요합니다."

"그렇다면 써줘야겠구나. 그러지 않으면 그녀의 애걸복걸에 내가 귀머거리가 되고 말 거다."

그렇게 말하고는 라마승은 필통을 매만졌다.

"이런 평지엔 언제나 사람들이 너무 많죠. 히말라야엔, 제 생각에는, 사람이 훨씬 적을 테죠."

"그렇고말고! 히말라야, 히말라야의 설산!"

라마승은 부적 주머니에 알맞도록 종이를 사각형으로 찢었다.

"헌데, 네가 히말라야에 대해 알고 있는 게 있더냐?"

"이곳에서 아주 가깝다는 거요."

킴은 문을 열어 멀리 아침의 황금빛 햇살을 받고 있는 길고 평화로운 히말라야의 능선을 바라보았다.

"백인의 옷을 벗어버린 뒤에는 그곳에 발을 들여놓은 적이 없어요."

라마승은 생각에 잠기며 숨을 들이쉬었다.

"우리가 만약 북쪽으로 가게 된다면······"

킴이 해가 떠오르는 것을 바라보며 짐짓 질문을 던졌다.

"히말라야의 산자락을 걸으면서 한낮의 열기를 피할 수는 있지 않을까요?······ 부적은 다 되었나요, 스님?"

"일곱 명의 멍청한 악귀들 이름을 적어 넣었다······ 눈의 티끌만큼도 가치 없는 이름들이지. 바보 같은 여인네가 이런 식으로 우리를 도에서 끌어내리다니!"

후리 바부가 비둘기집 뒤편에서 대단한 의식이라도 치르듯 양치질을 하면서 걸어나왔다. 살찐 커다란 엉덩이며 황소 같은 목, 굵직한 목소리, 그 어느 것도 '겁쟁이'와는 도통 어울리지 않았다. 킴은 아무도 눈치 채지 못하게 일이 잘되어가고 있다는 신호를 보내주었고, 아침 몸단장을 끝낸 후리 바부는 라마승을 찾아와 그 화려한 말솜씨로 경의를 표했다. 물론, 식사는 따로 떨어져서 했고, 식사가 끝나자 노부인은 커튼 뒤에 앉아서 설익은 망고를 따먹어 배앓이를 하는 어린애의 문제를 거론했다. 물론 라마승의 치료법은 다분히 심리적인 효과와 관계가 있었다. 가령 흑마의 똥에다 황과 뱀 가죽을 섞은 것으로 콜레라를 치료한다는 식이었으니까. 하지만 후리가 관심을 두는 것은 과학이 아니라 그 상징성이었다. 후리 바부는 극도로 공손하게 견해들을 피력했고, 라마승은 그를 훌륭한 의사라고 불러주었다. 그러자 후리 바부는 자신의 지식은 서투른 장난에 불과하다고 겸손을 떨었다. 그는 한 사람의 대가 앞에 앉아 있다는 사실을 깨닫고 신들에게 감사했다. 자신은 콜카타의 귀족적인 분위기 속에서 백인들의 학문을 배웠지만 그만한 가치를 얻었다고는 생각하지 않았다. 그는 이전에 경험해보지 못한, 세상의 이면에 존재하는 지혜, 홀로 높은 곳에 거하는 명상이라는 가르침이 있음을 알게 되었다. 킴은 부러운 눈으로 그를 바라보았다. 그가 알고 있던 느끼하고, 잘난 척하고, 신경질적인 후리 바부는 온데간데없었다. 또한 지난밤의 그 엉터리 약장수도 사라지고 없었다. 대신 세련되고 공손하며 매력적인, 경험과 역경을 통해 많은 것을 알게 된, 명료한 의식을 지닌 한 남자가 있었으며, 그는 라마승의 입에서 흘러나오는 지혜를 열심히 새겨듣고 있었다. 노부인은 킴에게 이런 낯선 장면들이 이해하기 힘들다고 고백했다. 그녀는 물에 씻기

거나 쓸려나가버리는 잉크로 그린 부적 따위나 좋아할 뿐이었다. 그밖에 신이 무슨 쓸모가 있단 말인가? 그녀가 사람들을 좋아하는 것은 그들에게, 그리고 그들에 대해, 얘기를 늘어놓기 위함이었다. 과거에 그녀가 알고 지냈던 소왕국 사람들이나 그녀의 젊음과 아름다움 따위에 대한, 그리고 표범의 습격, 세금과 소작료와 장례식, 사위에 대한 빈정거림, 그리고 그의 불안증과 단정치 못한 몸가짐에 대한 끝없는 수다 말이다. 킴은 긴 옷자락에 발을 우겨넣은 채 쪼그리고 앉아 그녀가 흘려놓는 이 세계의 삶에 흠뻑 빠져 있었다. 그러는 사이 라마승은 후리 바부가 제시하는 모든 치료법을 조목조목 깨부수고 있었다.

정오가 되자 바부는 구리를 입힌 약상자를 가죽 끈으로 여미고는 한 손에는 축제 때나 신는 가죽구두를, 다른 손에는 푸른색과 흰색 무늬가 들어간 우산을 들고 둔으로 간다며 북쪽으로 길을 떠났다. 그는 그 지역 소왕국의 왕들이 자신의 도움을 필요로 하고 있다는 말을 남겼다.

"우린 저녁에 서늘해지면 떠나도록 하자, 제자야. 의학에 조예가 있고 예의도 바른 그 의사가 산악지대에 사는 사람들은 신심이 깊고 관대하며 배움을 얻을 수 있는 선생을 필요로 한다면서, 늦기 전에 우리더러 시원한 공기와 솔냄새가 있는 그곳으로 가라고 얘기하더구나."

"히말라야로 가신다고요? 쿨루 도로를 통해서요? 오, 정말 좋아요!"

노부인이 소리를 높여 말했다.

"농장 일만 아니라면 저도 가마를 타고…… 그러면 주책을 떤다고 그럴 거고, 제 평판에도 흠이 되겠죠, 호호! 전 그 길을 잘 알지요…… 길 양편 마을도 모두 잘 알죠. 어느 곳에서나 보시를 할 겁니다. 수려

한 용모를 다들 알아볼 거고요. 먹을 것을 준비하라고 하겠습니다. 하인을 하나 시켜서 길까지 모셔다드리도록 할까요? 괜찮으시다고요…… 그럼 음식이라도 좋은 걸로 만들어드리겠습니다."

"주인마님 같은 분이 또 있을까!"

흰 수염의 오리사인 하인이 감탄했다. 주방 안이 시끌벅적해졌다.

"부인은 친구를 잊은 법이 없다오. 또한 평생 동안 원수를 잊은 적도 없지. 요리라…… 오호!"

그는 자신의 홀쭉한 배를 문질러댔다.

킴이 짊어진 빵과 사탕, 그리고 쌀과 자두를 넣은 닭고기 조림이 얼마나 푸짐했는지 노새에게 실어야 할 만큼이나 되었다.

"저는 이제 늙어 쓸모도 없습니다. 이제 아무도 절 사랑하지 않고, 존중하지도 않습니다. 하지만 제가 신들에게 기원할 때와 조리대 앞에 앉아 있을 때엔 아무도 대적하지 못하지요. 또 들러주시길 바랍니다, 선한 의지를 지닌 분이시여. 성자님과 그의 제자님, 다시 찾아주세요. 머무실 방은 항상 준비되어 있고, 맞을 준비도 언제나 되어 있으니…… 여인네가 스님의 제자에게 들러붙지 않도록, 너무 풀어놓지는 마세요. 쿨루의 여자들을 잘 아니까 드리는 말씀입니다. 제자가 히말라야의 냄새를 맡고 도망을 쳐버릴지도 모르니 조심하시길 바랍니다…… 쌀자루는 너무 기울이지 마시고요…… 저희 가족에게 축복을 빌어주세요, 성자님. 그리고 제 하인들의 어리석음을 용서하소서."

그녀는 커튼이 드리워진 한쪽 구석에서 눈이 벌게져서 울음을 삼켰다.

"여자들은 말이 많은 법."

라마승이 마침내 입을 뗐다.

"그건 여자들의 결점이다. 나는 부인에게 부적을 주었다. 부인은 윤회의 수레바퀴 위에 있고, 이 생에서 나타나는 것들만을 받아들인다. 하지만 제자야, 그럼에도 불구하고 그녀는 덕망이 있고, 친절하고, 호의적이며 매우 열성적이다. 그녀가 쌓은 공덕을 누가 부인하겠느냐?"

"저는 당연히 부인하지 않습니다, 스님."

어깨에 짊어진 커다란 음식 보퉁이와 씨름하면서 킴이 말했다.

"제 마음에는…… 눈으로는 보이지 않는…… 아무것도 바라지 않고, 어떤 인연도 만들지 않는, 그래서 윤회의 수레바퀴로부터 자유로워진, 말하자면 비구니의 모습이 떠오르곤 했습니다."

"날 또 놀리려는 거지?"

라마승은 하마터면 큰 소리로 웃어댈 뻔했다.

"사실 비구니의 모습이란 건 좀……"

"그건 나도 그렇다. 하지만 그녀 앞에는 수많은 생이 놓여 있지. 그 삶들을 통해 그녀는 조금씩이나마 지혜를 얻게 될 것이다."

"다음 생에서는 지금의 요리하는 법을 잊게 되나요?"

"그런 건 쓸모없는 생각이다. 중요한 건 지금 그녀의 음식 솜씨가 뛰어나다는 거지. 덕분에 내가 기운을 차렸고, 산동네로 들어서면 난 더욱 튼튼해져 있을 거다. 오늘 아침 하킴이 설산에서 불어오는 바람이 나를 이십 년은 더 젊게 할 거라고 하더구나. 잠시 동안이라도 눈 녹은 물소리와 나무 사이로 불어가는 바람 소리가 들리는 높은 곳까지 올라가보자꾸나. 하킴은 우리가 갖고 있는 옷이 산에서 입기에는 알맞지가 않으니 언젠가는 다시 평원지대로 돌아와야 할 거라고 했지. 하킴은 아는 것이 많지만 잘난 체하지는 않더구나. 네가 부인과 대화를 나누는 동안, 밤중에 목을 잡아당기는 것 같은 어지럼증에 대해 그 사람과 이야기를 나눴는데 그는 높은 기온 때문이라면서 시원한 공기를 맞으면 나을 거라고 말해주었단다. 그런 간단한 치료법을 생각해내지 못했다니 이상하기도 하지.”

“스님께서 찾고 계신 강에 대해 그 사람에게 말씀하셨나요?”

킴이 얼마간 질투 섞인 질문을 던졌다. 그는 라마승의 마음이 히말라야로 향하게 된 것이 후리 바부의 농간에 의해서가 아니라 자신의 말 때문이기를 기대하고 있었던 것이다.

“물론이지. 난 그 사람에게 내 꿈에 대해 얘기했다. 그리고 너로 하여금 지혜를 얻도록 하여 공덕을 쌓는 법에 대해서도 얘기해주었지.”

“제가 백인이라는 말씀은 하지 않으셨겠죠?”

“그럴 필요가 뭐 있느냐? 이미 여러 번 네게 한 말이다만, 우리는 윤회의 수레바퀴로부터 벗어나려는 두 영혼이 아니더냐. 그 사람은 때가 되면 치유의 강이 우리들 발 밑에서 솟아오를 거라고 말했다. 너도 알다시피, 나를 윤회의 수레바퀴로부터 자유롭게 만들어줄 도를 발견하게 된다면, 길을 찾아 이 지상의 들판을 다니며 괴로워할 필요가 어디 있겠느냐? 허상일 뿐인데. 그건 아무런 의미도 없는 일이다. 나는 꿈을 꾸고, 매일 밤 그 꿈은 되풀이된다. 나는 본생경을 가지고 있다. 그리고 너, 세상 모든 이의 친구와 함께 있다. 푸른 들판의 붉은 황소가 너를 명예롭게 하기 위해 찾아올 거라는 사실이 네 별자리에 쓰여 있었다는 걸 나는 잊지 않고 있다. 나 말고 누가 그 예언이 이루어졌음을 보았느냐? 나는 그 예언이 실현되게 하는 도구였다. 이제 네가 그 도구가 되어 내 강을 발견하게 해다오. 우리는 분명히 찾아낼 거다!"

오라고 손짓하는 히말라야를 향한 그의 상앗빛 누런 얼굴은 흔들림 하나 없이 고요했으며, 그의 긴 그림자는 그의 앞에 길게 드리워져 있었다.

13장

누가 바다를, 그 광대함과 위험 무릅쓴 쇄도를 갈망해왔는가?
별 앞에서의 전율과 실패와 훼절, 찌르듯 나타난 기움 돛대를,
무역풍이 몰고 온 질서정연한 구름들과
그 아래 사파이어처럼 일렁이는 산등성,
숨은 벼랑의 질풍과 삼각돛의 낮게 터져 나오는 천둥,
언제나 모습을 바꾸는 바다, 언제나 한결같은 모습의 바다,
그의 존재에 충만한 그 바다를?
그와 똑같이, 바로 그렇게 설산의 인간은 히말라야를 동경하노라!

- 키플링, 「바다와 설산」

"히말라야로 가는 자는 자신의 어머니에게로 가는 것이다."

그들은 시왈리크 산맥과 둔의 아열대지대를 가로지르고, 무수리를 뒤로한 채 고산의 좁은 길을 따라 북쪽으로 나아갔다. 그들은 하루하루 첩첩산중 속으로 더 깊이 들어갔고, 킴은 하루가 다르게 원기를 회복하는 라마승을 지켜보았다. 둔의 구릉을 오를 때만 해도 노인은 소년의 어깨에 몸을 기댄 채 노변에서 쉬어가면서 겨우 기력을 찾곤 했다. 그런데 무수리로 가는 거대한 오르막 아래에 이르렀을 때 그는 마치 눈에 익은 강둑을 바라보는 노련한 사냥꾼의 얼굴이 되더니, 몸을 감싸고 있는 무거운 옷 때문에 녹초가 될 만도 했지만 폐부 깊숙이 금강석과도 같은 공기를 빨아들이고는 오직 산사나이만이 가질 수 있는 걸음으로 발을 내딛기 시작한 것이었다. 볼품없는 식사로 겨우 허기를 달랜 킴은 땀에 젖어 헐떡이면서 그런 라마승의 모습에 놀라움을 금치 못했다.

"여기는 내 고향이다."

라마승이 말했다.

"여기는 숙첸 다음으로 들판보다 더 평편한 곳이다."

그는 두 팔을 힘껏 저으며 언덕길을 거침없이 올라갔다. 그러곤 경사가 급한 내리막길을 세 시간 남짓 동안 내달리며 무려 9백 미터 넘게 킴을 따돌렸다. 짐을 진 탓에 킴의 등은 물러앉는 것 같았고, 평지에서나 신는 샌들의 끈에 쓸려 엄지발가락이 떨어져 나갈 지경이었다. 울창한 히말라야삼나무 숲의 점처럼 찍힌 그늘과 무성하게 가지를 뻗은 참나무, 양치류로 덮인 숲과 자작나무, 털가시나무, 진달래 등 속의 온갖 꽃나무들, 그리고 소나무들을 지나자, 햇볕에 타들어가는 미끈거리는 풀밭으로 형성된 산중턱이 드러났다. 그러고는 다시 삼림지대의 냉기 속으로 들어가자 참나무가 사라지고 대나무와 종려나무가 덮고 있는 계곡이 이어졌다. 그곳을 라마승은 지치는 기색 없이 휘젓고 다녔다.

뒤편으로 거대한 산등성에 해가 질 때면 그는 그들이 헤쳐온 희미하고 좁은 길들을 바라보며 산사람의 드넓은 시각으로 다음날의 새로운 여정을 그려보곤 했다. 그러지 않으면 스피티와 쿨루로 가는 높다랗게 솟은 좁은 길목에 걸음을 멈추고는 지평선에 드리워진 설산을 향해 그리움의 손길을 길게 뻗어보곤 하였다. 야생의 왕이라 부를 만한 케다르나트와 바드리나트에 첫 햇살이 비쳐드는 새벽녘이면 푸른 설산 위로 붉은 바람이 번쩍거리며 불어왔다. 하루 온종일 그 봉우리

452

들은 태양 아래 은처럼 녹아 있다가, 저녁이 되면 다시 보석으로 붉게 물들었다. 거대한 돼지의 등허리 같은 오르막길을 기어올라 마주치는 바람은 처음엔 여행자들에게 더없이 흡족한 호흡을 선사했다. 하지만 며칠이 지나 거의 3천 미터의 높이에 이르자 바람은 송곳처럼 살갗을 찔러왔다. 어쩔 수 없이 킴은 친절한 산마을 사람들로부터 담요로 만든 투박한 외투 한 장을 보시받아야만 했다. 오랜 세월을 칼날 같은 바람에 어깨를 드러내놓은 채 생활해온 라마승에게 그 모습은 조금 생소했다.

"여기는 낮은 구릉에 불과하단다, 제자야. 진짜 히말라야에 도착하면 춥다는 게 어떤 건지 실감하게 될 거다."

"공기도 물도 다 좋아요. 사람들도 신심이 가득하고요. 하지만 음식이 형편없다고요."

킴이 불평을 터뜨렸다.

"우린 미친 사람처럼 걷고 있다고요. 아니면 영국인처럼 걷든가. 게다가 밤이면 얼어버릴 것 같아요."

"약간은, 그렇지. 하지만 늙은 뼈다귀를 햇볕에 말리기도 참 좋구나. 우린 항상 포근한 침대와 풍성한 음식을 멀리해야 한단다."

"적어도 길을 갈 수 있을 만큼은 되어야죠."

평지에 사는 사람 모두가 그렇듯 킴 역시 80센티미터도 되지 않는 보폭을 가졌기에 사람들의 발길이 많이 닿아 잘 다져진 구불구불한 산길을 걷고 싶었다. 하지만 티베트 사람인 라마승은 잔돌로 뒤덮인 비탈에 바위들이 튀어나온 곳이나 낭떠러지의 가장자리 같은 곳이라도 지름길이라면 피해가는 법이 없었다. 그는 다리를 절뚝거리는 제자에게 설명하기를, 산에서 자란 사람들은 산길이 어떻게 이어지는지를 미리 알 수 있으며, 지름길에 익숙하지 않은 사람에게 방해가 되는 낮게 깔린 구름도 생각이 깊은 사람에게는 전혀 다르게 작용한다는 것이었다. 문명화된 나라에서라면 등반이라고 해야 할 장시간의 이동이 계속되는 동안 그들은 말안장 같은 산을 숨을 헐떡이며 넘었고, 무너지는 흙들을 피해 옆으로 달아났다가 45도의 경사진 숲에서 다시 길을 찾기도 했다. 그들의 행로를 따라 진흙으로 지은 오두막과 거칠게 잘라낸 나무들이 흩어져 있는 고산족 마을이 나타나곤 했는데, 9백여 미터나 되는 경사지의 조그만 평지에 옹기종기 모여 있는 그 모양이 마치 벼랑에 지어진 제비둥지처럼 보였다. 그것은 예고도 없이 불어닥치는 돌풍을 흩어놓기도 하고 한데 모으기도 하는 벼랑들 사이 한쪽 구석에 밀집되어 있었는데, 겨울에는 3미터 깊이의 눈에 파묻혀 목만 쏙 내밀고 있다가 여름에는 목초지가 되는 곳이었다. 흙빛의 반들거리는 피부를 가진 그곳 사람들은 거친 모직옷을 입으며, 맨살을 드러낸 짤막한 다리와 얼굴은 에스키모와 흡사했다. 그들은 무리를 지어 살며 신을 숭배했다. 친절하며 온화한, 마을의 그 소박한 사람들은 라마승을 성자 중의 성자로 대접했다. 하지만 라마승에 대한 그들의 숭배는 여러 신들을 숭배하는 그들의 태도와 흡사한 것이었다. 그들의 종교는 불교의 색깔을 거의 없애버린, 그들이 사는 곳의 풍광만큼이나 환상적이고 좁은 평지를 계단식으로 경작한 것만큼이나 정교하게 다듬어진, 자연숭배 신앙이었다. 하지만 그들은 커다란 모자와 딸깍거리는 염주, 무척 권위 있게 보이는 희귀한 중국어 경전들을 알아보고는 라마승을 우러러보았던 것이다.

"두 분께서 어두컴컴한 에우아 중턱을 넘어오시는 걸 보았답니다."

어느 날 저녁 그들에게 치즈와 신 우유, 돌처럼 굳은 빵을 건네준 베타 족 사람 하나가 말했다.

"거기는 여름철에 가끔 암소들이 새끼를 낳으려고 길을 벗어날 때가 아니면 이용하지 않는 곳입니다. 멀쩡한 날에도 갑자기 바위들 틈에서 돌풍이 일어 사람들을 아래쪽으로 휙휙 집어던지곤 하지요. 그런데 에우아의 악령을 좋아하는 사람들이 나타났으니!"

온몸이 쑤시고, 내려다보면 현기증이 일었으며, 이리저리 돌 틈을 디디고 다니느라 혹사당한 발가락에 자꾸 쥐가 나서 괴로웠지만 킴은 그날의 행군에 만족했다. 평지에서는 4백 미터 달리기에서 우승해본 것이 고작이었던 성 사비에르의 소년으로서는 친구들이 칭찬할 만한 일을 해낸 것이었다. 높은 산들은 그의 뼈에서 쓸데없는 기름기와 당분을 뽑아냈고, 험한 고갯길 앞으로 흐느끼듯 불어닥치던 메마른 공기는 그의 갈비뼈를 더욱 단단하게 만들어주었으며, 경사진 길들은 그의 장딴지와 허벅지에 단단한 근육들을 만들어주었다.

그들은 만다라를 펼쳐놓고 자주 명상에 들곤 했다. 라마승이 말한 대로 '눈에 보이는 것들로부터의 유혹에서 자유로워진' 뒤로 훨씬 더 자주 있는 일이었다. 잿빛 독수리와 먹을 것을 찾아 언덕길을 뒤집거나 파헤치는 곰, 새벽녘의 고요 속에 게걸스럽게 염소고기를 뜯고 있는 성난 표범, 이따금 마주치는 화려한 빛깔의 새 한 마리를 제외하면, 그들은 바람과 함께 흐르는, 그리고 그 바람 아래서 풀들과 노래 부르는 유일한 존재였다. 두 사람이 산을 내려가 걷고 있을 때 연기가 피어오르는 오두막에 사는 여자들을 만났다. 그들은 못생긴 얼굴에 지저분하면서도 남편을 여럿 거느리고 있었는데, 갑상선에 생긴 염증으로 고통을 겪고 있었다. 농사를 짓지 않을 때엔 벌목꾼으로 일하는 그녀의 유순한 남편들은 믿기지 않을 정도로 단순한 성격의 소유자들이었다. 논리적인 대화 자체가 불가능했다. 운명의 신이 강림한 듯, 두 사람을 앞서기도 하고 그들을 따라잡기도 하면서 그곳에 와 있던 다카의 그 예의바른 의사는 여자들에게 갑상선염에 바르는 연고를 처방해주고 음식을 제공받으며 남녀 사이에 평화롭게 지내는 방법을 일러주기도 한 모양이었다. 그는 고산지역의 방언을 구사할 뿐 아니라 현지 사정도 잘 알고 있는 듯했는데, 라마승에게 라다크와 티베트로 가는 길들을 알려주기도 했다. 그는 두 사람이 당장 산을 내려가 평원으로 돌아갈 수도 있겠지만 산을 사랑하는 만큼 여행은 큰 즐거움을 선사해줄 것이라고 말했다. 이런 얘기는 만나자마자 한꺼번에 쏟아놓은 것이 아니라 어느 날 저녁 돌로 된 탈곡장 위에서 우연히 마주쳤을 때 은근히 흘려놓은 것이었다. 그때 그는 한 차례 환자들을 살펴보고 난 뒤 담배를 피워 물고 있었는데, 라마승도 그와 함께 코담배를 피우고 있었다. 킴은 평지붕 위에서 여물을 씹고 있는 덩치가 작은 암소들을 바라보거나, 산들 사이에 놓인 깊고 푸른 협곡들을 묵묵히 응시하고 있었다. 그러다가 의사가 약초를 찾으러 가자, 이제 막 의학에 눈을 뜨기 시작한 킴은 그를 따라 깊은 숲속으로 들어가 그와 얘기를 나누었다.

"들어보게, 오하라 군. 우리의 사냥꾼 친구들을 찾게 되면 내가 뭔 신통한 일을 해야 할지 도무지 모르겠단 말일세. 하지만 자네가 내 우산이 보이는 범위 안에만 친절하게 있어준다면 난 아주 기분이 좋아질 거야. 이 우산이 측량 기준점 구실을 해주기 때문이지."

킴은 빼곡히 들어찬 봉우리들 너머로 눈길을 던졌다.

"여긴 제 고향이 아니에요, 의사선생님. 제 생각엔, 외투에서 이를 찾는 게 더 쉬울 것 같은데요."

"오, 후리는 서두르지 않는다네. 그게 내 장점이지. 그들은 얼마 전에 레에 도착했다네. 그 사람들이 말하길, 사냥한 염소의 머리와 뿔을 가지고 카라코룸*에서 내려왔다고 하더구면. 내가 걱정하는 건 그들이 갖고 있던 문서와 협정서들을 레에서 러시아로 부쳐버렸으면 어떡하나 하는 것이라네. 물론 그들은 가능하다면 동쪽으로 멀리 달아날 거야. 자기들이 서방 국가에 속하지 않았다는 걸 은연중에 드러내 보이는 거겠지. 자넨 히말라야에 대해 잘 모르나?"

그는 나뭇가지로 땅바닥에다 뭔가를 그렸다.

"보시게! 그들은 스리나가르**나 아보타바드를 통해 들어왔을 거야. 분지와 아스토르를 지나 강을 따라 내려오는 지름길이지. 하지만 서쪽에서 문제가 일어났어. 그래서……"

그는 왼쪽에서 오른쪽으로 길게 선을 그렸다.

"그들은 레 쪽으로 길을 잡아 계속 동진했을 거고(얼마나 추운 곳인가!), 인더스 강을 따라 한레로, 거기서 계속 내려가 자네도 알다시피 부샤르와 치니 계곡에 이르렀겠지. 간단하게 추려보면 그렇게 되는데, 내가 치료해준 사람들한테 물어봐도 충분히 알 수 있어. 우리 친구들에겐 오랫동안 같이 지내면서 단단히 일러놓았지. 그래서 멀리서도

---

* 카슈미르 북부에 걸쳐 있는 산맥.
** 인도 북부, 젤룸 강 연안의 도시로 카슈미르 지방의 주도.

잘 알아볼 수가 있을 거란 말이야. 자넨 치니 계곡 어디쯤에서 내가 그들을 잡는 걸 보게 될 걸세. 이 우산을 똑똑히 지켜보고 있으라고."

그의 우산은 바람에 불려가는 초롱꽃처럼 하늘하늘 나부끼면서 계곡 아래로 내려가더니 산모퉁이를 돌아갔다. 머지않아 라마승과 킴은 나침반을 들여다보면서 그 뒤를 따라갈 것이고, 해질녘이면 그는 연고와 분가루를 팔게 될 것이다. 라마승은 산줄기들 뒤편을 손가락으로 가리키면서 이런저런 길들을 지나왔노라고 감탄할 것이고, 그의 우산은 경의를 표하듯 활짝 펴져 있을 것이었다.

두 사람은 차가운 달빛이 내리는 눈길을 건넜다. 라마승은 킴을 부드럽게 나무라면서, 카슈미르 세라이에서 본 하얗고 복슬복슬한 털을 가진 박트리아 산 낙타처럼 쉬지 않고 걸었다. 그들은 가벼운 눈이 떡시루처럼 층을 이루며 쌓인 곳을 건너갔다. 그곳에서 그들은 붕사硼砂가 든 가방을 짊어지고 조그마한 양들을 급하게 옮기고 있던 티베트 사람들의 야영지에서 돌풍을 피해 잠시 머물기도 했다. 그뒤에 그들은 아직 잔설이 군데군데 있는 산등성이의 풀밭으로 나왔고 숲을 통과하면 다시 새로운 풀밭과 마주쳤다. 고된 여행에도 불구하고 그들은 케다르나트와 바드리나트의 존재를 의식하지 못했다. 그러다 다시 길을 떠난 지 며칠 되지 않았을 때, 이제 3천 미터의 설원도 그다지 높다는 생각이 들지 않게 된 킴은 두 거대한 설산의 능선이나 봉우리가 드러내는 지극히 사소한 윤곽의 변화조차 감지할 수 있었다.

마침내 그들은 하나의 세계 안에 존재하는 또다른 세계 안으로 발을 들여놓았다. 오직 바위들로만 이루어진 고산의 첩첩이 이어진 계곡은 산들이 무릎을 꺾은 채 은신하고 있는 듯했다. 이곳에서 하루를 걷고 나면 더이상 여행을 계속할 수 없었다. 그것은 마치 가위에 눌린 사람이 꿈속에서 한 걸음도 뗄 수 없는 것과 같았다. 그들은 몇 시간을 고통스럽게 산의 언저리를 돌았지만, 그것은 웅장한 건물 외곽의 바람벽 안 작은 기둥 하나를 돈 정도에 불과했다! 그렇게 힘겹게 걸음을 옮긴 끝에 둥그런 목초지가 드러났고 거기에 그들이 들어섰을 때 계곡 안으로 하염없이 펼쳐져 있는 광대한 고원을 발견했다.

"신들이 살고 있다면 바로 이곳이야!"

킴은 깊은 정적과 비가 긋고 난 뒤의 서늘함, 흩어지는 구름들에 압도되어 있었다.

"여기는 인간을 위해 마련된 곳이 아니야!"

"오래전, 존자께서 이 세상이 영원할 것인지에 대해 질문을 받았단다. 존자께서는 답을 하지 않았지…… 내가 실론에 갔을 때, 한 현명한 수도승이 팔리어로 된 경전을 가지고 확인해주었다. 우리는 자유를 찾아가는 길을 알고 있으므로, 더이상 질문은 소용없는 일이란 것을 말이다. 그러니…… 보아라, 그리고 세상이 환상임을 알도록 해라, 제자야! 이곳이 바로 진정한 히말라야다! 이 산들은 숙첸의 설산과 같다. 세상에 이런 산은 없다!"

라마승이 혼잣말처럼 중얼거렸다.

그들 위쪽 까마득히 높은 곳에 지배자가 군림하듯 동서로 수백 킬로미터나 흙밭이 뻗어 있고, 멈춰 서 있는 만년설의 최저 경계선을 향해 쭉쭉 뻗은 자작나무들이 솟구쳐 있었다. 그 위로 융기해 있는 바위의 파편과 바윗덩어리들이 짙은 안개 너머로 머리를 들이밀며 필사적으로 싸우고 있었다. 다시 그 위로는 태초의 모습 그대로, 그러나 태양과 구름에 따라 그 자태를 무수히 바꾸는 만년설이 놓여 있었다. 두 사람은 춤을 추듯 돌풍과 회오리가 일어나는 얼룩덜룩한 설산 봉우리의 표면을 볼 수 있었다. 그들이 서 있는 아래쪽으로 수킬로미터나 이어진 숲은 청록색의 종이를 펼쳐놓은 것 같았다. 그 숲 아래에는 차곡차곡 쌓여 있는 계단식 논들과 가파른 목초지를 가진 마을이 있었다. 마을 아래는 강풍을 동반한 뇌우가 당장에라도 몰아칠 듯 으르렁거리고 있다는 걸 그들은 잘 알고 있었다. 거기에는 수틀레지* 강의 모천母川인, 축축하게 물기를 머금은 폭 4백 미터 가량의 계곡이 놓여 있었다.

라마승은 여느 때와 마찬가지로 소가 다니는 샛길로 킴을 끌고 갔다. 그 길은 '겁쟁이' 후리 바부가 돌풍이 몰아치기 전 사흘 동안 헤매고 다녔던, 영국인 열에 아홉은 통행권을 내던져버리고 도망쳤을 법한, 주도로와 멀리 떨어진 곳에 있었다. 후리 바부는 방아쇠를 당기는 소리만으로도 안색이 변하는, 총잡이와는 거리가 먼 사람이었다. 하지만 '목표물에 은밀히 접근하는 데는 선수'라고 떠벌리곤 하던 사람답게, 싸구려 쌍안경을 꿰차고는 그 너른 계곡을 샅샅이 뒤지고 다녔다. 게다가 녹색 바탕에 흰 줄무늬가 새겨진 낡아빠진 천막까지 든 채로. 후리 바부는 지글라우르의 탈곡장에 도착했을 때 드디어 자신이 보려고 하는 것이면 무엇이든 훤히 볼 수 있었다. 30킬로미터 떨어진 곳에는 독수리가 날고 있었고, 60킬로미터 떨어진 곳에는 길이 있었다. 그것은 두 개의 조그마한 점이 어느 날은 설산의 최저 경계선 바

---

* 티베트 서남부에서 서쪽으로 흐르다가 다시 서남쪽으로 흘러, 인도 서북부를 관통하여 파키스탄 동부에서 인더스 강과 합류하는 강.

로 아래에 있다가 다음날은 15센티미터쯤 아래 산중턱으로 이동한 것을 훤히 볼 수 있다는 의미였다. 불필요한 것들을 말끔히 정리하고 일단 일에 뛰어들면 그의 살찐 맨다리는 아무리 먼 거리도 끄떡없이 걸어냈다. 킴과 라마승이 돌풍이 지나가기를 기다리면서 비가 새는 지글라우르의 오두막에 붙박여 있는 동안, 그 기름지고 땀으로 척척한, 하지만 항상 웃는 얼굴의 벵골인은 볼품없는 문장으로도 최고의 영어를 만들면서 너무 오래 걸어 무릎을 제대로 가누지도 못하는, 비에 흠뻑 젖은 두 외국인을 열심히 구워삶고 있었다. 후리 바부가 여러 가지 엉뚱한 계획들을 머릿속으로 굴려가면서 외국인의 캠프에 도착했을 때, 마침 벼락 맞은 소나무가 숙소를 덮치는 바람에 20명 남짓한 짐꾼들은 재수 없는 날이라 더이상 여행을 할 수 없다며 짐을 내던지고는 꼼짝도 하지 않고 있었다. 그들은 어떤 고산국 왕족의 개인적인 부탁으로 짐꾼 노릇을 하고 있었는데, 그런 일이야 흔했지만 잔뜩 화가 난 두 백인이 총으로 그들을 위협까지 한 모양이었다. 짐꾼들의 대부분은 예전에 총과 백인들을 겪어본 바 있었다. 그들은 북쪽의 계곡들을 누비며 곰과 야생 염소를 쫓던 수렵몰이꾼이지만 지금처럼 생명을 위협당해본 적은 한 번도 없었다. 숲은 그들에겐 친구와 같은 존재라 어떤 맹세도 호들갑도 그들을 다시 일하게 할 수는 없었다. 미치광이로 변장할 필요가 없어진 후리 바부는 자신이 환영받을 수 있는 다른 방법들을 궁리해보았다. 그는 비에 젖은 옷을 비틀어 짠 뒤 검정 에나멜 가죽구두를 신고는 푸른색과 흰색 무늬가 그려진 우산을 펼쳐 들었다. 그러고는 짐짓 느릿한 걸음으로, 가슴을 진정시키려는 듯 목을 들어 외로 꼬고는 두 사람 앞으로 나섰다.

"람푸르 왕국 전하로부터 권리를 위임받으신 신사분들께 제가 도와 드릴 일이라도 있나요?"

신사들은 기뻐했다. 한 사람은 겉보기로는 분명히 프랑스인이었고, 다른 한 사람은 러시아인이었다. 하지만 바부 못지않은 영어를 구사했다. 그들은 짐꾼들에게 얘기를 잘해달라고 부탁했다. 그들의 원주민 하인들은 레에서 병이 들었다고 했다. 그들은 사냥한 짐승의 가죽에 좀이 슬기 전에 심라로 가져가야 한다고 조바심을 내고 있었다. 그들은 정부 부서 어디에나 통용되는 소개장을 가지고 있었다(바부는 그 문서를 보고는 합장한 손을 이마에 갖다 대는 동양식 인사를 했다). 여기로 오는 동안 그들이 다른 사냥꾼들을 만났을 리는 결코 없었다. 그들은 혼자 힘으로 사냥을 했거니와 먹을 것도 풍족했다. 그들은 가능하면 빨리 하던 일을 계속하기를 바랄 뿐이었다. 그 얘기를 듣고 후리 바부가, 잔뜩 위축된 채 숲속에 서 있던 고산족들에게로 은밀히 다가가서 3분쯤 얘기를 나누고 은화를 건네주자, 11명의 짐꾼과 3명의 허드레 일꾼이 숲 밖으로 다시 모습을 드러냈다. 은화를 쓴 후리의 가슴은 쓰렸지만 나라를 위한 일이라 하는 수 없었다. 그리고 적어도 그들이 푸대접을 받고 있다는 것은 생생하게 지켜본 셈이었다.

"우리 왕국에서 모신 선생이시여, 여러 가지로 불편하시겠지만 이 사람들은 그저 선량하고 마냥 무지한 사람들입지요. 못마땅한 일이 있더라도 굽어 살펴주시면 저로서는 감개무량할 뿐입니다. 조금 있으면 비도 그칠 거고, 여행을 계속할 수 있을 겁니다. 사냥을 해오셨던 거죠, 그렇죠? 정말 멋진 일이지요!"

그는 원뿔형의 킬타(짐바구니)들을 바로잡는 척하면서 그중 하나

위로 잽싸게 타고 넘어갔다. 대개의 경우 영국인은 동양인과 친숙하지 못한 편이지만, 사근사근한 바부가 방수포로 덮어놓은 킬타 하나를 실수로 뒤집어버린다 해도 꾸지람 따위는 하지 않는다. 반대로 그들은 바부에게 호의를 가지고 술을 권하거나 식사에 초대하지도 않는다. 하지만 두 외국인은 이 모두를 했고, 여러 가지 질문들을 던지기도 했다. 주로 여자들에 관한 것이었는데, 후리는 그들의 질문에 즐겁고도 자연스럽게 대답해주었다. 그들은 그에게 진 비슷하게 보이는 희끄무레한 술을 따라주고는 잔이 비면 바로 채웠다. 그렇게 얼마쯤 지나자 후리 바부는 침착함을 잃고 말았다. 그는 나라에 반역하는 태도를 보이면서, 강제로 백인들의 교육을 받게 하고 백인들의 봉급을 충당하기 위해 자신들에게는 급료도 주지 않았던 식민지 정부를 질펀한 욕설을 써가면서 질타했다. 억압당한 사연들을 늘어놓던 그의 두 빰에 눈물이 주르르 흘러내린 것은 자신의 조국이 처한 비극에 대해 얘기하던 중이었다. 벵골 하층민의 사랑노래들을 부르던 그가 비틀거리며 일어나다니 결국 비에 젖은 나무등걸 위로 고꾸라지고 말았다. 영국 지배하의 인도에서 외국인을 추방하는 규정보다 더 끔찍한 것은 없을 것이었다.

"이 사람들은 늘 이런 식이지. 인도로 들어가면 제대로 보게 될 거야. 이 사람이 섬기는 주인을 만나보고 싶군. 좋은 말을 늘어놓겠지. 우리가 들어왔다는 소문을 들었다면 호의를 베풀고 싶어할지도 모르고."

한 사냥꾼이 프랑스어로 한 말이었다.

"우리에겐 시간이 없어. 가능하면 빠른 시일 안에 심라에도 들어가야 해. 내가 아쉬워하는 건, 우리가 작성한 보고서를 힐라스에서, 아니면 레에서라도 보내야 했다는 거야."

러시아 사람이 말했다.

"영국의 우편국을 이용하는 게 훨씬 편하고 안전하지. 우리는 모든 편의시설을 이용할 수 있다는 걸 기억하라고. 고맙게도, 그 사람들이 우리한테 그 모든 걸 주었잖아! 그 우둔함을 믿을 수가 있겠어?"

"우둔한 게 아니라 오만한…… 벌을 받아 마땅한 오만이지."

"맞아! 우리들 게임에서 대륙인들과 싸운다는 데 의의가 있는 거지. 위기에 봉착하겠지만 이 인간들…… 멍청하기 짝이 없어! 너무 쉬운 상대다 이 말이야."

"오만…… 모든 건 오만으로부터 시작된다네, 친구."

물에 젖은 이끼 위에 누워 입을 벌린 채 코를 골고 있던 후리는 '찬데르나고르가 콜카타에 그토록 가깝게 붙어 있었다는 게 이제 와서 이런 도움을 주는구먼' 하고 쾌재를 부르고 있었다. '그렇지 않았다면 이 친구들의 프랑스어를 어떻게 알아들었겠어? 근데 정말 빨리들 지껄이는구먼. 놈들의 저 징글맞은 목을 베어버렸으면 좋겠군.'

그는 술에서 깨어나자 머리가 깨질 듯이 아팠다. 경솔하게 술에 취해서 아무렇게나 떠들어댄 것도 여간 후회스럽지 않았다. 그는 모든 자기 발전과 명예의 근원인 영국 정부를 사랑했다. 그가 모시는 람푸르의 주인 또한 같은 생각을 갖고 있었다. 이 때문에 두 사람은 그를 무시하기 시작했고, 조롱하듯 능글맞게 웃거나 느끼하게 싱긋거리고, 교활하게 추파를 던지며 한 걸음 한 걸음 다가올 때까지 지난 일들을 들먹였다. 그러다가 이 불쌍한 후리 바부는 적들에게 두들겨 맞았고,

진실을 말하도록 추궁을 당했다. 훗날 이 얘기를 들은 러간은 풀돗자리를 머리에 이고 떨어지는 빗줄기에 발목이 잠긴 채로 날이 개기만을 기다리고 있던 그 고집 세고 무뚝뚝한 짐꾼들과 함께 그 자리에 있지 못한 것을 애석해했다. 짐꾼들이 알고 있던 모든 백인, 즉 해마다 협곡을 따라 유쾌하게 되돌아오던 거친 복장의 사람들은 모두 하인과 요리사, 잡부들을 거느리고 있었고, 그 모두가 고산족들이었다. 그런데 이 백인들은 수행원 하나 없이 여행을 하고 있었다. 결국 그들은 돈도 없고 무식한 백인들일 수밖에 없었다. 왜냐하면 제정신인 백인이라면 벵골인의 충고를 따를 리가 없었던 것이다. 어디서 불쑥 나타난 이 벵골인은 자신들에게 돈도 주었고, 자신들이 쓰는 사투리까지 그럭저럭 지껄였다. 피부색 때문에 푸대접을 받는다고 줄곧 믿어왔던 그들은 어디엔가 함정이 있을 거라고 의심했고 여차하면 도망칠 준비를 하고 있었다.

달콤한 흙냄새가 스멀스멀 피어오르는, 깨끗하게 씻긴 공기를 뚫고 바부는 비탈 아래로 길을 안내했다. 짐꾼들 앞에서는 거만하게, 외국인들 뒤에서는 겸손을 떨며 걸어갔다. 그의 머릿속은 온갖 생각으로 가득 차 있었다. 그의 말을 귀담아듣는 사람은 아무도 없었다. 하지만 그는 상냥한 안내자가 되어 자신의 왕국이 얼마나 아름다운 곳인지를 열심히 설명해주었다. 그가 고산에 사는 이유는 그들이 엘리시의 허가증을 가지고 영양이나 야생 염소, 히말라야 산양이나 곰을 사냥하려는 생각을 갖고 있는 것과 같은 것이었다. 그는 식물학이나 인종학에 관한 지식을, 정확히는 아니어도 별 무리 없이 설명하기도 했고, 지난 15년간 그 지역의 믿을 만한 대리인으로 일하는 동안 그가 축적해놓았던 전래설화는 끝날 줄을 모르고 이어졌다.

"저 친구는 이 지역 출신이 확실하군. 빈(Wien)의 끔찍한 수다쟁이 안내인에 못지않아."

두 외국인 중 키가 큰 쪽이 한 말이었다.

"변화하고 있는 인도의 축소판이지. 동양과 서양이 뒤섞인 기괴한 잡종. 동양을 지배할 수 있는 사람은 바로 우리야."

러시아 사람이 말을 받았다.

"저 친구는 제 조국을 잃고, 어디에도 속하지 못한 사람이지. 그래서 자신의 조국을 정복한 자들에게 엄청난 증오를 갖고 있단 말이야. 저 친구가 지난밤 나한테 고백했지."

프랑스인의 말이었다.

줄무늬 우산을 쓴 후리 바부는 빠르게 쏟아져 나오는 프랑스어를 따라잡으려고 잔뜩 긴장해서 귀를 기울였다. 그는 지도와 문서가 가득 들어 있는 킬타에서 눈을 떼지 않았다. 유난히 커다란 킬타 위에는 보통 것보다 두 배나 큰 방수포가 덮여 있었다. 그는 아무거나 훔쳐내려는 것이 아니었다. 그는 어떤 것을 빼내야 할지, 빼낸 뒤에는 어떻게 빠져나가야 할지 계산하고 있었다. 그는 힌두의 신들에게, 허버트 스펜서에게, 그리고 훔칠 가치가 있는 것들이 존재한다는 사실에 감사했다.

이튿날, 그들은 종일 숲 위쪽의 풀들이 덮인 가파른 언덕길을 올라 갔고 해가 질 무렵 우연히 나이 많은 라마승과 마주쳤다. 그들은 그를 그저 중이라고 불렀다. 그는 돌무더기 위에 가부좌를 틀고 앉아 신비스러운 경문을 외우고 있었는데, 한눈에 초심자로 보이는, 씻지는 않

았지만 귀티가 나는 어린 중에게 뭔가 설명하고 있었다. 줄무늬 우산
이 반쯤 드러나 보이자 킴은 라마승에게 그가 올 때까지 좀 쉬자고 말
했다.

"안녕하세요!"

후리 바부는 프랑스 동화 『장화 신은 고양이』*에 나오는 그 고양이
처럼 능청스럽게 말했다.

"이분은 지방에 사시는 저명하신 성자이십니다. 아마도 저희 왕국
에 속한 지방일 겁니다."

"저 사람이 지금 뭘 하고 있는 거요? 참 이상해 보이는군."

"신성한 그림에 대해 가르치고 있습니다. 순전히 손으로만 그린 거
지요."

두 남자는 황금빛으로 물든 풀밭에 낮게 드리워진 오후의 햇살을
받으며 모자를 벗은 채 서 있었다. 잠시라도 멈춰 선 게 반가웠던 무
뚝뚝한 짐꾼들이 걸음을 멈추고는 짐을 내려놓았다.

"보라고! 마치 어느 종교가 탄생하는 장면 같은데…… 최초의 선생
과 최초의 제자라. 불교도일까?"

프랑스인이 말했다.

"뭔가 질이 좀 떨어지는 종교 같군. 히말라야에는 진짜 불교도는 없
어. 헌데 입고 있는 옷의 주름을 한번 보라고. 저 사람의 눈은…… 오
만하기 짝이 없어! 저 사람 앞에서 우리가 풋내기처럼 느껴지는 건 무

---

* 방앗간 집 막내아들에게 남은 유산은 고양이 한 마리뿐이었는데, 막내아들은 그 고양
이의 교묘한 계략으로 아주 돈 많은 귀족처럼 보이게 되어 마침내 임금님의 사위가 된
다는 프랑스 동화.

슨 까닭이지?"

다른 사람이 그렇게 말하면서 웃자란 잡초를 신경질적으로 쳤다.

"우린 아직 어디에도 자취를 남겨놓지 않았어. 어디에도! 그런데 저 사람이 나를 불안하게 만든다는 거, 이해하겠어?"

그는 라마승의 평온한 표정과 이해할 수 없을 정도로 정돈된 자세를 보며 인상을 잔뜩 찡그렸다.

"참으시게나. 우린 자네의 자취를 함께 남기게 될 걸세…… 짬을 내서 저 사람 그림을 그려놓게나."

바부는 경의를 표하는 말은 생략한 채 킴에게 한쪽 눈을 껌뻑해 보이면서 다소곳하게 앞으로 나섰다.

"스님, 여기 이 사람들은 백인들입니다. 제가 처방한 약으로 설사병을 치료해주었는데, 경과를 살펴보려고 심라로 가고 있는 중이죠. 저 사람들이 스님의 그림을 보고 싶어……"

"환자를 고쳐주는 건 언제나 좋은 일이지. 이건 삶의 수레바퀴 그림이라는 것이오. 비가 쏟아지던 날 지글라우르의 오두막에서 내가 당신에게 보여주었던 것과 같은 그림이라오."

라마승이 말했다.

"스님께서 이 그림에 대해 설명을 좀 해주셨으면 합니다만."

라마승의 눈이 새로운 관객들을 보자 밝게 빛났다.

"세상에서 가장 훌륭한 도를 설명한다는 건 좋은 일이오. 저 사람들은 힌디어를 좀 하오? 라호르의 불상을 지키던 그분처럼."

"아마도, 조금쯤은."

그때, 새로운 놀이에 완전히 몰입한 아이처럼 순진한 모습의 라마승이 고개를 번쩍 들더니 자신의 교리를 펼쳐 보이기에 앞서, 성직자가 주위를 쩌렁하게 울리며 기도문을 읊듯 목청을 돋우고는 주문을 외웠다. 외국인들은 등산용 지팡이에 몸을 기댄 채 그것을 경청했다. 겸손한 자세로 쪼그려 앉아 있던 킴은 햇빛이 붉게 드리워진 그들의 얼굴과 스러져가는 그들의 긴 그림자를 바라보았다. 그들이 발목에 두른 각반은 영국제가 아니었고, 이상하게 걸친 허리띠는 성 사비에르 학교의 도서관에서 보았던 책을 어렴풋이 생각나게 했다. 그것은 『어느 젊은 자연주의자의 멕시코 모험』이라는 책이었다. 그랬다. 그들은 그 이야기 속에 등장하는 멋진 M. 주미흐라스트를 무척이나 닮았는데, 후리 바부가 상상한 '진짜 파렴치한 족속'과는 거리가 멀어 보였다. 흙빛 피부의 말없는 짐꾼들은 20여 미터나 떨어진 곳에 얌전히 웅크린 채 앉아 있었고, 마치 차가운 바람에 나부끼는 표적 깃발 같은 얇고 헐렁한 옷을 입은 바부는 가질 건 다 가진 사람처럼 즐거운 표정으로 서 있었다.

"이자들이 바로 그들이라네."

의식이 시작되고 풀잎을 쓸어대며 두 백인이 지옥과 천당을 오가고 있을 때 후리가 귀엣말로 속삭였다.

"이자들의 책…… 그러니까 책, 보고서, 지도가 붉은 덮개가 덮인 저 커다란 킬타에 담겨 있지. 내가 힐라스나 부나르, 둘 중 한 곳에서 작성된 왕의 서신을 확인했다네. 그들이 무척 신경써서 지키고 있지. 힐라스나 레에서 보낸 건 아직 없는 게 확실해."

"누가 그들과 함께 있는 거죠?"

"거지 같은 짐꾼들뿐이지. 하인이 전혀 없어. 요리를 직접 해먹는 걸 보면 까다로운 인간들인 것 같아."

"헌데 제가 할 일이 뭐죠?"

"기다리면서 지켜보게. 기회가 오면, 문서를 어디서 뒤져야 할지 알게 될 걸세."

"이런 건 벵골 사람보다는 마부브 알리가 하는 편이 더 낫겠군요."

킴이 비꼬았다.

"머리로 벽을 짓찧는 것보다는 애인을 구하는 방법이 훨씬 많다네."

"여기 탐욕과 탐식의 지옥을 보시오. 한쪽에는 욕망이, 다른 한쪽엔 권태가 서 있소."

라마승은 자신의 일에 푹 빠져 있었고, 두 외국인 중 하나는 빠르게 어두워져가는 햇빛 속에서 그를 스케치하고 있었다.

"이 정도면 충분해. 난 저 사람을 이해할 수 없지만, 저 그림만은 갖고 싶군. 저 사람은 나보다 나은 화가요. 팔 수 있는지 물어보시오."

스케치를 하던 남자가 퉁명스럽게 뱉어냈다.

"팔지 않겠다고 할 겁니다."

바부가 대답했다. 라마승은 단순한 여행자에게 만다라를 줘버리지는 않을 것이었다. 그건 가톨릭 주교가 성당의 신성한 그릇들을 저당 잡히지 않는 것만큼이나 당연한 일이었다. 티베트 어디를 가나 값싼 만다라의 모조품으로 가득하다. 하지만 자신의 고향에서 그는 라마사원의 주지승일 뿐 아니라 한 사람의 예술가였다.

"만약에 사흘이나 나흘, 어쩌면 열흘 뒤쯤, 저 백인이 도를 구하는 자이며 훌륭한 이해력을 가졌다는 생각이 들면 나는 새로 하나 그려서 그에게 줄 수 있소. 하지만 여기 이 만다라 그림은 수행을 시작한 승려의 입회식에 사용하고 있는 중이라오. 그렇게 전해주시오, 의사 선생."

"그는 지금 당장 그림을 원합니다…… 돈을 드리더라도……"

라마승은 천천히 고개를 흔들고는 만다라를 말기 시작했다. 러시아 사람의 눈에는 라마승이 별볼일 없는 종이쪽 하나를 가지고 값이나 흥정하려는 지저분한 노인네쯤으로 보였다. 그는 루피를 한 줌 꺼내 들고는 반 장난으로 그림을 잡아채다가 그만 라마승이 쥐고 있던 부분을 찢어버리고 말았다. 두려움으로 인한 나지막한 신음이 짐꾼들 사이에서 비어져 나왔다. 그들 중 몇몇은 독실한 불교도인 스피티 사람이었다. 모욕감이 일어난 라마승은 무거운 철제 필통을 거머쥐었다. 그것은 승려에게는 무기였던 것이다. 바부가 무서워서 펄쩍 뛰었다.

"이것 좀 보게…… 내가 왜 목격자가 필요하다고 했는지 알겠지? 이자들은 정말 파렴치한 인간들이야. 오, 선생님들! 선생님들! 성자님을 때리면 안 됩니다요!"

"제자야! 저자가 성스러운 말씀을 더럽혔구나!"

사태를 수습하기엔 때가 늦었다. 킴이 막기도 전에 이미 러시아인의 주먹이 노인의 얼굴을 정통으로 가격했던 것이다. 그뒤 곧바로 그는 킴과 뒤엉킨 채로 언덕을 굴러가며 싸우기 시작했다. 소년의 피 속에 숨어 있던 아일랜드인의 마성이 일제히 깨어나 적을 거꾸러뜨리기 위해 달려 나갔다. 라마승은 반은 실신한 상태로 맥없이 주저앉아 있었다. 짐꾼들은 평지 사람들이 들판을 가로질러 뛰어가는 것만큼이나 빨리 달아나고 있었다. 그들이 지켜본 장면은 말로 형언할 수 없을 정도의 신성모독이었다. 그들로서는 히말라야의 신과 악령들이 재앙을 퍼붓기 전에 그곳을 빠져나가는 것 외에는 달리 방법이 없었다. 프랑스인은 자신의 동료를 위해 인질로 삼으려고 권총을 더듬어 꺼내들고는 라마승에게로 뛰어갔다. 그 순간 한 무더기의 예리한 돌들이 날아와 그를 가로막았다. 고산족은 돌을 아주 곧게 던지는 데는 선수들이었다. 아오충 출신의 짐꾼 하나가 라마승을 들어 안고는 도망쳤다. 모든 일이 느닷없이 찾아드는 산중의 어둠만큼이나 빠르게 일어났다.

"짐이랑 총을 모두 갖고 튀었어."

희미한 어둠 속으로 마구 총을 쏘면서 프랑스인이 소리를 질렀다.

"진정하세요, 선생! 진정하시라고요! 총을 쏘지 마세요. 제가 구해드리러 가겠습니다."

언덕을 내려가면서 후리가 기쁨과 놀라움이 한꺼번에 밀어닥친 킴에게로 몸을 날렸다. 킴은 숨을 제대로 쉬지 못하는 적의 머리를 호박돌로 내려치고 있었다.

"짐꾼들에게 돌아가 있게. 그들이 짐을 갖고 있을 걸세. 붉은 방수포를 씌운 킬타에 문서들이 들어 있지만, 짐을 샅샅이 뒤져보게. 문서들, 특히 무라슬라(왕의 서신)를 손에 넣어야 하네. 떠나게! 한 놈이 오고 있어!"

바부가 그의 귀에다 속삭였다.

킴은 오르막을 향해 떠났다. 총알이 그의 옆을 스쳐 바위를 때렸다. 킴은 꿩이 위험을 피할 때 몸을 웅크리듯 몸을 말았다.

"선생이 계속 총을 쏘면 사람들이 언덕을 내려가서 우릴 다 죽이려들 겁니다. 제가 신사 양반을 구해보겠어요. 때에 따라선 위험할 수도 있겠지만 말입니다."

후리가 소리를 질렀다.

"젠장! 이게 바로 '빌어먹을 좁은 곳'에 갇혔다는 그런 상황이구나. 하지만 이건 정당방위였어."

킴은 영어로 웅얼거렸다.

그는 마부브의 선물을 품안에서 꺼내 만져보면서 거짓으로 방아쇠를 당겨보았다. 비카니르 사막에서 몇 번 연습사격을 해본 것을 제외하면 아직 이 작은 총을 실제로 사용해본 적은 없었다.

"제가 뭐라 했습니까, 선생!"

바부는 눈물을 흘리는 척해 보였다.

"이쪽으로 내려와서 좀 도와주세요. 우린 꼼짝없이 궁지에 빠지고 말았습니다."

총성이 멈추었다. 비틀거리며 걷는 소리가 들리자 킴은 고양이처럼, 혹은 시골에서 나서 자란 무지렁이처럼 뭐라고 웅얼거리면서 언덕을 오르기 시작했다.

"그자들이 너를 다치게 했더냐, 제자야?"

라마승이 위쪽에서 그를 부르고 있었다.

"아닙니다. 스님은요?"

킴은 성장이 멈춘 전나무들이 잔뜩 들어차 있는 숲으로 뛰어들었다.

"다치지 않았다. 이리 오너라. 이 사람들과 함께 샴레그의 설원 마을로 가도록 하자."

"하지만 아직 정의를 실현하지 못했습니다."

어떤 음성이 커다랗게 울려나왔다.

킴 473

"내가 저 백인들의 총을 탈취했소. 전부 네 자루요. 다 함께 내려갑시다."

"그놈이 신성한 분을 때렸다…… 우리가 두 눈으로 똑똑히 보았다! 우리 소들이 새끼를 갖지 못하고…… 여자들이 아이를 갖지 못할지도 모른다! 우리가 집으로 갈 때엔 눈사태가 날지도 모른다…… 하늘이 어떤 재앙을 내릴지 알 수 없는 일."

자그마한 전나무 숲은 어떤 무서운 일이 벌어질지 모른다는 데 대한 두려움과 비통함으로 인해 짐꾼들이 외쳐대는 소리로 가득했다. 아오충에서 온 사내가 조바심이 나는 듯 개머리판의 노리쇠를 철컥철컥 당겨보더니 언덕을 내려가려고 했다.

"여기서 잠깐만 기다리십시오, 스님. 놈들은 멀리 가지 못할 겁니다. 제가 돌아올 때까지 여기서 기다리십시오."

그가 말했다.

"당한 사람은 바로 나요."

사내의 머리 위로 손을 뻗으며 라마승이 말했다.

"바로 그것 때문입니다."

사내의 대답이었다.

"없었던 일로 넘어간다면, 그대의 손은 순결해질 거요. 더구나 그대는 내 말을 따름으로써 공덕을 쌓게 될 거요."

"여기서 기다리고 계시면 우리 모두 샴레그로 가게 될 것입니다."

사내는 완강했다.

사내가 탄약통에 총알을 채워 넣는 그리 길지 않은 시간 동안, 라마승은 망설였다. 그러다가 자리에서 벌떡 일어나 사내의 어깨 위에 손을 얹었다.

"그대는 내 말을 들었는가? 어떤 살생도 해서는 안 된다고 내가 말하고 있지 않느냐…… 나는 숙첸의 주지승이다. 그대의 욕망이 그대를 다음 생에 쥐로 태어나게 한다면, 처마 밑을 기어다니는 뱀으로 태어나게 한다면…… 가장 천한 짐승의 뱃속에 사는 벌레로 태어나게 한다면 어떻겠는가? 그렇게 되기를 그대는 원하는가?"

티베트의 악령을 쫓는 종처럼 울려나오는 라마승의 목소리에 아오충 사내는 무릎을 꿇고 말았다.

"아닙니다! 아닙니다!"

스피티 사람들이 소리를 질렀다.

"저희를 저주하지 마소서…… 벌을 내리지 마소서. 저 사람은 성의를 다했을 뿐입니다, 성자시여!…… 이보게, 어서 총을 내려놓게!"

"화는 화를 낳고, 악은 악을 낳는 법! 어떤 살생도 일어나선 안 된다. 승려를 구타한 자는 자신의 행위로 노예가 되도록 놔둬라. 윤회의 수레바퀴는 머리카락 한 올의 오차도 없이 공정하고 확연하다. 그들은 고통 속에서 다시 태어나고, 그 고통을 안고 수없이 다시 태어날 것이다."

라마승이 고개를 툭 떨어뜨리더니 킴의 어깨에 힘없이 기댔다.

"커다란 악행이 일어날 뻔했구나, 제자야."

그는 소나무 아래에서 숨을 몰아쉬며 작은 소리로 말했다.

"총을 쏘도록 내버려두라는 유혹을 받았다. 진실로, 티베트였다면 그들에게 무거운 형벌이 내려져 천천히 죽어갔을 거다…… 그자가 내 얼굴을 치고…… 내 몸을 때리고……"

그는 무겁게 숨을 내쉬며 땅바닥에 주저앉았다. 킴은 혹사당한 그의 심장이 뛰었다가 멈추었다 하는 소리를 들을 수 있었다.

"위독하신 건 아니오?"

아오충 사내가 물었다. 다른 사람들은 아무 말 없이 서 있었다.

킴은 극도의 두려움에 휩싸인 채로 라마승의 위쪽에 무릎을 꿇었다.

"아닙니다. 단지 지치셨을 뿐입니다."

킴은 고통스럽게 소리를 질렀다. 그 순간 그는 자신이 백인이라는 사실을, 백인인 자신이 해야 할 일을 기억했다.

"킬타들을 열어보세요! 백인들이 약을 갖고 있을지도 모르니."

"오! 이제야 생각나다니."

아오충 사내가 한바탕 웃음을 터뜨리며 말했다.

"그 약을 모른다면 오 년 동안 양클링 씨의 시카리(수렵몰이꾼) 노릇을 한 내가 아니지. 난 맛도 본 적이 있다오. 지켜보시오!"

그는 자신의 안주머니에서, 레에서 탐험하는 사람들에게 파는 종류의 값싼 위스키 한 병을 꺼내더니 라마승의 치아 사이로 솜씨 좋게 몇 방울을 흘려 넣었다.

"양클링 씨가 아스토르 너머에서 발이 뒤틀렸을 때 내가 이렇게 해주었다오. 아하! 난 이미 놈들의 바구니를 조사해보았는데…… 샴례 그에서 그것들을 공평하게 나눠 가질 거요. 스님이 이걸 좀더 잡숫게 하시오. 좋은 약이지요. 느낌이 오는군! 이제 심장박동이 좋아졌어요. 머리를 낮추고 가슴을 천천히 문질러드리시오. 내가 백인들을 응징하는 동안 조용히 기다리셨다면 이런 일은 일어나지 않았을 텐데. 하지만 백인들이 여기까지 우릴 쫓아올지도 모르지. 만약에 그런 일이 벌어진다면 그때 가서 이 총으로 놈들을 쏘는 것도 잘못이오? 그렇소?"

"한 사람은 이미 대가를 치렀습니다, 제 생각엔."

입을 많이 벌리지도 않고 킴이 말했다.

"언덕으로 굴러 떨어질 때 제가 그자의 사타구니를 걷어차버렸죠. 그를 죽일 수도 있었다고요!"

"용맹스러워지지 않으면 람푸르에선 살아남을 수가 없지."

다 쓰러져가는 왕궁으로부터 몇 킬로미터 떨어지지 않은 곳에 오두막을 갖고 있는 어떤 이가 말했다.

"우리가 백인들 사이에서 평판이 나빠진다면 더이상 우리를 시카리로 쓰려는 백인들이 없을 거야."

"오, 놈들은 영국인들이 아니라고…… 포스텀 씨나 양클링 씨같이 호방한 사람들이 아니었단 말이지. 외국인들이었어…… 놈들은 다른 백인들처럼 영어를 할 줄도 몰랐잖아."

그때 라마승이 기침을 쿨룩거리며 일어나 앉아 염주를 더듬어 찾더니 중얼거렸다.

"살생이 일어나선 안 되느니라. 윤회의 수레바퀴는 어김이 없노라! 악행이 악행을 낳고……"

"아닙니다, 스님. 저희는 모두 여기 있습니다."

아오충 사내가 겁을 집어먹은 듯 라마승의 발을 톡톡 치며 말했다.

"스님의 분부가 있지 않다면, 그 누구도 죽지 않을 것입니다. 잠깐만이라도 편히 쉬시지요. 저희는 여기에다 캠프를 마련하겠습니다. 그런 뒤에 달이 뜨면 샴레그 마을로 떠날 겁니다."

"얻어맞은 자는 두 다리 쭉 뻗고 자야 하는 법."

스피티 사람이 격언을 인용하며 말했다.

"뒷머리가 어질어질하고 조여드는 것 같구나. 내 머리를 네 무릎에다 뉘어다오, 제자야. 내가 이렇게 나이를 먹었는데도, 고통으로부터 벗어나질 못했으니…… 늘 인과의 법칙을 상기해야 하거늘."

"스님께 담요를 한 장 덮어주십시오. 백인들이 볼 수도 있으니 불을 피우지는 마세요."

"샴레그로 가면 좋아질 거요. 그자들도 우리를 샴레그까지는 따라오지 못할 테니."

신경이 예민해진 람푸르 사람이었다.

"나는 포스텀 씨의 시카리로 일했다오. 지금은 양클링 씨의 시카리고. 이 망할 놈의 강제노역만 아니었다면 양클링 씨와 함께 있을 텐데. 놈들이 더이상 바보짓 하지 못하게 두 사람이 총을 가지고 아래로가게. 난 여기 스님을 떠나지 않을 테니."

짐꾼들은 라마승과 조금 떨어진 곳에 앉아 있다가 잠시 얘기를 주고받은 뒤 검정색 병에 담긴 오래된 '데이앤마틴' 물담배를 돌려가면서 피웠다. 손에서 손으로 옮겨지는 빨간 숯불이 옹색하게 깜빡이는 눈과 툭 불거진 광대뼈, 어깨를 두른 두툼한 짙은색 옷의 주름 속으로 파고든 굵은 목울대를 비추고 있었다. 그 모양은 마치 마법의 동굴에 사는 난쟁이 요정들이 비밀회의를 하고 있는 것 같았다. 그들이 은밀하게 대화를 나누는 사이, 그들 주위를 맴돌던 눈 녹은 물이 흐르는소리가 조금씩 가라앉았고 밤서리가 내려 실개울을 빈틈 하나 없이메웠다.

"그 사람은 정말 용감하게 싸웠지!"

스피티 사람이 감탄하며 말했다.

"늙은 야생 염소 한 마리를 기억하는데 말야, 라다크로 가는 길에서 좀 벗어난 곳이었지. 듀폰 씨가 녀석의 어깨를 빗맞혔는데, 일곱 계절 전이니까 이 년은 안 됐구먼, 그 사람처럼 도망치지도 않고 딱 버티고 서 있더라니까. 듀폰 씨는 훌륭한 시카리야."

"양클링 씨만큼은 아니야. 여기, 그분에 대해서 나보다 더 잘 아는 사람 있어?"

아오충 사내가 위스키 병을 끌어당겨서는 목구멍에다 부었다.

아무도 나서지 않았다.

"달이 뜨면 샴레그로 간다. 거기서 짐들을 공평하게 분배할 거야. 난 이 신형 소총과 탄약이면 충분해."

"자네가 그걸 독식하는 건 옳지 않아."

담뱃대를 빨고 있던 한 사내가 말했다.

"옳지 않지. 하지만 사향노루 가죽은 한 장에 육 루피, 그거면 자네 마누라가 텐트하고 몇 가지 주방기구를 살 수 있을걸. 해가 뜨기 전에 우린 샴레그로 가서 모든 일을 끝낼 거야. 그런 뒤에 각자 제 갈 길을 갈 텐데, 명심할 건 우린 아무것도 본 게 없고 저 백인놈들의 일을 해 준 적도 없다는 거. 물론, 놈들은 우리가 자기네 물건을 훔쳐갔다고 떠 들어댈지도 모르겠지만."

"자넬 위해서야 잘된 일이지만, 우리 주인들 귀에 들어가면?"

"누가 말한다는 거야? 우리말도 모르는 저 백인놈들이? 우리한테 주려고 제 주머니를 털었던 바부가? 그 사람이 우리를 잡겠다고 군대를 동원하기라도 한대? 무슨 증거가 남아 있을까? 사람들이 아무도 들어가보지 못한 샴레그의 쓰레기장에다 던져버리면 그만인데."

"이 여름에 샴레그엔 누가 있지?"

그곳은 오두막 서너 채만 있는 목초지일 뿐이었다.

"샴레그의 여자들이 있을 거야. 알다시피, 그 여자들은 백인을 싫어하지. 나머지 사람들은 조그만 선물에도 흡족해할 거야. 우리야 여기 있는 것들로 충분하고."

그는 가까이 있는 바구니의 불룩한 부분을 손으로 툭툭 쳐댔다.

"그런데…… 하지만 말이야."

"그자들은 진짜 백인이 아니라고 말했잖아. 놈들의 피부와 머리는 모두 레의 시장에서 산 것들이라고. 난 그 표시들을 알아. 지난번에 사냥 나갔을 때 자네한테 보여줬잖아."

"맞아. 놈들의 피부하고 머리는 모두 산 것들이야. 어떤 건 그 안에 좀벌레까지 들어 있다고."

아주 영리한 말솜씨였다. 아오충 사내는 그의 동료들이 어떤 사람들인지를 잘 알고 있었다.

"최악의 상황이 닥친다면, 양클링 씨한테 말할 수도 있어. 호쾌한 사람이니까. 그분은 한바탕 웃겠지. 우리는 우리가 알고 있는 그 어떤 백인에게 그 어떤 잘못도 하지 않은 거야. 그자들은 수도승을 구타한 사람들이야. 그들은 우리를 공격했어. 우린 도망쳤지! 우리가 짐을 내다버린 곳을 누가 알겠나? 촌구석의 경찰들이 사냥을 방해하면서 산들을 죄다 뒤지고 다니도록 양클링 씨가 놔둘 것 같은가? 심라에서 치니까지가 얼마나 먼지는 다들 알고 있겠지. 헌데 샴레그에서 샴레그의 쓰레기장까지는 그보다 더 까마득히 멀단 말이야."

"그렇긴 하지. 하지만 난 저 큰 킬타를 지고 다녔네. 붉은 방수포가 덮여 있는, 매일 아침 백인들이 손수 짐을 꾸리던 저 바구니 말이야."

"그래서 증명이 되는구먼. 놈들이 대단찮은 백인들이란 걸 말이야. 자네들 언제 포스텀 씨나 양클링 씨가, 심지어 어린 필 씨가 영양을 잡겠다고 여러 날 밤을 죽치고 있었다는 얘기 들어본 적 있나? 촌구석의 요리사나, 하인 하나 없이…… 게다가 임금을 제대로 준 것도 아니면서, 짐꾼들을 그렇게 위압적이고 가혹하게 다루면서 설원으로 들어온 백인들이 있다는 얘길 들어본 적이 있냐 이 말이야. 그런 자들이 어떻게 나서서 소란을 피우겠나? 헌데, 그 킬타엔 뭐가 들어 있던가?"

샴레그의 사내가 재치 있게 말하다가 문득 물었다.

"아무것도. 그저 경전 같은 것들만 잔뜩 있어…… 책하고 그자들이 쓴 문서, 처음 보는 도구들, 기도할 때 쓰는 것 같은데."

"샴레그의 쓰레기장이 그걸 몽땅 삼켜버릴 거야."

"좋아! 하지만 거기에다 버리는 건 백인놈들의 신을 모독하는 게 아닐까? 경전을 그런 식으로 다루는 게 내키지 않거든. 게다가 놋쇠로 된 물건들은 뭘 하는 데 쓰는 건지 나로선 도통 알 수가 없고. 그런 건 산골 무지렁이가 훔쳐낼 물건이 아닌 것 같단 말이야."

"노스님은 여전히 주무시는데, 츳! 제자분에게 물어봐야겠군."

아오충 사내는 기운을 차리고는 리더로서의 자신감을 한껏 드러내 보였다.

"여기 있는 이 킬타, 당연한 일이지만, 우린 이게 뭔지 모른다오."

그가 낮은 소리로 말했다.

"하지만 전 알고 있습니다."

킴이 조심스럽게 말했다. 잠이 든 라마승의 숨소리는 고르고 편안했다. 킴은 후리의 마지막 말들을 생각하고 있었다. 이번 일을 통해 '큰 게임'에 참여한 사람으로서 킴은 바부에게 존경심을 가지게 되었다.

"붉은 덮개가 씌워져 있는 그 킬타에는 문외한들이 다루어서는 안 되는 놀라운 물건들이 가득 들어 있습니다."

"내가 말했지, 내가 그렇게 말했다고. 생각이 깊으신 작은스님께서 우리를 배반하진 않겠지요?"

그 킬타를 날랐던 짐꾼이 소리를 질렀다.

"그걸 제게 맡기신다면 그런 일은 없습니다. 제가 거기서 악령의 힘을 끌어내죠. 그러지 않으면 우리 모두 큰 해를 입을 겁니다."

"승려들은 항상 제 몫을 챙기려 한단 말이야."

위스키가 아오충 사내를 무례하게 만들고 있었다.

"그건 저한테는 아무짝에도 쓸모없는 겁니다."

킴은 자신의 모국인 아일랜드식 재치를 발휘하며 맞받아쳤다.

"여러분끼리 나눠 가지시고, 무슨 일이 생기는지만 지켜보세요!"

"아니요, 그저 농담을 한 것뿐이오. 명령을 내리시오. 우리 몫이야 충분하니. 우린 새벽이면 모두 샴레그를 떠날 거요."

짐꾼들이 서투른 계획들을 짰다가 고쳤다가를 반복하며 한 시간을 허비하는 동안 킴은 추위에 떨고 자긍심에 전율했다. 킴이 처한 상황의 우스꽝스러움은 그의 영혼에 깃든 아일랜드적인 것과 동양적인 것 모두를 자극했다. 북쪽의 막강한 권력으로부터 이곳으로 급파된, 마부브나 크레이튼 대령만큼 제 나라에서 대단한 존재들임에 틀림없는 두 첩보원은 졸지에 옴짝달싹할 수 없는 처지가 되고 말았다. 그들 중 하나는, 킴의 개인적인 짐작으로는, 한동안은 절름발이 신세를 면치 못할 것이다. 그들은 소왕국의 왕들에게 서약을 했을 것이다. 그들은 지도도 없고, 먹을 것도 없고, 텐트도 없고, 총도 없이, 바부를 제외하고는 안내자도 없이, 오늘밤을 어딘가에서 지새워야 할 것이다. 그런데 그들이 '큰 게임'에서 이렇게 무너진 것은(그들이 어떻게 보고를 할지 킴으로서는 무척 궁금한데), 그리고 정신없이 야반도주를 하고 있는 이 상황은, 후리의 능력이나 킴의 계략 때문만은 아니었다. 정작 그것은 움발라의 어느 열성적인 젊은 경찰관이 마부브의 탁발승 친구들을 체포한 순간 그렇게 될 수밖에 없었던 단순하고 멋진 사실 때문이었다.

"그들은 저 아래에 있다…… 아무것도 없이…… 그리고, 맙소사, 얼마나 추울까! 난 그들의 물건을 다 가지고 있다. 오, 그들은 얼마나 화가 나 있을까! 후리 바부만 측은하게 됐군."

킴은 그에 대한 동정심을 거두었다. 벵골인의 육체는 비록 고통을 겪고 있겠지만 그의 정신은 더없이 고양되어 있을 것이기 때문이었다. 그곳으로부터 2킬로미터 남짓 아래 소나무 숲 가장자리에서, 반쯤은 얼어붙은 두 남자가 공포에 질려 정신이 나간 듯 보이는 바부에게 욕설을 퍼부어가면서 상대방의 잘못을 맹렬하게 비난하고 있었다. 한쪽은 수시로 극심한 통증이 엄습하고 있었다. 그들은 실행에 옮길 계책 하나를 바부에게 주문했다. 바부는 그들이 살아 있는 것만도 천만다행이라고, 만약 그 상황에서 짐꾼들을 호되게 쫓았다면 그들은 아주 멀리 도망쳐버렸을 거라고 설명했다. 그리고 150킬로미터 밖에 있는 그의 주인의 귀에 수도승을 구타했다는 애기가 들어간다면 심라로 가는 여비와 짐꾼을 보내주기는커녕 당장 그들을 감옥에 처넣었을 거라고 말했다. 그는 두 사람이 화제를 바꿀 때까지 그들이 지은 죄와 사건들을 한껏 부풀렸다. 그가 말하기를, 그들의 유일한 희망은 문명세계에 닿을 때까지 이 마을에서 저 마을로, 거만 떨지 말고 조용히 이동하는 것뿐이었다. 그러고는 하염없이 눈물을 흘리면서 여기 이 백인들이 도대체 왜 '성자님을 때렸는지'를 하늘에 뜬 별들에다 묻고 또 물었다.

나아갈 엄두가 나지 않을 정도의 칠흑 같은 어둠 속으로 열 걸음만 걸어가면 잠잘 곳과 먹을 것을 구할 수 있는, 입심 좋은 의사를 만날 기회가 없는 마을이 하나 있다는 사실을 후리는 잘 알고 있었다. 하지만 그는 추위와 허기, 욕설, 자신의 지체 높은 고용주의 친구로부터 이따금 날아오는 주먹질을 꾹 참아내는 것이 더 낫다는 결론을 내렸다. 나무줄기에 몸을 기댄 채로 그는 처량하게 코를 훌쩍이고 있었다.

"당신 생각엔 말이야, 우리가 이런 꼴을 해가지고 산속을 헤매고 다닌다면 원주민들이 어떤 눈으로 볼 것 같나?"

부상을 입지 않은 자가 험악한 목소리로 입을 열었다.

후리 바부는 그런 생각을 지난 몇 시간 동안은 해보지 못했다. 하지만 생각을 드러내는 것만이 능사는 아니었다.

"우린 더이상 돌아다닐 수가 없어! 난 거의 걸을 수가 없다고."

킴에게 얻어맞은 자가 앓는 소리를 했다.

"아마도 성자님께서는 사랑과 친절로 가득한 자비로운 분이실 겁니다, 선생, 그렇지 않다면……"

"다음에 만나면 그 어린 중놈에게 총알이 다 떨어질 때까지 쏴버리
겠다고 약속하겠네."

도무지 기독교인이라고 믿어지지 않는 답변이었다.

"우라질 권총! 복수! 중놈들!"

후리는 낮게 몸을 말았다. 전쟁은 새롭게 시작된 셈이었다.

"자넨 우리가 입은 손실에 대해선 생각지도 않아? 짐들 말이야, 짐!"

후리는 문자 그대로 풀밭 위에서 춤을 추는 것같이 날뛰는 자의 목
소리를 들을 수 있었다.

"우린 몽땅 도둑맞았어! 우리가 간수하고 있던 걸 몽땅! 우리가 입
수한 것들! 팔 개월 동안이나 일한 것들! 무슨 뜻인지 알겠어? 동양인
들을 다룰 수 있는 건 결국 우리뿐이라고? 그래서 잘도 처리해놨군!"

그들은 여러 가지 말들을 섞어가며 다시 싸움을 시작했고, 후리는
미소를 머금었다. 킴이 챙긴 킬타에는 여덟 달 동안의 훌륭한 외교적
성과가 담겨 있을 것이었다. 소년과 연락할 수는 없었지만 그는 믿을
수 있었다. 이제 후리 자신이 두 사람을 끌고 힐라스와 부나르, 그리고
650킬로미터에 이르는 고산의 도로를 옮겨 다니며 여행을 조종하는
일만 남아 있었다. 한 세대에 걸친 그 풍부한 얘기들을 들려줘가면서.
자신의 짐꾼들을 통제할 수 없는 사람은 히말라야에선 존경받을 수
가 없는 법. 그건 고산족의 뛰어난 유머감각을 이해하지 못한 때문이
었다.

후리는 생각했다. '나 혼자였다면 잘해낼 수 없었을 거야. 물론, 지
금 와서 생각해보면, 이게 다 내가 조종한 대로 되었단 말이야. 나라는

인간, 얼마나 영리한가! 언덕 아래로 달려가면서 난 생각했다고! 이자
들의 무도한 짓은 우연한 일이었지만, 그걸 이용해먹을 수 있었던 건
바로 나였단 말이야…… 음…… 정말 제대로 써먹었단 말이야. 이 무
지한 인간들의 마음에 미칠 효과를 한번 생각해보자고. 편의를 봐줄
약정서도 없고…… 서류도 없고…… 자신들이 기록한 문서도 전혀 없
고…… 오직 통역자인 나 하나뿐이라니. 대령이 있었다면 얼마나 웃
어댔을까! 물론 저자들의 문서를 보고 싶기는 하지. 하지만 킴이 동시
에 두 곳에 존재할 수는 없는 일. 흐흐, 그건 자명한 일이지.'

14장

(카비르*가 말하노라)
나의 형제가 무릎을 꿇는다.
이교도의 지혜가 석상과 영물 앞에
하나 내가 듣는 내 형제의 목소리
나 자신의 대답 없는 고통들.
그의 신은 그의 운명이 지명하는 것
그의 기도는 모든 세계의 것, 그리고 나의 것.

– 키플링, 「기도」

* 15세기 말의 힌두교 개혁자.

달이 떠오르자 조심성 많은 짐꾼들이 길을 나섰다. 잠과 정신력*으로 원기를 회복한 라마승은 더이상 킴의 어깨를 빌리지 않은 채 입을 꾹 다물고 빠르게 걸음을 옮기고 있었다. 그들은 납작한 이판암이 흩뿌려져 있는 풀들을 거머쥐며 한 시간이나 기어올랐고, 영원히 거기 서 있을 것 같은 완강한 벼랑의 등성이를 급하게 돌아갔으며, 치니 계곡이 전혀 보이지 않는 새로운 마을로 기어올랐다. 부채꼴 모양의 거대한 목초지가 녹지 않은 눈 속에 펼쳐져 있었다. 대략 2천 제곱미터 남짓한 평지 위에는 흙과 나무로 지은 오두막이 몇 채 있었다. 그들은 가장자리를 따라 오두막 뒤편으로 다가갔다. 아직 사람의 발길이 한

---

* 정신력을 뜻하는 spirit이라는 단어는 위스키라는 뜻도 가지고 있다. 아오충의 사내가 라마승에게 먹인 위스키에, 아픔과 모욕을 이겨낸 라마승의 정신력을 빗댄 표현이다.

번도 닿지 않은 6백 미터의 벼랑 아래 샴레그의 쓰레기장이 있었다.

그들은 라마승이 마을의 가장 좋은 방에 침소를 마련하는 걸 확인하기 전까지는 훔친 물건들을 나눠 가지려는 어떤 행위도 하지 않았다. 그 사이 킴은 무슬림식으로 라마승의 발을 마사지했다.

"우리가 음식을 보내겠소. 그리고 붉은 덮개를 씌운 킬타도 함께 보내드리겠소. 새벽까지는 어찌 되었건 증거를 없애야 하니, 킬타에서 소용되는 물건이 없다면…… 이쪽을 보도록 하시오!"

아오충 사내가 말했다.

그는 활짝 열어놓은 창 밖을 가리키면서, 달빛이 눈 위에 가득 내린 그곳으로 빈 위스키 병을 던졌다.

"떨어지는 소리에 신경쓸 건 없소. 이곳은 세상의 끝이니까."

그렇게 말하고는 자리를 떴다. 라마승은 한 손을 문지방에 올려놓은 채 노란색 오팔처럼 빛나는 두 눈으로 앞을 지그시 바라보고 있었다. 그의 앞에 거대한 심연처럼 버티고 선 하얀 봉우리는 달빛을 사모하듯 높이 솟구쳐 있었다. 그 아래쪽은 우주의 별과 별 사이의 깊은 흑암처럼 어두웠다.

"이곳이 바로 진정한 히말라야다. 그래서 사람은 쾌락과 결별하고 광대한 문제들을 명상하며, 이 세상을 초월해야 하느니라."

그가 천천히 말했다.

"그래요. 만약 그에게 차를 끓여주는 제자가 있다면, 그의 머리에 담요 한 장을 접어주는 제자가 있다면, 새끼 낳은 암소를 몰아내주는 제자가 있다면요."

그을음이 피어오르는 램프가 벽감 안에서 타오르고 있었다. 그 아래로 보름달의 밝은 빛이 떨어져 내렸다. 램프와 달빛이 위아래로 뒤엉켜 음식을 담는 그릇과 주머니들 너머로 구부정하게 걷고 있는 킴을 비추었는데, 그 모양이 마치 키가 훌쩍한 유령이 움직이는 것 같았다.

"아, 여전히 춥고, 머리는 쿵쿵 울리고, 목 뒤는 툭 불거져 나온 것 같구나."

"그러실 거예요. 강한 일격이었으니까요. 그런 자식은 당장에……"

"내게 분노하는 마음이 없었다면 악행이 일어나지도 않았을 거다."

"악행이라고요? 스님께선 백 번 죽어도 모자랄 백인들의 목숨을 구해주셨어요."

"아직 제대로 이해하질 못했구나, 제자야."

라마승은 개놓은 담요 위에 올라앉았다. 킴은 저녁이면 하는 일을 하기 시작했다.

"주먹질은 그림자가 그림자를 때리는 것에 불과하다. 악이란 본래 내 안의 악과 만나 생겨난다…… 다리의 피로가 쉬 풀리질 않는구나…… 성냄과 분노와 갈망이 되돌아와 악이 되는 법. 이 악이 내 피를 물들이고, 내 뱃속을 들끓게 하고, 내 귀를 어지럽히는 것이다."

라마승은 킴이 건네준 잔에다 격식에 맞추어 덩어리째로 넣고 우려낸 뜨거운 차를 따라 마셨다.

"내가 분노하지 않았다면, 그 악한 일격은 단지 내 육체에만 가해져서, 한낱 허상일 뿐인 상처나 멍만을 만들어냈을 거다. 하지만 내 마음마저 거기에 편승하여 스피티 사람이 그자들을 죽이게 내버려두려는 갈망이 일어났지. 그 갈망과의 싸움에서 내 영혼은 찢어지고, 수천 번이 넘게 뒤틀렸다. 나는 자비의 진언을 거듭 외우고서야 평온을 얻을 수 있었다. 허나 한순간의 방심으로 내 안에 뿌리내린 그 악은 끝내 없어지지 않을 거다. 윤회의 수레바퀴는 공정하며, 머리카락 한 올의 빈틈도 없는 법! 지혜를 얻도록 해라, 제자야."

"제게는 너무 고매한 말씀이네요. 제 마음은 아직 흔들리고 있어요. 제가 그자를 때려눕힌 게 기쁘다고요."

킴이 웅얼거렸다.

"나도 그랬었다. 나무 아래서 네 무릎을 베고 잠이 들 때는. 허나 너무도 험한 꿈을 꾸었다…… 네 영혼 속의 악이 내게로 들어와 활개를 치는 그런 꿈이었다. 그런데……"

그는 염주를 늘어뜨리며 말을 이었다.

"두 사람의 목숨을…… 내게 부정한 짓을 행했던 그 둘을 살려줌으로써 공덕을 쌓았지. 이제 나는 인과의 사슬을 살펴봐야 한다. 내 영혼의 배가 비틀거리며 항해하고 있다."

"주무셔야겠어요, 그래야 힘이 생겨요. 그게 지혜라고요."

"나는 명상을 해야겠다. 그게 잠보다 더 필요하다."

달빛이 설산 봉우리에서 창백해져가고, 고원 멀리 시꺼멓게 띠를 이루고 있는 부분이 부드러운 초록의 숲으로 드러나는 새벽이 올 때까지 라마승은 벽을 마주한 채 몇 시간을 꼼짝없이 앉아 있었다. 이따금 앓는 소리가 들려왔다. 빗장이 걸린 문 밖에는 샴레그 마을의 소들이 낡은 외양간으로 들어가려고 허둥거리고 있었고, 짐꾼들은 훔친 물건들을 놓고 어떻게 할 것인지를 열심히 떠들어대고 있었다. 아오충 사내가 그들의 대장이었다. 그들은 일단 백인의 통조림을 열어보고 얼마나 맛있는지를 알게 되자 몽땅 먹어치웠다. 빈 깡통은 샴레그의 쓰레기장이 처리해주었다.

기분 나쁜 꿈에서 깬 킴이 이를 닦으려고 아침 한기 속으로 나갔을 때 터키옥으로 모자를 장식한 살결이 고운 한 여자가 가까이에서 그를 불렀다.

"사람들이 모두 가버렸어요. 약속대로 이 킬타를 남겨두었어요. 나는 백인들을 좋아하지 않아서 그들의 물건으로 흥정하는 게 마음에 내키지는 않지만, 이걸 맡아준 대가로 우리에게 부적을 하나 만들어 줘야겠어요. 우리는 이 조그만 샴레그 마을이 그…… 사건 때문에 평판이 나빠지는 걸 원치 않아요. 나는 다른 누구도 아닌 샴레그의 여자예요."

보통의 고산족 여인들은 흘깃거리며 훔쳐보았지만 그녀는 당당하고 반짝이는 두 눈으로 그를 응시하고 있었다.

"그렇게 하지요. 하지만 비밀로 해야 합니다."

그녀는 무거운 킬타를 장난감처럼 번쩍 들어올리더니 오두막 안으로 던져버렸다.

"나가서 문에다 빗장을 걸어요! 다 만들 때까지 누구도 가까이 오게 해선 안 됩니다."

킴의 말이었다.

"하지만 그뒤엔…… 얘기를 나눌 수 있겠지요?"

킴은 마루 위에다 킬타를 놓고 비스듬히 기울였다. 한 무더기의 측량기구와 서적, 일지, 서신과 지도, 이상한 냄새가 나는 통신문들이 들어 있었다. 맨 밑바닥에는 왕들끼리 주고받는 양식의, 입구가 봉해져 있고 금박으로 채색된 서류용 자수 가방이 하나 놓여 있었다. 킴은 기쁨에 겨워 숨을 멈추고는 백인의 입장에서 이 상황을 검토해보았다.

"서적은 원치 않아. 대수학에…… 측량학, 뭐 그런 거겠지."

그는 책들을 옆으로 밀쳐놓았다.

"서신들은 내가 해독할 수가 없지만 크레이튼 대령은 가능할 거야. 이건 모두 챙겨놔야겠군. 다음은 지도들…… 내 것보다 더 좋은데. 당연하겠지. 그쪽 나라 문서들은 몽땅…… 오!…… 특히 이 무라슬라."

그는 자수 가방에다 코를 대고 냄새를 맡았다.

"힐라스와 부나르에서 온 게 틀림없어. 후리 바부가 한 말이 맞았군. 야호! 제대로 하나 걸렸어. 후리가 알았으면 좋겠는데…… 다른 건 창밖으로 던져버려야겠군."

그는 멋진 분광 나침반 하나와 반짝거리는 경위의經緯儀 윗면을 손가락으로 만져보았다. 하지만 결국 백인으로서 그것을 훔치는 것은 있을 수 없는 일이었다. 더구나 훔쳤다가 괜히 나중에 불리한 증거물이 될지도 모르는 일이었다. 그는 손으로 기록한 모든 문서, 지도 전부, 자기네 나라와 교신한 편지들을 한데 모았다. 그 모양이 푹신한 널빤지 같았다. 철제 잠금 장치가 되어 있는 책 세 권은 다섯 권의 낡은 포켓북과 함께 옆으로 밀쳐두었다.

"서신들하고 무라슬라는 외투 안쪽과 허리띠 밑에다 넣고 다녀야겠어. 그리고 손으로 쓴 책들은 음식 가방에다 넣어두고. 무척 무겁겠는걸. 뭐, 더 있을 것 같진 않군. 있다 해도 짐꾼들이 벌써 절벽 아래로 던져버렸을 테니, 잘됐군. 자, 너희들도 이제 가거라."

그는 쓸모없다고 생각한 것들을 모두 킬타에 쓸어 담고는 창턱에 올려놓았다. 3백 미터쯤 아래에는 채 아침 해가 닿지 않은 안개가 길고 축 늘어진 둑처럼 둥그렇게 깔려 있었다. 그 아래로 다시 3백 미터쯤 내려가면 수백 년 된 소나무 숲이 있을 것이다. 회오리바람이 구름을 얇게 흩어놓자 소나무 숲의 윗면이 마치 이끼로 만든 침대같이 드러났다.

"그래! 아무도 너를 추적할 수는 없을 거다!"

빙글빙글 돌며 떨어지는 바구니에서 내용물들이 쏟아지는 모양이 마치 낙하산부대 같았다. 경위의가 벼랑의 돌출부에 부딪혀 포탄처럼 터졌다. 책들과 잉크받침대들, 물감통들과 나침반들, 그리고 자들이 벌떼가 습격하듯 아주 잠깐 모습을 드러냈다. 그러고는 모든 것이 사라졌다. 킴은 창밖으로 반쯤 몸을 빼낸 채 귀를 기울였지만 벼랑 밑에서는 아무 소리도 들려오지 않았다.

'오백 루피…… 아니, 천 루피를 주고도 살 수가 없는 물건들이었는데……' 그의 마음에는 아쉬움이 가득했다. '너무 아까워. 그렇지만 다른 게 있잖아…… 그들이 갖고 있던 것들 전부…… 이걸로 희망을 삼아야지. 이제 후리 바부에게 어떻게 소식을 전한다? 뭘 어떻게 해야 하는 거지? 노스님은 편찮으시고…… 방수포에 서신들을 묶어야겠군. 그게 맨 먼저 할 일이야…… 그냥 뒀다간 모두 젖어버릴 테니까…… 이제 또 온전히 혼자가 되었구나!' 그는 편지들을 구석에 놓여 있던 딱딱하고 끈적한 방수포로 만 뒤에 말끔하게 꾸러미 하나로 만들었다. 그 자신을 여행에 관한 한 노련한 사냥꾼만큼이나 꼼꼼하게 만든 것은 바로 그의 떠돌이 삶이었다. 그런 다음에 두 배나 신경을 써가며 책들을 음식주머니 바닥에다 깔아놓았다.

여자가 문을 두드렸다.

"부적을 만들지 않았군요."

여자가 사방을 둘러보며 말했다.

"만들지 않아도 됩니다."

킴은 그녀와 잠깐 동안이나마 대화가 필요하다는 것을 느꼈다. 여자는 그의 당황하는 모습을 대놓고 비웃었다.

"않아도 된다? 당신한테는 그렇겠지. 당신이야 한쪽 눈을 찡끗하는 것만으로 마법을 걸 수 있을 테니까. 하지만 당신네가 가버리고 났을 때의 불쌍한 우리를 생각해보라고. 지난밤에 얼마나 술을 퍼마셨는지 아무도 내 말을 듣지 않아. 당신도 취한 거예요?"

"저는 승려입니다."

킴이 정신을 바짝 차리며 말했다. 그녀는 무척 호감이 가는 여자였다. 그는 어떻게 하는 것이 최선일지를 생각했다.

"나는 그 사람들한테 경고를 했어요. 백인들이 화가 나 있을 거고, 수사를 하러 올 거고 왕에게 보고할 거라고요. 또한 그 사람들은 바부와 함께 있잖아요. 서기란 작자들은 보통 말 많은 사람들이 아니죠."

"당신을 곤란하게 하는 건 그것들뿐인가요?"

킴의 머릿속에 완전한 형태의 계획 하나가 떠올랐다. 그는 매력적인 미소를 지어 보였다.

"전부는 아니에요."

여자가 터키옥을 박은 은제품으로 장식한 갈색 손을 내밀며 말했다.

"금방 해결할 수 있는 일입니다."

그는 빠르게 말을 이었다.

"바부는 지글라우르 일대의 설산들을 돌아다니던 바로 그 하킴입니다. 전 그를 잘 알지요."

그녀가 하킴에 대해 들어본 적이 있는지 없는지는 문제될 게 없다는 게 킴의 생각이었다.

"하지만 그 사람은 현상금을 받으려고 떠들어댈 거예요. 백인들은 고산족들이 누가 누구인지 구별할 줄 모르지만, 바부들은 남자들을 다 알고 있으니까요…… 여자들도."

"그 사람에게 뭘 좀 전해주십시오."

"당신을 위해서라면 뭐든지 하겠어요."

그는 마치 이 땅의 남자들이 여자들의 사랑을 받아들일 때 그러듯, 그녀의 호의적인 발언을 묵묵히 받아들였다. 그러고는 공책에서 종이 한 장을 뜯어내 잘 지워지지 않는 연필로 사냥에 관한 얘기를 써내려갔다. 그는 일부러 못된 어린아이들이 벽에다 지저분하게 낙서를 할 때 쓰는 그런 글씨를 사용했다. '그들이 쓴 것들을 모두 가지고 있음. 지도와 서신들. 특히 무라슬라. 앞으로 할 일을 얘기해주시길. 현재 샴레그의 설원 마을에 머물고 있음. 노스님은 편찮으심.'

"이걸 그 사람에게 전해주십시오. 그러면 그 사람은 입을 열지 않을 겁니다. 그 사람은 멀리 가지 못했을 겁니다."

"멀리 갈 수가 없죠. 그 사람들은 여전히 벼랑에 걸쳐 있는 숲속에 있을 거예요. 우리 아이들이 날이 밝자 그들을 살피러 갔는데, 그들이 움직일 때마다 소리를 질러서 소식을 알려주고 있어요."

킴은 깜짝 놀라는 시늉을 했다. 마침 양들이 풀을 뜯고 있는 목초지

가장자리로부터, 마치 솔개가 날카롭게 지르는 것 같은 비명이 들려왔다. 가축을 돌보던 한 아이가 치니 계곡을 굽어보고 있는 비탈길 먼 쪽에서 형이나 누나로부터 건 온 소식을 그대로 전해주고 있었다.

"우리 남편들*도 나무를 하러 지금 그쪽에 가 있어요."

그녀는 품속에서 호두 한 움큼을 꺼내놓고는 그중 하나를 솜씨 좋게 깬 다음 먹기 시작했다. 킴은 영문을 알 수 없었다.

"호두가 뭘 뜻하는지 모르나요, 스님?"

그녀는 수줍은 듯, 요염하게 말하며 그에게 반으로 갈라진 호두껍질을 건네주었다.

"좋은 생각입니다."

그는 그 안에다 재빨리 종이를 접어 넣었다.

"이걸 봉할 수 있는 밀랍이 좀 있을까요?"

여자가 길게 한숨을 내쉬자 킴이 안쓰러워했다.

"일을 끝내면 보수를 드리겠습니다. 이걸 바부에게 전해주면서 마법의 아들이 주는 거라고 말씀하세요."

"아, 이럴 수가! 마술사셨군요…… 백인을 닮은 마술사."

"아닙니다. 마술사가 아니라 마법의 아들입니다. 전할 말이 있는지를 여쭤보세요."

"헌데, 무리한 요구를 한다면요? 난…… 난 그게 무서워요."

킴이 웃음을 터뜨렸다.

"그분은, 분명히 그럴 텐데, 몹시 지치고 허기져 있을 겁니다. 히말

* 티베트계 민족 사회에서는 일처다부제가 보편적으로 나타난다.

498

라야는 사람을 꽁꽁 얼리기도 하고요. 그렇지 않나요, 어……"

하마터면 '어머니'라고 부를 뻔했는데, 얼른 '누이'라고 바꾸었다.

"당신은 현명하고 지혜로운 여성입니다. 이쯤 되었으니 백인들에게 무슨 일이 일어났는지 마을 전체가 알고 있겠군요, 그렇죠?"

"맞아요. 그런 소식이 한밤중에 지글라우르로 들어갔고, 내일쯤이면 코트가르에 당도할 거예요. 두 마을 사람들 모두 두렵기도 하고 화가 나 있을 겁니다."

"그럴 필요 없습니다. 백인들에게 먹을 걸 주고 평온히 가도록 내버려두라고 마을에다 얘기해주시길 바랍니다. 우리는 그 사람들을 우리 마을에서 조용히 내보내야 합니다. 그들의 물건을 훔치는 것과 그들을 죽이는 건 엄연히 다른 문제입니다. 바부는 이해하실 거고, 불평 같은 건 하지 않을 겁니다. 서두르십시오. 저는 스승님이 깨시는 대로 돌봐드려야 합니다."

"그렇게 하지요. 일을 마치면…… 당신이 그랬죠?…… 보수를 주겠다고요. 나는 다른 누구도 아닌 바로 샴레그의 여인이고, 왕에게 속해 있어요. 나는 아이나 낳는 보통의 여자가 아니에요. 이제 샴레그는 당신 거예요. 발굽, 뿔, 가죽, 우유, 버터, 모두 가지세요. 마음대로 하세요."

그녀는 막 떠오른 해와 언덕이 만나는 쪽으로 단호하게 돌아섰다. 그녀의 은제 목걸이가 넓은 가슴 위에서 철컹거렸다. 방수포로 감싼 편지 뭉치의 가장자리를 밀랍으로 봉하면서 킴은 힌디어로 생각했다.

'항상 여자들에게 시달리면서 어떻게 한 남자가 도를 추구하며 큰 게임을 해나갈 수 있단 말인가? 포드의 아크롤라에도 그런 여자가 있었지. 더 헤아려볼 것도 없이, 비둘기집 뒤에 살던 잡부의 마누라가 있었잖아. 지금은 저 여인이! 내가 어린애였을 땐 당연히 남자로 봐주었는데, 오히려 이제 어른이 되고 나면 그녀들은 날 남자로 봐주지 않을지 몰라. 호두라고, 젠장! 후후! 차라리 들판의 아몬드라고 할 것이지!'

그는 뭘 좀 얻어먹으려고 빈손으로 마을로 나갔다. 탁발그릇을 지참하지 않은 것은 이런 촌구석에서만큼은 왕자처럼 보이고 싶기 때문이었다. 여름의 샴레그에는 세 가구만 남아 있었다. 네 명의 여자와 여덟아홉 명의 남자. 그들은 고기 통조림과 암모니아로 처리한 키니네*에서 보드카까지 이런저런 마실 것을 잔뜩 가지고 있었다. 모두가 간밤의 그 전리품들이었다. 깨끗한 유럽 산 천막은 찢어서 벌써 나눠 가졌고, 외국산 알루미늄 국냄비들도 그중의 하나였다.

라마승의 출현은 그들에게 이 모든 일을 완벽하게 보호해주는 구실이 되었다. 그래서 그들은 킴을 데리고 가서 그들이 가장 좋은 것이라고 생각한, 라다크를 통해 들어온 보리맥주 창**까지 대접했다. 그러고 나서 그들은 바닥 모를 심연에다 다리를 걸어둔 채로 햇볕에 몸을 녹이며 수다를 떨고, 웃고, 담배를 피워댔다. 그들이 아는 인도와 인도 정부는 순전히 사냥몰이꾼으로 그들이나 그들의 친구를 고용했던 떠돌이 백인들의 경험에 의해 만들어진 것이었다. 킴은 야생 염소나 영양을 잘못 겨냥해 쏜 탓에 목숨을 잃은, 20년이나 지난 백인들의 얘기

---

* 말라리아 특효약으로 백색 분말 형태이며 맛이 매우 쓰다. 암모니아 화합물로 처리하면 수용성 물질이 된다.
** 보리(쌀이나 기장을 사용하기도 한다)를 발효시켜 만드는 티베트식 맥주.

를 들었다. 그들은 킴에게 자신들의 병은 대수롭지 않으며 자그마하지만 튼튼한 발을 가진 가축들의 질병이 훨씬 더 중요하다고 말했다. 이상한 선교사들이 살고 있는 코트가르로, 심지어 불가사의한 도시 심라 너머까지 먼 여행을 떠난 얘기도 들려주었다. 심라의 길들은 모두 은으로 포장되어 있고, 그곳의 사람들은 누구나 이륜마차를 타고 다니면서 돈을 마구 뿌려대는 백인들 밑에서 일한다는 것이었다. 그때 엄숙하고 서늘한 인상의 라마승이 몹시 무거운 걸음으로 처마 밑으로 와서 대화에 끼어들자, 사람들이 그에게 널따란 공간을 내주었다. 신선한 대기가 그의 기운을 북돋워주었다. 그는 벼랑가의 가장 좋은 자리를 차지하고 앉아 벼랑 아래로 조약돌을 툭툭 던지며 지칠 때까지 이야기를 나누었다.

50킬로미터쯤 떨어진 곳에서 독수리가 날아올랐고, 나란히 걸린 산자락에 어린 전나무 숲이 움푹하게 드러나 있었다. 그곳은 지난밤 두 사람이 어둠을 헤치고 나왔던 바로 그 숲이었다. 마을 뒤편에 솟아 있는 샴레그의 설산은 남쪽의 풍경들을 모두 지워냈다. 그래서 그곳에 앉아 있으면 세계의 지붕 처마 밑에 지어진 제비집 안에 들어와 있는 것 같았다.

이따금 라마승은 팔을 길게 뻗고서는 스피티와 파룽 고개를 가로질러 북쪽으로 이어지는 길을 가리키며 나지막이 말했다.

"저 너머, 설산들이 첩첩한 곳에 데첸 사원이 있지."

그가 말한 곳은 바로 한레였다.

"아주 큰 사원이지. 닥댄래첸이 그 사원을 세웠는데, 거기에는 그에 관한 얘기가 전해오고 있다."

그는 그 얘기를 들려주고는, 샴레그에는 숨 막힐 듯한 마법과 기적에 얽힌 이야기들이 지천으로 쌓여 있다고 덧붙였다. 서쪽으로 약간 고개를 돌리더니 그는 쿨루의 초록빛 고원들을 살폈고 빙하 아래쪽에 있는 카일룽을 살폈다.

　　"아주아주 오래전 어느 날 나는 저곳엘 갔다. 바랄라치를 넘어 레에서 들어갔지."

　　"그렇습니다, 맞습니다. 저희도 그곳을 압니다."

　　원행의 경험이 풍부한 샴레그 사람들이 말했다.

　　"카일룽의 수도승들과 이틀 밤을 지냈다. 히말라야는 내게 기쁨을 주는 곳이야! 그림자는 모든 다른 그림자 위에 축복을 내렸지! 그곳에서 내 눈은 이 세계를 열었고, 내 눈은 이 세계를 향해 열려 있었지. 그곳에서 나는 깨달음을 발견했다. 그리고 그곳에서 나는 내 강을 찾겠다는 결의를 다지게 되었지. 내 구도는 히말라야로부터…… 높다란 설산과 세찬 바람으로부터 시작되었다. 오, 윤회의 수레바퀴는 공평하도다!"

　　그는 모든 것에 일일이 축복을 내렸다. 거대한 빙하와 벌거벗은 바윗돌, 빙퇴석氷堆石 더미와 굴러 떨어지는 돌들에게도. 메마른 고지와 은밀히 숨은 소금호수, 오래된 나무와 물이 콸콸 흐르는 계곡들을, 마치 죽어가는 사람이 자신이 알고 있는 사람들의 이름을 외우며 신의 은총을 기원하듯 하나하나마다 축복을 내렸다. 킴은 그의 열정에 놀라움을 금치 못했다.

　　"그렇습니다, 맞습니다. 우리의 히말라야와 같은 곳은 어디에도 없습니다."

샴레그의 사람들이 말했다. 그러고는 소들이 코끼리만큼 자라고 쟁기질을 하기도 힘든 그 끔찍하도록 뜨거운 평지에서 어떻게 사람이 살 수 있는지 이상할 뿐이라고 떠들어대기 시작했다. 그들이 듣기로는 마을이 수백 킬로미터나 이어져 있고, 도둑들이 훔쳐놓은 것을 경찰들이 옮겨가는 곳이 평지였다.

그럭저럭 오전이 끝나갈 무렵 킴의 전갈을 가지고 갔던 여인이 떠날 때처럼 지친 기색 하나 없이 가파른 목초지를 타고 내려왔다.

"제가 하킴에게 소식을 전하도록 했습니다."

그녀가 라마승에게 예의를 표하는 사이에 킴이 설명을 했다.

"그 사람이 우상숭배자들과 어울려 있던가? 아니, 내 기억으로 그 사람은 그자들 중 하나를 치료해주었지. 그 사람은 공덕을 쌓은 거야. 비록 악의 권력에 고용되어 있는 사람을 치료해주긴 했지만. 허나 윤회의 수레바퀴는 사람을 차별하지 않는 법! 하킴이 뭐라고 했느냐?"

"스님께서 타박상을 입어서 두렵고…… 그리고 제가 지혜롭게 행동했다고 그러네요."

킴은 밀랍으로 봉한 호두껍질을 벗겨내고 자신이 보낸 메모지 뒤에다 쓴 영어로 된 그의 전문을 읽기 시작했다.

"자네의 선물을 받았음. 현재 함께 있는 자들로부터 도망칠 수는 없으나, 그들을 심라로 데려갈 예정임. 그런 뒤에 재회를 바람. 화난 신사들을 따라다니기가 몹시 불편함. 자네가 갔던 길로 되돌아가서 따라잡겠음. 본인이 미리 생각한 바를 서신으로 알려준 것에 매우 감사함.'

스님, 이 사람이 우상숭배자들로부터 탈출을 하려고 합니다. 그래서 우리에게 돌아올 거랍니다. 한동안 샴레그에 머무르실 건가요, 그럼?"

라마승은 그윽한 눈길로 설산들을 한참이나 바라보았다. 그러고는 고개를 저었다.

"그럴 수가 없구나, 제자야. 내 몸의 뼈들도 모두 그렇게 하도록 갈 망하고 있다만, 그건 불가능하다. 나는 인과의 사슬을 보았느니라."

"왜입니까? 히말라야가 날마다 스님께 힘을 불어넣어주고 있질 않 습니까? 둔에서 스님과 제가 쇠약해져 쓰러졌던 일을 기억해보십 시오."

"나는 악행을 저지르고 그걸 잊어버릴 정도로 강해졌다. 산자락에 서 말다툼을 하고 허세를 부린 것이 바로 나였다."

킴은 웃음을 베어 물었다.

"공정하고 완전한 윤회의 수레바퀴는 머리카락 한 올의 오차도 없 이 정확하게 돌고 있다. 내가 늙지 않았던 아주 오래전, 나는 포플러 우거진 구루 츠완* 사원으로 순례를 떠났다."

그는 히말라야의 불교 왕국 부탄이 있는 쪽을 가리켰다.

"그곳 사람들은 신성한 말을 기르고 있었다."

"조용히, 조용히 하라고!"

샴레그 사람이 모두에게 말했다.

"스님께서 하루에 세상을 한 바퀴 돌 수 있다는 말 잠링닝코르**에 대해서 말씀하시고 있단 말이야."

"나는 내 제자에게만 말하고 있소."

---

* 부탄 국경에 가까운, 동부 티베트의 사원.
** 티베트어로 '잠링'은 세계, '닝코르'는 순환을 의미한다.

라마승이 점잖게 힐책했다. 그러자 그들은 아침녘의 남쪽 처마 밑에 맺혔다 스러지는 서리처럼 뿔뿔이 흩어졌다.

"거기에서 나는 단지 교리에 대해 담화를 나누었을 뿐, 진리를 찾지는 못했다. 모든 게 허상이었다! 나는 보리술을 마시고 구루 츠완의 빵을 먹었다. 다음날 한 사람이 말했다. '우리는 계곡으로 내려가 상고르 구톡 사원과 싸워야 합니다. 주지가 계곡을 장악하고서 상고르 구톡에서 인쇄한 기도문으로 돈을 벌고 있다는 사실을 파헤쳐야 합니다.' 욕망이 어떻게 화와 결합하는지를 지켜봐라. 나는 그들과 함께 가서 하루를 싸웠다."

"하지만 어떻게 싸우신 거죠, 스님?"

"긴 필통들을 들고 싸웠지. 지난번에 내가 보여줬듯이…… 우리는 포플러 나무 아래서 싸웠다. 두 명의 주지와 모든 수도승이 뒤엉켰고, 한 사람이 내 이마를 뼈가 드러나도록 까버렸다. 봐라!"

그는 모자를 뒤로 젖히더니 주름이 진 허연 흉터 하나를 보여주었다.

"윤회의 수레바퀴는 공정하고 완전한 법! 어제 생겨난 흉터가, 오십 년 전에 어떻게 흉터가 생겨났는지를, 그 흉터를 만든 자의 얼굴까지를 떠올리게 하지 않느냐. 그것이 허상 안에 조그맣게 웅크린 채 살고 있었던 거다. 다툼이 있는 곳에 어리석음이 있음을 너는 봤겠지. 윤회의 수레바퀴는 공정하다! 우상숭배자의 주먹이 내 흉터 위에 떨어졌지. 그리하여 내 영혼이 진동했다. 내 영혼은 어두워졌고, 내 영혼의 배는 허상의 물 위에서 요동쳤다. 샴레그에 와서야 비로소 나는 인과의 법칙을 명상할 수 있었고, 악의 뿌리를 향해 내달리고 있음을 볼 수 있었다. 기나긴 밤을 싸우며 지새웠다."

"하지만, 스님. 스님께서는 어떤 악으로부터도 순결하십니다. 부디 제가 스님을 위해 희생할 수 있게 하소서!"

킴은 라마승의 슬픔에 진정으로 가슴이 쓰렸다. 그래서 마부브 알리가 쓰는 무슬림식 문장을 무심코 흘려놓았다.

"새벽에……"

라마승이 더욱 무겁게 말을 이었다. 느리게 이어지는 그의 말소리 사이로 염주 구르는 소리가 섞여들었다.

"깨달은 게 있다. 그것은 이곳…… 설산에서 태어나고, 설산에서 자랐으나 나는 결코 히말라야에 머무를 수 없는 한 사람의 늙은이라는 사실이다. 삼 년 동안 나는 인도 땅을 돌아다녔다. 그러나…… 어떤 흙이 내 고향의 흙보다 더 강할 수 있겠느냐? 나의 우둔한 육신은 히말라야를 갈망하고, 히말라야의 눈을 갈망했다. 나는 말했었다. 그것이 진리라고. 내가 정말로 강을 찾아낼 거라고. 하여, 쿨루 부인의 집에서 나는 설산으로 돌아가야 한다고 나 자신을 설득했다. 하킴에게는 아무 잘못이 없다. 그는 그저 욕망을 따르는 자일 뿐, 설산이 나를 강하게 해줄 거라고 예언했을 뿐이었다. 그리고 설산은 나로 하여금 악을 행할 수 있을 만큼, 나의 탐색을 잊을 만큼 나를 강하게 만들었다. 나는 삶을, 갈망하는 삶을 즐겼다. 나는 가파른 비탈길을 기어오르고 싶었다. 나는 그런 곳만을 찾아다녔다. 나는 높이 치솟은 설산을 상대로 악 그 자체인 내 육체의 능력을 시험했다. 나는 야무노트리* 아래

---

* 강고트리, 바드리나트, 케다르나트와 함께 히말라야의 4대 성지. 야무나 강의 발원지이기도 하다.

서 숨을 헐떡이는 너를 비웃었다. 고갯길에 쌓인 눈을 쳐다보려 하지 않을 때마다 나는 그런 너를 조롱했다."

"하지만 그래서 잘못된 게 있었나요? 전 두려워했었죠. 그건 당연한 거였어요. 저는 고산족이 아니니까요. 무엇보다 전 스님께 새로운 힘이 생겨난 것이 좋았어요."

"나는 기억한다."

라마승은 슬픔에 잠긴 채 두 손으로 얼굴을 감쌌다.

"너와 하킴이 내 다리가 강건해졌음을 칭찬해주기를 몇 번이나 기다렸었다. 악의 잔은 가득 찰 때까지 악을 들이붓는 법. 윤회의 수레바퀴는 공정하다! 삼 년 동안 힌두의 모든 땅이 나를 공경해주었다. 라호르의 '불가사의한 집'에서 만난 지혜의 샘으로부터……"

그는 미소를 머금으며 말을 이었다.

"커다란 대포 주위에서 놀던 어린아이까지…… 그렇게 세상은 내 여행길을 마련해주었다. 그런데 왜 그랬던 걸까?"

"그 이유는 저희가 스님을 사랑하기 때문이죠. 주먹으로 맞아서 열이 오른 것뿐이에요. 저도 아직 아프고 머리가 흔들리는걸요."

"아니다! 그건 내가 도를 추구하고 있었기 때문이었다. 계율의 목적에 부합했기 때문이었다. 이제 나는 진리의 길에서 벗어났다. 계율을 깨버렸다. 벌이 내려진 거다. 바로 내 히말라야에서, 내 고향의 끝머리에서, 악을 갈망한 바로 그곳에서, 일격이 날아든 거다. 바로 여기에!"

그는 자신의 이마에 손을 댔다.

"수행을 시작한 행자가 찻잔을 잘못 놓아 꿀밤을 맞은 것같이, 숙첸의 주지승인 내가 얻어맞은 거다. 말씀이 아니라, 일격을."

"하지만 백인들은 스님이 누구신지 몰랐습니다. 그렇지 않나요, 스님?"

"우리는 죽이 잘 맞았다. 무지와 욕망이 길 위에서 또다른 무지와 욕망을 만났지. 그리고 그들이 결합해 화를 낳았다. 그 일격은 내게 하나의 전조였다. 나 자신이 길을 잃고 헤매는 야크보다 나을 게 없다는. 하나의 행위에 얽힌 인과를 읽을 수 있는 사람은 자유의 길을 절반이나 정복한 셈이다. 그 일격이 내게 말했지. '길로 돌아가라. 히말라야는 네 것이 아니다. 너는 자유를 선택할 수 없으며 인생의 쾌락에 빠져들 뿐이다.'"

"그 저주받은 러시아인을 만나지 말아야 했어!"

"우리의 존자께서는 뒤로 돌아가는 바퀴를 만들진 않으셨다. 그리고 내가 쌓은 공덕으로 나는 또다른 징표 하나를 얻었다."

그는 품속으로 손을 집어넣더니 만다라를 꺼냈다.

"봐라! 명상이 끝난 뒤에 이게 생각났다. 우상숭배자에 의해 그림이 찢어졌을 때 내가 쥐고 있던 부분이 손톱만큼 남아 있었다."

"그랬군요."

"이 육신에 남아 있는 내 삶도 꼭 그만큼이다. 평생 동안 나는 만다라를 그리며 살아왔다. 지금도 나는 그렇다. 하지만 너를 도로 이끈 공덕으로 인해 내가 강을 발견하기 전에 생이 조금 더 허락된 거란다. 당연한 일이지, 제자야?"

킴은 흉측하게 훼손된 그림을 응시했다. 욕망이 아이를 낳은 열한째 집으로부터 인간계와 축생계를 건너 다섯째 집, 즉 텅 빈 영혼의 집까지 왼쪽에서 오른쪽으로 대각선을 이루며 길게 찢어져 있었다.

이야기의 맥락이 끊어져 있었다.

"존자께서는 깨달음을 얻기 전에 먼저……"

라마승이 경건하게 그림을 도로 접었다.

"유혹을 당하셨다. 나 또한 유혹을 당해왔다. 하지만 아직 끝나지 않았다. 화살은 설산에 떨어진 것이 아니라…… 평지에 떨어졌다. 그렇다면, 우리가 여기서 무엇을 하겠느냐?"

"적어도 하킴을 기다릴 수는 있지 않습니까?"

"내 육신에 시간이 얼마나 남아 있는지를 알고 있다. 하킴이 무얼할 수 있느냐?"

"하지만 스님께선 몹시 편찮으시고, 열도 내리지 않았습니다. 걸을 수도 없습니다."

"자유를 얻지 못했는데 어찌 아프지 않을 수가 있겠느냐?"

라마승이 발을 디디며 불안하게 일어나려 했다.

"마을로 가서 먹을 것을 구해와야만 합니다. 아, 지겨운 여행!"

킴은 자신 역시 휴식이 필요하다는 것을 느끼고 있었다.

"그렇구나. 먹고 나서 가자꾸나. 화살은 평지에 떨어져…… 하지만난 욕망에 굴복했네. 준비되었느냐, 제자야."

킴은 터키옥으로 모자를 장식한 여자에게로 갔다. 그녀는 하릴없이 벼랑 아래로 조약돌을 던지고 있었다. 그녀는 아주 온화하게 미소를 지어 보였다.

"그 사람은 옥수수밭에서 길을 잃은 들소 같더군요. 바부 말이에요. 추위에 떨면서 코를 훌쩍거리며 재채기를 해댔죠. 너무 허기가 져서 위엄을 부릴 생각도 못 하고 내게 달콤한 말들을 속삭여대더군요. 백인들은 아무것도 가진 게 없었어요."

그녀는 빈 손바닥을 흔들어댔다.

"하나는 배를 몹시 아파했어요. 당신 작품이었나요?"

킴이 눈을 반짝이며 고개를 끄덕였다.

"내가 벵골 사람한테 먼저 전해주고 나서…… 그뒤에 근처의 마을
로 가서 당신 뜻을 사람들에게 전했어요. 그러니 백인들은 원하는 만
큼 음식을 얻을 수 있을 거예요…… 돈 같은 것도 요구하지 않을 거고
요. 빼앗은 물건들을 이미 다 나눠 가졌잖아요. 바부는 백인들에게 엉
터리로 얘기를 하더군요. 그 사람은 왜 백인들을 떠나지 않는 거죠?"

"그분의 마음이 그만큼 넓다는 뜻입니다."

"마른 호두 한 알보다 더 큰 마음을 가진 벵골인은 없었는데…… 그
건 그렇고, 이제 호두에 대해서 얘기를 해야겠네요. 일을 끝내면 보상
이 있다고 그랬죠. 그래서 난 이 마을이 당신 거라고 말했고요."

"실수를 했습니다."

킴이 입을 열었다.

"지금도 나는 가슴속에 몇 가지 계획을 품고 있는데……"

이런 경우 괜한 칭찬들을 늘어놓을 필요는 없었다. 그는 깊게 한숨
을 내쉬었다.

"……그런데 제 스승님께서, 환상을 보시고는……"

"흥! 동냥그릇이 가득 찬 것 말고는 노스님의 두 눈이 뭘 보실 수 있
겠어요?"

"……이곳 마을을 떠나서 평원으로 다시 돌아가자고 그러십니다."

"그분을 머무르시도록 해요."

킴이 고개를 저었다.

"전 스님을 잘 압니다. 그리고 명령을 어기면 얼마나 화를 내시는 지도."

그는 잔뜩 인상을 쓰며 말했다.

"그분의 저주는 히말라야를 흔들어버립니다."

"정신이 나간 노스님을 구해줄 수가 없으니 안타까워라! 당신은 백인들을 꼼짝 못하게 할 만큼 용맹스럽다는 얘기를 들었어요. 노스님 께 조금만 더 오래 꿈을 꾸시도록 하고, 떠나지 마세요!"

"히말라야의 여인이시여. 이 문제는 당신에겐 너무 높은 차원의 것입니다."

킴은 그의 갸름한 동안童顔이 일그러질 정도로 준엄한 표정을 지으며 말했다.

"신들이시여, 저희를 용서하소서! 언제부터 남자와 여자가 남자와 여자로 보이지 않았던 거죠?"

"저는 수도승입니다. 스승께서는 지금 당장 떠나자고 하셨습니다. 저는 그분의 제자이고 저는 그분과 함께 가야 합니다. 저희는 여행 중에 먹을 음식이 필요합니다. 그분은 그분이 들르시는 모든 마을의 고귀한 손님이십니다. 하지만……"

그는 갑자기 진짜 소년다운 표정을 지어 보였다.

"이곳의 음식이 좋습니다. 조금만 적선을 하십시오."

"거절하면 어떻게 되는 거죠? 나는 다른 누구도 아닌 이 마을의 여자예요."

"그러면 당신에게 저주를 내릴 겁니다…… 조금…… 크게는 내리지 않을 테지만 충분히 기억에 남을 만큼은 될 겁니다."

그는 웃음을 참을 수가 없었다.

"당신은 눈썹을 내리깔고 턱을 들어올리는 것으로 이미 나를 저주했어. 저주라고? 고작 말 몇 마디로 내가 꿈쩍이나 할 줄 알아?"

그녀는 가슴께에서 두 손을 꽉 쥐어 보였다.

"하지만 날 생각하지 않을까봐 당신을 화나게 하고 싶진 않아요…… 샴레그에서 소똥과 풀을 끌어모으고 살지만, 나도 영락없는 여자니까."

"전 상관하지 않습니다. 하지만 떠나려니 심란하군요. 너무 지치기도 했고. 먹을 것도 필요하고. 여기 주머니가 있습니다."

킴이 말했다.

여자가 사납게 주머니를 낚아챘다.

"내가 바보지. 평지에선 누가 당신의 여자지요? 흰둥이? 아니면 검둥이? 나도 한때는 살결이 희었지. 비웃는 건가요? 오래전 한때는, 당신이 믿을지 모르겠지만, 백인 하나가 내게 호감을 가지고 찾아오곤 했죠. 오래전 한때, 난 멀리 선교사의 집에 살면서 유럽인들의 옷을 입고 지냈었지요."

그녀는 코트가르 쪽을 손가락으로 가리켰다.

"한때, 오래전, 난 케리스티안(크리스천)이었고, 영어로 말했어요. 백인들처럼. 그래요. 그 백인 남자는 나와 결혼하기 위해 돌아올 거라고 말했죠. 그래요, 나와 결혼하기 위해 돌아오겠다고. 그리고 그는 떠났어요…… 그가 아팠을 때 내가 돌봐줬죠…… 하지만 그는 돌아오지 않았어요. 케리스티안의 신들이 거짓말을 했다는 걸 알았고, 난 고향

사람들에게 돌아왔어요…… 그뒤로는 백인들을 쳐다보지 않았죠. 비웃지 마요, 지나간 일이니까, 어린 스님. 당신의 얼굴과 걸음걸이, 당신의 말투는 그 백인 남자를 생각나게 했어요. 비록 당신은 내가 시주를 한 떠돌이 탁발승일 뿐이지만 말예요. 나를 저주한다고요? 당신은 저주도 축복도 내릴 수가 없어요!"

그녀는 자신의 두 손을 허리춤에 갖다 대고는 쓸쓸하게 웃었다.

"당신의 신들은 거짓말쟁이죠. 당신이 하는 일도 거짓이고, 당신의 말도 거짓말이에요. 하늘 아래 신이란 존재는 없어요. 나는 그걸 알아요…… 하지만 잠시나마 난 신을 느꼈어요. 그 백인 남자가 돌아온 거라고 생각했으니까요. 그는 내 신이었죠. 그래요, 한때 난 코트가르의 그 선교사 집에서 그를 위해 피아노를 연주했죠. 지금은 이방인 수도승에게 시주를 하고 있고요."

그녀는 영어로 말을 맺고는 넘칠 듯이 담은 주머니를 여몄다.

"널 기다리고 있었다, 제자야."

라마승이 문설주에 기대 서서 말했다.

그녀는 커다란 형상을 훑어보았다.

"기어이 가시겠다고! 당신은 채 일 킬로미터도 갈 수가 없을 거예요. 그 늙은 몸을 이끌고 어딜 가려는 거예요?"

이때, 주머니의 무게를 재보며 벌써부터 라마승이 쓰러지면 어쩌나 걱정이 태산이던 킴이 그만 이성을 잃고 말았다.

"스님께서 어디를 가시든 당신이 무슨 상관이야, 이 재수 없는 여자야!"

"노인네완 아무런 상관도 없지…… 하지만 백인 얼굴을 한 수도승,

당신하고는 상관이 있어. 노인네를 어깨에다 메고 갈 거야?"

"난 평원으로 갈 겁니다. 아무도 막을 수가 없어요. 나는 지쳐 쓰러질 때까지 내 영혼과 씨름할 겁니다. 이 바보 같은 육신을 이끌고 저 멀리 평원으로 나갈 겁니다."

"이것 봐!"

그녀는 기진맥진한 킴을 옆으로 끌어가더니 꾸밈없이 쏘아붙였다.

"날 저주해. 그러는 게 저 노인네에게 힘을 줄 거야. 부적을 하나 만들어! 당신의 그 위대한 신에게 부탁을 하라고. 당신은 수도승이니까."

그러고는 그녀는 돌아서서 가버렸다.

라마승은 여전히 문설주를 붙든 채로 흐느적거리며 쭈그려 앉아 있었다. 하지만 밤이 되면 소년처럼 다시 회복되어 아무도 그를 쓰러뜨릴 수 없게 될지 알 수 없는 일이었다. 그는 땅으로 꺼질 듯 가라앉아 있었지만 킴을 바라보는 그의 눈빛은 생생하게 살아 있었고, 뭔가 도움을 청하는 것도 같았다.

"모든 게 잘되었어요. 스님이 약해지신 건 이곳의 희박한 공기 탓입니다. 조금 있다가 떠나도록 하세요! 고산병일 뿐입니다. 저 역시 배가 좀 아프거든요."

킴은 무릎을 꿇고는 처음 말을 배운 아이처럼 서투른 말로 애교를 부렸다. 그때 여자가 전보다 더욱 꼿꼿한 자세로 되돌아왔다.

"당신네 신들은 소용이 없지, 응? 내 신들에게 빌어봐. 난, 다른 누구도 아닌 샴레그의 여자야."

그녀가 쉰 목소리로 외치자 외양간에서 그녀의 남편 두 사람과 히말라야에서 환자나 방문객을 실어 나를 때 쓰는 조악한 둘리(들것)를 가지고 다른 세 남자가 걸어 나왔다.

"여기 이 가축들은 당신들 거예요. 필요하다면 얼마든지 부려먹어요."

그녀는 남자들 앞에서 겸손을 떠는 짓 따위는 결코 하지 않았다.

"하지만 우리는 심라까지 가지 않을 거야. 백인들 가까이는 가지 않을 거라고."

첫째 남편이 소리를 질렀다.

"이들은 다른 사람들같이 도망을 치지도 않을 거고, 물건을 훔치지도 않을 거예요. 두 사람이 쇠약하다는 걸 알고 있으니까. 소누와 타리가 뒤쪽을 맡아요."

그들은 재빨리 명령에 따랐다.

"이제 들것을 낮추고 노스님을 태우세요. 난 당신들이 돌아올 때까지 우리 마을과 당신들의 정숙한 마누라들을 살펴보고 있으리다."

"언제나 돼야 돌아올까나?"

"스님들께 물어보셔. 날 성가시게 하지 말고. 음식 보따리를 발치에다 내려놔요, 그럼 균형이 잘 잡힐 테니까."

"오, 스님, 스님의 히말라야 사람은 저희 평지 사람보다 더 친절하군요!"

안심이 되었는지 킴이 큰 소리로 말했다. 라마승은 들것 위에서 흐느적거렸다.

"정말이지 왕의 침대가 따로 없군요…… 품격도 있는 데다 편안하기까지 하니. 근데 이 빚을 누구에게 갚을지……"

"어떤 재수 없는 여자에게 갚아야지. 당신이 내게 내린 저주만큼 축복이 필요하니, 썩 꺼져버려! 여기서! 노자라도 좀 줄까?"

그녀는 킴을 그녀의 오두막으로 데리고 가서는, 간이침대 밑에 넣어둔 찌그러진 영국제 금고 위로 몸을 굽혔다.

"더이상은 필요 없습니다."

킴은 감사를 드려도 시원찮을 자리에서 화를 내며 말했다.

"이미 은혜가 첩첩이 쌓였으니 그만 하시지요."

그녀는 묘하게 웃으며 그를 쳐다보았다. 그러고는 손 하나를 그의 어깨에다 올렸다.

"적어도 내게 감사는 해야죠. 내가 지저분한 얼굴의 고산족 여자지만 당신이 말한 대로 난 공덕을 쌓았어요. 백인들이 어떻게 감사를 표시하는지 내가 보여줄까요?"

그러고는 그녀의 완고하던 눈길이 부드러워졌다.

"저는 단지 떠돌이 수도승일 뿐입니다. 당신은 제 축복도 저주도 필요치 않습니다."

킴이 눈을 반짝이며 말했다.

"물론 필요치 않아요. 하지만 잠깐만이라도…… 들것이 열 걸음만이라도 가도록 내버려두고…… 당신이 백인이라면 어떻게 작별을 했을지 내가 보여드리면 안 될까요?"

"그렇다면, 제가 한번 해볼게요. 경험은 없지만."

킴은 그녀의 허리를 팔로 둥글게 감쌌다. 그러고는 그녀의 뺨에다 입을 맞추었다. 킴은 영어로 말했다.

"정말 고마웠어요, 내 소중한 사람."

입맞춤은 실제로 동양인들 사이에서는 무척이나 겸연쩍은 행위였다. 눈을 빤히 뜬 채로 겁먹은 얼굴이 되어 상체를 젖히고 있는 모습을 상상해보라.

"다음엔 당신의 이교도 수도승들을 너무 믿지 마세요. 지금은 그냥 안녕히 계시라고 말하겠습니다."

킴은 그렇게 말하고 영국식으로 손을 내밀었다. 그녀는 자연스레 그 손을 잡았다.

"안녕히 계세요, 내 소중한 사람."

"잘 가요, 그리고…… 그리고……"

그녀는 다음에 할 말을 영어로 하나씩 떠올리고 있었다.

"당신은 다시 올 건가요? 잘 가세요, 그리고…… 당신의 행운을 빌겠어요."

30분쯤 지난 뒤, 삐걱거리는 들것이 샴레그에서 남동쪽으로 난 언덕길을 오르기 시작했을 때 킴은 오두막 문가에 작은 형상 하나가 하얀 천을 흔들며 서 있는 것을 보았다.

"그 여자는 다른 누구보다 큰 공덕을 쌓았다. 한 남자를 자유의 길에 서 있도록 하는 건 그녀 자신이 그 길을 발견하는 것의 절반에 해당하는 공덕이다."

라마승의 말이었다.

"음……"

킴은 깊이 생각에 잠겨 지난 일을 떠올렸다.

"저 자신도 공덕을 쌓은 듯합니다…… 그녀가 저를 어린아이로 대하진 않았으니까요."

그는 널빤지 같은 서류와 지도 묶음이 들어 있는 자신의 승복 앞자

락을 끌어올리면서 라마승의 발치에다 소중한 음식 보따리를 올려놓
고는 들것 가장자리에다 손을 얹었다. 그러고는 툴툴거리며 불평을
해대는 남자들의 느릿한 걸음에 보조를 맞추었다.

"이 사람들 또한 공덕을 쌓고 있구나."

5킬로미터쯤 갔을 때 라마승이 한 말이었다.

"그 이상이죠. 은화를 받게 될 테니까요."

킴이 말했다. 샴레그의 여인은 떠나는 그에게 은화를 주었다. 킴은
그것을 그녀의 남편들이 돌려받는 것이 정당하다고 생각했다. 수레바
퀴는 공정한 법!

15장

황제를 위해 방을 내주지 않고
왕을 위해 내 길을 지키며
로마 교황의 관에 머리를 조아리진 않지만,
하지만 이건 다른 문제야!
정령들과는 싸우지 않을 거야.
파수꾼, 그를 뚫고 나가라!
성에 걸린 다리를 끌어내려, 그는 우리 모두의 주인이니
꿈꾸는 자의 꿈은 이루어지리라!

— 키플링, 「요정들의 전쟁」

치니 계곡 북쪽 320킬로미터 지점인 라다크의 푸른 이판암 위에서 호쾌한 남자 양클링 씨는 땅바닥에 엎드린 채 그가 총애하는 사냥몰이꾼 아오충의 사내가 표시해놓은 신호를 찾기 위해 신경질적으로 산맥들을 쌍안경으로 훑고 있었다. 하지만 신형 멘리허 소총과 2백 발의 총알로 무장한 그 배신자는 엉뚱한 곳에서 시장에 내다팔 사향노루를 사냥하느라 정신이 없었다. 양클링 씨는 다음 계절이 되어서야 자신의 운수가 얼마나 사나웠는지를 알게 될 것이었다.

부샤르 계곡 위로는 한때 뚱뚱하고 얼굴이 훤했으나 지금은 야위고 풍상에 시달린 몰골의 벵골인 하나가 허겁지겁 걸음을 옮겨놓고 있었다. 원거리 투시가 가능한 히말라야의 독수리들은 그가 들고 다니는 푸른색과 흰색의 줄무늬 우산에서 눈길을 거둔 채 아득히 떠 있었다.

그는 거대하고 화려한 인도의 수도에 이르는 마쇼브라 터널로 능숙하게 안내해준 데 대해 두 사람의 저명한 외국인으로부터 감사의 인사를 받았다. 그들을 데리고 가던 그가 전신국과 코트가르의 유럽인 거주지를 지나쳐버린 것은 습기를 잔뜩 머금은 안개가 둘러싸고 있었던 탓이었지 그의 잘못은 아니었다. 너무나 재미나게 얘기를 하는 바람에 나한의 국경 안으로 들어가버려서 그곳의 국왕으로 하여금 그들을 영국 탈영병으로 오인하게 만든 것 역시 그의 잘못이라기보다는 신의 뜻이라 해야 옳을 것이다. 후리 바부는 그 재미없는 소국의 왕이 미소를 머금을 때까지 그들이 그들의 조국에서 얼마나 훌륭하고 영광스러운 존재들인지에 대해 떠들어댔다. 그는 질문을 던지는 모든 사람에게 여러 번, 큰 소리로, 다양한 방법으로 설명해주었다. 그는 음식을 얻어다주었고, 잠잘 곳을 마련했으며, 두 외국인 중 한 명이 밤중에 바위로 뒤덮인 언덕길을 굴러서 입은 사타구니의 상처에 거머리가 효과가 있다는 것을 증명해 보였다. 그는 모든 면에서 능숙한 솜씨를 발휘했다. 그의 친밀감은 그에 대한 신뢰로 이어졌다. 수백만의 농노와 마찬가지로 그 역시 러시아인을 북쪽에서 온 위대한 구원자로 여기도록 배웠다. 그는 두려움이 많은 사람이었다. 그는 자신의 저명한 고용주를 광분한 짐꾼들로부터 구해낼 수 없었던 것을 걱정했다. 성자를 구타한 것은 물론 잘못된 일이었다. 하지만…… 그는 그 '일어날 가능성이 희박한' 사건으로 인해 자신의 계획이 성공한 것에 깊이 감사하고 진정으로 기뻐했던 것이다. 그는 자신이 당한 주먹질에 대해서는 잊어버렸다. 소나무 아래에서의 그 꼴사나운 첫 일격을 포함해 어떤 주먹질도 인정하지 않았다. 그는 수당이나 봉사료를 요구하지 않았다.

다만 그들이 그의 가치를 인정한다면, 감사장 하나쯤은 써주지 않을까, 하는 생각은 했었다. 훗날 그것은 유용하게 써먹을 수 있을 터였다. 만약 다른 사람들, 가령 그들의 동료들이 국경을 넘어오게 된다면. 그는 그들에게 장차 그들이 높은 자리에 오르더라도 자신을 기억해달라고 부탁했다. 자신이 콜카타 대학 학사학위를 가지고 있는 모헨드로 랄 두트라는 것, 그리고 국가를 위해 얼마간의 봉사를 했다는 것을 은근히 내비쳤다.

그들은 그의 정중함과 조력, 안내자로서의 빈틈없는 능력을 상찬하는 증명서를 써주었다. 그는 그것을 허리띠에다 넣고는 주체할 수 없는 감정에 빠져 흐느꼈다. 그들은 너무도 많은 위험을 함께 겪어왔던 것이다. 정오에 그는 사람들로 붐비는 가로수 길을 따라 알리앙스 은행 심라 지점까지 그들을 데리고 갔다. 그곳에 이르렀을 때 그들은 자신들의 정체를 밝히길 원했다. 그런데 그 순간 그는 자코 산의 새벽녘 구름처럼 사라져버렸다.

너무도 살이 빠져서 땀조차 흘리지 않고, 너무도 마음이 급해 놋쇠로 가장자리를 두른 그의 자그마한 상자에 든 약을 팔아댈 엄두도 내지 못한 채 샴레그의 비탈길을 오르고 있던 그를 상상해보라. 터키옥으로 장식한 모자를 쓴 한 여인이 헐벗은 초지를 건너 남동쪽을 가리키는 동안 간이침대에 걸터앉아 담배를 피워 문, 모든 바부님이 제쳐놓은 그를 한번 상상해보라. 여자는 들것을 타고 하는 여행은 도보여행보다 빠르지가 못하지만 그때쯤이면 사람들이 산녘을 벗어나 평원으로 들어섰을 거라고 했다. 노스님은 리스페트를 무척 마음에 들어하겠지만 머무르지는 않으리라는 것이었다. 바부는 무겁게 신음을 뱉어내고는 널따란 허리춤을 바짝 추키더니 다시 길을 떠났다. 그는 해가 떨어진 뒤에도 길을 가는 데 주저함이 없었다. 하지만 해가 떠 있는 동안 이동한 거리는, 첩보원 일지에 그 누구도 그런 기록을 남기지 못할 만큼의, 그의 종족을 무시하는 사람들을 깜짝 놀라게 할 정도였다. 두 달 전 다카의 친절한 약장수에게서 약을 처방받았다는 사실을 기억하고 있던 주민들은 그에게 숲의 악령들을 피할 수 있도록 잠자리를 제공해주었다. 그는 뱅골의 신들과 대학 시절의 교과서들, 그리고 영국 런던의 왕립학회가 등장하는 꿈을 꾸었다. 다음날 새벽이면 그는 또 청백색 줄무늬 우산을 끄덕거리며 길을 떠났다.

뒤로는 무수리 우물이 있고 앞으로는 금빛 흙밭이 펼쳐져 있는 둔 외곽에 한 대의 낡은 들것이 멈춰 서 있었다. 그 들것에는, 히말라야 사람이면 누구나 알고 있을 테지만, 치유의 강을 찾아 나선 한 병든 라마승이 타고 있었다. 들것을 옮기고 있던 사람들은 라마승이 그들에게 축복을 내려주고 그의 제자가 백인 급료의 3분의 1이나 되는 돈까지 주었으므로 서로 들것을 메겠다고 다툴 지경이었다. 백인들은 거의 이용하지 않는 길로 하루에 20킬로미터를 이동하는 들것 여행으로 손잡이는 때에 절어 반들반들해졌다. 돌풍을 헤치고 닐랑의 산길을 넘을 때엔 휘몰아친 눈가루가 라마승의 승복에 잡힌 주름마다 가득 쌓였지만 라마승은 태연자약했다. 라이엥의 시꺼먼 산봉우리 사이에서는 구름을 뚫고 야생 염소들의 울음소리가 들려오기도 했고, 발아래에 깔린 돌무더기 위를 위태롭게 지나가기도 했으며, 바기라티 아래 쿠트 도로의 깎아지른 굽잇길을 돌아갈 때엔 어깨를 단단히 조이고 이빨을 꽉 깨물지 않으면 안 되었다. 수로가 나 있는 계곡으로 내려가는 길은 들것을 끊임없이 흔들며 삐걱거리게 만들었다. 위로 계속 오르다 밖으로 다시 고개 하나를 넘어 케다르나트를 벗어났을 때는 집어삼킬 듯 으르렁대는 돌풍과 마주쳤고, 안온한 참나무 숲의 침침한 어둠 속에서 한낮의 휴식을 즐기기도 했으며, 새벽녘의 한기를 뚫고 이 마을에서 저 마을로 이동하라 했을 때엔 아무리 독실한 불교도라도 그 조바심치는 노스님을 욕하던 들것잡이들을 용서했을 것이다. 그런가 하면 유령이라도 나올까봐 횃불을 밝히고 이동하기도 했다. 들것은 그렇게 목적지에 다다랐다. 자그마한 체구의 고산족 사람들은 시왈리크 산맥 저지대의 열기에 땀을 쏟으면서 두 라마스님의 주위에 둘러선 채로 부처님의 가호와 수고비를 함께 받았다.

"그대들은 공덕을 쌓았소. 그대들이 알고 있는 것보다 더 큰 공덕이오. 이제 히말라야로 돌아가시오."

라마승이 그렇게 말하고는 한숨을 내쉬었다.

"알겠습니다. 되도록 빨리 설산으로 돌아가야겠습니다."

그들은 어깨를 주무르고, 물을 마시고, 다시 입을 헹궈내고는 짚으로 만든 샌들을 고쳐 신었다. 얼굴에서 피곤이 뚝뚝 묻어나는 킴은 허리띠에서 아주 작은 은화를 꺼내 그들에게 주고, 음식 보따리를 끌어내린 뒤에 방수포로 싼 편지다발을 품속에다 꼭꼭 여며 넣었다. 그러고는 몸을 일으키려는 라마승을 부축해주었다. 노스님의 눈에는 다시금 평화가 찾아와 있었다. 그는 강물이 불어 발이 묶였던 그 끔찍한 밤, 곤욕을 치렀던 그 설산을 다시는 찾지 않을 듯했다.

사내들은 들것을 집어들고는 흔들어대며 관목 숲속으로 사라져갔다.

라마승은 히말라야의 산허리를 향해 한 손을 들어올렸다.

"모든 산 가운데 가장 축복받은 산이여, 존자의 화살은 너에게 떨어지지 않았도다! 하여 내 다시는 너의 공기를 마시지 않겠노라!"

"이제 이곳의 좋은 공기로 스님께선 열 배나 건강해지실 겁니다."

온화한 평원의 잘 자란 곡식들이 그의 피곤한 영혼을 달래주는 것 같은 느낌을 받으며 킴이 말했다.

"여기 어디에 화살이 떨어진 것 같습니다, 스님. 이제 아주 편안하게, 하루에 삼사 킬로미터씩만 가는 게 어떨까요. 분명히 강을 찾아낼 것 같아요. 하지만 보따리가 꽤 무겁네요."

"아, 우리는 강을 찾아낼 거다. 나는 커다란 유혹에서 벗어났다."

이제 하루에 3, 4킬로미터 이상은 걷지 않았고, 킴의 어깨는 라마승의 짐과 무거운 음식 보따리, 잠금장치가 되어 있는 책, 그의 마음이 담긴 기록들, 일상을 자세히 적어놓은 것들, 그 모든 짐의 무게를 견뎌냈다. 그는 새벽마다 탁발을 했고, 라마승의 명상을 위해 담요를 준비해주었다. 한낮이면 더위에 지친 노승의 머리를 그의 무릎에 뉘고, 손목이 아프도록 파리들을 내쫓았다. 저녁이 되면 다시 탁발을 했고, 노승의 발을 주물러주었다. 그러면 노스님은 그에게 오늘, 내일, 혹은 아무리 길어도 글피 안에 찾아올 '모든 속박에서 풀려나는 완전한 자유'를 약속해주었다.

"너와 같은 제자는 세상 어디에도 없었다. 성의를 다하여 존자를 모셨던 아난다가 너보다 더했을까 싶기도 하구나. 더구나 넌 백인이 아니더냐. 내가 늙지 않았던 오래전, 나는 인종에 대한 분별심이 없었다.

그런데 오히려 이제 나는 너를 보며 이따금, 아니 매번, 네가 백인이라는 사실을 떠올린단다. 이상한 일이지."

"스님께서 말씀하시기를, 검둥이도 흰둥이도 없다 하셨습니다. 그런데 어찌하여 저를 혼란스럽게 하시는 겁니까? 다른 쪽 발을 주물러드리겠습니다. 스님의 말씀은 저를 아프게 합니다. 저는 백인이 아닙니다. 저는 스님의 제자일 뿐입니다. 어깨 위에 얹힌 제 머리가 무겁습니다."

"조금만 참아라! 우리는 함께 자유에 이를 거다. 그러면 너와 나는, 긴 강둑 위에 앉아, 히말라야에서 우리가 행복한 날들을 보냈듯이 우리 삶을 회상하게 되겠지. 어쩌면 나도 어느 생에선가는 백인이었을지 모른다."

"스님 같은 백인은 본 적이 없어요. 맹세할 수 있어요."

"나는 라호르 박물관의 그 불상을 지키는 사람이 전생에 아주 지혜로운 승려였다는 걸 확신한다. 그런데 그가 준 안경도 이제 내 눈에 맞지가 않는구나. 한참을 보고 있으면 그림자가 덮인단다. 하지만 무슨 문제이겠느냐. 가련하고 우둔한 육신의 속임수라는 걸 우린 알고 있지. 그림자는 또다른 그림자로 바뀌는 법. 나는 시간과 공간이 빚어낸 허상에 결박당해 있을 뿐. 우리가 오늘 움직인 육신의 거리는 얼마나 되느냐?"

"아마도 일 킬로미터쯤 될 겁니다."

"일 킬로미터라, 하! 내 영혼은 수천 킬로미터를 갔는데. 이 어리석은 물건을 우리는 어찌하여 휘감고, 감싸고, 치장하는 것인지."

그는 무겁게 염주가 걸린, 푸른 혈관이 드러나 보이는 자신의 야윈 손을 내려다보았다.

"제자야, 나를 떠나려는 마음이 결코 일지 않았더냐?"

킴은 방수포로 감싼 편지다발과 음식 보따리 아래 넣어둔 책꾸러미를 생각하고 있었다. 만약 제대로 자격을 갖춘 자가 그것들을 인수해 간다면 그로서는 '큰 게임'이 어떻게 진행되든 개의치 않을 것이었다. 그는 피곤하고 머리가 뜨거웠다. 뱃속에서 터져 나오는 기침이 심상치가 않았다.

"아닙니다. 전 사랑을 가르쳐준 분을 무는 개나 뱀이 아닙니다."

그는 냉담하게 대답했다.

"너는 나를 너무도 다정하게 대해주었다."

"그렇지 않습니다. 저는 스님께 여쭤보지도 않고 한 가지 일을 저질렀습니다. 오늘 아침 염소젖을 저희에게 준 그 여자를 시켜 쿨루의 부인께 전갈을 보냈습니다. 스님이 좀 편찮으시니 가마를 하나 보내달라고요. 둔에 들어와서 그 생각을 하지 못했다는 게 마음에 걸렸습니다. 가마가 올 때까지 여기서 기다리는 게 좋을 듯합니다."

"나는 좋다. 네가 말한 대로 그녀는 아름다운 마음을 가진 여자다. 하지만 말이 많은 여자다…… 어지간한 수다쟁이지."

"그녀는 스님을 피곤하게 하지 않을 겁니다. 저도 그 점을 생각해봤습니다. 스님, 제가 스님께 경솔하게 행동한 게 많아서 마음이 무겁습니다."

킴은 감정이 격해져서 목이 메었다.

"스님을 너무 오래 걷게 했습니다. 항상 좋은 음식을 올리지 못했습니다. 따뜻하게 잠자리를 보살피지도 못했습니다. 여행 중에 스님을 홀로 두고 사람들과 얘기를 나누기도 했고…… 또…… 아! 하지만 전 스님을 사랑합니다…… 이 모든 게 너무 늦었습니다…… 저는 어린아이였습니다…… 오, 왜 전 어른이 되지 못했던 걸까요?……"

그의 나이로는 감당하기 힘든 긴장과 피로와 부담감으로 킴은 라마승의 발치에 엎드려 울음을 터뜨렸다.

"더이상 네가 해야 할 일이 무엇이란 말이냐!"

노승이 부드러운 음성으로 말했다.

"너는 순종의 도에서 터럭 한 올만큼도 벗어나지 않았다. 내게 소홀했다고? 아이야, 한 그루 늙은 나무가 새로 만든 벽의 석회를 먹고 살아나듯 나는 네 힘으로 살아왔다. 샴레그로 내려간 후, 하루하루를 나는 네 힘을 훔쳐냈다. 그리하여, 너는 아무런 잘못도 없이 쇠약해졌다. 그게 육신이라는 거다…… 이제야 고백하는…… 우둔하고 어리석은 육신. 영혼이 아니란다. 마음을 편히 가져라! 네가 싸우고 있는 악령들에 대해서는 알아야 하느니라. 그들은 이 땅에서 만들어진…… 허상의 자식들이다. 우리는 쿨루의 여인에게로 가겠지. 그녀는 우리를 머물게 하고, 나를 부드럽게 대해줌으로써 공덕을 쌓을 거다. 너는 기운이 회복될 때까지 자유롭게 지내도록 해라. 나는 어리석은 육신을 잊고 있었다. 만약 비난받을 일이 있다면, 얼마든지 받아들이마. 하지만 우리는 자유의 문에 아주 가까이 가 있으므로 비난을 버거워하지는 않는다. 나는 너를 칭찬할 수도 있었으나, 그럴 필요가 없었다. 조금만, 아주 조금만 기다리면 우리는 모든 필요를 넘어선 곳에 거할 것이다."

그러고는 라마승은 킴의 등을 두드리며 위로해주었다. 그는 사리를 분별하지 못하는 짐승인 우리의 육신이란, 언제나 영혼과 맞서 자신의 존재를 주장하지만 진리의 길을 어둡게 하는 한낱 미망에 불과하다는 것을, 또한 쓸모없는 온갖 악령을 증식시킬 뿐이라는 것을, 지혜로운 말씀과 엄숙한 문장을 인용하여 설명해주었다.

"이제, 쿨루의 부인에 대해 얘기를 해보자. 넌 그녀가 자신의 손자들을 위해 또다른 부적을 요구할 거라고 생각하느냐? 아주 오래전 젊었을 때 나는 이 망상에 시달렸었다…… 다른 것들도 있었지만…… 그러다가 나는 사원의 주지스님에게로 갔다. 그분은 그야말로 성자이셨고, 진리를 추구하는 분이었다. 그때 나는 그런 사실을 몰랐다. 몸을 일으키고 들어봐라, 내 영혼의 아이야! 내 얘기를 들으시고 스님께서 말씀하셨다. '제자야, 이걸 알도록 해라. 세상에는 많은 거짓말과 거짓말쟁이가 있다. 그러나 감각을 느낄 때를 제외하고 우리의 육신만큼 큰 위선자는 없다.' 이 말씀에 나는 위안을 얻었다. 그리고 큰스님은 당신과 함께 차를 마실 수 있도록 호의를 베푸셨다. 지금 내게 차를 한 잔 줄 수 있겠느냐? 목이 마르구나."

킴은 눈물을 흘리다가 웃음을 터뜨리며 라마승의 발등에다 입을 맞추고는 차를 만들기 시작했다.

"스님께서는 몸을 제게 기대셨지만, 저는 스님께 다른 것들을 기대었습니다. 그걸 아셨습니까?"

"짐작할 수 있다. 우리는 그렇게 서로 기대야 했지."

라마승이 눈을 깜박였다.

그때, 급히 움직이는 삐걱대는 소리와 함께 노부인이 타고 다니던 바로 그 조그만 가마가 백발 수염의 늙은 오리사인 하인을 대동하고 잔뜩 거드름을 피우며 30킬로미터를 걸어 왔다. 그 가마를 타고 사하란 푸르 뒤편의 잡풀 우거진 길고 하얀 집에 도착하자 라마승이 감사의 말을 던졌다.

사례를 하고 나자, 이층 창문에서 노부인의 명랑한 목소리가 들려 왔다.

"노파의 충고가 효과가 없었던가요? 제가 스님께 말씀드렸잖습니까…… 분명히 말씀드렸죠, 스님, 제자를 잘 지키시라고요. 어찌 된 일입니까? 말씀하시지 않아도 다 압니다! 제자께서 여자한테 빠진 겁니다. 눈을 보세요…… 푹 꺼지고 움푹 들어갔잖아요…… 배신할 상이 얼굴에 쓰여 있구먼! 딱 보면 알아! 이런, 젠장! 그래도 중이라고!"

킴은 피로에 지친 얼굴로 미소를 지으며 이층을 올려다보고는 부인의 말에 동의할 수 없다는 듯 고개를 저었다.

"비웃지 마시오. 다 지나간 일이오. 우리는 큰 소명을 안고 여기로 왔소. 히말라야에서 나는 영혼에 병이 들었고, 그는 육체에 병이 들었소. 내가 그의 힘으로 살았기 때문이오. 내가 그를 먹이로 썼기 때문이오."

라마승이 말했다.

"둘 다 어린애가 되었구먼…… 젊은 어린애와 늙은 어린애."

그녀는 콧방귀를 뀌었다. 하지만 더이상 조롱하려 들진 않았다.

"저희 집에서 원기를 회복하도록 하세요. 좀 있다가 그 높은 히말라야의 뒷얘기를 들으러 오지요."

저녁이 되었을 때, 그녀의 사위가 돌아왔다. 그래서 농장을 둘러볼 필요가 없어진 그녀는 사건의 전말을 알고 싶어했고, 라마승이 나지막이 설명하기 시작했다. 두 노인은 함께 신중하게 머리를 주억거렸다. 킴은 간이침대가 놓여 있는 방으로 휘청거리며 걸어가서는 땀에 흠뻑 젖은 채 잠에 빠져 들어갔다. 라마승은 그에게 자기를 위해 담요를 마련하지도 말고, 음식도 얻지 못하게 했던 것이다.

"알아요…… 압니다. 저 말고 누가 알겠어요?"

그녀가 깔깔거리며 웃었다.

"화장터가 코앞에 있는 우리는 항아리 가득 철철 넘치도록 물을 담아 생명의 강을 거슬러 오르는 사람들의 손을 잡고 있지요. 제가 소년을 잘못 보았군요. 그 아이가 스님께 힘을 빌려주었단 말이지요? 노인네가 매일매일 젊은이를 먹는다는 말은 사실이군요. 이제 그 아이를 살려내야겠군요."

"부인은 참으로 많은 공덕을 쌓으십니다……"

"제 공덕이라니요? 늙은 할미는 '누가 이 요리를 했지?' 하고 묻지도 않는 남자들을 위해 카레를 만들지요. 그 공덕이란 게 제 손자놈을 위해 저축해놓을 수 있는 거라면 얼마나 좋겠습……"

"배앓이를 하던 그 아이 말인가요?"

"스님께서 그 아일 기억하고 계시다니! 제 어미에게 전해줘야겠어요. 크나큰 영광입니다! '배앓이를 하던 그 아이'…… 스님께서 정확하게 기억해주셨군요. 어미가 자랑스러워할 거예요."

"소승에게 제자는 깨닫지 못한 자의 아들과 같습니다."

"아들이 아니라 손자가 낫겠습니다. 요즘 어미들은 저희 세대의 지혜를 가지고 있지 못해요. 어린아이가 울기라도 하면 그 어미들은 하늘이 무너졌다고 야단이죠. 요즘 할머니는 산고로부터 멀리 떨어져 있고, 아이가 우는 것이 배가 고파선지 심술이 난 때문인지를 알아보려고 젖을 물리는 기쁨으로부터도 멀리 떨어져 있지요. 심술 얘기가 나와서 하는 얘기인데, 지난번 스님께서 여기 머무실 때 제가 부적을 써달라고 너무 성가시게 굴었던 것 같아요."

"자매님."

라마승은 불교의 승려가 간혹 비구니를 부를 때 쓰는 호칭으로 그녀를 불렀다.

"부적이 당신을 편안하게 한다면……"

"부적이 의사 만 명보다 낫지요."

"소승이 말하지 않습니까. 부적이 당신을 편안케 한다면, 숙첸의 주지승이었던 내가 당신이 원하는 만큼 부적을 만들어주겠습니다. 그러고는 당신의 얼굴을 결코 보지 않을……"

"우리 과수원의 비파열매를 훔쳐가는 원숭이들도 얻을 건 얻고 보죠. 히히!"

"하지만 저기 잠이 든 내 제자가 말했듯이 당신은 아름다운 마음을 가졌습니다…… 그는 내 영혼의 '손자'예요."

그는 앞뜰 건너편 객사의 닫혀 있는 문을 보며 고개를 끄덕였다.

"좋아요! 저는 스님의 암소입니다."

이 말은 순수한 힌두식 표현이었다. 하지만 라마승은 그녀의 말에 주의를 기울이지 않았다.

"전 늙었어요. 이 육신으로 아들들을 낳았지요. 오, 한때는 남자를 즐겁게 해줄 수도 있었죠. 지금은 그들을 돌봐줄 수 있고요."

그는 마치 그녀가 뭔가 행동을 취하기 위해 팔을 걷어붙인 듯 그녀의 팔찌가 찰랑거리는 소리를 들었다.

"저는 소년을 넘겨받아 약을 먹일 겁니다. 그리고 그 아이를 배불리 먹이고, 건강하게 만들 겁니다. 하하! 우리 늙은이들은 이미 훤하게 알고 있단 말이죠!"

온몸의 뼈가 아팠지만 잠에서 깨어나 스승의 식사를 얻으러 주방으로 가려던 킴은 뭔가 자신을 주시하는 강렬한 시선을 느꼈다. 백발의 남자 하인 곁에 베일을 쓴 노인의 형상이 문가에 나타나 있었는데, 그가 해서는 안 되는 것들을 아주 신중하게 일러주었다.

"네가 가지고 있어야 한다고? 넌 아무것도 가질 수가 없어. 뭐였더라? 신성한 책들이 담겨 있다는 자물쇠로 채워놓은 상자 하나? 오, 그게 또다른 문제라는 거군. 하늘은 내가 승려와 신자 사이에 끼어드는 걸 금지하셨지. 내가 갖다줄 테니 열쇠나 잘 간수하고 있어."

그들은 상자를 야전침대 아래다 밀어 넣었고, 킴은 마부브가 준 권총과 방수포로 싼 편지다발, 그리고 잠금장치가 된 책들과 일지를 안도의 한숨을 내쉬며 챙겨 넣었다. 몇몇 어처구니없는 이유로 어깨를 짓누르던 무게는 그의 초라한 마음에 쌓이는 무게에 비한다면 아무것도 아니었다. 몇 날 밤을 지나는 동안 그 무게로 인해 그의 목은 몹시 아팠다.

"네 병은 요즘 젊은이들에게는 흔치 않은 것이야. 젊은 사람들이란 유익한 것을 지키려 하지 않기 때문이지. 잠이 약이다. 물론 제대로 처방된 약도 필요하고."

노부인이 말했다. 그는 반은 협박하고 반은 위로해주는 부인의 그 단순함에 자신을 맡겨놓는 것이 기분 좋았다.

그녀는 식료품 창고에서 몇 가지 신비한 동양의 재료들로 음료를 만들었는데, 냄새와 맛이 아주 고약한 약이었다. 그녀는 하인들이 내려갈 때까지 킴을 굽어보고 있다가, 그들이 올라오자 꼬치꼬치 캐물었다. 그녀는 무기를 가진 남자 하나를 시켜 앞마당을 지키게 했다. 일흔 살 남짓한 그의 칼집에 꽂힌 칼은 자루 부분이 잘려나가고 없었다. 하지만 그는 노부인의 권위를 고스란히 대변하고 있었다. 그는 짐이 가득 실린 마차와 수다를 떨고 있는 하인들, 송아지와 개, 암탉까지도 그곳에 범접하지 못하도록 둘러가게 했던 것이다. 성심을 다하느라, 킴의 몸을 깨끗이 씻기고 난 다음 그녀는 건물 뒤편에 모여 있던, 경멸적으로 '집개'라 부르는 가난한 친척들까지 물러가게 했다. 그런 뒤 그게 뭔지도 모르면서 유럽식 기술을 익힌 사촌의 과부 아내를 불러 마사지를 시켰다. 두 사람은 킴을 동서 방향으로 눕혀놓고는 부위별로 나누어 맡아 오후가 다 가도록 뼈와 뼈, 근육과 근육, 인대와 인대, 신경과 신경을 이상한 전류가 통하는 듯이 저릿저릿한 느낌이 들게 만들었다. 적당히 풀어지도록 주무르고, 반은 감각을 잃을 정도로 쉴 새 없이 두드려대다가 얼굴을 가리고 있던 차도르가 흘러내리자 고쳐 쓰곤 하는 동안 킴은 수천 킬로미터 아래로 빨려 들어가듯 잠에 빠져들었다. 그렇게 든 잠은 36시간이나 계속되었다. 마치 가뭄이 지난 뒤에 하염없이 내리는 비와 같았다.

오랜 잠에서 깨어나자 노부인은 그에게 음식을 먹였다. 그녀의 수선스러움에 집 안이 들썩거렸다. 그녀는 닭을 잡게 했고, 야채들을 가져오게 했다. 덕분에 술을 마시지 않고 성격이 느긋한, 게다가 그녀만큼 나이를 먹은 야채 재배인은 온통 땀으로 젖었다. 그녀는 개울에서 잡아온 작은 물고기에 향신료와 우유, 양파를 넣고 요리를 해냈다. 거기에 라임오렌지로 만든 셔벗, 덫을 놓아 잡은 살찐 메추리와 사이사이에 얇게 썬 생강을 끼워 넣은 닭간 꼬치구이를 내놓았다.

"난 세상을 두루 보고 다녔지."

그녀는 꽉 들어찬 음식 접시들을 내려다보며 말했다.

"그런데 세상에는 두 종류의 여자가 있어요. 남자로부터 힘을 빼앗는 여자와 힘을 되돌려주는 여자. 나는 한때 전자였는데, 지금은 후자일세. 하기야…… 어린 스님께서 나하고 놀아줄 리가 없지. 농담일세. 지금 당장은 이해가 되지 않는다 해도, 다시 길을 떠나게 되면 이해가 될 거야. 이보게, 사촌."

그녀는 킴에게 정성을 다해 마사지를 해주었던, 죽은 사촌의 아내를 보며 말했다.

"이분의 피부가 새로 빗질을 한 말처럼 활짝 피어났지? 우리가 하는 일이란 게 무희에게 던져주려고 보석을 반짝반짝 닦는 거 같단 말이야, 그렇지 않아?"

킴이 일어나 앉아 미소를 지었다. 그 끔찍하던 탈진이 마치 낡은 신발을 벗어던진 듯 그에게서 떨어져 나갔다. 그의 혀는 다시 마구 떠들어대고 싶어 근질거렸다. 지난 일주일 동안은 마치 입 안에다 재를 집어넣은 듯이 간단한 말조차 제대로 할 수 없을 정도였다. 라마승을 부축하느라 생긴 것이 분명한 목에 생긴 통증은, 뎅기열로 생긴 통증과 지독한 구취와 함께 감 같이 사라져버렸다. 많이는 아니지만 어느 정도는 늙었다고 할 수 있는 두 여자가 얼굴을 가린 베일을 더욱 조심스럽게 여미고는 열려 있는 문으로 모이를 쪼며 들어가는 암탉들처럼 즐겁게 재잘거렸다.

"제 스님께서는 어디에 계신가요?"

그가 물었다.

"말 하시는 것 좀 보게! 당신의 스님께서는 잘 계시지."

그녀는 심술궂게 받아쳤다.

"그분을 지혜롭게 만드는 부적이 어떤 건지만 알 수 있다면 보석을 몽땅 팔아서라도 그걸 사버릴 텐데. 내가 직접 만든 맛있는 음식도 마다하고는…… 그 빈속으로 이틀 밤이나 들판을 돌아다니고 계신다네…… 그러다가 들판 끝에 있는 개울로 뛰어들었는데…… 이런 걸 성자의 품위라 할 수 있나? 망가지기 일보 직전의 그를 보고 있으니 내 마음이 근심스럽지 않겠나? 그런데도 그는 공덕을 쌓은 거라고 말하고 있으니. 오, 세상 모든 남자란 어찌 이리 똑같은지! 아니, 믿을 수가 없어…… 그분이 내게 말하기를, 모든 죄로부터 자유로워졌다더군. 온통 물에 젖기 전에 충고를 해드려야 했는데. 지금은 잘 지내고 계시지…… 지금까지 얘긴 일주일 전의 일이야…… 하지만 그런 식으로 날 애태우다니! 아이 셋을 돌보는 게 더 낫지. 스님을 위해서라도 자네만큼은 애먹이지 말게나. 개울로 나가기 전까지 스님은 자네를 지켜보고 계셨다네."

"스님을 뵈었던 기억이 나질 않네요. 하얗고 검은 빗장이 열렸다 닫혔다 하면서 낮과 밤이 지나간 것만 기억날 뿐입니다. 전 아픈 게 아니라 다만 지쳐 있었을 뿐입니다."

"혼수상태라는 건 몇 년 뒤가 아니라 지금 당장의 일이라네. 하지만 이젠 다 끝났어."

"왕비시여."

킴은 극존칭으로 그녀를 부르긴 했지만 그녀의 눈과 마주치는 순간 그 기세에 눌려 평범한 애칭으로 바꾸었다.

"어머니시여, 제 생명을 빚졌습니다. 제가 어떻게 감사를 드려야 하지요? 마님의 집에 수만 개의 축복을 내려드릴까요, 아니면……"

"집은 축복받는 대상이 아니야!"

노부인의 말을 정확하게 옮겨놓기란 불가능한 일이다.

"그대가 승려로서 할 수 있는 감사를 신들에게 올리시게. 하지만 한 사람의 아들로서 그대가 할 수 있는 감사라면 내게도 해주시게. 하늘이 우리를 내려다보고 있다네! 내가 그대를 이리저리 옮기고 들어올리고, 그대의 발가락 열 개를 꼬집고 때리며 마사지를 해준 것이 감사를 받기 위해서였다고 생각하는가? 어머니란 가슴이 찢어지기 위해 태어난 존재란 말일세. 그대는 그녀에게 어떻게 해주었는가, 아들아?"

"제게는 어머니가 없습니다, 나의 어머니. 그녀는 죽었습니다. 사람들이 제게 말해줬지요, 제가 어렸을 때."

"그만! 어머니가 자기 때문에 모든 권리를 희생했다고 말할 수 있는 사람은 없어. 만약에…… 그대가 다시 길을 나서고, 이 집이 그대가 피난처로 삼은 수천 채의 집 중 하나일 뿐이라면, 그렇게 잊힌다면, 그런 축복이란 쉽게 날아가버릴 게 아닌가. 어쨌든, 난 축복이 필요치 않다네. 하지만…… 하지만……"

그녀는 불쌍한 친척에게 발을 굴렀다.

"이 접시들을 주방으로 가져가게. 식어버린 음식들을 방에 둬서 뭐 하겠다는 거야. 오, 재수 없는 여자 같으니라고."

"저…… 저 역시 아들을 낳았지요. 하지만 죽었답니다."

그녀는 차도르로 얼굴을 가린 노부인 앞에 몸을 굽히고는 흐느껴 울었다.

"아이가 죽었다는 걸 언니도 알잖아요! 접시를 치우라는 분부를 기다리고 있었을 뿐이라고요."

"재수 없는 여자는 바로 나야."

노부인이 자신을 탓하며 소리를 질렀다.

"차트리스를 향해 내려가고 있는 우리는 차티스를 가진 사람의 손을 단단히 끌어 잡고 있지."

'차트리스'는 화장터를 덮고 있는 커다란 우산으로 죽음을 의미했다. 그와 발음이 비슷한 '차티스'는 물이 가득 담긴 항아리로 삶에 대한 자부심으로 가득한 젊은이를 뜻하는 말이었다. 노부인은 노년에 이른 사람들이 젊은이들에 의지해 살아간다는 것을, 비슷한 단어를 이용한 말장난으로 풀어낸 것이었다.

"축제에서 춤을 출 수 없는 자는 창밖을 내다보고 있어야만 하지. 할머니란 존재도 그런 거야. 그대의 스승은 내가 원한다면 내 큰외손자를 위해 부적을 얼마든지 써주겠다고 했는데, 그게 무엇 때문인지 아는가? 그건 그분이 죄로부터 완전히 자유로워졌기 때문이라는 거야. 근데, 요즘 하킴이 무척 쇠약해졌다는구면. 그 사람은 대책도 없이 내 하인들에게 독을 퍼뜨리고 있지."

"어떤 하킴을 말하시는 거죠, 어머니?"

"나를 세 조각으로 찢어놓은 그 알약을 처방해준 바로 그 다카 사내지 누구겠어. 일주일 전에 떠돌이 낙타 꼴을 하고는 나타났지. 그대와 피를 나눈 형제를 맹세하고 쿨루로 함께 올라갔다고 하면서 그대의 건강을 몹시 걱정하는 체하더군. 얼마나 야위고 허기져 보이던지 배가 터지도록 먹이라고 지시를 내렸지. 욕심 사나운 꼴이라니!"

"여기 있다면 보고 싶네요."

"하루에 다섯 끼를 먹으면서 뇌졸중에 걸리지 않으려고 내 하인들을 시켜서 종기를 절개하도록 하지. 건강에 대한 욕심이 얼마나 많은지 주방 출입문에 붙어 서서 남들 식사 끝날 때를 기다리고 있을 정도라고. 남으면 챙겨먹으려고. 잔반 처리자가 생겼으니 우린 그 사람을 절대로 내쫓지 않을 거야."

"그 사람을 여기로 오게 해주세요, 어머니. 오면 제가 고쳐볼게요."

킴의 눈이 깜박거릴 때마다 반짝반짝 빛이 났다.

"그렇게 하지. 헌데 그를 쫓아내지는 마라, 그건 나쁜 일이야. 적어도 개울에 빠진 노스님을 건져 올릴 정도로 분별력은 있는 사람이니까. 그런데 스님께선 웬일인지 물에서 건져주었는데도 공덕을 쌓은 거라는 말씀을 않으시더구나."

"그는 아주 지혜로운 하킴입니다. 그를 보내주세요, 어머니."

"수도승을 칭찬하는 수도승이라? 기적이로군! 헤어질 무렵에 두 사람이 다투어서 하는 말인데, 그 사람이 만약 어떤 의미에서건 그대의 친구라면 말고삐에 매서라도 그 사람을 여기로 끌고 오겠지만…… 얘기를 나눈 뒤에 저녁은 꼭 먹이도록 해라, 내 아들아…… 일어나 세상을 보아라! 몸져누운 건 일흔 살 먹은 악령들의 어미뿐이란다…… 내 아들아! 내 아들아!"

그녀는 태풍을 일으켜 주방을 날려버릴 듯 빠른 걸음으로 앞으로 나아갔다. 그와 거의 동시에 바부가 그녀의 그림자를 밟으며 구르 듯 다가왔다. 로마 황제처럼 어깨까지 내려오는 옷을 걸치고, 티투스 황제처럼 축 늘어진 볼살에 이중턱을 하고서 새로 구입한 가죽구두 를 신은 채로 잔뜩 물이 오른 예전의 모습 그대로 즐겁게 인사를 해 댔다.

"맙소사, 오하라 군. 다시 만나니 기쁘기 그지없군. 문을 닫겠네. 자 네가 아프단 소식을 듣고 마음이 무거웠는데, 이렇게 멀쩡하다니 아 팠던 게 사실인가?"

"문서들…… 킬타에서 꺼낸 문서들 말입니다. 지도들과 무라슬라!"

킴은 더이상 참지 못하고 열쇠를 내밀었다. 그의 영혼은 지금 당장 그 전리품을 없애버리고 싶어했다.

"정말 잘했네. 우리 부서의 관점에서 제대로 얻어걸린 거지. 자네가 전부 다 갖고 있나?"

"킬타에 들어 있던 것 중에서 손으로 쓴 것들은 전부 다 갖고 있습 니다. 나머진 벼랑 아래로 던져버렸습니다."

자물쇠를 따는 소리가 들리더니, 방수포가 천천히 찢기는 불쾌한 소리와 문서들을 빠르게 넘겨보는 소리가 이어졌다. 그는 아파서 아 무것도 할 수 없었던 시간 동안 표현할 수 없을 정도로 무거운 짐에 눌려 지냈던 일이 가슴 아프게 느껴졌다. 그 아픔 탓이었는지 코끼리 처럼 경중경중 뛰어대는 후리가 다시 악수를 하며 손을 흔들어댈 때 는 온몸의 피가 울렁거릴 정도였다.

"이거 정말 멋지구먼! 최고야! 오하라 군! 자넨 정말…… 하하!…… 마술사의 가방을 몽땅 훔쳐낸 거란 말이야. 자물쇠, 수갑, 원통 모두를. 놈들이 내게 말했었지. 팔 개월 동안의 작업이 몽땅 날아갔다고! 맙소사, 놈들이 날 얼마나 두들겨 팼는지 아나?…… 이걸 좀 보게. 힐 라스 왕국에서 보낸 서신이야!"

그는 외교에 공식적 혹은 비공식적으로 사용하는 언어인 페르시아 궁중어로 된 한두 줄의 문장을 억양을 붙여가며 읽기 시작했다.

"국왕 전하께서 최근 곤경에 빠지셨습니다. 전하께서 러시아 황제 께 사랑의 편지들을 보내신 경위를 공식적으로 해명하셔야 하기 때문 입니다. 그리고 그 서신들은 대단히 정교한 지도로서…… 해당 분야 의 고위 관료 서너 명이 이 서신과 연루되어 있다고 합니다. 이 일을 어찌하면 좋을까요, 선생! 영국 정부는 힐라스와 부나르의 왕권에 변 화를 꾀하려고, 새로운 왕위 계승자를 지명할 것입니다.' 배신에 대한 확실한 물증이야…… 이거 믿어도 되는 거지? 응?"

"그것들이 당신 손에 있잖아요?"

킴이 말했다. 그것은 자신이 보관하고 있던 전부였다.

"물론이지. 장담할 수 있다고."

동양인들만이 가능한 일이지만, 바부는 킴이 입수한 것들을 몸 구 석구석에다 모두 챙겨 넣었다.

"노부인은 내가 평생을 여기 붙박여 있을 거라 생각하지만 이걸 가 진 이상 떠날 걸세……지금 당장. 러건 씨의 명성이 자자해질 거야. 자 넨 공식적으로는 내 밑에서 일하지만, 내가 구두보고를 할 때 자네 이 름을 거명할 거라네. 우리에겐 서면보고가 금지되어 있다는 게 아쉬 울 뿐이지. 우리 벵골인들은 백인들의 정확한 과학을 넘어서 있지."

그는 열쇠를 뒤쪽으로 던져버리고는 빈 상자를 보여주었다.

"좋아요. 잘됐어요. 전 무척 피곤했어요. 저의 노스님께서도 편찮으시고. 게다가 스님께선 어디에 빠지셨다고⋯⋯"

"오, 그래. 자네한테 하는 말이지만, 난 그분의 좋은 친구지. 그분이 정말 이상하게 행동하시더라고. 난 그분이 문서들을 갖고 계신 줄 알았다니까. 그래서 난 그분의 명상까지 따라했지. 인종학적 관점에 대해서도 토론을 벌이고 말이야. 하지만 난 요즘 여기서 지내면서 정말 좀스런 인간이라는 걸 알았어. 그분이 지닌 매력에 비추어보니 말일세. 그런데 젠장, 오하라 군, 자네 혹시 알고 있나? 노스님이 마비증세로 고생하신다는 거 말이야. 그래, 내 말함세. 강직증이야. 간질이 아니라면. 그분이 임종 직전의 상태로 나무 아래 있는 걸 내가 발견했다네. 그런데 갑자기 펄쩍 뛰어오르더니 개울로 막 걸어 들어가는 거야. 거의 익사 직전에 내가 꺼내드렸지."

"내가 거기에 있지 않았기 때문이야! 돌아가실 뻔했어."

"그래. 정말 돌아가실 뻔했지. 하지만 지금은 멀쩡하신데, 본인은 현성顯聖*을 경험한 거라고 주장하시더라고."

바부는 뭘 아는지 자신의 이마를 툭 쳤다.

"학술원에 보고하려고 스님이 하신 말씀을 다 기록해놓았지, 여기 머릿속에다. 자넨 신속히, 그리고 완전히 몸이 좋아져서 심라로 돌아가야 하네. 이 얘기들은 나중에 모두 러간 씨 집에서 해주겠네. 정말 눈부셨지. 그 사람들 바짓가랑이는 다 해지고, 늙은 나한의 왕은 그들이 유럽의 탈영병인 줄 알았지 뭐야."

---

* 거룩한 사람의 신령이 그 형상을 나타내는 현상.

"오, 러시아 사람들이요? 얼마나 같이 있었던 거죠?"

"하나는 프랑스인이었지. 아, 엄청난 날들이었어! 고산족 사람들이면 누구나 러시아 사람이면 거지인 줄 알 정도가 됐으니까. 맙소사! 그 사람들은 가진 게 아무것도 없었어. 내게도 있을 리가 없고. 보통 사람들한테 들려준다면, 순전히 지어낸 얘기라고 할 거야! 자네가 회복되면 러간 씨 집에서 다 얘기해줌세. 우린 밤을 꼴깍 새우게 되겠지! 정말이지 눈부신 업적이야! 맞아, 그들이 나한테 증명서를 하나 주었다네. 정말이지 골때리는 농담이지. 알리앙스 은행 부근에서 그 자들이 신분을 밝히려 하는 걸 자네도 봤어야 하는 건데. 자네가 놈들의 문서를 가지고 있다는 걸 전능하신 하느님께 감사드려야 해! 자넨 별로 웃질 않는구먼. 좋을 땐 웃으라고. 난 지금 기차역으로 곧바로 갈 걸세. 자넨 이번 게임으로 모든 종류의 신임을 얻게 되었다네. 언제쯤이나 같이 일할 수 있을까? 비록 큰 싸움거리를 제공하긴 했지만, 우린 자네를 아주 자랑스럽게 여길 걸세. 특히 마부브가."

"아, 마부브. 그분은 어디 있죠?"

"이 근처 어디서 말을 팔고 있겠지, 물론."

"여기 어디라고요! 무슨 일이죠? 천천히 좀 말해주세요. 아직 머리가 잘 돌아가지 않는단 말입니다."

바부는 겸연쩍은 듯 눈을 내리깔았다.

"그래, 자네도 알지만, 난 겁쟁이라네. 게다가 난 책임지는 일 따위도 좋아하질 않지. 자네는 몸져누웠고, 난 문서가 모두 어디 있는지를 알지도 못했고. 안다 해도, 얼마나 많은지를 알 수 없었지. 그래서 여기로 온 뒤에 난 조급한 마음에 마부브에게 은밀히 전보를 보냈다네.

그는 경주 때문에 메루트*에 와 있었지. 난 상황이 어떻게 된 건지를 설명해줬어. 그가 사람들을 데리고 올라와서는 라마스님과 어울렸다네. 그런데 그 사람이 나한테 멍청이라고 하는 거야. 무례하기 짝이 없더군……"

"무슨 일로 멍청이라고 한 걸까요?"

"내가 묻고 싶은 게 바로 그거야. 난 단지, 어떤 사람이 문서를 훔쳐낸다면 어떤 강하고 용감한 사람들이 그걸 다시 훔쳐내야 한다고 생각했을 뿐이야. 자네도 알겠지만, 그건 정말 중요한 것이거든. 그리고 마부브 알리, 그 사람은 자네가 어디 있는지도 몰랐단 말이야."

"마부브 알리가 그걸 훔치러 노부인의 집으로 들어왔다는 말인가요? 미쳤어요, 바부?"

킴이 화가 나서 말했다.

"난 문서들을 원했지. 만약에 그녀가 그것들을 빼냈다고 생각해보라고. 지극히 현실적인 생각이었을 뿐이야. 기분이 나빠진 것 같군, 아닌가?"

킴은, 여기에다 옮겨놓기에 적당하지 않은 힌두 속담을 인용해, 자신이 그의 생각에 동의할 수 없다는 속내를 드러내 보였다.

"좋아."

후리가 어깨를 으쓱해 보였다.

"네 입맛엔 맞지 않을 수도 있겠어. 마부브도 화를 내더군. 그는 이 마을 부근에서 말을 팔아왔는데, 이 집 노부인이야말로 진짜 후덕한

---

* 인도 북부, 우타르프라데시 주 서부의 도시.

부인이라고 말하면서 그런 비신사적인 일을 해서 체면을 구길 리가 없다더군. 난 상관하지 않네. 난 이제 문서들을 갖게 되었고, 마부브로 부터 정신적인 원조를 받을 수 있었으니 고마울 따름이지. 늘 하는 말이지만, 난 겁쟁이야. 하지만 어찌 된 일인지 그 빌어먹을 궁지에 몰리면 더욱 두려워진단 말이야. 그래서 치니에 갈 때 함께 가줘서 여간 기뻤던 게 아니었다네. 마부브 역시 가까운 곳에 있어줘서 고마웠던 거고. 노부인은 때때로 나와 내 멋진 약들에 대해 너무 무례하게 군다는 사실, 알고 있나?"

"알라시여, 자비를!"

킴이 팔꿈치에 체중을 실으며 기분이 좋아져서 말했다.

"정말 놀라운 인간, 바부여! 도둑맞고 화가 난 외국인들과 홀로 동행했다니!"

"오, 별일 없었다고. 날 구타한 뒤에는. 하지만 내가 만약 문서들을 내 손에 쥘 수 없었다면 정말 심각해졌겠지. 어쨌든 마부브는 날 두들겨 패려고 하더니 라마스님에게로 가서는 진종일 노닥거렸으니까. 앞으로도 난 인종학적 조사를 계속해야만 해. 자, 이젠 헤어져야겠네, 오하라 군. 서두른다면 움발라행 네시 이십오분 기차를 탈 수 있을 거야. 러간 씨 집에서 우리가 얘기를 나눌 수 있다면 정말 재밌는 시간이 될 걸세. 공식적으로 더 좋은 소식을 전할 수 있을 거라 믿네. 잘 있게, 사랑하는 친구. 그리고 다음에 만날 땐 티베트 복장을 하고서 이슬람 용어를 사용하는 일은 발생하지 않기를 빌겠네."

그는 두 번이나 악수를 청하고는 문을 열었다. 그는 머리에서 구두 뒤축까지 영락없는 바부였다. 하지만 승리에 찬 얼굴 위로 햇살이 떨어지기 무섭게 그는 다카의 초라한 돌팔이 의사로 돌아갔다.

'결국 저 인간이 몽땅 훔쳐간 셈이군.'

킴은 이 게임에서 자신의 몫은 잊은 채 그렇게 생각했다.

'그가 뺏어낸 거야. 벵골인답게 그들을 속여먹은 거지. 놈들은 그에게 치트(감사장)까지 주었고. 그는 자신의 생명을 담보로 그들을 조롱거리로 만들었어⋯⋯ 나 같으면 총격이 벌어진 뒤엔 절대로 놈들에게 가지 못했을 거야⋯⋯ 그런데도 그는 오히려 자신을 겁쟁이라고 말하잖아⋯⋯ 하기야 겁쟁이이긴 해. 이제, 다시 세상 속으로 들어가야겠구나.'

처음에는 그의 다리가 저질 담뱃대처럼 구부러졌다. 그러고는 햇빛이 홍수처럼 밀려 들어와 현기증을 일으켰다. 하얀 담벼락 아래 쪼그리고 앉아 긴 들것 여행 중에 일어난 사건들을 하나하나 되짚어보니, 라마승의 몸이 쇠약해진 것, 그리고 대화를 통해 들떴던 기분이 가라앉은 지금, 자신에 대해 느껴지는 어떤 연민 같은 것이 그의 마음속에 깊이 담겨 있었다. 멍하기만 했던 머리가 외부의 모든 것으로부터 서서히 멀어지고 있었다. 마치 한때는 내달리기만 했던 길들지 않은 말이 천천히 걷는 것과 같았다. 킬타 속의 전리품들이 자신의 손에서 떠났다는 것 자체로 충분했다. 너무도 충분했다. 그는 라마승에 대해 생각해보았다. 스님이 왜 개울로 뛰어들었는지 이유를 알 수 없었다. 하지만 앞마당의 문들 사이로 내다보이는 드넓은 세상이 그런 생각을 한쪽으로 쓸어가버렸다. 그러고는 그저 나무들과 넓은 들녘, 곡식들 사이로 언뜻언뜻 보이는 오두막들을 바라보았다. 그런데 이상하게도 그의 눈에 보이는 것들은 그 크기도, 넓이도, 무엇으로 만들어진 것인지도 분별할 수가 없었다. 그렇게 30분이나 꼼짝없이 앉아 있었다. 비록 말로는 표현할 수 없었지만, 자신의 영혼이 자신을 돌아가게 하던 톱니바퀴로부터 빠져나온 것 같다는 느낌이었다. 어떤 기계에도 연결되어 있지 않은 톱니바퀴, 그것은 마치 방 한쪽 구석에 아무렇게나 놓여 있는, 작동을 멈춘 싸구려 베히아 설탕분쇄기와 같았다. 산들바람이 그의 머리 위로 불어가고, 앵무새들이 그를 향해 울어댔으며, 사람들의 북적거리는 소리가 집 뒤에서 들려왔다. 말다툼하는 소리, 지시를 내리는 소리, 꾸지람하는 소리들이 먹먹해진 그의 고막을 울리고 있었다.

'나는 킴이다. 나는 킴이다. 그런데, 킴이 누구야?'

그의 영혼이 그렇게 물었고, 다시 물었고, 또다시 물었다.

그는 울고 싶은 것이 아니었다. 그의 삶에서 울어야겠다는 감정을 가져본 적이 없었다. 하지만 느닷없이, 너무 쉽게, 바보같이, 눈물이 줄줄 흘러내리고 있었다. 그 순간 귓속으로 찰칵 하는 소리가 들려왔고 자기 존재의 수레바퀴가 외부의 세계와 새롭게 연결되는 것을 느꼈다. 조금 전만 해도 자신의 눈에 전혀 의미 없어 보이던 사물들이 자신의 크기를 가지기 시작한 것이다. 길들은 걸어다니는 존재로, 집들은 살아가는 존재로, 가축들은 부리는 존재로, 들판은 경작하는 존재로, 남자와 여자는 대화를 나누는 존재로 의미를 가지기 시작했던 것이다. 그들은 모두 실재했으며 참된 것이었다. 그들은 굳건히 땅을 디디고 서 있었다. 온전히 이해할 수 있는…… 맨발에 묻어 있는 그 흙, 바로 그것이었다. 그는 귀에 벌레가 들어간 강아지처럼 온몸을 흔들어댔다. 그러고는 대문 밖으로 나가 걷기 시작했다. 그의 행동을 지켜보고 있겠다던 노부인의 말대로 곧바로 그녀에게 보고가 들어갔다.

"가도록 두어라. 내가 할 일은 다 했다. 나머진 대지의 여신이 맡아주시겠지. 노스님께서 명상을 마치시거든 일러주기나 해라."

1킬로미터쯤 걸어가니 작은 둔덕에 빈 수레가 하나 세워져 있었다. 그 수레 뒤편에는 어린 보리수 한 그루가 있었는데, 그것은 새로 경작한 땅 위에 마치 파수꾼처럼 서 있었다. 그 나무 가까이 다가가자 부드러운 대기에 씻긴 그의 눈꺼풀이 점점 무거워졌다. 땅은 아주 깨끗한 흙으로 덮여 있었다. 새로 자라난 풀은 없고 살아 있는 것들도 이미 거의 반은 시들어 있었다. 하지만 그 땅은 모든 생명의 씨앗을 품고 있었다. 그는 발가락 사이로 흙을 느꼈고, 손바닥을 흙 위에 대고 가볍게 두드렸다. 움직이지 않게 바퀴 앞에다 나무를 박아놓은 빈 수레의 그림자 아래에 누워 길게 몸을 늘이자 그의 몸, 뼈와 뼈를 잇는 관절들 사이에서 호사스러운 숨이 뿜어져 나왔다. 대지의 여신은 노부인만큼이나 정성스럽게 그를 감쌌다. 대지의 여신은 간이침대에 너무 오래 누워 있은 탓에 깨져버린 균형을 회복해주었고 비로소 그에게 호흡을 되찾아주었다. 그의 머리는 여신의 가슴 위에 힘없이 떨어져 있었고, 그의 펼쳐진 손바닥을 통해 그녀의 정기가 흘러들고 있었다. 그를 내려다보고 있는 여러 가닥으로 뿌리를 뻗친 나무는, 심지어 그 나무 곁의 고사목조차, 그가 찾고자 하는 것이 무엇인지를 아는 듯했다. 그 자신도 알지 못하는 그것을. 시간이 시간 위에 쌓이고, 그는 잠보다 더 깊은 곳으로 빠져들고 있었다.

일을 끝내고 집으로 돌아가는 소들이 지평선마다 자욱이 먼지를 일으키는 저녁, 그가 밖으로 나갔다는 사실을 알게 된 라마승과 마부브 알리가 조심스럽게 걸음을 옮기며 그에게로 다가왔다.

"알라여! 이런 툭 트인 곳에서 놀고 있다니 멍청이가 따로 없구먼! 국경지대였다면 총알을 수백 발은 맞았겠군."

말장수가 중얼거렸다.

"하지만 이런 제자는 결코 없었소. 절제를 알고, 친절하며, 지혜롭고, 자신을 내세우지 않으면서도 언제나 즐거운, 과오를 잊지 않고, 박식하고, 진실하고, 예의바른…… 큰 보상이 그에게 내릴 것이오!"

라마승이 이미 몇 번이나 했던 말을 되풀이했다.

"나도 이 소년을 아오…… 이미 말했듯이."

"당신 생각에도 이 아이가 그 모든 걸 가진 것 같소?"

"조금은…… 하지만 난 아직 이 아이를 이토록 진실하게 만들어준 게 당신의 부적이라는 생각은 들지 않소. 노부인의 간호를 잘 받았다는 건 확실하지."

"노부인은 황금의 가슴을 지닌 분이오. 그녀는 이 아이를 자신의 아들처럼 생각한다오."

라마승은 진심으로 말했다.

"흠! 인도인 반쯤은 그런 사람들일 것 같은데. 내가 바라는 건 그저 이 소년이 아무런 해를 입지 않고 자유인으로 돌아가는 거요. 당신도 알다시피, 이 아이와 난, 당신이 이 아이와 순례를 떠나던 그 무렵에 이미 친구였소."

"우리도 유대가 깊구먼. 우리의 순례도 이제 다 끝나간다오."

라마승이 흙 위에 앉았다.

"일주일 전에 영원히 끝낼 뻔했잖소. 우리가 당신을 침대에다 눕혀

났을 때 노부인이 당신에게 하던 말을 들었지."

마부브는 웃음을 터뜨리며 새로 염색한 수염을 쓸어댔다.

"나는 그때 명상에 들어 있었소. 그런데 다카의 그 하킴이 내 명상을 깨버렸던 거요."

"그렇긴 하지만, 어쨌든 지옥에 대한 명상을 끝내게 해주지 않았소이까."

이 말은 파슈토어로 예의를 갖춘 표현이었다.

"당신의 어린아이와 같은 순수함에도 불구하고 결국 당신은 무신론자에다 우상숭배자라 이 말씀이오. 그건 그렇고, 붉은 모자 양반, 곧 끝난다고 한 건 무슨 뜻이오?"

"바로 오늘밤이오."

라마승의 말은 느리게 흘러나왔다. 어떤 성취감으로 인해 목소리가 떨리고 있었다.

"바로 오늘밤, 모든 죄로부터 풀려난 나와 같이, 나처럼 확연히 이 아이도 자유로워진다오. 그는 육신의 삶을 끝내게 되는 거요. 윤회의 수레바퀴로부터 자유를 얻게 되는 거요. 나는 그 전조를 보았소."

그는 품안에 넣어둔 찢어진 만다라 위에 손을 얹었다.

"오랜 시간은 아니었으나 나는 그동안 그를 지켜주었소. 기억하시오, 내가 삼라만상의 이해에 도달했다는 걸. 이미 사흘 전에 그대에게 말했던 것이오."

"그래서 어쩌겠다는 거요? 이 아이를 죽일 거요? 아니면 바부가 당신을 끌어냈던 그 멋진 강에다 빠뜨려버릴 거요?"

"나는 어떤 강으로부터도 끌려나오지 않았소. 그대는 무슨 일이 일어났는지를 모르오. 나는 삼라만상의 이해를 통해 그것을 발견했소."

라마승은 간단히 대답했다.

"오, 그렇군. 맞아."

마부브가 더듬거리며 말했다. 한편으론 화가 나기도 하고 한편으론 우습기도 했다.

"도대체 무슨 일이 일어난 것인지 도통 알 수가 없군. 그런데 당신 은 그걸 멋지게 찾아냈단 말이지?"

"인생이란 죄가 아니라 단순한 광기라는 것, 내가 말하려는 건 그거 요. 내 제자는 강을 찾도록 나를 도와주었소. 그건 나와 함께 죄를 씻 어낼 수 있는 그의 권리였소."

"그렇군, 목욕이 필요했군. 하지만 그런 뒤에, 영감은 뭘 했소? 그 뒤에."

"하늘 아래 무엇이 문제란 말이오? 그는 열반에 들 거요. 깨달은 자 이기 때문에, 나와 같은."

"잘 말했소이다. 난 무함마드의 말馬과 함께 하늘로 날아갈까봐 걱 정을 했더랬는데."

"아니오…… 그는 스승이 되어야 하오."

"아하! 이제야 알겠군! 망아지를 훈련시키자는 것이었구먼. 분명히 그 아인 선생이 될 거요. 그 아인, 가령, 국가의 공무원으로 절실하게 필요한 인재가 될 거요."

"그런 목적으로 길러졌소. 나는 이 아이의 학비를 마련하여 공덕을 쌓았소. 선량한 행위는 죽지 않소. 이 아이는 내가 강을 찾아내도록 도 와주었소. 나는 그의 목표를 도와주었고. 이것이 수레바퀴의 공정함이라오, 북쪽에서 온 상인이여. 그를 스승이 되게 하시오. 그를 서기가 되도록 하시오. 무엇이 문제겠소? 그는 결국 자유를 얻게 될 터인데. 나머진 허상일 뿐이오."

"무슨 문제냐고? 이 아이의 동정을 살피느라 여섯 달이나 발흐를 떠나 있다고! 병아리 같은 바부 덕분에, 병든 소년을 한 늙은이의 집 밖으로 탈출시키려고 난 열 마리의 절름발이 말과 세 명의 건장한 사내를 끌고 여기까지 왔단 말이오. 그런데 이제 붉은 모자 영감이 한 백인 소년을 이교도의 천국으로 보내버리려는 걸 내가 지켜보게 생겼단 말이야. 이 아이는 게임을 해야 할 사람이란 말이오! 그런데 정신이상자 하나가 소년을 좋아하고 있으니, 나 역시 미치광이가 되어야 한다는 건 당연하지 않소?"

"게임을 해야 할 사람이란 건 무슨 뜻이오?"

라마승은 붉은 수염을 연신 쓰다듬으며 거친 파슈토어로 지껄여대는 마부브의 말을 알아듣기가 쉽지 않았다.

"별뜻 없으니 신경 끊으시오. 내 생각에 이 소년은 지금이라도 정부 기관에 들어갈 수가 있소. 그게 천국으로 가는 길이란 말이오. 이제 곧 어두워질 테니 난 내 말에게로 가야 하오. 지금은 깨우지 마시오. 당신을 스승님이라고 불러대는 소릴 듣고 싶지 않으니까."

"하지만 이 아이는 내 제자요. 그 외에 뭐가 있겠소?"

"이 소년도 그렇게 말해왔지."

마부브는 울화가 치미는 걸 억누르고는 웃음을 터뜨렸다.

"난 당신의 믿음과 함께할 수 없소, 붉은 모자. 아무리 사소한 거라도."

"믿음 따윈 아무것도 아니오."

라마승이 말했다.

"난 그렇게 생각지 않아. 그러니 내가 당신을 선량한 사람이라고, 대단히 선량한 사람이라고 부를 때조차 당신은 전혀 감동받지 않는 거야. 온통 물에 빠져 허우적거리다 나왔으면서도 죄가 씻겼다는 듯, 말끔하게 세수나 한 듯이 느낀단 말이야. 당신과 난 지금 네다섯 시간을 함께 얘기했는데, 결국 난 말장수이고, 신성함조차 말의 다리 너머로밖엔 볼 수 없단 말이오. 그래, 세상 모든 이의 친구가 처음에 어떻게 당신 수중에 들어갔는지 알 수 있겠어. 잘 이용해먹다가 빌어먹을 선생인지 뭔지 만들어서 세상으로 돌려보내주시오. 그놈의 망아지한테 제대로 약을 먹이려거든 발이나 씻어주시구려."

"나의 도를 따른다면 소년은 당신을 따르게 될 거요."

마부브는 너무도 황당한 요구에 멍한 표정이 되어 라마승을 뚫어지게 바라보았다. 한 줄기 바람이 불어왔다. 바람에 묻어 있는 물기가 그의 속세에 찌든 영혼에 젖어들었다.

"천천히…… 부드럽게…… 한 걸음에 한 발짝만 떼시오. 거세한 절름발이 말이 움발라를 향해 가듯이 말이오. 나중에는 성큼성큼 극락으로 갈 수 있겠지. 나도 실은 그 길을 닦고 있겠지만. 당신의 순수함에 빚을 졌소이다. 당신은 절대로 거짓말을 하지 않겠지?"

"무슨 필요가 있다고?"

"오, 알라여, 저 노인의 얘기를 들어보소서! 이 세상을 살아가면서 '무슨 필요'라고! 단 한 사람도 다치게 한 적이 없소?"

"한 번…… 필통으로…… 내가 지혜로워지기 전이었소."

"그래요? 당신은 이제 완전히 회복되었구려. 당신의 가르침들은 훌륭하오. 당신은 내가 아는 한 인간을 투쟁의 길에서 내려놨소."

그는 폭소를 터뜨렸다.

"그는 말을 강탈하려고 열린 마음으로 여기에 왔었지. 그래, 목을 자르고, 강탈하고, 죽이고, 원하는 건 뭐든지 빼앗았지."

"정말 어리석도다!"

"오! 부끄럽기 짝이 없소. 하여 그는 당신을 본 뒤에 생각했소······ 몇 명의 다른 사람들, 남자와 여자. 그래서 그는 포기했던 거요. 그리고 그는 이제 뚱뚱한 바부 한 놈을 두들겨 패러 가는 거요."

"이해할 수가 없소."

"알라가 가만 놔두지 않으실 거요! 어떤 자들은 강하다는 걸 알기 때문에 강하다오, 붉은 모자. 당신의 힘은 더욱 강해졌어. 그걸 지키시오······ 당신은 그럴 거라고 생각하오. 만약 소년이 선한 하인이 되지 못한다면, 귀를 잡아당겨서라도 정신 차리게 하시오."

널따란 부하라식 허리띠를 확 잡아끌며 그 아프간 사람은 황혼 속으로 성큼성큼 걸어 들어갔다. 그리고 라마승은 자신의 어두운 그림자 뒤편으로 넓게 펼쳐진 들녘을 바라보았다.

"저 사람은 예의가 없어. 그리고 사물의 그림자에 속고 있어. 하지만 이제 보상을 받게 될 내 제자에 대해선 좋게 얘기했지. 날 기도하게 만들었어! ······일어나라! 오, 여인으로부터 태어난 모든 이보다 운이 좋은 이여. 일어나라! 발견되었노라!"

킴은 깊은 우물로부터 빠져나왔다. 라마승은 그가 늘어지게 하품을 하고, 나쁜 기운을 털어내기 위해 머리를 흔들며 손가락 매듭을 하나

하나 꺾는 것을 지켜보았다.

"백 년 동안이나 잔 것 같습니다. 여기가……? 스님께선 여기에 얼마나 계셨나요? 스님을 찾아 집을 나왔는데……"

그는 나른한 표정으로 웃었다.

"도중에 잠이 들고 말았습니다. 이제 아주 좋아졌습니다. 식사는 하셨습니까? 집으로 가시죠. 스님을 돌봐드리지 못한 게 여러 날 되었습니다. 그동안 노부인께서 잘 챙겨주셨습니까? 스님의 발은 누가 씻어드렸습니까? 편찮으신 데는…… 배랑, 목, 귀울림은 괜찮아지셨습니까?"

"없어졌다…… 모두 다 사라졌단다. 너는 모르겠느냐?"

"전 아무것도 모릅니다. 멍청히 지내는 동안 스님을 뵐 수 없었으니까요. 그런데 알아야 할 게 뭔지요?"

"내 모든 생각이 너를 향하고 있었는데 네게 지혜가 솟아나지 않았다니 이상한 일이구나."

"스님의 얼굴은 보이지 않지만 목소리만은 징처럼 울리는군요. 노부인의 음식들이 스님을 젊게 했던가요?"

그는 일렁거리는 레몬빛 황혼을 배경으로 가부좌를 틀고 앉은 새까만 형상을 뚫어지게 바라보았다. 그 모습은 라호르 박물관의 회전문을 굽어보고 있던 돌부처와 같았다.

라마승은 고요 속에 깃들어 있었다. 염주를 굴리는 소리와 마부브가 타고 가는 말발굽 소리만이 들려올 뿐이었다. 인도의 저녁이 부드러운 연기처럼 조용히 두 사람을 감싸고 있었다.

"내 말을 들어봐라! 전할 게 있다."

"하지만 집으로 돌아가야……"

길고 노란 손이 조용히 하라는 신호를 보내왔다. 킴은 순순히 자신의 승복 끝자락 안으로 발을 끌어들였다.

"내 말을 들어봐라! 전할 게 있다! 강찾기는 끝났다. 이제 보상이 올 때란다…… 우리가 설산 중에 있을 때, 나는 네 힘에 의지해 살았다. 어린 가지는 꺾일 듯 굽어졌다. 우리가 설산에서 나왔을 때, 나는 너로 인해 그리고 내 마음에 생겨난 여러 문제로 인해 곤란을 겪었다. 내 영혼의 배는 방향을 잃었고, 나는 인과의 사슬을 헤아릴 수 없었다. 그리하여 나는 너를 덕성 깊은 여인에게 맡겼다. 나는 어떤 음식도 입에 넣지를 않았다. 나는 물을 마시지도 않았다. 그러나 내 눈에는 길이 보이지 않았다. 사람들은 내게 먹기를 강권했고, 내 닫힌 방문 앞에서 소리를 질렀다. 그리하여 나는 한 그루 나무 아래로 물러나왔다. 나는 아무것도 먹지 않았다. 물도 마시지 않았다. 명상에 들어 두 번의 낮과 두 번의 밤을 보냈다. 호흡법 그대로 숨을 들이쉬고 내쉬며 내 마음을 비워냈다…… 둘째 날 밤이었다. 내게 내려진 보상은 너무도 큰 것이었다. 지혜로운 영혼이 바보 같은 육신으로부터 스스로 풀려나는 것이었다. 그리고 자유의 몸이 되었다. 전에는 가져보지 못한 순간이었다. 그 문턱까지 가본 적은 있었지만. 깊이 생각해야 하느니라. 놀라운 일이기 때문이다!"

"정말 놀랍습니다. 이틀 낮과 이틀 밤을 아무것도 드시지 않았다니! 노부인은 어디에 있었나요?"

킴은 숨을 헐떡이며 물었다.

"그래, 내 영혼은 자유로워져 독수리처럼 날아올랐다. 나는 테슈 라마도 그 어떤 자의 영혼도 실재하지 않음을 알았다. 한 방울의 물이 떨어져 강으로 흐르듯, 내 영혼이 삼라만상을 초월한 위대한 자의 영혼으로 흘러들었다. 더 깊은 명상 속에서 나는 온 인도를, 바다에 떠 있는 실론 섬으로부터 히말라야까지, 그리고 내 고향 숙첸의 채색된 바위들도 보았다. 나는 우리가 머물렀던 모든 야영지와 마을을 보았다. 나는 같은 시간에, 같은 장소에서, 그것들을 보았다. 그 모두가 위대한 존재의 영혼 속에 있기 때문이었다. 그 순간, 나는 위대한 존재의 영혼이 시간과 공간과 사물이 만들어내는 허상 너머에 있음을 깨달았다. 그 순간, 나는 내가 자유로워졌다는 것을 알았다. 나는 침대 위에 누워 있는 너를 보았고, 그 우상숭배자와 뒤엉켜 산비탈 아래로 굴러 떨어지는 너를 보았다. 같은 시간, 같은 곳, 바로 내 영혼 속에서 말이다. 내가 말했듯이, 내 영혼은 위대한 존재의 영혼과 닿아 있었다. 또한 나는 테슈 라마의 멍청한 육신이 드러누워 있는 것을 보았다. 그리고 다카에서 온 하킴이 내 곁에 무릎을 꿇고는 귀에다 소리를 지르는 것도 보았다. 그때 내 영혼은 완전히 혼자였다. 나는 아무것도 볼수 없었다. 나는 삼라만상 자체였고, 위대한 영혼에 닿아 있었기 때문이었다. 그리고 나는 천 년의 천 년을 명상했다. 어떤 열망도 없이. 인과의 법칙을 명징하게 이해한 채로. 그때 어떤 목소리가 크게 울려왔다. '당신이 이대로 죽는다면 소년은 어떻게 되는 겁니까?' 나는 너에 대한 연민으로 온몸을 떨어댔다. 그래서 내가 말했다. '그가 길에서 벗어나지 않도록, 나는 내 제자에게로 돌아갈 거요.' 그리하여 나, 테슈 라마의 영혼은, 말할 수 없는 굶주림과 그리움, 구역질과 괴로움을 지닌 채 위대한 영혼으로부터 스스로 물러나왔다. 테슈 라마의 영혼은 위대한 영혼으로부터, 물고기의 뱃속에서 벗어난 알처럼, 물을 벗어난 물고기처럼, 구름을 벗어난 물처럼, 짙은 대기를 벗어난 구름처럼, 뛰쳐나오고, 솟구치고, 밀려나고, 뿜어져 나온 것이다. 그때 다시 어떤 목소리가 들려왔다. '강이다! 강을 조심하시오!' 그리고 나는 이전에 내가 보았던 바로 그 세상을 내려다보았다. 같은 시간, 같은 곳에서. 그리고 나는 분명히 내 발 밑에서 흐르고 있는 화살의 강을 보았다. 그 순간, 내 영혼은 어떤 악령으로부터 방해를 받고 있었거나 무엇 때문인지 온전히 깨끗해지지 못한 상태였다. 그것은 내 팔을 붙들었고, 내 허리를 휘감았다. 하지만 나는 그것을 옆으로 밀쳐내고 한 마리 독수리가 창공을 향해 날아오르듯 그 강물로 내 몸을 던졌다. 나는 내 아래로 그 강이, 그 화살의 강이 흐르고 있는 것을 보았다. 나는 그 강 아래로 가라앉았고, 강물은 내 몸을 온통 감싸 안았다. 그리고 나는 다시 테슈 라마의 몸 안으로 들어가는 것을 보았다. 그러나 죄악에서 벗어나 있었다. 그리고 다카의 하킴이 강물 속에 잠겨 있던 나를 들어올렸다. 바로 여기! 여기 망고나무 불탑 뒤, 바로 이곳에서!"

"알라의 가호로다! 오, 바부가 곁에 있었으니 얼마나 다행이었습니까! 흠뻑 젖으셨나요?"

"무슨 상관이겠느냐? 하킴이 생각한 건 테슈 라마의 육신뿐이었다는 걸 안다. 그는 자신의 손으로 그 신성한 강물 밖으로 내 육신을 들어올렸고, 그뒤에 북쪽에서 온 말장수와 남자들이 간이침대를 갖고 와서 내 육신을 거기에 내려놓고는 노부인의 집으로 옮겨놓은 것이다."

"노부인은 뭐라고 말씀하셨습니까?"

"나는 내 육신 속에서 명상에 들어 있었고, 아무 소리도 들을 수 없었다. 이리하여 강찾기는 끝이 났다. 내가 쌓은 공덕으로 인하여, 화살의 강이 여기에 있게 된 것이다. 그것은 내 발 밑에서 솟아올랐고, 내가 말한 대로 이루어졌다. 나는 그 강을 발견했다. 내 영혼의 아들아, 나는 모든 업보로부터 너를 자유롭게 하기 위하여 해탈의 문턱에서 내 영혼을 비틀어 빠져나왔다. 나는 자유로워졌고, 업보는 사라졌다! 윤회의 수레바퀴는 공정하다! 우리는 온전히 해방되었다! 내게로 오너라!"

그는 자신의 무릎 위에 두 손을 얹어놓은 채 미소를 짓고 있었다. 마치 그 자신과 그의 사랑하는 사람을 구원했다는 표정으로.

『킴』을 읽는 게임

소설 『킴』에 나타난 "뛰어난 관찰력, 독창적인 상상력, 힘찬 사상, 이야기꾼으로서의 남다른 재능"을 인정받아 1907년 영국인으로서는 최초로 노벨문학상을 수상한 러디어드 키플링(1865~1936)은 늑대소년 모글리의 이야기로 더 잘 알려진 『정글북』의 작가이다. 키플링은 그의 대표작인 『킴』과 『정글북』 말고도 『인도의 이야기들』 『군인의 이야기』 『고원지대의 평온한 이야기들』 등의 소설뿐 아니라 「백인의 사명」을 비롯하여 많은 시를 쓰기도 했다. 20세기 초 그가 활동하던 시기에는 어느 작가보다도 많은 독자를 확보하고 있었다. 1950년대에서 70년대까지 문학작품을 사회나 역사적 맥락과는 분리하여 보는 것이 바람직하다는 문학관이 득세했을 때, 인도의 식민지 상황을 구체적으로 다루는 그의 문학은 별 주목을 받지 못한 것이 사실이다. 그러나 1980년대 이후 문학작품은 현실을 반영할 뿐만 아니라 현실세계를 만들어가기도 한다는 견해가 문학작품을 읽는 기본틀이 되면서 키플링은 새로운 조명을 받으며 20세기의 대표적인 영문학 작가로 인정받고 있다.

키플링 작품의 특징은 대중문학과 고급문학의 특성을 모두 갖추고 있다는 점이다. 그의 독자가 많다는 것은 이러한 점에 연유한다. 그의 문학작품은 신분이 낮으면 낮은 대로 높으면 높은 대로, 지식이 많으면 많은 대로 적으면 적은 대로 그들의 이야기를 해준다는 생각을 갖게 한다. 20세기 영국문학을 대표하는 조지프 콘래드나 제임스 조이스의 문학은 비평가들로부터는 최고의 찬사를 받고 있지만, 인물들의 내면의식을 중시하는 모더니즘적 글쓰기로 인해 일반적인 독자들은 난해하다는 인상을 받고 거리감을 느끼게 된다. 또한 추리소설로 대중적 인기를 얻었던 코넌 도일은 고급 비평가들로부터는 별 주목을 받지 못했다. 이들과는 달리 키플링은 재미있는 이야기를 기대하는 대중적 독자에게는 인도라는 이국적 풍물을 소재로 하여 독자를 매료시키고, 인간 본성에 대한 탐구를 문학을 통해 경험하려는 독자에게는 인도의 철학과 사상, 종교를 작품에 드러냄으로써 삶의 지혜를 얻게 한다. 또한 분석적으로 접근하는 전문적 독자에게는, 하나의 작품 안에 의미의 층을 여러 단계로 설정하여 독서 중에 스스로 다양하게 재구성하게 함으로써 문학작품을 읽는 재미를 준다.

소설 『킴』은 티베트에서 인도로 순례여행을 온 라마승과 아일랜드계의 혈통을 이어받은 킴이라는 소년이 인도의 북서부 지역을 여행하는 이야기로 이루어진 일종의 모험소설이다. 인도에서 태어나고 자란 백인 소년 킴은 부모를 일찍 여의고 고아 신세가 되었지만, 백인이라는 특권으로 친구들 사이에 군림하면서 지낸다. 그가 사는 지역에 온 라마승을 알게 된 킴은 그의 제자가 되어 라마승을 보좌하고 보호하면서 길을 떠난다. 이와 동시에 킴은 '큰 게임'이라고 이름 붙은 영국 식민지 정부의 첩보활동에도 참여한다. 또한 여행 도중에 만난 영국인 성직자의 도움으로 학교 교육을 받기도 한다. 킴이 모험여행 중에 만나는 여러 종류의 인도인들과 인도의 풍물, 인도인들의 생각 등은 이 작품에서 큰 부분을 차지한다. 소설의 결말에서 라마승은 킴의 도움으로 깨달음의 강을 찾아내 해탈을 이룬다. 또한 '큰 게임'에서 킴은 식민지 정부의 정보 담당자인 영국인 크레이튼과 러간, 그리고 인도인 마부브 알리를 도와서, 러시아와 연대하여 인도 식민지 정부의 영향권에서 이탈하려는 산악지대 봉건 왕국의 음모를 분쇄한다.

주인공 킴과 라마승의 일종의 인도 여행기가 되고 있다는 점에서 이 소설은 영문학의 본격적 출발점이 되는 초서의 『캔터베리 이야기』에 닿아 있다. 『캔터베리 이야기』가 순례여행을 하는 여러 종류의 인간 군상을 통하여 삶의 즐거움을 보여주고 있는 것과 마찬가지로 『킴』도 여러 종류의 허물 많은 인간 군상을 애정이 담긴 시선으로 그려낸다. 또한 이 소설은 포스터의 『인도로 가는 길』이나 살만 루슈디의 『한밤의 아이들』과 같이 인도를 소재로 한 현대 영국소설의 선구적 역할을 하기도 했다.

이 소설은 표면상으로는 킴이 열두 살 정도의 어린이에서 열다섯 살 정도의 소년으로 성숙하는 과정에 나타나는 여러 모험여행을 그리고 있다는 점에서, 그가 쓴 어린이들을 위한 다른 모험소설과도 비슷하다. 그러나 『킴』은 어린이만을 위한 소설은 아니다. 이 소설의 중요한 모티브인 '게임'은 일차적으로 줄거리의 뼈대를 이루는 첩보활동을 가리키지만 한편으로는 키플링이 이 소설의 독자에게 요구하는 독서 게임을 의미하기도 한다. 즉 독자가 어떤 입장을 갖느냐에 따라서 다양한 방식으로 이 소설을 읽을 수 있다는 뜻이다.

가장 초보적이면서 표면적인 독서는 일반적인 모험소설을 읽듯이 다가가는 것이다. 이 경우 독자들은 인도를 여행하는 라마승과 킴을 따라서 같이 여행을 하는 셈이 된다. 영국 식민지 정부가 개척한 대간선도로를 따라 걷거나 철도여행을 하면서 만나는 다양한 인도인들의 모습을 통하여 힌두, 무슬림, 시크 등 온갖 종교를 갖고 있는 인도인들의 모습이나, 거짓말을 하여 손님을 속이려는 기차표 판매원, 음탕한 얘기를 즐기는 인도인 할머니, 세포이의 항쟁을 진압하는 데 참여했던 인도인 퇴역군인의 이야기 등을 통하여 독자들은 19세기 말 인도의 모습을 생생하게 파악하게 된다. 또한 어린 소년 킴이 사회를 혼란에 빠뜨리려는 봉건 왕국의 반란 음모를 진압하는 데 결정적 기여를 한다는 점에서는 독자들의 성취욕을 대리 만족시키기도 한다.

영국의 성인 독자들에게 이 소설은 영국이 인도를 어떻게 통치해야 하는지를 시사하는 정치소설이 된다. 영국에서 처음 출판될 당시 『킴』은 사실상 식민지 문제에 관심이 있는 영국 독자들을 염두에 두고 쓰였다고 보인다. 인도에서 자랐고 식민지 인도에 체류하면서 여러 가지 인도 문제를 언론에 기고하던 키플링은 어느 영국 지식인보다도

인도에 정통한 작가였다. 영국의 인도 식민통치사에서 가장 큰 위협은 1857년에 발생한 대폭동(세포이의 항쟁)이었다(영국의 입장에서는 '반란'이지만 인도인의 입장에서는 '항쟁'이다). 영국인들은 대폭동의 발생 원인이 인도인들의 종교적 관습이나 계급 정서를 잘 이해하지 못한 데 있다고 보았다. 키플링은 인도를 통치하기 위해서는 인도를 깊이 이해해야 하며, 이때 인도의 통치자는 킴과 같이 인도에서 성장하여 인도를 잘 이해하고 인도인들과 잘 어울릴 수 있는 사람이어야 한다고 보았다. 또한 킴이 라마승의 해탈을 위한 순례여행을 보좌한 것처럼, 인도인들이 중시하는 영혼의 해방을 위하여 도움을 줄 수 있어야 바람직한 영국인 통치자가 된다는 것이다. 『킴』보다 후에 나온 E. M. 포스터의 『인도로 가는 길』도 키플링과 비슷한 관점으로 인도를 바라보는데, 영국의 인도 통치가 인도인들을 대등한 인간으로 대하지 않는 한 실패할 수밖에 없다는 생각을 바닥에 깔고 있다. 『킴』 역시 문학작품이지만 당시 영국인들의 큰 관심거리였던 영국의 인도 통치에 대한 하나의 처방을 보여준다.

또한 이 소설은 당시 인도인 독자들에게 영국이 왜 바람직한 통치자인지를 알려주기도 한다. 『킴』이 발표된 1901년에는 영국의 식민통치에 대한 인도인들의 반감이 확산되고 있었다. 1885년에는 인도의 독립을 목적으로 인도국민의회(Indian National Congress)가 설립되었으며, 각 방면에서 영국의 식민지배에 대한 저항운동이 본격화하고 있었다. 따라서 영국의 식민통치가 인도인들을 위해 바람직한 것임을 주장할 필요가 있었다. 영국의 식민통치 이전에는 없었던 대간선도로나 철도가 이 소설에서 주요 배경으로 등장하는 것은 영국의 식민통치가 인도인들의 삶의 조건을 향상시키고 있음을 인도인들에게 주지시키기 위한 것이다. 국제정세로 볼 때 당시 영국은 러시아를 비롯한 유럽 대륙 세력과 경쟁관계에 있었다. 영국과 러시아는 세계 곳곳에서 충돌하고 있었으며(1885년의 거문도 사건은 동북아시아에서 영국과 러시아가 충돌한 사례이다), 당시 인도 북부에도 러시아가 세력을 형성하면서 인도 봉건 제후들과 연대를 모색하고 있었다. 『킴』에서 러시아인이 라마승을 무자비하게 폭행하는 장면이 나오는 것은, 러시아가 인도를 지배한다면 폭력적 지배를 당하게 될 것임을 인도인들에게 주지시키기 위한 것이다. 사회질서를 어지럽히는 반란을 꾸미고 인도인들에게 폭력을 행사하는 러시아인은 라마승을 도와 인도인들을 구원하는 킴과 같은 영국인과 비교해볼 때 인도인들이 받아들일 수 없는 침략자에 불과하다고 키플링은 『킴』을 통해서 인도인들에게 강조하는 것이다.

다음은 식민통치를 받고 있던 또는 받은 과거가 있는 인도인의 입장에서 이 소설을 읽는 것이다. 이는 한국의 독자들이 이 소설을 읽을 때 취할 수 있는 방법이기도 하다. 한국 역시 인도와 마찬가지로 식민 지배를 받았고 현재도 서구의 식민지배에서 완전히 벗어났다고 보기는 어렵기 때문이다. 저항적 독서라고 할 수 있는 이 방법은 키플링이 인도인들에게 주입하려는 식민주의적 가치관을 인식하고 이에 맞서면서 이 소설을 읽는 것이다. 키플링이 이 소설을 통하여 인도에 대한 영국의 식민지배가 바람직한 것임을 주장하려 한다면, 저항적 읽기를 수행하는 독자는 이에 맞서 영국인들이 인도인들을 이 소설에서 농락하고 있다는 것을 파악하는 것이다. 예를 들어 대간선도로나 철도가 인도인들을 위한 것이 아니라 인도의 자원을 착취하는 식민통치를 효율적으로 수행하기 위한 것임을 의식하면서 키플링이 어떻게 이 소설을 통하여 인도의 역사와 현실을 왜곡하고 있는가를 파악하는 것이다. 이러한 독서는 이 소설에서 중요한 모티프인 '큰 게임'과 비슷한 것이다. 키플링이 이 소설에서 영국의 식민통치를 합리화하는 게임을 하고 있다면, 독자는 키플링의 의도에 맞서서 왜 인도가 영국의 지배에서 벗어나야 하는지 인식하는 게임을 해야 한다는 것이다. 이 소설의 곳곳에서 인도인들은 게으름뱅이이고 사기꾼이며 음탕한 사람들로 묘사되어 있다. 인도인들 자신이나 인도인들을 겪어본 사람이라면 인도인들에 대한 키플링의 이와 같은 묘사가 사실과 거리가 멀다는 것을 알 수 있을 것이다. 키플링이 이러한 묘사를 통하여 인도인들은 영국인들의 통치를 받으면서 영국인과 같은 문명인이 되어야 한다고 주장하는 것이라면 저항적 독서의 독자는 영국의 지배에서 벗어나야만 게으름뱅이, 사기꾼, 호색꾼들로서의 인도인의 모습이 없어질 것이라고 주장해야 하는 것이다. 이 소설에서 퇴역군인이 대폭동 때 반란세력이 아이들과 여자들을 살육했다고 주장할 때, 저항적 독자는 같은 사건이 인도를 착취하면서 지배하는 외부 세력을 몰아내기 위한 인도인들의 주체적인 항쟁임을 의식하면서 키플링의 역사 왜곡을 꿰뚫어봐야 한다는 것이다.

『킴』을 읽는 재미는 문학작품을 통하여 보편적인 인간성이나 작가의 가치관을 받아들이는 데서 찾을 수는 없다. 식민주의를 겪었던 한국인 독자로서 『킴』을 읽는 재미는 작가인 키플링에 계속 맞서면서 그와 논쟁을 벌이듯 이 소설을 읽어가는 것이다. 이러한 독서를 통해서 소설 『킴』은 작가의 것만이 아니라 작가와 독자가 대화를 통해 함께 만들어가는 것임을 확인하는 것이다. 문학작품은 다른 예술작품과 마찬가지로 독자의 참여가 없다면 완성될 수 없는 것이기 때문이다.

고부응(중앙대 영어영문학)

구도여행, 아름다운 삶을 위한 고행

　인도에 심취해 길게는 한 달, 짧게는 보름 남짓 매년 겨울이면(겨울이 인도를 여행하기에 가장 적합한 계절이다) 배낭을 꾸려 인도행 비행기에 오르는 한 지인에게 "인도의 무엇이 당신을 그토록 강하게 유혹하는 것이냐?" 하고 물은 적이 있다.

　그때 그는, 애절한 심정을 토로하는 사람 특유의 떨리는 목소리로 대답했다.

　"나는 인도에서 인도가 아니라 하나의 '세계'를 본다. 이때 세계란 '본질'이라는 단어로 바꿔 말할 수도 있다. 인도만큼 철저하게 열린, 어떤 것도 감추어지지 않은, 완전히 풀어헤친 모습은 그 어떤 곳에서도 목격하지 못했다. 그 적나라함 앞에서 나는 나의 위선과 가식을 통각痛覺한다. 인도에서 돌아올 때마다 내가 그토록 슬펐던 이유는 돌아가면 다시 허위와 가면의 삶을 살아갈 수밖에 없기 때문이었다."

『킴』을 우리말로 옮기는 동안 나는 여러 번 지인의 그 떨리던 음성을 떠올리며 고개를 끄덕이곤 했다. 인도에서 태어나 유년 시절을 보낸 뒤 10대 후반에 다시 돌아와 20대 중반까지 인도에서 살았던 키플링에게도 인도는 하나의 국가가 아니라 세계 전체를 조망하며 삶의 본질을 목도할 수 있는 공간이었을 거라는 생각이 들었다. 근대 유럽의 지성들이 펼쳐 보였던 인도에 대한 열정들, 가령 E. M. 포스터의 마지막 장편 『인도로 가는 길』과 헤르만 헤세의 『싯다르타』, 인도를 신화적 상상력의 원천으로 삼으며 『벵골의 밤』이라는 자전적 소설까지 써냈던 사상가 미르체아 엘리아데, 그리고 서양철학사에서 최초로 불교와 석가를 철학적 사유의 대상으로 삼았던 실존철학자 카를 야스퍼스까지, 이들을 두루 관통하는 것 역시 바로 인도가 지닌 보편적이며 본질적인 세계성이 아닌가 싶다. 광대한 영토와 엄청난 인구, 종교(초월과 신비)가 일상이 되어버린 삶, 거대한 자연과 그것을 정교하게 가공해낸 수많은 인공물, 목불인견의 궁핍과 상상불허의 호사…… 인도는 믿을 수도 믿지 않을 수도 없는 온갖 시공時空의 사건과 장면이 뒤범벅된 '세계'이며 '전체'일 수밖에 없는 그런 곳이다. 『킴』의 티베트 승려 테슈 라마가 자신의 '도道'를 완성하기 위해 이곳을 찾아온 것은, 그래서, 당연한 일이다.

『킴』의 골간을 이루는 것은 소년 킴과 늙은 테슈 라마의, 거대 도시 라호르에서 히말라야에 이르는 인도 북부 여행이다. 그러나 실제 라마승이 걸어간 것은 남인도와 스리랑카를 포함한 "설산에서 바다까지, 바다에서 다시 설산까지"였다. 문자 그대로 '고행苦行'과 다름없는 그의 행로는 소년에서 청년으로 이행하는 킴의 가슴 벅찬 '모험'과 하나로 겹쳐지며, 거기에 기독교의 박애와는 또다른 차원에서의 근원적 사랑인 자비, 고해苦海로 대변되는 삶의 총체적 허무, 그 허무를 넘어서는 광대무변한 고요(해탈)가 있다. 『킴』은 우리가 이 장엄한 존재의 여행을 함께하도록 자리를 내준다.

여행이란 길 위에 시詩를 쓰는 일이다. 한 걸음 더 나아가 말하자면, 길 위에 자신의 시를 남기지 못했다면 그것은 여행을 한 것이 아니다. 하여 당연히 여행가는 많지 않으며, 여행가를 자처하는 자들의 태반은 실은 한낱 관광객에 불과하다. 러디어드 키플링의 장편소설 『킴』의 주인공 소년 킴과 노구의 티베트 승려 테슈 라마는 어떻게 길 위에 시를 쓰는지, 그 시는 어떻게 읽히며 어떻게 읽을 수 있는지, 그리고 우리가 어떻게 그 시들을 읽어야 하는지를 가르쳐주는, 아름답고 따뜻한 가슴을 지닌 두 사람의 시인이다. 키플링은 뛰어난 영감靈感의 시인이었다. 내 삶이 불운과 절망의 늪에 빠져 허우적일 때, 소망과 위안이 절실했을 때 펼쳐 읽었던 그의 시 「만약 *If*」에는 이런 구절이 있다.

만약 그대가 군중과 함께할 때 그대의 미덕을 지키고
군주와 함께할 때 그대의 평상심을 잃지 않는다면,
만약 그대가 그대의 적이건 동지건 그들 모두를 해치지 않으며
누군가를 잠시도 용서할 수 없을 때조차 아주 잠깐 침잠할 수 있다면,
세상 모든 것이 그대의 것이며, 그대야말로 진정한 '인간'이다!

If you can talk with crowds and keep your virtue,

Or walk with kings — nor lose the common touch,

If neither foes nor loving friends can hurt you;

If you can fill the unforgiving minute

With sixty seconds' worth of distance run,

Yours is the Earth and everything that's in it,

And — which is more — you'll be a Man, my son!

궁극과 절대의 추구는 손가락을 마주 퉁기는 탄지彈指의 순간에 완성되며, 그 짧은 순간의 각성을 위해 길고 오랜 인내와 포용의 시간을 가지는 것이 삶이라는 것을 나는 키플링에게서 배웠다. 『킴』은 키플링의 그 인내와 포용이 만들어낸 가장 아름답고 순정한 마음의 결정結晶이다.

하창수

1865년	12월 30일 뭄바이에서 태어남. 화가이자 학자였던 그의 아버지 존 록우드 키플링은 앨리스 맥도널드와 결혼해 1864년 인도로 이주한 후, 뭄바이에 있는 지지보이 예술학교에서 학생들을 가르침.
1871년	러디어드와 여동생 앨리스가 영국 사우스시의 론 로지에 맡겨짐. 이곳에서 지내며 그의 시력과 정신건강이 악화됨.
1877년	어머니가 아이들을 인도로 데려가기 위해 론 로지를 방문함. 하지만 앨리스는 다시 돌아와 1880년까지 머물게 됨.
1878년	데번 웨스트워드 호에 위치한 유나이티드 서비스 칼리지에 입학. 이해 여름, 만국박람회의 인도예술 분야를 담당하게 된 아버지를 따라 파리에 다녀옴.
1880년	플로렌스 개러드를 만나 사랑에 빠짐. 개러드는 이후 키플링의 소설 『꺼져버린 빛 *The Light That Failed*』에서 메이시의 모델이 됨.
1881년	대학신문인 〈유나이티드 서비스 칼리지 크로니클〉을 발행. 그의 부모가 지인들에게만 배포할 목적으로 그의 시 『남학생의 노래 *Schoolboy Lyrics*』를 출간함.
1882년	인도로 돌아와 라호르에 위치한 〈시민과 군대의 가제트〉 신문사에서 편집자로 근무함. 그의 아버지는 라호르 박물관의 큐레이터, 마요 예술대학 학장직을 맡고 있었음.
1884년	러디어드와 앨리스가 쓴 가벼운 풍자문과 시편 모음집

『메아리들*Echoes*』출간.

1885년　러디어드, 앨리스와 그들의 부모가 쓴 작품 모음집『사중
창*Quartette*』을 크리스마스에 맞춰 출간. 여기에 키플링의
『모로비 주크의 이상한 모험*The Strange Ride of Morrow
bie Jukes*』과『유령 릭샤*The Phantom Rickshaw*』의 초기
버전이 포함됨.

1886년　『부문별 노래*Departmental Ditties*』출간.

1887년　알라하바드로 이사. 〈파이오니아〉 신문사에서 일하며 라
지푸타나 지방 여행에 대한 기사를 썼고, 이를『마르크의
편지*Letters of Marque*』라는 제목으로 출간. 평생 우정을
이어간 알레크 힐 교수와 그의 미국인 아내인 에드모니아
를 만남. 에드모니아의 정원은『정글북*The Jungle Book*』
에서 리키-티키-타비의 집으로 등장함.

1888년　『옛날부터 전해오는 소박한 이야기*Plain Tales from the
Hills*』출간.

1888~1889년　『세 군인*Soldiers Three*』『개츠비의 이야기*The Story of the
Gadsbys*』『흑백 속에*In Black and White*』『히말라야삼나
무 아래서*Under the Deodars*』『유령 릭샤』『위 윌리 윙키
Wee Willie Winkie』출간.

1889년　3월, 인도를 떠나 미국으로 가는 길에 랑군, 싱가포르, 홍
콩과 일본을 방문함. 미국에서 마크 트웨인을 만남. 오랜
친구인 힐 교수의 여동생 캐럴라인 테일러와 잠시 사랑에
빠짐. 이해 가을, 런던에 도착해 문단에 등단함.

1890년　『꺼져버린 빛』출간. 미국인 출판에이전트 올콧 밸러스티
어와 친분을 맺게 됨. 이탈리아를 방문함. 우울증과 신경
쇠약에 시달림.

1891년　남아프리카, 뉴질랜드, 오스트레일리아, 인도와 실론 섬을

여행함. 밸러스티어 사망.

1892년   밸러스티어의 여동생인 캐럴라인과 결혼. 결혼식에서 헨리 제임스가 신부를 신랑에게 인도해줌. 12월에 딸 조세핀 출생. 밸러스티어와 함께 쓴 『놀래카*The Naulahka*』 출간. 『막사의 담시*Barrack-Room Ballads*』 출간.

1893년   『꾸며낸 이야기들*Many Inventions*』 출간.

1894년   『정글북*The Jungle Book*』 출간.

1895년   『두번째 정글북*The Second Jungle Book*』 출간.

1896년   『일곱 개의 바다*The Seven Seas*』 출간. 둘째 딸 엘시 출생. 처남 비티와 다툰 후 영국으로 돌아옴.

1897년   아들 존 출생. 『용감한 선장들*Captains Courageous*』 출간.

1898년   『그날의 일과*The Day's Work*』 출간.

1899년   마지막으로 미국 방문. 딸 조세핀 사망. 『스탤키 사*Stalky & Co.*』와 미대륙 여행기 『바다에서 바다로*From Sea to Sea*』 출간. 기사작위 수여를 거절함.

1900년   남아프리카 여행 중 군대 신문 〈프렌드The Friend〉에 참여함. 세실 로즈, 스타 제임슨과 교류.

1900년   『킴*Kim*』 출간.

1902년   『바로 그 이야기들*Just So Stories*』 출간. 서식스 주 버워시에 마지막까지 머물게 되는 집을 구입.

1903년   『5개국*The Five Nations*』 출간. 기사작위 수여를 재차 거절함.

1904년   『왕래와 발견*Traffics and Discoveries*』 출간.

1906년   『푸크 언덕의 요정*Puck of Pook's Hill*』 출간.

1907년   노벨문학상 수상. 『시 모음집*Collected Verse*』 출간.

1908년   『가족에게 보내는 편지: 캐나다 여행에 대한 단상*Letters to the Family: Notes on a Recent Trip to Canada*』 출간.

1909년	『작용과 반작용*Actions and Reactions*』『굴뚝의 뒤쪽으로 *Abaft the Funnel*』출간.
1910년	『보상과 요정*Rewards and Fairies*』출간. 어머니 사망.
1911년	아버지 사망.
1913년	이집트 방문.『책의 노래*Songs from Books*』출간.
1914~1918년	제1차 세계대전. 아들 존이 17번째 생일을 한 주 앞두고 입대.『훈련 중인 새 군대*The New Army in Training*』『전쟁 속 프랑스*France at War*』와 전쟁 관련 글을 발표.
1915년	아들 존 실종, 프랑스에서 사망한 것으로 추정.
1917년	『생명체들의 다양성*A Diversity of Creatures*』출간.
1919년	『그 시절에*The Years Between*』『러디어드 키플링 시집 *Rudyard Kipling's Verse: Inclusive edition*』출간.
1920년	『여행자의 편지*Letters of Travel*』출간.
1921	프랑스를 방문하고 명예학위를 수여받음. 조지 5세의 메리트훈장 수여를 거절함.
1923년	『위대한 전쟁에 참여한 아일랜드 근위연대*The Irish Guards in the Great War*』『스카우트와 가이드를 위한 육지와 해양 이야기*Land and Sea Tales for Scouts and Guides*』출간.
1926년	『차변과 대변*Debits and Credits*』출간.
1928년	『단어책*A Book of Words*』출간.
1930년	『나는 개, 당신의 종이랍니다*Thy Servant a Dog*』출간.
1932년	『한계와 부활*Limits and Renewals*』출간.
1936년	1월 18일 사망.
1937년	『지인들과 타인들을 위한 나에 대한 몇 가지*Something of Myself for My Friends Known and Unknown*』출간.
1937~1939년	키플링이 사망 직전 몇 해 동안 준비한 작품 모음집 결정

판인『키플링 작품 모음집, 서식스 에디션*The Complete Works of Rudyard Kipling, Sussex Edition*』출간.

문학동네 세계문학전집 발간에 부쳐

세계문학은 국민문학 혹은 지역문학을 떠나 존재하는 문학이 아니지만 그것들의 총합도 아니다. 세계문학이라는 용어에는 그 나름의 언어와 전통을 갖고 있는 국민문학이나 지역문학의 존재를 인정하면서 그것을 넘어서는 문학의 보편적 질서에 대한 관념이 새겨져 있다. 그 용어를 처음 고안한 19세기 유럽인들은 유럽문학을 중심으로 그 질서를 구축했지만 풍부한 국민문학의 전통을 가지고 있는 현대의 문학 강국들은 나름의 방식으로 세계문학을 이해하면서 정전(正典)의 목록을 작성하고 또 수정한다.

한국에서도 세계문학 관념은 우리 사회와 문화의 변화 속에서 거듭 수정돼왔다. 어느 시기에는 제국 일본의 교양주의를 반영한 세계문학 관념이, 어느 시기에는 제3세계 민족주의에 동조한 세계문학 관념이 출현했고, 그러한 관념을 실천한 전집물이 출판됐다. 21세기 한국에 새로운 세계문학전집이 필요하다는 것은 명백하다. 우리의 지성과 감성의 기준에 부합하는 세계문학을 다시 구상할 때가 되었다.

문학동네 세계문학전집은 범세계적으로 통용되는 고전에 대한 상식을 존중하면서도 지난 반세기 동안 해외 주요 언어권에서 창작과 연구의 진전에 따라 일어난 정전의 변동을 고려하여 편성되었다. 그래서 불멸의 명작은 물론 동시대 세계의 중요한 정치 · 문화적 실천에 영감을 준 새로운 작품들을 두루 포함시켰다.

창립 이후 지금까지 한국문학 및 번역문학 출판에서 가장 전문적이고 생산적인 그룹을 대표해온 문학동네가 그간 축적한 문학 출판 경험을 바탕으로 새로운 세계문학전집을 펴낸다. 인류가 무지와 몽매의 어둠 속을 방황하면서도 끝내 길을 잃지 않은 것은 세계문학사의 하늘에 떠 있는 빛나는 별들이 길잡이가 되어주었기 때문이다. 우리가 자부심과 사명감 속에서 그리게 될 이 새로운 별자리가 독자들의 관심과 애정에 힘입어 우리 모두의 뿌듯한 자산이 되기를 소망한다.

문학동네 세계문학전집 편집위원
민은경, 박유하, 변현태, 송병선, 이재룡, 홍길표, 남진우, 황종연

지은이 러디어드 키플링

1865년 인도 뭄바이에서 태어났다. 여섯 살 때 영국으로 건너가 학교를 다닌 그는 대학을 졸업하던 해인 1880년 인도의 라호르로 돌아와 신문사 기자로 일하며 창작활동을 시작했다. 대표작으로는 소설『정글북』『킴』과 시집『막사의 담시』등이 있다. 1907년 영어권 작가로는 최초로, 또한 지금까지 수상자로는 최연소로 노벨문학상을 수상했다. 1936년 71세의 나이로 숨을 거두었고, 그의 시신은 화장된 후 웨스트민스터 사원에 묻혔다.

옮긴이 하창수

소설가이자 번역가. 「청산유감」으로 계간『문예중앙』신인문학상을,『돌아서지 않는 사람들』로 한국일보 문학상을 수상했다. 지은 책으로 중단편 소설집『지금부터 시작인 이야기』『수선화를 꺾다』『서른 개의 문을 지나온 사람』, 장편소설『그들의 나라』『함정』『1987』, 작가 이외수와의 대담집『마음에서 마음으로』『뚝』등이 있다. 옮긴 책으로는『친구 중의 친구』『마술 가게』『원더』『소원의 집』『윌리엄 포크너』『어니스트 헤밍웨이』등이 있다.

세계문학전집 012

킴

1판 1쇄 2010년 3월 3일
1판 2쇄 2021년 2월 9일

지은이 러디어드 키플링 | 옮긴이 하창수
책임편집 이승희 오동규 | 독자모니터 양은희
디자인 랄랄라디자인 송윤형 최미영 | 저작권 한문숙 김지영 이영은
마케팅 정민호 정진아 김혜연 정유선
홍보 김희숙 김상만 이소정 이미희 함유지 김현지 박지원
제작 강신은 김동욱 임현식 | 제작처 영신사

펴낸곳 (주)문학동네 | 펴낸이 염현숙
출판등록 1993년 10월 22일 제406-2003-000045호
주소 10881 경기도 파주시 회동길 210
전자우편 editor@munhak.com | 대표전화 031)955-8888 | 팩스 031)955-8855
문의전화 031)955-8869(마케팅), 031)955-8868(편집)
문학동네카페 http://cafe.naver.com/mhdn
문학동네트위터 http://twitter.com/munhakdongne
북클럽문학동네 http://bookclubmunhak.com

ISBN 978-89-546-0913-5 04840
      978-89-546-0901-2 (세트)

www.munhak.com

● 문학동네 세계문학전집은 계속 출간됩니다